JÉRÔME DELAFOSSE

Schwarze Tränen

Buch

Ein Jahr nach dem offiziellen Ende des Nordirland-Konflikts hat die Kriegsreporterin Sinead McKeown alles verloren – nicht nur ihre Eltern, sondern auch ihr Mann und ihr ungeborenes Kind. Als einzige Überlebende gerät sie unter Verdacht, für die IRA zu arbeiten, und muss fliehen. Nur eins nimmt sie mit: die merkwürdige kleine Phiole, die sie in den Trümmern ihres Hauses entdeckt hat.

Paris, zur selben Zeit. Auf der Flucht vor der Polizei springt ein fast nackter Mann in die Seine. Zwei Tage später wird seine von eiternden Wunden übersäte Leiche aus dem Wasser gezogen. Kurz darauf klagen die Polizisten, die mit der Leiche befasst waren, über heftige Schmerzen. Der junge Kriminalpolizist Raphaël Zeck wird trotz der Ermittlungen des französischen Geheimdienstes mit der Lösung des Falls beauftragt …

Autor

Jérôme Delafosse, 1972 in der Bretagne geboren, ist Fotoreporter und Filmregisseur mit den Spezialgebieten Wissenschaft und Abenteuer. Neben seinen Dokumentarfilmen für das Fernsehen schreibt er auch für *Le Figaro, The Sunday Times, The Independent, Der Spiegel* und *Geo*.

Jérôme Delafosse

Schwarze Tränen

Thriller

Aus dem Französischen von
Eliane Hagedorne und Bettina Runge

blanvalet

Die Originalausgabe erschien 2012 unter dem Titel »Les larmes d'Aral«
bei Robert Laffont, Paris.

Besuchen Sie uns auch auf www.facebook.com/blanvalet
und www.twitter.com/BlanvaletVerlag.

MIX
Papier aus verantwortungsvollen Quellen
FSC
www.fsc.org
FSC® C014496

Verlagsgruppe Random House FSC® N001967
Das FSC®-zertifizierte Papier *Holmen Book Cream*
für dieses Buch liefert Holmen Paper, Hallstavik, Schweden

1. Auflage
Taschenbuchausgabe Mai 2015 bei Blanvalet, einem Unternehmen
der Verlagsgruppe Random House GmbH, München.

Umschlaggestaltung: © www.buerosued.de
Umschlagmotiv: © Getty Images / PhotoAlto / Alix Minde
ED Herstellung: sam
Redaktion: Gerhard Seidl
Druck und Einband: GGP Media GmbH, Pößneck
Printed in Germany
ISBN: 978-3-442-0160-1

www.blanvalet.de

Für meine Kinder

TEIL I

Kapitel 1

County Donegal, Irland
10. Oktober 1994

Es ist Nacht.

Sinead steigt die kalte Steintreppe herunter, die im Halbdunkel liegt. Durch das Fenster fallen die Schatten der vom Wind gepeitschten Bäume und tanzen auf ihrem Arm und ihrem Gesicht.

Übelkeit quält sie.

Sie klammert sich am Geländer fest. Ihre Nägel bohren sich in das glatte Holz. Die andere Hand hat sie auf ihren Bauch gepresst. Unten angelangt, hält sie den Atem an und läuft, ohne sich umzusehen, über den Flur hinaus in den Garten. Ein eisiger Wind schlägt ihr entgegen, scheint sie förmlich zu durchdringen. Sie geht einige Schritte und sucht Schutz hinter der alten Steinmauer.

Hier ist die Nacht milder. Sinead lehnt sich an den noch warmen Granit und saugt den Duft der Blumen ein, der in der Luft liegt. Vor ihr erhebt sich das gekalkte Cottage.

Die roten Läden sind noch geöffnet. Hinter dem erleuchteten Fenster im ersten Stock sitzt Gari und schreibt. Sie stellt sich seine halb geschlossenen Augen vor, in denen ein Lächeln liegt. Sein auffallend markantes Gesicht mit den schwarzbraunen Augen, die dem Pinsel eines flämischen Malers entsprungen sein könnten; nicht so sehr wegen ihrer Schönheit, sondern wegen der Intelligenz, Kraft und Sanftheit, die sie widerspiegeln …

Erneut überkommt sie Brechreiz. Um ihn zu unterdrücken, legt sie den Kopf in den Nacken und atmet tief durch. Dieses Unwohlsein, das sie seit einigen Wochen quält und an das sie sich nicht zu gewöhnen vermag, wird durch das neue Leben ausgelöst, das in ihr wächst. Noch ist ihr Bauch glatt wie ein polierter Kiesel.

Sie ist zugleich trunken vor Glück und angsterfüllt bei dem Gedanken, dass dieses lang ersehnte Kind ihr Ein und Alles werden könnte. Dass ein Übermaß an Liebe die Dinge ändern und ihre Beziehung zu Gari, den sie mehr als alles auf der Welt liebt, zerstören könnte.

Sie betrachtet den Himmel. Der Mond erhellt die hohen Wolken, die darüber hinwegjagen. Das Sternenzelt noch weiter oben vermittelt einen Eindruck von Glut und Eiseskälte.

Manchmal möchte sie fliehen.

Vor diesem allzu sorglos gewordenen Leben. Vor dieser Ruhe, die sie so sehr herbeigesehnt hatte, nachdem sie Gari mitten in der Wüste begegnet war. Am 17. Januar 1991. In der Nacht vor der Operation *Desert Storm*, inmitten all der Journalisten, die das *Hotel Palestine* bevölkerten, ehe das Gewitter aus Feuer und Stahl auf die alte babylonische Erde niederging. Er hatte sofort ihre Sensibilität verstanden, ihre Schwächen ausgemacht und sich ihr mit erstaunlicher Leichtigkeit genähert. Sie weiß, an jenem Tag war sie zum zweiten Mal geboren worden, an jenem Tag, an dem alles begann und sie erneut gespürt hatte, wie das Leben in ihren Adern pulsierte. Sie weiß, all das kam nur durch ihn.

Sie streicht wieder über ihren Bauch und sehnt sich danach, die ersten Bewegungen zu spüren, obgleich ihr klar ist, dass es dafür noch zu früh ist.

Die Übelkeit lässt nach.

Sinead schaut wieder auf das Haus, und plötzlich fühlt sie sich allein, eingeschlossen von der Leere, die sie umgibt. Eine starke Liebe überspült sie, und sie möchte nur noch ins Haus gehen und sich an Gari schmiegen, seinen Atem und seine warme Haut spüren und fühlen, wie er sie an sich zieht. Das sind die einzigen Augenblicke, in denen sie wirklich existiert, ohne ständig auf der Hut zu sein.

Sie löst sich aus dem Schutz der Mauer und hebt den Blick. Und genau in diesem Moment sieht sie einen Feuerschein hinter den Scheiben, dann vernimmt sie eine Detonation, die Zeit bleibt stehen … ein glühendes Licht, das immer gleißender wird und sich dann in einen grellen Blitz verwandelt, eine unbeschreibliche Feuerkugel, die sich in die Luft erhebt und das Haus mit einem ohrenbetäubenden Knall explodieren lässt. Eine Flut von Splittern pfeift durch die Luft, trifft ihren Körper, bohrt sich in ihr Gesicht. Die Schockwelle erfasst sie und schleudert sie durch die Luft. Gleich darauf schlägt sie zu Boden. Der Aufprall nimmt ihr den Atem, ein stechender Schmerz fährt durch ihren Rücken, sie bäumt sich auf wie ein zum Zerreißen gespannter Bogen. Die Zweige rascheln noch nach dem gewaltigen Druck, der alles auf seinem Weg fortgerissen hat. Sinead möchte schreien, doch ihre Stimme wird von dem Blutschwall erstickt, der in ihrer Kehle aufsteigt. Die herumwirbelnde Asche legt sich auf ihr Gesicht. Sie spürt, wie ihr Nacken steif wird, durch die halb geschlossenen Lider erkennt sie die Flammen, die ihre Welt zerstören. Tränen trüben nach und nach ihren Blick, sie kann Gari nicht mehr suchen. Mit letzter Kraft legt sie sich schützend die Hände auf den Bauch. Danach erinnert sie sich an nichts mehr.

Kapitel 2

Eine heulende Sirene. Vor ihren Augen tanzte ein Namensschild … *Costello … Letterkenny … Hospital* … Sinead versuchte, den Kopf zu bewegen, doch die Zervikalstütze um ihren Hals hinderte sie daran. Als sie den Blick zur Seite wandte, durchzuckte ein heftiger Schmerz ihren Schädel, der zu zerbersten schien. Sie erkannte die Neonlichter, die Schläuche, auf dem Monitor die Kurve, die ihren Herzschlag anzeigte, der sich immer mehr beschleunigte, sie hörte die Reifen des Krankenwagens, die auf dem Asphalt quietschten. Auf der anderen Seite eine grüngelbe Weste mit reflektierenden Streifen, der behelmte Kopf einer jungen Frau, die sich über sie beugte und versuchte, sie zu beruhigen. Sinead nahm die Worte nur bruchstückhaft wahr.

»Alles ist gut«, sagte die Frau.

Sie artikulierte überdeutlich, so als würde sie sich an ein kleines Kind wenden.

Dabei ging alles schlecht.

»Sie sind in Sicherheit. Versuchen Sie nicht, sich zu bewegen …«

»Wo sind sie?«, flüsterte Sinead.

»Wen meinen Sie?«

»Die …«

»Die anderen Leute, die mit Ihnen im Haus waren?«

»Mein Mann … Gari …«

»Die Rettungskräfte und die Polizei sind vor Ort. Sie werden sich um Ihren Mann kümmern. Wer noch? Wer war noch da?«

»Mein Kind … Ich will mein Kind …«

Ihr Herz schlug zu schnell. So als würden Lawinen von Schlamm durch ihre Adern jagen. Sinead schloss die Lider, um die Tränen zu unterdrücken, die schon über ihre Wangen rannen. Sie versank erneut in eine Dunkelheit, in der ihr nichts etwas anhaben konnte.

Weiße Wände, Geruch nach Äther, leises Klicken des Infusionsgeräts, dessen Kanüle in ihrem von blauen Flecken übersäten Handgelenk steckte … Durch das Fenster ihres dämmerigen Zimmers sah Sinead auf die fast kahlen Zweige der Bäume, die, vom Wind gebeutelt, den herbstlichen Himmel zu peitschen schienen. Ein dumpfes Brummen erfüllte ihren schmerzenden Schädel und verhinderte jegliches Denken.

Es klopfte an die Tür, dann trat ein Arzt ein.

»Miss McKeown …«

Sinead hielt den Blick weiter starr auf den Himmel gerichtet. Der Mann trat einige Schritte näher und strich dabei über den blassrosa Schnellhefter, der ihre Krankenakte enthielt.

»Ich bin Doktor Blidge. Ich habe Sie gestern Abend nach Ihrer Einlieferung in die Notaufnahme behandelt.«

Sinead gönnte sich noch eine kurze Pause, ehe sie die Augen zu ihm wandte, ohne ihn wirklich anzusehen. Im trüben Licht stand ein mittelgroßer, kräftiger Mann mit Halbglatze. Er roch nach kaltem Tabak. Aus müden, rot geränderten Augen betrachtete er sie. Was er in diesem Moment sah, war das von Sommersprossen übersäte Gesicht einer Frau mit klassischem Profil. Sie trug ein weißes OP-Hemd. Das dunkelblonde Haar fiel ihr auf die Schultern, unter dem etwas zu langen Pony zwei große, auffallend hellblaue Augen. Sein Blick wanderte von der gebogenen Nase zu dem vollen, himbeerfarbenen Mund. Die zerkratzte Haut, die aufgesprungenen Lippen und die auf der Brust verschränkten Hände erinnerten ihn an das Grabbildnis der Isabella von Angoulême, das er im Jahr zuvor während eines Seminars in Frankreich in der Abtei von Fontevraud entdeckt hatte. Das friedliche Gesicht dieser toten Königin hatte ihn beeindruckt und ging ihm seither nicht mehr aus dem Sinn. Nun hatte er das Gefühl, es erneut vor sich zu haben. Er fragte sich, ob das Schicksal dieser Patientin ebenso bewegt war wie jenes der jungen Königin, die im Alter von zwölf Jahren, am Tag ihrer Hochzeit, wegen ihrer Schönheit von Johann Ohneland entführt worden war. War so etwas heute noch möglich?

Er trat an ihr Bett, setzte seine Lesebrille auf und rückte sie mit einer Hand auf seiner Nase zurecht, während er mit der anderen die Akte aufschlug.

»Sie haben großes Glück gehabt.«

Sinead antwortete mit tonloser Stimme: »Mein Mann ist bei lebendigem Leib verbrannt, und ich trage ein totes Kind in meinem Bauch … Nennen Sie das Glück? Lassen Sie mich in Ruhe mit Ihren Jungspund-Floskeln. Sie hätten mich mit ihnen sterben lassen sollen.«

Der Arzt trat noch näher.

»Ich bin leider kein Jungspund mehr«, sagte er, lächelte und fuhr sich mit der Hand über den fast kahlen Kopf. »Und angesichts der Tatsache, dass es mein Beruf ist, Leben zu retten, und des Zustands, in dem Sie gestern eingeliefert wurden, muss ich doch von Glück sprechen – andere würden behaupten, es sei Schicksal … Wissen Sie, die Wahrnehmung der Realität ändert sich dem Blickwinkel entsprechend. Wenn Sie wirklich hätten sterben wollen, hätte Ihr Körper aufgegeben … Die innere Blutung, die es mir gelungen ist zu stoppen, hätte Sie durchaus ins Jenseits befördern können. Glück, Schicksal, was auch immer, auf alle Fälle sind Sie unter uns. Und das müssen Sie akzeptieren.« Er machte eine kurze Pause, bevor er fortfuhr: »Ihr Drama ist mir durchaus bewusst, aber das Leben ist wertvoll. Ich habe zwölf Jahre in Belfast gearbeitet und viele Attentatsopfer behandelt. Glauben Sie mir, es ist ein Wunder, dass Sie überlebt haben. Außerdem verweigern Sie nicht das Gespräch, das ist schon ein gutes Zeichen.« Er schwieg erneut und wechselte den Platz so, dass ihr Blick den seinen traf. »Ich würde jetzt gerne mit Ihnen über Ihren Zustand und einige andere Dinge sprechen, die schmerzlich sein mögen.« Er unterbrach sich abermals. »Fühlen Sie sich dazu in der Lage?«

Sinead nickte schwach.

»Sie haben es schon erraten, und es tut mir aufrichtig leid, aber wir haben Ihr Kind nicht retten können. Sie waren in der einundzwanzigsten Woche schwanger. Wenn Sie möchten, können Sie es begraben lassen. Das Personal des Beerdigungsinstituts wird sich deshalb mit Ihnen in Verbindung setzen.«

Sinead antwortete nicht.

»Neben der Blutung, die wir weiter beobachten müssen, die Ihnen aber im Prinzip nicht mehr zu schaffen machen dürfte, haben Sie ein starkes Schädeltrauma und ein geplatztes Trommelfell. Wahrscheinlich haben Sie ein Brummen oder Pfeifen im Ohr. Das sind die Nebenwirkungen, die Sie für unbestimmte Zeit begleiten werden. Es ist schwer zu sagen, wie lange, aber das ist typisch bei Opfern eines Attentats.«

»Ein Attentat? … Wovon sprechen Sie … Was ist das für eine Geschichte?«, sagte Sinead aufgebracht.

»Bleiben Sie ganz ruhig, ich meine nur Ihr Krankheitsbild. Tut mir leid, wenn ich mich ungeschickt ausgedrückt habe. Wir sind hier nicht weit von Nordirland entfernt. Ich kenne die Ursache der Explosion nicht, sie kann tausend Gründe haben. Zu diesem Zeitpunkt dauern die Ermittlungen auf Ihrem Anwesen noch an. Die Polizei wird sich sehr bald bei Ihnen melden. Sobald es Ihr Zustand erlaubt.«

Für eine Weile herrschte Schweigen, dann fragte Sinead: »Wie lange muss ich noch hierbleiben?«

»Ich kann Ihnen nichts versprechen, das hängt vom Heilungsprozess ab. Doch ich denke, wenn alles glattläuft, können wir Sie in einer Woche entlassen. Aber da ist noch etwas.«

»Was?«

»Während der Explosion ist eine Vielzahl von Splittern und Fremdkörpern unter Ihre Haut gedrungen. Einige haben wir entfernen können, aber die meisten sind noch da. Daran können wir nicht viel ändern. Sie werden nach und nach vom Organismus abgestoßen.«

»Wie lange dauert so etwas?«

»Das ist schwer zu sagen, es kann innerhalb von ein paar Wochen vorbei sein, aber auch mehrere Jahre dauern. Sie werden lernen müssen, damit zu leben, und das wird manchmal schmerzhaft ein.«

»In körperlicher Hinsicht meinen Sie?«

»In seelischer Hinsicht vor allem. Die Splitter können aus Holz sein, aus Metall oder auch …«

»Oder auch?«

»Zwei der Fragmente, die ich entfernt habe, waren Knochenstückchen, Reste menschlicher Knochen, die mit ziemlicher Sicherheit vom Körper Ihres Mannes stammten. Sie müssen in der Lage sein, mit solchen Situationen umzugehen.«

Ein Schlund tat sich auf und schien Sinead verschlingen zu wollen. Sie schloss die Augen, als könne sie sich so vor diesem letzten Urteil schützen. Sie wusste nicht, ob das soeben Gehörte sie glücklich oder unglücklich machte. Was sie hingegen wusste, war, dass sie ihr ganzes weiteres Leben die Narben dieses tödlichen Tages mit sich tragen würde.

Vorausgesetzt, sie entschied sich dafür zu leben.

Kapitel 3

In den folgenden Tagen stürzte Sinead in einen Abgrund, in eine graue Welt ohne Farbe und Konturen, die von Wesen mit ausdruckslosen Gesichtern bevölkert schien. So sah für sie das Nichts aus.

Reisende des Vergessens.

Ihre Seele war eine einzige klaffende Wunde, aufgerissen von diesem Albtraum, der sie im Wachzustand heimsuchte. Sie dachte an nichts mehr, nahm nur noch ihren Körper wahr. Wenn die Krankenschwestern sich um sie kümmerten, hatte sie den Eindruck, über dem Bett zu schweben und ihren Körper von oben zu betrachten. Bauch, Brüste und der Rücken waren von einer Vielzahl von Schnitten und leichten Verbrennungen überzogen. Man wusch ihr das Gesicht, die Beine und das Geschlecht, Gesten ohne jegliche Scham, aber von unendlicher Sanftheit. Dann umwickelte man sie mit feuchten Gazebinden, was ihr das Gefühl verlieh, als wohne sie ihrer eigenen Einbalsamierung bei.

Schweigend ließ sie alles geschehen.

Garis Gesicht, das hübsche Profil ihres Babys auf dem Ultraschall … diese Bilder, die sie sorgsam in sich zu bewahren versuchte, verblassten nach und nach, und an ihre Stelle trat zunehmend der dumpfe Schmerz. Manchmal schrie sie innerlich, um gegen die Leere anzukämpfen, ein stummer, aufbegehrender und heftiger Schrei.

Mehrmals suchte die Polizei von Letterkenny sie auf. Der erste Besuch war ein regelrechtes Verhör, das sie folgsam über sich ergehen ließ. Hatte sie irgendetwas Ungewöhnliches bemerkt, ein Auto, jemanden, der sich in der Gegend herumtrieb? Warum hatte sie das Haus verlassen? Hatte sie eine oder mehrere Detonationen gehört? Wie war ihre Beziehung zu Gari gewesen? Wann und unter welchen Umständen hatte sie ihn kennengelernt? Hätte sein Enthüllungsjournalismus ihn in Schwierigkeiten bringen können? Hatte er Drohungen bekommen? War er ihr deprimiert erschienen? Hatte er sich dieses Kind gewünscht? Bei der letzten Frage war Sinead zusammengebrochen. Ansonsten, nein, ihr war nichts Ungewöhnliches aufgefallen. Sie hatten sich entschuldigt, derartig insistieren zu müssen, aber das war für die Ermittlungen unumgänglich. Die Polizei stand unter dem Eindruck der Ereignisse in Nordirland.

Beim zweiten Mal waren zwei örtliche Polizisten in Begleitung eines Kollegen aus Dublin da gewesen – ein Typ mit grob geschnittenen Zügen, der sich abseits hielt und sie aufmerksam beobachtete. Sie hatten ihr das Ergebnis der Ermittlungen in allen Einzelheiten mitgeteilt. Es wurden noch immer Analysen vorgenommen, aber die ersten Auswertungen führten zu dem Schluss, dass die Explosion durch einen Kurzschluss ausgelöst worden war. Das Feuer war im Keller neben dem Öltank ausgebrochen und hatte den Brennstoff über die kritische Grenze von fünfundfünfzig Grad erhitzt. Dreitausend Liter Heizöl. Das alles hatte das Haus hinweggefegt.

In den Ruinen des Cottage hatte man verkohlte menschliche Überreste gefunden. Unter anderem einen zersplitterten Schädel und einen Teil des Unterkiefers. Durch eine Zahnanalyse hatte man Gari einwandfrei identifizieren können. Der Reporter hatte zum Zeitpunkt des Dramas in seinem Zimmer gearbeitet. Die Beamten hatten versucht, nicht weiter auf die Details einzugehen, doch Sinead hatte begriffen, dass die Explosion ihn unvorbereitet getroffen hatte. In gewisser Weise tröstete sie das: Er war auf der Stelle durch die Druckwelle gestorben, ohne zu verstehen, was ihm geschah.

Eine Zeit lang hatte sie sich an das Gefühl geklammert, all dies sei nur ein unsinniger Albtraum, doch jetzt wusste sie, dass nichts mehr sein würde wie vorher. Der Besuch der Polizisten, die Details der Obduktion hatten sie mit einer grausamen Realität konfrontiert, die sie gegen ihren Willen, aber definitiv aus ihrer Benommenheit gerissen hatte. Am Morgen der Beerdigung wurde sie aus dem Krankenhaus entlassen.

Solange sie zurückdenken konnte, verabscheute Sinead jegliche Form von Religion. Schon als Kind hatte sie die katholische Inbrunst angewidert, die Irland wie eine Flamme vor sich hertrug. Jeden Sonntag besuchte sie gezwungenermaßen die Messe, dabei hasste sie die Unterwürfigkeit der Gläubigen, ihre gesenkten Köpfe, die leidvollen Augen, die knochigen, gefalteten Hände, die um Vergebung flehten, das Halbdunkel des Beichtstuhls, die Sünde, den kleinen Jesus … Für sie war die Kirche reine Scheinheiligkeit, die ihr Übelkeit bereitete. Die sterblichen Überreste ihres Mannes waren in eine Kiste und dann in einen Sarg gelegt worden – bis in den Tod wollte man das Grauen der Verstümmelung unbedingt mildern und verbergen. Für die junge Irin war das eine Art Feigheit gegenüber dem Nichts. Ganz so, als wäre ein solcher Tod nicht akzeptabel, zu anders als die anderen, noch unerträglicher. Aber sie ließ es geschehen, denn sie hatte nicht die Kraft zu kämpfen.

Garis Wunsch entsprechend, hatte Sinead veranlasst, ihn auf dem alten Seemannsfriedhof von Old Abbey zu begraben, der in dem Dorf Fahan am Meer lag. Kurz nachdem Gari sich mit ihr in Irland niedergelassen hatte, hatte sie ihn dorthin zum Grab ihrer Großeltern geführt. Ein magischer Ort, der allerdings nicht mehr von der Gemeinde unterhalten wurde, sondern sich immer mehr zum Treffpunkt von Pennern entwickelt hatte. Die Wege zwischen den Grabplatten aus altem Granit und den roten Löwenmäulchen, die sie gerne mit den Fingern hatten zuschnappen lassen, waren mit Abfall, Scherben von Bierflaschen, verbranntem Papier und von Zeit zu Zeit auch mit benutzten Präservativen und Spritzen übersät … Aber Gari liebte diesen Ort, den Geruch des Meeres und das Gefühl, zu einer Familie zu gehören, selbst wenn er sie nicht gekannt hatte. Die Vorstellung, nicht allein zu sein, wenn er einmal unter der Erde läge, gefiel ihm. Er fürchtete nicht den Tod, sondern die Einsamkeit.

Über den Grabsteinen vertrieb der kalte Herbstwind die schwarzen Wolken, die einem blauen, schier unendlichen Himmel Platz machten. Das Unkraut wiegte sich in der Brise. Neben Garis Sarg hatte man eine kleine Urne aus Ton gestellt, die die Asche ihres Babys enthielt.

Ein kleines Mädchen.

Sinead hatte beschlossen, ihr als letztes Geschenk den Anflug einer Existenz zu geben, und sie Saoirse getauft, was auf Gälisch »Freiheit« bedeutete. Saoirse würde neben ihrem Vater liegen. Der Gedanke, dieses Kind der Liebe könnte als Asche in der Mülltonne des Krankenhauses enden, war ihr zuwider gewesen.

Nur einige Nachbarn und vier aus London angereiste Journalisten nahmen an der Zeremonie teil, die Pater Brody abhielt, ein hochgewachsener Priester, dessen eingefallenes Gesicht an die Totenmasken auf den Grabsteinen erinnerte. Er gab einige kurze Informationen über Garis Leben, die er im Dorf aufgeschnappt hatte: seine Arbeit als Kriegs- und Enthüllungsjournalist, seine Suche nach der Wahrheit. Sonst ergriff niemand das Wort, weder Nigel Bardsley, der Chefredakteur des *Independent*, noch seine Frau und Assistentin Ann Hamilton, beide enge Freunde, mit denen Gari gearbeitet hatte. Die Böen aus Nordwesten peitschten das Meer und ließen die Gischt hoch aufsprühen. Sinead suchte in diesem Aufruhr der Elemente nach den Körpern und Gesichtern alter Geister, die kämen, um Garis und Saoirses Seelen zu holen.

Wie sie selbst war Gari ein Einzelgänger gewesen. Er sprach nicht gerne über seine Familie, sie wusste nur, dass er Polen 1968 nach den antisemitischen Kampagnen des Zentralkomitees – als Reaktion auf den Sechstagekrieg – verlassen hatte und nach Israel ausgewandert war. Als zweites von vier Kindern war er damals fünfzehn Jahre alt gewesen. Aber dieser Umzug hatte ihnen kein Glück gebracht, denn die Mutter hatte sie kurz nach der Ankunft im Heiligen Land verlassen. Die Familie war dann am Alkoholismus des Vaters, der die Abwendung seiner Frau nicht verkraftet hatte, vollends zerbrochen. Mit neunzehn hatte Gari Israel verlassen, um in London zu studieren, und hatte seither keinen Kontakt mehr zu den Seinen aufgenommen, so als fürchtete er, ein Wiedersehen könnte den alten Schmerz neu entfachen. Gari hatte sich auch vom Judentum abgewandt.

Vier Totengräber ließen den Sarg und die Urne langsam in die Grube hinab, dann traten die Anwesenden ans Grab, Sinead, geleitet von Nigel und Ann, als Erste. Sie bückte sich, um eine Handvoll Torf zu nehmen, betrachtete dann eine Weile die braune, mit Wurzelfasern und Heideblüten vermischte Erde und ließ sie langsam durch ihre Finger rieseln. So schloss sie für immer mit der einzig glücklichen Zeit ihres Lebens ab.

Am Ende der Zeremonie kam die kleine Gruppe der Trauergäste zu Sinead, um zu kondolieren, und zerstreute sich dann schnell. Nigel und Ann drängten sie, zu ihnen nach London zu kommen, solange sie wollte. Mit einem Lächeln lehnte sie die Einladung für den Augenblick ab, versprach aber, sie zu besuchen, sobald die Erbangelegenheiten geregelt und die Ermittlungen abgeschlossen wären. Dann kehrte sie in das kleine Hotel in Fahan zurück, in dem sie seit ihrer Entlassung aus dem Krankenhaus wohnte.

Dank Gari hatte sie einmal an das Leben geglaubt und die Kraft gefunden, die Gewalttätigkeit zu vertreiben, die sie seit ihrer Kindheit wie ein Schatten begleitete.

Doch jetzt wusste sie, dass all das umsonst gewesen war. Der Fluch hatte sie erneut eingeholt.

Kapitel 4

»*How many times must the canonballs fly, before they're forever banned? The answer, my friend, is blowin' in the wind*…«, sang einst Bob Dylan. Heute Nacht hat ein neuer Krieg begonnen. Ein Sturm von Feuer und Eisen ist über Bagdad niedergegangen. Und wieder werden Tausende von Unschuldigen sterben. Die Fakten belegen, dass Europa und die USA gelogen haben, denn hier geht es um wirtschaftliche Interessen, keinesfalls um Menschenrechte …

So hatte Garis erster Artikel nach dem Start der Operation *Desert Storm* begonnen – zu einer Zeit, da die öffentliche Meinung die bewaffnete Intervention der Alliierten ganz entschieden befürwortete. Gari Weiss, der unabhängige Enthüllungsjournalist, galt als wahrer Scharfschütze des Pressewesens, und die angesehensten Zeitungen lobten seine Arbeit, obgleich seine Antikriegsposition völlig im Gegensatz zur Haltung der großen westlichen Medien stand. Die Feder des engagierten Ermittlers und scharfen Analytikers stellte oft die Nachrichten infrage. Er war einer der Ersten gewesen, der die Brutkastenlüge in Kuwait aufgedeckt hatte. Eine junge kuwaitische Krankenschwester hatte vor dem amerikanischen Kongress unter Tränen erklärt, Zeugin der Massaker gewesen zu sein, welche die irakische Besatzungsarmee angeblich an frühgeborenen Säuglingen verübt hatte. Diese im Fernsehen weltweit live ausgestrahlte Erklärung hatte die Öffentlichkeit gerührt und bewogen, den Eintritt der westlichen Mächte in den Irakkrieg zu unterstützen. Garis Recherchen hatten diese Aussage als falsch entlarvt. Denn in Wirklichkeit war die junge Frau kein Flüchtling gewesen, sondern die Tochter des kuwaitischen Botschafters in Washington. In der Folge dieser Enthüllung hatte die Presse eine große Desinformationskampagne aufgedeckt, die im Auftrag der kuwaitischen Regierung von der CIA-nahen PR-Agentur Hill & Knowlton lanciert worden war. Viele seiner Kollegen kritisierten Gari und warfen ihm Sensationsjournalismus vor, der sich stets zu überbieten suchte. Doch Sinead, die als Korrespondentin für die *Irish Times* über den Konflikt berichtete, wusste, dass Gari trotz seiner Schwächen jenen Journalismus verkörperte, von dem jeder von ihnen träumte. Während viele Berichterstatter ihre Artikel in der *green zone* verfassten, jenem Areal im Zentrum Bagdads, das die irakische Übergangsregierung beherbergte, gehörte Gari zu jenen, die das Risiko nicht scheuten und direkt vor Ort recherchierten. Und er stellte sich nicht in den Vordergrund wie viele andere, die mit kugelsicherer Weste vor der Kamera posierten und von der gefährlichen Situation sprachen, während das Gebiet in Wirklichkeit von den Marines gesichert wurde. Nein, bei Gari ging es um die Sache. Während bestimmte Medien die Macht der Alliierten und die Anzahl der getöteten Gegner feierten, sprach Gari von den Frauen, Männern und Kindern, die der Gewalt ausgesetzt waren, von ihrer Sensibilität, ihrer Schönheit und dem Zynismus der Invasoren. Er berichtete über den Alltag der Geistesgestörten im psychiatrischen Krankenhaus von Al-Rachad oder vom Massaker an fünfhundert Zivilisten, die in einem Bunker, der sie eigentlich schützen sollte, verbrannt waren. Dieser freiheitsliebende Mann, der sich jeglichem Druck entzogen hatte und offensichtlich die Unabhängigkeit besaß, nicht der Zensur zu unterliegen, beeindruckte Sinead zutiefst. In ihren Augen war er ein einfacher und gerechter Mann. Und das schätzte sie.

Zum ersten Mal war sie ihm in dem überfüllten Flugzeug begegnet, das Journalisten und Diplomaten von Amman nach Bagdad brachte. Sie hatten sich gemeinsam akkreditiert und dann aus den Augen verloren. An jenem Abend, an dem die Journalisten im *Hotel Palestine* dem Beginn der Operation *Desert Storm* beiwohnten, war er dann zu ihr gekommen. Wie alle anderen auch hatten sie am Fenster das eindrucksvolle Schauspiel der in der roten Nacht auf Bagdad fallenden Bomben und den Gegenschlag der irakischen Luftabwehr verfolgt. Die perverse Schönheit des Krieges. Später in der Nacht, während der ohrenbetäubende Hagel der Tomahawk Missiles auf die Stadt niederging, waren sie wortlos in Garis Zimmer gegangen, hatten sich ausgezogen und waren sich vor der Kulisse des *Wüstensturms* in die Arme gefallen. Im Schein der Flammen und im Gestank der schwarzen Rauchwolken, die zur himmlischen Hölle aufstiegen, hatten sie sich geliebt, als wollten sie sich so von dem Tod reinwaschen, der sie umgab. In der Morgendämmerung hatte der Ruf des Muezzins sie getrennt.

Um sicherzugehen, dass sie nicht gestört würde, parkte sie ihren Wagen im Schutz des kleinen Waldes. Zum ersten Mal seit der Explosion ging sie über den schmalen Feldweg zu dem alten Cottage, das sie nach dem Tod ihrer Eltern geerbt hatte. Hinter dem grünen Buschwerk tauchten die schwarzen Ruinen auf. Der Wind hatte sich gelegt, ganz so, als beuge er sich dem Sturm, der in ihrem Inneren tobte.

Sie zitterte.

Schließlich atmete sie tief durch, brach die Siegel und öffnete das eiserne Gittertor zu dem kleinen Garten.

Die Grenze zu ihrer Vergangenheit.

Unter ihren Füßen vermischten sich Schutt, Staub und Trümmerreste zu einem schmutzigen, klebrigen Leichentuch. Rund um die verkohlten Überreste des Hauses ragten von der Explosion gekappte Bäume schwarz und knorrig in den grauen Himmel. Als sie vorbeiging, hatte Sinead den Eindruck, sie würden sich wie im Märchen vor ihr verneigen.

Ihr Schicksal war im Bombenhagel besiegelt worden, und nun hatte das Feuer sie für immer getrennt. Ihre Fingerspitzen glitten über den Strick in der Tasche ihres schwarzen Mantels. Seltsamerweise hatte der Schauplatz des Grauens eine eher beruhigende Wirkung auf sie, und sie wusste, dass sie die richtige Entscheidung getroffen hatte.

Sie blieb vor den Trümmern dessen stehen, was einst ihr Zuhause gewesen war. Unter den eingestürzten Balken waren die Schieferplatten mit Glassplittern und verkohltem Holz bedeckt, Überreste ihrer persönlichen Sachen schwammen in großen Wasserlachen. Sie stieg über einen Mauerrest hinweg in das einstige Wohnzimmer. Ein Teil der Steintreppe stand noch, aber der ganze erste Stock war eingestürzt. Sie hob den Blick und sah durch das halb weggerissene Dach, wie die Wolken über den Himmel jagten. Die Flammen hatten seltsame Formen an die gekalkten Wände und die Balken gemalt. Hier ein Gesicht, dort die Umrisse eines Körpers oder eine schützend geöffnete Hand. Sie dachte an die eingebrannten Schatten von Hiroshima, die nach der Atombombenexplosion auf dem Asphalt zurückgeblieben waren. Die Körper der Opfer hatten die Hitze der Bombe in sich aufgesogen und so Boden und Mauern in ihrer Nähe geschützt und eine beständige Spur ihres irdischen Daseins zurückgelassen – wie ein vermeintlicher Christus auf dem Leichentuch von Turin. Sie suchte Garis Gesicht, aber sie wusste, dass sie es nicht finden würde: Das Feuer hatte alles verschlungen.

Ganz so wie sie selbst schienen einige Gegenstände durch ein Wunder der Explosion entkommen zu sein. Eine Aussteuertruhe aus dunklem Holz, auf das eine Blume gemalt war. Überreste von Fotografien, eine von ihren Eltern, eine andere vom Fall der Berliner Mauer – das war ihre erste Reportage gewesen. In einer Ecke des Zimmers stand neben dem Steinkamin eine in Granit gemeißelte *Sheela-na-Gig*, ein eigenartiges Geschenk ihres Vaters, als sie noch ein Kind gewesen war. Eine kleine heidnische Figur aus dem Mittelalter mit grotesken Zügen und einer übertrieben dargestellten Vulva. Sinead hatte einen Stein aus der Mauer gelöst und die kleine Hexe, die durch ihre obszöne Nacktheit Tod und Teufel vertreiben sollte, in die Nische gestellt.

Früher hatte sie ihre Ferien in diesem Haus verbracht. Ein Ort des Friedens, an den sie nach dem Drama ihrer Kindheit hatte zurückkehren wollen.

Sie strich über einen Granitblock, um die raue Oberfläche zu spüren. Der Wind blies ihr das Haar ins Gesicht, das noch von Schnittwunden übersät war. Das deutete sie als Zeichen. Sie zog ihren Mantel aus, leerte das zerbrochene Geschirr aus der Truhe und zog sie unter einen dicken Balken zwischen Küche und Abstellkammer, der noch intakt war. Sie griff in die Manteltasche, zog den Strick heraus und befestigte an einem Ende einen bronzenen Kaminbock, den sie in der Asche aufgesammelt hatte. Sie stellte sich unter den Balken, warf das Seil mit dem Metallstück hinüber und zog es auf der anderen Seite zu sich heran. Sie machte einen dicken Knoten und zog ihn zu, bis das Seil fest um die Eichenbohle geschlungen war. Dann zerrte sie an dem Strickende, um die Haltbarkeit des Balkens zu prüfen, und knotete es methodisch zu einer Galgenschlinge, die genügend Spiel hatte, damit sie den Kopf hindurchschieben konnte. Anschließend kletterte sie auf die Truhe und legte sich die Schlinge um den Hals.

Sinead McKeown würde sterben.

Nicht wie eine zum Tode Verurteilte, deren Genick beim Erhängen brach oder die unter dem Fallbeil enthauptet wurde. Nein, sie hatte sich dafür entschieden, bei einem langsamen Strangulationsprozess dem Tod ins Auge zu sehen. Ein leidvoller Tod, so wie der, den die von ihr geliebten Menschen erlitten hatten. Gegenüber den Ärzten und den wenigen Trauergästen, die zur Beerdigung gekommen waren, hatte sie ihre Rolle gespielt: die der Patientin, die der Freundin, der es langsam besser ging … Doch ihre Entscheidung stand fest, seit alles vorbei war.

Das Nichts war für sie der einzige Ausweg.

Frei von jedem Gedanken, betrachtete sie zunächst ihre Hände. Unter der Haut konnte sie die Fremdkörper sehen, die langsam an die Oberfläche kamen. Wenn sie sie zu Fäusten ballte, traten sie deutlicher hervor, die Farbe war teils hellbraun, teils dunkelblau. Sie hob das Gesicht. Von der Truhe aus sah sie in der Ferne den Wald. Die Blätter färbten sich ockergelb und dunkelrot. Dies war der letzte Herbst, den Winter und Frühling würde sie nicht mehr erleben. Zwei Tränen rannen ihr über die Wangen. Sinead wischte sie ab und sah sich ein letztes Mal in dem zerstörten Haus um. Ihr Blick hielt bei der kleinen Steinstatue inne. Sie wusste nicht, ob es an dem Ruß lag, doch ihre Züge hatten jetzt etwas Beunruhigendes.

Die kleine Hexe hatte den Flammen widerstanden.

Sie war der Ursprung allen Übels. Sie trug den Tod in sich.

Sinead versuchte, diese absurden Gedanken zu vertreiben. Sie wandte den Kopf ab, bereit sich der Finsternis anzuvertrauen, als sie plötzlich die Vorstellung zurückhielt, derjenige, der die Statuette finden würde, könnte dasselbe Unglück erleiden. Sie wusste, dass das reiner Aberglaube war, dennoch löste sie die Schlinge von ihrem Hals und stieg von der Truhe. Mit dem Schürhaken begann sie, den Mörtel zu bearbeiten, der die *Sheela-na-Gig* im Mauerwerk hielt. Sie kratzte wie besessen mit der Metallspitze, dann mit den Nägeln, doch nichts bewegte sich. Sie schlug heftiger auf den geschwärzten Kalk ein, und schließlich gelang es ihr, den Haken in einen kleinen Spalt zu bohren und die Hexe aus ihrer Verankerung zu reißen.

Sie packte sie mit beiden Händen und sah ihr in die Augen. Durch die Hitze war der Granit leicht gerissen. Sie hob die

Arme und schleuderte die Figur so heftig zu Boden, dass sie in zwei Teile zerbarst. Von Hass getrieben, griff Sinead nach dem Schürhaken und schlug wie besessen auf die Hexe ein, bis nur noch ein Haufen grober Trümmer übrig blieb. Die kleine Hexe war tot, doch sie meinte, in den Überresten ein hämisches Grinsen wahrzunehmen.

Sinead schluchzte auf und sank auf die Knie.

Und plötzlich entdeckte sie etwas. Sie untersuchte die Stelle, an der sie die Statue zertrümmert hatte, genauer. In ihrer Wut hatte sie so heftig zugeschlagen, dass mehrere Fliesen beschädigt waren und sich jetzt eine kleine, dunkle Öffnung auftat.

Sie räumte den Schutt beiseite und stieß auf eine Klappe, die im Boden angebracht war. Sinead zog den Ärmel hoch und schob die Hand in die Vertiefung. Ihre Finger tasteten in dem erdigen Loch, bis sie an einen recht schweren Metallgegenstand gerieten. Sie umklammerte ihn und zerrte ihn aus der Öffnung.

Es war ein Metallkästchen, das mit dickem grünem Textilklebeband umwickelt war. Es schien nicht besonders alt. Sinead wischte die Erde ab und entfernte das Klebeband. Ihr Herz schlug schneller, als sie eine Inschrift in kyrillischer Schrift entdeckte.

»C.A. СЕКЦИЯ 4«

Sie hatte keine Ahnung, was diese Buchstaben zu bedeuten hatten. Sie öffnete das Kästchen vorsichtig und fand ein Reagenzglas, das mit einem wachsversiegelten Korken hermetisch verschlossen war.

Mit den Fingerspitzen ergriff sie die kleine Glasphiole und hielt sie gegen das Licht. Der Inhalt schien organischer Natur. Zwei längliche Objekte von etwa zwei mal drei Zentimetern, graubraun gefärbt wie zwei dünne Lederstückchen, von schmalen Streifen durchzogen und mit winzigen dunkelblauen Punkten versehen. Bei genauerer Betrachtung stellte sie fest, dass jedes der Fragmente einen feinen, behaarten Wulst aufwies.

Das sah aus wie Haut. Menschliche Haut.

Sinead schloss kurz die Augen, um den Schock dieser Entdeckung zu verdauen. Sie versuchte, Ordnung in ihre Gedanken zu bringen. Was war das? Was hatte es hier im Fußboden des Cottage zu suchen?

Das Ganze war ungeheuerlich. Wer hatte das hier versteckt? Je mehr sie überlegte, desto verrückter schien ihr die Sache, und all ihre Überzeugungen wurden erneut über den Haufen geworfen.

Sinead dachte an den Tod, dem sie knapp entronnen war.

Eins war sicher ... Die kleine Hexe hatte ihr ein Zeichen gegeben.

Sie hatte ihr einen anderen Weg gewiesen.

Kapitel 5

Paris, Frankreich
17. Oktober 1994
Dreiundzwanzig Uhr

Das Funkgerät des getarnten Renault Clio, der vor einem Kebab-Stand in der Rue Charenton hielt, knisterte.

»BAC12 … TN12 für BAC12, Individuum gemeldet, das offenbar in Panik im Sektor Daumesnil in Richtung Bastille umherirrt. Ich wiederhole …«

In diesem Moment entdeckte der Beamte der BAC, der Brigade Anti-Criminalité, eine fast nackte weiße Gestalt, die durch den Scheinwerferkegel seines Wagens rannte. Er griff nach dem Mikro.

»BAC12 an TN12 … Individuum ausgemacht, wir schreiten zur vorläufigen Festnahme. Der Kerl ist halb nackt.«

»Wahrscheinlich psychisch gestört, BAC12. Soll ich dir Verstärkung schicken?«

»Negativ. Scheint sich eher um einen besoffenen Penner zu handeln, wir kümmern uns darum. Ende.«

»Verfluchter Clochard«, sagte der Polizist und seufzte.

Er legte seinen Kebab ins Handschuhfach und rief seine beiden Kollegen, die auf dem Bürgersteig noch immer auf ihren Döner warteten.

»Girard, Crouzet, es geht los! Hier treibt sich ein Penner rum, der nicht alle Tassen im Schrank hat.«

Girard nahm auf dem Rücksitz Platz, während sich Crouzet von seinem fetttriefenden Kebab verabschiedete.

»Aziz, stell uns das warm, wir holen es später ab.«

»Wenn wir dann noch Hunger haben … Diese Rumtreiber stinken«, rief Girard und schlug die Tür zu.

Der Mann fauchte wie ein Dämon.

Sein Kopf war kahl, der Körper fast unbekleidet. Nur sein Geschlecht war mit schmutzigen Lumpen verhüllt. Seine Füße hämmerten im Rhythmus der kurzen Schreie, die seinen hechelnden Atem unterbrachen, auf dem Asphalt.

»Hast du gesehen, ob jemand hinter ihm her ist?«, fragte Girard, während er seine Armbinde anlegte.

»Nein, niemand … höchstens der Teufel … Der scheint einen ganz schönen Sprung in der Schüssel zu haben. Auf geht's zum Rodeo!«

Metzger, der am Steuer saß, schaltete die Sirene ein und raste über die Avenue Daumesnil in Richtung Place de la Bastille.

»Aber wohin ist der Irre denn bloß verschwunden?«

Laufen … Fliegen … Er hatte Angst … Angst, die ihm den Atem nahm. Ständig sah er sich um. Er hätte sich gerne seines Körpers entledigt, sich die Haut abgeschält, diese verdammte Haut, die ihm Unglück brachte. Er durfte sich vor allem nicht erwischen lassen … Dann könnte er nicht mehr rennen, und das wäre das Schlimmste überhaupt. Niemand konnte ihm mehr helfen.

Die Polizeisirene, die in seinem Rücken heulte, war wie ein Signal. Bloß nicht stehen bleiben. Der Mann beschleunigte sein Tempo und schlängelte sich plötzlich zwischen den Autos, die eine Vollbremsung machten, hindurch über die Straße und schoss in eine kleine Einbahngasse zu seiner Linken. Er musste ihnen entkommen. Um Himmels willen, bloß nicht die Bullen.

»Aber was macht dieser Verrückte denn?«, rief Metzger.

Er riss das Steuer herum und bog abrupt in die Passage Raguinot ein, in der der Flüchtige verschwunden war. Der Wagen raste durch die schmale Gasse und hielt vor den Pollern, die die Zufahrt zur Place Henri-Frenay versperrten.

Metzger erteilte seine Befehle.

»Wenn er es in den Bahnhof schafft, schmeißt er sich auf die Gleise. Lauft ihm nach, ich verständige die Bahnpolizei. Beeilt euch, ihr müsst ihn erwischen, ehe die Sache aus dem Ruder läuft …«

Mit der fluoreszierenden Armbinde »POLICE« und ihrem Funkgerät in der Hand sprangen Girard und Crouzet aus dem Clio und sprinteten in Richtung Gare de Lyon. Um diese Zeit war der Platz fast leer. Eine Gruppe Obdachloser mit ihren Hunden zeigte ihnen den Stinkefinger. Unnötig, sie zu fragen, ob sie den Irren gesehen hatten.

»Patrick, du nimmst dir den Bahnhof von innen vor, ich von außen.«

»Okay.«

Crouzet wandte sich nach links, Richtung Rue Hector-Malot, änderte dann aber seine Meinung, kehrte um und griff nach seinem Funkgerät. »BAC12 … Ich nehme mir die andere Seite vor. Vielleicht versucht er, über die Rue de Chalon abzuhauen. Wenn er um den Bahnhof herumläuft, legt er uns rein.«

»Verstanden, ich bleibe auf der Avenue Diderot. Die Bahnpolizei ist informiert. Ende.«

Crouzet beschleunigte das Tempo und gelangte auf die Rue de Chalon. Sofort nahm er in der Ferne im Licht der Straßenlaternen die weiße Gestalt wahr.

Bingo.

»BAC12, Verdächtigen ausgemacht. Er läuft zum Parkhaus Mediterranée.«

»Verstanden! Ich komme von der anderen Seite und nehme ihn an der Rue de Bercy in Empfang.«

Crouzet rannte noch schneller. Er holte auf, aber nicht genug, um ihn zu schnappen. Der Kerl verschwand im Parkhaus.

Das änderte die Gegebenheiten.

Verfluchte Bullen. Bei diesem Tempo würden sie ihn erwischen. Doch er durfte der Polizei auf keinen Fall in die Hände fallen. Er dachte kurz daran, ein Auto zu stehlen, konnte aber gar nicht fahren. Hinter einem Pfeiler hielt er kurz inne. Angst und Schmerzen schüttelten seinen fahlen Körper. Als er in der Scheibe eines Wagens sein Spiegelbild wahrnahm, stockte ihm das Blut in den Adern. Sein Gesicht schien aus dem Jenseits zu kommen. Er unterdrückte einen Schrei. Er hörte die Schritte des Bullen auf dem Betonboden, stemmte die Faust in die Hüfte, rappelte sich auf und verschwand hinter einer Reihe von Autos.

Verdammt, ein echter Zombie, der Kerl … Was ist denn das für ein Wahnsinn …

Crouzet näherte sich den Wagen, die in einer Reihe vor ihm geparkt waren. Er hatte gesehen, wie sich der Typ dahinter versteckte.

Er musste ihn überraschen.

Ein großer schwarzer Audi versperrte ihm die Sicht. Er nahm seinen Schlagstock vom Gürtel und schlich gebückt im Schutz des Autos voran. Noch ein Schritt … Er zuckte zurück, aber nicht schnell genug, um der Stirn des Zombies auszuweichen, die mit voller Wucht auf sein Gesicht prallte. Er taumelte. Der Mistkerl hatte ihm mit einem Kopfstoß die Nase gebrochen. Er hatte das Gefühl, sein Schädel müsse vor

Schmerzen platzen. Er versuchte aufzustehen, bekam aber einen Fußtritt in die Kehle und einen zweiten in die Nierengegend. Er brach endgültig zusammen, konnte jedoch noch nach seinem Funkgerät greifen.

Seine Angst hatte sich gelegt. Die Tatsache, diesen Bullen so leicht überwältigt zu haben, hatte ihm wieder Selbstvertrauen gegeben. Sinnlos, noch weiter auf ihn einzuprügeln und sich länger in diesem Parkhaus aufzuhalten. Bald würden mehr Polizisten aufkreuzen, und gegen sie könnte er nichts mehr ausrichten. Der stechende Schmerz in seiner Hüfte holte ihn in die Realität zurück. Alle seine Pläne waren gescheitert, was sollte jetzt aus ihm werden? Er durfte nicht aufgeben, er musste es schaffen. Hinkend steuerte er den Ausgang an.

Crouzet sah dem Zombie nach, der sich entfernte: seinen kahlen Schädel, den unbehaarten Körper mit den vorspringenden Rippen, die weißlich marmorierte Haut … Er fröstelte. Dieser Typ schien direkt aus einem Todeslager zu kommen.

»BAC12 … TN12 … hört ihr mich?«

»Hier BAC12, hast du ihn?«

»Negativ. Er hat mich mit einem Kopfstoß niedergestreckt …«

»Ist er bewaffnet?«

»Nein. Aber fordere Verstärkung an. Der ist völlig durchgeknallt.«

Der Mann hatte kehrtgemacht, um das Parkhaus zu verlassen, und lief jetzt geradeaus. Am Ende der Rue de Chalon bog er nach rechts in einen Tunnel ein, der zur Seine führte. Die orangefarbenen Neonlichter zogen vorbei, sein Herz klopfte zum Zerspringen. Er dachte an das Funkgerät des Polizisten, er hätte es zerstören sollen, um das Anrücken der Verstärkung zu verzögern, oder besser noch es mitnehmen müssen, um über ihre Aktionen informiert zu sein … Aber er war nicht mehr in der Lage vorauszudenken … Er musste die letzten Kraftreserven aufwenden, um zu überleben. Er sah alles nur noch verschwommen, und ein dumpfer Schmerz hämmerte ohne Unterlass in seinem Schädel. Er begann wieder zu stöhnen. Das half ihm, Angst und Stress abzubauen.

Am Ausgang des Tunnels sah er das Blaulicht eines Polizeiwagens, der in die Rue de Bercy fuhr. Er wich zur Seite aus und entdeckte Treppenstufen, die zu einer Fußgängerbrücke führten. Der Renault Clio bremste und leuchtete die dunklen Areale mit seinen kräftigen Scheinwerfern aus. Der Typ beschleunigte und hastete die Betontreppe hinauf. Oben angelangt, hielt er kurz inne; seine Lunge brannte. Je enger sich der Schraubstock um ihn zusammenzog, desto schwächer fühlte er sich. Er hob den Kopf und sah die Zivilstreife aus dem Wagen springen und in seine Richtung rennen. Sie hatten ihn entdeckt. Zu Fuß hatte er noch eine geringe Chance …

Den Männern von der BAC war das Lachen vergangen. Im Eiltempo stürmten sie auf die Fußgängerbrücke und nahmen die Verfolgung des Flüchtigen auf. Metzger allen voran. Der Typ näherte sich dem Geländer. Seine Kräfte ließen nach, seine Beine drohten, ihm den Dienst zu versagen … Metzger gab sein Letztes, doch plötzlich fuhr der Zombie herum. Der Polizist blieb abrupt stehen. Er sah, wie der Mann über das Geländer stieg und auf einen Straßenbauwagen unter der Brücke sprang.

Metzger keuchte in sein Funkgerät. »TN12, TN12 …«

»Hier TN12, ich höre …«

»Er ist uns schon wieder entwischt … Ich weiß nicht, was das für ein Kerl ist. Schickt Verstärkung. Und sperrt den Sektor 4 ab … Ich wiederhole, sperrt den Sektor 4 ab.«

Beim Aufprall auf die Ladefläche hatte er das Gefühl gehabt, sein Körper müsste auseinanderbrechen. Dann hatte er sich auf die Seite gerollt, war auf dem Asphalt gelandet und hatte sich wie durch ein Wunder wieder aufrappeln können.

Jetzt lief er, begleitet von wütendem Hupen, auf dem Mittelstreifen die Rue de Bercy entlang. Er sah das Scheinwerferlicht auf seiner fahlen Haut. Er musste anhalten und sich verstecken, das war die einzige Lösung … er konnte nicht mehr weiter. Über die Rue Van Gogh würde er an die Seine gelangen, das Erste, was er bei seiner Ankunft in Paris hatte sehen wollen … Er erinnerte sich an den letzten Frühling, als sein Kindheitstraum wahr geworden war und er vor dem Panorama des Louvre und der Bibliothèque Mazarine auf dem Pont des Arts gestanden hatte. Für kurze Zeit hatte er den Grund seiner Anwesenheit in der französischen Hauptstadt vergessen und sich wie jeder andere gefühlt. Nicht gut, nicht schlecht, nur lebendig … Sein Bein schmerzte höllisch, es gehorchte ihm nicht mehr, er zog es nach, und nur der Schmerz erinnerte ihn noch daran, dass es Teil seines Körpers war. Inzwischen heulten die Polizeisirenen im gesamten Viertel.

Er folgte weiter der Rue Van Gogh und dachte an das Bild *Bauern beim Kartoffelsetzen*, es war das einzige, das er wirklich kannte. Er hatte eine Postkarte von dem Gemälde gekauft, weil es ihn an seine Heimat erinnerte. Das Blaugrau des Himmels, die braune, abgetragene Kleidung und auch die traurigen Gesichter … Wie die der Seinen. Seine Familie, Menschen, die daran gewöhnt waren, den Rücken zu beugen. Am Ende der Straße tauchte eine Masse aus Beton und Stahl auf, zu beiden Seiten erleuchtete Kräne. Eine im Bau befindliche Brücke. Es gelang ihm, die Schnellstraße zu überqueren und seinen mageren Körper auf die Blöcke zu hieven. Dann lief er durch die rostigen Metallstangen, ohne sich auch nur einmal umzuwenden. Sein Körper hielt durch, doch er spürte, dass seine Seele nach und nach aufgab. Sie wiegte ihn in Erinnerungen, er sah sein Gesicht als Kind vor sich … sanfte Bilder … vielleicht, um den Tod weniger schrecklich zu machen. Er hörte, wie ihn die Polizisten von der Schnellstraße aus riefen. Er war angekommen. Er würde sich hier verstecken wie ein waidwundes Tier.

»Was zum Teufel macht der denn … Los, wir holen ihn«, rief Metzger.

Vier Polizeiwagen parkten am Kai. In Begleitung von zwei uniformierten Beamten kletterten Metzger und Girard auf die Brücke, um den Zombie weiter zu verfolgen. Der hatte jetzt das Ende erreicht und schwankte über dem Nichts.

»Los, ihr beiden startet ein Ablenkungsmanöver, sprecht mit ihm. Wir versuchen, ihn im Schutz der Dunkelheit von der Seite her zu überrumpeln.«

Die Beamten hatten noch keine zwei Schritte gemacht, da wandte sich der Zombie zu ihnen um, bedachte sie mit einem irren Lächeln und sprang ins Nichts.

Als sie das Ende der Brücke erreichten, sahen sie gerade noch, wie der marmorweiße Körper im schwarzen Wasser des Flusses versank.

Kapitel 6

Der Taucher von der Wasserpolizei legte seine Maske an. Er befestigte Bleigewichte an den Gurten, atmete zweimal tief durch und testete das Kommunikationssystem. Auf das Zeichen des Schlauchbootpiloten hin hob er den Daumen und ließ sich rücklings ins Wasser fallen.

Die Bewohner eines Hausboots am Quai Henri IV hatten am frühen Morgen eine Leiche gemeldet, die zwischen dem Bootsrumpf und der Kaimauer trieb. Das war der klassische Fall. Jemand fiel vom Deck, seine Lunge füllte sich mit Wasser, und er ertrank. In einem See konnte eine Leiche lange unentdeckt bleiben, bevor die Gase, die durch die Verwesung abgesondert wurden, sie wie einen Luftballon nach oben steigen ließen. In der Seine hingegen gelangten sie durch das Phänomen der Strudel relativ rasch an die Oberfläche. Und fast immer verfingen sie sich zwischen den Hausbooten und dem Kai.

Als die Einheit den Fundort erreichte, war die Leiche verschwunden.

Der Taucher leerte seine Lunge, um schneller in die Tiefe des trüben Flusses zu sinken. Er klammerte sich an die Rettungsleine, die ein Abtreiben in der Strömung, die um diese Jahreszeit heftiger war, verhindern sollte. Um ihn herum eine dunkle Brühe, in der er kaum die Hand vor Augen sehen konnte. Er schaltete seine Lampe ein und glitt an der Schraube des ersten Schiffs entlang.

Nichts.

Die Suche nach Wasserleichen war eine Drecksarbeit. Oft nahm man sie erst im letzten Moment wahr. Und da war immer diese Angst, plötzlich das Gesicht des Toten vor sich zu haben. Jedes Mal hoffte man, die anderen Taucher würden ihn als Erste finden.

Zunächst entdeckte er einen weißen, knotigen Fuß. Mit der Hand fuhr er an dem durch die Leichenstarre steifen Bein entlang, bis er an einen Haufen Lumpen in der Beckengegend geriet. Der äußerst muskulöse, aber erschreckend magere Körper hatte sich im Ruderblatt verfangen. Der Polizeitaucher schwamm um das Ruder herum und hatte das ausgemergelte Gesicht des Toten vor sich. Die glasigen Augen waren weit geöffnet, die Lippen über langen gelben Zähnen geschürzt. Er schaltete seine Lampe aus und das Mikro ein.

»Taucher 1 an Einsatzleitung … Leiche lokalisiert. Ich komme am Heck des Hausboots nach oben.«

Der Polizeikran hievte den Toten auf den Kai. Der Taucher hatte nur mit Mühe das Bein aus dem Ruder befreien können, dann hatte er den Körper in die Strömung gezogen und dort in ein breites Netz gelegt, ehe er dem Kranführer das Zeichen zur Bergung gegeben hatte. Am Ufer hatten uniformierte Beamte ihre Wagen so geparkt, dass sie einen Sichtschutz gegenüber den Schaulustigen bildeten, die sich hinter der Sicherheitsabsperrung zu drängen begannen.

Ein Rechtsmediziner und zwei Kriminaltechniker in weißen Kapuzenoveralls und mit Latexhandschuhen traten näher, entfernten das Netz und legten die Leiche des Zombies auf das Pflaster.

In erster Reihe stand Leguen, der Stellvertreter des Staatsanwalts. Ein schmächtiger dunkelhaariger junger Mann im Flanellanzug und mit feiner Goldrandbrille. Neben ihm Kommissar Martin – 2. Kripo-Division vom Revier Louis-Blanc –, ein Koloss von über einem Meter neunzig mit rasiertem Schädel und leuchtend blauen Augen, sowie Metzger, der Beamte der BAC, der zur Identifizierung der Leiche herbestellt worden war.

Er meldete sich als Erster zu Wort.

»Das ist er … das ist der Verdächtige von Montagabend.«

»Sind Sie sicher?«, fragte Leguen.

»Absolut. So einem Gesicht begegnet man nicht alle Tage.«

»Gut«, meinte der Vertreter der Staatsanwaltschaft und öffnete den dünnen Hefter, den er in der Hand hielt. »Dem Protokoll zu Folge haben Sie versucht, das Opfer in der Avenue Daumesnil festzunehmen. Nach einer tätlichen Auseinandersetzung mit einem Ihrer Männer im Parkhaus der Gare de Lyon und einem Fluchtversuch wurde er in die Enge getrieben und ist vom Pont Charles-de-Gaulle in die Seine gesprungen.«

»Ja, wir haben versucht, ihn zur Vernunft zu bringen, aber er war ganz offensichtlich nicht in einem normalen Zustand.«

»Sie haben angegeben, sein Verhalten habe auf eine psychische Störung oder Drogenabhängigkeit mit Entzugserscheinungen schließen lassen.«

»Ja, ich würde Alkoholeinfluss ausschließen, das passt nicht … der Typ schien verrückt, aber gleichzeitig klar. Er hat zugeschlagen und einen meiner Leute niedergestreckt.«

»Das könnte in der Tat auf einen Schizophrenen hindeuten, der sich angegriffen fühlt, oder auf einen Drogenabhängigen mit Entzugserscheinungen«, fiel Martin ein. »Da trifft man oft auf äußerst gewalttätige Menschen, die zu allem bereit sind, um an etwas Stoff zu kommen.«

»Haben Sie sich mit den psychiatrischen Krankenhäusern in Verbindung gesetzt?«

»Ja, aber erfolglos.«

»Gut«, meinte Leguen und wandte sich an den Rechtsmediziner und die Kriminaltechniker, die schon bei der Arbeit waren.

Der Zombie lag auf dem Pflaster. Die drei Männer, Metzger allen voran, näherten sich. Der Beamte der BAC musterte den großen, abgemagerten Körper eingehend. Die Hände waren bläulich verfärbt, und eine Reihe von Hämatomen zog sich wie eine Kette um seine Schultern. Er hatte alle Merkmale eines Süchtigen: einen dürren, knorrigen Körper, hervortretende Venen, große, gewölbte Fingernägel. Auf seinem Gesicht lag noch das irre Lächeln, mit dem er sie bedacht hatte, bevor er gesprungen war, nur dass jetzt seine dicke Zunge zwischen den bloß liegenden Zähnen aus dem Mund hing.

Die Männer in Weiß waren geschäftig. Einer von ihnen fotografierte die Leiche von allen Seiten. Der Rechtsmediziner maß die rektale Temperatur und verglich sie mit der des Seinewassers. Dann bestätigte er, dass der Todeszeitpunkt weniger als zweiundsiebzig Stunden zurücklag.

»Aber es ist unmöglich, korrekte Fingerabdrücke zu nehmen«, erklärte er. »Die Haut ist zu stark aufgeweicht. Wir müssen eine Zahnanalyse vornehmen, doch ich glaube nicht, dass der hier oft beim Zahnarzt war.«

»Und die beiden Wunden am Brustkorb und auf der rechten Hüfte?«, fragte Leguen.

»Sie sind zusammengezogen und die Ränder leicht gekräuselt, vermutlich Nagetiere, wohl Wasserratten, die ihr Glück versucht haben.«

Dann entfernten sie vorsichtig die Fetzen der Armeedrillichhose, die das Geschlecht verbargen. Der schmutzige, wasserdurchtränkte Stoff wurde nicht von Knöpfen zusammengehalten, sondern von einem dünnen Bindfaden, der offenbar als Gürtel gedient hatte. Der Techniker durchtrennte ihn mit dem Skalpell und entblößte den Körper.

Beim Anblick des Intimbereichs zuckte der Vertreter der Staatsanwaltschaft zurück. Eine klaffende, an den Rändern geschwollene Wunde, schwärzlich verfärbt, hatte förmlich ein dreieckiges Loch zwischen Bauch, Genitalbereich und Oberschenkel ins Fleisch gefressen. Im Inneren ein rotviolettes bis grünliches undefinierbares Magma von Stoff und Schorf.

»Was ist denn das für eine Scheiße ...«, flüsterte Martin.

»Jetzt verstehe ich besser, warum er das Bein nachgezogen hat«, meinte Metzger.

Leguen begnügte sich damit, dem Rechtsmediziner einen fragenden Blick zuzuwerfen, während die Kriminaltechniker die Stofflumpen durchsuchten.

»Auch hier hat der lange Aufenthalt im Wasser die Wunde mit Sicherheit beeinflusst«, erklärte der Arzt.

»Es bedarf einer eingehenderen Untersuchung, aber offensichtlich haben wir es hier mit Wundbrand zu tun. So etwas findet man bei Diabetikern, dann betrifft es normalerweise eher die Extremitäten. In Anbetracht der Stelle würde ich hier an eine schlecht behandelte Wunde denken, die zu einer Nekrose geführt hat. Die Bisse der Nagetiere ausgenommen, sehe ich keine weitere Verletzung.«

»Erkennungsmerkmale wie Narben?«

»Schlecht genähte Verletzungen. Eine am Arm, eine am Oberkörper, an den Unterarmen alte Verbrennungen von Zigaretten.«

»Das deutet auf einen Obdachlosen hin. Was haben Sie in den Taschen gefunden?«, fragte Martin die Kriminaltechniker.

»Ein voll Wasser gesogenes Paket Tabak, kein Hinweis auf Drogen, keine Papiere ... Ach, und dann noch das«, erklärte er und zeigte eine kleine Gebetsschnur mit bronzefarbenen Perlen.

Martin ergriff sie, betrachtete sie genauer und wusste sofort, worum es sich handelte.

»Das ist so ein muslimisches Ding«, sagte Metzger und nahm die Gebetsschnur an sich. Er sah sie sich von allen Seiten an und gab sie dann dem Techniker zurück.

»Der hat aber keine Ähnlichkeit mit einem Araber. Wir sollten lieber die östlichen Gemeinschaften überprüfen. Seht euch doch mal das Gesicht an, fehlt nur noch die Schapka«, meinte Martin.

Leguen wandte sich an Metzger. »Hat er nichts gesagt, kein Wort, das auf einen Akzent hätte schließen lassen?«

»Negativ.«

»Was halten Sie davon, Doktor«, fragte Leguen.

»Die vorspringenden Wangenknochen könnten in der Tat auf eine slawische Herkunft hindeuten. Aber ohne eine genauere Untersuchung scheint es mir schwierig, Schlüsse über seine ethnische Abstammung zu ziehen.«

»Gut. Danke, meine Herren«, sagte Leguen und sah auf seine Uhr. »Warten wir also das Ergebnis der Autopsie und die ersten Schlussfolgerungen der Ermittlungen ab. Dann werde ich über den weiteren Ablauf entscheiden. Man muss sicher der Spur der Gebetskette nachgehen, aber insgesamt scheint die Hypothese, dass es sich um einen Clochard oder einen Vagabunden handelt, recht einleuchtend.« Er machte eine kleine Pause und schob die Akte in seine braune Ledermappe. »Ich muss jetzt gehen, ich habe in zehn Minuten einen Termin bei Gericht.«

Die Männer schüttelten sich die Hand, das Team der Rechtsmedizin schloss den Reißverschluss des Leichensacks, schnallte ihn auf eine Bahre und schob ihn in den Transporter, um ihn zur Place Mazas zu fahren.

Martin und Metzger blieben noch eine Weile am Kai stehen.

»Was hältst du von der Sache?«, fragte der Koloss.

»Ich weiß nicht … Leguen scheint es etwas eilig zu haben, sie ad acta zu legen.«

»Ja … sie haben im Moment zu viel zu tun, und er hat keine Lust, seine Zeit mit dem Tod eines Clochards zu vertun.«

»Ich weiß … Ich habe vielleicht nicht genug insistiert, aber ich bin noch immer der Überzeugung, dass das eine komische Sache ist. Vielleicht war es ein Verrückter … aber wenn du den Kerl gesehen hättest … seinen Blick … das ist nicht das, was man kennt, mir hat er lebendig mehr Angst gemacht als tot. Und dann die Gebetsschnur …«

»Ich werde mal etwas recherchieren, ich halte dich auf dem Laufenden.«

»Okay. Fährst du nach Louis-Blanc zurück?«

»Ja.«

»Könntest du mich an der Metrostation Voltaire absetzen? Ich muss mein Motorrad aus der Werkstatt holen und bin zu Fuß unterwegs.«

»Ja, aber wir müssen uns beeilen. Um neun Uhr gibt es ein großes Meeting mit den Chefs am Quai des Orfèvres, wo ich erscheinen muss.«

Kapitel 7

»Möchtest du eine Orange?«

Raphael richtete sich im Bett auf und sah Rachels zierlichen Körper nackt in der Tür stehen, das hellbraune Haar im Nacken zusammengebunden. Sie ließ die glatte Frucht in ihrer geöffneten Hand hin und her rollen.

»Wie spät ist es?«

»Zwanzig vor neun.«

»Spinnst du …«

Der Polizeikommissar fuhr sich mit der Hand übers Gesicht. Er war zu spät dran. In fünfzehn Minuten begann die »große Messe«. Er sprang aus dem Bett und lief zur Dusche.

Rachel folgte ihm ins Badezimmer.

»Wenn ich recht verstehe, machst du dich wieder aus dem Staub wie ein Dieb.«

Er trat aus der Kabine, frottierte sein nasses Haar und schlüpfte in seine Kleidung vom Vortag.

»Entschuldige, Rachel, ich habe nicht auf die Uhr gesehen, aber ich muss mich wirklich beeilen.«

»Aber hatten wir nicht gesagt …«

»Nein … wir haben gar nichts gesagt!«

Sie atmete tief durch, um den Zorn zu unterdrücken, der in ihr aufstieg.

»Glaubst du, dass wir uns irgendwann einmal zwei Abende hintereinander sehen werden?«

»Nein, das glaube ich nicht.«

»Kann ich irgendwann auch einmal zu dir kommen?«

»Auch nicht.«

»Du bist wirklich ein Dreckskerl.«

Raphael blieb stehen und sah ihr in die Augen. »Hör zu, das ist nicht der richtige Zeitpunkt, ich habe um neun ein Meeting bei der Kripo ...«

Sie ging ins Schlafzimmer, warf die Orange aufs Bett, zog ein T-Shirt an und kam zu ihm zurück. An ihrem Blick erkannte Raphael, dass sie nicht aufzuhalten war, sie würde ihrem Zorn Luft machen.

»Dein scheiß Bullen-Meeting interessiert mich nicht. Ich bin es leid, die Geisel der Phantome deiner Vergangenheit zu sein, das ist jetzt vorbei, das war früher ... Die Dinge haben sich geändert. Ist dir bewusst, dass du von lebendigen Menschen umgeben bist? Entweder ändert sich jetzt alles oder ...«

»Oder? Nur zu, ich höre.«

»Oder ...« Rachels Stimme wurde leiser und verstummte dann ganz. »Ich kann nicht mehr, Raphael. Du kommst, du vögelst mich, du verschwindest und lässt von dir hören, wann es dir passt. Ich halte dieses Leben nicht mehr aus.«

»Hör auf mit deinen Vorwürfen ... Ich war immer ehrlich dir gegenüber.«

»Mit wie vielen anderen armen Mädchen hast du eine ebenso beschissene Beziehung wie mit mir ... Mit wie vielen, sag?!«

Schweigen. Rachel bedachte ihn mit einem eisigen Blick.

»Ist das dein letztes Wort?«, flüsterte sie dann.

»Ich glaube ja.«

»Gut. Dann nimm deine Sachen, deinen Helm, deine verdammte Knarre und vergiss auch deine Unterhosen und Socken nicht, und verschwinde. Ich will dich nicht mehr sehen. Nie mehr.«

Raphael sammelte seine Kleidung auf dem Treppenabsatz ein, stopfte die Unterwäsche in den Helm und trat in den alten hölzernen Aufzug, der sich knarrend in Bewegung setzte. Er knöpfte sein Hemd zu, schob seine .38 Special in den Holster und zog sein Cordjackett an. Als er den Kopf hob, sah er sein Bild in dem fleckigen Spiegel.

Raphael Zeck, ehemaliges Mitglied eines Marinekommandos, vor Kurzem zum Hauptkommissar befördert. Einen Meter achtundachtzig groß, lockiges braunes Haar, gebrochenes Nasenbein, leicht aufgeworfene Lippen, hellgrüne Augen mit honigfarbenen Sprenkeln. Er war gerade vierzig geworden, und seine Züge hatten sich verändert. Aber das lag nicht am Alter, sondern an etwas anderem. Ein Schatten, ein unsichtbarer Schleier, der sein Gesicht trübte und zeichnete. So als gäbe es in seinem Inneren einen Sprung, dessen Ursache er nicht wirklich festlegen konnte. Sein Bewusstsein erschien ihm wie eine Fassade mit vielen kleinen Fächern, in denen er jedes einzelne seiner Probleme, jede seiner Blessuren verschloss, um sie nie wieder zu öffnen. Das hatte ihm die Möglichkeit gegeben, in den ersten Jahren das Schlimmste zu verbergen, doch die Zeit verging, die Probleme stapelten sich, und das Kartenhaus drohte jetzt einzustürzen. Rachel hatte ganz recht, diese Szene hatte er schon x-mal erlebt. Doch er hatte nicht vor, sein Leben zu ändern, so trübe es auch sein mochte.

In seinem früheren Dasein hatte er einen Schwur abgelegt, und diese Distanz war der einzige Weg, das Versprechen zu halten, das er um nichts in der Welt brechen wollte.

Auf dem Boulevard Saint Michel warf er seine Unterhose in die erstbeste Mülltonne, setzte seinen Helm auf und ging zur Rue Michelet. Der Anblick seines Motorrads, eine Triumph TR6 aus dem Jahr 1962 – dasselbe Modell, das Steve McQueen in *Gesprengte Ketten* fuhr –, beruhigte ihn. Er setzte sich auf die Maschine und raste Richtung Île de la Cité.

Der Wind strich über sein Gesicht. Rachel gehörte jetzt definitiv der Vergangenheit an.

Er grüßte die diensthabenden Wachen vor der Nummer 36 am Quai des Orfèvres, parkte seine TR6 im Hof, lief die achtundvierzig Stufen zur Sicherheitsschleuse der Kriminalpolizei hinauf und erreichte atemlos den Raum 315. Es war Punkt neun Uhr.

»Hallo. Chef.«

Der Chef war eine Frau. Hélène Deluca, fünfundvierzig Jahre, kurzer brauner Bubikopf, schwarzes Kostüm, Pumps. Sie leitete die Dienststelle seit fünf Jahren mit eiserner Hand. Sie nickte ihm zu.

»Und hier der letzte Vertreter unserer Antiterrorbrigade, der SAT … Guten Tag, Zeck … Setzen Sie sich. Dann können wir ja anfangen.«

Raphael nahm auf einem der Stühle Platz, die im Halbkreis um den Schreibtisch der Chefin aufgestellt waren. Rauschgiftbrigade, Kripo, SAT, Finanzbrigade. Alle Verantwortlichen der verschiedenen Einsatzbereiche waren vertreten, ebenso einige Gruppenleiter des Quai des Orfèvres. Raphael nickte einem seiner ehemaligen Kollegen zu, der ebenfalls anwesend war. Insgesamt nahmen rund zwanzig Beamte an der »großen Messe« teil.

Die Chefin begann das Briefing: »Also, Sie kennen alle den Grund dieser außerordentlichen Sitzung. Unser Land ist mit immer konkreteren Attentatsdrohungen konfrontiert. Nach unseren eigenen Erkenntnissen und verschiedenen Hinweisen von DST, RG und DGSE entsteht in Frankreich ein Terrornetz. Ich überlasse Hauptkommissar Moreau von der DST, die alle Informationen zusammenführt, die näheren Ausführungen.«

Moreau war grauhaarig, fettleibig, und sein Gesicht erinnerte an das einer Bulldogge. Er räusperte sich und begann: »Wie Deluca erwähnt hat, entwickelt sich momentan in ganz Europa, vor allem aber in unserem Land, ein Terrornetzwerk. Anhand von verschiedenen Anzeichen konnten wir eine sehr ernst zu nehmende Bedrohung ausmachen. Nach unserem aktuellen Erkenntnisstand sind wir jedoch nicht in der Lage, den genauen Ursprung zu erkennen. – Wir haben heute hier die verschiedenen Dienststellen der Kriminalpolizei zusammengerufen, weil eine unbekannte Organisation langsam und auf intelligente Weise ihr Netz zu spinnen scheint, mit dem langfristigen Ziel, geheime dschihadistische Zellen zu bilden. Es ist also von größter Bedeutung, dass der geringste verdächtige Hinweis in einer Datenbank, die wir eigens einrichten, um mögliche Aktionen auf unserem Territorium oder dem unserer europäischen Nachbarn abzuwehren, gesammelt und ausgewertet wird. Die wichtigste Information, über die wir heute verfügen, ist der Name dieses Netzes: al-Qaida, was auf Arabisch so viel wie ›die Basis‹ bedeutet. Der große Unterschied zu konventionellen Terrorgruppen besteht darin, dass die Verantwortlichen versuchen, uns unbekannte Kandidaten zu rekrutieren und dann ihre Ausbildung in eigenen Lagern vorzunehmen, ehe sie sie nach Europa schicken, damit sie hier autonom ihre Aktionen durchführen. Es gibt dann keine weitere Kommunikation mit den Anführern, die bei uns aktenkundig sein könnten. Der Aufbau dieser unbekannten Organisation und ihr geheimer Charakter implizieren, dass ihre Mitglieder gezwungenermaßen irgendwann gegen das Gesetz verstoßen werden. Das bedeutet für uns, dass sowohl strafrechtliche Ermittlungen als auch solche der Finanzbrigade, der Drogenfahndung oder Kriminalpolizei für uns interessante Informationen liefern können. Auch Identitätskontrollen erbringen unter Umständen wichtige Hinweise auf Reisen verdächtiger Elemente in die Gebiete, in denen sie ihre Guerillaausbildung erfahren haben. Selbst anscheinend banale Indizien wie Überweisungen über die Western Union können uns Anhaltspunkte hinsichtlich der Finanzierung der Organisation in unserem Land geben. Ich bitte Sie also, die geringsten Vorkommnisse aufmerksam zu beobachten und uns über Ihre Vorgesetzten Informationen über alles zukommen zu lassen, was Ihnen irgendwie verdächtig erscheint. Wir erwarten keine Auswertung, sondern lediglich die Übermittlung von Beobachtungen, die unsere Experten anschließend analysieren werden.« Moreau legte eine kleine Pause ein, dann sagte er: »Gibt es dazu irgendwelche Fragen?«

Moreaus Ausführungen waren klar, die Informationen interessant. Was Raphael allerdings gegen den Strich ging, waren die selbstgefällige Art sowie die eindeutige Absicht, Einheiten, deren Aufgabe die Verbrechensbekämpfung war, vorzuschreiben, was sie zu tun und zu lassen hatten. Selbst wenn es eine Kooperation gab, spiegelte diese Ansprache doch genau die Hierarchie zwischen den Dienststellen der Terrorismusbekämpfung wider: ein bürokratischer und politischer Kampf, angeführt von den Chefs, deren oberstes Prinzip es war, die anderen Dienststellen klein zu halten und eigene Erkenntnisse sorgsam zu wahren, um später als Sieger dazustehen. Dieses widerwärtige politische Spiel steckte auch hinter Moreaus Ausführungen. Die Blicke, die Raphael mit seinen Kollegen tauschte, bestätigten ihm, dass er nicht der Einzige war, der ein solches Unbehagen empfand. Raphael wandte den Kopf zu seinem Nachbarn Martin, der sich unaufhörlich mit einem Taschentuch den Schweiß von der Stirn wischte.

»Der Ausgangspunkt unseres Dossiers«, fuhr Moreau fort, »ist der Afghanistankrieg, im Laufe dessen Abdallah Azzam – der Name dürfte etlichen von Ihnen bekannt sein – das MAK, Maktab Al-Khadamat, übersetzt ›Dienstleistungsbüro‹, gegründet hat, eine Anlaufstelle für islamistische Widerstandskämpfer. Ursprüngliches Ziel war der Widerstand gegen die sowjetische Besatzungsmacht. Die Bewegung folgt einer fundamentalistisch-sunnitischen Ideologie. Nach dem Zusammenbruch der UdSSR scheinen sich die Mudschaheddin, in deren Augen sich die westlichen Regierungen in interne Angelegenheiten der islamischen Nationen einmischen, in den Dienst verschiedener Konflikte – sei es in Algerien, auf den Philippinen, in Ägypten, Indonesien und kürzlich auf dem Balkan – gestellt zu haben. Sie planen einen blinden und unberechenbaren Krieg gegen den Westen. Das bedeutet, dass sie sich bestimmten Aktionen anschließen können, aber auch …«

»Stopp, stopp! Hier gibt es ein Problem.«

Alle Blicke richteten sich auf Raphael. Neben ihm krümmte sich Martin auf Knien vor seinem Stuhl. Er zitterte am ganzen Leib und rang nach Luft.

»Was ist los, Martin? Was hast du?«

»Ich weiß nicht, ein plötzlicher Schweißausbruch … ich habe Schmerzen …«

Er wurde von einem heftigen Krampf geschüttelt und erbrach sich.

»Verdammt … das brennt …«

»Was brennt? Sag es mir …«

Der Koloss übergab sich ein zweites Mal und brach dann stöhnend in Raphaels Armen zusammen.

»Verschwindet, zurücktreten, lasst ihn atmen … Einen Krankenwagen. Schnell!«

Raphael brachte Martin in die stabile Seitenlage und kontrollierte Atmung und Puls.

Die Chefin gab ihre Anweisungen: »Alle verlassen den Raum! Drago, suchen Sie die Nummer seiner Frau und informieren Sie sie über seinen Gesundheitszustand. Agathe, Sie kümmern sich bis zum Eintreffen des Notarztes um den Kranken. Raphael, Sie rufen sein Revier an und geben mir eine Aufstellung seiner Einsätze innerhalb der letzten vierundzwanzig Stunden.«

»Verstanden«, antwortete Raphael. »Los, beeilt euch, sonst stirbt er uns noch unter den Händen weg.«

Kapitel 8

Raphael legte abrupt auf und erhob sich in dem Moment, als sein Mitarbeiter Drago das Büro betrat.

»Ich habe mit seiner Frau gesprochen, sie hat keine Ahnung, was das sein kann. Martin hatte keine gesundheitlichen Probleme. Sie ist auf dem Weg zum Hôpital-Dieu. – Und was hast du auf seinem Revier herausgefunden?«

»Dass wir zum Rechtsmedizinischen Institut fahren. Ich erkläre es dir unterwegs. Sieht gar nicht gut aus.« Raphael wandte sich an Agathe Perriand, die junge Polizeiinspektorin des Teams, die das Büro nebenan hatte. »Nimm Kontakt mit dem Erkennungsdienst auf, um herauszufinden, wie weit sie mit der Identifizierung der Leiche sind, die sie heute Morgen am Quai Henri IV aus dem Wasser gezogen haben. Die Ergebnisse leitest du direkt an die Chefin weiter. Wenn du vor meiner Rückkehr Informationen hast, schickst du sie mir in die Rechtsmedizin.«

Die beiden Beamten liefen die Treppe hinunter und stiegen in ihren Dienstwagen, einen Renault Laguna. Drago setzte sich ans Steuer, während Raphael das Blaulicht auf dem Dach befestigte. Auf dem Quai des Orfèvres schalteten sie die Sirene ein und fuhren Richtung Place Mazas.

»Na los, sag schon, was ist passiert?«

»Eine echte Katastrophe. Ein Kollege der BAC, ein stellvertretender Staatsanwalt und ein Rechtsmediziner sind in demselben Zustand wie Martin, außerdem zwei Männer des Erkennungsdienstes und ein Taucher der Wasserpolizei. Alle weisen die gleichen Symptome auf. Sie haben heute Morgen eine Leiche aus der Seine gefischt, nach ersten Vermutungen geht das Problem von ihr aus. Die Büros des 2. Reviers sind geräumt und mit einem Geigerzähler kontrolliert worden. Bei dem versiegelten Paket mit den Sachen des Ertrunkenen hat das Gerät ausgeschlagen. Vor allem über einer kleinen muslimischen Gebetskette, einer *Misbaha,* hat es völlig verrücktgespielt. Kurz, eine große Scheiße. Ich hatte auch die Chefin am Telefon, die mit dem Staatsanwalt gesprochen hat. Die Sache wird vom Ministerium bearbeitet, aber auch die Antiterrorsektion der DST wird eingeschaltet. Kurz, der Fall landet bei uns, und eins weiß ich jetzt schon, das wird kein Honigschlecken.«

Am Eingang des Rechtsmedizinischen Instituts zeigten Raphael und Drago ihren Dienstausweis vor und betraten dann den großen Ziegelbau. Ein Polizist führte sie durch das Gewirr der Gänge im Untergeschoss bis zum Autopsieraum. Bevor sie eintraten, warf Raphael seinem Kollegen einen Blick zu. Stefan Dragovic, »Drago« oder »der Serbe« genannt, langes, stets fettiges Haar, dunkle Haut, Boxernase, war nicht sehr groß, aber stämmig wie ein Betonklotz. Die Kraft, die von ihm ausging, wurde noch durch die dicke Lederjacke verstärkt, die er wie einen Panzer trug. An seiner Seite fühlte sich Raphael unangreifbar. Drago war im Alter von zwölf Jahren mit seinen Eltern nach Frankreich gekommen und in Marseille aufgewachsen, wo er etliche kleine Jobs – vom Türsteher bis zum Docker – gehabt hatte. Mit zweiundzwanzig hatte er angefangen, Autos zu schmuggeln, er kaufte gestohlene Sportwagen, die er dann in Jugoslawien absetzte. Nach einer Polizeikontrolle, die fast eine schlechte Wendung genommen hätte, hatte er sich besonnen und ein Jurastudium begonnen. Einige Jahre später war er zur Polizei gegangen. Durch seine Ganovenerfahrung, gepaart mit Schnüfflerinstinkt und Sinn fürs Praktische, war er seinen Vorgesetzten aufgefallen und nach knapp drei Jahren zu der angesehenen Kriminalpolizei am Quai des Orfèvres versetzt worden.

Eine Ansammlung von dunklen Anzügen und verschlossenen Gesichtern stand rund um den Autopsietisch, auf dem die Leiche des Ertrunkenen lag.

»Guten Tag, Hauptkommissar Zeck und mein Mitarbeiter Kommissar Drago.«

Anwesend waren Staatsanwalt Naigeon, Chefarzt Schrameck und Thierry Dumas, Hauptkommissar der DST. Dann gab es einen weiteren hochgewachsenen Mann mit schütterem blondem Haar in einem Arztkittel und mit Latexhandschuhen, den Raphael nicht kannte.

Schrameck stellte ihn vor: »Mein Kollege Professor Messier, einer der kompetentesten Spezialisten für Strahlenunfälle. Ich habe ihn zu der Obduktion hinzugebeten. Und zu Ihrer Information: Er hat die Verlegung der Opfer ins Institut Curie und ins Militärkrankenhaus von Percy veranlasst. Dort bekommen sie die beste Behandlung, denn einige von ihnen schweben in Lebensgefahr.«

Raphael begrüßte den Professor mit einem Nicken und trat zu der Leiche. Die Obduktion war bereits abgeschlossen, und die Schnitte waren wieder vernäht. Schweigend betrachtete der Hauptkommissar den unbehaarten Körper und ließ den Blick über die Y-förmige Narbe auf dem Brustkorb gleiten. Im grellen Licht der OP-Lampe erinnerte er eigenartig an eine barocke Fotografie von Witkin – dem poetischen Fotografen der Toten und körperlich Deformierten. Der Geruch nach verwesendem Fleisch brachte ihn in die Realität zurück. Er starrte auf die schwärzliche Wunde, die sich von der Scham bis zum Unterbauch erstreckte.

»Die Todesursache?«

Schrameck trat näher und erklärte: »Ertrinken.«

»Und diese Wunde?«

»Eine Strahlenverbrennung«, fiel Messier ein. »Dieser Mann trug einen Gegenstand mit ionisierender Strahlung in der Hosentasche. Er muss ihn recht lange bei sich gehabt haben, ohne zu begreifen, was mit ihm geschah. Das kommt bedauerlicherweise häufig vor. Im Curie habe ich georgische Soldaten behandelt, sie hatten Brennstäbe mit radioaktivem Cäsium 137 aufgesammelt, die auf den russischen Militärbasen zurückgeblieben waren, ohne zu ahnen, um was es sich handelte. Sie haben sie für Kugelschreiber oder Schlüsselanhänger gehalten und in die Tasche gesteckt. Das Resultat sehen Sie hier vor sich.«

»Wollen Sie damit sagen, dass so gefährliche radioaktive Substanzen einfach in der Gegend rumliegen?«

»In Westeuropa sind die Quellen einigermaßen unter Kontrolle, aber im ehemaligen Ostblock ist das alltäglich. Die Russen haben sich von einem Tag auf den anderen aus den alten Republiken zurückgezogen, ohne die Militärstützpunkte vorher zu säubern … Dieses Zeug ist überall zu finden, und wir werden häufiger mit solchen Unfällen konfrontiert.«

»Tragen die Opfer immer solche Wunden davon?«

»Ja. Die Strahlenkrankheit. Das ist ein Zusammenspiel verschiedener Symptome, die die inneren Organe betreffen oder Verletzungen wie diese hervorrufen können. Wir werden zusätzliche Chromosomenuntersuchungen vornehmen, aber nach dem Zustand der Wunde würde ich sagen, dass es sich um eine Dosis unter oder gleich zehn Grays handelt. So ein Prozess dauert mehrere Wochen; es fängt mit einer Rötung der Haut an, die später reißt und ein kleines Loch bildet, ähnlich dem Brandmal einer Zigarette. Die Wunde vergrößert sich dann nach und nach, ohne dass man etwas dagegen tun könnte, das Gewebe stirbt ab, bis sich eine klaffende Wunde ergibt, wie bei diesem Opfer. Ich habe eine junge Dorfbewohnerin aus der Ukraine behandelt, die einer Strahleneinwirkung ausgesetzt war, nachdem sie mitten auf dem Land ein radioaktiv verseuchtes Fass gefunden hatte. Es schneite, und sie und ihre Freundin bemerkten, dass der Schnee um dieses Fass herum schmolz. Den beiden Mädchen war kalt, und sie lehnten sich an das Metall, um sich zu wärmen. Die Folgen können Sie sich sicher vorstellen. Eine der beiden ist sehr schnell gestorben, bei der anderen war das Brustgewebe derart stark geschädigt, dass ich den Herzmuskel sehen konnte. Die Schmerzen sind grauenvoll. Manche Patienten begehen Selbstmord, so unerträglich sind sie. So war es vermutlich auch bei diesem armen Mann, er muss derart gelitten haben, dass er sich in die Seine gestürzt hat. Was Ihre Kollegen betrifft, so sind chirurgische Eingriffe geplant, die sich über mehrere Monate hinziehen werden. Dabei wird das verbrannte Gewebe ausgeschält und durch Transplantationen ersetzt.«

Während er dem Arzt aufmerksam lauschte, musterte Raphael Thierry Dumas von der DST. Er hatte von ihm gehört, war ihm aber noch nie begegnet. Der Mann war etwa einen Meter achtzig groß und dunkelhaarig, der schlanke Körper stand im Kontrast zu dem runden Gesicht mit der hohen Stirn und den schwarzen Augen hinter der Hornbrille. Die Hakennase berührte fast den Mund und verlieh ihm etwas von einem Nagetier, was nichts Gutes für die künftige Zusammenarbeit verhieß.

Jetzt mischte sich Dumas in das Gespräch ein: »Der einzige Unterschied ist, dass diese Sache in Frankreich passiert ist. Wenn solche Substanzen hier im Umlauf sind, könnte sich Paris schnell in ein zweites Tschernobyl verwandeln. Welches Risiko besteht in technischer Hinsicht für die Bevölkerung, wenn so etwas in die Hände von Terroristen gelangt, Professor? Sie könnten eine sogenannte schmutzige, das heißt radiologische Bombe bauen … und was noch?«

»Nach meiner Ansicht stellen diese radioaktiven Quellen eine ernsthafte Bedrohung dar. Und zwar nicht nur zur Herstellung einer schmutzigen Bombe. Es könnte noch schlimmer kommen. Die Vorstellung, dass die Terroristen beispielsweise ein Dutzend Kapseln mit Cäsium oder Kobalt 60 unter den Sitzen der Metro oder an anderen öffentlichen Orten deponieren, scheint mir nicht abwegig. Wenn man bedenkt, wie viele Menschen in einem einzigen U-Bahn-Zug sitzen, ist die Berechnung schnell gemacht … Wir hätten es mit einer echten Zeitbombe zu tun, mit Tausenden von Strahlenopfern. Und es würde zu einer kollektiven Psychose führen … Ein solcher Angriff hätte katastrophale Folgen.«

Nach Messiers Ausführungen herrschte eisiges Schweigen. Bislang belegte nichts, dass es sich bei dem Toten um einen Kriminellen handelte, aber allein der Gedanke, dass ein solches Szenario Wirklichkeit werden könnte, war mehr als erschreckend.

Schließlich meldete sich Raphael zu Wort: »Sie haben sicher recht, das Worst-Case-Szenario auszumalen. Die Strahlenkrankheit dieses Mannes, ob er nun Opfer oder Beteiligter war, lässt entweder auf eine Terroraktion schließen oder auf einen Schmuggel radioaktiver Substanzen, aber es ist nicht nachvollziehbar, dass …« Er hielt kurz inne.

»Weiter, Zeck«, forderte ihn der Staatsanwalt auf.

»Ich möchte verstehen, warum dieser Mann Strahlen ausgesetzt war. Wenn er ein Schmuggler war, kannte er mit Sicherheit die Gefahren dieser Substanzen, und das erklärt nicht …«

Dumas unterbrach ihn: »Wenn man so etwas an öffentlichen Plätzen verstecken will, braucht man zwangsläufig Kamikaze. Das könnte bedeuten, dass die Operation bereits begonnen hat.«

Drago unterstützte Zeck: »Das ist doch recht unwahrscheinlich und zwar aus dem einfachen Grund, dass man solche Art Waffen, wenn man sie verkauft, nicht in der Tasche herumträgt.«

»Außer er hätte nicht gewusst, um was es sich handelt.«

Raphael überlegte kurz. In diesem Punkt hatte Dumas recht,

der Typ wusste sicher nicht, was er da mit sich herumtrug. Doch das erklärte noch nicht alles.

»Okay«, stimmte er zu. »Aber die Gebetskette ... Warum war die radioaktive Quelle gerade in ihr verborgen? Da gibt es doch diskretere Arten. Diese Hypothese ist nicht stichhaltig. Im Hinblick auf die erwähnten Elemente glaube ich nicht, dass der Kerl diese Substanz bei sich hatte, weil er ein Attentat plante.«

»Ich denke, es ist noch etwas zu früh, um Dinge auszuschließen«, zischte Dumas. »Ich bin der Meinung, dass der Typ sich nie in eine Notaufnahme begeben hat, weil er mit Sicherheit etwas zu verbergen hatte. Diese Möglichkeit darf man keinesfalls vernachlässigen.«

Genau. Der Mann hatte Höllenqualen ausgestanden, ohne sich behandeln zu lassen. Das war fast ein Schuldgeständnis. Dennoch war Raphael überzeugt, dass die Vermutung eines terroristischen Anschlags nicht plausibel war. Messiers Aussage war eindeutig: Die Verbrennung war schon mehrere Wochen alt. Wenn radioaktive Quellen an öffentlichen Plätzen deponiert worden wären, hätte man schon seit Langem eine erste Welle von Opfern. Das schien offensichtlich. Irgendetwas stimmte bei Dumas nicht. Der Beamte der DST schien mit aller Gewalt zu versuchen, die Ermittlungen in eine terroristische Richtung zu lenken, dabei gab es keinen Hinweis, der eine solche Überzeugung mit Sicherheit belegt hätte. Sein Verhalten konnte verschiedene Gründe haben: Entweder hatte diese Sache mit einem Fall zu tun, an dem die DST arbeitete, und er hatte den Auftrag, die Kripo fernzuhalten, das hieß, er versuchte, den Staatsanwalt in diesem Sinn zu beeinflussen. Oder aber das Innenministerium versuchte, Gerüchte über eine terroristische Bedrohung in die Welt zu setzen, um schärfere Sicherheitsmaßnahmen zu rechtfertigen. Diese Annahme passte zu der Versammlung vom Vormittag. Es gab nichts Besseres, um die Leute in Wahlkampfzeiten von den wahren

Problemen abzulenken. – Wie auch immer, Dumas versuchte sie in die Irre zu führen.

Raphael entschloss sich zum offenen Angriff: »Was genau soll dieses Spielchen, Dumas? Sie bieten uns Hypothesen an, von denen die eine wackliger ist als die andere, ganz so, als wollten Sie uns aus dem Fall drängen … Sagen Sie uns lieber, was Sie wissen oder was die DST vorhat, damit wir endlich weiterkommen. Arbeiten Sie an einem Fall, der mit dieser Sache in Verbindung steht?«

Dumas schien verunsichert und räusperte sich. »Meine Herren, ich will keinen Streit mit der Kripo, aber ich werde Ihre Frage mit derselben Offenheit beantworten. Zunächst sind Ihre Anspielungen auf eine angebliche Manipulation seitens der Direktion der territorialen Überwachung unbegründet. Und dann, Zeck, scheint Ihnen nicht klar zu sein, dass nicht alle hier anwesenden Personen ermächtigt sind, sämtliche Informationen über den Verlauf der Ermittlungen zu erfahren. Angesichts Ihrer Haltung scheint es mir angebracht, die Voruntersuchungen zunächst einer qualifizierten Dienststelle zu übertragen. Sobald die gerichtliche Untersuchung eingeleitet ist, kann die SAT dann voll und ganz ihre Rolle übernehmen.«

»Hören Sie«, brauste Raphael jetzt auf, »Sie sind Champion in allem, was die Geheimhaltung betrifft. Aber auch wir sind in der Lage, sensible Informationen für uns zu behalten. Und ich glaube nicht, dass die SAT weniger qualifiziert ist, solche Ermittlungen zu führen. Wenn die hier Anwesenden vorgeladen wurden, dann weil sie wesentlich dazu beitragen können, den Fall schnell zu lösen. Sollte der Staatsanwalt später entscheiden, keine gerichtliche Untersuchung einzuleiten und den Fall der DST zu übergeben, umso besser für Sie, dann haben Sie Gelegenheit, einen Krisenstab einzurichten und unter ermächtigten Personen zu diskutieren. Einstweilen ist – ob Sie wollen oder nicht – die SAT zuständig. Unsere Ermittlungen werden ab jetzt vor Ort vorgenommen. Und Sie sollten uns lieber zuarbeiten, statt zu versuchen, uns Steine in den Weg zu legen, und wenn Sie es schon versuchen, dann bitte auf intelligentere Art.«

»Langsam, Zeck«, fiel der Staatsanwalt ein. »Ich fordere Sie zu einer guten Zusammenarbeit auf. Begraben Sie diesen albernen Streit! Leiten Sie die Ermittlungen so rasch wie möglich ein. Wie sehen Sie die Dinge?«

Raphael atmete tief durch, um zur Ruhe zu kommen. »Die Identifizierung wird Probleme aufwerfen, aber ich bin doch optimistisch, dass so ein Typ nicht unbemerkt bleibt. Ich denke, es ist das Beste, mit einer Nachbarschaftsbefragung um die Avenue Daumesnil zu beginnen und parallel zu versuchen, möglichst viel über seine Vergangenheit in Erfahrung zu bringen. Wir werden ausreichend Leute dafür abstellen. Drago und ich werden die verschiedenen Fährten verfolgen.«

»Gut, aber bitte übermitteln Sie mir umgehend sämtliche Informationen, ich stelle die Verbindung zur DST und zur Kripo her, bis das Tribunal de Grande Instance einen Untersuchungsrichter festgelegt hat. Dasselbe erwarte ich von Ihnen, Dumas.«

Das Telefon im Autopsieraum unterbrach ihn.

Schrameck hob ab. »Ja, einen Moment«, sagte er. »Zeck, das ist für Sie.«

Raphael ging zum Apparat und nahm den Hörer. Er lauschte aufmerksam, ohne etwas zu sagen, und gab dann leise einige Anordnungen. Nachdem das Gespräch beendet war, legte er auf und kehrte zu den anderen zurück.

»Ich kann das Ergebnis nicht garantieren, aber wenn das, was ich gerade erfahren habe, etwas mit unserem Fall zu tun hat, kann man sagen, dass es einen Gott für die Beamten der Antiterrorbrigade gibt.«

Kapitel 9

Die Hände fest um das Lenkrad ihres alten blauen Saab 93 gelegt, fuhr Sinead auf direktem Weg nach Dublin.

Die kyrillischen Buchstaben …

Gari …

Er war im Schatten des Eisernen Vorhangs aufgewachsen …

Sie wollte das alles begreifen, und dazu musste sie am Leben bleiben, erst dann würde sie entscheiden, wie es weitergehen sollte …

Seit ihrer Abfahrt aus Letterkenny drei Stunden zuvor hatte sie nur einmal angehalten, um zu tanken, und hatte dabei das mysteriöse Metallkästchen nicht aus den Augen gelassen. Die ganze Fahrt über hatte sie ununterbrochen darüber nachgegrübelt, wer wohl das Kästchen im Haus versteckt haben könnte und warum. Sie hatte alle Möglichkeiten in Betracht gezogen … Und jedes Mal kam sie zum gleichen Schluss: Gari … Nur er konnte es gewesen sein. Allerdings konnte sie keine Verbindung zwischen dieser seltsamen Entdeckung und ihrem Mann herstellen, und es fiel ihr schwer zu akzeptieren, dass er ein solches Geheimnis für sich behalten hatte.

Nach ihrem Fund war sie in ihr Hotel in Fahan zurückgekehrt und hatte ihre alte Freundin Mia Lindstat angerufen, allerdings ohne sie zu erreichen. Daraufhin hatte sie beschlossen, sich auf den Weg zu machen. Sie würde sie direkt aufsuchen und von ihrem Problem erzählen. Sinead brauchte Hilfe, und Mia war die einzige Person, an die sie sich wenden konnte.

Sie entschied sich für die schnellste Strecke auf Nebenstraßen, die über britisches Territorium führten und von den Soldaten der IRA benutzt wurden, um von Eire nach Nordirland zu gelangen. Manche waren durch große, von den Briten installierte Betonklötze versperrt, doch die Einheimischen hatten mit Baggern Seitenstreifen freigelegt, um sie zu umgehen. Über Cookstown und Armagh näherte sie sich bald ihrem Ziel. Als sie das Schild »Dublin Exit 1/an Làr – City Center« sah, verlangsamte sie das Tempo.

Es war vierzehn Uhr, als sie die Hauptstadt erreichte.

Sinead kam nur selten nach Dublin. Vier Jahre zuvor hatte sie beschlossen, im friedlichen Donegal zu leben – ein krasser Gegensatz zu ihren Reportagen, die sich vorwiegend mit Ländern im Kriegszustand befassten. Nur um ihre wichtigsten Artikel abzuschließen, hielt sie sich hier auf. Sie liebte die aufgeheizte Stimmung in der Redaktion der *Irish Times*, wenn besonders brisante Themen anstanden. Dublin, das war auch die Studentenzeit im Trinity College. Anfangs hatte sie in die Fußstapfen ihres Vaters, seines Zeichens Mathematikprofessor, treten wollen. Vier Jahre schweißtreibendes Pauken, das in die Forschung geführt hätte, wo sie doch mit dem Leben konfrontiert sein wollte. Mit zweiundzwanzig hatte sie das Studium geschmissen und Kurse in politischen Wissenschaften am T-College belegt und drei Jahre später die Uni mit einem Master in der Tasche verlassen. Matt Callagher, ihr Philosophie-Prof und Leitartikler der *Irish Times*, hatte ihr einen Job bei den »Lokalnachrichten« besorgt. Dank ihres Engagements hatte sie leicht die Karriereleiter bis zum Reporter erklommen, ihr Traumberuf und einziger Lebenszweck, bis sie Gari begegnet war.

Sinead fuhr jetzt die Swords Road entlang, die von Kränen gesäumt war. Ganz Dublin wurde von Baustellen beherrscht – ärmliche Cottages mit von Luftverschmutzung geschwärzten Fassaden wichen Bürogebäuden und Sozialwohnblocks, die sich kaum weniger abweisend ausnahmen. Dicke anthrazitfarbene Wolken zogen über den Himmel und warfen ihre gewaltigen Schatten auf die Ziegelbauten. Sie setzte den Blinker und fuhr weiter durch schmalere Gassen mit einladenden Pubs, bis sie den Bachelor's Walk erreichte, an dem der Liffey River, glatt und spiegelnd wie ein Bleistrom, hin zur Irischen See glitt.

Sie stellte den Wagen auf dem Parkplatz der *Irish Times* ab, legte die letzten Meter zu Fuß zurück und betrat das Trinity College über den Eingang in der Pearse Street, um auf diese Weise den Touristenmassen zu entgehen. Während sie das Universitätsgelände durchquerte, sah sie in der Ferne den Campanile, die Old Library und vor allem ihr bevorzugtes Gebäude, das Graduate's Memorial Building mit der »Phil«, der Philosophical Society, deren Donnerstagsdebatten und Vorträge sie nur selten versäumt hatte. Ihr gefielen die vielfältigen Themen wie »Das Leben nach dem Tod«, »Die Einheit Irlands«, »Die Vorherrschaft der britischen Kultur« … Doch was ihr am meisten zusagte, war die Vorstellung, dass diese Hörsäle, in denen sie selbst gesessen und diskutiert hatte, noch immer von der Präsenz berühmter Persönlichkeiten durchtränkt waren. Die Vorstellung, dass sie den Fuß auf denselben Pflasterstein und sich selbst auf dieselbe Bank gesetzt hatte wie einst ein Oscar Wilde, Isaac Newton oder Samuel Beckett, war an sich schon ein Grund zur Lebensfreude. Doch bei aller Wehmut – diese Zeiten lagen weit zurück, und im Augenblick steuerte sie rasch auf das Moyne Institute zu, das Labor für Mikrobiologie, in dem Mia Lindstat arbeitete.

Auf der gegenüberliegenden Seite der großen Rasenfläche erhob sich das Gebäude aus den Fünfzigerjahren in L-Form mit seinen eintönigen Fensterreihen und Betonsäulen. In diesem Teil des Campus hatte der georgische Stil öder und trostloser Architektur Platz gemacht. Sinead erklomm die Stufen der Außentreppe und betrat das Gebäude. In der menschenleeren Eingangshalle warben mehrere Plakate für die Vorbeugung gegen Infektionskrankheiten und den Kampf gegen Malaria. In einer Ecke neben einem Pult, auf dem ein Telefon stand, hing eine Tafel mit den Namen und internen Telefonnummern der Wissenschaftler und Techniker. Sie entdeckte die von Mia, hob den kleinen Hörer ab und wählte die 1190. Es klingelte, und eine männliche Stimme antwortete.

»Labor für mikrobielle Pathogenese …«

»Guten Tag, mein Name ist Sinead McKeown, ich bin in der Halle. Ich möchte mit Doktor Lindstat sprechen.«

»Haben Sie einen Termin?«

»Ich bin eine Freundin.«

»Einen Moment bitte.«

Sinead und Mia waren sich im ersten Jahr für angewandte Mathematik begegnet. Mia hatte sich dann für die Medizin entschieden. Die beiden Studentinnen waren unzertrennlich gewesen, bis Mia nach Stanford in Kalifornien wechselte. Eine Trennung, unter der Sinead sehr gelitten hatte. Dann hatte die Zeit das ihre getan und die Bande zwischen den Freundinnen allmählich gelöst. Sie hatten sich seit knapp sieben Jahren nicht mehr gesehen, ja nicht mal gesprochen. Sinead hatte nur durch eine Umzugsanzeige ohne ein persönliches Wort erfahren, dass Mia Lindstat nach Irland zurückgekehrt war, und nicht einmal darauf reagiert.

Das Klappern von Absätzen, gefolgt von einer klangvollen dunklen Stimme, hallte durch den Eingang.

»Sinead … bist du's wirklich?«

Sinead drehte sich um. Eine schlanke Gestalt in weißem Kittel kam auf sie zu. Statt zu antworten, lächelte Sinead nur. Das schwarze Haar zu einem Pagenkopf geschnitten, große helle Augen, eine spitze Nase, ein sehr blasses Gesicht à la Louise Brooks, von dem sich die brombeerfarbenen Lippen stark abhoben. Sinead war immer der Überzeugung gewesen, dass ihre Freundschaft durch eine gegenseitige physische Anziehung entstanden war. Ihre Beziehung war lange ambivalent gewesen. Mit den Jahren schien Mia femininer geworden zu sein, unter dem Arztkittel erahnte man ein großzügiges Dekolleté und perfekt geschnittene Jeans, die ihre langen Beine unterstrichen.

»Mein Gott …«, murmelte Mia und trat näher. »Welche … Wie ich mich freue, dich zu sehen …«

Sinead schloss die Lider. Als ihre Freundin sie umarmte, spürte sie, wie ihr die Tränen in die Augen stiegen.

»Was ist los mit dir, dein Gesicht … Hattest du einen Unfall?«

Sinead brach in Schluchzen aus.

»Komm, lass uns woanders hingehen … Erzähl mir, was passiert ist.« Mia nahm sie bei der Hand und zog sie in den Park unter einen Baum.

Sinead berichtete von den Ereignissen, ohne ein Detail auszulassen. Der Unfall, das Krankenhaus, ihre Selbstmordgedanken, das mysteriöse Kästchen, das sie daran gehindert hatte, ihrem Leben ein Ende zu setzen. Mia hörte ihr schweigend zu, unterbrach sie nicht ein einziges Mal, hielt aber die ganze Zeit über schwesterlich ihre Hand. Allmählich ließ das Schluchzen nach. Ihre noch immer intakten freundschaftlichen Bande weckten unendlich sanfte Erinnerungen. Sinead hatte den Eindruck, dass sie durch ihr Leben mit Gari diese Vergangenheit verdrängt hatte, ähnlich wie ihre Begegnung mit Mia damals die Gewalttätigkeiten ihrer Kindheit ausgelöscht hatte. So als wäre sie in jeder Lebensphase, die stets durch eine abrupte Trennung geprägt war, von einer Art Amnesie heimgesucht worden. Mia bewies ihr heute, dass nichts unumkehrbar war, dass manche Bindungen alles überdauerten, egal was passierte. Zum ersten Mal seit dieser furchtbaren Nacht fühlte sie sich frei und zuversichtlich genug, um ihre Verzweiflung in Worte zu fassen.

Mia würde ihr helfen.

Sie war dazu in der Lage.

Sie kehrten in das Gebäude zurück und begaben sich in das Büro der Wissenschaftlerin, einen von Neonlampen erleuchteten großen Raum, der völlig unpersönlich war und so gar nicht zu ihrer Freundin passte. An allen Wänden Regale mit Stapeln von Fachliteratur, nur auf dem Schreibtisch im viktorianischen Stil herrschte vergleichsweise Leere. Mia hatte neben ihrem Computer einen Rahmen aufgestellt mit einem Foto von einem Mann, älter als sie, in Begleitung von zwei Kindern.

»Ist das deine Familie?«, fragte Sinead.

»Ja, Leah, meine Tochter, und Milan, mein kleiner Sohn.«

»Und das ist dein Mann?«

»Ja, Lewis Sommerfield, er ist Anwalt, wir haben uns in San Francisco kennengelernt, er ist zwanzig Jahre älter als ich … Ich bin wie du und habe wohl immer schon mehr einen Vater als einen Geliebten gebraucht. Wir sind nicht verheiratet, aber wir haben diese beiden charmanten Bambini.«

»Lebt er hier mit dir in Dublin?«

»Es ist kompliziert …« Mia seufzte. »Ich vegetierte in Stanford regelrecht vor mich hin, bis ich dann diese Chance bekam und man mir einen echten Forschungsposten anbot … kurzum, ich musste mich entscheiden: dies hier annehmen oder einen Schlussstrich unter meine berufliche Karriere ziehen. Es ging ganz schön heiß her bei uns, aber langsam renken sich die Dinge wieder ein: Er will noch dieses Jahr herziehen … das ist nicht leicht für die Kinder … ihr Papa fehlt ihnen wirklich …«

»Ja, ein Leben ohne Vater ist schwer«, meinte Sinead und lächelte.

Mia erwiderte ihr Lächeln und wechselte dann das Thema.

»Zeig mir, was du da hast … Ist es in diesem Kästchen?«

»Ja.«

Sinead stellte das Kästchen auf den Tisch und hob den Deckel mit ähnlicher Vorsicht an wie bei der ersten Entdeckung.

»Hast du eine Pinzette oder etwas in der Art?«, fragte sie.

»Ja, zeig her …«

Sinead nahm das Glasröhrchen heraus und reichte es Mia. Die Wissenschaftlerin öffnete es und zog mit einer langen, feinen Pinzette die bräunlichen Fragmente heraus. Sie schnitt eine Grimasse.

»Was ist das denn … man könnte meinen …«

»Menschliche Haut«, hauchte Sinead.

»Mein Gott … was hat das zu bedeuten …«

Der Profiinstinkt der Ärztin gewann gleich die Oberhand. Aus einer ihrer Schreibtischschubladen zog sie ein Paar Latexhandschuhe und eine Lupe hervor, um den Inhalt des Glasröhrchens zu begutachten.

»Augenlider, könnte man meinen … Keine saubere Arbeit … Ein grober Skalpellschnitt um die Augenhöhlen … An manchen Stellen wurde die Haut regelrecht vom Knochen gerissen. Ich kann dir jetzt schon sagen, dass es sich um alles andere als das Werk eines Nobelpreisträgers der Medizin handelt.«

Sie drehte die Hautfetzen um.

»Da sind noch Spuren … dort. Siehst du? So als hätte man die Klinge mehrmals am Rand der Haut angesetzt, höchstwahrscheinlich um sie unterhalb der Augenbrauen vom Knochen zu lösen.«

Sinead trat an Mias Seite, inspizierte die Lider eingehend und deutete auf verstreute bräunliche Flecken. »Was mich stutzig macht, ist das Aussehen der Haut. Wie altes Leder … Hast du diese Spuren gesehen? Wie winzige Pigmentpunkte, es gibt Dutzende davon …«

»Ja, ich weiß auch nicht, was es ist, vielleicht Schimmelpartikel, wie diese weißliche Masse hier und dort. Es ist nicht mein Fachgebiet, doch ich würde sagen, die Haut wurde behandelt … Eines ist sicher: Derjenige, dem diese Lider gehört haben, ist schon länger tot.« Mia hob den Kopf. »Lass mich das Kästchen ansehen …«

Sinead reichte ihr das Behältnis.

Die Wissenschaftlerin inspizierte es genauestens. »Es kommt aus der Sowjetunion …« Sie ließ ihre Finger über die kyrillischen Buchstaben gleiten. »Weißt du, was das bedeutet … Große Reporterin … Ist Russisch in deinem Metier nicht obligatorisch?«

»Mein Spezialgebiet ist eher Europa, der Nahe Osten … außerdem hat mich Gari nicht dazu ermutigt – er hatte keine besondere Vorliebe für Russland. Für ihn waren die Kommunisten vor allem eine Besatzungsmacht. Ein bisschen wie seinerzeit die Franzosen und die Deutschen …«

»Das hat meine Mutter jedoch nicht daran gehindert, meinen Vater zu heiraten«, meinte Mia scherzhaft.

Sinead lächelte und fuhr fort: »Ich habe nicht die geringste Ahnung. Und nichts beweist uns, dass Behältnis und Inhalt in einem Zusammenhang stehen.«

Nach einem kurzen Schweigen fragte Mia: »Und Gari … Du hast nicht viel von ihm erzählt … Woher kam er?«

»Aus Polen, er war polnischer Jude. Er hat das Land zusammen mit seinen Eltern im Alter von fünfzehn Jahren Richtung Israel verlassen. Später hat er in London studiert. Er hat auch zwei Jahre politische Wissenschaften hier am College belegt …«

»Und du glaubst wirklich, dass er das im Boden des Cottage versteckt hat?«

»Um ganz ehrlich zu sein, sehe ich keine andere Erklärung … Außer mir hat niemand dort gewohnt, sieht man einmal von meinen Großeltern ab, die redliche irische Bauern waren. Ich bin ein paarmal mit meinen Eltern dort gewesen, die beide Gymnasiallehrer waren. Ich sehe keine denkbare Verbindung. Hast du eine Möglichkeit, das genauer unter die Lupe zu nehmen?«

Mia legte das Glasröhrchen vorsichtig zurück in das Kästchen.

»Wir studieren hier das unendlich Kleine. Es gibt ein REM, ein Rasterelektronenmikroskop, das steht genau unter deinem hübschen Hintern.«

Sinead folgte Mia ins Untergeschoss, wo die verschiedenen Labors untergebracht waren. Die Forschungen, die Proben an Staphylococccus aureus, Malaria und anderen hoch pathogenen Mikroorganismen erforderten, setzten voraus, dass jeder einzelne Raum durch eine Sicherheitsschleuse abgetrennt war, die den Luftdruck im Inneren leicht geringer hielt als draußen, um jedem Ansteckungsrisiko vorzubeugen. Mia reichte Sinead einen Kittel, Latexhandschuhe und Schuhüberzieher, dann liefen sie einen gekachelten Korridor entlang, passierten eine Schleuse und traten schließlich in das Labor. Ein völlig keimfreies Universum, in dem mehrere Maschinen thronten, von denen das ESEM, das Environmental scanning electron microscope, eine spezielle Variante des Rasterelektronenmikroskops, das Hauptgerät war. Es bestand aus einem weißen Metallblock und zwei vertikalen Zylindern derselben Farbe. Das Ganze wurde mit zwei schwarzen Griffen bedient und war durch ein Gewirr von Kabeln mit der Konsole verbunden, auf der eine Anzeigetafel und zwei Kontrollmonitore aufgereiht waren.

»Und was kannst du mit dieser Kiste sehen?«, fragte Sinead.

»Wir wollen die Hautoberfläche genau unter die Lupe nehmen«, erwiderte Mia und nahm mithilfe eines Skalpells ein Hautfragment heraus, das sie in die Probenkammer legte.

»Das Besondere an diesem Gerät ist, dass es, im Gegensatz zu den meisten Rasterelektronenmikroskopen, ›environmental‹ ist. Hier kann man eine ganz frische Probe analysieren, ohne dass sie Schaden nimmt, da die Untersuchung nicht im Hochvakuum stattfindet. Du kannst sogar lebende Viecher damit studieren.«

Mia begann mit dem Versuch, erklärte Sinead die verschiedenen Schritte und tippte nebenbei etwas auf ihrer Tastatur.

»Ich entnehme ein Stück von zwei Millimetern, groß genug, um abgetastet zu werden. Ich habe auch einen Marker platziert, er zeigt uns die beiden Pigmentpunkte an, die uns interessieren. Jetzt bombardieren wir die Stelle mit Elektronen. Indem wir sie mit dem umgebenden Gewebe vergleichen, stellen wir fest, ob es Schimmel ist oder wirklich zur Haut gehört. Schauen wir mal …« Mia drückte auf eine Taste, die ein Gebläse in Gang setzte, und regelte die Schalter der Anzeigetafel, bis ein Bild auf dem Monitor erschien. Sie griff zu einem kleinen Joystick und kommentierte weiter: »Ich nähere den Sensor ein wenig. Einstellung … Etwas Kontrast … Hier haben wir's.«

Das schwarz und weiß oszillierende Bild stellte eine graue glatte Oberfläche dar, die stellenweise geriffelt war. Doch als Mia mit dem Sensor näher heranging, taten sich tiefere Falten und Schlünde auf, sodass Sinead den Eindruck hatte, ein Bergmassiv mit Hügeln und Tälern zu überfliegen. Ein gigantischer Baumstamm, der aus einem Krater zu ragen schien, zeichnete sich auf dem Bildschirm ab …

»Das ist eine Wimper, man erkennt genau die Keratinschichten, aus denen sich das Haar zusammensetzt. All die Rückstände, die du hier siehst, sind Überreste von Haut und Staub. Das hier ist ein sehr abgenutztes Pollenkorn. Man erkennt eine Menge Schimmelpilze, die aber wohl alt sind … Der Aufenthalt unter dem Fußboden deines Cottage scheint sie abgetötet zu haben.«

Sinead erkannte eine Art Pflock, der die Haut durchbohrte.

»Das ist mein Marker. Eine hauchdünne Spitze. Ich habe sie inmitten einer Anordnung von Punkten platziert … Ich zoome das Ganze heran.«

Mia betätigte einen kleinen Hebel auf der Kontrolltafel. Sinead hatte jetzt wirklich den Eindruck, in die Materie einzutauchen.

An dieser Stelle schien die Haut glatt und wurde nur stellenweise von ein paar Falten durchlaufen.

»Wir befinden uns jetzt genau in der Zone des Markers, und da ist nichts, kein Schimmel. Das ist in der Haut.«

»Und was könnte das deiner Meinung nach sein?«

»Spuren einer Krankheit … für eine Verbrennung scheint es mir allerdings zu regelmäßig … oder aber …«

»Was?«

»Eine Tätowierung.«

Sinead dachte kurz nach, bevor sie antwortete: »Ja, das stimmt, die Pigmentierung ist manchmal ein bisschen bläulich. Eine Tätowierung – genau das könnte es sein. Kann man das irgendwie beweisen?«

»Dafür, meine Liebe, bin ich nicht ausgerüstet. Und das erfordert ein bisschen mehr Zeit. Ich kenne jemanden, der uns weiterhelfen könnte.«

»Aber du gibst ihnen nicht die Augenlider?«

»Nur ein Fragment, mehr braucht er vorerst nicht. Wenn es sich wirklich um eine Tätowierung handelt, sehen wir weiter. Ich kann mich gleich heute darum kümmern. Aber weißt du, irgendwann sollte man vielleicht auch die Polizei einschalten.«

»Nein, mach das bloß nicht, denen traue ich nicht über den Weg. Und ich habe keine Lust, das in der Presse zu lesen.«

»Bist du sicher, dass es sich um einen Unfall handelt?«

»Ich stelle mir dieselbe Frage … aber die Bullen sind ganz sicher, es war der Öltank …«

»Gut, wir werden zu gegebener Zeit wieder darüber sprechen. Komm, wir gehen wieder rauf.«

Sinead trat als Erste in die Sicherheitsschleuse, gefolgt von Mia, die das Reagenzglas in der Hand hielt. Sie zogen ihre Latexhandschuhe und den Kittel aus. Sinead stand mit dem Rücken zur Tür.

»Du solltest ein Weilchen bei mir bleiben, bis du dich etwas erholt hast.«

»Ich glaube nicht, dass …«

»Hör auf, ich habe ein junges Au-pair-Mädchen ... Wir können zusammen ausgehen, nur du und ich, und uns unterhalten, wie in der guten alten Zeit.«

»Okay ...«, gab Sinead nach.

»Gut.«

Urplötzlich verfinsterte sich Mias Blick, der auf die Glastür gerichtet war. Sinead schnellte herum. Ein Mann stand im Flur, trommelte an die Scheibe und gab durch Zeichen zu verstehen, dass er hereingelassen werden wollte. Sie erkannte den Ermittlungsbeamten, der die Polizei von Letterkenny bei den Verhören im Krankenhaus begleitet hatte.

»Das ist ein Bulle«, flüsterte Sinead.

»Was hat der hier zu suchen?«

»Weiß ich nicht. Öffne.«

Mia schloss die Tür auf.

»McKeown.«

Sinead machte einen Schritt, um die Sicherheitsschleuse zu verlassen.

»Was wollen Sie ...«

Doch noch ehe sie den Satz beendet hatte, begriff sie auch schon, denn vier Polizisten in marineblauer Uniform erwarteten sie. Die Waffen auf ihr Gesicht gerichtet, der Finger am Abzug.

»Sinead McKeown, Sie sind verhaftet. Sie stehen im Verdacht, Gari Weiss ermordet zu haben. Verschärfend kommt hinzu, dass es sich vermutlich um einen terroristischen Akt handelt. Sie haben das Recht zu schweigen. Alles, was Sie sagen, kann vor Gericht gegen Sie verwendet werden ...«

Kapitel 10

»Lasst mich los, ihr Drecksbullen!«, schrie Sinead.

Einer der Polizisten drückte sie an die Wand, während ein anderer versuchte, ihr Handschellen anzulegen.

Mia trat dazwischen. »Sie sind ohne Erlaubnis in ein Labor des Trinity College eingedrungen. Lassen Sie diese Frau los!«

Der Beamte in Zivil stieß sie energisch zur Seite. »Wir benötigen keine Erlaubnis. Halten Sie sich da raus, und treten Sie zurück.«

Mia schob entschlossen den Arm des Beamten beiseite und sagte: »Rühren Sie mich nicht an … Verlassen Sie augenblicklich das Gebäude! Sie ist unschuldig.«

Er drehte sich mit einem zynischen Lächeln zu Mia um. »Unschuldig … Sie scheinen diese junge Frau nicht richtig zu kennen. Los! Legt ihr die Handschellen an. Was verbergen Sie in diesem Glasröhrchen da, hübsche Frau Doktor?«

»Staphylococcus aureus, falls Sie wissen, was das ist! Ich würde sie Ihnen am liebsten in die Hose stecken!«

In diesem Moment bäumte sich Sinead auf und konnte sich aus dem Griff der Polizisten befreien. Sie versetzte einem von ihnen einen kräftigen Stoß mit dem Ellenbogen, sodass dieser fast das Gleichgewicht verlor und gegen seine Kollegen taumelte. Sinead nutzte den Überraschungseffekt, um durch das Labyrinth der Gänge zu fliehen.

»Sie haut ab!«

Sinead rannte, so schnell sie konnte.

Hinter sich hörte sie die Schritte ihrer Verfolger. Sie musste sie unbedingt abhängen.

Vor ihr ein Dutzend Stühle, die an der Wand aufgereiht waren.

Die Irin stieß einen nach dem anderen um und bremste auf diese Weise das Tempo der Polizisten. Sie legte einen Sprint ein und rannte die Stufen hinauf, die zur Eingangshalle führten, und dann hinaus ins Freie.

Ihr Puls hämmerte bis in die Schläfen.

Sie musste durchhalten, durfte auf keinen Fall stehen bleiben.

Über die Sportanlage lief sie auf eine hohe Baumgruppe zu. Ihre Lunge war völlig überfordert, und bei jedem Schritt hatte sie den Eindruck, bis zu den Knöcheln in der feuchten Erde zu versinken.

Bei einem raschen Blick hinter sich sah sie die Polizisten gerade aus dem Moyne Institute stürmen.

Sie hatte vielleicht fünfzig Meter Vorsprung, war aber immer noch ohne Deckung. Es blieb ihr nur eine Möglichkeit zu entkommen: sich auf dem Campus verstecken, den sie wie ihre Westentasche kannte.

Sie schlüpfte zwischen den Gebäuden des Museums und der Old Library hindurch zum Fellow's Square und schaute auf ihre Uhr.

Punkt drei. Die Stoßzeit.

Sie musste es bis zum Touristenareal schaffen. Sie warf ihren schwarzen Mantel hinter einen Busch, bog hinter der Alten Bibliothek scharf ab, löste im Laufen ihren Pferdeschwanz und mischte sich unter eine Gruppe deutscher Touristen, die auf den Parliament Square zusteuerte.

Sie würde nicht lange unbemerkt bleiben. Sie müsste den kurzen Moment der Verwirrung nutzen, um im Gebäude der Philosophical Society zu verschwinden. Das war ihre einzige Chance.

Sie sah ihre Verfolger, Funkgerät in der Hand, auf den Platz vor dem Campanile rennen. Sirenengeheul in der Ferne … Mit Sicherheit war Verstärkung angefordert worden. In weniger als zehn Minuten würde es im Trinity College von Polizisten nur so wimmeln und sie in der Falle sitzen.

Endlich kam die Phil in Sicht, doch die Touristen bewegten sich zu langsam vorwärts.

Ein erneuter Blick zurück.

Die Bullen kamen näher.

Mit einem Lächeln nahm sie ihrer Nachbarin den Reiseführer aus der Hand, hielt ihn vors Gesicht und ging mit kleinen Schritten inmitten der Touristengruppe weiter.

Noch dreißig Meter bis zum Haupteingang der Philosophical Society. Jetzt oder nie!

Sie holte tief Luft, schoss blitzartig vor, sodass die Touristen schreiend auseinanderstoben.

Gleich darauf begannen die Funkgeräte der Polizeibeamten zu knistern.

»Delta vier. An alle Einheiten. Verdächtige ausgemacht. Personenbeschreibung: weiblich, blond, langes Haar, blauer Pullover. Bewegt sich zwischen Parliament Square und Botany Bay Richtung Norden. Areal abriegeln und alle Ausgänge blockieren …«

Plötzlich stürzten zwei uniformierte Polizisten direkt auf sie zu.

Sinead hastete die Freitreppe des Graduate's Memorial Building hoch, durchquerte die Halle, rannte die Treppe hinauf zum Auditorium, doch statt es zu betreten, bog sie rechts ab in den schmaleren Gang mit den Verwaltungsbüros. An dessen Ende lief sie die Wendeltreppe hinab, die ins Erdgeschoss führte.

Sie gelangte direkt zu der schwarzen Tür, die sie suchte.

Die Kellergewölbe.

Ihr Gedächtnis hatte sie nicht getäuscht, nein, es hatte sie geführt.

Nur noch wenige Sekunden, dann wäre sie außer Reichweite.

Das Gebäude war um die Jahrhundertwende errichtet worden, auf den Ruinen eines sehr viel älteren Bauwerks. Eines Tages hatte sie, zusammen mit anderen Mitgliedern der Phil, beschlossen, das Untergeschoss zu erforschen. Mitten zwischen den riesigen Sälen auf spätgotischem Fundament hatten sie entdeckt, dass der Architekt eine Kellerluke des alten Gewölbes zur Hälfte zugemauert hatte. Sie waren mit Taschenlampen und Seilen bewaffnet zurückgekommen und hatten einen Tunnel ausfindig gemacht, der in ein unterirdisches Netz von Gängen aus dem siebzehnten Jahrhundert führte – eine besonders blutige Epoche, in der Jakob II., der Katholik, und seine Jakobiter vergebens versucht hatten, Irland vom englischen Joch zu befreien. Das Trinity College war von der britischen Krone gegründet worden, und die Protestanten, die allein das Recht hatten zu studieren, mussten diese Gänge wohl gegraben haben, um eventuellen Repressalien durch die Katholiken zu entfliehen.

Sinead konnte nur hoffen, dass der Zugang seit ihrer Studentenzeit nicht verschlossen worden war, denn dann wäre sie endgültig verloren.

Sie versuchte, die schwere Tür aufzustoßen.

Unmöglich.

Sie wusste, die Polizei suchte bereits das Gebäude ab.

Sie beugte sich hinab, um das Schloss in Augenschein zu nehmen. Es war dasselbe, das sie und ihre Kommilitonen gewaltsam geöffnet hatten, um sich Zugang zu dem Untergeschoss zu verschaffen. Mit letzter Kraft stemmte sie sich gegen das Holz, bis die Tür schließlich nachgab.

An einem staubigen, von Spinnweben übersäten Brett entdeckte Sinead mehrere verrostete Schüsselbunde und eine kleine flache Taschenlampe, an die seit einer Ewigkeit niemand mehr gerührt hatte. Sie blies den Staub ab und knipste sie an, um zu prüfen, ob sie noch funktionierte. Der Schein war schwach, aber zunächst ausreichend.

Sie bewegte sich in dem Gang vorwärts, gesäumt von Stapeln aufgerissener Kartons und zerbrochenen Holzstühlen … Zu beiden Seiten öffneten sich die Gewölbe auf die Keller.

Wenn sie sich recht erinnerte, befand sich die Luke im zweiten zu ihrer Rechten.

Sinead betrat ihn und ging auf die andere Seite. Verzweiflung ergriff sie, als sie den riesigen Metallschrank sah, der an der Wand stand und ihr den Fluchtweg versperrte. Die Polizisten würden nicht mehr lange auf sich warten lassen. Sie legte sich flach auf den Boden. Der Abstand zur Unterseite des Schranks betrug höchstens dreißig Zentimeter. Das musste genügen.

Die Stimmen ihrer Verfolger, die von der Treppe herübertönten, gaben ihr den Anstoß.

Sie robbte am Boden vorwärts und suchte mit dem Strahl ihrer Taschenlampe die Wand nach dem Rundbogen des Fensters ab.

Da war es! Kaum einen halben Meter von ihr entfernt.

Sie drehte sich, um die Füße vorn zu haben, und trat kräftig gegen die Kalkblöcke, bis ein erster herausfiel. Zusammen mit ihren Jugendfreunden hatten sie sie während ihrer damaligen Expeditionen herausgebrochen. Zwölf Jahre waren vergangen, und niemand schien seither die Keller aufgesucht zu haben.

Die Polizisten kamen näher.

Sinead stieß noch heftiger gegen die anderen Blöcke und löste einen erneuten Steinrutsch aus. Als die Öffnung groß genug war, steckte sie die Beine hindurch und ließ sich dann ganz in den Hohlraum gleiten. Kaum auf der anderen Seite, legte sie die Steinblöcke wieder an ihren Platz und drang ins Dunkel eines Stollens vor.

Um nicht im Schutt zu stolpern, der von der Gewölbedecke abgefallen war, tastete sie sich an der feuchten Wand entlang. Sie wusste, dass dieser Tunnel auf die andere Seite des Campus führte.

Nachdem sie eine Strecke zurückgelegt hatte, die sie auf etwa dreihundert Meter schätzte, kam Sinead an eine Abzweigung. Der Tunnel trennte sich hier in zwei schmalere Stollen. Der eine führte in Richtung Nassau Street und die Provost's Stables, Sinead konnte sich aber erinnern, dass der Ausgang vollständig blockiert war. Sie nahm den rechten Stollen, der sie geradewegs unter einen der geheimsten Orte des Campus führte. Zur Chaloner's Corner.

Zwischen Kapelle und Refektorium gelegen, war es der kleinste Friedhof von Dublin, auf dem die verstorbenen Rektoren begraben waren. Diese Krypta war wiederum mit einem anderen unterirdischen Netz verbunden, dessen einer Tunnel unter einem Portalvorbau in der Grafton Street endete. Dort würde sie wieder an die Oberfläche kommen.

Zum ersten Mal seit sie auf der Flucht vor der Polizei war, erlaubte sie sich, tief durchzuatmen.

Was war passiert? Was hatten die Ermittler gefunden, um überhaupt auf ein Verbrechen zu schließen? Warum beschuldigte die Polizei ausgerechnet sie? Und wie hatte man sie im College finden können? Wahrscheinlich hatte die Tatsache, dass sie Mia von ihrem Hotel in Fahan aus angerufen hatte, die Ermittler auf ihre Spur geführt.

Sinead verschob all diese Fragen auf später. Sie musste sich nun darauf konzentrieren, was als Nächstes zu tun war: die Vorbereitung ihrer Flucht.

Sie hatte sich der Verhaftung entziehen können, wurde nun aber von allen Polizisten Irlands gesucht. Sie wusste, dass ab morgen früh ihr Foto in den Medien zirkulieren und bestimmt sogar in der *Irish Times* abgedruckt sein würde. Es kam also gar nicht infrage, nach Donegal zurückzukehren oder auch nur erneut mit Mia Kontakt aufzunehmen.

Sie musste Irland verlassen.

Und dafür gab es nur einen Weg. Die Vorstellung war ihr zwar zuwider, doch sie wusste, dass ihre einzige Chance darin bestand, eigene Ermittlungen einzuleiten, um ihre Unschuld zu beweisen. Es blieb ihr nichts anderes übrig, als zu warten, bis die Polizei aus dem Viertel abziehen würde.

Sie untersuchte den Inhalt ihrer Taschen: ein Schlüsselbund, ein Notizbuch und ein Kugelschreiber, ihr Pass und ihr Portemonnaie. Es war klar, dass sie ihre Kreditkarten nicht mehr würde benützen können. Ihr blieben sechzig irische Pfund in Cash. Damit würde sie nicht lange auskommen, zumal sie auch Busse und Taxis würde bezahlen müssen …

Nach einer gewissen Bedenkzeit beschloss Sinead, die Nacht in der Krypta zu verbringen. Sie musste schlafen, und es war schon so spät, dass die Busse, die für sie infrage kamen, nicht vor dem nächsten Tag fahren würden. Bis dahin wäre sie in diesem Loch besser geschützt als auf den Straßen von Dublin.

Gleich bei Ladenöffnung würde sie sich im Kaufhaus Penney's an der O'Connell Street einen Parka besorgen und dann ein Taxi zum Busbahnhof nehmen. Von dort aus würde sie Richtung Nordirland fahren. Nach Belfast. Die Route der größten Gefahren.

Eine Welt der Gewalt und des Hasses, der sie entflohen war und die sie aus ihrem Gedächtnis gelöscht hatte. Trotzdem war dieser Landstrich innerhalb von knapp vierundzwanzig Stunden ihre einzige Hoffnung, ihr Gelobtes Land geworden.

Kapitel 11

VERFOLGUNGSJAGD IM TRINITY COLLEGE
Die Journalistin der Irish Times, *Sinead McKeown, nach einer missglückten Festnahme auf der Flucht …*
(von unserem Korrespondenten aus Letterkenny, Tom Bendis)

Es handelt sich um eine potenziell gefährliche, impulsive und unberechenbare Person, die gestern während des großen Touristenandrangs auf dem Areal des Trinity College in Dublin den Polizeikräften entkommen ist. »Zwar ist kein einziger Schuss gefallen«, so der Ermittler der Kripo, der bei der missglückten Festnahme zugegen war, »doch das bedeutet nicht, dass sie nicht bewaffnet ist. Da sich während der Intervention zahlreiche Touristen und Studenten auf dem Campus befanden, haben wir den Druck auf die Verdächtige gemindert, um das Risiko einer Schießerei so klein wie möglich zu halten. Die aus Belfast stammende Sinead McKeown pflegt enge Kontakte zur IRA, weshalb wir zu größter Vorsicht ihr gegenüber aufrufen.« Heute Nacht war Sinead McKeown, Reporter der *Irish Times*, immer noch auf der Flucht.
Die Geschichte beginnt in der Nacht vom 9. auf den 10. Oktober, als das Cottage, ein Familienbesitz unweit von Fahan in Donegal, durch eine Explosion zerstört wird, die man zunächst auf einen defekten Öltank zurückführte. Wenige Stunden später entdeckt die Feuerwehr in den Trümmern des Hauses die verkohlte Leiche ihres Ehemanns

Gari Weiss, eines Investigativjournalisten. Die im fünften Monat schwangere Sinead McKeown, die sich im Augenblick des Dramas im Garten des Anwesens befindet, erleidet eine Fehlgeburt, überlebt die Explosion ansonsten aber quasi unverletzt. »Unfälle mit Öltanks sind selten, kommen aber leider trotzdem vor«, erklärt der Chef der freiwilligen Feuerwehr von Fahan. »Was uns am meisten überrascht hat, ist die zerstörerische Gewalt des Feuers, das auf die Detonation folgte. Wir haben den Staatsanwalt informiert, der ein Team von Kriminaltechnikern an den Schauplatz des Unglücks schickte.« Erst fünf Tage später ergeben die durchgeführten Analysen Rückstände von Eisenoxidpulver und Aluminiumgrieß, das heißt von Komponenten einer explosiven Mischung, die Temperaturen von mehreren tausend Grad erreichen kann, bekannt unter dem Namen »Thermit«, das auch bei Brandbomben eingesetzt wird. Laut Shawn kann Thermit verwendet worden sein, um die Spuren eines schrecklichen Verbrechens zu verwischen, das wenige Minuten oder Stunden zuvor in dem Cottage stattgefunden hat. Eine erneute Auswertung der Scanneruntersuchung der Leichenreste belegt, dass der Journalist bereits vor der Explosion ermordet wurde. »Das Opfer wurde mit Hieben von unglaublicher Heftigkeit niedergestreckt«, erklärt Detective Shawn. »Wir haben ein gutes Dutzend tiefe Schnittwunden gefunden, verursacht durch eine Stichwaffe, mit der mehrere Rippen gebrochen und die Wirbel des Opfers vom Hals bis zum Brustbein getroffen wurden.«

Die Polizei, die noch im Dunkeln tappt, was das Motiv dieses widerwärtigen Verbrechens sein könnte, schließt nicht aus, dass es sich um eine Wahnsinnstat seiner Ehefrau Sinead McKeown handelt, deren Kindheit von den Wirren der Gewalt des Nordirlandkonflikts geprägt war.

Eine nationale Fahndungsmeldung wurde ausgeschrieben.

Sinead sah aus dem Fenster des Busses, der Richtung Belfast fuhr. Die Enthüllungen des *Irish Mirror* wirkten auf sie, als hätte man ihr ein Fläschchen Säure ins Gesicht geschüttet. Gari erstochen, das Thermit … Sie vermochte den Brechreiz, der sie plötzlich überkam, nicht zurückzuhalten, griff nach der Papiertüte, die in dem Netz vor ihr steckte, und übergab sich.

Ihre Nachbarin, eine zierliche Dame um die sechzig mit nordirischem Akzent, schlug ihre alte, abgewetzte Bibel zu und fragte: »Na, wird's denn gehen?«

»Ja, tut mir furchtbar leid. Jedes Mal, wenn ich den Bus nehme, ist es dasselbe. Doch im Zug ist es noch schlimmer … Ich schäme mich so.«

»Das kann jedem passieren, ich reise auch ungern in öffentlichen Transportmitteln. Aber machen Sie sich keine Sorgen, ich habe meinen Geruchsinn seit Langem verloren«, meinte die Dame, lächelte und vertiefte sich erneut in ihre Lektüre.

Sinead wandte das Gesicht wieder dem Fenster zu und schloss die Augen. Sie hatte keine Zeit, sich länger in Selbstmitleid zu ergehen. Sie unterdrückte die Angst, die in Wogen in ihr aufsteigen wollte. Nur mit kühlem Kopf würde sie sich aus dieser Situation retten können. Sie konzentrierte sich und versuchte, sich die Nacht des Dramas noch einmal genau vor Augen zu führen.

Zwanzig Minuten.

So lange war sie draußen geblieben, aber sie hatte Gari während der zwei Stunden davor nicht wirklich gesehen. Er hatte sich gleich nach dem Abendessen zum Arbeiten in sein Büro zurückgezogen. Was war geschehen? War es möglich, dass jemand ins Haus eingedrungen war, um ihn zu töten, ohne dass sie irgendetwas bemerkt hatte? Sie war eingenickt … Die Antwort lautete also »ja«. Aber das Thermit … Der Mörder hätte auch an einem anderen Tag in ihrer Abwesenheit kommen und es deponieren können … Das schien verrückt, aber sie sah keine andere Erklärung.

Doch aus welchem Grund? Warum war nur Gari getötet worden? War sie vielleicht ebenfalls Ziel des Anschlags gewesen? Hatte die Tatsache, dass sie kurz das Haus verlassen hatte, ihr das Leben gerettet?

All das war völlig unverständlich.

Sie musste den wirklichen Mörder finden, das war ihre einzige Chance. Doch was ihr gestern nach der missglückten Festnahme denkbar erschienen war, kam ihr heute unmöglich vor. Von der Polizei gesucht, ohne Geld … Diese Aufgabe schien unlösbar.

Sie warf einen diskreten Blick auf das Foto, das der *Irish Mirror* von ihr neben dem verheerenden Artikel abgedruckt hatte. Es war ein älteres Porträt, das sie aus einer Nummer der *Irish Times* übernommen haben mussten. Damals hatte sie ihre Haare kurz getragen und wirkte viel jünger und knabenhafter als jetzt. Heute Morgen hatte sie bereits einen Teil ihres Geldes ausgegeben, um ihr Outfit zu verändern. Vor ihrer Ankunft am Busbahnhof hatte sie sich, wie geplant, einen schwarzen Anorak gekauft, dazu eine Mütze und eine Brille mit breitem Gestell. All das würde es ihr erleichtern, nach Nordirland zu gelangen. Doch das Risiko, erkannt zu werden, war immer noch sehr groß, und das umso mehr, als es Verbindungen gab zwischen den irischen Bullen und denen der RUC, der englischen Polizei von Ulster.

Die Winterlandschaft zog an ihr vorbei. Je mehr sie sich Belfast näherten, desto präsenter wurde die heutige Armut Irlands. Die bescheidenen Cottages, die aber sehr viel Charme besaßen, wichen endlosen Reihen von billigen Fertighäusern in einer trostlosen Landschaft.

Die Grenze zu Ulster war jetzt zum Greifen nahe.

Kurz vor South Armagh erblickte Sinead den Wachtturm des Cloghogue Checkpoint, der alles überragte. Von der Kabine mit dem gepanzerten Glas hoch oben auf dem Stahlgerüst aus konnten die britischen Soldaten die weite Umgebung kontrollieren, vor allem die Straße und den Zugverkehr der Enterprise, einem Tochterunternehmen der irischen und britischen Bahngesellschaft, die die Strecke zwischen Dublin und Belfast betrieb. Diese Vorsichtsmaßnahme hatte die Soldaten der IRA allerdings nie entmutigen können: Mehrmals hatten sie blutige Bombenanschläge auf diese Militärposten verübt. Die enorme Gewalttätigkeit hatte sie, Sinead, veranlasst, Nordirland schließlich zu verlassen. Und dieselbe Gewalttätigkeit holte sie heute ein und machte sie für ein Verbrechen verantwortlich, an dem sie völlig unschuldig war.

Der Bus verlangsamte das Tempo und reihte sich in eine Schlange von einem guten Dutzend wartenden Fahrzeugen ein. Entlang der Straße sah Sinead Reihen von gepanzerten Lastwagen. Die Soldaten, die mit Helmen, kugelsicheren Westen und schweren Waffen ausgerüstet waren, schoben Wache an den Betonblöcken, die die Grenze markierten. Die rote Ampel über einem Stoppschild bedeutete den Fahrern, nur vorzufahren, wenn sie dazu aufgefordert wurden. Der Krieg war real, die Nervosität deutlich wahrnehmbar in den Blicken der britischen Soldaten, die den Finger am Abzug hatten, bereit, jederzeit abzudrücken.

Sie bewegten sich Schritt für Schritt vorwärts.

Mit dem Ärmel wischte Sinead das Schwitzwasser von der Fensterscheibe. Sie drückte die Nase an das Glas und beobachtete, wie die Militärs die Insassen von Pkws bei geöffneten Türen kontrollierten. Einige verlangten Ausweispapiere, andere stellten nur Fragen. Dann kam ihr Bus an die Reihe. Der Fahrer fuhr bis zur Ampel und blieb stehen. Die Tür öffnete sich mit einem Zischen. Ein Beamter der RUC stieg ein, leicht erkennbar an seiner kakifarbenen Uniform, seinem Maschinengewehr und einer übergroßen Schirmmütze, auf der das Wappen prangte – eine Lyra mit einer Krone darüber. Draußen liefen Soldaten um den Bus herum und schlugen mit dem Gewehrkolben auf das zerbeulte Blech, eine Technik, um bei suspekten Individuen Unbehagen auszulösen. Als der Offizier den Mittelgang betrat, spürte Sinead, wie ihr Herz zu rasen begann. Er bewegte sich mit bedächtigen Schritten vorwärts und musterte die Fahrgäste einen nach dem anderen. Er ließ sich die Papiere von einem Mann in der fünften Sitzreihe zeigen, befragte dessen Nachbarn und nahm seinen Kontrollgang wieder auf. Sinead holte tief Luft. Die Tatsache, dass er mehrere Personen kontrollierte, bedeutete wahrscheinlich, dass sie niemand Spezielles suchten, gleichzeitig konnte sich Sinead des Gedankens nicht erwehren, dass es sich, wie bei den Schlägen mit den Gewehrkolben auf die Karosserie, um einen Trick handelte, um die angespannte Stimmung zu steigern. Suchten sie nach ihr? Sie war außerstande, es herauszufinden. Hilflos betrachtete sie ihre zitternden Hände. Sie wusste, sie würde sich beim ersten Blick verraten. Also schloss sie die Augen und ließ sich tief in den Sitz gleiten. Sie konnte den Offizier der RUC nicht sehen, wohl aber die Vibrationen seiner Rangers auf dem durchgescheuerten Filzboden spüren.

Er kam näher. Vor ihrer Sitzreihe blieb er stehen. Kurzes Schweigen, dann befahl er: »Sie!«

Damit war sie, Sinead, gemeint. Ihr Herz hämmerte. Sie hielt die Augen geschlossen. Sie könnte ihre Angst leichter überspielen, wenn sie so tat, als würde sie gerade aufwachen.

»Miss?«

Reagier nur, wenn er dich berührt.

Sinead hielt die Augen weiter geschlossen.

Ihre Nachbarin seufzte und wandte sich dann an den Polizeibeamten: »Sie fühlt sich nicht gut.«

»Reisen Sie zusammen?«

»Sie ist meine Mieterin, sie bewohnt ein Zimmer bei mir. Sie hat sich freundlicherweise bereit erklärt, mich nach Belfast zu begleiten, Ich besuche meine Schwester. Ich reise nicht gern allein, meine Gesundheit ist angeschlagen, das Laufen fällt mir schwer … und jetzt ist sie krank …«

»Krank?«

Die Frau griff nach der Papiertüte, in die sich Sinead erbrochen hatte, und hielt sie dem Mann unter die Nase. »Lassen Sie sie schlafen, bitte. Ich möchte nicht, dass sich das wiederholt.«

Der Offizier zögerte. Sinead öffnete ein Auge und schenkte ihm ein müdes, leidendes Lächeln.

»Gut, gut.«

Ohne ein weiteres Wort machte er auf dem Absatz kehrt und stieg aus.

Als der Bus losfuhr, um die Grenze zu passieren und seinen Weg Richtung Armagh und Belfast fortzusetzen, richtete sich Sinead auf ihrem Sitz auf und starrte ihre Nachbarin an. »Warum haben Sie das getan?«

Die Frau deutete auf das Exemplar des *Irish Mirror* in der Tasche zwischen ihren Knien. Sie sprach so leise, dass Sinead ihr die Worte quasi von den Lippen ablesen musste.

»Ich weiß nicht, ob stimmt, was in der Zeitung steht … ich hoffe, nicht … aber ich komme, wie Sie, aus Falls Road, junge Frau, und Ihr Name hat mich sofort an das Unglück erinnert, das Ihrer Familie widerfahren ist. Allein die Vorstellung, Sie könnten von einem Offizier der RUC festgenommen werden, war mir unerträglich.«

Sinead strich über die schmalen, knotigen Finger der alten Dame, ohne zu antworten.

Zwanzig Minuten später durchquerte der Bus Lisburn Road. Sie näherten sich Maze Town. Sinead verabschiedete sich von ihrer Nachbarin, zog ihre Mütze tief ins Gesicht und trat auf die Tür zu. Der Bus fuhr normalerweise bis nach Lisburn, ohne in Maze anzuhalten, sie hätte ein Taxi nehmen können, aber sie hatte kaum noch Geld, und die Fahrer, zumeist Protestanten, weigerten sich, Katholiken mitzunehmen, die sie zutiefst verachteten.

Drei weitere Fahrgäste standen in der Nähe der Tür, und

ohne dass sie etwas sagen mussten, hielt der Fahrer an der Kreuzung Kesh Road, öffnete ihnen und wünschte ihnen einen schönen Tag. Sinead stieg als Erste aus und schlug den Kragen ihres Anoraks hoch, um sich gegen die Kälte zu schützen.

Sie lief die Böschung entlang unter einem bleiernen Himmel, den Blick auf die Füße gerichtet, die durch die aufgeweichte Erde stapften. Ihre Heimaterde. Die sie sechzehn Jahre nicht betreten hatte.

Als sie den Blick hob, sah sie die hohen Betonmauern mit dem Stacheldrahtzaun, die verglasten Wachttürme und die H-Blocks, in denen Bobby Sands und andere Hungerstreikende gestorben waren … Vor ihr, nur knapp hundert Meter entfernt, erhob sich Long Kesh, das finstere Gefängnis, eine der gefürchtetsten und am besten bewachten Haftanstalten von ganz Europa.

Auf irgendeine Art musste sie sich Einlass verschaffen.

Während alle Polizisten Irlands ihr auf den Fersen waren, hoffte sie, in diesem Hochsicherheitsknast, an diesem Ort des Todes, ihr Heil zu finden.

Kapitel 12

Es war komplett verrückt, doch Sinead konnte sich hundertprozentig sicher sein, dass niemand, nicht einmal der durchtriebenste RUC-Offizier, sie hinter diesen Mauern vermutete.

Während sie sich dem Hochsicherheitsgefängnis näherte, das von Militärpatrouillen, ausstaffiert mit Helmen, Drillichanzügen und kugelsicheren Westen, bewacht wurde, schätzte Sinead die unmittelbaren Risiken ab. Einen internationalen Haftbefehl bekam man nicht einfach so. Für einige Stunden wäre sie hier in relativer Sicherheit. Doch sie musste so schnell wie möglich ins Innere der Haftanstalt gelangen.

Blieb ein Hindernis: das Besuchsrecht.

Den Blick zum Zeichen der Unterwerfung gesenkt, lief sie an mehreren gepanzerten Fahrzeugen vorbei und steuerte auf den Haupteingang zu.

Sinead war mit fünfzehn das erste Mal hier gewesen, aber sie konnte sich noch genau an die strengen Auflagen erinnern. Die Besuche der Häftlinge wurden im Voraus geplant. Keine Chance, unangemeldet Zugang zum Besuchszimmer zu erhalten. Der Versuch, sich direkt an die Gefängnisverwaltung zu wenden, würde mit Sicherheit scheitern. Sie verwarf auch die Idee, Freunde ihrer Familie in Belfast um Rat zu fragen. Sie hatte sie seit Jahren nicht gesehen, und viele betrachteten ihre »Fahnenflucht« sicher als Verrat; niemand würde ihr helfen.

Die Quäker waren die einzige Lösung.

Außerhalb der Gefängnismauern säumten Fertigbauten die Teerstraße. Sinead stieß die erste Tür auf, sie war rot gestrichen und ihr Dach mit einem kleinen Kreuz und der Aufschrift

»The Friends of Long Kesh« versehen. Ein quäkerisches Empfangszentrum für Familienangehörige der Häftlinge. Obwohl sie dem protestantischen Glauben angehörten, stand für diese Freiwilligen die gewaltfreie und pazifistische Arbeit im Vordergrund. Sie hatten eine wesentliche Rolle im Herzen der »Troubles« inne, jenes Konflikts, der Ulster erschütterte und der protestantische regierungstreue Loyalisten und katholische irisch-nationalistische Republikaner zu Gegnern machte.

Das Innere bestand aus einer geräumigen Halle mit schmutzigen weißen Mauern und einem beigefarbenen Teppichboden. An einer der Wände hing der Nachdruck eines Porträts aus dem siebzehnten Jahrhundert, das den ernst dreinblickenden George Fox, einen der Gründerväter der Quäker, mit breitkrempigem Hut, schwarzem Gehrock und makellos weißem Schal darstellte. Direkt darunter vier aneinandergereihte Resopaltische. Am Ende des Raums öffneten sich zwei Türen auf winzige Büros, deren Wände mit Kinderzeichnungen geschmückt waren, die den Frieden zeigten.

Zwei Frauen unterhielten sich leise vor einem Kaffeeautomaten und nippten immer wieder an ihren dampfenden Bechern. An ihrem rauen Akzent erkannte Sinead, dass sie aus Falls Road kamen, dem republikanischen Wohnviertel.

Sie trat näher und begrüßte sie auf Irisch mit einem Belfaster Akzent.

»Hello … Arbeitet ihr hier?«

»Nein … Suchst du jemanden?«, erwiderte eine der beiden Frauen, eine Bohnenstange, spindeldürr mit grünen, mandelförmigen Augen und dichten Brauen, so pechschwarz wie ihr Haar.

»Habt ihr Verwandte da drinnen?«, wollte Sinead wissen.

»Unsere Männer. Was kann man für dich tun?«

»Ich möchte jemanden sehen … einen Häftling.«

»Welcher Block?«

»Keine Ahnung.«

»Wie, du weißt es nicht?«

»Mein Besuch ist nicht angemeldet. Ich war schon eine Ewigkeit nicht mehr hier …«

Die beiden tauschten einen Blick, und die Bohnenstange antwortete: »Normalerweise heißt die Regel, ein Besuch pro Monat. Du wirst dir einen guten Grund einfallen lassen müssen …«

»Am besten sprichst du mit Aloïs. Er ist der Verantwortliche hier«, meinte die andere und deutete auf eines der beiden Büros am Ende der Halle.

Der Raum war in Blassblau gehalten. Ein Regal mit sorgfältig geordneten Büchern stand zwischen zwei metallenen Aktenschränken. Auf dem Schreibtisch eine Schachtel mit Büroklammern, ein Hefter, ein Becher mit Stiften und eine alte Schreibmaschine, neben der Blätter mit Durchschlagpapier gestapelt waren. Verstohlen betrachtete Sinead den kleinen rothaarigen Mann mit den rosigen Wangen, der ihr gegenübersaß.

»Keine Besuchserlaubnis?«, murmelte Aloïs Penn und kratzte durch sein Hemd, das ähnlich blau war wie die Wände, seinen Wanst.

»Nein, tut mir leid …«, erwiderte Sinead und ließ den Blick über die Gegenstände auf dem Schreibtisch gleiten.

»Es muss Ihnen nicht leidtun. Wenn überhaupt, tun Sie mir leid. Aber Kopf hoch, ich bin kein Aufseher von Long Kesh, und Sie sind kein Häftling. Sie sind hier, weil Sie Hilfe suchen, und ich werde mein Bestes tun.«

Penn hatte ihre Lage innerhalb weniger Sekunden erfasst. Gleich bei ihrer Einreise nach Nordirland hatte sie diese ihr bisher völlig fremde unterwürfige Haltung eingenommen. Selbst in der Zeit, als sie noch in Falls Road lebte, hatte sie den Blicken der Brits standgehalten, ja, ihnen zu trotzen gewusst und das schon im frühesten Alter. Doch die jüngsten Ereignisse hatten ihr Leben ins Wanken gebracht und sie in ein schwaches Wesen verwandelt, ein Wandel, den es rasch rückgängig zu machen galt, sonst wäre alles umsonst. Sie hob das Kinn und sah Aloïs Penn, der ein gutmütiges Lächeln andeutete, fest in die Augen.

»Gut, Miss McKeown«, meinte der Mann mit der tiefen Stimme, die so gar nicht zu seinem kleinen Körperwuchs passte, »können Sie mir den Namen der Person mitteilen, die Sie besuchen möchten?«

»Adrian McKeown.«

Penn kritzelte den Namen auf einen Schreibblock.

»Verwandtschaftsverhältnis?«

»Er ist ein Cousin …«, log sie.

»Das dürfte schwierig werden …«, erwiderte Penn und verzog den Mund. »Grund des Besuchs?«

Sinead bemerkte, dass sie nicht auf den Verlauf dieses Gesprächs vorbereitet war. Also improvisierte sie: »Ich habe Belfast vor fünfzehn Jahren verlassen und meinen Mann unlängst bei einem Unfall verloren … Adrian ist die einzige Person, die in der Lage ist, mir dabei zu helfen, wieder Kontakt zu meiner Familie aufzunehmen.«

»Haben Sie Papiere dabei? Eine Sterbeurkunde?«

»Nein, ich habe nicht …«

»Ich verstehe … Ich werde einen dringlichen Besuchsantrag stellen. Es ist derzeit eher ruhig hier in Long Kesh. Wir können nur hoffen, dass sich Manning gestern Abend nicht hat volllaufen lassen.«

»Manning?«

»Mike Manning, der Offizier, der für die Besuchsgenehmigungen zuständig ist«, erwiderte Penn und griff zum Telefon.

Er wählte eine Nummer und wartete schweigend. Kurz darauf vernahm Sinead eine männliche Stimme, die aus dem Hörer drang.

»Mike? Hier Penn … Wie geht's heute Morgen? Ach … Na gut … Ich will Sie nicht lange stören. Ich habe hier eine junge

Frau, die ganz dringend um Besuchserlaubnis bittet ... ja ... Nein, die lebt nicht in Belfast ... Sie ist Irin, ihr Ehemann ist unlängst verstorben, sie muss einen gewissen Adrian McKeown sehen ... ein Cousin, er ist jetzt ihre einzige Familie. Ich habe mir gedacht, man könnte es ihr vielleicht gestatten. Ja, ich habe die Sterbeurkunde vorliegen ... Sehr gut, ich danke Ihnen ...« Penn legte auf und wandte sich erneut Sinead zu.

»Aber was erzählen Sie da ... Ich habe Ihnen doch gesagt, dass ich diese Urkunde nicht dabeihabe ...«

»Wichtig ist nur, dass Manning das Gegenteil glaubt. Er vertraut mir und wird das Papier nicht sehen wollen. Aber ich hoffe, Ihre Ausweispapiere haben Sie wenigstens dabei?«

Sinead nickte.

»Gut ... Ordnen Sie Ihre Frisur ein wenig, und kommen Sie mit.«

»H.M.P. MAZE«, *Her Majesty's Prison* ... der offizielle Name von Long Kesh, prangte in weißen Lettern auf einem schwarzen Wappenschild, darüber die britische Krone. Während sie an den Gefängnismauern entlanggingen, flatterte Penns Tweedjackett im Nordwind. Er läutete an der Sprechanlage, und sogleich drehte sich die Überwachungskamera, die an dem Wachtturm angebracht war. Sie warteten schweigend. Die Hände in den Taschen ihres Parkas vergraben, versuchte Sinead, ihre Aufmerksamkeit auf die Details zu richten, die sie umgaben: das graue Blech der Tür, die Schuhe auf dem dunklen Asphalt ... Aber sie vermochte nicht, ihr Herzklopfen zu bändigen. Sie hatte zunächst geglaubt, es sei die Angst, sich in die Höhle des Löwen zu begeben, jetzt aber wurde ihr klar, dass sie sich vor allem vor der Zusammenkunft mit Adrian fürchtete. Fünfzehn Jahre waren seit ihrer letzten Begegnung vergangen, fünfzehn Jahre, die er hinter Gittern verbracht hatte. Fünfzehn Jahre, in denen sie zur Frau herangereift und er zu einem Tier im Käfig geworden war.

Das orangefarbene Licht über der gepanzerten Tür begann zu blinken.

Penn wandte sich zu ihr und flüsterte: »Sie sagen nichts und lassen mich reden. Manning kann seine Meinung jeden Moment ändern.«

Die Tür öffnete sich, und sie traten ins Innere der Gefängnismauern.

Ein hochgewachsener Mann in dunkelblauer Uniform trat ihnen entgegen. Er warf Sinead einen ausdruckslosen Blick zu und machte Penn dann ein Zeichen, ihm zu folgen. Kurz darauf kam der Quäker zurück.

»Man wird Sie jetzt ins Besuchszimmer führen. Ich lasse Sie nun allein und wünsche Ihnen, dass Sie gestärkt aus dieser Prüfung hervorgehen.«

Sinead dankte Penn, dann deutete ein Aufseher mit seinem Schlagstock in die einzuschlagende Richtung. Sie passierten die erste Sicherheitsschleuse – eine pastellblaue elektrische Panzertür, oben mit Stacheldraht versehen – und folgten einem langen unüberdachten Korridor bis zu einem zweiten Kontrollposten. Der Wärter drückte auf den Knopf der Sprechanlage. Nichts. Erneutes Drehen der Kamera, dann öffnete sich die Tür automatisch. Sinead befand sich jetzt im Herzen des Gefängnisses, zwischen den finsteren H-Blocks, in denen die politischen Häftlinge aufgeteilt waren, je nachdem, ob es sich um Loyalisten oder Republikaner handelte. Mehrere tausend Männer waren hier eingesperrt, und doch drang kein Laut außer dem Pfeifen des Windes bis zu ihr herüber. Sinead war unter den Republikanern aufgewachsen, sie hatte Verständnis für ihren Standpunkt, und doch konnte sie nicht umhin, sie zu verabscheuen, genauso wie sie die Bullen und jede Form von militärischer Autorität hasste. An diesem Ort konzentrierten sich der ganze Hass, die ganze Gewalttätigkeit, die ihre Kindheit geprägt hatten. Ihre Verwandten hatten ihr oft vorgeworfen, den Kontakt zu ihnen abgebrochen zu haben, eine Haltung, die sie als egoistisch verurteilten, aber sie hatte nicht anders gekonnt. Sie vertrieb diese Gedanken und betrat den Besuchsraum.

Der lange, schmale, schlauchartige Raum, bestehend aus einem Mittelgang, von dem rechts und links nummerierte Boxen mit Holzbänken abgingen, erinnerte Sinead an einen Zugwaggon, der Familien aufnahm und doch ewig am Bahnsteig stehen bleiben würde. Adrian war noch nicht eingetroffen. Seit ihrem letzten Besuch, der etwa fünfzehn Jahre zurücklag, hatten sich die Örtlichkeiten total verändert. Beim ersten Mal hatte sie das Gefühl gehabt, ein auf einem Schlachtfeld improvisiertes Militärgefängnis zu betreten, die Haftbedingungen waren schrecklich, der provisorische Aspekt der Anlage aber erweckte den Eindruck, dieser Krieg würde bald aufhören. In Wirklichkeit aber war alles viel schlimmer geworden. Ulster versank tiefer und tiefer in Krieg und Grauen. Es hatte den *Dirty Protest* gegeben, im Laufe dessen die Republikaner, die dafür kämpften, als politische Gefangene anerkannt zu werden, ihre Exkremente auf ihren Zellwänden verteilt und einen Hungerstreik begonnen hatten, bei dem Bobby Sands und neun andere Soldaten der IRA gestorben waren. An diesem finsteren Tag im Mai 1981 hatte Sinead begriffen, dass nichts mehr so sein würde wie vorher. Sie hatte Belfast in dem festen Glauben verlassen, nie wieder hierher zurückzukehren.

Die Irin trat ein paar Schritte vor.

Das Gefängnispersonal hatte ein paar dürftige Pflanzen und etwas Spielzeug für die Kinder der Häftlinge auf den niedrigen Tischen in der Gangmitte verteilt. Alles in diesem Besuchsraum sagte Sinead, dass dieser abscheuliche Krieg sich institutionalisiert und die Hoffnung auf ein Friedensabkommen sich definitiv in Luft aufgelöst hatte.

Mit einem Mal spürte sie die Gegenwart eines anderen Menschen hinter sich. Sie verharrte wie erstarrt und wagte nicht, sich umzudrehen. Eine raue Hand legte sich auf ihre Schulter.

Sinead spürte die Brust, die sich an ihren Rücken drückte, die Arme, die sie wie knotige Äste umschlangen, dann einen Atemhauch und den zärtlichen Kuss in ihrem Haar.

»Kleine Schwester … ich habe immer gewusst, dass du zurückkehren würdest.«

Mit martialischer Stimme wies ihnen der Aufseher eine Box zu. Sinead setzte sich so hin, dass sie dem Wärter den Rücken zukehrte. Adrian nahm neben ihr Platz.

Schweigen.

Sinead starrte vor sich hin, außerstande, dem Blick ihres Bruders zu begegnen. Ihr einziger Bruder, und doch hatte sie ihn vergessen wollen.

Er war zehn Jahre älter als sie und hatte die vierzig überschritten. Er war kräftig, doch sein von Falten und Narben zerfurchtes Gesicht war zu einer Maske des Leidens geworden. Sein einst schönes kastanienbraunes, meist zerzaustes Haar war einem eisgrauen Bürstenschnitt gewichen, und die Tätowierungen auf seiner Haut verrieten die Qualen eines Kriegers im Käfig.

Sinead las laut die Worte auf Gälisch, die unter seinem Ärmel hervorlugten.

»*Tiocfaidh ar la* … Unser Tag wird kommen …

Sie legte einen Finger auf ihre Lippen und fragte: »Glaubst du immer noch daran?«

»Bist du hier, um mit mir darüber zu sprechen?«

»Nein.«

»Hier aufzukreuzen, während dir die Bullen auf den Fersen sind … Du hast dich nicht geändert, kleine Schwester …«, murmelte Adrian. »Ich habe von der Sache mit deinem Mann gehört.«

Sinead wandte ihm langsam das Gesicht zu. Zum ersten Mal trafen sich ihre Blicke.

»Und was hast du gehört?«

»Nicht mehr, als in der Presse darüber zu lesen war. Die

Explosion, das Cottage, sein Tod, der Verdacht, der auf dir lastet.«

»Diese verdammten Bullen und Schmierfinken …«

Adrian legte eine Hand auf Sineads Mund.

»Schsch … Beruhige dich …«

»Ich habe nichts von alldem getan, was diese Sensationsblätter behaupten. Ich habe mein Kind verloren, mein Leben ist zerstört … ein zweites Mal. Dieser Fluch, der uns getroffen hat, er wiederholt sich, Adrian, er wiederholt sich …«

Sineads Stimme brach und ging in Schluchzen über.

»Hör auf mit diesen Geschichten. Hast du es nach all diesen Jahren nicht weitergebracht?«

»Und du, wie weit hast du's gebracht? Wärst du hier, wenn all das nicht passiert wäre? Würdest du hinter diesen Gittern dahinvegetieren und dein Leben an dir vorüberziehen lassen?«

»Pass auf, Sinead, ich habe dich immer in Schutz genommen, habe deine Entscheidung vor der Gemeinschaft stets verteidigt. Viele haben nicht verstanden …«

»Die können mich mal!«

»Sinead. Sei still und hör mir zu!«

»Nein, du wirst mir zuhören.«

»Noch zehn Minuten!«, hallte eine martialische Stimme im Besuchsraum wider.

Adrian schloss die Hand fest um ihren Arm und sprach mit leiser Stimme. »Jetzt schweigst du, oder ich gehe, und du kannst sehen, wie du zurechtkommst … Ohne Hilfe haben dich die Bullen innerhalb einer Woche eingelocht, und ich kann dir garantieren, dass dir Kesh wie ein Vier-Sterne-Hotel erscheint im Vergleich zu dem, was dich in den nächsten dreißig Jahren erwartet.«

Sinead sprang auf. »Ich bin es, die geht!«

»Setz dich und halt den Mund! Ich liebe dich, Sinead, und ich weiß, dass du unschuldig bist. Ich sitze in diesen vier Wänden fest, aber ich werde versuchen, dir aus deinem Schlamassel rauszuhelfen. Einverstanden?«

Sinead antwortete mit einem Nicken.

»Also erzähl mir, was passiert ist.«

Die Irin erläuterte im Detail, was sich in den letzten Wochen zugetragen hatte – die Explosion, der Krankenhausaufenthalt, der grausige Fund der Augenlider und ihre Flucht aus dem Trinity College.

Adrian strich sich langsam mit der Hand übers Gesicht, wie um den Stress wegzuwischen. Er warf dem Wächter einen kurzen Blick zu und murmelte: »Das Wichtigste ist deine Identität. Geh in die Bombay Street Nummer 18. Du weißt, wo das ist?«

»Eine Gasse neben dem Clonard Monastery!«

»Genau. Frag nach Seamus McMillen, du sagst ihm, wer du bist und dass ich dich geschickt habe. Du erklärst ihm, dass du Geld und einen Pass brauchst. Er tut, was du von ihm verlangst. Du wirst dir deine Haare schneiden und färben lassen müssen. Danach musst du aus Belfast verschwinden … und nach London reisen. Du wirst diesen Bardsley treffen, von dem du mir erzählt hast, der bei der Beerdigung war. Du gehst auf keinen Fall direkt zu ihm, sondern verabredest dich telefonisch mit ihm an einem Ort, an dem er und dein Mann sich gewöhnlich getroffen haben.«

»The Botanist Club, ein Privatklub in der Nähe vom Sloane Square.«

»Perfekt. Dort bittest du ihn um eine Kopie aller Artikel, die Gari in den letzten fünf Jahren geschrieben hat, und gehst alle Details haargenau durch.«

»Und danach?«

»Du bist Journalistin … Du ermittelst, du hast ausreichend Geld dafür, du sammelst ein Maximum an Informationen, die zu den Urhebern des Verbrechens führen können. Du schickst dann alles an eine Adresse, die dir McMillen geben wird.

Irgendwann werden dich die Bullen schnappen, und an diesem Tag musst du ein komplettes Dossier haben, damit der Richter sieht, dass du versucht hast, die Hintergründe der Tat zu erforschen und ihm Hinweise zu liefern, denen er nachgehen kann. Die IRA wird ein offizielles Dementi veröffentlichen, was deine vermeintliche Verbindung zu unserer Organisation betrifft, und wir finden einen guten Anwalt für dich. Wenn sie dich jetzt fassen, werden wir alle nötigen Schritte unternehmen, aber das kann kompliziert werden.«

Sinead blieb stumm.

»Hast du verstanden?«

»Ja.«

»Wirst du tun, was ich dir gesagt habe?«

»Ja … Aber eins musst du mir noch sagen …«

»Was?«

»Die IRA hat nichts mit der Sache zu tun?«

»Natürlich nicht.«

»Wie kannst du da so sicher sein? Du bist eingesperrt.«

»Weil Long Kesh die IRA ist. Glaubst du mir?«

»Ja.«

»Gut, und was die Augenlider betrifft, die du in dem Cottage gefunden hast … Du musst herausfinden, warum Gari sie dort versteckt hat. Ob es eine Verbindung gibt zwischen dem Kästchen, in dem sie aufbewahrt waren, und seinem Tod.«

»Glaubst du, diejenigen, die das getan haben, wollten sie an sich nehmen?«

»Das passt nicht zu der Bombe. Gari hatte sicher ein Geheimnis – das Kästchen oder irgendwas anderes. Vielleicht war es ein Druckmittel. Weil sie es nicht gefunden haben, haben sie ihn exekutiert, um ihn unschädlich zu machen. Ich werde Jungs von uns dorthin schicken, um Spuren von den Sprengsätzen sichern zu lassen. Die Bullen von Dublin haben ihre Version an die Presse gegeben, um dich zu beschuldigen. Es wäre nicht das erste Mal, dass sie verbreiten, was ihnen gerade zupasskommt.«

»Danke, Adrian.«

»Du bist und bleibst meine kleine Schwester. Noch etwas: Wenn du hier rausgehst, frag nach der Telefonnummer, die für die Häftlinge reserviert ist. Wir haben das Recht, einmal die Woche zu telefonieren. Wenn du etwas brauchst, ruf mich an …« Adrian sah Sinead tief in die Augen. »Lass mich dich noch einmal fest in die Arme nehmen.«

Die Stimme des Aufsehers hallte erneut durch die leere Halle und läutete das Ende der Umarmung ein.

Adrian erhob sich, streckte die Arme vor und ließ sich fügsam die Handschellen anlegen. Sinead sah ihm hinterher, wie er durch die Tür verschwand, die den Häftlingen vorbehalten war. Sie wusste, er würde sich nicht mehr umdrehen, sobald seine Hände gefesselt waren.

Kapitel 13

Belfast und seine Vororte zogen hinter der Scheibe des *Black Cab* vorbei. Vom Rücksitz aus betrachtete Sinead die Stadt ihrer Kindheit, die sich ihr im Licht der Oktobersonne präsentierte.

Lisburn, Derryaghy, Blacks Road, Ballygammon – je weiter sie ins Zentrum vordrangen, umso mehr hatte Sinead das Gefühl, sich in einem Kriegsgebiet zu befinden. Immer stärker beherrschte britisches Militär das Bild: Checkpoints, Kolonnen von Landrovern der Antiterroreinheiten, gepanzerte Fahrzeuge, Patrouillen der RUC und Einheiten der englischen Marineinfanterie.

Während Dublin sich in eine moderne Stadt verwandelte, hatte sich hier nichts verändert. Zwischen den kleinen Backsteinhäusern, die sich an den grauen Asphaltstraßen reihten, offenbarten sich die Spuren des Konflikts: ausgebrannte Autowracks, Trümmerhaufen, halb zerstörte Fassaden, an denen noch Siegesparolen der IRA und riesige Wandgemälde zum Gedenken an die für die Sache gefallenen republikanischen Helden zu sehen waren.

Die Stadt war in ein sanftes Licht getaucht, das den grauen Schleier, der sich in Ziegelsteine und Asphalt gefressen hatte, allerdings nicht zu lüften vermochte. Selbst die Gesichter der Einwohner und ihre Kleidung schienen vom allgegenwärtigen Grau gezeichnet. Sinead bemerkte eine Passantin, eine Frau um die dreißig, altmodischer brauner Mantel, kurz geschnittenes schwarzes Haar, müdes Gesicht. Sie ging schnell und schob einen Kinderwagen vor sich her, an dessen Griff eine

Plastiktüte mit Einkäufen hing. Sinead betrachtete sie eine Weile, als handele es sich um das Spiegelbild der Frau, die sie selbst hätte werden können.

An der Kreuzung Ballymurphy erkannte sie den Friedhof, auf dem Bobby Sands und andere Kriegsopfer der IRA bestattet waren. Hier ruhten unter den hohen Bäumen auch die geschundenen Körper ihrer Eltern.

Sie hatte Sinead ebenfalls im Stich gelassen.

Als sie die Falls Road erreichten, wies Sinead dem Fahrer den Weg. Dieser war ein Loyalist aus Lisburn, der sich nur bereit erklärt hatte, sie zu fahren, weil Aloïs Penn ihn darum gebeten und ihm versichert hatte, Sinead sei keine Katholikin. Um Konflikte zu vermeiden, bemühte sie sich um einen rein britischen Akzent. Sie ließ sich zum Clonard Monastery fahren, bezahlte mit dem wenigen Geld, das ihr noch blieb, und legte die letzten Meter zu Fuß zurück.

Sie ging an der Klostermauer entlang zur Kashmir Street. Auf den ersten Blick schien das Viertel ruhig, doch sobald sie die Augen hob, sah Sinead die hohe Mauer aus Beton und Stahl, die Shankill von Falls trennte und errichtet worden war, um gewaltsame Übergriffe zu verhindern.

Man nannte sie »peace line« doch für sie war es immer eine Mauer des Hasses gewesen.

Mit dem Bau war nach den Auseinandersetzungen im Jahr 1969 begonnen worden. Sinead war gerade acht Jahre alt gewesen, als West-Belfast bei den blutigen Auseinandersetzungen zwischen Loyalisten und Republikanern in Schutt und Asche gelegt worden war. Vier Tage des Grauens, während derer die Apprentice Boys mit Unterstützung der protestantischen Milizen von Shankill den Stadtteil Falls überfallen und Häuser und Geschäfte im katholischen Getto niedergebrannt hatten. Auch unschuldige Zivilisten, die versuchten, das Viertel zu evakuieren, waren von den protestantischen Heckenschützen umgebracht worden. Die IRA hatte einen Gegenschlag organisiert, und das Viertel war in einer Orgie der Gewalt versunken. Am Donnerstag, den 14. August 1969 war der junge Sean Rooney, mit dem Sinead Geigenunterricht bei Eamon Culbert nahm, in seinem Bett einer der schweren Geschützsalven zum Opfer gefallen, welche die RUC als Repressalie blindlings abfeuerten.

Sinead lief an den kleinen Backsteinhäusern entlang, die fast alle wieder aufgebaut worden waren, bis sie die Nummer 18 in der Bombay Street erreichte, jene Adresse, die Adrian ihr genannt hatte. Aus dem Garten glaubte sie, Gelächter und Musik zu hören. Sie drückte auf die Metallklingel und wartete.

Die Tür öffnete sich, und vor ihr stand ein kleiner, stämmiger Mann mit kantigem Gesicht, geröteten Wangen, hellblauen Augen und sorgfältig nach hinten gekämmtem, grauem Haar.

»Ja bitte?«

»Guten Tag, ist Seamus McMillen da?«

Der Mann musterte sie von oben bis unten und warf einen Blick über die Straße.

»Was willst du von ihm?«

»Ich muss mit ihm sprechen.«

»Das bin ich«, erklärte ihr Gegenüber und runzelte die Stirn.

Sinead schob die Hände in die Taschen. »Adrian schickt mich. Ich bin Sinead McKeown, seine Schwester. Er hat mir gesagt …«

»Die Tochter von Pat McKeown?«

»Genau.«

Sinead spürte, wie McMillen erstarrte. Sie war vor dem Konflikt geflohen und wurde deshalb eigentlich als Verräterin angesehen.

»Was willst du?«

»Das ist etwas schwierig auf der Straße zu erklären.«

»Drinnen ist es kaum ruhiger, wir feiern gerade die Hochzeit meiner Tochter. Aber komm herein.«

Sinead legte ihren Anorak auf einen Haufen Mäntel im Flur, strich ihre verknitterte Kleidung glatt, brachte ihr Haar in Ordnung und trat in das Wohnzimmer. Ein jüngerer Mann, vermutlich ebenfalls Mitglied der provisorischen IRA, hatte während ihrer Unterhaltung hinter der Tür gewartet. Er nickte Sinead zu und ging zu den anderen. Zwei mit grünem Samt bezogene Sofas waren an die Wand geschoben worden, und rund sechzig Gäste aßen und tranken an Tischen, die in dem zu kleinen Raum aufgebaut waren. Das knisternde Radio spielte einen Song von Van Morrison. Die Braut posierte in einem weißen Satinkleid vor der Gartenmauer für einen Amateurfotografen. Niemand schien ihre Anwesenheit zu bemerken.

Das Irland, das Sinead hier vor sich hatte, war das ihrer Kindheit. Sie wusste, dass es sich nicht vom Rest der Welt unterschied. Wie überall gab es auch unter den hier Anwesenden Lügner und Verräter, aber in diesem Augenblick wünschte sie sich, diese Gemeinschaft nie verlassen zu haben, sie wäre gern eine der ihren gewesen, eine, die mitten im Krieg lachen und lieben konnte.

McMillen riss sie aus ihren Gedanken. »Komm mit!«, sagte er.

Sie folgte ihm durch den Salon in ein Schlafzimmer im ersten Stock. Der Mann schloss sorgfältig die Tür hinter sich.

»Was ist passiert?«

»Ich stecke in großen Schwierigkeiten, und Adrian hat mir gesagt, ich könne mich an Sie wenden.«

»Erzähl mir, was los ist.«

Sinead erläuterte McMillen ihre Geschichte und den Plan, den Adrian geschmiedet hatte – von den Analysen, die die Chemiker der IRA im Cottage vornehmen sollten, dem falschen Pass, dem Geld, das er ihr geben und den Beweisen, die sie zusammentragen sollte.

Der Mann betrachtete sie eine Zeit lang schweigend, dann

sagte er: »Und woher soll ich wissen, dass du unschuldig bist, dass du nicht alle hinters Licht führst, um dich wieder aus dem Staub zu machen?«

Sinead sah ihm in die Augen. Jedes seiner Worte traf sie wie ein Dolchstoß. Aber sie durfte auf keinen Fall ihre Gefühle zeigen. Sie entschloss sich zum Gegenangriff. »Sie mögen mich nicht, McMillen, und das beruht auf Gegenseitigkeit. Ich bin zu Ihnen gekommen, weil Adrian es mir geraten hat. Entweder Sie helfen mir, oder ich gehe dahin zurück, woher ich komme. In beiden Fällen kann ich auf Ihre Kommentare verzichten.«

McMillen hielt ihrem Blick stand, ohne die geringste Emotion zu zeigen. »Glaubst du, du kannst so mit mir reden, McKeown? Du bist aus Belfast geflohen, du hast deinen inhaftierten Bruder im Stich gelassen und warst nicht einmal hier, um das Grab deiner Eltern zu pflegen. Jetzt steckst du in der Scheiße und verlangst, dass ich dir mir nichts, dir nichts helfe!«

»Hör zu, McMillen, wir haben alle unsere Dramen durchlebt. Mein Bruder und du, ihr habt euch für die Gewalt entschieden, und ich richte euch deshalb nicht. Ich habe die Leichen meiner Eltern als Erste gesehen, und nie, verstehst du, nie könnte ich eine Armee unterstützen, die Unschuldigen dasselbe Leid zufügt, das ich erdulden musste. Euer Engagement macht euch blind und intolerant, und darum habe ich mit euch gebrochen. Ich war noch ein Kind und habe es nicht mehr ausgehalten, mit Adrian zusammenzuleben; ich wusste, was er tat, von dem Sprengstoff, den Waffen, die zu Hause versteckt waren. Ich habe es nicht mehr ertragen, in ständiger Angst vor den Kommandos zu leben, die uns jederzeit hätten verhaften und foltern können. Dauernd habe ich mir vorgestellt, ich könnte tot und entstellt auf einem Stück Brachland enden wie meine eigene Mutter. Glaubst du, dass mein Vater das gewollt hätte? Ich bin ganz deiner Meinung, McMillen, was hier passiert, ist widerwärtig. Wann immer es mir möglich war, habe ich es in meinen Artikeln angeprangert, und diese Gemeinschaft, die mich ablehnt, fehlt mir mehr, als du denkst. Aber findest du es richtig, dass ein dreizehnjähriges Mädchen, das gerade unter grauenvollen Umständen seine Eltern verloren hat, in dieser ständigen Angst leben muss? Glaubst du, dieser Krieg ist es wert, dass jeder Katholik und jeder Protestant sein Leben verpfuscht, nur weil er Katholik oder Protestant ist? Es stimmt, ich bin gegangen, aber heute bezahle ich für meine Zugehörigkeit zu eurem Klan. Meinst du nicht, dass meine Familie genug für die Sache getan hat?«

Seamus McMillen fuhr sich mit der Hand durch das dichte graue Haar und sah aus dem Fenster, so als wolle er seine Gedanken in die Ferne richten, hinter die Dämmerung, die sich über Belfast legte.

»Setz dich, Sinead. Das Geld gehört deinem Bruder, du kannst darüber verfügen. Was die Sprengstoffanalyse im Cottage angeht, so muss ich mit dem Kommandanten darüber sprechen. Das kann ich nicht allein entscheiden.«

»Und der Pass?«

»Sprichst du Französisch?«

»Ja.«

»Akzentfrei?«

»Meine Mutter war Französin.«

»Gut, dann habe ich, was du brauchst. Wir müssen deine Haare schneiden und färben. Meine Nichte Mary ist Friseurin, sie wird das erledigen.«

»Okay.«

»Warte im Badezimmer am Ende des Gangs. Anschließend gehst du runter und isst etwas, du musst bei Kräften sein. Und du brauchst auch Kleidung.«

»Gut.«

McMillen ging zur Tür, blieb dann aber stehen und sagte, ohne sich umzudrehen: »Der Krieg macht uns misstrauisch und hasserfüllt, Sinead McKeown. Du gehörst zu uns, ebenso wie Adrian und dein Vater.«

Kapitel 14

Feine Regentropfen trübten den Schein der Blaulichter, die sich lautlos auf den Polizeiwagen drehten, die an der Route de l'Asile-National parkten. Nur das Knistern der Funkgeräte unterbrach die Stille im herbstlichen Bois de Vincennes. Hinter den Absperrbändern mit der Aufschrift »Zone interdite«, mit denen die Sicherheitszone abgegrenzt war, erkannte man weitere Einsatzwagen der Polizei und der Feuerwehr, ebenso zwei große gelbe, aufblasbare Dekontaminationszelte. Uniformierte Polizisten hielten entlang der Route Nationale Wache.

Hier schien die Natur wieder zu ihrem Recht gekommen zu sein, denn zu beiden Seiten der Straße wucherte die Vegetation so dicht, dass sie fast undurchdringlich schien. Mancherorts aber entdeckte er Schneisen, die wohl zu den behelfsmäßigen Behausungen führten. Drago war wie immer schweigsam. Am ersten Kontrollposten verlangsamte der Serbe das Tempo und zeigte seinen Dienstausweis.

»Kriminalpolizei!«

»In Ordnung«, sagte der Uniformierte und hob die Hand zu einem diskreten Gruß. »Sie müssen aber warten, bis Sie abgeholt und zum Verbrechensschauplatz geführt werden.«

Sobald sie die Sperre passiert hatten, erkannte Raphael Manon Fresnay, die mit einem Einsatzleiter der Feuerwehr sprach. Die Vierzigjährige mit dem kurz geschnittenen grauen Haar und den ausdrucksvollen schwarzen Augen, die immer ein wenig traurig wirkten, war die Chefin des Erkennungsdienstes am Quai des Orfèvres. Sie hielten am Straßenrand und gingen zu ihr hinüber.

»Guten Tag, Manon.«

»Hallo, kommt mit, ich gebe euch Schutzanzüge.«

Raphael zündete sich eine Zigarette an. »Warst du als Erste hier?«, fragte er und stieß den bläulichen Rauch aus.

»Gleich nach der Feuerwehr«, antwortete Fresnay und verzog das Gesicht.

»Was! Haben die Jungs etwa den Tatort verunreinigt?«

»Der Schaden hält sich in Grenzen. Ich habe ihnen gesagt, dass sie nichts mehr anrühren sollen. Sie haben zwei radioaktive Quellen gefunden, sich aber bereit erklärt, sie an ihrem Platz zu belassen. An einigen strategischen Punkten haben sie Bleischilde zum Schutz der Kriminaltechniker aufgestellt.«

»Um was handelt es sich?«

»Bei den radioaktiven Quellen?«

»Ja.«

»Ich weiß es nicht. Im Moment ist noch niemand aus der Sicherheitszone zurückgekommen.«

»Gut. Kannst du uns den Fall kurz zusammenfassen?«

»Ein Jogger hat heute Morgen gegen zehn Uhr dreißig die Polizei informiert. Der Mann läuft regelmäßig mit seinem Hund im Bois de Vincennes und hatte einen Schuss gehört. Eine Streife aus dem zwölften Arrondissement hat sich sofort herbegeben. Sie haben einige Zeit gebraucht, um das behelfsmäßige Zelt ausfindig zu machen, in dem der Schuss abgegeben wurde, es liegt etwas abseits von den Behausungen der anderen Obdachlosen, die sich überall hier im Wald niedergelassen haben. Die Leiche im Inneren war noch warm, der Typ hatte den Lauf einer Pistole im Mund und die Hand am Kolben. Bleibt zu überprüfen, ob seine Finger Schmauchspuren aufweisen, aber dem ersten Anschein nach handelt es sich um Selbstmord …«

»Sind unsere Leute mit der radioaktiven Quelle in Berührung gekommen?«

»Seit heute Vormittag gibt es einen Warnaufruf in den Polizeidienststellen. Der Beamte, der als Erster hier war, hat angesichts der Verbrennungen am Körper der Leiche Verdacht geschöpft und sofort die Feuerwehr alarmiert. Ich habe mit dem zweiten Revier über die Leiche vom Quai Henry IV geredet, das scheint zusammenzupassen.«

»Ja, ganz offensichtlich ... übrigens auch in geografischer Hinsicht. Die Avenue Daumesnil, auf der die BAC am Montagabend die Verfolgung des Verdächtigen aufgenommen hat, beginnt hier.«

Fresnay öffnete den Lieferwagen des Erkennungsdienstes und holte zwei komplette Strahlenschutzausrüstungen heraus. Dann befestigte sie am Gürtel der beiden Kommissare ein kleines schwarzes Kästchen.

»Das sind elektronische Dosimeter. Sie messen die Strahlendosis, der ihr ausgesetzt seid.«

»Welches Risiko besteht?«, fragte Raphael.

»Die Schutzanzüge halten die Strahlung nicht ab. Bleibt so kurz wie möglich im Zelt und wahrt möglichst großen Abstand zu den Ionisationsquellen. Die Gesichtsmasken sind mit einem Funkgerät ausgestattet, über das ihr kommunizieren könnt«, fuhr Fresnay fort und packte die Schutzkleidung aus: ein dicker Kapuzenoverall aus kakifarbenem Vinyl, Überziehstiefel, Handschuhe und eine Gesichtsmaske aus Silikon mit seitlich abgeleitetem Filter.

»Achtet darauf, dass der Kopf gut geschützt ist, und verschließt mit dem Klebeband hier Handschuhe und Stiefel hermetisch, nichts darf herausschauen«, erklärte Fresnay und reichte ihnen eine Rolle. »Drei von meinen Männern arbeiten drinnen. Erwartet ihr noch jemanden?«

»Vermutlich kommt der Staatsanwalt, es würde mich aber wundern, wenn der sich in die Zone traut. Und sicher lässt auch die DST nicht lange auf sich warten. Wenn sie keine Schutzanzüge haben, hältst du sie ein Weilchen hin und schickst sie zur Feuerwehr. Ich will nicht, dass dieser Idiot von Dumas zugleich mit uns da drinnen ist.«

Als er Manons verschmitztes Lächeln sah, wusste Raphael, dass sie eine gute Weile ihre Ruhe haben würden.

Die beiden Beamten setzten ihre Masken auf und passierten den Posten, der den Zugang zum Tatort regelte. Nach einer letzten Kontrolle betraten sie die Schleuse und folgten der roten Markierung.

Ein kontaminiertes Areal, und das mitten in Paris! Eine apokalyptische Szene mitten in der Stadt – das war Raphaels erster Gedanke. Beim Anblick der gesichtslosen Männer im weißen Overall, die mit ihren elektronischen Instrumenten minutiös Gestrüpp und Unterholz nach Strahlen absuchten, fühlte er sich unwillkürlich an Tschernobyl erinnert. Einige Meter vor ihnen erhob sich die Behausung, in der der Tote noch lag, der seinem Leben allem Anschein nach selbst ein Ende gesetzt hatte.

Das Zelt bestand aus einer abgenutzten dicken Nylonplane, jenen ähnlich, die von Hilfsorganisationen nach Katastrophen verteilt wurden. Es war halb eingestürzt, hielt aber dank der an den Ecken befestigten Stricke. Die Kriminaltechniker hatten die Mitte mit zwei dreibeinigen Stativen abgestützt und starke Halogenscheinwerfer aufgestellt, deren grelles Licht durch die kleine Öffnung drang.

Raphael trat als Erster ein, während Drago sich draußen umsah. So machten sie es bei jedem Fall.

Der Innenraum war größer, als der Kommissar vermutet hätte. Ein Kriminaltechniker machte Fotos, die beiden anderen suchten den Boden ab.

Raphael begrüßte sie mit einem Schulterklopfen.

Der Fotograf wandte sich um und rief ihm ein durch die Silikonmaske gedämpftes »Hallo« zu. Als er zur Seite trat, entdeckte Raphael die Leiche. Zunächst fiel ihm die Waffe auf, deren Lauf noch im Mund des Toten steckte. Auf der Stelle erkannte er den schwarzen Stahl und das charakteristische Griffstück der CZ 75, einer tschechischen Handfeuerwaffe, die mit .9 mm Parabellum oder .40 S&W geladen wurde. Angesichts des Breis aus Knochensplittern, Haaren und Blut am Hinterkopf hielt Raphael die zweite Munitionsart für wahrscheinlicher. Er betrachtete die weit geöffneten Augen, die abwesend und blutunterlaufen waren. Der Tote schien völlig unbehaart. Der abgemagerte Körper zeigte mindestens zwei Strahlenverbrennungen. Eine tiefe, nekrotisierte Wunde am Oberkörper, die den Brustkorb freilegte. Die andere, rötlichviolett verfärbte, hatte die Finger der rechten Hand weggefressen. Die Schmerzen mussten so grauenvoll gewesen sein, dass die Hypothese »Selbstmord« logisch erschien.

Der gewaltsame Tod, der auf den Gesichtern seiner Opfer einen Ausdruck von Verblüffung, manchmal auch von Entsetzen zurückließ, beeindruckte Raphael nicht mehr. Damit hatte er täglich zu tun, und in seinen Augen beruhten Abscheu und Furcht, die der Anblick einer Leiche auslösen konnte, auf einer inneren, zutiefst menschlichen Reaktion der Ablehnung des unausweichlichen Endes, auf dem Widerwillen, sich vorzustellen, dass der eigene Körper eines Tages von Würmern zerfressen werden würde. Trotzdem konnte er sich angesichts einer Leiche nicht des Gedankens erwehren, dass der Körper zwar physisch noch anwesend, die Seele jedoch ausgelöscht war. Die Entdeckung eines zweiten Strohsacks brachte ihn in die Realität zurück. Der Mann hatte nicht allein hier gelebt.

Raphael wandte sich an einen der Kriminaltechniker. »Habt ihr etwas gefunden?«

»Bisher nicht.«

»Und die Leiche?«

»Wir haben sie durchsucht – nada.«

»Sind die radioaktiven Quellen … irgendwas Religiöses?«

»Ja, wir haben zwei entdeckt: eine Heiligenmedaille und eine muslimische Gebetsschnur. Sie liegen hinter den Schutzschirmen da drüben.« Der Mann zeigte auf die Bleischilde, von denen Manon Fresnay gesprochen hatte. »Streng verboten, sie anzurühren. Wir haben ein paar Fotos aus der Ferne gemacht.«

»Okay.«

Raphael insistierte nicht weiter. Das passte alles zu der *Misbaha* des Zombies vom Tag zuvor, und jetzt war er ganz sicher, dass die beiden Fälle zusammenhingen. »Sonst noch was?«, fragte er.

»Jede Menge Fingerabdrücke … die müssen wir erst mal ordnen, keine Papiere oder sonst irgendein Hinweis auf die Identität. Wir untersuchen den Boden genau, aber bei dem matschigen Untergrund hier werden wir graben und alles durchsieben müssen. Das wird eine Weile dauern und ist ekelhaft.«

»Keine Spritzen oder andere Indizien für Drogenkonsum?«

»Nein.«

»Na, dann danke.« Raphael stellte sich in eine Ecke, um den Leichenfundort auf sich wirken zu lassen. Der stickige Unterschlupf war eine wahre Kloake. Überall lagen alte stinkende Lumpen herum sowie Flaschen, halb gefüllt mit Brackwasser, das die Typen vermutlich aus einem Bach in der Nähe geholt hatten, weil sie es nicht mehr bis zum nächsten Laden geschafft hatten. Raphael bemerkte auch fünf oder sechs leere Sprühdosen eines Insektenvernichtungsmittels und mehrere ausgedrückte Tuben Biafine. Wohl in dem naiven Glauben, ihre Verbrennungen damit behandeln zu können, hatten sich die Zombies offenbar einen Vorrat angelegt. Ansonsten Nahrungsreste und Exkremente. Der Zustand der Strahlenopfer war so dramatisch gewesen, dass sie direkt auf den Boden gepinkelt und geschissen hatten.

Dieser Schauplatz würde dekontaminiert werden und in wenigen Stunden nicht mehr existieren. Um zu begreifen, wer diese Männer gewesen waren und was wirklich geschehen war, musste Raphael jedes Detail dieser Umgebung im Geist analysieren. Seit seinen ersten Einsätzen beim Marinekommando, beim Training oder vor Ort hatte er erkannt, wie wichtig seine Intuition, sein natürlicher Jagdinstinkt war. Er hatte diese animalische Seite von klein auf kultiviert. Sie war stets sein treuester Verbündeter gewesen.

Was hatten diese Zombies in ihrem Unterschlupf vorbereitet?

Raphael kniete sich hin und untersuchte den Boden – eine Mischung aus dickem grauem Gras, Matsch und Abfällen. Er hob Blätter und Verpackungen von Keksen, ranziger Butter und Zucker hoch. Er fand einen zerrissenen rosafarbenen Synthetikstring. Keine leeren Alkoholflaschen. Die Opfer waren offenbar weder drogen- noch alkoholabhängig gewesen. Dafür vögelten sie.

»Zeck! Wir haben was gefunden«, informierte ihn einer der Kriminaltechniker.

Raphael ging zu ihm und half ihm, eine kleine Metallkiste auszugraben. Der Beamte von der Spurensicherung öffnete sie und zog vorsichtig mehrere Waffen heraus, die er in transparente Plastiktüten verpackte. Diesmal ein anderes Kaliber österreichischer Herkunft, ein kleiner Dolch mit gekrümmter und ein größeres Messer mit gezahnter Klinge. Außerdem eine marineblaue Socke, die mehrere hundert Dollar enthielt.

Raphael setzte seine Suche fort, um sich davon zu überzeugen, dass die Kiste keinen doppelten Boden hatte. Nichts. Daneben am Boden fand er ein kleines Tütchen aus schwarzem Pergamentpapier. Er öffnete es und ließ einen Gegenstand in seine Hand gleiten.

Ein Schlüssel.

Er fragte: »War der in der Kiste?«

»Nein … Das heißt, ich glaube nicht. Ein Schlüssel?« Der Ermittler reichte ihm das Tütchen.

»Leg das beiseite, wir müssen rausfinden, wozu der gehört.«

Dragos Ankunft unterbrach sie. »Und?«, fragte der Serbe völlig unbewegt angesichts der Leiche.

»Wir haben den zweiten Burschen erwischt. Aber noch immer nicht der geringste Hinweis auf ihre Identität … außer vielleicht die Fingerabdrücke … wenn die was ergeben.«

Drago rieb sich die Schenkel und hockte sich hin. »Hier rundum stehen nicht gerade wenig Zelte, aber die Feuerwehr hat sie evakuiert. Die Camper stammen zumeist aus dem Ostblock. Da fast alle illegal im Land sind, würde es mich wundern, wenn sie in absehbarer Zeit wieder hier auftauchen. Keine guten Voraussetzungen für die Nachbarschaftsbefragung.«

»Sie sind Hals über Kopf verschwunden, aber sie werden heimlich zurückkommen, um ihre Sachen zu holen, wenn es etwas ruhiger geworden ist.«

Drago nickte und schwenkte einen Plastikbeutel mit verkohltem Inhalt. »Das habe ich in einem Haufen Dreck gefunden. Könnte gut sein, dass sie das verbrannt haben. Vielleicht etwas, was sie verschwinden lassen wollten, als sie merkten, dass es hier brenzlig wurde.«

Raphael sah sich die schwarzen Klumpen der halb verbrannten Rückstände in dem Beutel an. Unmöglich zu sagen, was es war, aber einige Fragmente schienen den Flammen standgehalten zu haben. Vielleicht konnten die Kriminaltechniker etwas damit anfangen. Raphael zeigte seinen Fund. »Handwaffen, Kohle, Lebensmittelverpackungen, rosa String, vergammelte Lumpen. Dazu die radioaktiven Quellen in der Gebetsschnur … Erinnert dich das an etwas?«

Der Serbe sah sich die Sachen an, inspizierte sie aufmerksam und schien sie in Zusammenhang bringen zu wollen, um ihnen ihr Geheimnis zu entlocken. Der Anfang der Geschichte schien offensichtlich.

»Die Waffen weisen eindeutig auf eine Spur ins kriminelle Milieu hin.«

»Butter und Zucker … Ich weiß nicht, ob es das ist, was ich denke, aber sie scheinen Unmengen davon vertilgt zu haben. Eine Angewohnheit aus dem Osten. Margarinebrote mit Zucker. Ukraine, Russland, Georgien … ist sogar in Serbien üblich … mein Vater hat das dauernd gegessen. Kein Alkohol?«

»Nein.«

Drago ging in die Knie und musterte die leeren Dosen mit Ungezieferspray. Dann griff er nach einer der halb vollen Wasserflaschen und roch daran.

»Die Typen haben sich mit Baygon angetörnt.«

»Was?«

»Nicht wenige russische Alkoholiker trinken, wenn sie keine Kohle mehr haben, sonst was – sogar Parfüm. Eine Variante besteht darin, Insektenspray in Wasser zu sprühen und das dann auf der Stelle zu trinken. Ich garantiere dir, dass Eau de Cologne dagegen wie Champagner ist.«

»Aber sie hatten doch Geld …«

»Vielleicht wollten sie das für etwas anderes behalten. Wenn ein Alkoholiker im Lotto gewinnt, glaube ich nicht, dass er sich fortan zwingend mit Château-Margaux betrinkt. Wenn die daran gewöhnt waren, sich mit Insektenvertilgungsmitteln zuzudröhnen, haben sie offensichtlich Geschmack daran gefunden. Manche essen sogar Brot mit Schuhcreme.«

»Auf alle Fälle führt uns das nach Osteuropa. Wenn man noch dazu bedenkt, dass sie sich, wie Dumas richtig bemerkt hat, nicht haben behandeln lassen, dann ist es sehr wahrscheinlich, dass es sich um echte Ganoven handelte. Sie wurden sicher gesucht und wollten sich um keinen Preis erwischen lassen.«

Raphael überlegte kurz. »Ein beschissener Fall … Wir haben verschiedene Elemente, doch nichts passt zusammen. Die Typen haben sich wie Ratten zwischen den Obdachlosen verkrochen. Sie haben Schuss- und Stichwaffen mit sich rumgeschleppt, wie Söldner sie benutzen. Und sie wussten nicht, dass ihr religiöser Fetisch radioaktiv verseucht war und sie nach und nach umgebracht hat … Das ist nicht das Profil eines klassischen Terroristen. Wir warten, bis der Erkennungsdienst die Fingerabdrücke und den Rest ausgewertet hat. Wir lassen alle Polizisten aus dem Gebiet abziehen und kommen heute Abend zur geheimen Observierung zurück; wir müssen unbedingt die illegalen Camper erwischen. Wenn wir nicht während der Voruntersuchungen einen Vorsprung gewinnen, reißen Dumas und seine Geheimagenten die Sache an sich.«

Kapitel 15

Paris, Bois de Vincennes
Zwei Uhr nachts

Alles war dunkel.

In seinen Parka gehüllt, starrte Raphael in die Nacht. Er erkannte nur die Silhouetten der Bäume, die sich gegen den mondlosen Himmel abzeichneten, und spürte, dass Drago irgendwo vor ihm im Dornengestrüpp hockte, ohne dass er ihn jedoch wirklich sah. Auch das gute Dutzend Männer von der Einheit zur Bekämpfung der Bandenkriminalität konnte er nicht ausmachen. Sie waren zur Verstärkung angerückt und hielten sich an strategischen Punkten rund um die Notunterkünfte auf, welche die Illegalen beim Eintreffen der Polizei und der Feuerwehr überstürzt verlassen hatten.

Alle waren äußerst wachsam und lauschten auf das geringste Knacken von Zweigen oder Rascheln der Blätter, das die Rückkehr der Phantom-Camper ankündigen könnte. Und sie konnten wirklich nur hoffen, dass sie auftauchen würden, denn im Moment waren diese Leute ihre einzige Hoffnung, um möglicherweise die Strahlenopfer zu identifizieren.

Nach Abschluss der Ermittlungen am Verbrechensschauplatz am frühen Abend hatte sich Raphael die Zelte in der direkten Umgebung angesehen. Er hatte Kleidung, Kocher und Nahrungsmittel gefunden. Jetzt mussten sie sich mit Geduld wappnen, doch sein Jagdinstinkt sagte ihm, dass die Camper irgendwann zurückkommen würden, um ihre dürftigen Habseligkeiten zu holen.

Der Ermittler liebte die Nacht. Während seines zehnjährigen Dienstes im Marinekommando, bei den verschiedenen Einsätzen und Operationen, hatte er gelernt, mit der Dunkelheit zu verschmelzen. Wenn der Rest der Welt im Warmen schlief, schlich er sich in tiefster Finsternis an seine Beute heran.

So war er nach und nach selbst zum Raubtier geworden.

Auslöser war nicht so sehr der Krieg gewesen, sondern eher der Wunsch, ein Leben abseits der Männer zu führen, die ihn zu diesem Beruf geführt hatten. Das wenigstens hatte er anfangs geglaubt. Doch im Lauf der Zeit hatte er begriffen, dass ihn ein anderes Gefühl, eine Art Unruhe antrieb und dass die Nacht ihn magisch anzog. Je mehr er die Finsternis beherrschte, desto mehr hatte er jene Angst verstanden, die seit seiner frühesten Jugend in seinen Adern zirkulierte wie ein Gift: die Angst vor dem eigenen Tod. Jahrelang hatte er, wenn er sich in der Dämmerung im Sand oder im frischen Gras ausstreckte, um die Sterne zu betrachten und die Gesamtheit des Universums auf sich wirken zu lassen, eine tiefverwurzelte Angst empfunden. Schließlich hatte er sie begriffen und erkannt, dass ihn nicht der Schmerz des Todes im eigentlichen Sinn schreckte, sondern der Übertritt ins Nichts. Jedes Mal verursachte ihm diese Vorstellung ein so heftiges Angstgefühl, dass er am liebsten geschrien hätte. Seither wusste er, dass sein Leben nichts anderes war als die Vorbereitung auf das Ende.

Ein Lichtschein riss Raphael aus seinen Gedanken. Eine Gestalt mit einer Fackel in der Hand näherte sich ihm. Er richtete sich auf und hielt das Funkgerät an den Mund.

»GR1 … Besuch von Westen.«

Die Antwort knisterte in seinem Ohr: »GR2 … ich sehe ihn. Sollen wir ihn schnappen?«

»Negativ, das ist ein Kundschafter. Lass ihn weiterspazieren.«

»Verstanden.«

Das Funkgerät in der Hand, beobachtete Raphael, wie der »Spaziergänger« sich bewegte. Er hielt vor einem Zelt an, begutachtete das Innere und wandte sich zu einem anderen etwas weiter entfernten. Schließlich schnellte er herum, leuchtete das Gestrüpp, in dem sich Drago versteckt hielt, mit seiner Fackel ab und verschwand in entgegengesetzter Richtung.

»GR1 an GR6, der ›Spaziergänger‹ macht sich aus dem Staub, Richtung Route de Trembley, hoffen wir, dass er nur die anderen holt. Vielleicht hat er uns auch entdeckt. Ein paar Männer sollen zu Fuß seine Verfolgung aufnehmen. Haltet euch bedeckt, keine Festnahme, es sei denn, er schießt.«

»Verstanden.«

Je mehr Zeit verstrich, desto eisiger wurde die Kälte. Raphael setzte eine Wollmütze auf und schob die Hände in die Taschen seines Parkas. Er spürte den Griff seiner Waffe, die aus dem am Gürtel befestigten Holster ragte. Er hoffte nur, dass er sie nicht würde benutzen müssen. Die Flüchtlinge waren wahrscheinlich harmlos, die meisten waren illegal und wollten vor allem nicht in ihre Heimat abgeschoben werden. Aber man konnte nicht sicher sein, ob sich nicht doch ein Bewaffneter unter ihnen befand.

Wenige Minuten später knisterte Dragos Stimme in seinem Kopfhörer: »GR3 … Eine Gruppe nähert sich von Süden.«

Raphael griff zum Mikro: »GR1 an alle Einheiten. Wir warten, bis sie in den Zelten sind. Auf meinen Befehl greifen wir zu. Ende.«

Auf die letzte Anordnung folgte ein bleiernes Schweigen.

Die Männer der Brigade hielten den Atem an. Sie wussten, dass sie keinen Fehler machen durften. Ein falscher Schritt und ihre Beute würde das Weite suchen.

Eine Gruppe von knapp einem Dutzend Campern näherte sich im Schein von vier, fünf Taschenlampen. Sie waren nur noch wenige Meter von den Beamten entfernt und völlig ahnungslos. Raphael sah, wie sie einer nach dem anderen in ihren Zelten verschwanden. Zwei blieben als Wachposten draußen.

Raphael flüsterte in sein Mikro: »GR2, GR3, ihr schnappt euch die Aufpasser. Die anderen schalten auf meinen Befehl hin die Scheinwerfer ein und kassieren den Rest. Achtung, fertig … Los!«

Drei große Halogenlampen erhellten die Nacht. Im selben Augenblick sprang die Einsatztruppe aus dem Gestrüpp und umzingelte die Camper.

»Polizei … Polizei … Polizei!«

Raphael beobachtete, wie sich Drago ins Unterholz stürzte, um einen Flüchtigen zu verfolgen. Als er sich umdrehte, sah er, wie ein Mann direkt auf ihn zurannte. Er ließ ihn kommen und schlug ihn nieder, sobald er auf seiner Höhe angelangt war. Der Typ stieß einen Schrei aus, sackte zusammen, rappelte sich dann aber wieder auf.

»Polizei, keine Bewegung!«, brüllte Raphael und packte ihn beim Kragen seiner Jacke, die zerriss. Er zog ihn am Arm zu sich her und zerquetschte mit Zeigefinger und Daumen seine Nase. Die Wirkung war enorm: Der Mann ging in die Knie. Raphael drückte sein Gesicht ins Laub, drehte ihm die Arme auf den Rücken, legte ihm Handschellen an und führte ihn zu einem Baum, unter dem schon die anderen Illegalen standen, die Hände ebenfalls gefesselt.

Sieben Männer, zwei Frauen.

Der Überraschungseffekt hatte sich bewährt.

Verstört und eingeschüchtert, begann eine der beiden Frauen zu schluchzen. Drei der Männer standen niedergeschlagen da und brachten keinen Laut hervor. Die anderen jammerten und beschimpften die Polizisten.

Raphael erkannte die Sprache sofort. Es war Russisch. Er klatschte dreimal in die Hände, um sich Gehör zu verschaffen, doch der Protest wurde nur noch lauter.

»Seid still und hört zu!«, brüllte er.

Es wurde still, und bald war nur noch das Schluchzen der Frau zu vernehmen.

»Okay. Versteht einer von euch Französisch?«

Sofort hob ein Mann die Hand und sagte: »Ja, wir sprechen alle etwas Französisch.«

»Gut, dann passt auf. Gegen euch liegt keine Anklage vor – im Moment zumindest nicht. Wir nehmen euch mit, um euch als Zeugen zu vernehmen – es geht um einen terroristischen Anschlag. Eure Hilfe ist wichtig. Es wird euch nichts geschehen, aber versucht nicht, uns hinters Licht zu führen. Ist das klar?«

»Ja, verstanden.«

»Sehr gut«, erklärte Raphael, »dann kommt jetzt mit, ohne Theater zu machen.«

Kapitel 16

»Ich nie mit den Toten sprechen!«

Bei diesem Satz musste Raphael fast lächeln: Er hatte ihn mindestens von der Hälfte der Illegalen gehört, die das Büro der Antiterrorbrigade betreten hatten.

»Du lebst neben ihnen, du kommst aus demselben Land, aber du redest nicht mit ihnen! Willst du mich für blöd verkaufen?«

»Ich ehrlich, sie *opasni*!«

»Was ist das, *opasni*?«

»Gefährlich auf Russisch«, übersetzte Drago, der in einer Ecke des Zimmers die Kaffeemaschine erneut in Gang setzte.

»Ja, gefährlich, genau. Ich politischer Flüchtling, ehrlich … sie nicht ehrlich … sie …«

»*Opasni*, ist gut, ich hab's verstanden.«

Es wurde langsam Tag über dem Quai des Orfèvres. Raphael drückte auf den Knopf, um die Neonleuchten im Verhörraum auszuschalten, und trat an das Mansardenfenster. Eine Weile betrachtete er den immer dichter werdenden Verkehr auf dem Quai des Grands-Augustins. Seit nunmehr drei Stunden verhörten seine Leute die Flüchtlinge – vier Ukrainer und fünf Belarussen –, und keiner hatte ihnen auch nur den geringsten Hinweis zur Identifizierung der Toten geben können.

Er drehte sich um und ging zu dem Ukrainer zurück.

»Hör mir gut zu, Wassili. Du bist illegal auf französischem Territorium festgenommen worden. Ich hoffe, dir ist klar, dass das Einzige, was deine Kumpel und dich erwartet, die Abschiebung ist – nach Kiew, Minsk oder wo auch immer ihr herkommt.«

Der Serbe nutzte das Schweigen, um zu fragen: »Kaffee?«

»Ja.«

»Mit Zucker?«

»Schwarz.«

Drago sah dem Ukrainer in die Augen. »Was ist dein Problem? Hast du Angst?«

»Nein, ich nichts gesehen, die Kerle nie mit uns sprechen, nie aus ihrem Zelt kommen!«

»Aber du sagst, sie waren gefährlich … Woher weißt du das?«

»In Augen, du spürst.«

»Okay«, meinte Drago und schob die Ärmel seines Sweatshirts hoch. »Jetzt hör mal zu! Dein Kumpel hat uns vorhin gesagt, dass sie vor zwei Monaten hierhergekommen sind. Seit August muss doch irgendetwas passiert sein. Hast du nichts gesehen, was uns weiterhelfen könnte, jemanden, der sie besucht, der ihnen Alkohol verkauft, Medikamente gebracht hat, als sie krank waren? Wer war für sie in der Apotheke? Hat niemand nach ihnen gesehen, als sie im Sterben lagen?«

»Sie auf Russisch schreien, aber wir Angst vor ihnen. Ich mehr nicht wissen.«

»Ich verstehe ja, dass die Typen euch Angst gemacht haben, aber jetzt sind sie tot, Mann! Du gehst kein Risiko ein. Also los, erzähl schon!«

»Ich nicht nach Haus gehen, ich nach England gehen.«

Raphael ergriff wieder das Wort. »Im Moment bist du bei der Kripo, mein Junge, du bist illegal eingewandert und hast dich schnappen lassen … Glaub mir, England ist noch weit. Aber wenn ihr uns helft, du und deine Kollegen, könnt ihr nur als Gewinner aus der Sache hervorgehen. Überleg es dir, denn dein Fall sieht nicht gut aus.«

»Ich nichts wissen!«

»Du weißt nichts? Und was sagen wir dem Untersuchungsrichter? Dass du innerhalb von zwei Monaten nichts über die

Typen erfahren hast, die weniger als zehn Meter von deinem Zelt entfernt gewohnt haben? Glaubst du, diesen Blödsinn nimmt der dir ab? Ihr führt uns jetzt seit drei Stunden an der Nase herum! Ich weiß nicht, was mich daran hindert …« Raphael beendete seinen Satz mit einem Fausthieb auf die Tischplatte, bevor er sich wieder beruhigte. »Noch ein Mal: Hast du uns etwas zu sagen?«

»Wenn du willst, ich etwas sagen, aber das nicht die Wahrheit …«

Raphael fuhr sich mit der Hand übers Gesicht. »Gut, das reicht, schafft ihn weg. Aber buchtet ihn in der Nähe ein, ich vernehme ihn später noch einmal.«

Alex Morand, einer von Raphaels Mitarbeitern, führte den Ukrainer ab.

Raphael und Drago sahen sich ratlos an.

»Was für eine Scheiße!«, fluchte Raphael. »Wir haben nichts. Rein gar nichts! Glaubst du etwa, dass sie die Typen nicht gekannt haben?«

»Nicht wirklich. Ich bin sicher, dass sie vor irgendetwas Angst haben … Unmöglich, dass es keinerlei Kontakt zwischen den Campern und den Toten gegeben hat.«

Raphael erhob sich und schenkte sich einen Kaffee ein.

Agathe Perriand, eine junge Ermittlerin der SAT, betrat den Raum. Sie war um die dreißig, zierlich, hatte kurz geschnittenes dunkles Haar, eine breite Nase und große grüne Augen. Sie war die jüngste Polizeiinspektorin des Teams. »Na, was habt ihr herausgefunden?«, fragte sie. »Die Chefs werden langsam ungeduldig.«

Raphael nahm einen Schluck von seinem heißen Kaffee. »Nichts. Und ihr?«

»Auch null.«

»Hast du die Mädchen verhört?«, fragte Drago.

»Ja, sie stehen unter Schock. Vor allem die Jüngste. Sie

kommt aus einem Kaff in der Nähe von Minsk. Ich denke, man hat sie und ihre Freundin gezwungen, nach Frankreich zu kommen, sie fühlen sich in Gefahr.«

»Warum?«

»Sie … Ich weiß nicht, ob sie etwas verbergen oder einfach nur Angst haben, von ihren Typen Prügel zu beziehen, wenn sie reden.«

»Glaubst du, dass sie etwas wissen?«

»Schwer zu sagen … Sie kommen von weit her und wissen nicht, was passiert, wenn sie auspacken. Wenn man dann noch bedenkt, dass sie die Methoden der sowjetischen Bullen kennen … Dagegen sind wir Waisenknaben.«

»Bring sie her!«, befahl Raphael.

»Ich glaube, es wäre besser zu warten. Wir haben sie gerade am Wickel gehabt …«

»Bring sie her, sage ich. Ich habe eine Idee.«

Sie war ein hübsches Mädchen. Noch keine fünfundzwanzig. Fast schwarzes Haar, mandelförmige Augen, aber sehr heller Teint. Die kleinen Narben und der melancholische Gesichtsausdruck, der ihre Züge prägte, verrieten eine schwere Kindheit.

»Du heißt also Natalia Razimova?«

Die zierliche junge Frau, die in eine billige Jacke gehüllt war, saß ihm mit hängenden Schultern an dem Metallschreibtisch gegenüber und nickte statt einer Antwort.

»Möchtest du irgendetwas … ein Sandwich … eine Zigarette?«

Sie schüttelte den Kopf, griff nach einem Stift und begann mechanisch auf dem Block zu zeichnen, der vor ihr lag.

»Bist du schon lange in Frankreich?«

»Drei.«

»Drei was? Monate? Wochen?«

»Monate.«

»Gut. Wo hast du Französisch gelernt?«

»Schule. Ich immer geträumt, nach Frankreich zu kommen.«

Raphael lächelte sie an. »Wo kommst du her? Aus Minsk?«

»Baranowichi.«

»Das ist der Ort, aus dem du stammst?«

»Ja.«

»Wie ist es da so?«

Die junge Frau schluckte und zögerte kurz, ehe sie antwortete. »Arm.«

»Bist du darum weggegangen?«

Die Belarussin nickte.

Raphael sah, dass sie sorgfältig Kurven und Linien auf das Papier zeichnete. »Tut es dir gut zu malen?«, fragte er.

»Ja. Ich kann aufhören, wenn du willst …«

»Nein, nein, mach nur weiter …«

Plötzlich hatte der Kommissar Natalia als Kind vor Augen, wie sie auf ihrer Schulbank saß und laut die französischen Worte vorlas, die an die Wandtafel geschrieben waren. Ein kleines Mädchen, das davon träumte, anderswo ein Leben als Prinzessin zu führen. Heute war Frankreich für sie ein Verhör, geführt von einem Bullen, den sie als seelenlosen Dreckskerl empfand und der drohte, sie dahin zurückzuschicken, woher sie kam, ohne Rücksicht auf all das, was sie vorher durchgemacht hatte.

Er blinzelte und verscheuchte diesen Gedanken. Er spürte, dass er bei ihr bluffen könnte. Er musterte die junge Frau und fragte dann: »Du kanntest also die Opfer auch nicht?«

»Nein.«

»Bist du dir da ganz sicher.«

»Ja.«

»Weißt du, dass in Frankreich eine gesetzliche Verpflichtung zur Aussage besteht … Dass du, wenn wir feststellen, dass du gelogen hast, bis zu fünf Jahren Gefängnis und eine hohe Geldstrafe riskierst?«

»Ich das nicht weiß …«

»Jetzt schon. Also überleg genau und antworte mir … Ihr hattet Angst vor diesen Männern, nicht wahr?«

»Ja, Angst.«

»Aus welchem Grund?«

»Wir kennen Männer wie die, bei uns sehr böse.« Natalia war noch immer auf ihr Blatt konzentriert, so als versuche sie, dem Blick des Ermittlers auszuweichen.

Um sie weniger unter Druck zu setzen, wandte Raphael ihr den Rücken zu.

»Sind sie nie zu euch gekommen?«

»Nie.«

Sie log – genau wie die anderen.

Er musste versuchen, zum Kern der Sache vorzudringen. »Gut«, meinte Raphael und ging zu einem Metallschrank. Er öffnete die Tür und zog einen braunen Umschlag heraus, dem er einen nummerierten und versiegelten durchsichtigen Plastikbeutel entnahm. Er schwenkte ihn vor ihrem Gesicht. »Und wie erklärst du dir dann, dass wir deinen Slip am Tatort gefunden haben?«

Der Atem der jungen Frau ging schneller. Sie kritzelte nervös auf dem Papier herum. »Nicht mir gehören«, stieß sie aus.

»Es gibt etliche Indizien an diesem Beweisstück, Körperflüssigkeiten, Hautpartikel, Schamhaare. Glaubst du, deine Aussage würde einem DNA-Test standhalten?«

Schweigen.

Raphael hatte geblufft, doch jetzt war er ziemlich sicher, dass er die Besitzerin des rosa String vor sich hatte, den sie in dem Zelt gefunden hatten.

Agathe wandte sich mit sanfter Stimme an sie: »Hör zu, mein Mädchen, am besten sagst du uns alles, was passiert ist. Wir wollen dir nichts Böses. Wenn du uns hilfst, hast du die besten Chancen, heil aus der Sache herauszukommen.«

Tränen rannen über Natalias Wangen. Sie murmelte: »Er Sachen mit mir gemacht.«

»Hat er dich dazu gezwungen?«

»Ja, mich vergewaltigen.«

Raphael wechselte einen Blick mit Drago und Agathe. Der Fall war zwar bei Weitem noch nicht gelöst, aber sie waren einen riesigen Schritt vorangekommen. Die junge Frau war traumatisiert, deshalb mussten sie äußerst behutsam vorgehen.

»Ist es schon lange her?«

»Mehr als ein Monat.«

»Ist es öfter passiert?«

Ja … fast sechs Mal, dann hat es aufgehört.«

»Weil er krank war?«

»Ja, sehr krank.«

Agathe zeigte der jungen Frau die beiden Fotos von den Leichen der Strahlenopfer.

»Siehst du, sie sind tot. Kannst du mir sagen, welcher von beiden dich vergewaltigt hat?«

Natalia legte ihren Stift beiseite und deutete auf den ersten, den Zombie, der sich in die Seine gestürzt hatte.

»Der.«

»Und der andere?«, fragte Agathe, »hat der dir nichts getan?«

»Nein, er nicht.«

»Wie hieß der Mann?«

Natalia trocknete ihre Tränen und griff nach der Packung Papiertaschentücher, die Drago ihr reichte. »Sie haben gesagt Umar. Aber ich glaube, nicht sein richtiger Name. Er kein Moslem. Er Slawe.«

»Hat er dir gesagt, was er hier macht?«

»Nie. Ich da für sein Vergnügen. Mich in meinem Zelt nehmen, dann gehen.«

»Bist du verheiratet?«

»Mein Mann Angst vor ihm … ihn machen lassen.«

Das Verhör nahm eine ungute Wendung. Sie mussten zum Ende kommen.

»Hör zu, Natalia, wir müssen diesen Mann um jeden Preis identifizieren. Hast du nicht vielleicht ein Gespräch mit angehört? Irgendetwas, was uns weiterbringen könnte?«

»Nein, kein Gespräch. Auch keiner zu ihnen gehen. Ich Creme für Verbrennungen holen und in ihr Zelt bringen.«

»Warte mal«, schaltete sich Drago ein, »willst du damit sagen, dass du ihr Zelt betreten hast, als sie schon krank waren?«

»Ja.«

In diesem Augenblick bemerkten die drei Ermittler den Verband an ihrer linken Hand.

»Hast du dich verletzt?«, fragte Agathe.

Schweigen.

Drago nahm vorsichtig ihre Hand. Natalias schmächtiger Körper wurde von Schluchzern geschüttelt, als Raphael die Binde abwickelte.

Die violette Wunde mit dem verbrannten Gewebe ließ keinen Zweifel zu.

»Sie ist verstrahlt«, sagte Raphael. »Diese verdammten Hurensöhne. Agathe, ruf sofort im Institut Curie an und verlang nach Professor Messier. Drago, wir stoppen sofort alle Verhöre und lassen auch die anderen untersuchen.«

Er wandte sich zu Natalia um. Das Gesicht der jungen Frau war bleich. Sie betrachtete ihren Arm, der wie ein Fremdkörper seitlich herunterhing. Sie hatte genauso reagiert wie die anderen Strahlenopfer: Aus Angst, festgenommen und ausgewiesen zu werden, hatte sie die Wunde nicht behandeln lassen.

»Wir kümmern uns um dich, mach dir keine Sorgen. Alles wird gut.«

Sie antwortete nicht.

Als Raphael sich erhob, fiel sein Blick auf das Blatt, auf dem Natalia während des Verhörs gemalt hatte.

Er nahm es und betrachtete es eingehend.

Eine seltsame Zeichnung. Eine surrealistische Szene, die erstaunlich gut ausgeführt war und den russischen Präsidenten Boris Jelzin zeigte, der – eine Zigarre im Mund – Stalin vögelte. Die beiden nackten Männer befanden sich auf einem kleinen Planeten mit einem riesigen Kreml. Mehrere Dollarzeichen und Sätze in kyrillischen Buchstaben umschwirrten das Ganze wie Sterne. Die Zeichnung schoss wie Erbrochenes aus dem Mund eines Bärtigen, der aus einem Wirrwarr von merkwürdigen Wellenlinien auftauchte.

Der Ermittler wandte sich an die junge Frau. »Was hat diese Zeichnung zu bedeuten, Natalia?«

Sie hob den Blick zu Raphael und murmelte: »Das neben Schwanz von Dreckskerl Umar tätowiert. Er mich gezwungen, ihm … du verstehen … ich habe Tätowierung genau gesehen. Ich für dich gemalt.«

»Halt, bleib hier.«

Raphael lief zur Tür und rief Agathe und Drago zurück, die schon auf dem Gang waren.

»Kümmert euch um das Mädchen und die anderen.«

»Was ist los? Wohin gehst du?«, wollte Drago wissen.

»Der Zombie hatte eine Tätowierung unter seiner Wunde. Ein völlig verrücktes Ding. Ich fahre zum Boulevard Mortier.«

»Zur DGSE? Was willst du denn da?«

»Sie haben Leute, die so etwas dechiffrieren können. Sednaoui ist mir noch was schuldig wegen der Sache mit dem ETA-Attentat in Madrid letztes Jahr. Alle sollen sich bereithalten, und kein Wort zu irgendjemanden, ehe ich nicht zurück bin, ich will nicht, dass die DST Wind von der Sache bekommt. Verstanden?«

»Verstanden.«

Kapitel 17

Raphael parkte den Dienstwagen in zweiter Reihe an der Metrostation Saint-Fargeau und ging zu Fuß zur Nummer 141 am Boulevard Mortier, dem Haupteingang des Bunkers der DGSE. Er lief an der Mauer mit den hohen Schutzgittern entlang und zeigte dann einem Wachposten, der in einer kugelsicheren Kabine stand, seinen Dienstausweis. Nachdem er seine Waffe abgegeben hatte, betrat er den Militärkomplex.

Ehe er den Quai des Orfèvres verlassen hatte, hatte er seine Kontaktperson kurz angerufen – sie hatte sich sofort bereit erklärt, ihn zu empfangen. Sednaoui hatte am Empfang eine Nachricht hinterlassen – er wurde erwartet.

Ein Uniformierter führte ihn durch zwei Sicherheitsschleusen und begleitete ihn dann über einen Innenhof zu einem Garnisonsgebäude. Unter der deutschen Besatzung hatte es als Besserungsanstalt gedient. Heute arbeiteten hier fast zweitausend Angehörige der strategischen, technischen und mobilen Einheiten. Sie werteten sämtliche Informationen aus, die ihnen von den Botschaften, Agenten und »ehrenamtlichen Korrespondenten« aus aller Welt übermittelt wurden, um die französischen Interessen zu wahren. Das war die offizielle Version. Die Wirklichkeit der DGSE, inzwischen Expertin in Industriespionage, Manipulation und jeder Art von zweifelhaften »Aktionen«, sah ganz anders aus. Als er damals bei seinem Marinekommando angefangen hatte, hatte er davon geträumt, eines Tages Mitglied dieser sagenumwobenen Dienststelle zu werden. Doch bei einem gemeinsamen Einsatz mit einem Team der 11. Fallschirmjägereinheit im Süd-Libanon hatte er festgestellt, dass das Verhalten der DGSE-Kommandos nicht den Idealen entsprach, in deren Dienst er sich stellen wollte.

Die Aussicht, Naima Sednaoui wiederzusehen, freute ihn hingegen sehr. Kaum hatte er das Gebäude betreten, entdeckte er sie auch schon in der Eingangshalle.

Sednaoui, um die vierzig, in einem schlichten Kostüm, das Haar zu einem strengen Knoten zusammengefasst, war ägyptischer Herkunft. Der Kommissar bedankte sich bei seinem Begleiter und blieb stehen, um sie betrachten zu können. Letztes Jahr hatte Raphael ihr nach den furchtbaren Attentaten in Madrid einen wichtigen Hinweis auf ein Versteck der ETA in einem Pariser Vorort gegeben. Danach hatte er erfolglos versucht, sie wiederzusehen. Sie war eine Geheimagentin und hatte schnell begriffen, mit welcher Art Mann sie es zu tun hatte. Ende der Geschichte. Raphael hätte es gerne noch einmal bei ihr versucht, doch im Moment gab es Dringlicheres.

Sednaoui begrüßte ihn mit festem Händedruck. »Guten Tag, Raphael.«

»Hallo, Naima. Danke, dass du so schnell Zeit für mich gefunden hast.«

»Entschuldige bitte, aber ich bin in Eile. Komm mit, ich habe den Mann, den du brauchst.«

Sie lief vor ihm her, öffnete mit ihrem Badge eine erste Sicherheitsschleuse und führte ihn dann zu einem Aufzug, der sie ins Untergeschoss brachte. Eine zweite Sicherheitsschleuse mündete in einen Gang mit nummerierten Türen. Vor der Nummer 127 blieb sie stehen und ließ ihm den Vortritt.

In dem Besprechungsraum erwartete sie ein Mann: Mitte fünfzig, glattes Gesicht mit einer altmodischen Brille mit Plastikgestell, dickes graues Haar, das an Wildschweinborsten erinnerte, offenbar mittelasiatischer Herkunft.

»Darf ich vorstellen? Das ist Ruslan Bajamarow, er kommt aus der ex-sowjetischen Republik Turkmenistan und ist auf

Mafiagruppen spezialisiert, die jetzt überall in Russland entstehen.«

Als sich der Mann erhob, um Raphael zu begrüßen, sah man seinen billigen hellblauen Anzug, der bestens zu dem Rest seiner Erscheinung passte.

»Setz dich«, fuhr Sednaoui fort.

Raphael lächelte und nahm gegenüber dem seltsamen kleinen Mann Platz. Naima hockte sich auf die Tischkante.

»Erzähl uns deine Geschichte.«

»Zwei tote Strahlenopfer im Bois de Vincennes. Fünf Polizisten und mindestens eine illegale Immigrantin sind ebenfalls kontaminiert.«

»Die Information haben wir schon bekommen«, unterbrach ihn Sednaoui. »Du leitest also die Ermittlungen?«

»Fast ... die DST ist auch am Ball.«

»Na, du hast ja Glück!«

»Hör bloß auf, es gab schon ernsthafte Auseinandersetzungen bei der Obduktion. Darf man hier rauchen?«

»Fühl dich ganz wie zu Hause.«

Raphael zündete sich eine Zigarette an und stieß eine Rauchwolke aus.

»Eine deiner Leichen war also tätowiert?«

»Ja, eine hässliche Geschichte. Die junge Illegale, die wir im Bois de Vincennes aufgegriffen haben, hat sie uns erzählt. Die Tätowierung war durch eine Verbrennung mit Kobalt 60 weggefressen. Der Kerl hat sie regelmäßig vor den Augen ihres Mannes in ihrem Zelt missbraucht. Da sie ihm dabei immer wieder einen blasen musste, hat sie sich das ... äußerst seltsame Motiv gemerkt.«

»Zeig mal her.«

Raphael zog Natalias Zeichnung aus der Innentasche seiner Jacke und faltete sie auseinander.

Sednaoui warf einen kurzen Blick darauf und reichte sie an Ruslan weiter.

Der Hauptkommissar beobachtete den Mann, während dieser die Skizze mit einem leichten Lächeln betrachtete.

»Ruslan hat einen sehr interessanten Werdegang«, fuhr Sednaoui fort. »Er hat über fünfundzwanzig Jahre im Gefängnis verbracht.«

»Als Aufseher, nicht hinter Gittern«, meinte der kleine Mann und grinste.

»Macht es Ihnen etwas aus, wenn ich von Ihrer Vergangenheit erzähle?«

»Ganz und gar nicht.«

»Seine Eltern sind in Stalins Terrorlagern umgekommen, und er hat seine Kindheit in einer Institution für ›Volksfeinde‹ verbracht. Eigenartigerweise, wie er selbst sagt, hat er nie die Gefängniswelt verlassen und als Oberaufseher in den härtesten Gulags des Reichs gearbeitet. Er hatte mit politischen Gefangenen und den schlimmsten Kriminellen zu tun, und heute ist er einer der besten Spezialisten für die russische Mafia. Er ist sehr wertvoll für uns, und noch dazu spricht er Französisch.«

Raphael begann, sein Gegenüber mit anderen Augen zu sehen. Er fragte: »Glauben Sie, dass diese Tätowierung auf einen Mafioso hindeuten könnte?«

Ruslan räusperte sich und begann: »Lassen Sie mich erklären. Tätowierungen sind seit jeher ein Mittel, die Zugehörigkeit zu einem Klan, zu einer Glaubensrichtung zum Ausdruck zu bringen oder seine Persönlichkeit, seine Überzeugungen zu bekräftigen, die sich von denen der anderen unterscheiden. In diesem seltsamen Land, welches das meine war, ist diese Tendenz noch viel stärker ausgeprägt. Was Ihre Leiche angeht, würde ich das, wofür wir uns interessieren, als ›kriminelle‹ Tätowierung bezeichnen, sie betrifft Mafiosi, Delinquenten oder andere als ›anti-sozial‹ eingestufte Elemente, von denen es in sowjetischen Gefängnissen wimmelte. Verstehen Sie … für diese Männer, die in der Hölle leben, ist eine Tätowierung eine äußerst komplexe linguistische Ausdrucksform, eine verschlüsselte Sprache, deren Entzifferungscode mündlich weitergegeben wird, um sich vor dem Eindringen Nichteingeweihter zu schützen. Verstehen Sie das?«

»Ja, ja …«

»Ein Bild, dessen Botschaft eindeutig zu sein scheint, enthält immer auch eine verstecke Botschaft, bei einem Mafioso zum Beispiel sagen Position und Motiv des Tattoos – auf der Schulter, um den Finger, Sterne oder Ketten – etwas über seinen Werdegang als Verbrecher aus, über seine Erfolge und Niederlagen. Sie sind sozusagen sein Personalausweis. Im Gefängnis dienen manche Tätowierungen sogar dazu, Nachrichten von einem Boss des Milieus zu übermitteln. Die Schwierigkeit, sie zu entziffern, besteht darin, dass ein und dasselbe Symbol, etwa eine Fledermaus, wie sie auf Ihrer Zeichnung zu sehen ist, eine unterschiedliche Bedeutung haben kann, je nachdem ob sie sich auf dem Arm oder am Hals befindet. Ein nicht tätowierter Mann verfügt weder innerhalb der *Mafyia* noch im Gefängnis über irgendeinen sozialen Status, er wird als *Tchoukhan*, eine Art Lakai, angesehen und als solcher behandelt. Es gibt aber auch eine andere Erklärung für die Tätowierungen: Die Darstellung kann ebenso gut die Gefühle oder das Engagement eines Menschen ausdrücken. Sie ist eine Art, seine Überzeugungen zu demonstrieren, und jenen, die fähig sind, sie zu entziffern, zu zeigen, mit welcher Art Mann sie es zu tun haben. Eine Tätowierung ist das Buch eines Lebens, das direkt in die Haut graviert ist. Ich denke, Ihr Toter war eine Mischung dieser beiden Welten …«

Raphael tauschte einen Blick mit Naima und fragte dann: »Meinen Sie, es wäre nur anhand der Tätowierung möglich zu sagen, wer dieser Mann war?«

»Ziemlich genau, ja.«

Ruslan strich das Blatt sorgfältig glatt.

»Zunächst glaube ich nicht, dass wir es mit einem Mafioso

zu tun haben, zumindest nicht im klassischen Sinn des Wortes. Die Darstellung spiegelt zugleich seine Überzeugungen und seine Zugehörigkeit zu einer Gemeinschaft wider. Hatte er weitere Tattoos auf seinem Körper?«

»Nein, ich habe nichts gesehen.«

»Wie alt war er?«

»In seinem Zustand schwer zu sagen ... Aber wohl nicht unter fünfunddreißig.«

»Gut«, meinte Ruslan und seufzte, »fangen wir an. Die kleine Fledermaus, die über der eigentlichen Tätowierung schwebt, ist charakteristisch, sie zeigt, dass Ihr Mann einen Teil seines Lebens Mitglied des Speznas, einer vom sowjetischen Geheimdienst GRU geschaffenen Eliteeinheit war. Die Fledermaus ist ihr Wahrzeichen.«

Raphael kannte dieses legendäre Kommando, das für gefährliche Missionen auf feindlichem Gebiet ausgebildet war: Guerillaeinsätze und Morde an störenden Oppositionellen. Er verstand jetzt besser, warum es dem Zombie, auch in völlig entkräftetem Zustand, gelungen war, einen Mann der BAC niederzuschlagen.

»Angesichts seines Alters hat dieser Mann höchstwahrscheinlich am Afghanistankrieg teilgenommen. Die kyrillischen Zeichen bedeuten: ›Verzeih mir, Mama‹. Ich glaube – aber das ist reine Vermutung –, dass dieser Mann zu irgendeinem Zeitpunkt seines Lebens abgeglitten ist, eine schmerzliche Trennung, die ihn seiner Familie entfremdet hat. Ich denke nicht, dass er im Gefängnis war, sonst hätte er Tätowierungen an anderen Körperstellen. Er wollte seine Zugehörigkeit zu einer Mafiagruppierung zeigen, aber die ... sehr intime Stelle der Tätowierung könnte auch bedeuten, dass er sie verbergen wollte. Das würde zu dem Bärtigen passen, den man hier sieht. Die junge Frau hat Wellen gemalt, aber vermutlich handelt es sich tatsächlich um Zeichen des arabischen Alphabets, um Koranverse, und der Bärtige ist sicherlich Scheich

Mansur Uschurma, ein historischer tschetschenischer Rebell, der das Symbol eines von Geld, Verbrechen und wildem Kapitalismus verdorbenen Russland ausspeit. Die Darstellung von Boris Jelzin, der Stalin vögelt – ich persönlich finde das recht amüsant –, geht ebenfalls in diese Richtung. Ich habe oft Karikaturen von Marx oder Lenin gesehen, hier geht es um die Haltlosigkeit der Mächtigen. Eine Haltlosigkeit, die der traditionellen *Mafyia* eher entgegenkommt, da sie das Verbrechen favorisiert. Ihr Toter scheint sich dann für keine Sache mehr eingesetzt zu haben.«

»Sie sagen also«, fasste Raphael zusammen, »dass der Mann ein ehemaliges Speznas-Mitglied ist, der die Verbrechen der sowjetischen Armee in Afghanistan nicht ertragen hat. Was bei ihm nach einiger Zeit dazu geführt hat, sein bisheriges Leben aufzugeben, die Armee zu verlassen und sich dem Islam zuzuwenden …«

»Und nach dem Zusammenbruch der Sowjetunion«, fiel Sednaoui ein, »hat ihn dann der Kapitalismus angewidert, und er hat sich einer mafianahen Bewegung angeschlossen, deren Ziele nicht rein kapitalistisch orientiert waren. Zum Beispiel Terrorismus, was ihn dazu gezwungen haben könnte, seine Tätowierung zu verbergen, um sich nicht zu verraten.«

»Es ist schwierig, die genaue Chronologie nachzuvollziehen, aber ich denke, so war es.«

Raphael setzte seine Überlegungen laut fort: »Terrorismus, Mafia, Moslem, Russland, Paris … Aber woher stammt er?«

»Nördlicher Kaukasus«, meinte Ruslan.

»Dagestan?«

»Nein, Raphael, ich denke, Ruslan spricht von Tschetschenien.«

»Die Region steht im Moment am Rande der Implosion. Man muss kein Fachmann sein, um vorherzusagen, dass es im Nordkaukasus bald einen Krieg geben wird. Jelzin wird Tschetschenien aus zwei Gründen angreifen. Zum einen, weil

Dudajew die Unabhängigkeit proklamieren will, was für Moskau völlig inakzeptabel ist, denn durch die Loslösung Tschetscheniens könnte sich die ganze Region erheben, und Russland würde dadurch den Zugang zum Kaspischen Meer und zu seinen Ölreserven verlieren. Der zweite Grund ist, dass Grosny inzwischen die Metropole des organisierten Verbrechens geworden ist, eine Art Freihandelszone, in der man Schmuggler jeglicher Couleur findet, zu denen auch Minister und Berater von Jelzin gehören. Diese Situation wird langsam unangenehm, und ein bewaffneter Konflikt würde alle Beweise vernichten. Die Tschetschenen sind mutig, aber sie brauchen auch Waffen, und das heißt Geld. Kein Land würde für eine korrupte Konfettirepublik ein Risiko eingehen, und sie haben schon einen großen Teil der Waffenreserven der Roten Armee verkauft. Das heißt, jetzt können nur verbrecherische Aktionen das nötige Geld einbringen. Das bedeutet eine Guerilla, in der alles erlaubt ist; die Tschetschenen versuchen sicher, im Ausland terroristische Anschläge gegen die russischen Interessen vorzunehmen.«

»Das passt zu unserer Geschichte.«

Schweigen.

Dann wandte sich Sednaoui an Raphael. »Du hast mir bei der ETA-Geschichte sehr geholfen, also gebe ich dir nun einen Tipp ... aber du hast ihn nicht von mir, verstanden?«

»Verstanden.«

»Wir haben Informationen, dass sich vor knapp zwei Monaten ein *Teipe*, das heißt ein mafianaher tschetschenischer Klan, in Paris angesiedelt hat. Sie agieren noch im Untergrund, sie beobachten und versuchen, ihr Terrain zu sichern. Es handelt sich um extrem gewalttätige Typen; wenn die mal auftauchen, wird alles sehr schnell gehen, und sie werden uns sehr wehtun. Sie werden das gesamte Netz der Prostitution an sich reißen, ebenso wie Teile des Drogenhandels. So agieren sie auch in Moskau, und, glaub mir, weder die Bürschchen von Pigalle noch die Crack-Dealer von der Porte de la Chapelle werden ihnen Angst machen.«

»Weiß die DST Bescheid?«

»Zum Teufel mit denen.«

»Hast du Namen?«

»Einen: Islamow. Der Typ ist im neunzehnten Arrondissement untergekommen. Ich habe ein Bild, eine Adresse und eine Dienstmitteilung über ihn. Du kannst dir alles ansehen, aber das Dokument verlässt nicht das Haus. Wenn du sie schnappen willst – sie gehören dir. Sieh zu, was du ihnen in die Schuhe schieben kannst und basta.«

Raphaels Gesicht verzog sich zu einem breiten Lächeln. »Zum Dank muss ich dich wirklich zum Abendessen einladen.«

»Da kannst du lange träumen!«

Kapitel 18

DGSE-Außenstelle Wien, Österreich
Paris, 5. September 1994/Nr. 425/DEF/CROS
Notiz zur einmaligen Verbreitung
Betreff: Bewegungen eines verdächtigen Subjekts
Name: Sultan Islamow
Geburtsort: 1953/Tsentoroi-Tschetschenien
Letzte Aktivitäten: Ein Informant aus dem Ausland berichtet uns über die Anwesenheit von Sultan Islamow auf französischem Staatsgebiet. Ankunft in Paris am 15. Juni 1994 aus Wien, Österreich. Steht unter dem Verdacht, ein mafianahes Netz aufzubauen, um Gelder für die tschetschenische Rebellion zu beschaffen.
Bekannte Adresse: 12, Rue de Tanger, 75019 Paris.
Vergangenheit des Verdächtigen: 1991 wird er Chef der extrem gewalttätigen Gang Lasagnskaïa – die Mitglieder frequentierten das Café Lasagne in Moskau. Es handelt sich um die Schockbrigade des Letchi-Jamadajew-Klans, der auf brutale Schutzgelderpressung von Banken spezialisiert ist. Islamow wird unter anderem diverser Schwarzhandelsgeschäfte, der Schutzgelderpressung von Bars und Kasinos, der Zuhälterei, des Drogenschmuggels, des Handels mit Waffen der sowjetischen Armee und des Mordes beschuldigt. Ende 1991 nimmt die Polizei Islamow und Jamadajew in Moskau fest. Dudajew, Präsident der separatistischen Tschetschenen, schickt von Grosny einen falschen Strafkonvoi mit der Anordnung nach Moskau, die beiden Kriminellen in ihr Heimatland zu überstellen, damit

sie dort verurteilt werden. In Grosny angekommen, werden Islamow und Jamadajew freigelassen. Ganz offensichtlich eine Absprache zwischen Staatsgewalt und Mafia. Einige Monate später wird Jamadajew von einem russischen Spezialkommando ermordet. Bis zum August 1994 keine Spur irgendwelcher Aktivitäten von Islamow.

Die Notiz der DGSE über den Ganoven war kurz, aber aussagekräftig. Ein Foto, das bei der Verhaftung durch die russische Polizei gemacht worden war, zeigte einen Mann mit schwarzem, halblangem Haar, fahlem Teint und einem dicken Schnauzbart.

Wieder zurück am Quai des Orfèvres, ordnete Raphael eine Überwachung der Rue Tanger und der Umgebung an. Dieses Viertel war die Hochburg der Dealer, Crackraucher und anderer Drogensüchtiger.

Zwei Motorräder und drei Autos mit sechs Zivilbeamten, die die Beschattung, wenn nötig, auch zu Fuß fortsetzen konnten. Der gewöhnliche Funkcode war entsprechend festgelegt worden. A für Auto, M für Motorrad, F für Fußgänger, gefolgt von jeweils einer Identifikationsnummer für jedes Team.

A1 war Raphael. Er wartete in seinem Ford Mondeo, der fünfzehn Meter von dem sechsstöckigen Gebäude an der Ecke Rue Rébuffat/Rue de Tanger geparkt war. Die anderen waren auf die umliegenden Straßen verteilt. Ziel der Operation: den Tschetschenen folgen und sie bei der ersten Gelegenheit festnehmen.

Seit drei Stunden beobachteten sie nun schon die braune Haustür, eingerahmt von einem Waschsalon und einem Reisebüro. Außer einer Familienmutter, die gegen neun Uhr abends mit ihren Einkäufen heimgekommen war, und einem Pärchen, das etwas später das Haus verlassen hatte, war nichts passiert. Raphael hatte Agathe Perriand zur Erkundung in das nicht mit einem Zugangscode gesicherte Haus geschickt, doch sie hatte nicht ausmachen können, welche Islamows Wohnung war.

Um dreiundzwanzig Uhr fünfzehn ging das Licht im Eingang an. Raphael fuhr hoch und richtete das Fernglas auf die Tür. Drei Männer kamen aus dem Haus. Der Kommissar fixierte die beiden ersten: Lederjacken, finstere Mienen, unbekannt. Dann nahm er den dritten Typen zu ihrer Rechten ins Visier, es war Islamow.

Er griff zum Funkgerät.

»A1: Es geht los! Kunde verlässt das Haus. Vorsicht, er ist in Begleitung von zwei Handlangern. Bis jetzt zu Fuß unterwegs. Wir folgen ihnen in Richtung Boulevard de la Villette.«

Dragos Stimme drang aus dem Kopfhörer: »F2 … Ich habe sie im Blickfeld, ich übernehme.«

Gleich darauf sah Raphael den Serben in seiner dicken Lederjacke auftauchen. Er hatte sein Motorrad stehen lassen und folgte ihnen in sicherem Abstand zu Fuß. Er hatte beide Hände in den Taschen vergraben, die eine hielt das Funkgerät, die andere die Waffe.

»F2: Kundschaft überquert den Boulevard und läuft Richtung Rue de l'Aqueduc.«

Raphael ließ den Wagen an und fuhr zum Boulevard.

Das Funkgerät knisterte erneut.

»F2: Kundschaft steigt in einen metallic grauen Mercedes 190E mit dem Kennzeichen 837 FAJ 75 … Sie fahren Richtung Boulevard de la Villette, Blinker nach links gesetzt, Richtung Boulevard de la Chapelle und Zentrum.«

»A3: Ich sehe ihn. Hänge mich dran.«

Raphael erreichte den Boulevard kurz nach dem Mercedes. Er sah Agathes schwarzen Twingo, der die Verfolgung aufnahm, fädelte sich in die rechte Spur ein und blieb etwas im Hintergrund.

»A1: Ein Motorrad zur Sicherung, falls er plötzlich ausschert.«

»M1: Verstanden.«

Die Beschattung funktionierte reibungslos.

Bisher verhielten sich die Tschetschenen normal, und nichts ließ vermuten, dass sie die Überwachung bemerkt hatten. Der Verkehr war flüssig. Raphael fuhr so, dass er die Rücklichter des Mercedes und des Twingo im Blick behielt, die jetzt den Boulevard Barbès ansteuerten.

Hier war der Verkehr dichter.

Und die Dunkelheit machte die Sache nicht einfacher.

»A3: Achtung, er biegt nach rechts in die Rue de Chartres ab.«

»M1: Ich übernehme.«

Raphael beobachtete, wie sich das Motorrad zwischen den Autos hindurchschlängelte und sich an den verdächtigen Wagen hängte.

»M1 an A1: Du folgst uns aus der Ferne, ich zische ab nach Barbès.«

Er wandte sich jetzt an Drago.

»M2, du beziehst an der Kreuzung Rue Jessaint, Rue Polonceau Stellung. Falls sie uns abhängen, könnten sie diesen Weg einschlagen.«

Raphael gab Gas und bog rechts in den Boulevard Barbès.

»M1: Okay. Sie kommen über die Goutte d'Or in deine Richtung. A1, übernimm!«

Der Mercedes war gerade auf den Boulevard Barbès gefahren, Raphael bremste, um ihn überholen zu lassen, und folgte ihm, als er gleich darauf in die Rue des Poissoniers abbog.

»A1: Er fährt in Richtung Rue de Myrha.«

»A2: Bin in der Rue Saint-Luc und fahre langsam weiter.«

»Verstanden, jetzt sind sie in der Rue Myrha, übernimm sie an der Ecke Rue Cavé.«

»Okay.«

Raphael war ihnen dicht auf den Fersen. Was sollte dieser nächtliche Ausflug?, fragte er sich. In diesem Augenblick sah er, dass der Mercedes abrupt bremste und am Bürgersteig hielt. Zwei der Männer stiegen aus und betraten eine Bar.

»Halten in der Rue Myrha gegenüber der Nazarener-Kirche. Gehen in die Bar L'Olympic. Kunde ist im Mercedes geblieben. M2, du übernimmst, wir positionieren uns neu.«

»M2: Verstanden. Soll jemand in die Bar?«

Raphael bog nach links ab und hielt am Zebrastreifen der Rue Léon. Er griff wieder nach dem Funkgerät und wandte sich diesmal an Drago.

»Negativ. Da ist nur Stammkundschaft, selbst du mit deinem südländischen Einschlag würdest dort auffallen.«

Schweigen.

»M2: Verstanden. Ich bin hinter dem Mercedes. Da tut sich einiges, der Kunde wendet den Blick nicht vom Rückspiegel. Hat wahrscheinlich Verdacht geschöpft. Wir müssen ihn jetzt schnappen.«

Raphael überlegte kurz.

Der Typ war allein, der ideale Moment, ihn festzunehmen … Wenn aber in diesem Moment die anderen aus der Kneipe kämen, könnte es brenzlig werden … Es war besser zu warten, und wenn sie das Gefühl gehabt hätten, überwacht zu werden, hätten sie Islamow nicht allein im Auto gelassen.

»Negativ. Sie kümmern sich um ihr Business, vielleicht können wir sie in flagranti schnappen, wir warten. Ich will alle drei hopsnehmen.«

Kurz darauf kontaktierte ihn Drago erneut.

»Stehe weniger als zehn Meter vom Eingang des Olympic entfernt … Sie kommen raus, sie kommen raus. Mit einem dritten Typen. Verflucht, was machen die Idioten denn?«

»Was ist los?«, fragte Raphael.

»Sie kommen mit einem Typen aus der Kneipe, sie schlagen ihn, sie zerren ihn mit sich. Geht alles rasend schnell. Fahren Richtung Rue Stephenson.«

»A2: Bin direkt hinter ihnen in der Rue Myrha. Ich übernehme.«

»Okay«, rief Raphael, »ich will ein Motorrad an der Ecke

Rue Léon, Rue Doudeauville. Wir dürfen uns nicht abhängen lassen.«

»A2: Immer noch in der Rue Myrha, biegen nach links in die Rue Stephenson ab. Ich übergebe.«

Raphael nahm die Verfolgung des Mercedes auf.

»Ich bin hinter ihnen. Schlägerei im Inneren. Sie verprügeln ihn. Wir überwachen flächendeckend. Ist jemand auf der Avenue Max-Dormoy?«

Agathe antwortete ihm: »A3 auf Max-Dormoy.«

»Fahren nach rechts in die Rue Ordener. Jetzt bist du dran, Agathe. Ich mache einen Bogen und komme von der anderen Seite, dann können wir sie in die Zange nehmen. Wir schlagen so bald wie möglich zu. Ein Motorrad zu mir, damit wir sie hinter den Bahnschienen blockieren können. Wir kommen über die Rue Ordener und die Rue de la Chapelle.«

Er funkte Drago an.

»M2, gib mir deine Position.«

»Bin vierhundert Meter hinter Agathe.«

»Okay, gib Gas und hol sie ein.«

Raphael warf das Funkgerät auf den Beifahrersitz. Der Motor heulte auf, er riss das Steuer herum und bog mit quietschenden Reifen links in die Rue de la Chapelle. Wegen der Bahnschienen waren die Straßen länger und lagen weiter auseinander. Es wurde unmöglich, sich bei der Verfolgung abzulösen, ohne aufzufallen.

Agathe meldete sich: »Ich bin hinter dem Kunden in der Rue Riquet. Er bremst, da stimmt was nicht. Ich bin ganz alleine. Drago, wo bist du?«

»Zweihundert Meter hinter dir.«

Wagen 2 meldete sich: »A2: Bin in der Rue Aubervilliers blockiert. Bin aus dem Spiel.«

Raphael schlug mit beiden Fäusten auf das Lenkrad. Es gefiel ihm gar nicht, dass die junge Frau allein hinter den Tschetschenen war. Die Sache nahm eine ungute Wendung. Er ergriff das Funkgerät und kontaktierte das andere Motorrad: »M1, wo steckst du?«

»In der Rue de Tanger. Fahre so schnell wie möglich zur Rue Riquet.«

»Beeil dich, verdammt noch mal!«

In der Rue de Torcy musste Raphael wegen Straßenbauarbeiten warten. Es trennten ihn nur noch fünfhundert Meter von Agathe und den Tschetschenen. Er hatte keine Wahl und ließ den Ford einfach stehen. Gleich darauf sprang er mit gezogener Waffe über das Absperrgitter.

Er hörte Agathes Stimme in seinem Kopfhörer: »Aufruf an alle … Die Sache läuft aus dem Ruder, habe gerade einen Blitz in dem Mercedes aufflammen sehen, da drinnen wird geschossen, sie haben ihn abgeknallt. Was soll ich tun?«

Sie war offensichtlich in Panik.

Raphael brüllte in sein Funkgerät: »Abbrechen, du verschwindest! Sofort! Drago, du gibst ihr Deckung.«

Die Ganoven fuhren in Richtung Bahnstrecke, vermutlich, um sich dort des Opfers zu entledigen.

Raphael beschleunigte sein Tempo. Sein Herz schlug im Rhythmus seiner Schritte auf dem Asphalt. Er war nur noch zweihundert Meter entfernt. In knapp einer Minute wäre er dort.

Kurzes Schweigen, dann nahm Agathe ihren Bericht wieder auf: »A3: Wer ist in dem grauen Peugeot, der mich verfolgt …? Der Mercedes hält in der Rue Riquet auf der Brücke über den Schienen … Wer zum Teufel ist das? Ich kann nicht abhauen … Scheiße!«

»Drago, was ist das für ein verdammtes Auto hinter ihr?«

»Gehört nicht zu uns. Zwei Personen drin. Könnte Gegenbeschattung sein! Gegenobservierung!«

Agathe schrie in ihr Funkgerät: »Sie steigen aus dem Mercedes, verdammt … Wir sind enttarnt! Sie kommen auf mich zu! Was ist denn das für ein Verrückter?!«

»Verschwinde Agathe! Raus aus dem Wagen!«

»Drago, wo bist du?«

»Hier … Agathe, geh in Deckung!«

Raphael erreichte die Straßenecke und sah gerade noch, wie der verdächtige Peugeot im Rückwärtsgang auf Dragos Motorrad zuschoss und es anfuhr, was einen Höllenlärm und Funkenregen auslöste. Der Serbe flog durch die Luft und landete auf der Heckscheibe des Peugeot, die zersplitterte.

Raphael wusste nicht, ob der Fahrer zu der Bande der Tschetschenen gehörte, aber er war sich sicher, dass der Typ vor nichts zurückschrecken würde, um sich aus dieser Situation zu befreien. Jetzt wendete er mit quietschenden Reifen, sodass Drago zu Boden fiel. Er raste mit aufgeblendeten Scheinwerfern auf Raphael zu, der gerade noch Zeit hatte, zur Seite zu springen, um ihm auszuweichen. Als er sich aufrappelte, war er noch immer dreißig Meter von Agathes Wagen entfernt. Vor ihm lag Drago mit seinem Helm und seiner dicken Lederjacke auf dem Asphalt.

Als er sich umdrehte, sah Raphael einen der Männer aus dem Mercedes, das Gesicht im Schatten verborgen, die gezogene Waffe auf den Twingo richten.

Er entsicherte seine .38 mm.

Zu spät.

Der Mann leerte sein Magazin auf Kopf und Brust der jungen Polizistin.

Raphael schoss zweimal zurück, ohne den Mörder jedoch zu treffen, der Deckung hinter den rauchenden Autowracks gesucht hatte. Kurz darauf stieg er über das Sicherheitsgitter und verschwand auf den Gleisen, die einige Meter unterhalb verliefen.

Raphael zögerte kurz.

Er war nicht sicher, den Mörder zu erwischen, und konnte nicht zulassen, dass die Tschetschenen währenddessen entkamen.

Der Mercedes.

Mit gezogener Waffe inspizierte er das Innere. Einer der Gangster war mit einer Kugel in den Hals getötet worden, der zweite war an einer Schusswunde im Oberschenkel verblutet. Raphael packte den dritten bei den Haaren.

Islamow.

Dieser Dreckskerl hatte einen Schlag mit dem Kolben ins Gesicht bekommen, aber er lebte. Der Kommissar legte ihm Handschellen an und kettete ihn an den Wagen. Der Mörder hatte den Überraschungseffekt seiner Peiniger genutzt, als diese die Beschattung bemerkt hatten, um die Situation unter Kontrolle zu bringen, der Schusswechsel hatte ihm Gelegenheit gegeben zu verschwinden. Aber warum hatte er getötet?

Als Raphael wieder zu dem Twingo kam, entdeckte er Drago, der neben Agathe kniete. Sie lag in den Glassplittern, ihre Brust war zerfetzt, der untere Teil ihres Gesichts von großkalibrigen Geschossen weggerissen. Der Serbe hielt mit der einen Hand die von Agathe, so als wolle er sie auf die andere Seite begleiten, mit der anderen schloss er sanft ihre weit geöffneten Augen.

Alles war schiefgelaufen.

Agathe war gleichsam in seinem Beisein ermordet worden, ohne dass er etwas hätte tun können.

In der Ferne heulten Polizeisirenen.

In wenigen Stunden wäre seine junge Kollegin nur noch ein kalter Leichnam, aber in diesem Moment hatte Raphael das Gefühl, ihre Seele sei noch dicht bei ihm. Auf der Suche nach einem Zeichen hob er den Blick fragend in die Nacht. Er wollte mit ihr sprechen, ehe sie im Nichts verschwand. Er wollte mit aller Kraft ihren Namen schreien, um sie zurückzuhalten. Doch kein Laut drang aus seiner Kehle. Schließlich vermochte er nur ein »Verzeih« zu murmeln, das den metallischen Geschmack von Blut hatte.

Kapitel 19

Flughafen London-Gatwick
Elf Uhr

Den Pass in der Hand, folgte Sinead dem Strom der Passagiere, die mit der Fokker 50 aus Belfast gekommen waren.

Louise Marie Conrad, geboren am 4. Juni 1960 in Paris. Das war ihre neue Identität. Das Dokument war echt, vermutlich hatte man es einer französischen Touristin gestohlen, die in Irland Urlaub gemacht hatte. McMillen hatte die Dienste eines Fälschers der Untergrundarmee in Anspruch genommen. Zunächst hatte der Mann Sinead mit einer Polaroidkamera fotografiert. Dann hatte er die ganze Nacht über daran gearbeitet, die Fotos auszutauschen und einen neuen Stempel der Ausstellungsbehörde anzufertigen.

Nachdem McMillens Nichte Mary, die Friseurin, ihr die Haare gefärbt und geschnitten hatte, war Sinead in die Küche gegangen, um ohne Appetit, nur angetrieben von ihrem Überlebenswillen, das angebotene Essen zu sich zu nehmen. Anschließend hatte sie sich in dem kleinen Zimmer in der Bombay Street in den Schlaf geflüchtet. Am nächsten Morgen hatte McMillen ihr Kleidung, den Pass und siebentausendfünfhundert Pfund Sterling gebracht, die sie in einem Geldgürtel unter ihrer Jeans trug.

Die Flüge von und nach Ulster wurden von den britischen Behörden besonders sorgfältig kontrolliert. Zwar veröffentlichte die irische Presse noch immer ihre Suchmeldung, aber es lag kein internationaler Haftbefehl gegen sie vor. Sie wusste jedoch, dass sie ernsthafte Schwierigkeiten mit den britischen Behörden bekäme, sobald ihr Besuch in Long Kesh bekannt würde. Die Polizei oder der in Nordirland sehr aktive Spionageabwehrdienst MI5 könnten sie allein wegen des Verdachts einer Verbindung zur IRA festnehmen. McMillen hatte sie gewarnt. Ihr Auftreten an diesem Kontrollposten war entscheidend. Die ganze Reise über hatte sie sich auf diesen Moment vorbereitet.

Sinead atmete tief durch und legte das wertvolle Dokument auf den Schalter des britischen Einwanderungsbeamten. Der Polizist schlug die zweite Seite auf und betrachtete das Passfoto eingehend. Er warf einen kurzen Blick auf die Irin und gab die Daten in den Computer ein. Während der Überprüfung konzentrierte sich Sinead auf das Bild ihres neuen Gesichts, das sich in der Scheibe spiegelte. An die Stelle ihrer blonden Mähne war kurzes dunkles Haar getreten, und die schwarzen Augenbrauen standen im Kontrast zu ihren Sommersprossen und den blau-grünen Augen.

Der Mann betrachtete sie ein zweites Mal und fragte routinemäßig: »Der Grund Ihres Besuchs in Ulster?«

»Urlaub.«

»Urlaub in … Belfast?«

»Ich habe Freunde besucht.«

»Bleiben Sie lange in London?«

»Ein Wochenende zum Shoppen, Montag arbeite ich wieder in Paris«, erklärte sie mit einem Lächeln.

Der Mann reichte ihr den Pass zurück, wünschte ihr auf Französisch schöne Ferien und winkte sie durch.

Sinead steuerte direkt den Ausgang an.

Zunächst musste sie Kontakt mit Nigel Bardsley aufnehmen. Sie betrat die erste Telefonzelle und wählte die direkte Nummer des Chefredakteurs des *Independent.* Nach zwei Klingeltönen schaltete sich der Anrufbeantworter ein. Sie zögerte kurz und beschloss dann, eine Nachricht zu hinterlassen, ohne ihre Identität preiszugeben.

»Hallo Nigel, ich bin's. Mir ist aufgefallen, dass wir uns seit unserem Treffen auf den Felsen nicht mehr gesehen haben. Vielleicht können wir das nachholen …« Sie hob den Blick zur Bahnhofsuhr. »Es ist jetzt dreizehn Uhr, sagen wir gegen fünfzehn Uhr am gewohnten Ort? Ich würde mich sehr freuen.«

Sie legte auf und fragte sich, ob es nicht ein Fehler gewesen war, gleich eine Nachricht zu hinterlassen … Dann besann sie sich anders, das war sicherer, als direkt am Telefon mit ihm zu sprechen. Als Chefredakteur einer großen Tageszeitung war Nigel sicher über ihre Flucht informiert, und hätte er abgehoben, hätte er womöglich spontan ihren Namen gesagt. Im Zweifelsfall würde das ausreichen, um die Ermittler auf ihre Spur zu bringen. Die Nachricht, die sie hinterlassen hatte, war rätselhaft genug, sodass nur er allein wissen konnte, von wem sie kam.

Der nächste Bus ins Stadtzentrum ging erst in einer Stunde. Sinead zögerte, entschied sich dann aber doch für ein Taxi.

Das *Black Cab* fuhr auf die A23 Richtung Crawley. Sinead nutzte die fünfzigminütige Fahrzeit, um ihre Situation zu überdenken und einen Aktionsplan zu entwickeln.

Zunächst würde sie in einem unspektakulären Stadtteil absteigen. Killburn, das irische Viertel, kam nicht infrage, dort würde sie am ehesten entdeckt werden. Brixton, das jamaikanische Viertel, war zwar unter normalen Umständen nicht empfehlenswert, aber die Polizei war mit den vielen Dealern, Zuhältern und Illegalen vollauf beschäftigt. Es war eine traurige Wahrheit, aber in einer solchen Welt hatte eine hübsche weiße Frau sozusagen einen Passierschein, der sie vor Personenkontrollen bewahrte. Dort würde sie auch ein günstiges Hotel finden. Sie erinnerte sich an das alte *Railway Hotel*, ein bescheidenes Haus in unmittelbarer Nähe der U-Bahn-Station. Da hatte sie früher schon einmal gewohnt und würde sich jetzt wieder für einige Tage dort einquartieren, um die Dokumente und Informationen auszuwerten, die sie sich von

Bardsley erhoffte. Dann würde sie über ihr weiteres Vorgehen entscheiden.

Vierzig Minuten später erreichte das Taxi das Zentrum von Brixton, dem farbigen Stadtbezirk Londons mit seinen viktorianischen Häusern. Sinead liebte diesen Kontrast zwischen der alten Architektur und der karibischen Bevölkerung des Viertels.

Hier waren David Bowie und Mick Jones, der Gitarrist von The Clash geboren. Für Sinead war es ein mythischer Ort, an dem sie ihre ersten Erfahrungen als Journalistin gemacht hatte. Mit knapp zwanzig hatte sie der Song »Guns of Brixton«, von The Clash hierhergeführt, der die Gewalttätigkeit der Polizei gegen die ethnischen Minderheiten anprangerte. Als sie 1981 ihr Studium begonnen hatte, war die Irin für die Zeitung des *Trinity College* hier gewesen, um über die *Race Riots* zu berichten – jene Rassenaufstände, die das Viertel in Unruhe versetzt und Hunderte von Verletzten gefordert hatten. Sie hatte damals ein finsteres, gewalttätiges London entdeckt, das sie an Belfast erinnerte.

Das Taxi bog in die Atlantic Road und setzte sie vor dem *Railway Hotel* ab, einem Ziegelsteingebäude mit Türmchen im viktorianischen Stil, das förmlich in die Brücke mit den Bahngleisen integriert war.

Sinead betrat die Eingangshalle, meldete sich an der Rezeption an und ging dann hinauf in ihr Zimmer. In weniger als einer Stunde war sie im Botanist Club verabredet.

Sie warf ihre Reisetasche aufs Bett und machte sich gleich auf den Weg.

Der Botanist Club, in dem Nigel Mitglied war, lag ganz in der Nähe der King's Road, im Herzen von Chelsea. Sinead trat aus der Underground Station Sloane Square und hatte ihr Ziel in Kürze erreicht.

Auch wenn er als ehemaliger Kriegsreporter an einfache, »rustikale« Lebensumstände gewöhnt war, hatte sich der aus einer adligen Familie stammende Chefredakteur des *Independent* seine Vorliebe für den diskreten Charme der Aristokratie bewahrt. An diesem Ort hatte sich Gari bei seinen Besuchen in London mit ihm getroffen.

Es war kurz nach fünfzehn Uhr, als Sinead an der Tür des Klubs läutete. Der Portier in Livree erklärte, sie werde erwartet. Eine junge Frau in einem Kostüm führte sie durch die Gänge, deren holzverkleidete Wände mit alten Gemälden dekoriert waren, zu einem Privatsalon, in dem Nigel saß.

Sinead erkannte sofort die braune Mähne, das breite Gesicht mit der Höckernase und dem grauen Bart. Der kräftig gebaute Journalist trug ein Tweedjackett, Jeans und robuste Lederboots. Er erhob sich und zog sie an sich. Die Umarmung war herzlich. Sinead musste sich zusammenreißen, um nicht in Tränen auszubrechen.

Dann trat Bardsley zurück und sagte: »Ich habe mir solche Sorgen um dich gemacht …« Er schwieg kurz und zwinkerte ihr zu. »Deine Haare … perfekt, du bist nicht wiederzuerkennen.«

Sinead lächelte ihn traurig an und nahm ihm gegenüber auf einem schwarzen Chesterfieldsofa Platz.

»Ich weiß nicht, was passiert ist, ich …«

»Du brauchst dich nicht zu rechtfertigen. Ich weiß genau, dass du nichts mit der Sache zu tun hast.«

Ein Kellner unterbrach das Gespräch, um ihre Bestellung aufzunehmen. Sinead nahm einen Tee, Bardsley einen Whisky ohne Eis.

»Stand hier etwas in der Presse?«

»Ein paar Kurzmeldungen im *Guardian* und in der *Times* … Die *Sun* hat einen längeren Artikel gebracht, Stil Boulevardpresse, aber die Sache ist nicht weiter verfolgt worden. Hingegen hatte ich heute Morgen Besuch von zwei Männern von der Spionageabwehr. Sie wissen von deinem Besuch in Long Kesh, haben die Information aber nicht an die Presse weitergegeben. Sie lassen sich nicht gerne für dumm verkaufen, und eine Flüchtige, die im bestbewachten Gefängnis Europas herumspaziert, dürfte ihnen schon einigen Spott einbringen.«

Sinead konnte sich ein Lächeln nicht verkneifen. »Was wollten sie?«, fragte sie.

»Erfahren, ob du Kontakt mit mir aufgenommen hättest. Ich wusste nicht, dass dein Bruder dort inhaftiert ist.«

»Er sitzt seit gut fünfzehn Jahren in Long Kesh. Erst hat er sieben Jahre für Waffenschmuggel bekommen. Nachdem er sieben Monate wieder auf freiem Fuß war, hat die RUC ihn geschnappt, als er gerade dabei war, einen Wagen mit einer Autobombe mitten im Zentrum von Belfast abzustellen. Was haben dir die Typen vom MI5 noch gesagt?«

»Sie sind sehr vage geblieben, aber ich fürchte, dein kurzer Besuch bei deinem Bruder hat ihnen wirklich nicht gefallen. Für sie gehörst du jetzt zur IRA. Die irische Polizei arbeitet mit der britischen zusammen, vermutlich tauschen die Geheimagenten ihre Informationen untereinander aus, oder sie versuchen sogar, dich festzunehmen, um dich heimlich nach Irland zurückzuschicken. Wie hast du es bis hierhergeschafft?«

»Je weniger du weißt … Es tut mir leid, Nigel, aber ich kann mir nicht erlauben …«

»Verstehe. Brauchst du Geld oder eine Bleibe?«

»Nein, ich danke dir, ich habe mich organisiert, und was das Geld betrifft, so habe ich genug, um mich eine Zeit lang über Wasser zu halten.«

Der Kellner näherte sich diskret und stellte den Tee vor Sinead, dann zeigte er Bardsley die Flasche mit dem sehr hellen Whisky und schenkte ihm ein, ehe er sich zurückzog.

»Du steckst so richtig in der Scheiße, Sinead. Wie willst du deine Unschuld beweisen?«

»Ich weiß nicht, ob es mir gelingt. Im Moment habe ich

keine Ahnung, in welche Richtung ich suchen soll. Sicher ist nur, dass ich genügend Beweise zusammentragen muss, um an dem Tag, an dem sie mich schnappen, den Richter an meiner Schuld zweifeln zu lassen.«

»Was weißt du über das Attentat?«

»Nicht mehr als du … Und alles nur aus diesem Boulevardblatt *Irish Mirror*.«

Bardsley kostete seinen Islay. Dann fuhr er sich mit der Zunge über die noch feuchten Lippen und fragte: »Also, sag mir, wie ich dir helfen kann.«

»Ich habe nicht die geringste Vorstellung über das Motiv oder die Identität der Verbrecher, die das getan haben … War es Rache, oder wollte man Gari an bestimmten Ermittlungen hindern? Ich muss seine Vergangenheit unter die Lupe nehmen, darum brauche ich alle Informationen, die du über ihn hast, und auch sämtliche Artikel, die er bei dir veröffentlicht hat.«

Bardsley deutete ein Lächeln an, zog einen dicken Aktenordner aus einer Ledertasche und legte ihn vor sich auf den Schreibtisch. »Ich habe den Grund deines Anrufs vermutet und mich entsprechend vorbereitet. In diesem Ordner findest du verschiedene Recherchen von Gari. Es handelt sich jeweils um die ungekürzte Version.«

»Danke. Und könntest du mir auch helfen, das zusammenzutragen, was er anderswo veröffentlicht hat?«

»Wir haben bei der Zeitung eine zentrale Datenbank, ich werde Recherchen einleiten.« Bardsley legte die rechte Hand auf die Akte, ehe er fortfuhr: »Sinead, ist dir klar, dass all das Jahre dauern wird? Es gibt Dutzende von nicht angegebenen Quellen, jede Menge Namen … Wie willst du vorgehen?«

»Soll ich ehrlich sein? Ich weiß es nicht. Zunächst werde ich mir alles genau ansehen, dann entscheide ich. Weißt du, woran er vor seinem Tod gearbeitet hat?«

»Keine Ahnung«, erwiderte der Journalist leise. »Er verriet nie etwas, bevor seine Ermittlungen nicht abgeschlossen waren. Er sagte, er wolle nicht, dass irgendetwas vorzeitig bekannt wird, aber ich glaube, es hat ihm höllisches Vergnügen bereitet, sein Geheimnis zu wahren und es mir dann wie eine Bombe auf den Tisch zu legen.«

Sinead nickte. »Das hat er mit mir auch gemacht, ausgenommen zwei oder drei Dossiers, bei denen ich ihm geholfen habe … Habt ihr nach Veröffentlichung der Artikel nie irgendwelche Drohungen erhalten, Einschüchterungsversuche?«

»Wir hatten etliche Prozesse am Hals, die wir zumeist gewonnen haben. Einige Male hat die Regierung versucht, Druck auszuüben, und es gab auch ein paar persönliche Drohungen, aber nichts Ernstes. Weißt du, Gari wollte informieren, aber was ihm, glaube ich, am besten gefallen hat, war das Ausgraben alter obskurer Fälle, die in Vergessenheit geraten waren und die er dann aufdeckte. Das erregte zwar einiges Aufsehen, aber mit wenigen Ausnahmen waren die Sachen bereits verjährt.«

»Scheint ganz so, als wäre es diesmal anders gewesen. Aber ich habe ohnehin keine Wahl, ich muss herausfinden, wer mein Leben zerstört hat.«

»Ich helfe dir und werde sehen, was ich meinerseits tun kann. Wo kann ich dich erreichen?«

»Ich melde mich bei dir. Wann soll ich dich anrufen?«

Bardsley zog eine Visitenkarte heraus und schrieb ein paar Zahlen auf die Rückseite.

»Das ist meine Privatnummer. Ruf mich am Abend an, dann erzähle ich dir, was ich in Erfahrung gebracht habe.«

Sinead erhob sich und klemmte die Akte unter den Arm. Sie ergriff Bardsley Hand. »Ich weiß nicht, wie ich dir danken soll, Nigel.«

»Wenn du alles hinter dir hast, lädst du mich auf einen Drink ein. Und noch einmal: Wenn du irgendetwas brauchst, melde dich. Ann und ich sind noch immer sehr bestürzt. Wir haben dich wirklich sehr gern.«

Sinead lächelte ihn an, dann wandte sie sich um, zögerte kurz und kam zurück. »Da ist noch etwas …«

»Ja?«

»Ich habe eine Dose in den Ruinen des Cottage gefunden. Gari hatte mir ihre Existenz verheimlicht. Es handelt sich um ein kleines Metallkästchen mit kyrillischen Schriftzügen, sagt dir das etwas?«

»Was steht drauf?«

»Ich weiß es nicht, es ist auf Russisch, eine Folge von Buchstaben und Zahlen … Hat er sie dir gegenüber nie erwähnt?«

»Was war denn drin?«

»Nichts Besonderes«, log Sinead.

»Bist du sicher?«

»Ja, ganz sicher.«

»Eine Dose mit russischer Inschrift … Nein, auf Anhieb … sagt mir das nichts.«

»Gut, also dann bis heute Abend.«

Kapitel 20

Die Dunkelheit hatte sich über London gesenkt, und der eisige Regen, der auf die ausgestorbenen Straßen von Brixton niederprasselte, hatte die fliegenden Händler, das bunt zusammengewürfelte Fußvolk und die Düfte aus fernen Ländern vertrieben.

Sinead war in ihr Zimmer im *Railway Hotel* zurückgekehrt.

Mit seinen muffigen Blümchengardinen, den bordeauxroten Tapeten, dem schmutzigen Teppichboden und der Tagesdecke aus Synthetik ähnelte der Ort eher einem Zimmer in einem Stundenhotel, doch die Irin fühlte sich hier in Sicherheit.

Sie hatte sich auf dem Bett niedergelassen und Garis Artikel, chronologisch sortiert, neben sich ausgebreitet, um sie zu studieren.

Fünf große Investigationen.

Fünf völlig gegensätzliche Themen.

Sinead hatte die Texte zwar vor dem Erscheinen gelesen, jetzt aber musste sie sie analysieren, um keine Information zu übersehen, die einen eventuellen Hinweis liefern könnte.

Der letzte Artikel war ein polemisches Porträt von François de Grossouvre – Berater von François Mitterrand und Mann mit tausend Gesichtern –, in dem es um brisante Fragen der Diplomatie und der Sicherheit ging. Der Mann hatte sich vor einigen Monaten in seinem Büro im Élysée erschossen. In einem literarischeren Essay ging es um Ratko Mladic, den serbischen Kriegsführer, der des Völkermords an bosnischen Muslimen verdächtigt wurde. Doch hier wurde er angesichts des Todes seiner Tochter Ana Mladic als liebender

Vater dargestellt. Die Medizinstudentin hatte es nicht ertragen, dass ihr Name mit all diesem Grauen in Verbindung gebracht wurde, und ihrem Leben mit der Waffe ihres Vaters ein Ende gesetzt.

Bei den anderen Reportagen rollte er bereits bekannte Fälle wieder auf. In der ersten beschäftigte er sich mit den geheimen Verbindungen zwischen Libyen, der Sowjetunion und dem kommunistischen Flügel der IRA – eine harsche, sehr gut dokumentierte Kritik, die Gari durchaus ernsthafte Schwierigkeiten seitens der Iren hätte einbringen können. Aber Sinead war sich jetzt, nachdem Adrian es ihr geschworen hatte, ganz sicher, dass die Republikanische Armee nichts mit dem Attentat zu tun hatte. Die einzig interessante Fährte, auf die dieser Artikel vielleicht verwies, war eine mögliche Verbindung zwischen den Russen und dem Metallkästchen, die Gari im Cottage versteckt hatte. Sie legte ihn beiseite.

Dann vertiefte sie sich in eine komplexe Geschichte, die die Haltung einiger europäischer Antiterror-Richter anprangerte, die sich bei ihren Ermittlungen dem Druck der CIA gebeugt hatten. Das traf vor allem auf den UTA-Flug 722 zu. Die Explosion der Maschine über der Ténére-Wüste wurde Gaddafi zugeschrieben. Die Sache lag schon einige Jahre zurück, und es war sehr unwahrscheinlich, dass sie in irgendeinem Bezug zu Garis Tod stand. Dasselbe galt für den Brutkastenskandal von Kuwait sowie für zwei oder drei ältere und allgemeiner gehaltene Artikel über den Irakkrieg.

Sinead sprang plötzlich auf, lief mehrmals durch das Zimmer und blieb schließlich in einer Ecke vor dem Waschbecken stehen. Sie sah ihr aufgelöstes Gesicht, das ihr immer fremder wurde, im Spiegel an. Eine Mischung aus Wut und Verzweiflung stieg in ihr auf. Um ihre Angst zu unterdrücken, besprenkelte sie ihr Gesicht mit kaltem Wasser und beschloss, sich den neueren Dokumenten zuzuwenden.

Sie musste bei ihren Recherchen anders vorgehen. Wenn auch nichts von dem, was sie gelesen hatte, zu einer eindeutigen Spur führte, zeichnete sich doch in der Masse der Informationen eine allgemeine Tendenz ab.

Sinead blieb nichts anderes übrig, als noch einmal von vorn anzufangen, wie eine Journalistin anzusetzen, sich die Dokumente kritisch vorzunehmen, ohne sich von den emotionalen Banden zu ihrem Mann beeinflussen zu lassen.

Seit sie sich unter dem Bombenhagel von Bagdad kennengelernt hatten, hatte Gari sich verändert. Es war ihr vorher nie aufgefallen, aber je eingehender sie seine Artikel jetzt analysierte, desto klarer wurde ihr, dass er sich zunehmend von Kriegsschauplätzen ab- und immer mehr obskuren und geheimen Geschichten zugewandt hatte.

Eine mögliche Erklärung wäre, dass er seiner Arbeit eine tiefgründigere und literarischere Dimension verleihen wollte, doch diese Theorie überzeugte sie nicht: Nie hatte Gari den Wunsch geäußert, seine Artikel anderswo als in der Tagespresse zu veröffentlichen.

Es musste also einen anderen Grund geben.

Die letzten Reportagen über Mladic und Grossouvre hatten eine Gemeinsamkeit: den Selbstmord.

Was hatte den Journalisten dazu bewogen, sich mit dieser Thematik zu beschäftigen?

Der erste Artikel behandelte das Schicksal eines Mannes mit schillernder Persönlichkeit, den die Mächtigen hatten fallen lassen, der zweite den Schmerz eines Vaters angesichts des gewaltsamen Todes seiner Tochter.

Ana Mladic war durch die grauenvolle Gewalttätigkeit ihres Vaters, die sie als eine Art Verrat empfunden hatte, zu dieser Tat getrieben worden. Der Fall Grossouvre war zwar anders gelagert, doch in gewisser Weise hatte ihn seine Aufgabe als Staatsberater in die gleiche gewalttätige Sphäre geführt, die ebenso vergiftet war wie die, in der Ana Mladic aufgewachsen war. Dafür war der nicht lange zurückliegende Genozid in Ruanda, in den Präsident Mitterrand verwickelt gewesen war, sicherlich ein gutes Beispiel. Selbstmord oder Mord – Grossouvres Gemütsverfassung hatte ihn mehr oder weniger bewusst zu seinem eigenen Ende getrieben. Diese Artikel hatten zwei gemeinsame Punkte.

Verrat und Tod.

Gari kam Sinead inzwischen fast wie ein Fremder vor. Diese Entdeckungen schmälerten zwar nicht ihre Liebe zu ihm, doch ihr wurde bewusst, dass sie neben diesem Mann gelebt hatte, ohne irgendetwas über seine tieferen Überzeugungen zu wissen.

Gari war zurückhaltend gewesen und hatte kaum über Ereignisse oder Bilder gesprochen, die sein Leben beeinflusst hatten, doch sie war stets überzeugt gewesen, ihn auch ohne Worte zu verstehen.

Das war offensichtlich ein Irrtum gewesen.

Sinead musste jetzt herausfinden, was Gari in diese Richtung getrieben hatte.

Sie blickte auf den kleinen Digitalwecker, der auf ihrem Nachtkästchen stand.

Viertel vor neun.

Es war an der Zeit, Nigel Bardsley anzurufen.

Sinead schloss ihre Tür ab und ging hinunter auf die Straße zur U-Bahn, wo sie in einen Zug Richtung Walthamstow Central stieg. Wenn der MI5 zu Nigel gekommen war, dann würde er vermutlich auch abgehört. Sie durfte auf keinen Fall das Risiko eingehen, dass die Polizei durch ihren Anruf auf ihre Spur käme. Sie stieg am Oxford Circus aus und nahm von dort eine Bahn Richtung Harrow & Weldstone, die sie an der Baker Street verließ. Von dort aus lief sie gut zehn Minuten zu Fuß, bevor sie die erstbeste Telefonzelle betrat und die Nummer wählte, die Nigel ihr aufgeschrieben hatte. Nach drei Klingelzeichen hob der Journalist ab.

»Hallo?«

»Ich bin's.«

»Alles in Ordnung?«

»Ja, danke.«

»Was haben deine Recherchen ergeben?«

»Im Moment nicht viel … ich habe ein paar Ideen. Und du?«

»Hör zu, ich hatte keine Zeit, mich in die Artikel zu vertiefen, aber ich habe etwas anderes Interessantes … Ich weiß nicht, wohin uns das führen kann, aber man muss der Spur unbedingt nachgehen. Ich habe dir gesagt, dass ich nicht wüsste, woran Gari vor seinem Tod gearbeitet hat …«

»Was ist es, was hast du herausgefunden?«

»Ich hatte es ganz vergessen, aber wir haben in der Redaktion einen Server, auf dem die Journalisten in aller Sicherheit Informationen speichern können. Man braucht nur einen Benutzernamen und ein Passwort. Ich habe mit dem zuständigen Webmaster gesprochen, und es ist uns gelungen, den Zugang zu knacken.«

Sineads Herz schlug schneller. »Hast du etwas entdeckt?«

»Er scheint diesen Server nicht sehr oft benutzt zu haben, es gab nur zwei oder drei ältere Dateien, aber drei Tage vor seinem Tod hat Gari die Adresse für einen Termin in Amsterdam gespeichert. Ich habe einen Kontakt.«

»Ich höre.«

»Der Name ist Finkel. Adresse: Gravelandseveer 11. Ich habe es überprüft, das ist mitten in der Stadt, neben dem Rembrandtplein. Schreibst du dir die Telefonnummer auf?«

»Ja.«

»0031 für die Niederlande, dann 20 626 30 89. Was willst du machen?«

»Den ersten Flug nach Amsterdam nehmen.«

»Gut … Pass auf dich auf, Sinead. Und halt mich auf dem Laufenden.«

»Versprochen!« Sinead legte eine kleine Pause ein. »Darf ich dich noch etwas fragen?«

»Natürlich!«

»Was war Garis Passwort?«

»Sieben Buchstaben, Saoirse … der Name, den ihr für eure Tochter ausgesucht hattet.«

Sinead knallte den Hörer auf die Gabel und verschwand in der Nacht.

Kapitel 21

Amsterdam, Niederlande
Acht Uhr

In ihren Parka eingemummt, lief Sinead an der Keizersgracht entlang in Richtung Rembrandtplein. Winterliche Kälte hatte sich über die Altstadt gelegt, die unter dem dichten, eisigen Nebel gleichsam erstarrt schien.

Die Giebelhäuser und die Kais waren in ein diffuses goldgelbes Licht getaucht, das an das Gemälde *Ovid wird aus Rom verbannt* von William Turner erinnerte.

Am Vorabend war sie in die englische Hafenstadt Newport gefahren und hatte sich auf einer Fähre eingeschifft, die sie ohne Zwischenfälle nach Amsterdam gebracht hatte. Mehrmals hatte sie erfolglos versucht, die Nummer des Kontakts zu erreichen, den Gari wenige Tage vor seinem Tod getroffen hatte. Also hatte sie beschlossen, sich direkt zu der Adresse zu begeben, die ihr Bardsley genannt hatte.

An einer Kreuzung blieb Sinead stehen und ließ ein junges Mädchen auf dem Fahrrad vorbei, dann bog sie nach links ab und lief an den schwarzen Frachtkähnen vorbei bis zum Amstelkanal. Sie überquerte ihn auf der letzten Brücke und blieb vor der Hausnummer 11 in der Graveslandseveer stehen, der Adresse von Jakob Finkel. Als sie den Blick hob, entdeckte sie ein altes Stadthaus aus dunklem Backstein mit großen Hebefenstern. Sie ging die Freitreppe hinauf und drückte auf den Klingelknopf.

Kurz darauf drehte sich eine kleine Überwachungskamera

zu ihr, und eine seltsame Stimme fragte sie über die Sprechanlage auf Englisch nach dem Grund ihres Besuchs.

»Wohnt hier Jakob Finkel?«

»Worum geht es?«

»Ich möchte mit ihm über Gari Weiss sprechen. Es ist sehr wichtig.«

Kurzes Schweigen, dann öffnete sich die Tür automatisch auf eine Eingangshalle.

»Machen Sie hinter sich zu und kommen Sie herauf.«

Sinead folgte der Anweisung und durchquerte einen dunklen Raum mit bemalter Holzvertäfelung. Was sie zunächst für ein Mehrfamilienhaus gehalten hatte, war in Wirklichkeit eine riesige Villa. Sie stieg die Treppe hinauf in den ersten Stock und betrat ein großes weißes Zimmer, das mit Gemälden alter Meister und wertvollem Mobiliar ausgestattet war.

Im Gegenlicht der Fenster, die auf den Kanal hinausgingen, zeichnete sich eine Gestalt ab, von der sie nicht hätte sagen können, ob es sich um einen Mann oder um eine Frau handelte.

»Legen Sie ab und folgen Sie mir.«

Sinead zog ihren Parka aus und warf ihn auf eine mit Blattgold überzogene Konsole. Ihr Blick verweilte auf einem Stillleben, das Werk eines holländischen Malers, das drei Früchte und eine mundgeblasene Wasserkaraffe zeigte, deren subtile Feinheit und Transparenz durch den schwarzen Hintergrund noch hervorgehoben wurde.

Als sie sich umwandte, stand sie vor dem Hausherrn.

Ein eigenartiger Mann mit einem feinen Gesicht, dessen eine Seite durch Pockennarben entstellt war, und durchdringenden Augen, die halb unter einem braunen Pony verschwanden. In seinem hellen Leinenhemd mit Mao-Kragen und der eng anliegenden Baumwollhose wirkte er so feminin wie ein wahrer Chevalier d'Éon.

»Ich bin Jakob Finkel«, sagte der Mann auf Englisch mit einem osteuropäischen Akzent.

Sinead zögerte kurz, ehe sie ihre wahre Identität preisgab. Die Existenz von Louise Conrad durfte sie einem Unbekannten nicht enthüllen.

»Sinead McKeown, ich bin die Frau von Gari Weiss.«

»Gari Weiss, natürlich! Wie geht es ihm?«

»Er … ist vor wenigen Wochen in Irland gestorben.«

»Mein Gott«, rief der Mann aus und schlug die Hand vor den Mund. »Das tut mir leid … Bitte setzen Sie sich doch.«

Er deutete auf einen Louis-treize-Stuhl, nahm ihr gegenüber Platz und griff nach einer Keramikkanne, die auf dem niedrigen Tisch zwischen ihnen stand.

»Möchten Sie etwas Tee?«

Sinead lehnte ab und sah ihm zu, wie er sich einschenkte. Dieser Mensch mit den langsamen, beherrschten Gesten machte sie neugierig.

»Wie kann ich Ihnen behilflich sein?«

»Ich versuche herauszufinden, wer meinen Mann ermordet hat … Offenbar hat er wenige Tage vor seinem Tod Kontakt mit Ihnen aufgenommen. Da habe ich mir gesagt, dass Sie mir vielleicht mehr sagen könnten.«

Finkel trank einen Schluck Tee. »Woher haben Sie diese Information?«, fragte er dann kühl.

Überrascht angesichts des plötzlich eisigen Tons zögerte Sinead kurz, bevor sie antwortete: »Er hatte es aufgeschrieben … Ist das ein Problem?«

»Nicht im Geringsten«, erklärte Finkel kalt und lächelte. »Es stimmt. Er hat mich hier aufgesucht.«

»Darf ich Sie nach dem Grund des Gesprächs fragen?«

Finkel lehnte sich zurück und schlug die mageren Beine übereinander. »Das ist etwas heikel in Anbetracht der vertraulichen Informationen, die ich ihm geben sollte.«

»Sie meinen …«

Der schrille Klingelton eines altmodischen Telefons, das auf einem Tischchen stand, unterbrach sie. Sinead wartete kurz, da sie annahm, Finkel würde sich erheben, doch dem war nicht so.

Als das Klingeln verstummte, fuhr Sinead fort: »Sie wollen sagen, dass Sie mir nicht mitteilen können, worum es bei dem Gespräch ging?«

»Ich bedaure, aber das ist unmöglich.« Finkel machte eine kurze Pause, trank wieder einen Schluck Tee und musterte Sinead durchdringend. »Kümmert sich die irische Polizei nicht um die Ermittlungen?«

Sinead starrte in den bohrenden Blick ihres Gegenübers und antwortete, ohne sich einschüchtern zu lassen: »Sagen wir, ihre Suche geht in die falsche Richtung ... Ich brauche wirklich Ihre Hilfe.«

»Was genau wissen Sie über diese Sache?«

Der schrille Ton des Telefons erklang erneut. Sinead blickte von dem Apparat zu Finkel, der ebenso wenig reagierte wie beim ersten Mal. Sinead zählte zehn Klingeltöne, bevor wieder Ruhe einkehrte.

Ohne weiter auf die Frage einzugehen, die er ihr gestellt hatte, fuhr sie dann fort: »Ich will die Sache anders formulieren: Glauben Sie, dass die Geschichte, über die Gari recherchierte, sein Leben hätte in Gefahr bringen können?«

»Entschuldigen Sie bitte, aber Sie scheinen Ihren Mann nicht sehr gut zu kennen ...«

»Wie meinen Sie das?«

»Weiss hat Sie offenbar von bestimmten Aspekten seines Lebens ferngehalten. Glauben Sie nicht, dass er das getan hat, um Sie zu schützen?«

Sinead wandte den Blick zum Fenster. Entweder war dieser Typ pervers und spielte mit ihr wie die Katze mit der Maus, oder aber er drohte ihr unumwunden. »Ich weiß nicht, wer Sie sind und welches Spiel Sie spielen, Herr Finkel«, begann sie erneut, »aber dem, was Sie sagen, entnehme ich, dass Sie mir etwas verheimlichen. Egal, welche Folgen es haben mag, ich muss es wissen!«

»Ich spiele nicht mit Ihnen! Verzeihen Sie, wenn ich Ihnen Angst mache; meine etwas … außergewöhnliche Erscheinung … führt manchmal dazu. Ich will Sie nur schonen.«

Diese wohlwollende Antwort verunsicherte Sinead.

Sie wurden erneut vom Läuten des Telefons unterbrochen.

Diesmal fragte sie: »Wollen Sie nicht rangehen?«

Finkel musterte sie kurz, dann stand er schweigend auf und hob ab.

Sinead beobachtete sein Profil, welches an das eines Insekts erinnerte.

Er hörte kurz zu und wandte sich dann zu ihr um. »Es ist für Sie.«

»Für mich?«

»Ja, für Sie.«

Sie erhob sich und griff nach dem Hörer.

»Nehmen Sie sich Zeit, ich lasse Sie kurz allein.«

»Hallo?«

»Sinead?«

»Ja …«

»Hier Bardsley.«

Er schien beunruhigt.

»Was ist los?«

»Hör gut zu und lass dir vor allem nichts anmerken … verstehst du mich?«

Sinead spürte, wie ihr Herz schneller schlug. Sie flüsterte: »Ich bin allein, leg los!«

»Der Chefinformatiker steht neben mir, er hat mir gerade mitgeteilt, dass jemand in den Server der Zeitung eingedrungen ist. Jemand … ein Hacker war im ganzen Netz unterwegs.«

»Und weiter?«

»An welchem Tag ist Gari gestorben?«

»Am 10. Oktober …«

»Verdammte Scheiße …«

»Was?«

»Jemand hat sich am 12. in seinen Account eingeloggt …«

»Das ist unmöglich … das würde bedeuten …«

»Dass der Termin mit Finkel zwei Tage nach Garis Tod notiert wurde …«

Sinead wurden die Knie weich.

»Du musst sofort von dort verschwinden! Das ist eine Falle. Garis Mörder haben dir eine Falle gestellt …«

In diesem Augenblick nahm Sinead einen schnaufenden Atem in ihrem Nacken wahr, eine kräftige Hand legte sich auf ihren Mund und zog ihren Kopf nach hinten. Sie versuchte zu schreien und sich zu wehren.

Vergeblich.

Schon drang die lange Kanüle einer Spritze in ihre Haut ein. Sie spürte, wie sich die Flüssigkeit in ihrem Gehirn verteilte und ihre Seele überspülte. Dann versank sie im Nichts.

Kapitel 22

Quai des Orfèvres Nr. 36
Vier Uhr morgens

Raphael schlug die Tür des Verhörraums hinter sich zu und trat zu Drago, der sich einen Kaffee machte.

Ihnen gegenüber stand Islamow, blass mit fettigem Haar, blutbespritzter Kleidung und Schaum vor dem Mund.

Jesus auf Golgatha.

»Soll ich ihm die Handschellen abnehmen?«, fragte der Serbe.

»Negativ.«

»Ich sitzen«, erklärte der Gangster.

»Du bleibst stehen und machst deinen Mund nur dann auf, wenn man dich dazu auffordert.«

Raphael schloss kurz die Augen. Er konnte einfach nicht glauben, dass Agathe wirklich tot war. Die Gestalt des Mörders und das entstellte Gesicht seiner Mitarbeiterin ließen ihm keine Ruhe … Sie mussten sehr schnell handeln, wenn sie eine Chance haben wollten, den Täter zu fassen. Er konzentrierte sich auf die Fakten, über die sie verfügten. Es ergaben sich zwei Fährten. Auf der einen Seite ein Wagen, der sie verfolgt, die Beschattung boykottiert hatte und indirekt schuld an Agathes Tod war, auf der anderen ein Killer, der quasi aus dem Nichts aufgetaucht war. Hatte er etwas mit den Leichen aus dem Bois de Vincennes zu tun? Das musste er aus Islamow herausbringen.

Er trat auf ihn zu, fragte: »Willst du mit mir reden?«

»Reden mit dein Arsch.«

Ohne Vorwarnung stieß ihm Raphael das Knie zwischen die Beine. Der Tschetschene klappte zusammen, ohne den geringsten Laut von sich zu geben.

»Scheißkerl! Du hast wohl geglaubt, du könntest nach Frankreich kommen, um dein Business durchzuziehen ... Hältst du uns für bescheuert? Wir wissen alles über dich und dein großes Leben in Moskau bis hin zu dem Tag, da du deinen Drecksarsch in Wien in ein Flugzeug nach Paris gesetzt hast.«

»Fick dich ins Knie«, stieß Islamow hervor.

»An deiner Stelle würde ich mich nicht auf ein solches Terrain wagen!«, mischte sich Drago ein.

Islamow hob den Kopf.

»Ah, *good cop, bad cop,* wie ...«

Der Serbe ließ ihn nicht ausreden, sondern versetzte ihm einen Kinnhaken. Der Ganove brach zusammen. Drago ging neben ihm in die Hocke, packte ihn bei den Haaren und zog ihn hoch. »Nein, mein Lieber! Hier gibt es keine netten Leute, hier sind nur Hartgesottene, und wir werden dich so lange in die Mangel nehmen, bis du gestehst, *Panimai*?«

»Ich will Anwalt.«

»Der schläft«, zischte Raphael. »Und jetzt hör gut zu ... Wir haben zwei Akten über dich. Die erste betrifft zwei verstrahlte Typen, die wir tot im Bois de Vincennes gefunden haben, die zweite den Kerl, den du heute Abend aus dem Olympic geholt hast und der einen meiner Leute abgeknallt hat. Womit willst du anfangen?«

»Fick deine Mutter!«

Drago holte aus, um erneut zuzuschlagen, doch Raphael hielt ihn zurück.

Mit seinem Halunkengesicht und seinen verknitterten Kleidern hatte Islamow etwas Erbärmliches. Er schwankte, und sein Blick veränderte sich, so als würde er allmählich begreifen, dass er hier nicht zu Hause, sondern anderen Regeln unterworfen war. Raphael wusste, dass er bluffte, der Tschetschene zog seine Nummer ab, der Typ war dem russischen Knast entkommen und hatte nun nicht die geringste Lust, in einem französischen Gefängnis zu versauern, also würde er aus reinem Überlebenstrieb alles tun, um die Vorwürfe gegen ihn zu verharmlosen.

Der Kommissar beschloss, sich auf das Spiel einzulassen, und fuhr fort: »Wer war der Typ aus dem Olympic?«

Schweigen.

»Eine Polizistin ist ermordet worden, und der Mörder ist aus *deinem* verfluchten Auto gestiegen. Also erzählst du uns jetzt, was passiert ist, und mit etwas Glück wirst du wenigstens diese Sache los, oder die Anklage lautet auf Beihilfe zum Mord an einer Polizistin im Dienst. Und das wird dich teuer zu stehen kommen, da kannst du Gift drauf nehmen. Diesmal wird dich keiner aus dem Rattenloch holen, in das wir dich einbuchten.«

Islamow wischte sich den kalten Schweiß von der Stirn.

»Überleg es dir gut, aber nicht zu lange.«

Der Ganove spuckte aus und hob den Kopf.

»Okay, ich reden. Aber du mich hier rausholen, ich nichts gemacht.«

»Erzähl uns eine schöne Geschichte, und am Ende entscheidet der Staatsanwalt.«

Islamow nickte, er wusste, dass er keine andere Wahl hatte.

»Du Fragen stellen.«

»Gut, die beiden Typen aus dem Bois de Vincennes … Waren das deine Leute?«

»Nicht meine Leute … ich sie kennen.«

»Die Namen?«

»Umar und Azlan.«

»Umar und Azlan wie?«

»Weiß nicht.«

»Woher kamen sie?«

»Azlan ist aus Tschetschenien … Umar Russe, zum Islam gewechselt.«

Die ersten Angaben stimmten mit der Auswertung der Tätowierung durch die DGSE überein.

»Warum haben sie sich im Bois de Vincennes versteckt?«

»Waffen kaufen.«

»Warum?«

»Weiß nicht.«

»Jetzt fang nicht wieder an, uns etwas vorzumachen, Islamow …«

Schweigen.

»Sie nicht sprechen!«

Raphael fuhr sich mit der Hand übers Gesicht. »Jetzt hör auf, solchen Scheiß zu reden. Du weißt ganz genau, warum sie hier waren, also los, spuck's aus, so langsam verliere ich die Geduld.«

»Scheiße in Tschetschenien … Russen uns fertigmachen. Wir uns verteidigen mit unseren Mitteln.«

»Weiter.«

»Wenn Moskau angreifen, Tschetschenen antworten Terror mit Terror.«

»Wie sieht der Plan aus … Morde, Attentate? Du bist auch mit Grosny verbunden, du hast eine Schuld zu begleichen, seit du von den tschetschenischen Behörden aus deiner Zelle in Moskau ›ausgebrochen wurdest‹, stimmt's?«

»Nicht wissen, was sie wollen machen. Sie Krieger, Action-Spezialisten, ich Geld verdienen.«

»Gut, was hast du für sie getan?«

»Sie versteckt in Frankreich, wir Kontakt geben, damit sie explosive Waffen kaufen …«

»Und radioaktive Quellen …«

»Nein, nicht radioaktive Quellen.«

»Das hat sie aber getötet! Du weißt doch, wie sie gestorben sind, oder?«

»Flüchtlinge im Wald erklären, sie krank.«

»Ja, sie sehr krank … Sie hatten beide eine *Misbaha*, eine islamische Gebetsschnur, die eine Perle aus Kobalt 60 enthielt. Die hat sie langsam umgebracht.«

»Hurensohn.«

»Wer ist ein Hurensohn?«

»Hurensohn Séror.«

»Wer ist das?«

»Typ aus Olympic … hat meine Männer und Polizistin getötet.«

»Und du glaubst, dass er auch die beiden Männer aus dem Bois de Vincennes getötet hat?«

»Sicher.«

»Wolltest du ihn deshalb fertigmachen?«

»Seine Schweineeier abschneiden.«

»Weißt du, warum er sie umgebracht hat?«

»*Njet!*«

»Hat er ihnen Waffen verkauft?«

»Ja. Er Betrüger. Er liefern, Geld nehmen, sie umbringen und Waffen wieder abholen.«

Raphael drehte sich zu Drago um und überlegte rasch. Wenn der Mörder die Tschetschenen nur hätte beseitigen wollen, hätte er sie auf eine andere Art umgebracht. Das passte nicht.

»Und welche Rolle spielst du bei der ganzen Sache?«

»Ich nur Kontakt für sie.«

»Erzähl mir von Séror.«

»Ich Schnauze halten, wenn du nicht garantieren, dass ich freikommen.«

»Du bist nicht in der Position zu verhandeln, Islamow. Ich kann dir nur sagen, dass dein Profil uns interessiert. Wenn du ehrlich uns gegenüber bist, können wir vielleicht einen Weg finden, damit du nicht im Knast landest.«

»Arbeite nicht mit Bullen … Leckt mir.«

»Das ist deine Entscheidung … Du weißt auf alle Fälle, dass du keine Wahl hast, also raus damit! Sag mir, was du über Séror weißt.«

Islamow räusperte sich und spuckte erneut auf den Linoleumboden. »Séror russisch mit uns sprechen, aber nicht Russe sein. Ich ihn einmal gesehen in Garten von Museum.«

»Im Jardin des Tuileries?«

Der Ganove nickte. »Ich ihm Geld gegeben, er müssen Umar Waffen liefern.«

»Welche Summe?«, fiel Drago ein.

»Fünfundsechzigtausend US-Dollar.«

»Und dann?«, fragte Raphael, der im Zimmer auf und ab lief.

»Er an Umar geliefert.«

»Und natürlich weißt du nicht, wohin all das verschwunden ist?«

»Nein.«

»Okay, woher stammen die Waffen?«, fragte Drago.

»Ich nicht wissen, aber er viele haben.«

»Kennst du seine Gewohnheiten, die Orte, an denen er sich aufhält?«

»Nein.«

»Wie hast du ihn dann aufgestöbert?«

»Zufall. Ein Mann von mir ihn in Barbès gesehen und mir Bescheid sagen.«

»Woher hattest du den Kontakt?«

»Von Moskau.«

»Weiter …«

»Er Franzose, kommen oft nach Russland.«

»Weißt du, wo er wohnt?«

»Draußen, Lozère-Viertel, Palaiseau …«

»Die Adresse?«

»Rue Banville … Nummer 6.«

»Na, siehst du, Islamow …«, meinte Raphael und lächelte.

»Du spielst den Knallharten, dabei war es doch gar nicht so schwer zu plaudern.« Dann wandte er sich an Drago. »Bring ihn zum Erkennungsdienst, damit sie ein Phantombild unseres Kandidaten anfertigen. Ich suche in der Datenbank nach Séror, und dann fahren wir direkt zu ihm.«

»Und der Peugeot, der Agathe verfolgt hat?«

»Das waren keine Tschetschenen.«

»Wer war es dann?«

»Wer fährt deiner Meinung nach einen Peugeot?«

»Bist du dir da ganz sicher …?«

»Hundertprozentig, aber darum kümmern wir uns später, zunächst müssen wir den Dreckskerl schnappen, der Agathe auf dem Gewissen hat.«

Kapitel 23

Lozère-Viertel, Palaiseau, Frankreich

Ein Vorort wie alle anderen. Kleine Einfamilienhäuser mit Gärtchen, einem Café und einem Friseur. Aber Lozère lag nur wenige Kilometer vom »Campus Saclay« entfernt, Hochburg des CNRS, der Polytechnischen Hochschule und des Nuklearforschungszentrums. Über die Hälfte des Viertels wurde von Wissenschaftlern bewohnt.

Raphael saß am Steuer des Dienstwagens und ließ die herbstliche Landschaft an sich vorüberziehen. Er stellte sich die Gärten im Frühjahr vor, mit Blumen, Kirschen und Kinderlachen. Doch diese Welt passte nicht zu dem Bild, das er sich von den außergewöhnlichen Geistesgrößen machte, die hinter diesen Mauern wohnten und ihr Leben damit verbrachten, Geheimnisse zu lüften, Regeln aufzustellen, die nur sie allein verstehen konnten, kleine Geschichten, die dazu beitrugen, die große voranzubringen. Weiterkommen, begreifen: Werte, die der Kommissar schätzte, wohl, weil auch ihn dieses Streben nach der Wahrheit beseelte. Doch für ihn war die Wissenschaft sowohl Unheil als auch Segen, denn sie tötete ebenso, wie sie heilte, sie veränderte die Welt und machte sie grausamer, Wissenschaft als Totengräber, der jeden Tag etwas mehr am Grab der Menschheit schaufelte.

Wie empfanden diese Leute die Flucht nach vorn, über die sie eines Tages definitiv die Kontrolle verlieren würden?

Séror war einer von ihnen, und er war tatsächlich außer Kontrolle geraten. Die Suche in der Datenbank der Kripo hatte nichts ergeben. Der Geheimdienst hingegen hatte eine umfangreiche Akte über den Wissenschaftler. Es hatte nicht einmal eine Stunde gedauert, bis der Kommissar per Fax eine ausführliche Zusammenfassung bekommen hatte.

Séror war 1953 in Oran, Algerien, geboren. Sein Vater, ein Schlosser, war Algerienfranzose und überzeugter Trotzkist, der der Vierten Internationale und ihrem mythischen Führer nahestand, dem Griechen Michel Raptis, genannt »Pablo«. Kurz vor dem Unabhängigkeitskrieg hatte er seine Familie allein zurückgelassen, um sich der Nationalen Befreiungsfront anzuschließen, und hatte in einem geheimen Munitionswerk in Kentira, Marokko, gearbeitet, bevor er bei einer Razzia von der DST erschossen worden war.

Nach der Unabhängigkeit war der junge Pierre Séror wie so viele andere nach Frankreich ausgewandert, wo er fortan mit seiner Mutter lebte. Zuerst in Marseille, dann in Paris. Der hervorragende Schüler hatte das Gymnasium Louis-le-Grand besucht und dann am Polytechnischen Institut für Nuklearphysik studiert.

Vom Märtyrertod seines Vaters geprägt, hatte er sich politisch engagiert und der trotzkistischen Jugendorganisation angeschlossen. Er hatte Russisch gelernt und war der GER, der Groupe d'études révolutionnaires, einer revolutionären Studentenorganisation, beigetreten. Ein lupenreiner Kommunist. Neben diesem politischen Engagement war er ein weltbekannter Spezialist für nukleare Sicherheit geworden. Der Geheimdienstbericht erwähnte auch seine regelmäßigen Reisen auf die andere Seite des Eisernen Vorhangs in die DDR und die UdSSR, wo er Freundschaft mit der Nomenklatura geschlossen hatte. Er nahm an Kolloquien teil und unterrichtete an der Universität Leningrad, was vom französischen Staat nur ungern gesehen wurde. Nach der Atomkatastrophe im Jahr 1986 war er als einer der Ersten nach Tschernobyl gereist. Nach Auffassung des Analytikers, der den Bericht verfasst hatte, hatte dieses Ereignis zu einem Bruch in der Karriere des Wunderkinds geführt. Ende der Achtzigerjahre, er war damals Laborleiter beim CNRS gewesen, hatte er sich einer militanten Antiatom-Forschergruppe angeschlossen, die die französischen Nuklearversuche anprangerte. In den letzten Jahren schien Séror noch radikaler geworden zu sein und vertrat trotz des Zusammenbruchs des sowjetischen Blocks einen überzeugt antikapitalistischen Standpunkt.

Er hatte offensichtlich weder Frau noch Kinder und fuhr einen Honda Civic mit dem amtlichen Kennzeichen 745 SHD 91.

Das Profil passte nicht. Wie konnte jemand, der seine Überzeugungen derart offen vertrat, in solch undurchsichtige Waffengeschäfte verwickelt sein?

Raphael sah nur zwei Möglichkeiten: Entweder war der »rote« Pierre durchgeknallt und wollte die kapitalistische Welt abfackeln, oder er hatte das große Leben kennengelernt und hegte für seine Rente andere Pläne als die Pariser Vorstadt.

»Hier nach dem See fährst du die Rue Alfred-de-Musset rauf, wir müssten bald da sein«, sagte Drago, der mit dem Stadtplan von Lozère in der Hand auf dem Beifahrersitz saß.

Nach etwa hundert Metern bog Raphael, den Blick auf das Namensschild der Querstraße gerichtet, rechts ab.

»Théodore-de-Banville …«

»Halt an, da ist es.«

Raphael parkte an der Kreuzung, sie schlugen die Autotüren zu und liefen zur Nummer 6.

Das Haus war aus den Fünfzigerjahren, blaue Metallfensterläden mit Rostflecken, Betonfassade, Giebel mit braunen Dachziegeln, rundherum ein Maschendrahtzaun, der von einer vertrockneten Glyzinie überwuchert war.

Im Gegensatz zu den anderen Häusern im Viertel, die gepflegt wirkten und hübsche Gärten hatten, schien dieses dem Verfall preisgegeben.

Drago überprüfte den Namen am Briefkasten.

»Séror, ja, hier steht es. Der Tschetschene hat uns keinen Bären aufgebunden.«

Raphael drückte auf den Klingelknopf, der halb unter Efeu verborgen war, und fragte sich, ob sie überhaupt noch funktionierte. Man hörte den Ton im Inneren widerhallen.

Sie warteten.

»Keine Antwort … Was machen wir?«, meinte Drago.

»Du überwachst die Straße …«

Raphael öffnete das Tor und trat in den Garten.

Überall Unkraut, verwelkte Blumen, die Hecke war schon seit Langem nicht mehr geschnitten worden.

Der Kommissar drückte auf die Klinke der Eingangstür.

Abgeschlossen.

Er warf einen Blick zu dem Serben und ging dann um das Haus herum, um nachzusehen, ob nicht irgendein Fenster offen stand.

Auf den Beeten lag eine dicke Schicht trockener Blätter und Abfälle. Auf der rechten Seite, an das Haus angebaut, eine Garage, deren zubetoniertes Tor unverputzt war.

Er kehrte um.

Auf der anderen Seite eine Terrasse mit rissigem Zementboden, eine schmutzige Plastikbank, zwei große schwarze Kanister und ein altes Stück Seil.

Instinktiv legte er die Hand auf die Waffe. Ohne sagen zu können warum, fühlte er sich hier unbehaglich.

Schließlich entdeckte er eine Fenstertür. Er trat näher und warf durch die schmutzige Scheibe einen Blick ins Innere.

Eine Küche.

Er machte Drago ein Zeichen, zu ihm zu kommen.

»Kleiner Besuch?«, fragte der Serbe.

Statt einer Antwort wickelte Raphael seinen Schal um die Hand und schlug mit einer kurzen heftigen Bewegung die Scheibe ein. Vorsichtig entfernte er die restlichen Glasstücke, griff hindurch und öffnete von innen den Türgriff.

Die beiden Ermittler zogen ihre Waffen und betraten das Haus.

Das Innere schien einer anderen Epoche zu entstammen. Weißes Arcopal-Geschirr mit Blümchen, ein altertümlicher Emailgasherd, Tisch und Stühle aus Resopal.

In der Spüle zwei schmutzige Teller und Bestecke.

Drago öffnete den Kühlschrank.

Zwei vergammelte Tomaten, ein altes Stück Käse, ein verschimmelter Topf Marmelade.

Ein dumpfer Knall ließ die beiden zusammenfahren.

Raphael legte den Finger an die Lippen und machte Drago ein Zeichen, den ersten Stock in Augenschein zu nehmen; er selbst würde sich das Erdgeschoss vornehmen.

Mit gezogener Waffe trat er auf den Flur, während der Serbe zur Treppe ging.

Er tastete sich im Halbdunkel an den Wänden mit der schmutzigen Tapete entlang und suchte nach irgendeinem Hinweis, der auf eine menschliche Präsenz deutete. Er stieg über eine umgeworfene Blumenvase hinweg und hielt inne, um zu lauschen.

Alles war totenstill.

Am Ende des Gangs führte eine Tür zum Wohnzimmer. Die Pistole im Anschlag, trat Raphael ein und drehte sich mit gezückter Waffe einmal um die eigene Achse.

Fleckiges Parkett und ockerfarbene Stofftapete.

Plötzlich stieg ihm ein beißender Geruch in die Nase.

Nach verwestem Fleisch.

Raphael hielt den Atem an und machte ein paar Schritte auf das Sofa zu.

Eine tote Katze lag auf den Kissen.

Er betrachtete den schmächtigen Körper – Haare, Knochen und organische Flüssigkeiten auf dem beigefarbenen Samt.

Raphael wandte sich ab und nahm den Raum genauer in Augenschein.

Auf einem rustikalen Buffet zeigten mehrere Fotos den kleinen Mann mit der dunklen Haut und dem frühzeitig ergrauten Haar in verschiedenen Situationen. Auf einem saß Séror zusammen mit dem Chef der kommunistischen Partei Georges Marchais an einem Tisch, auf einem anderen war er mit sowjetischen Militärs zu sehen.

Jetzt betrat auch Drago das Wohnzimmer.

»Nichts ... das Geräusch kam offenbar von draußen ... Oben liegen Klamotten und eine Reisetasche. Meiner Meinung nach ist er abgehauen ... Verdammt, was ist denn das hier für ein Gestank?«

»Er hatte solchen Schiss vor den Tschetschenen, dass er Hals über Kopf das Weite gesucht hat und seine Katze hier hat verrecken lassen«, erklärte Raphael und schob die Waffe in das Holster. »Hast du nachgesehen, ob es einen Keller gibt?«

»Ja, negativ.«

»Gut, wir werden das ganze Haus auf den Kopf stellen und eine Fahndung rausgeben. Er hat auch am Collège de France ein Labor. Wenn wir verstehen, wer Séror eigentlich ist, finden wir vielleicht heraus, wo er sich versteckt hält. Er wurde zwar überwacht, war aber clever genug, um alle mit seinem kleinen Geschäft reinzulegen.«

»Aber irgendwas stimmt hier nicht ...«, meinte Drago. »Wenn man sich das Haus anschaut, hat man wirklich nicht den Eindruck, dass ihn Geld interessiert hätte.«

»Vielleicht ist das nur Tarnung ...«

»Er ist ein hohes Tier in der Nuklearforschung ...«

»Das wäre nicht das erste Mal. Es würde mich nicht wundern, wenn die DST eine Akte über den roten Pierre hätte. Die müssen wir unbedingt in die Finger bekommen.«

»Und wie willst du das anstellen?«, fragte Drago und grinste.

»Ich werde einfach Dumas fragen.«

»Du hast dich im Leichenschauhaus beinahe mit ihm angelegt. Er wird nichts rausrücken.«

»Mag sein. Aber die Dinge haben sich verändert. Wir haben jetzt ein Druckmittel.«

»Glaubst du wirklich, dass der Peugeot, der Agathe gefolgt ist, von ihnen kam?«

»Ja, ich denke, dass Dumas uns überwachen lässt. Warum, weiß ich nicht. Entweder sitzt er auf dem Trockenen und will herausfinden, wie weit wir sind, oder er arbeitet schon an dem Fall der Tschetschenen und will ihn unter Kontrolle behalten. Tatsache ist, dass er Mist gebaut und keine andere Wahl hat, als seine Erkenntnisse preiszugeben.«

Raphael sah auf die Uhr. »Es ist jetzt neun. Wir gehen wieder zum Auto und rufen im Quai des Orfèvres an, damit sie ihre Leute schicken. Inzwischen statten wir Dumas einen kleinen Besuch ab. *Vamos.*«

Auf dem Weg zurück zur Küche blieb Drago plötzlich stehen.

»Findest du das nicht merkwürdig?«

»Was?«

»Die umgeworfene Vase.«

Raphael trat zu dem Serben. »Merkwürdig?«

»Sei still …«

»Was?«

»Psst … Hörst du das nicht?«

Sie lauschten schweigend.

»Stimmt, ein Pfeifen, als wäre da irgendwo ein Luftzug …«

Der Serbe trat zwei Schritte vor. »Woher kommt das?«

»Man könnte meinen, aus der Wand«, murmelte Raphael.

Er drückte auf den nächstgelegenen Lichtschalter. Die Birne war kaputt!

Die beiden Ermittler klopften mit dem Fingerknöchel die Wand ab. Das Mauerwerk schien intakt. Raphael ging einen Meter vor und klopfte erneut.

»Hier … hier klingt es hohl.«

»Sieh dir das mal an …«, flüsterte Drago und deutete auf ein loses Stück Tapete über der Fußleiste.

Der Serbe zog es langsam ab und legte eine Gipsplatte in der Wand frei.

»Eine verborgene Tür?«

Raphael legte das Ohr daran.

»Hörst du was?«

»Nichts.«

Der Ermittler griff nach dem kleinen Metalltisch, auf dem die Blumenvase gestanden hatte, und schlug kraftvoll gegen den Putz. Zuerst wurde nur Staub aufgewirbelt, doch dann zerbarst die Platte.

Der Serbe trat die Reste mit dem Fuß ein, und sie entdeckten einen kleinen Hohlraum von kaum zwei Quadratmeter Größe. Sie räumten den Schutt beiseite, dann schaltete Raphael seine Taschenlampe ein und leuchtete ins Innere. Er griff hinein und begann zu tasten, bis er schließlich eine reglose Masse erfühlte.

»Scheiße …«

»Was?«

»Da drinnen liegt eine verdammte Leiche. Wir müssen sie rausholen … schnell!«

Raphael zwängte sich durch die Öffnung und hob den Körper mit beiden Händen an, sodass Drago ihm zu Hilfe kommen konnte.

»Hast du sie?«

»Okay.«

»Zieh, verdammt noch mal, die ist schwer!«

Raphael stützte sich ab und schob, während der Serbe mit aller Kraft zog, um die Leiche aus dem Hohlraum zu bekommen.

Kurz darauf lag der Körper auf dem Boden im Flur. Hände und Füße gefesselt, über dem Kopf ein Jutesack, der am Hals mit Klebeband zusammengehalten war. Raphael zog sein

Taschenmesser heraus und durchtrennte die Stricke, während Drago das Klebeband von dem Stoff entfernte.

Dann waren im Dämmerlicht ein blut- und staubverschmiertes Gesicht und kurz geschnittene Haare zu sehen. Der Mund öffnete sich, die Lunge füllte sich in einem Klagelaut mit Luft.

»Er atmet«, stieß Drago aus, »er lebt!«

Kapitel 24

Grelles Licht traf auf ihre erweiterten Pupillen, zwei Gestalten beugten sich über sie. Sinead atmete tief ein, die frische Luft war wie ein Geysir eiskalten Wassers in ihrer Brust. Sie schloss die Augen.

»Es ist eine Frau …«

»Polizei, bleiben Sie ganz ruhig … Alles in Ordnung, wir helfen Ihnen.«

Die Bullen … Ein furchtbarer Schreck durchzuckte sie. Sie versuchte, sich freizumachen, doch zwei Arme drückten sie auf den Boden.

»Es ist vorbei … Wir kümmern uns um Sie. Hier ist die Polizei, keine Angst! Hol ihr Wasser!«

Die verdammten Bullen … sie hatten sie geschnappt, bevor sie Zeit gehabt hatte herauszufinden, wer Gari getötet hatte. Sie hätte in dem Cottage sterben sollen … Ihr Körper wurde von heftigem Zittern geschüttelt, und Tränen stiegen ihr in die Augen. Kurz darauf spürte sie, wie ein feuchtes Tuch vorsichtig über ihr Gesicht glitt. Die Frische beruhigte sie. Erneut öffnete sie die Augen. Über sich sah sie einen blonden Lockenkopf mit großen grünen Augen, die sie forschend anblickten. Dahinter stand ein zweiter Mann mit langen dunklen Haaren, der sie unbewegt musterte.

»Wer sind Sie?«

Sie sah die beiden Unbekannten an … Sie kannten ihre Identität nicht. Sie atmete tief durch. Die Luft brannte in ihrer Lunge.

»Sind Sie … Franzosen? Französische Polizisten?«

»Ja, Kriminalpolizei, ich bin Raphael Zeck, und das ist mein Kollege Stefan Dragovic.«

»Wo bin ich?«

»In einem Pariser Vorort, in Paliseau … Wie heißen Sie?«

Sinead zögerte kurz und gab dann ihren falschen Namen an. »Louise Conrad. Ich … ich glaube, ich wurde entführt.«

»Sie sind Französin?«

»Ja.«

»Wissen Sie, wer es war?«

»Amsterdam …«

Sinead schwieg. Sie war derart benommen, dass sie leicht etwas Falsches sagen könnte.

»Wie, Amsterdam?«

»Ich war … in Amsterdam. Ich weiß nicht mehr, was passiert ist …«

»Sagt Ihnen der Name Pierre Séror etwas?«, fragte Raphael.

Sie versuchte, den Blick des Ermittlers zu ergründen. »Sé … Séror?«

»Darüber sprechen wir später …« Er reichte ihr ein Glas Wasser. »Hier trinken Sie erst mal.«

Drago half ihr, sich aufzurichten.

Sie ergriff das Glas mit beiden Händen und trank in kleinen Schlucken.

»Wir rufen eine Ambulanz, die Sie ins Krankenhaus bringt«, erklärte Raphael.

Erneut überkam Sinead eine Woge der Angst. Bloß nicht ins Krankenhaus. Sie musste wieder zu Kräften kommen und bei der erstbesten Gelegenheit verschwinden, ohne Spuren im französischen Justizsystem zu hinterlassen.

»Das ist nicht nötig … es geht schon.«

»Sie sind für eine unbestimmte Zeit gefangen gehalten und sicher auch mit Drogen betäubt worden. Sie müssen von einem Arzt untersucht werden. Alles wird gut. Danach können wir uns unterhalten.«

Sinead starrte den Ermittler an; sie hatte das Gefühl, ihr Kopf müsse platzen. Schnell versuchte sie, die Situation einzuschätzen: Sie durfte sich auf keinen Fall verdächtig machen, sie musste das brave kleine Mädchen spielen. Und sie musste diesen Moment der Verwirrung nutzen, um möglichst viel aus den Polizisten herauszubekommen.

»Ich … ich erinnere mich … was passiert ist …«

»Sie sind nicht in vernehmungsfähigem Zustand, wir reden später.«

»Es geht mir gut … Wenn wir Zeit verlieren, schnappen wir vielleicht nie die, die mir das angetan haben.«

Zeit war die Trumpfkarte der Ermittler schlechthin. Raphael sah Drago an, der mit einem Nicken zustimmte.

»Gut, ich höre.«

Sie musste sich konzentrieren und so nah wie möglich an der Wahrheit bleiben. Denn routinierte Ermittler wie diese beiden würden schnell merken, dass sie sie in die Irre führen wollte.

»Ich recherchiere über … die Ermordung von Reportern.«

»Für wen arbeiten Sie?«

»Ich bin freiberufliche Journalistin und bereite ein Buch vor.«

»Was haben Sie in den Niederlanden gemacht?«

»Ich musste … ich habe mich mit einem Kontaktmann getroffen.«

»Der Name?«

Sinead überlegte kurz, der Termin in Amsterdam war eine Falle gewesen, Finkel sicherlich ein falscher Name, die Polizei würde also wahrscheinlich seine Spur nicht finden. Sie ging kein Risiko ein, wenn sie diese Information preisgab.

»Jakob Finkel. Die genaue Adresse weiß ich nicht mehr … Es war im Zentrum, nicht weit vom Rembrandtplein. Ich habe ihn getroffen, erinnere mich aber nur vage an sein Gesicht. Er war eigenartig, sehr feminin.«

»Hat er Sie entführt?«

»Ich erinnere mich an ein Stadthaus und an ein kleines Gemälde eines holländischen Meisters, ein Stillleben ... mit Orangen ... an sonst nichts.«

»Wieso wurden Sie entführt und nicht getötet?«

»Ich weiß nicht ...«

»Über den Mord an welchem Journalisten haben Sie denn recherchiert?«, fragte Drago.

»Claire Smith«, improvisierte Sinead. »Sie ... sie hat einen Dokumentarfilm für die BBC gedreht ... über die islamische Organisation GIA. Sie wurde letztes Jahr mit zwei Kopfschüssen mitten in Algier getötet.«

Die Geschichte stimmte, aber sie kannte keine weiteren Details. Sinead wusste, dass sie mit dem Feuer spielte, einem eingehenderen Verhör würde sie nicht standhalten. Sie musste vorsichtig das Thema wechseln.

»Dieser Mann ... Séror ... wer ist das?«

»Ein Spezialist für nukleare Sicherheit. Wir sind hergekommen, um ihn zu verhören, aber er hatte sich aus dem Staub gemacht.«

»Ist dies sein Haus?«

Zeck schwieg eine Weile.

»Wer hat Sie auf diese Spur gebracht?«, fragte Sinead.

»Tut mir leid, das sind laufende Ermittlungen, ich kann Ihnen nicht mehr sagen.«

»Warum tun Sie das ... wir sollten unsere Informationen zusammenführen ...« Ein Hustenanfall unterbrach sie.

»Sie stehen unter Schock. Wir setzen das Gespräch fort, wenn es Ihnen besser geht. Der Arzt gibt mir Bescheid, sobald Sie vernehmungsfähig sind.«

Sinead sah den Ermittler an und hatte große Lust, ihm ins Gesicht zu spucken. Sie war kläglich gescheitert. Schon hörte sie von der Straße her die Sirene des Krankenwagens und tastete diskret ihren Bauch ab. Der Gürtel mit dem Geld und ihren Papieren war verschwunden. Dieser Dreckskerl von Finkel hatte ihn ihr abgenommen. All ihre Hoffnungen waren zunichtegemacht; sie schloss die Augen und konnte die Tränen nicht länger unterdrücken. Kurz darauf war sie von Sanitätern umringt, die sie hochhoben und auf eine Trage legten.

Raphael stand vor dem Haus und beobachtete die Szene. Das war das letzte Bild, das sie wahrnahm, ehe sich die Türen schlossen und der Krankenwagen anfuhr.

Teil II

Kapitel 25

Den Blick starr auf die Decke im Behandlungsraum der Notaufnahme gerichtet, rekapitulierte Sinead ihre Lage, während sie auf die Rückkehr des Arztes wartete. Man hatte ihr Blut abgenommen, ein Elektrokardiogramm gemacht und sie einer Vaginaluntersuchung unterzogen …

Eine ganze Reihe von Tests, die sie über sich hatte ergehen lassen müssen, um Klarheit darüber zu erhalten, was während ihrer Entführung mit ihr geschehen war. Und all das nur, um sie anschließend der französischen Kriminalpolizei auszuliefern. Drei Tage waren seit ihrer Ankunft in Finkels Haus und dem Eintreffen der Polizei bei Séror vergangen. Die ersten Untersuchungsergebnisse waren erfreulich, sodass die Kripo schon bald mit ihrer Vernehmung würde beginnen können.

Ohne Geld oder Pass musste Sinead wieder bei null anfangen. Die Fahrt im Krankenwagen hatte sie in die schrecklichen Stunden nach dem Bombenattentat in Letterkenny zurückversetzt. Doch dieses Mal wollte sie sich nicht von ihrem Schmerz lähmen lassen. In Gedanken ging sie noch einmal all die Schwierigkeiten durch, die sie seitdem überwunden hatte. Auf keinen Fall durfte sie jetzt aufgeben, nur weil ihr zwei Scheißbullen das Leben gerettet hatten. Im Verhör würde ihre falsche Identität innerhalb kürzester Zeit auffliegen, und Sinead wusste ganz genau, dass die beiden sie einlochen würden, ohne mit der Wimper zu zucken.

Sie hatte keine andere Wahl.

Sie musste fliehen.

Der direkte Weg nach draußen führte über die Eingangshalle

der Notaufnahme, doch die beiden Mistkerle hatten zu ihrer »Sicherheit« einen Uniformierten vor dem Zimmer postiert.

Sinead richtete sich auf der Untersuchungsliege auf. Hinter ihr befand sich eine zweite Tür, durch die der Arzt und die Krankenschwestern ins Zimmer kamen. Vermutlich führte dieser Ausgang zu den Schwesternzimmern und in die Wartehalle. Sie ließ den Blick von ihrer in einer Ecke zusammengerollten Kleidung zu dem an ihrer Hand befestigten Infusionsschlauch wandern. Der Arzt würde sicher gleich zurückkommen.

Jetzt oder nie.

Mit einem Ruck riss sie das Heftpflaster ab und zog dann vorsichtig die Kanüle aus der Vene, während sie gleichzeitig mit dem Daumen fest auf die Einstichstelle drückte, um eine Blutung zu vermeiden.

Als sie aufstand, um sich ihre Sachen zu holen, begann der Boden unter ihren Füßen zu schwanken.

Sie war noch zu schwach auf den Beinen. In diesem Zustand kam sie unmöglich klar.

Sie brauchte dringend einen Schuss … irgendetwas, das sie fit machte.

Da fiel ihr der Medikamentenschrank an der Wand gegenüber auf. Vorsichtig tastete sie sich an den Möbeln entlang hinüber und versuchte, ihn zu öffnen.

Abgeschlossen.

Aus einer Instrumentenschüssel nahm sie ein Spekulum und schob es zwischen die Türbeschläge. Sie drückte mit aller Kraft dagegen, bis das Schloss schließlich aufsprang.

Zunächst entdeckte sie einen Druckverband und eine Spritze, doch nachdem sie die Namen der vorhandenen Medikamente eingehender inspiziert hatte, musste sie enttäuscht feststellen, dass sie ihr alle nichts sagten … Sie fühlte sich wie ein Junkie auf Entzug.

Plötzlich hörte sie Stimmen – die Krankenschwestern …

Wenn eine von ihnen oder der Arzt ausgerechnet in diesem Moment hereinkämen, wäre sie geliefert.

Sie musste etwas finden, und zwar schnell!

Ein Fläschchen erregte ihre Aufmerksamkeit. *Suprarenin* … Den Namen hatte sie bei den Hilfskräften gehört, die sie aus dem abgebrannten Cottage gerettet hatten. Sie nahm die Ampulle und las, was darauf stand: »Synthetisches Adrenalin«. Der Körper schüttete dieses Hormon in Stresssituationen aus, um zusätzliche Kraftreserven zu mobilisieren.

Das war genau, was sie brauchte.

Sie kniete sich hin, riss die Verpackung der Spritze auf und zog einen Großteil der Ampulle auf. Dann band sie sich den Arm ab, stach die Nadel in die Vene, die am stärksten hervortrat, und spritzte sich die Substanz.

Fast augenblicklich spürte sie, wie sich ihr Herzschlag beschleunigte und ihr Kopf mit einem Mal klar wurde. Sie richtete sich auf, schnappte sich ihre verdreckten, nach Urin stinkenden Kleidungsstücke und verließ das Zimmer.

Schon nach wenigen Metern hielt eine Krankenschwester sie an.

»Was machen Sie hier?«

Sinead lächelte verkrampft. »Ich warte schon seit über zwei Stunden auf einen Arzt … und jetzt muss ich ganz dringend auf die Toilette.«

»Sie haben hier trotzdem nichts zu suchen, dieser Bereich ist nur für das medizinische Personal … In welchem Raum sind Sie?«

Sinead deutete in die entgegengesetzte Richtung, aus der sie eigentlich gekommen war.

»Ich weiß nicht mehr, da irgendwo.«

»Rechter Hand gibt es einen Ausgang, die Toiletten finden Sie dann im öffentlichen Bereich.«

Sinead folgte den Anweisungen der jungen Frau und gelangte in den Wartebereich.

Es war erst kurz vor fünfzehn Uhr, doch der Raum war schon jetzt voller Patienten. In der Hauptsache Penner, Betrunkene und zwielichtige Gestalten. Sie zog sich ihren Parka an und bahnte sich rasch einen Weg durch dieses Armenhaus, ohne dass der Wachposten vor ihrer Tür sie bemerkt hätte.

Und auch wenn sie es selbst kaum glauben konnte, marschierte sie doch kurz darauf völlig unbehelligt durch die Straßen von Paris in Richtung Quartier Latin.

Nun brauchte sie schleunigst einen Plan.

Einer ersten Eingebung folgend, wollte sie Mia in Dublin anrufen … Nein, die irische Polizei würde ihre Freundin sicherlich überwachen, sie würde sich nur verraten. Die einzige Alternative, die ihr blieb, war, wieder Kontakt zu Adrian und der IRA aufzunehmen, doch es würde Zeit kosten, ihr neue Papiere und Geld zu besorgen, und bis dahin müsste sie durch Paris irren. Man würde nach ihr fahnden und sie sicher bald zu fassen kriegen … Sie musste unbedingt eine Bleibe finden. Obwohl sie einige Leute in Paris kannte, war darunter niemand, bei dem sie einfach so hätte aufkreuzen und Unterschlupf finden können.

Vor der Kirche Saint-Julien-le-Pauvre schoss ihr ein Name durch den Kopf.

McVeight.

Ein alter Weggefährte der IRA, der die irisch-republikanische Armee verlassen hatte, nachdem er mit ansehen musste, wie sein vierzehnjähriger Sohn von Loyalisten ermordet worden war.

Ein Verräter wie sie.

Er war ein Freund der Familie, sie erinnerte sich so genau an ihn, weil ihr Vater bei ihm in Falls ihre erste Geige gekauft hatte. McVeight war nämlich Geigenbauer.

Inzwischen musste er bereits über sechzig sein, aber wenn er seinem Beruf noch immer nachging, würde sie ihn relativ leicht ausfindig machen.

Sie brauchte ein Telefonverzeichnis. Sinead bog auf den Boulevard Saint-Germain, denn ihr war eingefallen, dass in unmittelbarer Nähe der Place Saint-André-des-Arts ein Postamt war.

Sie wollte gerade die Rue Saint-Jacques überqueren, als ein blauer Renault mit quietschenden Bremsen vor ihr zum Stehen kam, die Wagentüren aufflogen und zwei Typen direkt auf sie zustürmten … Sinead versuchte noch zu fliehen, doch eine Hand packte sie unsanft am Kragen ihres Parkas und warf sie zu Boden. Sie schrie und schlug um sich, doch der Kerl drückte ihr Gesicht auf den Asphalt, während der zweite die Handschellen zuschnappen ließ.

Als man sie aufrichtete, erkannte sie Zeck, den Polizisten mit den grünen Augen.

»Netter Versuch …«, meinte er und grinste breit. »Hiermit sind Sie vorläufig festgenommen, Sinead McKeown.«

Kapitel 26

»Mein Name ist Louise Conrad!«

Sinead schrie, um den Lärm der Zweitonsirene zu übertönen.

»Spar dir die Mühe«, meinte Raphael lakonisch. »Anhand der Fingerabdrücke auf dem Glas, aus dem du bei Séror getrunken hast, konnten wir dich als Sinead McKeown, vierunddreißig Jahre alt, identifizieren. Du wirst per internationalem Haftbefehl gesucht, weil man dich verdächtigt, deinen Ehemann Gari Weiss umgebracht zu haben und dem Netz der IRA anzugehören.«

»Ich bin unschuldig ...«

»Und dein Bruder, der zu zwanzig Jahren Haft verurteilt wurde, ist der auch unschuldig? Hast du ihn deshalb in Belfast besucht?«

Der Ermittler kannte ihre Akte, da war jeder Versuch zwecklos, ihre Identität zu leugnen. Sie konnte lediglich versuchen, ihm klarzumachen, dass sie Opfer eines Justizirrtums geworden war. Das Auto fuhr Richtung Seine, höchstens noch ein Kilometer bis zum Quai des Orfèvres, mehr Zeit hatte sie nicht.

»Hören Sie ... Die Vollidioten bei der irischen Polizei halten mich einfach deshalb für schuldig, weil ein Mitglied meiner Familie der IRA angehört hat. Außerdem passt die Bombe, die meinen Mann getötet hat, in dieses Schema ... Aber ich war schwanger ... ich habe mein Kind verloren ... und ich habe Gari über alles geliebt ...« Ihre Stimme brach.

Wenn sie uns das hier nur vorspielt, dachte Raphael, dann beherrscht sie ihre Rolle aber wirklich perfekt. »Wenn du tatsächlich unschuldig bist, warum bist du dann nach Dublin abgehauen, als die Bullen hinter dir her waren?«, hakte er nach.

»Ich habe meine Kindheit in Belfast verbracht, Jahre der Demütigung, in denen ich mit ansehen musste, wie meine nächsten Verwandten von den regierungstreuen Briten zu Tode geprügelt wurden … Daher rührt mein abgrundtiefer Hass auf Polizisten. Als ich Sie auf mich zukommen sah, bin ich in Panik geraten … Sie müssen mir glauben … ich habe niemanden umgebracht.«

»Heb dir deine Rede für die Geschworenen auf. Wir entscheiden nicht darüber, ob du schuldig oder unschuldig bist.«

»Werde ich ausgeliefert?«

»Kannst du vielleicht mal die Klappe halten?«

»Wenn ich ausgeliefert werde, kann ich Ihnen nicht mehr bei Ihren Nachforschungen behilflich sein …«

»Das lass mal unsere Sorge sein, wir bringen dir auch ein paar Orangen mit, wenn wir dich besuchen kommen. Ich wollte schon immer mal nach Irland«, erwiderte Raphael.

Sinead reagierte nicht auf diese Provokation. Inzwischen schmerzten ihre hinter dem Rücken gefesselten Hände. Die beiden würden sie nie entkommen lassen. Sie musste jetzt alles auf eine Karte setzen.

»Schicken Sie mich ruhig zurück nach Irland. Dann, das garantiere ich Ihnen, erfahren Sie von mir nicht das Geringste. Sie werden sich noch schwarzärgern, das schwöre ich Ihnen!«

»Ja, ja, wir werden sehen.« Drago lachte. »Wenn du erst mal einsitzt, wirst du für eine Strafminderung schon auspacken.«

»Wenn du dich da mal nicht verschätzt … du hast vergessen, wo ich herkomme. Als ich klein war, hab ich Bullen wie euch angespuckt.«

Die Ermittler reagierten nicht.

Sinead ließ nicht locker: »Ohne mich kommt ihr nicht weiter … Ihr seid auf meine Hilfe angewiesen, sonst könnt ihr euren Fall nicht lösen und werdet nie erfahren, warum man mich dort eingemauert hat.«

Sie kamen an die Ecke Pont Neuf/Quai des Orfèvres. Sinead spürte, wie der Wagen seine Fahrt verlangsamte.

Ihr Plan war aufgegangen.

»Wie kommst du dazu, das zu sagen?«, wollte Raphael wissen.

»Ich schlag euch einen Deal vor … Ihr behauptet, ich sei aus dem Krankenhaus abgehauen und euch entwischt. Als Gegenleistung erfahrt ihr von mir alles, was ich weiß. Dafür versteckt ihr mich und liefert mir sämtliche Informationen, die meine Unschuld beweisen könnten. Wenn das nicht funktioniert, ›findet‹ ihr mich eben wieder und weist mich aus.«

Schweigen. Noch fünfzig Meter, und sie hätten ihre Dienststelle erreicht.

»Von was können deine Informationen schon handeln? Von einer namenlosen holländischen Tunte und einem Stillleben mit Orangen?«

»Hört zu, ich habe zwar noch nicht die Antworten auf meine Fragen, aber doch einige Details, die euch interessieren dürften. Ihr seid Bullen, ihr könnt Nachforschungen anstellen. Ich kann euch auch helfen, ich bin Journalistin und versteh was von Wühlarbeit. Und außerdem kann ich gut analysieren.«

Raphael bremste ruckartig und wandte sich an sie, ohne sich umzudrehen: »Also, ich denke, du bist gerade dabei, uns einzuseifen. Du verschaukelst uns, um zu verschwinden.«

»Was gilt schon das Wort einer irischen Terroristin, die beschuldigt wird, ihren Mann und ihr ungeborenes Kind umgebracht zu haben, gegen das zweier ehrenwerter Polizisten?«

Raphael konnte sich ein Grinsen nicht verkneifen. Die Irin war pfiffig, sie hatte sofort das Schlitzohr in ihm gewittert, was sie schamlos ausnutzte.

Er war unschlüssig, und Sinead spürte das.

»Ein Metallkästchen mit einer Inschrift … mehrere Buchstaben und eine Zahl, von Gari unter dem Boden unseres Hauses in Irland versteckt.«

»Und was befand sich darin?«, wollte Drago wissen.

»Nichts«, log Sinead. »Der Inhalt ist verbrannt. Aber die Inschrift ist in Russisch, ein Codewort …«

»Russisch?«

»Vermutlich.«

Raphael dachte nach. Eine Flüchtige zu verstecken barg einige Risiken. Andererseits, wenn das Mädchen die Wahrheit sagte, war sie *der* Schlüssel, um die DST zu übertrumpfen. Würde Drago mitmachen? Durch einen einzigen Seitenblick erkannte er, dass der Serbe in die gleiche Richtung dachte wie er. Vor dem Quai des Orfèvres trat er aufs Gaspedal.

»Tja, Mädel, heute scheint dein Glückstag zu sein …«

Eine Viertelstunde später umrundete der Laguna die Place Denfert-Rochereau und bog dann in die Rue Froidevaux.

»Wohin fährst du mit uns?«, erkundigte sich Drago.

»Ich habe ein Apartment im fünfzehnten Arrondissement. Da kann sie bleiben.«

»Du? Ein Apartment?«

»Wäre es dir lieber, wenn wir ihr eine Suite im *Crillon* buchen?«

Raphael parkte das Auto in zweiter Reihe und sagte: »Nimm ihr die Handschellen ab, sonst fallen wir noch auf. Und du …«, wandte er sich an Sinead, »versuch ja nicht, uns aufs Kreuz zu legen! Bei der kleinsten Kleinigkeit lass ich dich einlochen. Glaub mir, es wird mir eine Freude sein, in deiner Handtasche zwei Kilo Heroin zu finden! Dadurch müsstest du erst mal die französischen Gefängnisse durchlaufen, ehe du in den irischen Kerkern versauerst. Habe ich mich klar ausgedrückt?«

»Absolut. Klar und verständlich.«

Bei dem Apartment handelte sich um eine im fünften Stock gelegene kleine, typische Pariser Dreizimmerwohnung mit Parkett, weiß getünchten Wänden und einem winzigen Balkon. Im Wohnzimmer gab es ein Sofa, gegenüber standen zwei alte Klubsessel. In einem Regal fanden sich mehrere Reihen mit Büchern und einige Ziergegenstände, darunter steinerne orientalische Statuen in kräftigen Farben, eine weißgoldene Maus, ein roter Tiger und kleine Figuren, deren Gewänder an die japanischer Shinto-Mönche erinnerten. Alles schlicht, aber geschmackvoll.

»Wohnst du hier?«, erkundigte sich Sinead.

»Hier wohnt niemand. Nur du.«

Sinead fragte nicht weiter nach, aber je länger sie hier war, desto deutlicher verspürte sie eine negative Kraft, die ihr Unwohlsein bereitete, eine ungute Atmosphäre, die sie nicht genauer identifizieren konnte. Rasch verscheuchte sie diese Gedanken und ging hinüber zum Fenster. Von dort sah man direkt auf die Gräber des Friedhofs Montparnasse.

»Nun, die Aussicht ist …«

»Keine Sorge, du wirst keine Gelegenheit haben, sie zu genießen«, sagte der Ermittler und schloss die Fensterläden. Er legte die Sicherheitsstangen vor und verschloss sie mit einer Kette, um jeden Fluchtversuch Sineads zu vereiteln.

»Was! Ich soll hier im Dunkeln leben?«

»Du wirst tun, was wir dir sagen. Darf ich dich daran erinnern, das du per internationalem Haftbefehl gesucht wirst?«

Sinead warf ihm einen eiskalten Blick zu. »Wo soll ich schlafen?«, erkundigte sie sich und schaltete nebenbei das Licht ein.

»Nimm das Zimmer am Ende des Gangs. Da liegt eine Matratze.«

»Und das andere mit dem Bett?«

»Wag es ja nicht. Setz dich.«

Sinead wählte einen der Klubsessel, Raphael den zweiten, und Drago ließ sich auf dem Sofa nieder.

»Gut, ich akzeptiere den Deal, aber du sollst wissen, dass ich dir nicht über den Weg traue! Also sperren wir dich hier ein«, begann Raphael. »Nur Drago und ich haben einen Schlüssel zur Wohnung. Wir bringen dir zu essen und zu trinken. Und wenn jemand klingelt, geh auf keinen Fall an die Sprechanlage.«

Kommentarlos akzeptierte Sinead die Bedingungen. Die Idee aber, eingeschlossen zu sein, machte ihr Angst. Ohne jeden Kontakt zur Außenwelt, zu ihrem Bruder, zu Bardsley und vor allem zu Mia, die sie dringend wegen der Lider kontaktieren musste, fühlte sie sich verloren. Doch sie hatte keine Reserven mehr, und diese Bullen waren, wenn sie Wort hielten, ihre einzigen Verbündeten. Die beiden verfügten nämlich über die Möglichkeit, Recherchen anzustellen. Sie musste es nur geschickt genug anstellen und ihnen ihre Informationen häppchenweise zukommen lassen, damit die Nachforschungen so lange dauerten, bis sie entlastendes Material in der Hand hatte.

»Wir müssen los. Ich komme heute Abend wieder. Bis dahin kannst du ja schon mal überlegen, welche Details du vergessen hast, uns zu erzählen. Und denk dran, bei der kleinsten Kleinigkeit …«

Kapitel 27

Quai des Orfèvres
Neunzehn Uhr

Raphael klopfte an die Tür zu Delucas Büro und trat ein. Die Chefin der Kriminalpolizei telefonierte gerade.

Weiße Wände, gedämpftes Licht, dicker Teppichboden – der Ort unterschied sich sehr vom Rest der Abteilung, doch Raphael zog seine Welt mit Linoleumboden, Metallmobiliar und vergilbten Wänden bei Weitem vor – diese Vorliebe für das Einfache war eine Reminiszenz an sein früheres Soldatenleben.

An den Wänden hatte Hélène Deluca zwei Bilder und einige Fotos ihrer Familie aufgehängt, die dem Raum eine seltsam persönliche Note verliehen, wenn man bedachte, welche Fälle hier bearbeitet wurden. Doch das Eigenartigste war die Luger, eine deutsche Pistole aus dem Zweiten Weltkrieg, die sie zu einer Schreibtischlampe hatte umarbeiten lassen. Zunächst hatte Raphael das für eine Demonstration von Männlichkeit gehalten, mit der sie sich den Respekt der Männer sichern wollte, doch dann hatte er begriffen, dass dem nicht so war, sondern Deluca einfach ganz vernarrt in Waffen war. Sie ermittelte – wie alle anderen auch – und brauchte keine solchen Attribute, um sich Ansehen zu verschaffen.

Schließlich legte sie auf und kam direkt zur Sache: »Was ist das denn für ein Mist, Zeck? Eine erschossene Polizistin, zwei tote Tschetschenen und ein Mörder, der frei herumläuft. Sind Sie verrückt geworden?«

Raphael steckte die Kritik ein und antwortete augenblicklich: »Dafür ist Dumas verantwortlich. Dieser Dreckskerl hat eine Gegenobservierung angeordnet. Es ist seine Schuld, wenn die Sache schiefgelaufen ist. Er hätte das Opfer sein müssen.«

»Seien Sie vorsichtig, Zeck. Die DST soll Sie überwacht haben? Sind Sie sich der Ungeheuerlichkeit dieses Vorwurfs bewusst?«

»Wer sonst hätte ein Interesse daran, uns zu beschatten, um unsere Arbeit zu behindern? Dumas versuchte von Anfang an, uns von dem Fall fernzuhalten.«

»Und warum sollte der Verfolgerwagen nicht von der Mafia gewesen sein? Welche Beweise haben Sie denn?«

»Es war ein Peugeot mit zwei rauen Burschen drin. Sie hätten mich beinahe überfahren, ich habe sie gesehen, es waren keine Tschetschenen. Morgen früh haben Sie meinen Bericht auf dem Schreibtisch. Ich werde Dumas belasten, es ist an der Zeit, ihm das Handwerk zu legen.«

Deluca schwieg eine Weile. Mit dem Daumen bearbeitete sie ihre Unterlippe, so als wolle sie eine Creme einmassieren.

»Sie werden gar nichts tun«, sagte sie dann.

»Was …?«

»Die Ermittlungen sind eingeleitet, der zuständige Untersuchungsrichter ist Aubert.«

»Na und?«

»Er ist ein Speichellecker sondergleichen. Er träumt davon, Geheimagent zu werden, und wird Dumas bevorzugen …«

»Sie wollen Dumas nicht für Agathes Tod zur Rechenschaft ziehen? Das kommt überhaupt nicht infrage!«

»Sie tun, was ich Ihnen sage. Wenn wir Dumas jetzt angreifen, wird uns der Fall auf der Stelle entzogen, ich will die Ermittlungen aber in der Hand behalten. Haben Sie das amtliche Kennzeichen des Peugeot?«

»Ja, aber Sie können sicher sein, dass eine Nummer, die bei einer solchen Operation verwendet wurde, nicht existiert.«

»Diesen Trumpf behalten wir im Ärmel. Zunächst wollen wir abwarten, wie sich der Untersuchungsrichter verhält. Nur wenn es eng wird, setzen wir ihn ein. Wie sieht es ansonsten aus? Haben Sie Séror erwischt?«

»Er ist verschwunden. Wir haben ihn zur Fahndung ausgeschrieben. Außerdem werden sein Haus und sein Labor im Collège de France gerade durchsucht. Wir warten auch auf die Auswertung seiner Bankgeschäfte. Was die Verstrahlten betrifft, so bekomme ich heute Abend den Bericht des Erkennungsdienstes hinsichtlich der Waffen, die in ihrem Zelt gefunden wurden. Vielleicht kann die Untersuchung Aufschluss über ihre Herkunft geben.«

»Ihre ersten Schlussfolgerungen?«

Raphael räusperte sich und legte seine Sichtweise des Falls dar: »Die Spannungen im Kaukasus nehmen zu. Die Tschetschenen befinden sich in einem Unabhängigkeitsrausch, und Moskau ist bereit, Grosny anzugreifen. Also bereiten sie sich auf einen Gegenangriff vor, aber für sie kennt der Guerillakampf keine Grenzen. Sie wollen die Russen auf ihrem Territorium attackieren, aber auch ihren Interessen im Ausland schaden. Deshalb bauen sie eine Untergrundorganisation in Europa auf. Islamow, ein Gangster, der Dudajew nahesteht, wurde nach Paris geschickt, um dort Geld zur Finanzierung des Krieges aufzutreiben. Eine andere Gruppe – die Verstrahlten von Vincennes, deren Identität wir noch immer nicht geklärt haben – bildete ein Einsatzkommando, das Terroranschläge durchführen sollte: Morde an Geschäftsleuten und Bombenattentate gegen die russischen Interessen. Sie durften sich nicht erwischen lassen und versteckten sich deshalb unter den illegalen Einwanderern im Bois de Vincennes. Séror ist oft auf die andere Seite des Eisernen Vorhangs gereist und verfügt dort noch immer über beste Beziehungen. Islamow nimmt Kontakt mit ihm auf, um sich Waffen und Sprengstoff zu besorgen. Er zahlt, und das Material wird direkt an das

Einsatzkommando geliefert. Vor oder nach der Übergabe eliminieren Séror und seine Leute die beiden Typen mithilfe von radioaktiven Gebetsketten, die er ihnen vermutlich geschenkt hat. Was ich nicht verstehe, ist, warum …«

»Um sich die Waffen oder das Geld zurückzuholen oder aber, weil die Tschetschenen nicht bezahlt haben … Um welchen Betrag geht es?«

»Islamow hat mir gesagt, er hätte fünfundsechzigtausend US-Dollar bezahlt. Angenommen, die Theorie der Abzocke ist richtig, dann passt etwas anderes nicht. Warum wollte er das Einsatzkommando auf diese Art ausschalten? Er hätte sie auch einfach erschießen können …«

»Ich habe Ihr Protokoll über das Verhör von Islamow gelesen, zumindest einer der beiden ist ein ehemaliger Angehöriger der russischen Eliteeinheit Speznas, ein Veteran des Afghanistankriegs. Ich glaube nicht, dass Séror und seine Leute in der Lage waren, ihn einfach so umzubringen. Das müssten Sie ja wohl am besten wissen!«

»Da haben Sie recht, aber irgendwie kann ich nicht glauben, dass wir es mit einer normalen Terrorgeschichte zu tun haben. Da steckt noch etwas anderes dahinter …«

»Wie haben Sie die Verbindung zu den Tschetschenen hergestellt?«, wollte Deluca wissen. »Sie haben von einem Spitzel gesprochen …«

»Ich habe Kontakt zu einer Operationseinheit der DGSE. Sie haben mir geholfen, die Tätowierung der Leiche vom Bois de Vincennes auszuwerten, und ihre Wiener Außenstelle hatte sie über Islamows Ankunft in Frankreich informiert. Sie haben schnell die Verbindung hergestellt. Ich möchte, dass das unter uns bleibt, vielleicht brauchen wir sie ja noch einmal.«

»Sie können sich ganz auf mich verlassen … Also mir scheint die ganze Sache irgendwie eindeutig. Was irritiert Sie da? Verheimlichen Sie mir etwas, Zeck?«

Diese Frage hatte Raphael von Anfang an gefürchtet. Er

dachte an die Irin, die er in seiner Wohnung versteckt hatte. Sie tauchte in keinem seiner Berichte auf. Und innerhalb seines Teams war nur der Serbe auf dem Laufenden. Dies war ein entscheidender Augenblick: Sinead McKeown wurde mit einem internationalen Haftbefehl von Interpol gesucht. Wenn er Deluca von ihr erzählte, würde sie ausgeliefert, und ihm würde ein wichtiges Puzzleteil zu diesem Fall fehlen. Erwähnte er sie nicht, begab er sich in die Illegalität, und das könnte ihn teuer zu stehen kommen. Ohne zu zögern, entschied er sich für die zweite Möglichkeit.

»Nein, ich verheimliche Ihnen nichts, Chefin. Was mich irritiert, ist die Art, wie der Speznas aus dem Bois de Vincennes umgebracht wurde. Sie hätten ihn auch einfach in einen Hinterhalt locken oder zum Lager verfolgen können. Außerdem kann ich mir Séror nur schwerlich als Waffenschieber vorstellen.«

»Ich habe Ihren Bericht gelesen. Mit einem Vater, der für die FLN gearbeitet hat und mit den Kommunisten in Verbindung stand, hat er ja wirklich einen ganz netten Stammbaum.«

»Aber woher sollte er dieses Arsenal haben?«

»Er hat Verbündete.«

»Gut, aber die Gebetsketten? Die machen mir zu schaffen. Eine Granate oder eine Schießerei hätte auf eine Abrechnung unter Mafiaangehörigen hindeuten können. Doch in diesem Fall hat Séror sein Verbrechen sozusagen signiert, und das passt nicht zu einer Waffenschieberorganisation, die sich eher bedeckt halten würde. Hinter diesem Fall verbirgt sich etwas anderes, da bin ich mir ganz sicher.«

»Nun, ich zähle auf Sie, um das herauszufinden. Ich muss zur Beerdigung gehen. Sie findet auf dem Friedhof Père-Lachaise statt, Agathe wird auf eigenen Wunsch eingeäschert.« Deluca erhob sich. »Und vergessen Sie nicht: kein Wort über Dumas und die Gegenobservierung. Geben Sie mir Bescheid, sobald es etwas Neues gibt.«

Es war fast acht Uhr abends, als Raphael in sein Büro zurückkehrte. Drago und der Rest des Teams durchsuchten Sérors Haus. Er machte sich einen Kaffee und dachte über Delucas Entscheidung nach, Dumas und die Gegenobservierung nicht zu erwähnen. Warum wollte sie Dumas' Mitverschulden an diesem Fiasko verheimlichen? Um sicherzugehen, dass ihnen der Fall nicht entzogen würde und sie Agathes Mörder stellen konnten? Oder war es eine politische Entscheidung? … Der Ermittler zog es vor, die Antwort auf diese Frage nicht zu kennen. Er setzte sich an den Schreibtisch und begann, seinen Bericht zu verfassen.

Um halb zehn klopfte es an der Tür. Raphael hob den Blick. Es war Manon Fresnay vom Erkennungsdienst.

»Hallo, störe ich dich?«, fragte er.

»Ich bin gerade mit meinem Bericht fertig. Komm doch herein.«

»Wie geht es dir?«

Raphael antwortete mit einem traurigen Lächeln.

»Wir haben uns seit Agathes Tod nicht mehr gesprochen«, fügte sie leise hinzu.

»Ich versuche, nicht daran zu denken, ich will nur den Dreckskerl erwischen, der sie umgebracht hat.«

»Ich habe dich nicht bei der Beerdigung gesehen … und Drago auch nicht.«

»Das wäre über meine Kräfte gegangen. Wie war es?«

»Staatsbegräbnis, zweitausend Polizisten in Galauniform, Minister … Fürchtest du nicht, dass deine Abwesenheit falsch aufgefasst werden könnte?«

»Es ist mir egal, was die anderen denken. Ich habe mich schon auf meine Art von Agathe verabschiedet.«

»Du hättest ihrer Eltern wegen kommen sollen.«

»Tut mir leid, Manon, ich gehöre nicht zu denen, die den Tod feiern.«

Schweigen.

»Ich kann nicht glauben, dass sie wirklich nicht mehr da ist.«

»Ich auch nicht, ich spüre ihre Gegenwart überall.«

»Was ist eigentlich passiert, warum ist die Sache so schiefgelaufen?«, fragte Fresnay.

Raphael fuhr sich mit der Hand übers Gesicht. »Ich darf nicht darüber sprechen, aber ich schwöre dir, dass es nicht meine Schuld war.«

Manon trat näher und hockte sich auf die Schreibtischkante. »Kommt ihr voran?«

»Wir haben eine Vermutung, wer der Mörder ist, wahrscheinlich ist es derselbe, der auch die Verstrahlten aus dem Bois de Vincennes auf dem Gewissen hat. Aber jetzt müssen wir ihn erst einmal schnappen. Und ich denke, dass er nicht allein arbeitet.«

»Wisst ihr, wo er wohnt?«

»Ja, aber er ist abgehauen.«

»Und die anderen?«

»Wir haben keine Ahnung. Aber wir kommen voran.«

»Gut. Ich habe den Bericht über die Analyse des Zelts im Bois de Vincennes.«

»Und was steht drin?«

»Enttäuschend wenig.«

»Scheiße.«

»Keine Fingerabdrücke außer denen der beiden Opfer, und die sind in keiner Kartei registriert. Ansonsten sind die Waffen alle ausländischen Fabrikats. Wir haben auch die verbrannten Überreste analysiert, die Drago in der Nähe des Zelts gefunden hat. Aber sie haben nichts ergeben, zu stark verkohlt. Nur ein kleines Detail war noch zu gebrauchen: der Überrest eines elektronischen Schaltkreises. Er war sicher Bestandteil eines Sprengstoffzünders, aber er ist nicht benutzt worden. Es steht etwas darauf, TY, das ist die Abkürzung des taiwanesischen

Elektronikgiganten Taiyoun. Wir haben Erkundigungen eingeholt, sie haben Millionen dieser Dinger hergestellt und in mehr als siebenundzwanzig Länder verkauft. Wir haben ein Foto hingeschickt. Jetzt warten wir auf die Antwort, aber das kann dauern. Es gab auch einen Schlüssel, aber wir haben kein Schloss gefunden, zu dem er passen könnte.«

»Okay. Danke, lass mir den Bericht bitte hier.«

Schweigen.

»Willst du heute bei mir übernachten?«

»Würde ich gerne, aber ich muss zu meinem Team, das bei der Hausdurchsuchung ist.«

»Wenn du willst, kannst du später vorbeikommen. Das würde uns beiden guttun.«

»Manon, es tut mir leid ...«

»Verstehe ... Versuch trotzdem, dich auszuruhen, du siehst furchtbar aus. Ich will nicht, dass dir auch noch etwas passiert.«

Raphael blickte Manon nach, die geräuschlos die Tür hinter sich schloss, dann griff er nach dem Bericht des Erkennungsdienstes und blätterte ihn abwesend durch. Der Verbrechensschauplatz im Bois de Vincennes hatte seine letzten Geheimnisse offenbart.

Und das waren nicht viele.

Mehr denn je hatte der Ermittler den Eindruck, im Dunkeln zu tappen.

Er dachte an sein Team, das Sérors Haus unter die Lupe nahm. Drago kam auch ohne ihn gut klar.

Jetzt war es Zeit, mehr über die Irin herauszufinden.

Kapitel 28

Raphael schloss die Tür auf und trat leise in die Wohnung.

Alles war dunkel.

Er kam nur selten her, und wenn, dann nur nachts, und jedes Mal hatte er das Gefühl, die Geister der Vergangenheit zu wecken. Dennoch fand er hier Frieden, wenn alles danebenging.

Doch nun hatte er zum ersten Mal die Regel überschritten … es war außer ihm noch jemand anderes hier …

Er wartete, bis sich seine Augen an die Dunkelheit gewöhnt hatten, und ging dann zu dem Zimmer, das er Sinead zugewiesen hatte.

Leer.

Der Ermittler spürte Zorn in sich aufsteigen. Er lief über den Flur zum zweiten Schlafzimmer.

Die Irin hatte es sich im Bett bequem gemacht. Raphael schaltete das Licht ein.

»Was haben Sie hier zu suchen?«

Sinead zuckte zusammen und wandte sich zu ihm um, die Hand wegen des unerwartet grellen Lichts schützend über die Augen gelegt.

»Ich habe Ihnen gesagt, dass Sie das andere Zimmer nehmen sollen«, zischte Raphael.

»Aber du bist ja total verrückt … Du sperrst mich in dieses Rattenloch ein, und dann soll ich auch noch auf der Matratze schlafen … Was ist eigentlich mit dir los?«

»Nichts, was Sie etwas angehen würde …«

»Siezt du mich jetzt etwa? … Bin ich plötzlich eine Respektsperson geworden?«

»Ich habe dir etwas zu essen und saubere Kleider mitgebracht. Zieh dich an … wir haben zu tun.«

Sinead schlüpfte in die Jeans und in einen Wollpullover, der zu groß für sie war, dann ging sie ins Wohnzimmer zu Raphael.

Zunächst hatte sie gedacht, Zeck wäre anders, aber nun begriff sie, dass er wie alle anderen war – ein dreckiger Bulle.

»Möchtest du etwas essen?«

»Später.«

»Wie du willst … Ich höre.«

»Wie kann ich sicher sein, dass du mich nicht reinlegst? Du zuerst.«

»Du gehst mir auf die Nerven, McKeown. Erzähl mir jetzt, was du weißt, oder ich buchte dich ein.«

»Ich glaube, letztlich ist es mir lieber, wenn du mich siezt. Dann verhältst du dich etwas zivilisierter.«

Sinead überwand die Antipathie, die sie für den Ermittler empfand, und erzählte ihm ausführlich ihre Geschichte. Von dem Attentat über ihre Flucht bis hin zu Garis Artikeln und dem Treffen mit Finkel in Amsterdam. Doch auch dieses Mal verschwieg sie die Augenlider sowie ihre Freunde Mia und Bardsley.

Raphael hatte ihr zugehört, ohne sie zu unterbrechen. Nun musterte er die Augen der jungen Frau auf der Suche nach Anzeichen für eine eventuelle Lüge, doch er vermochte nichts darin zu erkennen.

Ihre Geschichte klang völlig verrückt, vor allem beeindruckte ihn jedoch ihr Überlebenswille.

Aber das durfte er ihr auf keinen Fall sagen. Sie würde den geringsten Riss im Panzer des Ermittlers sofort zu ihren Gunsten ausnutzen.

»Du bist also in Belfast geboren …«

»Ja.«

»Vater Ire, Mutter Französin … Sind deine Eltern noch da?«

»Ja, auf dem Friedhof.«

»Sind sie … schon lange tot?«

»Sie sind ermordet worden, eine schlimme Geschichte.«

»Erzähl sie mir.«

»Damit kommen wir vom Thema ab … Es ist eine wirklich schlimme Geschichte, und ich möchte die Vergangenheit nicht wieder aufleben lassen.«

»Das verstehe ich, aber ich muss alles über dich wissen. Vergiss nicht unser Abkommen.«

Sinead warf dem Ermittler einen bösen Blick zu.

»Kennst du die Shankill Butchers?«

»Nein.«

»Das sind die blutrünstigen Loyalisten der Ulster Volunteer Force. Es hat 1976 angefangen. Sie haben in einem *Black Cab* Katholiken entführt und massakriert. Man nannte sie die Schlächter, weil sie ihre Opfer mit einem Schlachtermesser zerstückelt haben. Ihre Anführer hießen Lenny Murphy und Robert Bates.« Sinead machte eine Pause und tauchte dann in das Grauen ihrer Kindheit ein: »Eines Abends im Winter 1978 haben die Schlächter meine Eltern angegriffen, die sich auf dem Heimweg von einem Abendessen bei Freunden befanden. Man hat sie am nächsten Tag auf einem Stück Brachland gefunden. Meine Mutter war vergewaltigt worden, dann hatte man ihr die Kehle durchgeschnitten. Meinem Vater haben sie, nachdem sie ihn Dutzende von Metern hinter ihrem Auto hergeschleift hatten, das Geschlecht abgetrennt, ebenso die Arme und Füße. Dann hat man ihre Gesichter mit Säure verätzt. Ich habe sie gefunden. Ich war damals noch ein Kind.«

»Hat man die Mörder verhaftet?«

»Ja, aber sie haben nicht gestanden, wie auch alle anderen Verbrechen nicht, die sie begangen haben.«

»Es tut mir leid …«

»Ist schon in Ordnung, ich lebe seit meiner Kindheit mit

diesem Trauma. Ich spreche nur ungern darüber, weil es mich an eine Vergangenheit erinnert, die ich zu vergessen versuche, doch heute ist das alles nicht mehr wirklich wichtig …«, murmelte Sinead. Dann fuhr sie fort: »Aber ich glaube auch nicht, dass es dir leidtut, du bist wie die anderen. Du musst wissen, dass ich alle Bullen, Typen deines Schlages, von jeher hasse. Ich verabscheue Autorität in jeglicher Form …«

Die Bemerkung verletzte Raphael. Gerade hatte er begonnen, diese Frau in einem anderen Licht zu sehen, doch jetzt wurde ihm klar, dass er für sie ein Dreckskerl war – eine Rolle, die er normalerweise ohne besondere Seelenzustände akzeptierte. Er wartete eine Weile, ehe er antwortete: »Sehr freundlich. Eine seltsame Art jemandem zu danken, der dir zweimal das Leben gerettet hat. Darf ich dich daran erinnern, dass du ohne mich in einem Verlies in Palaiseau hocken würdest oder in einer Zelle, um auf deine Abschiebung nach Dublin zu warten.«

»Ich bin hier, weil du mich brauchst. Du benutzt mich, Zeck.«

»Glaub, was du willst, mir ist das egal. Aber bis jetzt warst du keine große Hilfe. Wenn ich dir also einen Rat geben darf, dann vergiss dein pubertäres Gehabe und konzentrier dich auf den Fall, sonst wirst du bald wirklich Grund haben, mich zu verabscheuen.«

»Keine Sorge, wir haben eine Abmachung getroffen, ich weiß, was du von mir erwartest, und du weißt, was ich von dir erwarte. Ich werde diesen Vertrag in allen Punkten einhalten.«

Raphael schwieg erneut. Die Irin hatte ihn provoziert, er wusste nicht, ob das Absicht war oder nicht, aber er schwor sich, nicht mehr die geringsten Emotionen zu zeigen. Also setzte er die Arbeit fort, als wäre nichts geschehen.

»Was du da erzählst, ist schwer auszuwerten – selbst für einen Ermittler. Nach deiner Schilderung waren die Bombenleger Profis, und ohne direkten Zugriff auf die Akten dürfte es schwer sein, sie zur Strecke zu bringen … Was Amsterdam betrifft, so werden wir versuchen, Erkundigungen über das Haus einzuziehen, aber ich bezweifle, dass wir die geringste Spur von Finkel finden. Du wirst dir wohl etwas mehr Mühe geben müssen.« Er schwieg wieder kurz und fragte dann: »Erzähl mir mehr von diesem Kästchen, das du in eurem Cottage gefunden hast. Kannst du es mir beschreiben?«

»Es war alt. Aus Metall, ein sowjetisches Produkt.«

»Was war das für eine Inschrift?«

Sinead griff nach einem Stift und einem Blatt und malte die kyrillischen Zeichen auf.

»C.A. СЕКЦИЯ 4«

Das dürfte reichen, um ihn bei der Stange zu halten, ihn dazu zu bringen, dass er sie weiter versteckte.

Raphael nahm das Papier und überlegte laut: »Ich weiß nicht, was die Initialen bedeuten sollen, aber das Folgende dürfte so etwas wie ›Sektion vier‹ heißen.«

»Sektion vier? Sprichst du Russisch?«

»Nicht wirklich, ich habe nur ein paar Basiskenntnisse. Was war in dem Kästchen?«

»Eine kleine Glasphiole, aber sie war zersplittert – vermutlich durch die Hitze der Flammen«, log Sinead. »Der Inhalt ist wahrscheinlich den Flammen zum Opfer gefallen.«

Raphael musterte sie kurz und fragte sich, ob sie ihn täuschte. Er beschloss, das Thema zu umgehen und ihr Fragen über Gari zu stellen. »Hat dein Mann dir nie davon erzählt? Weißt du nicht, woher er das haben könnte?«

»Nein, Gari ist in Polen geboren und hat in Israel gelebt, er ist in Kriegsgebiete gereist und hat über heikle Themen geschrieben. Ich habe keine Ahnung, woher er das hatte, und noch weniger, warum.«

Raphael beobachtete sie erneut. Sie redete etwas zu schnell und zu viel über Gari Weiss, so als wolle sie ihn von diesem

Kästchen abbringen. Also hakte er nach. »Du willst mich doch nicht etwa mit dieser Geschichte von der zerbrochenen Phiole ablenken, oder?«

Sinead war betroffen. Sie hatte den Ermittler unterschätzt. Also spielte sie die Überraschte. »Wie bitte?«

Raphael fuhr sich mit der Hand übers Gesicht und biss die Zähne zusammen. »Ich frage dich, ob du mich für einen Trottel hältst, indem du mir vorzumachen versuchst, der Inhalt des Kästchens habe das Feuer nicht überstanden. Ich vertraue dir nicht, McKeown. Mit deinem Hass kann ich leben, nicht aber mit deinen Lügen.«

»Warum sollte ich dir so etwas verheimlichen? Darf ich dich daran erinnern, dass es für mich ebenso wichtig ist wie für dich, die Ermittlungen voranzutreiben?«

»Wo ist das Kästchen?«

»Ich habe es auf der Flucht vor den Bullen verloren, die versucht haben, mich im Trinity College festzunehmen.«

»Gut, also weiter.« Raphael zog verschiedene Schnellhefter aus einem dicken Ordner und schilderte ihr den Fall ausführlich – von der Entdeckung der Verstrahlten bis hin zu Sérors Flucht und seinen Verbindungen zum ehemaligen Ostblock.

Nun lauschte auch sie ihm aufmerksam, ohne die geringste Gefühlsregung zu zeigen.

»Du bist also der Meinung, dass es sich bei diesem Fall nicht zwingend um Terrorismus handelt?«, fragte sie anschließend.

»Doch, natürlich, allein schon durch die Tschetschenen und den Waffenhandel, aber ich habe das Gefühl, dass noch etwas anderes dahintersteckt. Das zeigt sich in der Art, wie Séror seine Opfer ermordet. Agathe, Azlan, Umar … Das war bisher nur eine Intuition, aber seit du mir deine Geschichte erzählt hast, bin ich mir ganz sicher. Da sind mehrere unstimmige Punkte. Ich verstehe weder, warum man die beiden verstrahlt, noch warum man dich lebendig bei Séror eingemauert hat.«

»Und wenn es keine Beziehung zwischen beiden Vorfällen gäbe?«

»Es gibt zwangsläufig eine … Glaub mir, du bist nicht zufällig bei ihm gelandet. Wie hätte das vor sich gehen sollen?«

»Und was vermutest du?«

»Schwer zu sagen … zumal es keine offensichtliche Logik gibt …«

Sinead zog die Beine an und legte das Kinn auf die Knie, als wolle sie sich schützen.

»Was steht sonst in deinen Akten?«

»Berichte, Verhörprotokolle, nichts anderes als das, was ich dir erzählt habe.«

»Und was ist in der da?«

»Fotos.«

»Kann ich sie sehen?«

»Wenn du willst. Aber ich warne dich, das ist starker Tobak.«

Sinead begann, sie durchzublättern.

Die grausamen Bilder trafen sie unvorbereitet. Die erste Serie zeigte die Leiche eines Ertrunkenen. Weiße, unbehaarte Haut, Ekchymosen … *Nur keine Gefühle zeigen, nie zugeben, dass du leidest,* dachte Sinead. Das hatten sie ihr Vater und ihr Bruder in frühester Kindheit gelehrt, um die Gewalttätigkeiten von Belfast zu überleben. Und dies musste sie jetzt auch gegenüber dem Ermittler beherzigen.

»Das hier ist Umar, einer von dem verstrahlten Spezialkommando, von dem ich gesprochen habe. Er hat sich in die Seine gestürzt.« Raphael kam zu den nächsten Fotos: »Und dies ist Azlan, er hat sich eine Kugel in den Mund geschossen, um seinem Leiden ein Ende zu setzen. Und das da ist die Hütte, in der sie gelebt haben. Dort haben wir Waffen gefunden, die vermutlich von Séror geliefert wurden. Aber es ist uns nicht gelungen, ihre Herkunft zurückzuverfolgen.«

Sinead betrachtete ein Bild nach dem anderen.

»Wir wissen nicht, ob Séror ihnen tatsächlich die Waffen

geliefert hat oder nicht. Das, was wir in dem Zelt gefunden haben, könnte auch nur ein Muster gewesen sein.«

»Und weiß Islamow es?«

»Er behauptet nein. Schwer zu sagen, ob das stimmt. Wenn er auspackt, droht ihm eine längere Gefängnisstrafe, oder man wird sein Lager ausheben, und er will Ware im Wert von fünfundsechzigtausend Dollar sicher nicht so einfach rausrücken.«

»Und was ist das?«, fragte Sinead und deutete auf das Foto, das den gefundenen Teil eines Schaltkreises zeigte.

»Ein *Timer*, das heißt ein Zeitzünder, der eine Sprengladung explodieren lässt.«

Die Irin schwieg kurz. Der Ermittler legte jetzt ihr gegenüber ein anderes Verhalten an den Tag, und sie hätte ihm gerne von dem Inhalt des Kästchens erzählt, das sie in dem Cottage gefunden hatte, doch sie hielt sich zurück. Er konnte jederzeit seine Haltung wieder ändern und sie abschieben. Sinead wusste, dass ihr Schweigen die Ermittlungen verzögerte, dabei begann sich eine gemeinsame Spur nach Russland abzuzeichnen.

Sie war auf dem richtigen Weg.

Sie musste zwei parallele Untersuchungen führen, einmal die offizielle, bei der sie Zeck half und aufmerksam darauf bedacht sein musste, keinen Hinweis auf Garis Mörder zu übersehen. Für die andere musste sie das Vertrauen des Bullen gewinnen, damit er sie aus der Wohnung gehen ließ, denn sie wollte unbedingt Kontakt zu Mia aufnehmen. Ihre Freundin hatte mit Sicherheit den Wirbel um ihre Flucht genutzt, um die Augenlider in Sicherheit zu bringen. Und in diesem Fall hatte sie bestimmt auch neue Untersuchungen vornehmen lassen. Also musste Sinead sich jetzt mit Geduld wappnen und sich fügsam zeigen.

Eines der Bilder, die Zeck ihr gezeigt hatte, hatte ihre Aufmerksamkeit erregt.

»Darf ich die Fotos noch einmal sehen?«, fragte sie.

»Welche?«

»Die von dem Schaltkreis.«

Raphael suchte in dem Stapel und reichte sie ihr. Man sah die Vergrößerung elektronischer Teile, die in einem grünen Plastikgehäuse steckten.

Sinead musterte sie eingehend und erkundigte sich dann: »Was ist deiner Meinung nach das, was man da unter dem Plastik sieht?«

»Ich weiß nicht … zeig mal …«

»Das scheint doch Leder zu sein, oder?«

»Ja, das ist gut möglich … Warum?«

Sie nahm sich noch einmal das Foto vor, um sicherzugehen, dass sie sich nicht irrte, und sah dann den Ermittler an. »Weil ich das kenne.«

»Wie meinst du das?«

»Ich glaube, solches Material habe ich in Belfast schon gesehen. Als Kind.«

Raphael spürte einen Adrenalinstoß.

»Erzähl.«

»Bei meinem Bruder. Nach dem Tod unserer Eltern hat er sich der IRA angeschlossen. Er hat schnell an Einsätzen teilgenommen. Wir wohnten zusammen, er hat mir nichts von seinem Leben erzählt, und ich ging noch zur Schule … Aber ich bin öfter nachts aufgestanden und habe beobachtet, wie er Bomben baute, die er am nächsten Tag in der Stadt legte. Ich war in Panik, dass ihm dasselbe Schicksal bevorstehen könnte wie unseren Eltern. Er versteckte sein Material unter den Fliesen im Badezimmer. Wenn er nicht da war, hob ich sie an und sah mir mit Tränen in den Augen dieses ganze Mistzeug an. Am liebsten hätte ich alles verbrannt, aber das habe ich mich dann nicht getraut … Na ja, und dabei habe ich auch so ein Ding gesehen, ich erinnere mich genau an diese Schaltkreise, die auf Lederflecken geklebt waren.«

»Der Timer stammt aus einer taiwanesischen Firma, die

Millionen davon hergestellt hat. Wir haben keine Seriennummer … und ohne die können wir nicht herausfinden, an wen das Teil verkauft wurde. Aber wenn du jetzt sagst, dass solches Material auch von der IRA verwendet wurde, kann ich vermutlich bei Scotland Yard Informationen bekommen.«

»Vielleicht gibt es einen schnelleren Weg, das herauszufinden«, murmelte Sinead.

»Welchen?«

»Als ihr mich verhaftet habt, war ich auf dem Weg zu einem ehemaligen IRA-Mitglied, Daniel McVeight. Ich glaube, er arbeitet noch als Geigenbauer in Paris, ich muss nur seine Adresse herausfinden … Aber eins sage ich dir: Du gehst nicht ohne mich zu ihm.«

Kapitel 29

Es war neun Uhr morgens, als Sinead und Raphael das Atelier in der Rue du Pont-Louis-Philippe betraten. McVeight hatte sich im Herzen des Marais niedergelassen, nur wenige Schritte von der Seine entfernt.

Eine kleine Glocke kündigte ihre Anwesenheit an.

Raphael fühlte sich auf der Stelle wie in einem Traum. Geigen, Lauten, Mandolinen … Dutzende von alten Instrumenten, die von der Decke baumelten, schienen im Raum zu schweben. Der Duft nach wertvollen Hölzern hing in der Luft. Der Ermittler kam sich vor wie ein Kind in einem Zauberwald.

Die Stimme der Irin brachte ihn in die Realität zurück.

»Daniel McVeight? … Ich bin Sinead, die Tochter von Pat McKeown.«

Ein großer, schlanker Mann, der ein Werkzeug in der Hand hielt, stand hinter dem Tresen. Er trug eine Jacke aus grober Wolle, das Haar war strähnig, das Gesicht bärtig wie das eines Märchenkönigs, und auf der Hakennase saß eine Hornbrille, durch die er sie mit grünen Augen musterte.

Raphael hatte Mühe zu glauben, dass dieser Mann einst ein Soldat der IRA gewesen war.

McVeight lächelte Sinead an. »Ich erinnere mich an dich, junge Frau … Das war vor langer Zeit … Wohnst du in Paris?«

»Früher mal …«

»Und du hast mich nie besucht …«

»Es war schwer für mich, ich wollte mit meiner Vergangenheit, mit Belfast brechen.«

»Keine Sorge, ich verstehe dich sehr gut. Ich habe ja denselben Weg gewählt … Wie geht es deinem Bruder?«

»Wie einem Löwen im Käfig, er sitzt seit fünfzehn Jahren in Long Kesh.«

»Ich weiß … Warst du dort?«

»Vor einigen Tagen – die Umstände haben mich dazu gezwungen.«

McVeight legte sein Werkzeug auf den Tresen. »Nun, ich denke, du bist nicht gekommen, um mit mir über alte Zeiten zu reden.«

Sinead holte tief Luft. »Die Sache ist etwas heikel, können wir uns vielleicht setzen?«

»Inwiefern heikel …?« McVeight drehte sich zu Raphael um, der sich etwas im Hintergrund hielt. »Wer ist dieser Mann?«

»Er ist …«

»Mein Name ist Zeck, ich bin von der Kriminalpolizei.«

»Verstehe. Wir haben uns seit über zwanzig Jahren nicht gesehen, und dann kreuzt du hier mit einem … Polizisten auf.«

Sinead fühlte sich unbehaglich. »Es ist nicht so, wie Sie glauben.«

»Das ist nicht die Frage … Für mich gehören die französischen Polizisten derselben Sippschaft an wie die Brits, die die Unseren getötet haben. Er hat hier nichts zu suchen.«

»Daniel, ich brauche unbedingt Ihre Hilfe.«

»Komm ein andermal wieder.«

Raphael trat näher. »McVeight, wir sind nicht in offizieller Mission hier. Unser Besuch hat nichts mit Ihrer Vergangenheit oder Ermittlungen, die Sie betreffen, zu tun.«

»Wovon redest du?«, fragte Sinead.

Schweigen.

»Welche Ermittlungen?«

»Ich war heute Morgen im Büro und habe mir seine Akte angesehen. Daniel McVeight war angeklagt, weil er IRA-Mitglieder beherbergt hat. Er steht unter Beobachtung.«

»Daniel, tut mir leid, ich wusste nicht …«

McVeight unterbrach sie. »Diese Herren, die keinerlei Beweise gegen mich hatten, haben mir angetragen, für sie zu spitzeln. Sie haben mich zum Verrat aufgefordert.«

Sinead schloss die Augen. Sie hatte das Gefühl, ihr Schädel müsse zerspringen. »Warum hast du mir nichts davon gesagt?«, schrie sie Raphael dann plötzlich an.

»Weil du dann nie bereit gewesen wärst, hierherzukommen, und wir brauchen McVeights Hilfe.«

Der Ire kam auf die andere Seite des Tresens. »Ich werde keine offiziellen Organe unterstützen, die dieselben Methoden anwenden wie die Kollaborateure des Vichy-Regimes. Und jetzt raus.«

»Seien Sie vorsichtig, McVeight. Sie vergleichen die IRA mit der Résistance … Aber wie viele unschuldige Opfer sind durch Ihre Bomben ums Leben gekommen … Sollen wir von Brighton oder Warrington sprechen?«

»Raus!«

Sinead trat zwischen die beiden Männer. »Das reicht!«, zischte sie. Sie holte tief Luft und wandte sich dann an McVeight. »Daniel, ich werde von der irischen Polizei für ein Verbrechen gesucht, das ich nicht begangen habe. Wenn Sie mir nicht helfen, muss ich vielleicht den Rest meines Lebens hinter Gittern verbringen. Die IRA hat mich unterstützt.«

»Dein Bruder?«

»Ja, Adrian und McMillen. Sie haben mir falsche Papiere und Geld besorgt. Ich bitte Sie …«

Daniel McVeight sah erst den Bullen, dann Sinead durchdringend an. »Was wollt ihr von mir?«, sagte er endlich.

»Wir möchten Ihnen Fotos von Dingen zeigen, die an einem Tatort gefunden wurden. Sinead meint, Sie könnten uns helfen, sie zu identifizieren.«

»Kommt mit«, sagte McVeight, seufzte und verriegelte die Ladentür.

Die Besucher folgten dem Geigenbauer über einen schmalen Gang, der in ein geräumiges Atelier mit einem großen Glasfenster mündete.

Auf einer Werkbank lagen mehrere alte Instrumente, die darauf warteten, restauriert zu werden, teils auseinandergenommen und dann in Metallzangen gespannt, ganz so, als würden sie einer Operation am offenen Herzen unterzogen. Doch was Raphael am meisten beeindruckte, war die Schicht Hobelspäne, die wie ein dicker Teppich den Boden bedeckte.

McVeight bat sie, an einem großen Tisch Platz zu nehmen.

»Kaffee?«

Sinead und Raphael lehnten dankend ab. Der Geigenbauer füllte seinen Becher mit der schwarzen Flüssigkeit. Raphael zog eine Mappe aus seiner Tasche und zeigte McVeight das ausgedruckte Foto des Schaltkreises.

Der Mann drehte das Bild in alle Richtungen, um es sich im Detail anzusehen. »Woher haben Sie das?«, fragte er dann.

»Aus dem Versteck zweier tschetschenischer Terroristen. Unseren Spezialisten zufolge handelt es sich um einen selbst gebauten Sprengsatz, wir haben keinen *Timer* dieser Art in unseren Archiven gefunden.«

»Adrian hat so ähnliche verwendet … Ich habe es an dem Lederstück hier erkannt … Sagt Ihnen das etwas?«, unterbrach Sinead ihn.

Der Geigenbauer sah sie nachdenklich an. »Es ist schon etliche Jahre her, dass ich so etwas zum letzten Mal in der Hand hatte. Aber ich erinnere mich gut, es waren die ersten elektronischen Modelle, die wir bekommen haben … Wenn ich mich nicht irre, ist das ein MST-9. Die Schaltkreise waren auf ein Stück weiches Leder geklebt, sodass man sie fast überall befestigen konnte. Aber heute benützt normalerweise niemand mehr solches Material …«

»Wissen Sie, woher die IRA diese *Timer* bezog?«

»Zumeist von irgendwelchen Zwischenhändlern, Freunde unserer Sache kümmerten sich um die Bestellungen.«

»›Freunde‹, die ein Interesse daran hatten, den Konflikt in Europa zu schüren?«

»Ja, das ist kein Geheimnis«, bekräftigte Sinead. »Die Sowjets waren Lieferanten, die Stasi und Libyen ebenfalls.«

»Wissen Sie, bei wem sie gekauft wurden?«

»Nicht genau, aber hier handelt es sich um ein europäisches Modell, und solches Material findet man in keinem Katalog …«

»In der Schweiz?«, fragte Raphael.

»Auch in Liechtenstein.«

»In diesen Ländern gibt es jede Menge solcher Firmen. Denken Sie nach, McVeight, danach verschwinden wir.«

»Okay«, meinte der Geigenbauer. »Es gibt zwei Firmen, bei denen Sie vielleicht Informationen bekommen können. Die erste ist die Gross AG, die in der Nähe von Zürich ansässig ist, die zweite Wilco, in Liechtenstein. Beide haben sich nicht weiter für ihre Kundschaft interessiert.«

Raphael konnte nicht umhin zu bemerken: »Die Motive spielen keine Rolle, Hauptsache, der Kunde zahlt.«

McVeight bedachte ihn mit einem eisigen Blick. »Die der nordirischen Katholiken sind gerecht. Davon bin ich noch immer überzeugt, auch wenn ich Belfast und Falls Road vor vielen Jahren verlassen habe.«

»Aber durch die Waffenlieferungen nutzen ›ihre Freunde‹, wie Sie sie nennen, die Sache aus. Sie schüren den Hass.«

»Zweifellos, aber ohne sie wären wir längst niedergemetzelt und ausgemerzt. Nur die Sache zählt. Und übrigens: Welches Motiv haben Sie, Zeck?«

»Ich versuche, Leben zu retten, nicht zu vernichten.«

»Waren Sie immer Polizist?«, fragte McVeight.

»Nein, nicht immer.«

»Was haben Sie davor gemacht?«

»Ich bin nachts durch die Wälder gelaufen … und habe Typen wie Sie verfolgt.«

»Wie mich?«

»Sie reagieren noch immer sehr sensibel auf all diese Fragen, McVeight … Wann haben Sie die IRA verlassen?«

Der Geigenbauer griff nach seinem Becher und trank einen Schluck Kaffee.

Es schien Raphael, als wolle er Zeit gewinnen.

Schließlich antwortete Sinead an seiner Stelle.: »Die IRA verlässt man nie …«

Kapitel 30

Der Serbe legte den Telefonhörer auf und drehte seinen Stuhl zu Raphael um, der soeben das Büro am Quai des Orfèvres betreten hatte.

»Was treibst du eigentlich … wo warst du bloß ?«, fragte Drago.

»Erzähl du zuerst … was hat die Durchsuchung bei Séror ergeben?«

»Nada … eine schlaflose Nacht für nichts und wieder nichts. Wir haben kein einziges Beweisstück gefunden.«

»Weder bei ihm noch im Labor?«

»Wir haben kistenweise irgendwelchen Ramsch mitgebracht, Papiere, Publikationen, der Typ ist ein richtiger kleiner Einstein. Wir brauchen einen Fachmann, um all das auszuwerten, aber ich bin ziemlich sicher, dass es uns nicht weiterführt. Weder ein Adress- noch ein Notizbuch … Wir sind seine persönlichen und beruflichen Telefonrechnungen durchgegangen und haben alle Nummern überprüft … nichts. Der Typ ist ein schlauer Fuchs, er hat sich abgesetzt, ohne Spuren zu hinterlassen, die eine Verfolgung ermöglichen.«

»Habt ihr seine Kollegen befragt?«

»Alex und Nico sind noch dabei. Aber ich fürchte, es kommt nichts dabei heraus. Alle sind überrascht, ja fassungslos angesichts dieser Angelegenheit. Sérors politisches Engagement war allgemein bekannt. Nach Aussage seiner Kollegen war er vor allem ein Pazifist und Atomkraftgegner. Unsere letzte Hoffnung sind seine Politkumpane.«

»So ein Mist … Ruf Manon an und bitte sie, möglichst

schnell einen Spezialisten für uns zu finden! Dieser ganze wissenschaftliche Kram muss detailliert unter die Lupe genommen werden.« Raphael blickte aus dem Fenster. Von seinem Schreibtisch am Quai des Orfèvres aus konnte er den klaren Herbsthimmel sehen. Die Füße im Dreck und den Kopf in den Wolken, dachte er. Séror hatte sie nach allen Regeln der Kunst reingelegt. Die Ermittlungen verliefen in alle Richtungen, ohne einen roten Faden. Das Treffen mit McVeight war interessant gewesen, doch die Rüstungsindustrie in der Schweiz und in Liechtenstein war kaum zu knacken. Sie würden einen einflussreichen Verbündeten brauchen.

Drago fragte: »Also, was hast du die ganze Zeit über getrieben?«

»Die Irin hat uns auf eine Spur gebracht …«

Raphael fasste die Ereignisse zusammen. Die Entdeckung der Überreste einer Zeitschaltuhr durch den Erkennungsdienst, den Abend mit Sinead, die Begegnung mit McVeight, der die MST-9 identifiziert und ihnen die Namen der beiden Waffenhändler gegeben hatte.

»Und was machen wir jetzt?«, fragte der Serbe, als Raphael fertig war. »Ein internationales Rechtshilfeersuchen?«

»Ich glaube, das ist keine gute Idee, ebenso wenig wie direkt Kontakt mit Gross aufzunehmen. Die Schweizer werden nichts sagen. Vielleicht sollten wir es über die Kripo Zürich versuchen.«

»Das sind richtige Hosenscheißer.«

»Mag sein, aber die Zeit läuft uns davon, und wir brauchen rasch eine Antwort, zumal auch Dumas und seine Leute an der Sache dran sind. Wenn wir dem Richter nicht bald stichhaltiges Material vorlegen, sind wir den Fall los.«

Drago trommelte mit den Fingern auf den Rand seines Schreibtischs, auf dem sich die Akten stapelten. »Ich habe mal mit einem gewissen Erwin Meyer von der Zürcher Kripo zusammengearbeitet«, sagte er. »Ein Sicherheitsbeamter am dortigen Flughafen hatte heimlich Islamisten ohne Papiere auf verschiedene Flüge Richtung Paris geschleust …«

»Ich erinnere mich … Die Schweizer waren damals nicht sehr kooperativ.«

»Es hat eine parlamentarische Untersuchung gegeben. Meyer und ein Teil seiner Leute sind zur Rechenschaft gezogen worden.«

»Und du meinst, er würde dir deshalb jetzt helfen?«

»Es ist einen Versuch wert, ich muss eben überzeugend sein«, meinte Drago und schlug sein dickes Adressbuch auf. Dann wählte er eine Nummer und schaltete den Lautsprecher ein.

Nach zwei Klingeltönen meldete sich eine Stimme: »Kriminalpolizei Kanton Zürich.«

»Guten Tag, hier Dragovic, Kriminalpolizei Paris. Ich möchte Erwin Meyer sprechen, es ist dringend.«

»Ich verbinde.«

Die beiden Ermittler warteten eine Weile, dann ertönte eine andere Stimme.

»Erwin Meyer.«

»Guten Tag, hier Stefan Dragovic, erinnern Sie sich?«

»Wie könnte ich Sie vergessen!«

»Tut mir leid, was damals passiert ist. Wir hätten nie gedacht, dass die Sache eine solche Wendung nehmen würde«, log der Serbe.

»Ach, das ist eine alte Geschichte … Was verschafft mir die Ehre?«

Drago beschloss zu bluffen. »Ich arbeite an einem sehr komplexen Terroristenfall. Wir haben Teile eines *Timers* gefunden, der eine Bombe zünden sollte. Der Schaltkreis wurde von einer taiwanesischen Firma hergestellt, die uns mitgeteilt hat, das Basismaterial von einem Schweizer Waffenfabrikanten namens Gross AG bezogen zu haben, der im Kanton Zürich ansässig ist. Wir wissen, dass der Versuch einer direkten Kontaktaufnahme sinnlos wäre, und haben keine Zeit, ein internationales Rechtshilfeersuchen zu beantragen. Ich wollte Sie fragen, ob Sie mir nicht unter der Hand helfen könnten.«

Es folgte ein kurzes Schweigen, dann meinte der Schweizer Kollege ironisch: »Sie wissen ja, dass ich Ihnen nichts abschlagen kann … Welche Informationen brauchen Sie?«

»Eine Liste all der Kunden von Gross, die einen *Timer* Modell MST-9 gekauft haben.«

»Ich kann es versuchen, aber nichts versprechen. Ich bezweifle, dass diese Herren eine solche Information so mir nichts, dir nichts herausrücken.«

»Diese Angelegenheit hat höchste Priorität. Sagen Sie denen, wenn sie nicht zur Zusammenarbeit bereit sind, könnten sie mit dem Besuch einer netten Bullenherde rechnen, die keine Angst haben wird, in ihrem Dreck zu wühlen.«

»Glauben Sie, das wird sie beeindrucken?«

»Ich zähle auf Ihre Überzeugungskraft. Können Sie rasch Kontakt mit ihnen aufnehmen?«

»Ich kümmere mich gleich darum.«

»Danke Meyer … Ich erwarte Ihren Anruf.« Der Serbe legte auf. »Bleibt nur zu hoffen, dass die Typen von Gross uns auf den Leim gehen.«

Es verging eine Dreiviertelstunde, bis Meyer zurückrief.

Drago nahm das Gespräch an.

»Dragovic?«

»Am Apparat …«

»Ich habe mit einem der Verantwortlichen gesprochen. Es war nicht leicht, aber schließlich hat er mir gesagt, seine Firma habe in der Tat MST-9 auf den Markt gebracht. Ich denke, er hat mir diese Information gegeben, weil das Material veraltet ist und seit zehn Jahren nicht mehr hergestellt wird.«

Raphael und Drago sahen sich kurz an.

»Ist er bereit, uns eine Kundenliste zu geben?«

»Alles, was Transaktionen von vor 1989 angeht, sagte er, sei in einer Halle außerhalb von Zürich gelagert. Aber ich glaube, das ist nur ein Ablenkungsmanöver.«

»Um Zeit zu gewinnen?«

»Um uns gar nichts auszuhändigen.«

»Haben Sie keinen Druck gemacht?«

»Darf ich Sie daran erinnern, dass Sie mich um einen Gefallen gebeten haben? Es handelt sich schließlich nicht um eine offizielle Ermittlung …«

Drago legte die Hand auf die Sprechmuschel und fragte Raphael: »Was sollen wir machen?«

»Gross hat mit den MST-9 zu tun. Wir haben nichts zu verlieren. Attackier ihn.«

Der Serbe räusperte sich und startete dann einen vorsichtigen Angriff. »Meyer, die Sache ist ernst, ich rufe Sie nicht an, um eine Information zu bestätigen, die ich bereits habe. Ich brauche Namen.«

»Gross wird uns nie im Leben irgendwelche Hinweise auf seine Kunden geben … Hingegen …«

»Hören Sie«, unterbrach ihn Drago. »Ich brauche diese Liste, und zwar schnell. Was soll dieses Spielchen?«

»Es ist kein Spielchen, Sie wissen ebenso gut wie ich, dass Ihnen diese Liste aller Voraussicht nach gar nicht weiterhelfen wird. Die Zeitschaltuhren werden nicht mehr hergestellt, die früheren Bestellungen liefen über Scheinfirmen, die inzwischen sicher weiterverkauft sind. Ich sage Ihnen ganz ehrlich, dass Sie auch mit einem Rechtshilfeersuchen nichts erreichen werden … Vergessen Sie nicht, dass wir hier in der Schweiz sind.«

»Ein neutrales Land … ganz so wie Sie, Meyer. Danke für die Belehrung, aber versuchen Sie bitte nicht, mir meinen Job beizubringen.«

»Nicht in diesem Ton, Dragovic. Sie scheinen nicht zu verstehen, wie das hier abläuft. Gross ist ein hohes Tier in der Rüstungsindustrie. Sie bieten offiziell eine breite Palette innovativer Spitzentechnologie für die Armeen der NATO an, aber jeder weiß, dass sie inoffiziell einen Parallelmarkt für nichtkonventionelle Waffen geschaffen haben. Seit dem Mauerfall ist auch bekannt, dass sie mit der Stasi zusammengearbeitet haben, und man verdächtigt sie, Libyen mit Verteidigungssystemen zu beliefern. Wenn Gross solche Märkte hat entwickeln können, dann weil sie über beste Beziehungen verfügen. Und glauben Sie mir, die werden nicht das Risiko eingehen, ihre Märkte zu gefährden, um ein paar kleinen Pariser Bullen Auskunft zu erteilen. Aber wenn Sie mich hätten ausreden lassen, hätte ich Ihnen sagen können, dass meinem Kontaktmann bei Gross nicht daran gelegen ist, die Polizei bei sich aufkreuzen zu sehen. Darum hat er mir eine Information gegeben, die Sie interessieren dürfte.«

»Ich höre.«

»Also … Gross ist Spezialist für jegliche Art von Fernmeldewesen. Was den Markt der nichtkonventionellen Waffen betrifft, so arbeitet der Konzern mit diversen Subunternehmern zusammen. Natürlich hat er mir nicht die Namen derer gegeben, die heute noch aktiv sind. Die MST-9 sind von einer Firma entwickelt worden, die im Osten Frankreichs ansässig ist. Ein Handwerksbetrieb, der von einem gewissen Dieter Muhl gegründet wurde. Er handelt jetzt mit Autos, aber meinem Kontaktmann zufolge ist es nicht unmöglich, dass er damals *Timer* abgezweigt und auf eigene Rechnung verkauft hat. Ich habe auch den Namen seines ehemaligen Verkaufsleiters … ein gewisser Jacques Verhoeven. Ich weiß nicht, was diese Information wert ist, aber an Ihrer Stelle würde ich lieber bei denen im Dreck wühlen, das ist weniger riskant.«

Kapitel 31

Seit drei Stunden schon raste Raphael aufs Höchste angespannt über die Autobahn – Reims, Châlons, Metz … An der Zahlstelle Saint-Avold setzte er den Blinker und fuhr auf die A320 Richtung Merlebach, Forbach, Saarbrücken. Das Herzstück der Moselregion.

Dichte Nebelfetzen hingen über den Feldern, und in diesem trostlosen Licht wirkte der graue Beton noch trister als anderswo.

Raphael warf einen Seitenblick auf Drago, der ungerührt sein Sandwich kaute, das er zuvor an einer Tankstelle gekauft hatte. Trotz der neuen Enthüllungen waren die Ermittlungen an einem toten Punkt angekommen. Dieter Muhl war für ihn jetzt seine einzige Chance, um den roten Faden zurückverfolgen und Séror aufspüren zu können. Er durfte den Fall nicht verlieren.

Das Bild von Sinead, die in seiner Wohnung festsaß, schoss ihm durch den Kopf. Er dachte daran, wie sich ihre Wege gekreuzt hatten und in welchem Dilemma er stecken würde, wenn man ihm die Ermittlungen entzöge. Dieser Gedanke führte ihn zu Muhl zurück.

Raphael hatte die Polizeidatenbanken durchforstet. Die einzige Information, die er gefunden hatte, war eine Aufenthaltsgenehmigung mit einem Passbild, ausgestellt 1958 für den deutschen Staatsbürger Dieter Muhl. Er war 1914 in Rostock geboren, dem wichtigsten Hafen der ehemaligen DDR, der gegen Ende des Zweiten Weltkriegs durch die Bombardierung der Alliierten vollständig zerstört worden war. Dort waren auch die Flugzeuge der deutschen Luftwaffe hergestellt worden. Sein Beruf legte nahe, dass der Mann 1939 bis 1945 in der Hitlerarmee gekämpft und nach dem Abkommen von Jalta den Westen gewählt hatte. Seine Firma namens Dobrzyn war 1960 gegründet worden und hatte im Jahr 1989 ihre Aktivitäten endgültig eingestellt. Der ehemalige Waffenfabrikant war heute achtzig Jahre alt. Nach drei Anrufen hatte Drago seine Adresse in der Nähe von Sarreguemines herausgefunden.

Sie erreichten ihr Ziel gegen achtzehn Uhr.

Die Dämmerung, die sich über die Stadt gelegt hatte, verschleierte die Tristesse der Gebäude. Im gelblichen Licht der Straßenlaternen musterte Raphael die Gesichter der Passanten und versuchte, sich vorzustellen, was Dieter Muhl wohl dazu bewogen haben mochte, sich ausgerechnet in dieser Grenzstadt niederzulassen. Ebenso wie Rostock war Sarreguemines 1944 von den Alliierten zu großen Teilen zerstört worden. Man sprach dort deutsch, aber vor allem war das heutige Département Moselle ein Zentrum der Eisenminen, des Bergbaus und der Stahlindustrie, also sozusagen die Waffenschmiede des Mars, das Vorzimmer des Krieges.

Muhl lebte hier, weil dieses Umfeld ihm entsprach.

Sie fuhren an der Saar mit ihrem schwarzen Wasser entlang und bogen fünfzehn Minuten später in die Rue des Trembles ein. In der Ferne schlug eine Kirchenglocke.

Drago wandte sich an seinen Teampartner. »Wie willst du bei dem alten Herrn vorgehen? Du scheinst mir ganz schön geladen zu sein … Man sollte ihn aber vielleicht doch nicht zu hart rannehmen!«

Kurzes Schweigen, dann antwortete Raphael: »Ich fürchte, wir müssen überhaupt niemanden rannehmen. Sieh mal da.«

Keine fünfzig Meter vor ihnen blinkte lautlos ein Polizeiblaulicht in der Nacht und erhellte mit seinem metallischen

Schein das Absperrband der Sicherheitszone. Raphael ging vom Gas und näherte sich langsam dem Haus. Es war ein trister Betonklotz aus den Fünfzigerjahren, der von einem schmalen Garten umgeben war. Über dem Eingang war eine Überwachungskamera installiert, ein Zeichen dafür, dass sich der alte Mann um seine Sicherheit sorgte. Vor ihnen wurden die Türen eines Lieferwagens des Erkennungsdienstes geschlossen. Raphael sah gerade noch die Bahre mit einem Totensack, dann entfernte sich das Fahrzeug.

Raphael fuhr weiter.

»Hältst du nicht an?«, fragte Drago.

»Warte …«

Raphael bremste erneut. Etwas weiter entfernt parkte ein großer schwarzer Pkw mit getönten Scheiben, Ledersitzen und Blaulicht quer auf der Straße. Im Inneren saß ein Mann, der telefonierte.

»Nun sieh mal einer an … Dumas stattet dem Ort auch einen Besuch ab … Findest du nicht, dass er sehr gut informiert ist?«

»Dieser Hurensohn ist wirklich über alles im Bilde«, zischte der Serbe. »Agathe ist tot … für nichts und wieder nichts. Den mache ich fertig …«

»Du machst gar nichts. Wir steigen nicht einmal aus, das regeln wir, wenn wir wieder in Paris sind. Jetzt haben wir den Beweis, dass er Bescheid wusste, und das ist ein echtes Druckmittel.«

Raphael gab Gas und entfernte sich unbemerkt. »Nun fahren wir erst mal nach Forbach und versuchen unser Glück bei Verhoeven«, entschied er.

Sie folgten dem Verlauf der deutschen Grenze und hatten kaum eine halbe Stunde später das französische Städtchen Forbach erreicht.

Jacques Verhoeven tauchte ebenso wenig in der Polizeidatenbank auf wie Dieter Muhl. Dennoch stand fest, dass die beiden in den Fall verwickelt waren, ganz so wie die Geheimagenten der DST, die über den Tod des ehemaligen Waffenschiebers informiert worden waren, noch ehe seine Leiche kalt war.

Über der Stadt, die von ihren Bewohnern verlassen schien, lag eisiges Dunkel. Der ehemalige Verkaufsleiter der Firma Dobrzyn wohnte in einem behaglichen Mietshaus im Zentrum von Forbach. Die beiden Ermittler parkten vor dem dreistöckigen Gebäude.

»Was machen wir, wenn Dumas hier aufkreuzt?«, fragte Drago.

»Wir vernehmen Verhoeven nicht bei ihm zu Hause. Wir schnappen ihn uns und bringen ihn nach Paris.«

»Und wenn er sich weigert?«

»Wir machen ihm Angst.«

»Okay.«

Sie stiegen aus und legten die wenigen Meter bis zum Eingang zurück.

Der Serbe öffnete die Tür und trat als Erster ein. Der Name am Briefkasten bestätigte, dass der Mann hier wohnte. Erfolglos versuchten die Ermittler, das Licht im Treppenhaus einzuschalten. Sie zogen ihre Waffen und stiegen im Halbdunkel hinauf in den zweiten Stock.

Drago blieb vor der Tür stehen und lauschte.

Kein Laut war zu vernehmen.

Raphael klopfte zweimal und wartete. Kurz darauf hörten sie Schritte hinter der Tür. Dann Stille.

»Wer ist da?«

»Polizei. Kriminalpolizei«, sagte Raphael und hielt seinen Dienstausweis vor den Türspion.

»Was wollen Sie?«

»Wir suchen Jacques Verhoeven. Machen Sie bitte auf.«

Kurz darauf öffnete sich die Tür auf einen hochgewachsenen Mann in einem bordeauxroten Morgenrock und Lederpantoffeln. Raphael musterte das Gesicht und den kahl rasierten Schädel im Gegenlicht. Mit seinen kleinen, tief liegenden schwarzen Augen, den eingefallenen Wangen und den unter den Lippen vorstehenden Zähnen sah er aus wie ein KZ-Überlebender. Nur die rote Knollennase verriet eine übertriebene Vorliebe für Alkohol. Verhoeven war über siebzig.

»Wir möchten Sie in einem Kriminalfall verhören.«

»Kann das nicht bis morgen warten?«

»Nein«, erklärte Drago.

Verhoeven seufzte. »Was wollen Sie? … Reinkommen?«

»Das wird nicht nötig sein. Wir müssen Sie bitten, mitzukommen. Packen Sie Ihre Sachen, es kann ein paar Tage dauern.«

»Und wohin wollen Sie mich bringen?«

»Nach Paris. Es geht dabei ausschließlich um Ihre Sicherheit.«

Die Augen des Mannes zogen sich zusammen, und plötzlich erinnerte sein Gesicht an das eines durchtriebenen, alten Raubvogels.

»Meine Sicherheit … Hör mal zu, mein Junge«, zischte Verhoeven, »du weißt nicht, mit wem du sprichst … Ich gehe nirgendwohin mit, ich brauche keine Nieten wie euch, um meine Sicherheit zu gewährleisten …«

Die beiden Ermittler sahen sich an.

Drago versuchte es mit einem Bluff: »Vor wenigen Stunden hat man Muhl tot in seinem Haus in Sarreguemines aufgefunden. Ich weiß nicht, in welchem Dreck Sie beide stecken, aber ich glaube kaum, dass Sie es mit denen, die ihn gejagt haben, aufnehmen können. Wir haben schon mehrere Leichen am Hals und möchten nicht, dass die Liste noch länger wird, und vor allem wollen wir keinen Zeugen verlieren.«

»Dieter Muhl ist tot?«

»Leben Sie allein? Ist außer Ihnen noch jemand in der Wohnung?«, wollte Raphael wissen.

»Ich bin Witwer …«

»Haben Sie in den letzten Tagen Besuch bekommen? Von der Polizei oder von Unbekannten?«

»Nein … Ist Dieter Muhl …«

»Ermordet worden, ja. Beeilen Sie sich, wir verlieren nur Zeit.«

Keine zehn Minuten später schloss Jacques Verhoeven seine Wohnung ab und folgte den beiden Ermittlern durch das halbdunkle Treppenhaus. Als sie das Erdgeschoss erreichten, öffnete sich die Eingangstür, und ein Mann trat ein, der eine Hand in der Tasche hatte und vor den Beamten und Verhoeven stehen blieb.

Instinktiv griff Raphael nach seiner Waffe, doch der Mann zog einen Schlüsselbund heraus und setzte seinen Weg fort.

Raphael atmete auf und machte den beiden anderen ein Zeichen, ihm zu folgen. Im selben Augenblick spürte er einen kalten Luftzug. Er wandte sich um und sah eine Waffe, die auf ihn gerichtet war.

»Auf den Boden!«

Zwei Schüsse gingen in Dragos Richtung, der sich über Verhoeven geworfen hatte, um ihn zu schützen. Raphael zog seine Pistole und zielte.

Zu spät.

Der Mann war umgekehrt und verschwunden.

»Okay … okay … nichts passiert!«, rief der Serbe.

Er befahl Verhoeven, nach oben zu gehen und sich in seiner Wohnung einzuschließen. Dann lief er Raphael nach, der die Verfolgung des Schützen aufnehmen wollte.

Sie sahen sich auf der Straße um.

Niemand.

Raphael erwog kurz, den Wagen zu nehmen. Forbach war eine Provinzstadt mit Sackgassen, Gärten und Wäldern … Zu Fuß hätten sie bessere Chancen.

Die Avenue de Spicheren stieg leicht an. Der Schütze wusste, dass er zwei Polizisten auf den Fersen hatte, also hatte er zwangsläufig die abschüssige Richtung gewählt.

Raphael setzte, gefolgt von Drago, zu einem Sprint an.

Sie erreichten einen ersten Kreisverkehr und bogen in eine um diese Zeit verlassene Geschäftsstraße ein, die zur Route Nationale führte.

Eine Gasse zur Linken.

Leer.

In der entgegengesetzten Richtung sah Raphael eine Gestalt aus dem Schatten springen und in einer Nebenstraße verschwinden.

Die beiden Beamten rannten ihm nach.

Wer war dieser Typ? Bestimmt nicht Séror.

Er war zu schnell.

Zu wendig.

Raphael lief auf der Fahrbahn an den geparkten Autos entlang. So könnte er zwischen den Wagen Deckung suchen, falls der Schütze auf ihn zielen sollte.

An der nächsten Kreuzung war die Gestalt wieder verschwunden. Die beiden Ermittler versicherten sich mit einem raschen Blick, dass es keinen Seitenweg gab, auf dem der Mann entkommen konnte, dann trennten sie sich. Drago folgte der Rue de la Chapelle, während Raphael nach links in die Rue des Charrons bog.

Nach fünfzig Metern sah er den Schützen genau vor sich.

Er hetzte die Straße hinunter.

Was hatte der Kerl vor? Zu beiden Seiten gab es Gärten, warum verschwand er nicht darin, statt ungedeckt zu bleiben?

Raphael griff nach seinem Funkgerät und sagte atemlos: »Drago … Genau vor mir läuft er die Rue … Bauer herunter. Irgendwas führt er im Schilde.«

»Verstanden. Komme.«

Der Mann raste wie ein Irrer, ohne sich auch nur einmal umzudrehen, und Raphael hatte kaum ein paar Meter aufgeholt.

Er durfte ihn nicht entkommen lassen.

Aber dazu musste er verstehen, was der andere vorhatte, warum er diese Richtung einschlug.

Plötzlich sah er einen Wegweiser und begriff.

Er zog sein Funkgerät heraus.

»Dieser Dreckskerl versucht, uns reinzulegen. Er läuft zur Grenze. Der will nach Deutschland rüber. Wo bist du?«

»Mitten auf einem verdammten Fußballplatz, da ist auch ein Friedhof … und dahinter eine Straße.«

»Los, beeil dich, ich bin gleich am Kreisverkehr, er hält direkt auf die Grenze zu, du bist auf der D31, du kannst ihn vielleicht erwischen.«

»Ich sehe ihn! Genau vor mir! Er läuft über ein Feld. Er wird müde, beeil dich … zu zweit können wir es schaffen.«

Raphael atmete tief durch. Seine Beinmuskeln brannten wie Feuer, und er hatte das Gefühl, ersticken zu müssen, aber der Wunsch, diesen Kerl zu schnappen, verlieh ihm ungeahnte Kräfte. Er würde ihn erwischen, koste es, was es wolle, und wenn er ihn bis nach Berlin verfolgen müsste.

Sie verließen das Stadtgebiet. Die Umgebung wurde immer trostloser. Hochspannungsmasten erhoben sich wie Skelette in der Nacht, und das einzige Licht kam aus dem nahe gelegenen Elektrizitätswerk.

Im Halbdunkel erkannte Raphael seinen Teampartner, der sich dem Schützen näherte. Dieser steuerte jetzt auf eine Siedlung zu. Der Ermittler sprang über einen Graben und beschleunigte das Tempo.

Da stimmte etwas nicht.

Der Schütze hatte die Richtung gewechselt.

Er wollte nicht mehr über die Grenze, sondern hatte etwas anderes vor.

Zunächst vernahm Raphael das Geräusch der Stromaggregate, dann erblickte er die Wohnwagen.

Ein Zigeunerlager.

Er hörte einen dumpfen Knall und sah, wie der Serbe innehielt und zusammensackte. Im gleichen Moment stürzten sich drei Typen auf ihn und prügelten auf ihn ein.

Ein Hinterhalt. Der Kerl hatte sie in eine Falle gelockt, und Drago hatte es nicht rechtzeitig realisiert.

Außer Atem schlich sich Raphael heran und versetzte dem ersten Mann mit dem Kolben seiner Waffe einen Schlag ins Gesicht. Der brach blutüberströmt zusammen. Sofort richtete er die Waffe auf die anderen Zigeuner und schrie: »Polizei! Zurück und Hände hoch! Den Ersten, der sich bewegt, knalle ich ab!«

Drago rappelte sich auf und spukte einem der Zigeuner ins Gesicht.

Als sie in der Ferne ein Motorrad aufheulen hörten, begriffen die beiden Ermittler: Sie waren erneut gescheitert.

Kapitel 32

Zentrale der DST
7, Rue Nélaton, Fünfzehntes Arrondissement
Neun Uhr

Raphael hielt seinen Dienstausweis an die kugelsichere Scheibe des Kontrollpostens.

»Ich muss zu Oberkommissar Dumas, es ist dringend.«

»Haben Sie einen Termin?«

Raphael musterte sein Gegenüber, um zu entscheiden, welche Haltung er annehmen sollte. Er musste in jedem Fall Selbstsicherheit zeigen. Er entschloss sich, ihn zu duzen: »Ruf ihn an, er wird mich empfangen.«

Der Beamte warf ihm einen vernichtenden Blick zu, tippte eine Nummer und hob den Hörer ab. Bevor er das Gespräch begann, schaltete er das Mikrofon der Sprechanlage aus.

»Er ist den ganzen Tag nicht im Haus.«

»Gib dir keine Mühe, ich weiß, dass er da ist. Ruf ihn noch einmal an und richte ihm aus, wenn er nicht sofort runterkommt, komme ich rauf. Er weiß dann schon Bescheid.«

Der Mann gehorchte ohne Widerrede.

Kurz darauf erschien Dumas mit verschlossener Miene und zusammengepressten Lippen in Begleitung einer seiner Wachhunde. Der Oberkommissar blieb vor Raphael stehen, musterte ihn schweigend, bemüht, seinen Zorn zu beherrschen, und ließ ihn dann durch die Sicherheitsschleuse in die Zentrale der DST eintreten.

»Was soll der Unsinn, Zeck? Was glauben Sie, wo Sie sind?

Hier ist die DST und nicht irgendein x-beliebiges Polizeikommissariat! Was wollen Sie?«

»Sie wissen ganz genau, warum ich hier bin.«

»Keine Zeit zum Rätselraten … Was wollen Sie?«

Raphael deutete ein Lächeln an. »Ich will meinen Zeugen zurück.«

»Von wem sprechen Sie?«

»Zwei meiner Männer haben gesehen, wie Sie heute Morgen hier mit Verhoeven aufgekreuzt sind. Sie haben ihn sich in der Nacht in Forbach geschnappt, während wir einen Schützen verfolgt haben, der Verhoeven umlegen wollte. Hat er vielleicht vergessen, es Ihnen zu sagen? Sie waren auch vor Muhls Haus … Sie müssen wirklich verdammt gut informiert sein, um fünfhundert Kilometer von Paris entfernt bei einer Leiche aufzukreuzen, die noch nicht einmal kalt ist. Soll ich weitermachen?«

Dumas fixierte Raphael mit seinen kleinen schwarzen Augen, bevor er seinem Wachhund einen Blick zuwarf und kapitulierte. »Ich glaube, wir sollten dieses Gespräch in meinem Büro fortsetzen.«

»In der Tat, denn ich denke nicht, dass Ihre brillante Karriere eine Darlegung in aller Öffentlichkeit überstehen würde.«

Sie liefen über den breiten Flur zum Aufzug, der sie in den dritten Stock brachte. Es war Raphaels erster Besuch bei der DST. Linoleum, beigefarbene Wände, Metallmobiliar – eine Behörde wie alle anderen auch, mit dem kleinen Unterschied, dass der massive Betonklotz mit den wabenförmig angeordneten Fenstern auf den düsteren Ruinen des Vélodrome d'Hiver errichtet worden war, in dem Tausende von Juden auf ihre Deportation in die Todeslager gewartet hatten.

Sie betraten das Großraumbüro der Antiterrordivision. Die Ermittler unterschieden sich äußerlich nicht von denen anderer Abteilungen, doch das Schweigen, das sich bei seinem Eintritt verbreitete, hatte etwas von einem Geheimkult. Wortlos führte ihn Dumas in sein Büro, der Wachhund blieb draußen und schloss die Tür hinter ihnen.

Ein Schreibtisch aus Holz, zwei Regale, gefüllt mit dicken Aktenordnern sowie Werken zu Strategiefragen, Islamismus und arabischen Ländern. Daneben ein großer, abgesperrter Schrank. Die Einrichtung war wie ihr Benutzer – nüchtern und farblos, dachte Raphael.

Der Blick, mit dem ihn der Oberkommissar bedachte, ließ erahnen, dass das Gespräch eskalieren würde.

»Wenn ich also richtig verstanden habe, lassen Sie mich überwachen, Zeck?«

Raphael dachte kurz daran, ihn mit der Gegenobservierung zu konfrontieren, die Agathe das Leben gekostet hatte, doch dann erinnerte er sich an das Versprechen, das er Deluca gegeben hatte. Also ignorierte er die Provokation und kam zu seinen Fragen.

»Warum ist die SAT nicht von Muhls Tod informiert worden? Und warum bekomme ich keine Auskunft, wenn ich die Kripo oder das Leichenschauhaus von Nancy anrufe?«

»Weil es sich um einen heiklen Fall handelt und sicher Anweisung gegeben wurde, nichts weiterzugeben … Ich bin von der örtlichen DST-Abteilung über Muhls Tod in Kenntnis gesetzt worden.«

»Sie wussten also, dass Muhl in die Sache verwickelt war?«

»Ich wurde von Richter Aubert informiert, der für den Fall, an dem wir arbeiten, zuständig ist. Ich nehme an, dass ihm der Quai des Orfèvres diese Information geliefert hat.«

»Der Richter wusste noch nichts von Muhl.«

»Irgendjemand aus Ihrem Haus muss es ihm gesagt haben. Aubert hat mich beauftragt hinzufahren, um mir ein Bild von der Lage zu machen. Ich darf Sie daran erinnern, dass wir keine Abteilung der Kriminalpolizei sind und es nicht unsere Aufgabe ist, offiziell zu ermitteln. Also ist auf Anordnung der

Staatsanwaltschaft von Sarreguemines die Kripo von Nancy für den Fall zuständig.«

»Nun gut … Und darum haben Sie den Zeugen mitgenommen …«

»Verhoeven ist kein Zeuge.«

»Hören Sie auf, mich für dumm zu verkaufen, Dumas! Niemand bei uns, ausgenommen Dragovic und ich selbst, wusste von Sarreguemines. Von Anfang an legen Sie uns Steine in den Weg. Zunächst habe ich gedacht, Sie wollten Zeit gewinnen, weil Sie keine Spur hätten. Doch jetzt verstehe ich, dass Sie diese Ermittlung im Hintergrund leiten, weil Sie einen Fall haben, der mit diesem in Verbindung steht, und Sie tun alles, um uns fernzuhalten. Doch leider kommen wir voran und zwar recht schnell … Darum haben Sie auch Verhoeven kassiert. Ich will meinen Zeugen zurück, und ich will auch genau wissen, was bei Muhl passiert ist, damit ich meine Arbeit fortsetzen kann. Ich werde mich nicht mit einem Bericht der Kripo von Nancy zufriedengeben, aus dem Sie alle Details entfernt haben, die unangenehm für Ihre Dienststelle sein könnten. Ich darf Sie daran erinnern, dass es sich um eine Terroristenaffäre handelt, die eine noch nicht einmal dreißigjährige junge Frau aus meinem Team das Leben gekostet hat.«

»Hören Sie gut zu, Zeck …«

»Sie werden *mir* zuhören!«, drohte Raphael, der langsam die Selbstbeherrschung verlor. »Entweder sagen Sie mir jetzt genau, was Sie wissen, oder ich werfe einen Stein in diesen Sumpf, der gewaltige Wellen schlagen wird, darauf können Sie sich verlassen!«

»Sie verstoßen gegen die Vorschriften, Zeck. Reißen Sie sich zusammen, sonst mache ich Meldung.«

Raphael biss die Zähne zusammen, er wusste, was er jetzt sagen würde, würde Deluca wütend machen, aber dieses Spielchen dauerte schon zu lange.

»*Ich* verstoße gegen die Vorschriften? Und die beiden Männer in dem Peugeot, die sich letzte Woche während meiner Observierung von Islamow eingemischt haben? Wer hat denn da wohl gegen die Vorschriften verstoßen?«

Schweigen.

Dumas blieb ungerührt. Wortlos öffnete er seine perfekt aufgeräumte Schreibtischschublade, nahm eine Telefonliste heraus und wählte eine Nummer.

Als sich sein Gesprächspartner meldete, hob Dumas den Kopf und sah Raphael mit einem Blick an, so stechend wie ein Dolch.

»Hier Oberkommissar Dumas, Hélène Deluca bitte. Es ist dringend.«

Raphael spürte, wie sein Herz heftiger schlug. Er hatte im Vorfeld nicht versucht, sich Dumas' Reaktion auszumalen. Er hatte einen großen Fehler begangen, der ihn nun teuer zu stehen kommen würde.

»Deluca? Hier Dumas. Vor mir sitzt Oberkommissar Zeck ... Ja ... Er ist hierhergekommen, weil er die Auslieferung eines Zeugen von mir verlangt, der mit unserem Fall in Verbindung steht ... Waren Sie über diese Initiative informiert?«

Während er sprach, waren die kleinen schwarzen Augen des Geheimagenten starr auf Raphael gerichtet.

»Das dachte ich mir, ich lasse Sie das intern regeln, ich habe schon genug Zeit verloren ... Aber ich habe noch ein ernsthafteres Problem mit Ihrem kleinen Drecksbullen, der mich gerade beschuldigt hat, Ihre Dienststelle während der Beschattung von Islamow observiert zu haben, was zum Tod einer Polizistin geführt haben soll. Das meinten Sie doch, Zeck, oder?«

Raphaels Blick fiel auf ein Dokument, das aus dem perfekt ausgerichteten Papierstapel auf dem Schreibtisch ragte. Er entzifferte die ersten Zeilen.

Dumas fuhr fort: »Dieser Vorwurf ist sehr schwerwiegend, ich sehe mich also gezwungen, der Generaldirektion der Police Nationale Bericht zu erstatten, ebenso wie dem Richter, damit der Fall der SAT entzogen wird. Sie werden verstehen, dass Ermittlungen dieser Größenordnung keine unfähigen Amateure vertragen … Ja, er sitzt mir gegenüber … Gut, ich werde es ihm ausrichten. Auf Wiederhören.«

Dumas legte auf und zischte: »Sie stecken ganz offensichtlich in der Scheiße, Zeck … Das waren Delucas Worte. Aufgrund Ihrer bisherigen Leistungen kommen Sie vielleicht mit einem blauen Auge davon, aber ich warne Sie, sollten Sie meinen Weg noch einmal kreuzen, vernichte ich Sie. Und jetzt verlassen Sie mein Büro.«

Raphael hatte nichts mehr zu verlieren und musste deshalb alles auf eine Karte setzen. Er sprang auf, packte den Oberkommissar mit einer Hand bei der Krawatte und zog ihn zu sich heran, während er die andere Hand auf den Aktenstapel legte. »Du bist ein solcher Mistkerl, Dumas. Aber du träumst, wenn du glaubst, dass du dich so aus der Affäre ziehen kannst. Ich weiß, dass die Gegenobservierung von dir angeordnet wurde. Ich warne dich, wenn mir der Fall entzogen wird, werde ich dich jagen, bis ich dich zu Fall gebracht habe. Ich werde dein schlimmster Albtraum.«

Kapitel 33

Am Quai Branly wirbelte der Herbstwind das bunte Laub auf und trieb es vor sich her. Raphael strich sich mit der Hand übers Gesicht, wie um sich aus dem Albtraum zu befreien, in den er abgeglitten war.

Er befand sich gleichsam im freien Fall.

Er stieg in sein Auto, fädelte sich in den Verkehr Richtung Quai des Orfèvres ein und schob dabei eine CD ins Laufwerk. *Kaddish* von Ravel. Ein Totengebet zur Violine. Langsam schwollen die hebräischen Klänge im Wageninneren an. Der Bulle sah, wie sich im dunklen Wasser der Seine kräftige Strudel bildeten – Turbulenzen, die seiner inneren Verfassung entsprachen.

Von Anfang an hatte Dumas auf einen Fehler seinerseits gelauert, um ihn von den Ermittlungen fernzuhalten. Und diesen Lapsus hatte er ihm, das wusste Raphael, soeben auf dem Silbertablett geliefert.

Die Sanktion hatte nicht auf sich warten lassen.

Ihm wurde klar, dass für ihn alles in der Nacht von Agathes Tod gekippt war: Das Gefühl der Ohnmacht, das ihn im Augenblick ihrer Ermordung gelähmt hatte, war nach und nach, fast unbemerkt, in ein starkes Rachegelüst umgeschlagen. Er hatte keine Angst vor den Disziplinarmaßnahmen, die ihm auferlegt würden. Nein, was ihm so zu schaffen machte, war vielmehr die Vorstellung, den Mörder nicht mehr jagen zu können. Ebenso wie Dumas die Kontrolle über die Untersuchung an sich gerissen hatte, würde er den Fall nach der Zerschlagung des tschetschenischen Netzwerks ad acta legen.

Ein »befreundeter« Antiterrordienst würde die Ermittlungen zum Waffenhandel übernehmen, während eine Abteilung der Kripo beauftragt würde, den Mord an Agathe aufzuklären. Eine Aufsplitterung, die die Ermittlungen vorsätzlich behindern und die wohlbehüteten Geheimnisse der Nachrichtendienste wahren würde. Das Gesicht von Sinead McKeown tauchte vor seinem inneren Auge auf. Auch hier hatte er die Grenzen überschritten, aber sie jetzt den Behörden zu übergeben würde ihm einen Mordsärger einbringen.

Die einzige Möglichkeit, seine Lage nicht noch mehr zu erschweren, bestünde darin, die Irin in die Freiheit zu entlassen, doch damit würde er wiederum das Ende der Ermittlungen besiegeln.

Vor der ersten roten Ampel zog er das Papier aus seiner Westentasche, das er im Büro von Dumas entwendet hatte. Er entfaltete und glättete es auf dem Beifahrersitz. Ein Dokument, das ihm fortan nicht mehr viel nützen würde ... Aber er hatte sich nicht getäuscht, es handelte sich um eine Notiz Dieter Muhl betreffend. Seltsamerweise tauchte der Waffenhändler nicht in den Polizeiakten auf, interessierte wohl aber den Geheimdienst. Dieser Greis war der Schlüssel zum Verständnis des Falls, den man ihm innerhalb der nächsten Stunden entziehen würde, dessen war er sich sicher.

Am Pont d'Iéna wechselte er auf das rechte Ufer Richtung Île de la Cité. Je mehr er sich dem Quai des Orfèvres näherte, desto stärker wurde sein Gefühl, dass diese Sache nicht mehr die seine war. Er hatte den Eindruck, in einem riesigen Schlamassel zu stecken, und das Gefühl, gewissermaßen Delucas Vertrauen missbraucht zu haben, was bei ihm einen bitteren Nachgeschmack hinterließ.

Jetzt ins Büro zu fahren wäre gewiss ein Fehler. Auf Höhe der Place de la Concorde warf er erneut einen Blick auf die Notiz über Muhl und dachte, dass ihm weniger als vierundzwanzig Stunden blieben, bevor er vor dem Richter erscheinen müsste. Eine Frist, die er nutzen könnte, um die Informationen in diesem Dokument zu entschlüsseln. Er würde die Ermittlungen nicht weiter leiten, doch ein zusätzliches Druckmittel auf Dumas könnte ihnen eine Demütigung ersparen.

Er setzte den Blinker und überquerte die Seine Richtung Boulevard Saint-Germain. Und in diesem Moment überkam ihn das Gefühl, dass nur die Irin ihm helfen könnte, sich aus dieser Hölle zu befreien.

Seit achtundvierzig Stunden hatte dieser Drecksbulle kein Lebenszeichen mehr von sich gegeben und ließ sie hier in dieser finsteren, seelenlosen Wohnung dahinvegetieren. Ihre eigene Ermittlung steckte fest, und sie hatte den Eindruck, verrückt zu werden.

Als Sinead hörte, wie jemand den Schlüssel ins Schloss schob, saß sie auf dem Sofa im Wohnzimmer. Kurz darauf erschien der Ermittler in der Türöffnung, und sie bemerkte sofort seinen mitgenommenen Gesichtsausdruck.

»Hallo, Sinead.«

In diesem Moment hätte sie ihn am liebsten angebrüllt, ihn gewürgt und bis zur Erschöpfung auf ihn eingeschlagen, doch sie blieb reglos sitzen, das Kinn auf die Hände gestützt, und musterte ihn schweigend.

»Ein Notfall, wir mussten an der Grenze zu Deutschland ermitteln. Tut mir leid ...«

Die Irin erhob sich und ging, die Arme vor der Brust verschränkt, auf ihn zu. Auf seiner Höhe angelangt, spürte sie, wie ihre Hand, ganz von selbst, auf Raphaels Gesicht zielte, der zurückwich ... Zweiter Versuch. Raphael packte sie am Arm und schob sie auf das Sofa zurück.

»Dreckskerl!«

»Beruhige dich ... Ich habe keine guten Nachrichten.«

»Wie soll ich mich beruhigen?! Du lässt mich hier wie ein Tier in deinem krankhaften Heiligtum verrecken, deinen Erinnerungen in Formalin. Und jetzt kündigst du mir an, dass alles schiefgegangen ist? Was wird bitte aus mir in dem ganzen Chaos?! Du musst mich freilassen!«

Deine Erinnerungen in Formalin? Raphael nahm den Hieb kommentarlos hin, hatte er doch verstanden, dass die Irin in seiner Wohnung herumgeschnüffelt und seine Geheimnisse gelüftet hatte.

Sinead schluchzte wütend auf.

»Ich kann dich nicht gehen lassen«, redete Raphael besänftigend auf sie ein, »noch nicht. Draußen ist Krieg. Wir sind im Krieg mit der DST. Wenn sie dich erwischen, bedeutet das für dich die Auslieferung nach Irland und für mich Polizeigewahrsam.«

»Das ist mir scheißegal! Ich will allein weitermachen. Irgendwann werde ich sowieso wieder verhaftet, das steht fest. Meine einzige Chance ist, bis dahin genügend Puzzleteile zusammengetragen zu haben, die meine Unschuld beweisen. Wegen unserer beschissenen Abmachung habe ich nicht einmal Beweise für meine Entführung. Lass mich gehen, ich flehe dich an.«

Raphael zog seine Jacke aus und warf sie auf das Sofa. »Noch nicht. Du musst mir zuhören. Diesmal brauche ich dich wirklich.« Und er erzählte ihr von den letzten Entwicklungen und Fehlschlägen in der Angelegenheit.

Sinead lauschte ihm und stand schließlich auf, um in der Küche einen Tee zu kochen, während er sich ausgiebig mit der Notiz über Muhl beschäftigte.

Als sich die Irin mit zwei Tassen Tee erneut zu ihm gesellte, erklärte er ihr: »Die Notiz ist ziemlich vollständig. Du musst wissen, dass unsere einzige Chance, aus diesem Schlamassel herauszukommen, in diesem Papier steckt. Ich möchte, dass du dich konzentrierst und mich bei der geringsten Einzelheit, die dir auffällt, unterbrichst.« Raphael räusperte sich und begann: »Dieter Muhl wird 1914 in Rostock geboren. Im Alter von neunzehn Jahren tritt er der Hitlerjugend bei. Er verbringt den Krieg in Berlin und arbeitet in der Waffenherstellung der SS. Er ist begabt und fällt seinen Vorgesetzten durch seinen Einfallsreichtum bei der Entwicklung von Prototypen schon bald positiv auf. Er wird von dem Geheimdienst der Nazis unter General Reinhard Gehlen rekrutiert und entwirft Spezialwaffen für die Geheimoperationen an der Ostfront. Er ist erst sechsundzwanzig Jahre alt. Bei der Befreiung – Legende oder Wahrheit – wird er von den Alliierten geschützt, weil er mehrere jüdische Familien gerettet haben soll. Laut dem Bericht der DST handelt es sich dabei um eine vom britischen Geheimdienst frei erfundene Geschichte, um ihn in seine Dienste zu stellen, ähnlich wie Gehlen von der CIA ›übernommen‹ wurde. Muhl weigert sich letzten Endes, für die Engländer zu arbeiten, und begegnet in Brüssel einem gewissen Raymond Castelli, Offizier des BCRA, dem Nachrichtendienst des Freien Frankreich. Castelli ist Korse und einflussreich, er nimmt Muhl mit nach Paris. Genau zu dieser Zeit verliert sich die Spur des Deutschen. Laut dieser Notiz soll er seine Identität gewechselt haben, bis er Jahre später unter seinem Ursprungsnamen wieder auftaucht. Im April 1958 – das ist das Datum auf der Aufenthaltsgenehmigung, die ich in den Archiven der Präfektur gefunden habe – lässt er sich in Sarreguemines im Osten Frankreichs nieder, wo er seine Waffenfabrik gründet. Dank seiner Verbindungen schließt er sogar Verträge mit der französischen Armee ab. Die Frage lautet: Was hat er während der zehn Jahre gemacht, in denen sich seine Spur verlor? Und in welcher Verbindung steht er zu Pierre Séror?«

Sinead, die es sich auf dem Sofa bequem gemacht hatte, lauschte Raphael aufmerksam. Sie zog die Knie fast bis ans Kinn heran, wie zum Schutz vor dem, was sie sagen würde.

»Nach den Informationen, die du über Séror zusammengetragen hast, sind die beiden völlig gegensätzlich. Der eine ist ein ehemaliger Nazi, der andere ist Kommunist und Jude, der eine stellt Waffen her, der andere ist ein militanter Atomkraftgegner … Wenn wir davon ausgehen, dass die beiden in Verbindung stehen und dass die DST dich davon abhalten will zu ermitteln, kann das bedeuten, dass die Biografie von Séror, über die wir heute verfügen, frei erfunden ist … Glaubst du, dieser Typ könnte in Wirklichkeit ein Maulwurf sein, der für den französischen Geheimdienst arbeitet?«

»Das ist eine Möglichkeit … Aber welches Geheimnis verbindet diese beiden Männer?«

Raphael grübelte eine Weile nach und fragte dann: »Und du, siehst du keine mögliche Verbindung zum Tod von Gari?«

»Doch, es gibt vielleicht etwas … etwas, das auch erklären würde, was Muhl während der zehn Jahre seines Abtauchens gemacht hat.«

»Sprichst du von einer Recherche, die Gari durchgeführt hat?«

Sinead nickte, und Raphael holte tief Luft.

»Ich höre.«

»Gari hat 1990 einen sehr guten Bericht verfasst. Ich erinnere mich in groben Zügen an die Geschichte … Um sie zu verstehen, muss man in die frühen Siebzigerjahre zurückgehen. Ein Fiat 500 mit Autobombe war in der Nähe eines kleinen Dorfs in Italien explodiert. Bilanz: bei den Carabinieri, die die Detonation ausgelöst hatten, als sie versuchten, den Kofferraum des am Straßenrand abgestellten Autos zu öffnen, drei Tote und zwei Verletzte. Mit einem anonymen Anruf bekannten sich die Roten Brigaden zu diesem Anschlag. Die Polizei wandte sich augenblicklich dem Milieu der extremen Linken zu und führte Razzien bei Hunderten von Kommunisten durch. Anfang der Achtzigerjahre öffnete ein junger Untersuchungsrichter namens Felice Casson erneut die Akte und stolperte über zahlreiche Unstimmigkeiten bei den polizeilichen Ermittlungen. Gari berichtete in seinem Artikel, der Richter habe zunächst den Sprengstoffexperten der Polizei unter die Lupe genommen und herausgefunden, dass dieser einer Organisation der extremen Rechten angehörte, der Ordine Nuovo, und die Schlussfolgerungen der Ermittler bewusst durch die Behauptung manipuliert hatte, bei dem Sprengsatz handele es sich um ein Modell, das gewöhnlich die Roten Brigaden benutzten. In Wirklichkeit handelte es sich um C4, einen der effektivsten Sprengstoffe, die damals auf dem Markt waren und auf der Liste des Waffenarsenals der Streitkräfte der NATO standen. Casson recherchierte daraufhin in den Polizeiarchiven und entdeckte, dass mehrere Monate vor der Explosion des Fiat Carabinieri in der Nähe von Triest auf ein Waffenversteck gestoßen waren, das unter anderem große Mengen an plastischem Sprengstoff C4 enthielt, identisch mit dem, der die Polizisten getötet hatte. Nach mehreren Monaten gründlicher Recherche konnte er nachweisen, dass die Verantwortung für das Attentat bei den Faschisten der Ordine Nuovo lag und enge Verbindungen zu den Geheimdiensten und der damaligen Regierung bestanden, die alles daransetzte, das Geheimnis unter Verschluss zu halten. Ziel der Operation war, die italienische extreme Linke in Verruf zu bringen. Wenn ich mich recht erinnere, brachte das gefälschte Passfoto eines Offiziers des italienischen Geheimdienstes SID Casson auf diese Fährte. Diese Geschichte war der Ausgangspunkt einer Serie von Enthüllungen, eine irrwitziger als die andere, die den italienischen Ministerpräsidenten Andreotti 1990 zu dem Eingeständnis zwangen, dass in seinem Land ein geheimes paramilitärisches Netzwerk existierte mit dem Decknamen ›Gladio‹ …«

»Was so viel wie ›Schwert‹ bedeutet«, meldete sich Raphael zu Wort. »Ich entsinne mich dieser Geschichte. Das Netzwerk bestand seit Anfang der 1950er-Jahre und war in fast allen europäischen Ländern unter jeweils anderen Namen vertreten. Hauptziel war die Schaffung einer Organisation, genannt

›Stay-behind‹, bestehend aus ›Schläfern‹, Geheimagenten, die im Fall eines Einmarsches von sowjetischen Truppen aktiviert werden sollten. Alles war geplant: Die Exekutive der betroffenen Länder würde nach Nordafrika geschleust, während die vom CIA und MI6 ausgebildeten zivilen Unterstützer vor Ort bleiben und den Widerstand organisieren würden … Aber welchen Bezug hat das zu unserem Fall?«

Sinead trank einen Schluck Tee und stellte ihre Tasse ab. »Darauf komme ich gleich. Das Ziel von Garis Untersuchung war nicht, die Existenz dieser schon lange bestehenden geheimen Vereinigungen aufzudecken, wohl aber deren Weiterentwicklung. Im Laufe der Jahre haben sich ›Gladio‹ und seine Ableger größtenteils in faschistische und mafiöse Strukturen verwandelt, die von der NATO unterstützt und bewaffnet wurden. Gari hatte aufsehenerregende Infos geliefert, angefangen bei Sprengstoffattentaten im Herzen von Rom mit Dutzenden ziviler Opfer bis zur Ausbildung von Schweizer Elementen, die von britischen Kommandos auf realen Kriegsschauplätzen trainiert wurden: nämlich in Belfast, wo sie Republikaner erschossen. Ich komme jetzt auf das zurück, was uns direkt interessiert. In den Wochen nach den Offenbarungen Andreottis sickerten weitere Informationen aus Regierungskreisen durch, und die Journalisten machten sich an eine wahre Schnitzeljagd, die zur Entdeckung Dutzender geheimer Waffenlager in ganz Italien führte. Unter den Steinplatten einer Kirche entdeckten sie sogar schwere Geschütze, mehrere Raketenwerfer und ausreichend Sprengstoff, um den Petersdom in die Luft zu jagen. Seitdem man weiß, dass ähnliche Strukturen auch in Frankreich existierten, kann man sich vorstellen, dass sie dort über das gleiche Arsenal verfügten.«

Raphael nickte und spann den Faden weiter: »Wenn wir also von der Hypothese ausgehen, dass Muhl während der zehn Jahre, in denen er abgetaucht war, das französische ›Gladio‹ organisiert hat und die Waffen, die Séror den Tschetschenen verkauft hat, alt waren, kann man sich vorstellen, dass die beiden einen Weg gefunden haben, diese Vorratslager in klingende Münze umzuwandeln.«

»Da zahlreiche Angehörige dieser Netzwerke der Polizei und den Geheimdiensten zuzurechnen waren, könnte das erklären, warum Dumas dir von Anfang an Steine in den Weg legt. Er ist der Hüter eines allzu schmutzigen Geheimnisses«, schloss die Irin.

»Ja, das ergibt Sinn ...«, stimmte Raphael zu, »und würde möglicherweise Garis Tod erklären. Wir kennen noch nicht das Motiv, aber das passt auch zu den Attentaten in Italien ...«

»Wir haben keine Beweise.«

»Die bekommen wir noch. Ich muss einen Weg finden, mit Verhoeven zu sprechen. Er ist zwangsläufig auf dem Laufenden.«

»Und wie willst du das anstellen?«

»Ich weiß noch nicht, aber mir bleibt keine andere Wahl. Das schulde ich Agathe genauso wie dir.« Raphael trat ans Wohnzimmerfenster, griff in seine Jackentasche und zog einen Schlüsselbund heraus, den er vor Sinead auf den Tisch legte. »Ich kann dich nicht länger gefangen halten. Du kannst nach Belieben kommen und gehen. Ich bitte dich lediglich, äußerst vorsichtig zu sein und die Wohnung nur so selten wie möglich zu verlassen.«

Sinead schwieg.

Raphael sah ihr tief in die Augen. Vielleicht hatte er erneut einen Fehler begangen. Seine Gewissheiten gerieten ins Wanken, doch tief in seinem Innern war er voll und ganz davon überzeugt, dass die junge Frau seine letzte Rettung war.

Kapitel 34

Raphael betrat den Justizpalast über die Cour de Mai. Das Treffen beim Ermittlungsrichter war auf halb zehn Uhr morgens festgelegt worden. Es existierte ein direkter Verbindungsgang zwischen der Police Judiciaire und dem Parquet Antiterroriste, doch der Kommissar hatte kein Interesse daran, auf Deluca zu treffen. Er wollte sich, ehe er vor dem Richter erschien, keine Vorschriften von seiner Chefin machen lassen, denn dadurch hätte er sich eventuell seine letzten Chancen verdorben.

Ringsumher entfaltete der majestätische Hof die ganze Pracht der Republik – ein nobles Gewand, mit dem sich die Justiz gern schmückte –, doch Raphael fühlte sich hier wie ein Robespierre, festgekettet im Karren der Verdammten, der über das holprige Pflaster einer sicheren Exekution entgegenfuhr. Er erklomm die Stufen der Ehrentreppe und begab sich in die Galerie Saint-Éloi im oberen Stockwerk des Palais de Justice.

Als er das Büro des Richters betrat, fiel sein Blick auf die geöffneten Akten und geleerten Kaffeebecher, und ihm wurde klar, dass die Sitzung ohne ihn begonnen hatte. Erste Maßnahmen waren festgelegt worden, ohne dass man sich die Mühe gemacht hatte, ihn anzuhören. Raphael schluckte seinen Zorn hinunter, grüßte den Ermittlungsrichter und nahm neben Deluca Platz, die ihn keines Blickes würdigte.

Der Richter – kurz geschnittenes braunes Haar, Schnauzbart, hervortretender Adamsapfel – trug einen strengen graugrünen Anzug. Er musterte Raphael durch die Gläser seiner feinen goldgerahmten Brille hindurch, schloss die dicke Akte, die vor ihm auf dem Tisch lag, und ging sogleich in scharfem

Ton zum Angriff über: »Gut, Zeck, ich will nicht lange fackeln. Es ist nicht meine Rolle, Sie zu maßregeln, aber lassen Sie mich trotzdem klarstellen, dass Ihre Ermittlungsmethoden, gelinde gesagt, gewagt sind. Und der Bericht von Oberkommissar Dumas, was die letzten vierundzwanzig Stunden angeht …«

»Ach, ist der gute Dumas denn nicht einmal hier erschienen?«, fiel ihm Raphael ins Wort.

»Er hat schon genug Zeit verloren … Und wenn Sie so freundlich wären, mich nicht zu unterbrechen. Ihre Haltung lässt mir keine andere Wahl, als der SAT den Fall zu entziehen. Sie sind demnach von diesem Moment an nicht mehr mit der Angelegenheit betraut. Sie können also in aller Ruhe ermessen, welchen Schaden Sie dem Fall und der Kripo zugefügt haben.«

Raphael erhob sich und erwiderte trocken: »Erzählen Sie mir nichts von meinem Team und noch weniger von meinen Arbeitsmethoden. Für einen vermeintlich unabhängigen Richter erwecken Sie ganz den Eindruck, mehr die Interessen der DST zu vertreten, als die Wahrheit ans Licht bringen zu wollen.«

Raphael spürte Delucas Hand auf seinem Arm.

»Schweigen Sie, Zeck, Sie erschweren Ihre Situation nur noch.«

»Tut mir leid, Chefin, doch von Stunde zu Stunde tauchen neue Indizien auf, und uns diesen Fall zu entziehen ist ungerechtfertigt. Dumas manipuliert uns, und ich werde es beweisen.«

»Sie sind paranoid und gefährlich, Zeck. Ich kann solche Anschuldigungen nicht dulden«, griff Aubert ein.

Raphael ging nicht darauf ein, sondern fuhr fort: »Sobald das Rechtshilfeersuchen zurückgezogen ist, werden sich die Ermittlungen der DST auf die tschetschenische Spur konzentrieren, und der Mörder von Agathe wird nie gefasst werden.«

»Es reicht, Zeck!«, brauste der Richter auf.

»Ist die Gegenbeschattung etwa auch ein Beweis von Paranoia? Aber Dumas hat Ihnen vielleicht nichts davon erzählt.«

»Er hat niemals so etwas wie eine Gegenbeschattung organisiert.«

»Wer dann, wenn ich fragen darf? Sie glauben, ich rede Unsinn und dass mein ganzes Team gelogen hat, um sich aus der Verantwortung an Agathes Tod zu stehlen?«

Der Richter deutete mit dem Zeigefinger auf Raphael. »Zeck, Sie überschreiten Ihre Grenzen! Wenn Sie über Beweise verfügen, dann heraus damit, sonst halten Sie bitte schön den Mund!«

»In diesem Büro werden also die Mörder geschützt und zweifelhafte Ziele gedeckt.«

»Hier wird niemand geschützt, und ich möchte Sie daran erinnern, dass Ihr Job darin besteht zu ermitteln, und nicht darin, die Ermittlungen zu leiten. Ich bin es, der entscheidet, ob gewisse Indizien bekannt gemacht werden oder nicht. Es gibt Dinge, die Sie überfordern …«

»Was mich überfordert, ist die Tatsache, dass die SAT zunächst eingeschaltet wird, um ihr anschließend das Recht zur Ermittlung zu entziehen …«

»Sie fantasieren, Zeck, hören Sie auf mit Ihren Verschwörungstheorien.«

»Meine Fantasien, wie Sie sagen, haben mich bis nach Sarreguemines geführt, wo ich auf Dumas gestoßen bin. Was hat er dort gemacht? Warum hat er Verhoeven mitgenommen? Doch wohl, um ihn daran zu hindern auszupacken. Und Sie, warum haben Sie uns nicht über Muhls Tod informiert?«

Raphael merkte, wie sich Delucas Blick auf ihn heftete. Sie hatte verstanden, dass er Schwerwiegendes zu sagen hatte, und forderte ihn mit einem Lidschlag auf fortzufahren.

»Ich werde es Ihnen erklären … weil die Waffen, die Séror den Tschetschenen angedreht hat, aus den Verstecken eines Netzwerks mit Namen ›Rose des Vents‹ stammten, dem kleinen Bruder des italienischen ›Gladio‹. Ein geheimes antikommunistisches Netzwerk, finanziert von der NATO, unterstützt von den französischen und britischen Geheimdiensten und der CIA. Auf die eine oder andere Weise stand Séror mit Muhl, der Schlüsselfigur dieses Netzes, in Verbindung. Aus diesem Grunde tut Dumas von Anfang an alles, um uns in die Irre zu führen, denn er will verhindern, dass weder die SAT noch irgendwer sonst seine Nase in die schmutzige Wäsche der Republik steckt. Zu viele Bullen und zweifellos auch Agenten seines eigenen Dienstes gehörten der ›Rose des Vents‹ an und könnten in diese Affäre verwickelt sein.«

Der Richter brach in Lachen aus. »Das ist der reine Wahnsinn, Sie glauben wohl, wir befinden uns in einem Spionageroman, Zeck? Als ›Roses des Vents‹ und ›Gladio‹ vor Jahren aufgelöst wurden, waren sie bereits seit Langem inaktiv …«

»Sehr gut, in diesem Fall befehlen Sie Dumas, mich Verhoeven verhören zu lassen! Aber ich glaube nicht, dass Sie es tun, denn er hat Sie fest im Griff!«

»Sie sind wirklich völlig verrückt geworden …«

Raphael spürte, wie ihm das Adrenalin in die Adern schoss. Bis hierher war seine Argumentation reine Vermutung gewesen. Als er jetzt die deutliche Betretenheit des Richters zur Kenntnis nahm, wurde ihm klar, dass er sich der Wahrheit näherte.

»Sie bleiben bewusst vage, Sie antworten nicht … Was verbergen Sie? Warum wurde Muhl Ihrer Meinung nach ermordet?«

»Was bringt Sie auf den Gedanken, dass es Mord war?«

»Anderenfalls hätte sich Dumas nicht vor Ort begeben.«

Schweigen.

Der Richter wechselte einen kurzen Blick mit Deluca, die völlig verblüfft schien. Raphael konnte in ihren stahlgrau gewordenen Augen lesen, dass sie in sein Lager zurückgekehrt war.

»Auch Séror gehörte zu dem Netzwerk, stimmt's?«, fuhr der Ermittler fort. »Von Anfang an hat man uns in die Irre geführt. Eine Notiz des RG beschreibt ihn als Kommunisten, aber Sie und Dumas wussten sehr genau, dass er für den französischen Geheimdienst arbeitete, sein prosowjetisches Engagement und seine anderen subversiven Aktivitäten nur Tarnung waren, um das System besser infiltrieren zu können.«

Die Gesichtszüge des Richters entgleisten. Sineads Argumentation war stichhaltig. Raphael dankte ihr im Stillen.

Aubert gab schließlich nach und sagte: »Diese Angelegenheit überschneidet sich tatsächlich mit einem anderen Dossier, dessen genauer Inhalt mir nicht bekannt ist. Doch ich muss in meiner Funktion als Ermittlungsrichter im Interesse der nationalen Sicherheit entscheiden.«

Deluca trat aus der Reserve heraus. »Ich verstehe nicht ganz, Aubert … Wollen Sie damit sagen, dass Sie die Ermittlungen im Sinne der DST führen, während bei uns eine junge Polizistin erschossen worden ist?«

»Das habe ich nicht gesagt …«

»Aber genau das habe ich herausgehört«, erwiderte Deluca knallhart. »Und jetzt, Aubert, fordere ich Sie auf zu antworten.«

Aubert richtete sich auf seinem Stuhl auf und legte die Hände zusammen, als wolle er seinem Gegenüber Respekt einflößen – was ihm allerdings nicht gelang. »Ich führe die Ermittlungen weder im Sinne der DST noch will ich den Mord an Ihrer Kollegin unter den Teppich kehren. Wir müssen uns der Situation anpassen.«

»Und wie, wenn ich fragen darf?«

»Indem eine Entflechtung der beiden Fälle angeordnet wird. Der Mord an Agathe Perriand wird einer Abteilung der Kripo und das Dossier der Tschetschenen der DNAT zugeteilt.«

»Genau das sage ich ja. Wir entflechten die Ermittlung, um sie besser begraben zu können«, zischte Raphael an die

Adresse von Deluca, die mit einem eisigen Lächeln antwortete.

Als er sah, wie Aubert sein Gesicht verzog und seine Krawatte lockerte, begriff Raphael, dass sich die Gesamtlage geändert hatte. Ein Pakt war mit Dumas geschlossen worden, der Richter war nicht länger allein Herr seiner Entscheidungen. Dafür würde sich Deluca rächen.

Die Hunde waren losgelassen.

Raphael fixierte Aubert. »Sie werden verstehen, dass wir diesen Fall nicht abgeben, solange wir Séror nicht gefasst haben.«

Schweigen.

Die Chefin der SAT schlug einen milderen Ton an, um den Hieb dann besser platzieren zu können. »Ich kenne Ihre Vorliebe für die Nachrichten- und Geheimdienste, Aubert. Sie haben sich geirrt, und die Situation entgleitet Ihnen. Theoretisch jedoch leiten Sie diese Ermittlungen noch immer. Sie werden daher so liebenswürdig sein, uns zweiundsiebzig Stunden zu gewähren, genügend Zeit also, um die Beweise zusammenzutragen, die Zeck rehabilitieren.«

»Und wenn ich ablehne?«

»Dann feuere ich Zeck, doch um seine Ehre reinzuwaschen, wird er das Ganze an die Presse weitergeben. Sie und Dumas sind dann erledigt. Und ich stelle Zeck wieder ein.«

Der Richter fixierte die beiden Ermittler. Er wusste, dass diese Partie für ihn verloren war. Schließlich setzte er eine gleichgültige Miene auf und fragte: »Sonst noch etwas?«

»Ich muss mit Verhoeven sprechen«, wiederholte Raphael.

»Und wie soll ich das vor Dumas rechtfertigen?«

»Sie haben sich den ganzen Schlamassel allein zuzuschreiben«, gab Deluca zurück. »Sie müssen schon selbst zusehen, wie Sie da wieder rauskommen.«

Und Raphael fügte hinzu: »Und ich muss auch noch den Autopsiebericht von Dieter Muhl einsehen.«

Aubert schaute betreten drein. »Der Autopsiebericht ist noch nicht fertiggestellt, aber der Gerichtsmediziner hat mir seine ersten Ergebnisse mitgeteilt. Ich kann Ihnen bestätigen, dass der Waffenhändler tatsächlich ermordet wurde … ein wahres Gemetzel. Hier, das sind meine Notizen. Was den Rest betrifft, so haben Sie achtundvierzig Stunden. Ich wünsche Ihnen viel Erfolg, denn andernfalls wird es mir ein Vergnügen sein, mit eigenen Händen Ihr Grab zu schaufeln.«

Kapitel 35

Berge von Akten, eine kleine bunte japanische Statue, Munition Kaliber 7,62 – ein Abschiedsgeschenk der Männer des Marinekommandos – und die ewige Dachluke, zu der er aufblickte, wenn er ein winziges Stück blauen Himmels sehen wollte. Raphael betrachtete sein Büro am Quai des Orfèvres, dieses Universum, in dem er seit fast zwei Jahren einen Großteil seiner Tage und Nächte verbrachte. Er hatte sich nicht von Tod und Gewalt abgewandt, doch heute übte er sie nicht mehr aus, vielmehr bekämpfte er sie. Er hatte keinen anderen Zufluchtsort. Dieses Leben zu verlassen hieße, sich noch mehr seinem eigenen Ende zu nähern. Er wollte noch kämpfen. Seine Haut retten.

Er ließ sich in seinem Sessel nieder und legte die Füße in den Lederstiefeln auf den Tisch. Sein Blick kreuzte den des Serben.

»Nun, hat man uns den Fall abgenommen?«

»Hat Deluca mit dir gesprochen?«

»Du machst wohl Witze, sie hat mich ausgequetscht, was unseren Ausflug nach Forbach betrifft, sie war stinksauer. Sie hat mir auch gesagt, dass du dich mit dieser Drecksau von Dumas angelegt hast.«

»Ja, da ging es heiß her. Letztendlich bleiben uns achtundvierzig Stunden. Wenn wir versagen, werde ich gefeuert. Ich bin zu weit gegangen, Deluca kann nichts mehr für mich tun. Aber du bist auch nicht viel besser dran.«

»Hat Dumas den Richter überzeugt?«

»Er hat ihm derartig Honig um den Bart geschmiert, dass er keine andere Wahl hat. Aber ich habe neue Details, ich habe ihn in der Hand, und er hat rausgerückt, was wir brauchen: die ersten Schlussfolgerungen des Gerichtsmediziners, der die Autopsie bei Muhl vornimmt. Und wir werden wohl auch Verhoeven bald verhören dürfen.«

»Hat dir die Irin geholfen?«

»Du meinst, sie hat mich gerettet …«

»Erzähl, was hast du rausgefunden, dass der Richter derart aufgebracht ist?«

Raphael gab ihm einen ausführlichen Bericht von den letzten Stunden, von seinem Gespräch mit Sinead bis hin zu seinem Treffen mit Aubert.

Nachdem er ihm schweigend zugehört hatte, streckte sich Drago. »Mit anderen Worten, uns bleiben zwei Tage, um den Beweis zu erbringen, dass Séror das Bindeglied zwischen den Tschetschenen und dem Mord an Muhl ist.«

»Und wenn uns das gelingt, können wir belegen, dass Dumas die Ermittlungen behindert. Damit setzen wir ihn außer Gefecht.«

»Achtundvierzig Stunden, das ist verdammt wenig Zeit.«

»Ich schätze, dass Aubert uns in Ruhe lässt, Dumas hingegen dürfte inzwischen eine Krisensitzung einberufen haben.« Raphael zündete sich eine Zigarette an. »Gibt's was Neues in Sachen Séror?«

»Nada … Wir erwarten in Kürze die Auswertung der wissenschaftlichen Dokumente, die wir in seinem Labor im Collège de France gefunden haben. Hat die Autopsie von Muhls Leiche etwas ergeben?«

Raphael zog das Bündel mit Zetteln aus seiner Tasche und strich es glatt. »Gebrochene Finger, ausgeschlagene Zähne und Wunden an den Drosselvenen. Der Alte wurde abgestochen wie ein Schwein. Man hat ihn verbluten lassen, nachdem man ihn gefoltert hat.«

»Was sonst noch?«, fragte der Serbe.

»Nichts Besonderes. Ich habe das Ganze rasch überflogen. Der Gerichtsmediziner hat Spuren von Säure gefunden, allerdings nur in sehr geringen Mengen. Die Geschichte sieht plötzlich völlig anders aus – aus einer Abrechnung ist ein grausiger Mord geworden.«

»Wer kümmert sich um den Fall … die Kripo von Nancy?«

»Ja, in dieser Hinsicht haben wir nichts zu befürchten. Ohne Infos von unserer Seite kommen sie kein Stück voran. Und weder Aubert noch Dumas werden mit irgendetwas herausrücken.«

Sie schwiegen eine Weile, um sich von ihren Gedanken freizumachen, von all den Konflikten, die ihre Ermittlungen von Anfang an vergifteten. Sie konzentrierten sich ganz auf ihren Jagdinstinkt.

»Gut, wo beginnen wir«, fragte Drago schließlich.

»Am Anfang: Séror ist ein Agent im Dienste der Geheimorganisation ›Rose des Vents‹, die infolge der Enthüllungen Andreottis über ›Gladio‹ aufgelöst wurde. Er verkauft den Tschetschenen, die in Europa Attentate gegen die Russen vorbereiten, Waffen. Séror bedient sich in den Waffenverstecken von ›Rose des Vents‹. Aus einem uns unbekannten Grund geht etwas schief mit den Tschetschenen. Séror beschließt, sie unschädlich zu machen. Doch es handelt sich um Spezialkommandos, er kann sie also nicht einfach abschlachten und schenkt ihnen deshalb die uns bekannten Gebetsschnüre. Das Kobalt 60 übernimmt den Job für ihn.«

»So weit okay.«

»Islamow, Chef des Tschetschenenteams Nummer zwei, flippt aus und versucht, Séror zu fassen, der daraufhin in Panik gerät und von der Bildfläche verschwindet. Er verlässt seinen Standort in Lozère, doch zu seinem Pech wird er in der Bar Olympic unweit von Barbès entdeckt. Gewiefter als Islamow, gewinnt er im Wagen die Oberhand. Wir sind hinter ihnen her, während der Observierung wird Agathe von Séror erschossen. Warum?«

»Hätten wir ihn geschnappt, wäre er wegen des Mordes an den Tschetschenen zur Rechenschaft gezogen worden. Und das hieße *bye-bye* Collège de France, *adieu* Ruhm und Ehre. Niemand hätte ihn aus dieser Scheiße herausgeholt. Nicht einmal Dumas. Eine Höllenfahrt, vor allem wenn man aktives Mitglied eines ehemaligen allmächtigen Geheimnetzes ist.«

»Okay … Parallel dazu haben wir Dumas, Oberkommissar bei der DST, der uns von den Ermittlungen fernhalten will. Warum?«

»Weil ›Rose des Vents‹ bei Polizei und Geheimdienst rekrutierte?«

Raphael fuhr sich mit einem Finger über die Lippen.

»Mir ist unklar, in welchem Maße er in diesen Fall verwickelt ist. Gehört er selbst diesem Netzwerk an? Hat er Befehle erhalten? Wir müssen tatsächlich beweisen können, dass er die Beschattung veranlasst hat, die Agathe das Leben gekostet hat …«

»Dafür gibt es nicht den geringsten Hinweis. Du musst aufhören, dich darin zu verbeißen. Das hat uns schon genug Ärger eingebracht.«

»Du hast recht. Auf alle Fälle können wir auf andere Weise belegen, dass er uns ständig Steine in den Weg legt. Zum Beispiel durch seinen Besuch bei Muhl und Verhoeven.«

»Gut, also dann sollten wir uns darauf konzentrieren. Da wir wissen, dass Muhl ein ehemaliges hohes Tier bei ›Rose des Vents‹ war, können wir davon ausgehen, dass Séror mit ihm unter einer Decke steckte, um die Waffenvorräte weiterzuverkaufen.«

»Findest du es nicht absurd, dass Muhl mit seinen achtzig Jahren versucht, ein Vermögen anzuhäufen?«

»Es könnte sich um eine Abrechnung zwischen Muhl und Séror handeln …«

»Das ergibt keinen Sinn … Warum ihn ausbluten lassen und mit Säure verätzen?«

»Radioaktive Substanzen auf der einen Seite, Säure und Folter auf der anderen? Du hast recht ... uns fehlt das Motiv ... Und wer war der Kerl, der versucht hat, Verhoeven umzubringen ...?«

»Ein Komplize. Séror arbeitet nicht allein.«

»Verhoeven könnte uns darüber aufklären. Hoffen wir mal, dass er nicht zu sehr von Dumas beeinflusst wurde.«

»Und Sinead, was hältst du davon? Hängt der Tod ihres Mannes wohl damit zusammen?«

»Zwangsläufig, weil sie in Amsterdam entführt und bei Séror gefunden wurde. Aber was das betrifft, stehe ich komplett auf dem Schlauch«, gestand Raphael.

»So, jetzt müssen wir in die Gänge kommen, sonst sind wir geliefert«, meinte Drago.

Raphael stand auf und schenkte sich Kaffee ein.

Achtundvierzig Stunden ... das war zu wenig, der Serbe hatte recht. Ihre Argumentation war stichhaltig, war aber blanke Theorie. Sie hatten immer noch nicht den geringsten Beweis für ihre Schlussfolgerungen.

Raphael wandte sich zu seinem Kollegen um. »Wie hat Séror einfach so verschwinden können?«

»Bei seinem Business verfügt er zwangsläufig über Cash-Reserven. Er war jahrelang als Spitzel bei den Sowjets tätig, ohne erwischt zu werden. Das ist ein echter Profi.«

»Ich weiß, aber es ist doch unmöglich, dass jemand überhaupt keine Spuren hinterlässt. Irgendetwas muss uns entgangen sein.« Raphael hockte sich auf die Schreibtischkante und massierte sich die Schläfen.

»Wo wurde die Leiche von Muhl gefunden?«, wollte Drago wissen.

Raphael griff nach den Notizen, die der Richter ihm überlassen hatte. »Im Keller ...«

»Wir haben Sinead hinter einer Mauer in Sérors Haus gefunden. Das ist doch ein Hinweis, oder? Er versteckt seine Opfer.«

»Und wenn der Typ noch anderswo ein Versteck hat …?«

»Nein, warum hätte er die Irin dann bei sich eingemauert?«

»Du hast recht. Er versteckt, er verbuddelt alles wie ein verdammtes Tier. Seid ihr sicher, dass sein Haus genauestens durchforstet wurde?«

»Wir haben die Wände abgeklopft, Teppichböden und Tapeten abgezogen, die Garage auf den Kopf gestellt. Ich kann dir versichern, da war nichts.«

Schweigen.

»Ich denke, du musst da trotzdem noch mal hin«, meinte Raphael schließlich. »Ich knöpfe mir Verhoeven vor und verhöre ihn. Währenddessen stellst du ein Team aus Männern der Kriminaltechnik und der SAT zusammen und durchkämmst mit ihnen die Bude, bis ihr etwas entdeckt; Waffen zum Beispiel, damit ließe sich beweisen, dass er damit gehandelt hat. Und wenn wir dann noch die Herkunft herausfinden, könnten wir sogar den Beweis erbringen, dass sie aus dem Netzwerk stammen. Und erlaub dir bloß keinen Fehler, Serbe, das ist unsere letzte Chance.«

Kapitel 36

Sinead drehte den Schlüssel im Schloss herum und öffnete die Tür ein Stück weit. Sie wollte schon Licht auf dem Flur machen, besann sich dann aber eines anderen und stieg die Treppe im Dunkeln hinab.

Ihr Herz klopfte wie wild bei der Vorstellung, wieder nach draußen zu können. In dieser sonderbaren Wohnung, bevölkert von Raphaels Geheimnissen, hatte sie sich vor der Außenwelt geschützt gefühlt, vor der Gewalt, der Ungerechtigkeit der letzten Tage. Als der Ermittler ihr den Schlüssel überlassen hatte, war sie zunächst lange vor der Wohnungstür stehen geblieben und hatte sich nicht entschließen können, die Schwelle zu überschreiten.

Bei dem Straßenlärm auf der Rue Froidevaux glaubte sie, von Schwindel überwältigt, das Gleichgewicht zu verlieren, bis sie sich wieder fasste. Sie knöpfte ihren Parka zu, wickelte den Schal um den Hals, wie um sich einen Panzer anzulegen, und lief bis zur Place Denfert-Rochereau.

Zunächst wollte sie Kontakt zu Mia Lindstat in Dublin aufnehmen, um zu erfahren, was die Analyse der Augenlider aus dem Cottage ergeben hatte.

In einem Tabakladen an der Avenue Général-Leclerc durchwühlte sie ihre Taschen auf der Suche nach dem Geld, das Raphael ihr überlassen hatte, und kaufte eine Telefonkarte und einen Riegel Schokolade. Dann ging sie den Boulevard Raspail entlang bis zur Kreuzung Rue Vavin. Dort entdeckte sie eine Telefonzelle und wählte die Nummer von Mia.

Es klingelte.

Geh dran, bitte! Ein Anrufbeantworter sprang an. Sinead hinterließ keine Nachricht. Sie trat aus der Kabine, zögerte, ob sie in die Wohnung zurückkehren sollte, entschied sich dann aber für einen Spaziergang im Jardin du Luxembourg.

Sie durchschritt das schwarze Gittertor und ließ den Blick über die gewaltigen Baumkronen schweifen, ihr rotes rauschendes Laub unter dem tiefen Novemberhimmel. Den Geist leer von allen Gedanken, durchquerte sie den Park, bis sie an das Marionettentheater gelangte, in das ihr Vater sie, als sie noch klein war, bei einem Parisbesuch geführt hatte. *Kas-per, Kas-per* … Sie war damals erst fünf Jahre alt gewesen, und trotzdem erinnerte sie sich sehr genau an die schrillen Schreie der Kinder, wenn der Gendarm mit seinem großen Stock erschien, bereit, damit auf den winzigen Helden aus Lumpen einzuschlagen. Sie umrundete das Theater und blieb vor einem großen Spielplatz stehen. Die alten Holzpferde und die Schaukeln waren durch moderne Geräte ersetzt worden, das Lachen und die Gesichter der Kinder aber waren noch immer die gleichen.

Sie ließ sich auf einem der Stühle nieder und betrachtete ihre Hände. Die Hämatome waren verschwunden, doch die Splitter unter der Haut waren noch deutlich zu erkennen. Dieser Anblick, vermischt mit den Schreien der Kinder, weckte in ihr das Bild ihrer kleinen Saoirse, die niemals das Licht der Welt erblickt hatte. Sinead schloss die Augen und stellte sie sich vor – von der Kälte gerötete Wangen, blondes zerzaustes Haar, wie sie die Rutschbahn hinuntersauste und *»Mummy!«* rief, damit ihre Mutter sah, wie sie auf Schaukel oder Wippe die Wolken einzufangen versuchte.

Sineads Augen waren so trocken wie Wüstensand, doch ihr Herz blutete. Sie stellte sich Gari an ihrer Seite vor und fragte sich, was für ein Vater er gewesen wäre. Hätte er, der über lange Strecken nur für sich gelebt hatte, zurückgezogen in seine Recherchen, dieses Kind lieben können, so wie sie es geliebt hätte? Sinead wusste es nicht, doch dieses einzigartige und störende Gefühl änderte nichts an der Liebe, die sie für diesen Mann empfunden hatte und immer noch empfand. Sie faltete das Silberpapier, das sie in Händen hielt, auseinander und biss in den Schokoladenriegel.

Place Saint-Sulpice. Sie machte einen Bogen um das Kommissariat und lief die Rue du Vieux Colombier bis zum Carrefour de la Croix Rouge, wo sie erneut eine Telefonzelle entdeckte. Sie wählte die Nummer ihrer Freundin. Diesmal mit Erfolg.

»Mia?«

»Sinead, bist du's?«

»Ja.«

»Wo bist du? Mein Gott, ich habe mir solche Sorgen gemacht …«

»Es geht so weit. Ich bin in Paris.«

»Was ist passiert?«

Beim Ton von Mias Stimme schnürte sich ihr das Herz zusammen. Sie wäre so gerne bei ihr gewesen, um ihren Duft zu verspüren und sich von ihr in die Arme nehmen zu lassen.

»Es ist ein bisschen kompliziert, und ich habe nicht viel Zeit, tut mir leid …«

»Mach dir keine Sorgen, ich verstehe das sehr gut. Du möchtest Neues über die Augenlider erfahren?«

»Die Lider, ja«, sagte Sinead und hielt den Hörer fest umklammert.

»Also, ich habe sie einem Kollegen weitergegeben, einem Spezialisten der Mikrobiologie, habe aber noch keine Antwort erhalten. Allerdings kann ich dir jetzt schon sagen, dass es sich um sehr alte Überreste handelt. Mein Kontakt im Labor hat mir bestätigt, dass sie mehrere Hundert Jahre alt sind.«

»Mehrere Hundert Jahre … bist du sicher?«

»Kein Zweifel. Wir bekommen auch eine Datierung per Radiokarbonmethode, anhand derer wir ganz eindeutig die

Zeit bestimmen können, in der die Person gelebt hat, der man sie entfernt hat.«

»Wie soll es weitergehen … Soll ich dich anrufen?«

»Besser wäre es vielleicht, wenn ich dir die Resultate in Paris übergebe. Was meinst du?«

Sinead zögerte einen Moment. Das war nicht die beste Idee, aber sie war zu verlockend. »Wann bekommst du die Ergebnisse?«, fragte sie.

»Donnerstag, das heißt in drei Tagen.«

»Sehr gut. Ich erwarte dich also am Freitag in dem Café an der Ecke Rue de Fleurus, Rue Guynemer, ganz in der Nähe des Jardin du Luxembourg. So gegen sechzehn Uhr, das lässt dir ausreichend Zeit, okay?«

»Das ist perfekt. Ich umarme dich, Liebes.«

»Ich dich auch.«

Sinead lief den Boulevard Raspail entlang Richtung Wohnung.

Alte Hautreste, Relikte, die mehrere Hundert Jahre alt waren … Sie sah das Kästchen mit den kyrillischen Symbolen vor sich. Woher mochte Gari es haben? Welches Geheimnis verbarg sich hinter diesen Augenlidern, das Anlass zu einem Mord gegeben hatte? Sie suchte nach möglichen Verbindungen zu dem Fall von Raphael – vergebens.

In dem Moment, als sie in die Rue du Cherche-Midi einbog, verlangsamte eine graue Limousine auf ihrer Höhe das Tempo. Das Fenster neben dem Beifahrersitz glitt mit einem elektrischen Summen herunter. Sinead warf einen Blick über ihre Schulter und sah ein finsteres Gesicht, das sie schweigend musterte. Blasser Teint, kurz geschnittenes grau meliertes Haar, ausgemergelte Züge mit vorspringendem Kinn. Sie spürte Angst in sich aufsteigen.

Die Stimme des Mannes ließ ihr das Blut in den Adern gefrieren.

»Sinead McKeown …«

Er wusste, wer sie war.

Ihr Herz begann zu rasen. Sie beschleunigte den Schritt. Die Limousine passte sich ihrem Tempo an.

Und wieder diese eisige Stimme.

»Ich kann Sie absetzen … Rue Froidevaux. Dort halten Sie sich versteckt, nicht wahr?«

Sie glaubte zu ersticken.

»Ein internationaler Haftbefehl wurde ausgestellt. Sie können rennen, wie Sie wollen, Sie entgehen uns nicht.«

Sinead drehte sich zu dem Wagen um.

»Wer sind Sie?«

»Ein Freund.«

»Das wage ich zu bezweifeln … Was wollen Sie von mir?«

»Nur reden.«

Sinead blieb auf dem Bürgersteig stehen. Fliehen würde ihr nichts helfen, das wusste sie.

»Ich steige ein.«

Der Typ war um die sechzig. Ein Dutzendgesicht, doch er gehörte zu denen, die durch Alter oder Krankheit ernster oder nobler wirken. Er trug einen dunkelblauen Anzug und eine Rosette im Knopfloch.

»Mein Name ist Joffre, ich arbeite für die DGSE, den französischen Auslandsgeheimdienst.« Er fuhr sich instinktiv mit der Zunge über die Lippen, wie ein Raubtier, das sich seiner Beute sicher war. »Meine Art, Sie anzusprechen, ist etwas befremdlich, das gebe ich zu …«

»Ich pfeife auf Ihre Bedenken. Fassen Sie sich kurz, und kommen Sie auf den Punkt.«

Joffre legte die Hände vor dem Mund zusammen und neigte mit einem Ausdruck des Bedauerns den Kopf leicht zur Seite. »Gut, gut … Die DGSE interessiert sich für den Fall, an dem Zeck arbeitet. Wir wissen, dass sich die Tschetschenen in Paris niedergelassen hatten, dass sie Attentate vorbereiteten und dass sie von einem Netzwerk, das auf französischem Territorium operiert, mit Waffen beliefert wurden.«

»Seit wann fühlt sich die DGSE berufen, in Frankreich zu ermitteln?«

»Um manche Probleme in ihrer Gesamtheit zu verstehen, ist es bisweilen vonnöten, alle Einzelheiten genauestens zu kennen. Bedauerlicherweise sind DST und Polizei nicht geneigt, ihre Informationen auszutauschen. Wir glauben, dass Sie uns bei diesem Fall helfen könnten.«

»Was interessiert Sie?«, fragte Sinead.

»Alles, absolut alles.«

»Wer sagt Ihnen, dass ich über Informationen verfüge?«

Joffres Miene verfinsterte sich plötzlich. »Verkaufen Sie mich nicht für dumm, McKeown«, erwiderte er schroff. »Wenn Zeck Sie vor dem Gefängnis bewahrt, einstweilen zumindest, dann weil er davon profitiert, dass Sie auf die eine oder andere Art mit seinem Fall zu tun haben.«

»Weil ich darin verwickelt bin, heißt das noch lange nicht, dass ich die Details kenne.«

»Lassen Sie diese Spielchen, wenn ich bitten darf.«

Sinead wandte das Gesicht zum Fenster, um ihr Unbehagen zu kaschieren. »Und auf welche Art soll ich Ihnen helfen?«, fragte sie schließlich.

»Indem Sie mir in allen Einzelheiten von den Fortschritten seiner Ermittlungen berichten.«

»Ich soll also für Sie spitzeln?«

»Im Interesse der Gerechtigkeit …«

»Und welcher? Der, die aus mir eine Flüchtende gemacht hat? Zum Teufel mit Ihnen, lassen Sie mich aussteigen.«

»Wie Sie wollen, doch bevor Sie eine Entscheidung treffen, lassen Sie mich Ihnen dies hier zeigen.«

Joffre griff nach einem gelben Umschlag, öffnete ihn behutsam und zog ein Dutzend grobkörniger Schwarz-Weiß-Fotos heraus.

Mit zitternder Hand nahm Sinead sie entgegen, sah sich eines nach dem anderen an und legte sie dann auf den Ledersitz zurück, ohne ein Wort hervorzubringen.

»Wenn Sie aussteigen, leite ich dieses Dossier, zusammen mit einem Bericht über Sie, an die Polizeihauptdirektion und die Justiz weiter. Ich garantiere Ihnen, dass diese Fotos, die Sie mit Zeck und einem Ehemaligen der IRA zeigen, Sie beide Kopf und Kragen kosten werden.«

Sie verspürte zunächst eine Art Schwindel, gefolgt von dem Eindruck unendlicher Schwäche. Dieser Teufel hielt sie in seinen Klauen wie einen kleinen Klumpen Erde, den er jederzeit zerdrücken konnte.

Joffre schob die Aufnahmen zurück in den Umschlag und fuhr dann mit sanfterer Stimme fort: »Ich schätze diese Methoden nicht, doch es sind die des Nachrichtendienstes, und dort sind Effizienz und Resultate gefragt. Sie wissen genauso gut wie ich, dass Sie mir ohne dieses Damoklesschwert nicht helfen würden.«

»Zum Teufel mit Ihnen, Sie Dreckskerl.«

Joffre konnte sich ein Lächeln nicht verkneifen, als erbaue er sich an der Beleidigung, die sie ihm um die Ohren schlug. »Der Schein trügt«, sagte er dann, »ich will Ihnen nichts Böses, ich bin genauso wenig Ihr Feind wie dieser Bulle. Wenn er Sie versteckt hat, dann weil Sie ihm nutzen, sonst hätte er Sie schon längst den Behörden übergeben. Er schläft auch mit Ihnen, stimmt's? Sind Sie vielleicht dem Stockholm-Syndrom verfallen? Sie wissen schon, wenn sich Opfer von Geiselnahmen in ihre Entführer verlieben?«

Sinead reagierte nicht auf diese letzte Provokation und schloss die Augen, um sich auf die zu treffende Entscheidung zu konzentrieren.

Ohne zu verstehen warum und ohne es verstehen zu wollen, hatte sie eine merkwürdige Beziehung zu Raphael entwickelt, und sie betrachtete ihn heute mit anderen Augen. Ein gegenseitiges Vertrauen war zwischen ihnen entstanden, aber Joffre hatte recht, der Bulle benutzte sie.

Sie öffnete die Augen und fragte: »Was fangen Sie mit den Informationen an?«

»Diese Frage kann ich Ihnen leider nicht beantworten.«

Sinead versuchte es mit einem Trick. »Und wenn ich akzeptiere – was bekomme ich dann im Gegenzug?«

»Erachten Sie mein Schweigen, was Ihre aktuelle Lage betrifft, als Gefallen meinerseits.«

»Das wird nicht genügen, fürchte ich.«

Ein Funkeln in Joffres Augen bewies Sinead, dass er glaubte, die Partie bereits gewonnen zu haben. Sie musste mit ihm verhandeln, bevor es zu spät war.

»Was wollen Sie?«, fragte er.

»Sie wissen, dass ich gesucht werde, und müssten demnach die offizielle Version meiner Geschichte kennen. In Wirklichkeit aber bin ich nicht verantwortlich für dieses Verbrechen. Ich bin geflohen, um die Mörder meines Mannes zu finden und meine Unschuld zu beweisen. Gari Weiss war Investigativjournalist. Ich weiß, dass ein solches Profil Organisationen wie die Ihre interessiert. Ich bitte Sie nachzuforschen, ob Ihre Dienststelle oder eine befreundete über Informationen verfügt, die mir helfen könnten, gewisse Details seines Lebens, die mir einfach entgangen sind, zu begreifen.«

»Und welche?«

»Informationen, die nur mich etwas angehen.«

»Ich verstehe, fürchte aber, nicht viel für Sie tun zu können.«

»Entweder oder. Entweder Sie helfen mir, und ich willige ein, oder ich verlasse diesen Wagen und Sie bekommen nichts von mir.«

Joffre dachte einen Augenblick nach und zog dann ein winziges metallenes Gehäuse aus seiner Tasche. »Ich weiß nicht, ob die DGSE über ein Dossier, Ihren Mann betreffend, verfügt, doch ich verspreche Ihnen, es herauszufinden. Jetzt gebe ich

Ihnen dieses Aufnahmegerät, mit dem Sie mir die Informationen, über die Sie verfügen, zukommen lassen. Sollte ich irgendwann herausfinden, dass Sie mich hinters Licht führen oder dass Sie Zeck von unserem Abkommen berichten, ist unser Vertrag null und nichtig oder ich gebe Ihren kleinen Deal an die entsprechenden Stellen weiter. Ist das klar?«

»Ja.«

»Gut, ich möchte noch eine Klausel an diesen Vertrag anfügen.«

»Welche?«

»Sie werden mir die Schlüssel zu Zecks Wohnung in der Rue Froidevaux besorgen, damit ein Technikerteam Mikros installieren kann. Ein Stündchen genügt. So kann ich sicher sein, dass uns nichts entgeht.«

Sinead kapitulierte. Bei der Vorstellung aber, Raphael zu hintergehen, überkam sie ein Gefühl unendlicher Verzweiflung. Was sie tat, war widerwärtig, und doch wusste sie, dass dies der einzige Ausweg war, das einzige Mittel, das sie vor einem Abgleiten in den Schlund der Hölle bewahrte. Sie holte tief Luft und schaltete mit einem Knopfdruck das winzige Aufnahmegerät ein, das sie in ihren zitternden Händen hielt.

Kapitel 37

»Setzen Sie sich, Verhoeven«, sagte Raphael.

Schweigend zog der alte Mann seinen Regenmantel aus, legte ihn sorgfältig über die Stuhllehne und nahm dem Ermittler gegenüber Platz. Im hellen Licht wirkte sein Gesicht noch grauer und eingefallener, und doch hatte er noch immer diesen listigen Raubvogelblick.

Raphael wandte sich an den Beamten der DST, der ihn begleitete: »Sie können gehen.«

»Es ist vorgesehen, dass ich dem Verhör beiwohne«, antwortete Dumas' Wachhund.

Raphael hatte mit diesem letzten Schachzug gerechnet, der den Zeugen noch etwas mehr einschüchtern sollte. »Das kommt nicht infrage, und Sie wissen es ganz genau. Ich rufe Sie, wenn wir fertig sind.«

Sobald sie allein waren, erhob sich Raphael und hockte sich vor Verhoeven auf die Schreibtischkante. Er schlug einen vertraulichen Ton an. »Gut, ich habe schon befürchtet, nicht mit Ihnen sprechen zu können. Was ist in Forbach geschehen, dass Sie in den Fängen von Dumas gelandet sind? Warum haben Sie nicht auf uns gewartet?«

»Hör zu, du Jungbulle, ich habe dir nichts zu sagen.«

»Du bist alt, Verhoeven, aber du hast ein dickes Fell! Stört es dich, wenn ich rauche? Du hast keine Probleme mit dem Herzen, du bist nicht krank?«

»Schnauze«, zischte Verhoeven.

Raphael zündete sich eine Zigarette an und formulierte

die Frage anders. »Warum bist du mit Dumas nach Paris gefahren?«

»Das kann ich dir sagen … Ich habe in Forbach die Bullen angerufen, die mich aufgeklärt haben, dass ihr dort nichts zu suchen hattet. Ich bin sofort mit der DST verbunden worden, die mir ihren Schutz angeboten hat …«

»Und was haben sie im Gegenzug verlangt?«

»Pass gut auf, Grünschnabel, ich bin hier, weil ich keine andere Wahl habe, aber erwarte nicht, dass ich dir irgendwas über Muhl erzähle.«

Raphael nahm einen tiefen Zug aus seiner Zigarette.

»Verhoeven …«

»Du hast versucht zu bluffen, indem du mir von Muhls Tod erzählt hast … Dabei warst du nicht einmal persönlich am Tatort. Du und dein Kumpel, ihr habt mich nur einlullen wollen.«

Raphael näherte sein Gesicht dem des Alten, bis er seinen faden Atem spürte. Er beschloss, einen anderen Ton anzuschlagen. »Jetzt hör du mir mal gut zu, Opa. Du wirst dein Verhalten etwas ändern, denn ohne mich und meinen, wie du sagst, Kumpel, wärst du jetzt Mieter eines Kühlfachs im Leichenschauhaus von Nancy. Dumas hat dich nur geholt, damit du den Mund hältst. Er wusste genau von deiner Existenz. Wenn er dich hätte schützen wollen, hätte er sofort jemanden geschickt. Er hat aber nichts unternommen. Ich glaube, es ist ihm sehr recht, dass Muhl umgelegt wurde, und es hätte ihn auch nicht gestört, wenn du ebenfalls über den Jordan gegangen wärst. Kapiert?«

Verhoeven steckte den Hieb ein und brauchte eine Weile, bis er reagierte. »Ich habe nichts mit eurem internen Gerangel zu schaffen«, sagte er schließlich. »Ich will nach Hause.«

»Du kannst aber nicht zurück, weil sie sicher wiederkommen, und beim nächsten Mal werden sie dich nicht verfehlen. Ich weiß, dass Dumas dich beeinflusst hat, damit du nichts sagst, weil er nicht will, dass die Sache bekannt wird … Der einzige Weg, dich zu schützen, ist, mir alles zu erzählen – und zwar dalli.«

Der Alte kniff die Augen zusammen. Seine Haut und sein Körper waren vielleicht verbraucht, aber sein Verstand war noch völlig klar. »Wer war der Typ, der mich umlegen wollte?«, fragte er.

»Wir wissen es nicht. Er hat uns bis zu einem Zigeunerlager an der Grenze gelockt und sich dann aus dem Staub gemacht. Hast du keine Ahnung, wer sich an dir rächen will?«

»Nein, ich bin alt und schon vor langer Zeit aus den Geschäften ausgestiegen.«

»Und Muhl, war der auch ausgestiegen?«

»Bei Muhl war das anders, er hat immer noch ordentlich mitgemischt.«

»Waffen?«

»Hmm …«

»Wer könnte so viel gegen ihn haben, dass er ihn gefoltert hat?«

»Keine Ahnung.«

»Los, erinner dich, Dobrzyn, die große Zeit, als ihr die Waffen tonnenweise verschoben habt … Ihr hattet doch sicher ein paar Feinde?«

»Ich sage doch, ich weiß es nicht.«

»Was bedeutet Dobrzyn?«

»Eine Marotte von Dieter, eine Anspielung auf die Teutonischen Ritter …«

»Heimweh nach der SS?«

»Ja, etwas in der Art … aber Muhl war kein Nazi, ihm gefiel nur das Bombastische und die gut funktionierende Organisation.«

»Und ›Rose des Vents‹, sagt dir das etwas?«

Schweigen.

»Ihr habt dieser Organisation angehört, stimmt's?«

»Ja.«

»Muhl ist nach 1945 für etwa zwölf Jahre verschwunden. Weißt du, was er in dieser Zeit gemacht hat?«

Verhoeven hob den Kopf und musterte den Ermittler eindringlich. »Woher hast du diese Information?«

»Na los, raus damit, ich hab noch anderes zu tun.«

»Nach dem Krieg wurde Muhl von den alliierten Geheimdiensten rekrutiert. Sie haben eine Geschichte erfunden, er hätte jüdische Familien vor dem Konzentrationslager gerettet. Das stimmt nicht. Danach hat er mit den ehemaligen Mitgliedern der BCRA, dem Zentralbüro für Aufklärung und Aktion, neu angefangen. Sie brauchten seine Kompetenzen, um die ›Rose des Vents‹ mit Waffen zu versorgen. Er übernahm die Einkäufe, stellte auch selbst welche her und verteilte sie auf verschiedene Verstecke im ganzen Land. Im Fall einer roten Invasion sollten die Gladiatoren sich direkt bedienen und den Widerstand aufbauen können.«

»Die Gladiatoren?«

»So nannte man die Untergrundtruppe, die für den Kampf ausgebildet war.«

Raphael wusste nun, dass er auf der richtigen Spur war. »Gut, sehr gut. Und warst du auch ein … Gladiator? Hast du so Muhl kennengelernt?«

»Ja. Aber ich bin erst später dazugekommen.«

»Wann?«

»Nach dem Algerienkrieg und den Einsätzen der OAS, der Organisation der geheimen Armee. Denn letztlich war die ›Rose des Vents‹ gespalten, es gab die Fraktion der OAS und die der Anhänger de Gaulles. Muhl hatte sein Lager gewählt. Er glaubte an den Kampf gegen die Kommunisten und brachte dem alten General grenzenlose Bewunderung entgegen. Nach dem Attentat von Petit-Clamart auf de Gaulle hat jener die Sache in die Hand genommen, die ehemaligen OAS-Leute wurden liquidiert, und Foccart, die graue Eminenz des Élysée, hat dann die SAC gegründet, eine inoffizielle Sicherheitsorganisation. Kennst du die?«

»Ja, erzähl weiter.«

»Ich war Mitglied der SAC, mit Dienstausweis und so weiter. Wir konnten machen, was wir wollten, die Bullen interessierten sich nicht für uns. Wir waren zahlreich, eine Art Prätorianergarde des alten Generals. Zu unseren Aufgaben gehörte auch die Bekämpfung des Kommunismus.«

»Wer waren die Mitglieder der SAC und der ›Rose des Vents‹?«

»Polizisten, ehemalige Widerstandskämpfer, Männer der 11. Fallschirmjägereinheit, die Einsatztruppen des SDECE, dem auswärtigen Nachrichten- und Spionageabwehrdienst, Vorgänger der heutigen DGSE, und auch Zivilisten. Jeder konnte dazugehören.«

»Vorausgesetzt, er war etwas faschistisch eingestellt und ein Ganove. Und haben Sie das mit den Waffendepots lange gemacht?«

»Wir haben sie immer wieder aufgefüllt. Es war alles dabei: Handfeuerwaffen, schwere Kaliber, Munition, Sprengstoff, Funkgeräte und sogar Fahrräder.«

»Gibt es diese Verstecke noch heute?«

»Natürlich. Überall. Aber nur wenige wissen von ihrer Existenz. Wie bist du uns auf die Spur gekommen?«

»Durch die MST-9-Zeitzünder. Wir haben zwei im Unterschlupf von tschetschenischen Terroristen im Bois de Vincennes gefunden. Die Firma Gross in Zürich hat uns erzählt, dass ihr sie für sie hergestellt habt.«

»Diese verdammten Schweizer!«

»Aber einen Teil der Produktion habt ihr abgezweigt und auf eigene Rechnung weiterverkauft. An die IRA zum Beispiel ...«

»Wer hat dir das gesagt?«

Statt einer Antwort öffnete Raphael einen Hefter, der die

Fotos der im Bois de Vincennes gefundenen Waffen enthielt. Er zeigte sie dem alten Mann. »Könnten diese Modelle aus den Depots stammen?«

Verhoeven setzte eine Lesebrille auf und betrachtete die Bilder konzentriert. »Ausgefeilte Seriennummern?«

»Genau.«

»Dann schon. Solche Art Waffen gab es dort.«

Jetzt kam Raphael zum Kern der Sache.: »Gut, zurück zu unserer Geschichte. Hast du Muhl noch getroffen?«

»Ja, regelmäßig.«

»Schien er dir in letzter Zeit nicht ... sagen wir ... verärgert?«

»Muhl hat die mafiösen Tendenzen innerhalb des Netzwerks nie akzeptiert. Er war von Anfang an dagegen, Ganoven anzuheuern. Doch er konnte es nicht verhindern. Also versuchte er, die Verantwortlichen der einzelnen Einheiten zu kontrollieren, die er über die jeweiligen Standorte der Waffendepots informieren musste. Aber die Verlockung war zu groß, und etliche der Typen, die dieses Niveau von Verantwortung und diese Form der Straffreiheit erreicht hatten, wurden bestechlich. Sie sind in das Bandenwesen abgeglitten. Es gab etliche Einbrüche, Drogenhandel, ganz zu schweigen von Hinrichtungen. Das Netzwerk hat eine negative Wendung genommen, ganz so, wie das ›Gladio‹ der Italiener zu einer Basis für Faschisten und Terroristen verkommen ist.«

»Hat er nicht zufällig jemand Bestimmten erwähnt, einen Gladiator, der zum Beispiel Waffen aus diesen Depots auf eigene Rechnung verkauft hat?«

Verhoeven überlegte kurz und meinte dann: »Vor einem Monat hat er von Problemen mit einem gewissen Saiph gesprochen.«

»Saiph sagst du? Ist das sein richtiger Name?«

»In einer Untergrundorganisation benutzt man nie seinen richtigen Namen«, stieß Verhoeven verächtlich aus.

»Was warf er ihm vor?«

»Er hat mir gesagt, er wolle ihn liquidieren lassen.«

»Hatte er die Macht dazu?«

»Mit Sicherheit.«

»Warum?«, wollte Raphael wissen.

»Ich hatte den Eindruck, dass er diesen Typen umbringen wollte, weil er ihm regelrecht Angst machte.«

»Was weißt du noch über Saiph?«

»Ich weiß, dass er allen Angst gemacht hat.«

»Was genau war er? Leiter einer Einheit?«

»Ich glaube nicht. Ich weiß nur, dass er gute Kontakte zur anderen Seite der Mauer hatte. Zur DDR und UdSSR.«

»Raphael erhob sich. »Sagt dir der Name Pierre Séror etwas?«

»Séror … nein, auf Anhieb nicht. Hast du ein Foto?«

Raphael zog das Porträt des Wissenschaftlers hervor und zeigte es dem alten Mann.

»Das ist er, erkennst du ihn?«

»Ich habe diesen Typen schon mal gesehen, ja.«

»Ist es Saiph?«

»Das kann ich dir nicht sagen. Weil ich es nicht weiß.«

Der Ermittler hob den Kopf zu der Dachluke, durch die der blaue Himmel zu sehen war. Die Stunden verstrichen, und es gelang ihm nicht, eine direkte Verbindung zwischen dem Mord an Muhl, Séror und dem Waffengeschäft mit den Tschetschenen herzustellen. Er spürte, dass er dem Ziel näher denn je war, und trat doch auf der Stelle. Irgendetwas passte nicht.

»Wie ist es heute um die Organisation bestellt?«, fragte er.

»Offiziell gibt es die SAC wegen ihrer mafiösen Tendenzen seit Jahren nicht mehr, aber der antikommunistische Kampf ging bis in die Neunzigerjahre weiter, er wurde vom britischen und amerikanischen Geheimdienst finanziert. Im NATO-Hauptquartier in Brüssel gab es geheime Treffen. Als es bei der italienischen Regierung zu dem Enthüllungsskandal kam, wurde die SAC dann endgültig aufgelöst.«

»Was glaubst du, warum mir Dumas das Leben so schwer macht?«

Verhoevens Gesicht verzog sich zu einem breiten Lächeln. »Ein guter Teil der ehemaligen Mitglieder der SAC und der ›Rose des Vents‹ sind noch am Leben. Sie haben offizielle Funktionen inne, oft auf sehr hohem Niveau, und haben nicht die geringste Lust, dass ihr Name auf die eine oder andere Art in diesem Zusammenhang an die Öffentlichkeit dringt.«

Das Klingeln des Telefons unterbrach sie.

Raphael hob ab. »Zeck.«

»Hier ist Drago, wir sind bei Séror.«

»Und?«

»Wir sind fündig geworden. Ich war heute Morgen im Rathaus von Palaiseau. Ein Gemeindeangestellter hat mir erklärt, es gäbe im Bezirk von Lozère alte Kalksteinbrüche, die von 1939 bis 1945 von der Résistance genutzt wurden. Ich habe mir die Katasterauszüge angesehen. Einer dieser unterirdischen Stollen liegt unter Sérors Garten. Wir haben eine Falltür entdeckt, und die Jungs sind runtergestiegen.«

»Und? Habt ihr Waffen gefunden?«

»Nein, im Moment noch nicht … aber wir sind auf total verrückte Inschriften gestoßen.«

»Was für Inschriften?«

»Zahlen, verdammte Zahlenreihen … Hatte uns die Irin nicht gesagt, sie sei ein Ass in Mathematik?«

»Ja.«

»Dann bring sie her, die Wände sind voll davon. Wir werden ihre Hilfe brauchen.«

Kapitel 38

Die Rue Théodore-de-Banville war gesperrt.

Raphael fuhr an den Schaulustigen vorbei, die sich vor der Sicherheitsabgrenzung drängten, zeigte am Zugang seinen Dienstausweis und hielt dann vor Sérors heruntergekommenem Haus mit dem poetischen Namen »Dahlias«.

Während sie sich unter dem unverändert grauen Himmel dem Gebäude näherten, spürte Sinead ihr Herz schneller schlagen. Sie wusste nicht, ob dieses Angstgefühl von der Rückkehr an den Ort ihrer Gefangenschaft oder von ihrem Verrat herrührte.

Der Ermittler wandte sich an sie: »Offiziell heißt du Mathilde Bader und bist Lehrbeauftragte für angewandte Mathematik an der Universität Tolbiac.«

»Da hättest du dir auch etwas anderes ausdenken können … Bader, das erinnert ein bisschen an Terroristen, oder?«, versuchte Sinead zu scherzen, um ihr Unbehagen zu verbergen.

»Dafür kann ich nichts«, erwiderte Raphael und lächelte, »ich habe den ersten Namen auf der Liste der Dozenten genommen.«

»Ich habe mich schon lange nicht mehr mit Mathematik beschäftigt. Bist du sicher, dass ich kein Risiko eingehe?«

»Keine Sorge, bei der SAT sind wir keine Nobelpreisträger. Beim Erkennungsdienst müssen wir schon etwas vorsichtiger sein.«

Drago beugte sich zum Fenster des Renault Laguna hinab. Er trug einen weißen Overall, eine Schutzkappe und Handschuhe. Er nickte Sinead zu.

»Und?«, fragte Raphael.

»Der Zugang zum Schacht befindet sich im Rasen und war von alten Gartenplanen verdeckt. Wir haben den Tunnel erkundet und dort an den Wänden die Zahlenfolgen entdeckt.«

»Sind sie eingeritzt?«

»Nein, Fresnay sagt, sie wären mit Blut geschrieben.«

»Mit Blut? Was für ein verdammter Irrer, dieser Séror. Habt ihr keine Waffen gefunden?«

»Nada. Aber wir untersuchen auch die Wände, um zu sehen, ob es dort einen weiteren Stollen gibt. Kommt, ich bringe euch hin.«

Sie gingen um das Haus herum in den Garten.

Je näher sie kamen, desto weicher wurden Sinead die Knie. Sie packte Raphael am Arm.

Zwischen dem Unkraut und den kahlen Bäumen stießen sie auf zwei Angehörige der Spurensicherung in ihren Schutzanzügen, die sich über die Öffnung des Schachts beugten. Raphael begrüßte Fresnay.

»Hallo, Manon.«

»Guten Tag, Raphael.«

»Das ist Mathilde, sie soll sich mal die Inschriften ansehen.«

Die Chefin des Erkennungsdienstes musterte die Irin und fragte: »Eine Freundin von dir?«

»Sie arbeitet als Lehrbeauftragte für Mathematik an der Uni.«

»Da drinnen besteht Einsturzgefahr, es wäre besser, wenn sie sich die Fotos vornehmen würde.«

»Tut mir leid, aber dafür haben wir nicht die Zeit. Es bleiben uns keine vierundzwanzig Stunden, bis der Richter das Rechtshilfeersuchen zurückzieht.«

»Sie wollen dir also wirklich den Fall abnehmen?«

»Wenn wir bis morgen nichts Handfestes haben, wird genau das passieren.«

»Na gut. Zieht euch Schutzkleidung an, ich erwarte euch unten.«

Sinead stand am Rand des Schachts. Die verwelkten Blumen im schmutzigen Gras erinnerten sie an den kleinen Friedhof auf den Klippen, wo sie Gari beerdigt hatte. Sie setzte die Kapuze auf, warf einen letzten Blick auf den trüben Himmel und stieg dann die Sprossen der Leiter hinab in die Dunkelheit. Sie wartete, bis Raphael und Drago bei ihr waren, dann führte der Serbe sie durch das verwinkelte unterirdische Gewölbe.

Es war ein Tunnel, der in den Kalkstein gegraben worden war. Die Wände waren mit groben Holzbohlen abgestützt, zwischen denen heller, schimmernder Schlamm hindurchsickerte. Ihre Füße versanken in dem Matsch und streiften in der Dunkelheit Baumwurzeln, die wie dicke, knotige Finger geformt waren. Sie bewegten sich im Gänsemarsch voran, bis sie eine Erweiterung des Tunnels erreichten, in der ein Scheinwerfer aufgestellt worden war. Sineads Augen brauchten eine Weile, um sich an das grelle Licht zu gewöhnen, dann entdeckte sie die Kriminaltechniker bei der Arbeit.

Mehrere weiße Gestalten knieten vor einer Reihe großer schwarzer Plastikkoffer, aus denen Videomonitore und Kabel hervorschauten. Ein anderer Mann war dabei, mit einer elektrischen Bohrmaschine Löcher in die Wand zu bohren.

Fresnay machte ihnen ein Zeichen, näher zu treten.

»Dies ist eine Sackgasse, wir haben die Wände in östlicher und westlicher Richtung angebohrt und nichts gefunden. Die Nordseite ist unsere letzte Hoffnung. Den Plänen zufolge, die Drago beim Katasteramt geholt hat, sind diese alten Steinbrüche wie ein Schweizer Käse, fast alle Gänge sind miteinander verbunden.«

»Und wenn wir nichts finden?«

»Dann suchen wir den Garten noch einmal nach einem anderen Zugang ab. Aber wir wissen, dass Séror diesen Stollen benutzt hat. Es gibt also mit Sicherheit irgendwo ein Versteck, und wir werden es finden.«

Der Kriminaltechniker mit der Bohrmaschine hatte seine Untersuchung der nördlichen Wand beendet. Er wandte sich zu Fresnay um.

»Die Mauer ist etwa zwanzig Zentimeter dick, dahinter ist ein Hohlraum.«

»Okay, den inspizieren wir.«

Einer der Ermittler kniete sich vorsichtig hin und schob eine bewegliche Metallspirale in das Loch.

»Mit dieser Glasfasersonde können wir feststellen, was auf der anderen Seite ist.«

Raphael, Sinead und Drago hockten sich vor einen Monitor und sahen zunächst ein Flimmern, dann ein grünes Bild wie durch ein Nachtsichtgerät.

Der Techniker erklärte: »Was man hier sieht, ist die gegenüberliegende Wand eines anderen Tunnels, die etwa einen Meter von der durchbohrten entfernt ist.«

»Kannst du weiter rein?«

»Ja, ich habe noch drei Meter Reserve. Los geht's.«

Die Glasfaser schob sich in der fahlen Dunkelheit voran. Sinead und die Ermittler erkannten einen Tunnel, der dem ähnelte, durch den sie gekommen waren, nur dass dieser nicht mit Brettern und Bohlen abgestützt war. Am Ende angekommen, hielt die Kamera inne.

»Dieser Stollen endet in einer Erweiterung, die mindestens so groß ist wie die, in der wir uns befinden.«

»Aber sie scheint feuchter«, bemerkte Fresnay. »Am Boden ist überall Wasser.«

Raphael stand auf und inspizierte die Wand.

»Reißt die Bretter weg und seht nach, ob es nicht irgendwo dahinter eine Öffnung gibt. Seid vorsichtig, da kommt bestimmt Schutt runter.«

Sofort erhoben sich die Männer und machten sich daran,

die Stützen mit Brecheisen zu entfernen. Sinead sah Raphael an, und dieser wandte sich zu Drago um.

»Wo sind die Zahlen?«

»Kommt mit, ich bringe euch hin.«

Sie drehten um und mussten sich bücken, um durch einen Durchlass in einen anderen, kleineren Raum mit niedriger Decke zu schlüpfen. Die beiden Kriminaltechnikerinnen, die minutiös jeden Winkel des Raums fotografierten, unterbrachen ihre Arbeit, um sie zu begrüßen.

»Das ist Mathilde, sie ist Mathematikerin. Sie will versuchen, die Zahlenfolgen zu entziffern.«

»Wo sind sie denn?«, fragte die Irin sofort, um etwaigen unangenehmen Fragen vorzugreifen.

»Überall sind welche«, antwortete die jüngere der beiden Frauen. »Wir sind gerade dabei, sie zu fotografieren, mit dem Luma-Lite erkennt man sie besser.«

Ihre Kollegin griff nach einer Neonlampe mit blau fluoreszierendem Griff und trat näher an die Wand, sodass man braune Zeichen auf dem hellen Stein erkannte.

»Wellenlänge und Spektrum des Luma-Lite ermöglichen, Spuren zu sehen, die mit bloßem Auge nur schwer wahrnehmbar sind«, erklärte sie. »So kann man Sperma- und Drogenspuren ebenso wie Fingerabdrücke erkennen … Im Moment haben wir nur Blut festgestellt, das sind die dunklen Linien, die überall verteilt sind. Wenn Sie genauer hinsehen, werden Sie merken, dass es sich um Ziffern handelt.«

»Zahlen«, korrigierte Sinead und trat näher.

2008669	92900538	408079	92900413
105006551	73008405	501676	73008223
69402891	60006441	504431	60006195
151606019	51208237	506891	51207921
66806091	45103475	509263	45103086
137501285	40702187	601658	40701720

61501197	37405215	604099	37404666
67108557	34905210	606573	34904576
74105825	33001375	609098	33000652

…

Die Zahlenkolonnen zogen sich endlos vor ihren Augen hin wie kabbalistische Zeichen, braun mit Spuren von Karmesinrot. Sie waren mit einer so hastigen Besessenheit geschrieben worden, dass man den Eindruck hatte, die Wände wären mit blutigen Klauen beschmiert worden.

Raphael trat zu Sinead und murmelte: »Sagt dir das etwas?«

Sie schüttelte den Kopf und antwortete nicht gleich. »So auf Anhieb ist das schwierig. Man muss diese Zahlen in eine Ordnung bringen und analysieren … Hinter diesen Folgen steckt eine Logik, die Schrift ist krakelig und scheint vom Wahnsinn diktiert, aber wenn du genau hinsiehst, ist alles säuberlich aufgereiht. Séror hat das präzise notiert. Er kannte die Zahlen auswendig.« Sie unterdrückte ein Zittern, ehe sie hinzufügte: »Das ist ein Geheimnis, das es zu enthüllen gilt. Aber das Ganze hat einen Sinn, und wir werden ihn finden.«

In diesem Moment hörten sie die Stimme von Manon Fresnay auf der anderen Seite.

»Zeck, Drago, kommt her, wir haben einen Durchgang gefunden.«

Die beiden Ermittler zwängten sich durch das Loch, das sich in dem lockeren Erdreich auftat. Im Schein ihrer Halogenlampen bewegten sie sich durch einen neuen Tunnel, ganz darauf bedacht, eventuelle Spuren und Abdrücke nicht zu beschädigen. Am Boden lehmiger Schlamm mit eiskalten Pfützen, in denen sie knöcheltief versanken. Nach einigen Metern erweiterte sich der Gang.

Raphael hatte Sinead vorgeschlagen, sie solle auf ihn warten, doch sie hatte abgelehnt. Wenn sie schon die Chance hatte, hautnah bei den Ermittlungen dabei zu sein, die auch sie betrafen, musste sie die Gelegenheit beim Schopf ergreifen. Als sie abermals Zahlenfolgen an den Wänden entdeckte, begann ihr Herz zu rasen, doch sie ging weiter.

Dann öffnete sich der Tunnel zu einem weiteren Raum, und sie nahm zwischen den weiß gekleideten Gestalten der Kriminaltechniker zunächst nur etwas Schimmerndes wahr. Das Stimmengewirr schwoll plötzlich an und wich dann einem ohrenbetäubenden Summen, als könnte ihr Trommelfell die einzelnen Geräusche nicht mehr auseinanderhalten. Raphael versuchte, sie zurückzuhalten, doch sie machte sich mit einer Bewegung frei und trat näher. Nichts konnte sie mehr berühren, ausgenommen vielleicht der Geruch des Todes, der sie am Rand eines im Lehmboden ausgehobenen Beckens erstarren ließ. Ein unerträglicher Gestank nach Verwesung. Ihr Blick trübte sich, aber dennoch erkannte sie die aufgedunsenen Gesichter, die gliedlosen Körper und die vom Ungeziefer zerfressenen Fleischfetzen, die wie Korken an der Oberfläche der dicken, blutroten Brühe schwammen.

Keiner brachte ein Wort hervor.

Von Anfang an waren sie einer falschen Spur gefolgt. Diese Höhle war die eines irren Monsters.

Kapitel 39

»Wir sind geliefert! Wir haben uns von Anfang an geirrt! Séror ist ein verdammter, kranker Killer. Das hier hat nichts mehr mit Terrorismus zu tun.«

»Verflucht, die nehmen uns den Fall sicher ab«, schimpfte Drago und zog seinen Schutzoverall aus.

Die beiden Ermittler und Sinead hatten die Kriminaltechniker ihre Arbeit machen lassen und waren ins Wohnzimmer des »Dahlias« gegangen. Sie suchten nach einem Weg, um sich aus dem Treibsand zu befreien, in dem sie mit jedem Schritt tiefer zu versinken drohten.

»Es bleiben noch ein paar Stunden, um Sérors Motiv herauszufinden«, sagte Sinead.

»Die Geschichte wird immer makaberer und undurchsichtiger. Séror ist unauffindbar. Dumas wird uns den Gnadenstoß versetzen.« Drago sah sie an. In seinen schwarzen Augen lag etwas Hilfloses.

Zum ersten Mal spürte Sinead Schwäche bei den Ermittlern. Das war kein gutes Zeichen. Aber sie musste ihre Haut retten und die beiden deshalb davon überzeugen, dass noch alles möglich war. Sie fuhr fort: »Na gut …, aber wir kommen voran, wir wissen jetzt, dass der Waffenhandel nur ein Teilaspekt des Ganzen ist. Ich kenne die Bedeutung der Zahlenkolonnen noch nicht, wahrscheinlich ein Ausdruck des Wahnsinns, aber in der Welt dieses Mannes regiert nur ein Gesetz: das der Zahlen. Also steckt zwangsläufig eine Logik dahinter. Ich glaube, der Killer sucht nach etwas ganz Bestimmtem …«

Drago musterte sie noch immer schweigend.

Raphael nahm ihr gegenüber Platz. »Red weiter«, sagte er, »führ deine Überlegungen zu Ende.«

»Ich kenne sein Geheimnis nicht, aber ich vermute, dass sein Wahnsinn ihn viel Geld kostet. Seine Bezahlung als Forscher und Geheimagent reichte nicht aus. Das ist sicher der Grund, weshalb er in den Waffenhandel eingestiegen ist.«

»Interessant«, ermutigte Raphael sie.

»Ja, das klingt gut«, meinte der Serbe und lächelte. »Das bedeutet auch, dass Dumas, indem er sein Netzwerk schützen will, einen Serienkiller schützt.«

»Und einen Polizistenmörder. Und wenn ihr mich fragt, ist ihm das gar nicht bewusst«, fügte Raphael hinzu.

»Wir werden diese Geheimagenten reinreißen. Die werden gar nicht verstehen, wie ihnen geschieht.«

»Ganz ruhig, Serbe, noch haben wir es nicht geschafft. Bis morgen Mittag müssen wir ein Maximum an Informationen zusammentragen, damit wir hinsichtlich des Motivs für die Morde mehr Klarheit haben. Wir müssen versuchen, so effizient wie möglich vorzugehen. Drago, du nimmst dein Motorrad, flitzt zu Sérors Labor und zeigst seinen Kollegen die Zahlen, um herauszufinden, ob sie irgendetwas mit der nuklearen oder radioaktiven Forschung zu tun haben. Du, Sinead, arbeitest an diesen Zahlenfolgen weiter; wenn Drago nichts in Erfahrung bringt, haben wir wenigstens keine Zeit verloren. Bis zum Besuch des Richters morgen richten wir unser Hauptquartier hier ein und verlassen es nur, wenn es dringend nötig ist. Ich habe die Unterlagen von der Durchsuchung des Labors im Collège de France mitgebracht, die nehmen wir uns jetzt vor und vergleichen sie mit dem, was wir hier gefunden haben. Also los, an die Arbeit!«

Raphael kam ins Haus zurück, stellte die Kiste mit den Dokumenten im Flur ab und ging in die Küche zu Sinead. Sie hatte sich, mit Block und Stift bewaffnet, an den Resopaltisch gegenüber dem Fenster gesetzt. Das hereinfallende Licht unterstrich ihre zeitlose Schönheit. Ihre weiße Haut, der dunkle Schatten an der Wand und der Hell-Dunkel-Kontrast erinnerten ihn an ein Gemälde von Vermeer, dessen Name ihm nicht einfiel. Die Irin hatte ihm auf Anhieb gefallen, aber zum ersten Mal seit Jahren konnte er eine Frau ansehen, ohne sie zu begehren. Eigenartigerweise beruhigte ihn ihre bloße Gegenwart, und genau dies war wohl das Gefühl gewesen, das sie auch bei Gari ausgelöst hatte. Was empfand sie wohl für ihn, den Ermittler, wo sie doch Polizisten so sehr verabscheute? Vermutlich gar nichts, dachte er. Wenn er zu etwas nicht in der Lage war, dann dazu, die Gedanken dieser geheimnisvollen Frau zu erraten.

»Meinst du, du kannst irgendwelche Schlüsse daraus ziehen?«, fragte er und trat näher.

Sinead hob den Kopf. »Im Moment habe ich nicht die geringste Ahnung. Ich habe die Werte der ersten Spalte als Kurve auf einer x-Achse eingetragen, um zu sehen, was dabei herauskommt.«

Sie zeigte dem Ermittler die Grafik mit der unregelmäßigen Wellenform.

»Sieh her … Nach den ersten Punkten könnten diese Werte Fluktuationen anzeigen. Wenn wir die Maßeinheit hätten, wüssten wir, ob es sich um Radioaktivität oder etwas anderes handelt. Aber so befinden wir uns auf unbekanntem Terrain. Sicher ist nur, dass diese Zahlen einen Sinn haben. Sie sind das Ergebnis von Berechnungen oder präzisen Messungen.«

Raphael schwieg kurz, ehe er fragte: »Glaubst du, wir können es schaffen?«

»Was?«

»Bis morgen einen Sinn darin zu finden.«

»Ehrlich gesagt, scheint mir das in so kurzer Zeit sehr schwierig. Stammen diese Akten aus der Durchsuchung von Sérors Labor?«

»Ja.«

»Gab es hier im Haus nichts?«

»Nein, alles, was mit seiner Arbeit zu tun hat, befindet sich in diesem Karton.«

»Ihr habt sie doch schon mehrere Tage, sind sie noch nicht ausgewertet?«

»Wir haben sie von Sérors Kollegen untersuchen lassen, zu dem Drago jetzt unterwegs ist. Ihm zufolge handelt es sich nur um Unterlagen zur nuklearen Sicherheit und nichts anderes.«

»Sollen wir sie uns ansehen?!«

»Ja, gerne.«

Raphael ging in die Hocke und begann, die Aktenstöße auf dem Linoleumboden auszubreiten.

Eine wahre Flut von Papier: Berichte, Dossiers, Doktorarbeiten, Ordner und wissenschaftliche Abhandlungen lagen seit nunmehr fast zwei Stunden vor Sineads müden Augen, und sie war außerstande, irgendetwas daraus abzuleiten. Das Meer von Zahlen vermischte sich mit den brutalen Bildern des Gemetzels und mit dem Gesicht dieses widerwärtigen Joffre. Raphael hatte ihr sein Vertrauen geschenkt, und nun fühlte sie sich nur noch müde und innerlich schmutzig.

Sie warf ihm einen verwunderten Blick zu.

»Du verstehst nichts, stimmt's?«, fragte er und lächelte.

»Nicht das Geringste. Man würde Wochen brauchen, um dieses trockene wissenschaftliche Zeug, diese Tausende von Seiten durchzuarbeiten, und es ist nicht einmal sicher, dass man am Ende etwas finden würde oder auch nur einen Zusammenhang zu den Zahlen herstellen könnte. Ich komme immer mehr zu der Überzeugung, dass dieser Typ zu clever ist, um irgendetwas von Interesse in seinem Labor zurückzulassen.«

Es klopfte an der Tür.

Aschfahl trat Manon Fresnay in ihrem fleckenübersäten Schutzanzug ein.

Raphael erhob sich. »Alles in Ordnung?«, fragte er.

»Nein.« Sie zog ihren Latexhandschuh aus und wischte sich die Tränen ab, die ihr in den Augen standen. »Was für ein Gemetzel da unten. Es gibt drei Leichen im Zustand fortgeschrittener Verwesung. Der Typ ist wirklich völlig krank … Der Rechtsmediziner ist da, ich wollte dir nur sagen, dass er die Toten abtransportiert. Er möchte wissen, welcher Kripobeamte an der Obduktion teilnimmt.«

»Wir schicken jemanden aus dem Team. Drago und ich werden vermutlich die Nacht hier verbringen.«

»Wie weit seid ihr?«

»Immer noch am Ausgangspunkt«, sagte Sinead.

»Habt ihr etwas bei den Leichen gefunden?«, erkundigte sich Raphael.

»Medizinische Utensilien, Skalpelle, Plastikkanister voll mit verdorbenem Blut, Infusionsmaterial. Und das hier … ich habe mir gedacht, es könnte dich interessieren.«

»Zeig mal.«

Fresnay trat näher und reichte ihm einen transparenten Plastikbeutel mit Überresten von Fotos. »Da braucht man Geduld. Er hat sie zerrissen und teilweise auch verbrannt.«

Raphael öffnete die Tüte, schüttete den Inhalt auf den Tisch und drehte die Teile um, sodass man die Bildseite sah.

»Es ist zwar unvollständig, aber man kann bestimmt etwas damit anfangen.«

»Danke, Manon.«

Das Papier war durch die Feuchtigkeit wellig, aber der Ermittler zählte etwa vierzig Teile von circa ein mal zwei Zentimetern. Sinead setzte sich neben ihn, sie streiften sich Latexhandschuhe über und begannen mit dem Sortieren.

Eine halbe Stunde später hatten sie das Puzzle zusammengesetzt und blickten auf die Überreste der Bilder.

Drei Farbfotos, die die Weltkarten vor schwarzem Hintergrund zeigten. Trotz des beschädigten Papiers konnte man auf jedem in der Mitte eine Art glühenden Feuerstreifen erkennen. Wie lichterfüllte Horizonte in Flammenform, die den Sauerstoff innerhalb der Sphären verschlangen. Das erste Bild schien von einem bläulichen Schimmer überzogen, das zweite war klarer, auf dem dritten hingegen war dieselbe Sphäre zu sehen wie auf den beiden anderen, doch die Flammen waren durch Pixel ersetzt worden, und der Horizont hatte sich hier in einen schwarzen Streifen verwandelt.

»Was ist denn das?«, fragte Raphael.

Auf den ersten Blick sagten Sinead die Bilder nichts, doch je länger sie sie betrachtete, desto mehr hatte sie den Eindruck, schon einmal etwas Ähnliches gesehen zu haben, ohne dass sie es jedoch hätte einordnen können. Nach einem kurzen Schweigen sagte sie leise: »Dieser glühende Horizont in einer Sphäre …«

»Was?«

»Das erinnert mich an Bilder, die ich als Kind gesehen habe. Ich hatte ein Physikbuch mit Fotos, eines schöner als das andere, die alle diesen hier ähnlich waren. Es gab eine ähnliche Sphäre, allerdings ohne Flammen, aber mit derselben Feuerlinie. Das war … unsere Milchstraße.«

»Die Milchstraße?«

»Ja … Ich weiß nicht, was das zu bedeuten hat und was es in diesem Gemetzel verloren hat, aber ich denke, dass es sich um Aufnahmen vom Universum handelt.«

Kapitel 40

Institut für Astrophysik
Boulevard Arago, Paris, Vierzehntes Arrondissement

Der Campus der wissenschaftlichen Fakultät aus den Dreißigerjahren erschien Sinead und Raphael wie ein Mausoleum. Hier, wo die Menschen den Kosmos erforschten, um den Geheimnissen des Lebens und der Zeit auf die Spur zu kommen, wollten sie den Tod entschlüsseln.

Die Irin betrat das Gelände als Erste. Es war gegen fünf Uhr nachmittags, Autos parkten zwischen den schlichten dunklen Backsteinbauten im neoklassischen Stil, die im Dämmerlicht dieselbe kalte Ausstrahlung, denselben Anklang an die Sowjet-Architektur hatten wie das moderne Trinity College. Sinead mochte dieses verstaubte Gesicht der Wissenschaft, die sich weiterentwickelte, ohne ihre veraltete Hülle abzulegen.

In der Halle fragten sie nach dem Büro von Stéphane Fauconnier, Leiter der Abteilung für theoretische Kosmologie, der sich bereit erklärt hatte, sie umgehend zu empfangen.

Fauconnier, um die vierzig und schlank, trug ein schwarzes Jackett mit Mao-Kragen, eine zu weite Jeans und Cowboystiefel. Der hüpfende Adamsapfel, die langbewimperten Augen, das glatte Gesicht und das halblange dunkle Haar ließen ihn jugendlich erscheinen.

»Sie sind von der Kripo?«, fragte der Wissenschaftler, sichtlich neugierig, als er sie hereinbat.

»Raphael Zeck von der Antiterrorbrigade, und diese junge Dame steht uns in unserem Fall beratend zur Seite.«

»Das ist eine Premiere«, meinte der Physiker und lächelte. »Wir haben nur selten mit der Polizei zu tun.«

Während Fauconnier zwei Stühle frei machte, sah sich der Ermittler rasch in dem in Pastelltönen gehaltenen Büro um, das sich so sehr vom äußeren Eindruck unterschied, den das Gebäude vermittelte. Hier war alles renoviert worden und glich jeder anderen französischen Verwaltungsbehörde, mit dem kleinen Unterschied, dass der Wissenschaftler in den Regalen und über seinem Computer Fotos von Sternbildern angebracht hatte. An einer Wand hing eine Wanderkarte des Forêt de Fontainebleau, daneben ein Bild von einem Felsgipfel, der aus dem Meer ragte. Als er näher trat, bemerkte Raphael kleine farbige Punkte auf dem Gestein – eine Seilschaft von Bergsteigern.

»Klettern Sie?«

»Ich verbringe meine Freizeit rund um Fontainebleau, und manchmal mache ich eine kleine Tour. Das da ist The Old Man of Hoy, ein mythischer Felsen auf den Orkney-Inseln vor Schottland. Den habe ich letztes Jahr bestiegen. Kennen Sie ihn?«

»Nein, aber früher war ich auch ein begeisterter Bergsteiger.«

»Was kann ich für Sie tun?«, fragte der Physiker.

Raphael setzte sich und zog einen dicken Umschlag aus seiner Tasche.

»Wir ermitteln in einem Fall, über den ich Ihnen keine weiteren Einzelheiten erzählen darf, aber am Tatort haben wir das gefunden.«

Er nahm die zusammengeklebten Fotos heraus und legte sie auf den Schreibtisch.

»Wir wüssten gerne, was sie darstellen.«

Noch immer lächelnd, griff Fauconnier mit seinen kräftigen Händen vorsichtig nach den Bildern und betrachtete sie lange.

»Ich habe den Eindruck, dass es sich um eine Darstellung des Universums handelt …«, sagte Sinead schließlich.

»Es ist noch viel besser als das«, meinte der Physiker leise. »Diese Bilder sind eigentlich sehr bekannt, sie sind vor gut zwei Jahren von den NASA-Labors herausgegeben worden. Sie wurden von dem Satelliten COBE, dem Cosmic Background Explorer, aufgenommen, der auf seiner rund neunhundert Kilometer von der Erde entfernten Umlaufbahn das Universum in einem Winkel von dreihundertsechzig Grad scannt. Das Foto zeigt das Universum so, wie es in der 10^{-35} Sekunde nach seiner Geburt war, das heißt dreihundertachtzigtausend Jahre nach dem Big Bang oder dem Urknall, der vor fast 13,7 Milliarden Jahren stattgefunden hat. Auf diesem Bild sieht man das älteste Licht des Kosmos, das uns noch heute von den Grenzen des Universums erreicht.«

Nach dieser verblüffenden Erklärung des Physikers fragte Raphael: »Wollen Sie damit sagen, dass man noch heute im Kosmos dieses Licht wahrnehmen kann?«

»Nicht in seiner ursprünglichen Form. Diese Strahlung stammt aus einer sehr heißen Periode, seither kühlte sie sich durch die Expansion des Universums ab, und nun beträgt ihre Temperatur 2,276 Grad Kelvin, das sind genau 270,424 Grad Celsius. Dieses Licht besteht noch immer aus Photonen, das sind kleine Lichtteilchen, die mit bloßem Auge nicht zu erkennen sind. Es handelt sich dabei um Mikrowellen, die zwischen Infrarotstrahlung und Radiowellen liegen. Einfacher ausgedrückt, könnte man sagen, dass dieses Licht zu Beginn seiner Reise ein Neugeborenes war, das sich, so wie wir es hier sehen, zum Greis entwickelt hat.«

»Gut, und welche Informationen liefert das Bild heute? Was können die Astrophysiker daraus ablesen?«, fragte Raphael.

»Es handelt sich um eine unglaubliche Informationsquelle. Der Mensch ist zwar bis auf den Mond gelangt, der Ursprung des Universums aber ist ihm weiterhin ein Rätsel … die Forschung steckt auf diesem Gebiet noch in ihren Kinderschuhen. Wenn die Basisdaten, die dieses Bild enthält, einmal ausgewertet sind, werden sie uns die Möglichkeit geben, die Zeit zurückzuverfolgen und ein kosmologisches Modell zu erarbeiten, das heißt auf befriedigendere Art die großen Etappen der Evolution des Universums nachzuvollziehen. Wenn uns das gelungen ist, treten wir ins Zeitalter der Präzision ein, was heute noch nicht der Fall ist. Können Sie mir folgen?«

»Ja …« Raphael nickte. Er fühlte sich, als stünde er am Rande des Nichts und suchte Sineads Blick, um sich an die Realität zu klammern. Die Irin hatte von Sérors kartesianischem Geist gesprochen, von ihrer Gewissheit, dass er ein präzises Ziel hatte, und jetzt hörten sie sich Geschichten an, die über dreizehn Milliarden Jahre zurücklagen. Der Mann sprach von dem Nichts, in dem der Ermittler am Tag seines Todes versinken würde. Was Fauconnier da erzählte, war sein schlimmster Albtraum, und er hatte nicht die geringste Ahnung, wie er eine Verbindung zwischen dieser kosmischen Hintergrundstrahlung und dem Fall herstellen sollte, in dem sie gerade ermittelten.

Sinead kam ihm zu Hilfe: »Die Polizei hat unter der Erde mehrere verstümmelte Leichen gefunden. Die Tunnel, die zu diesem Blutbad führten, waren mit Inschriften bedeckt, die vermutlich mit menschlichem Blut geschrieben wurden.«

Fauconnier runzelte die Stirn, als wäre das Leben zum ersten Mal kein Spiel mehr. Langsam wurde ihm die Ernsthaftigkeit dessen bewusst, was er gerade gehört hatte. »Welche Art Inschriften?«, fragte er.

»Dieser Art«, antwortete Sinead und zog ein Blatt mit den Berechnungen heraus, die sie vorgenommen hatte.

Fauconnier konzentrierte sich eine Weile auf die Zahlenfolgen und wollte dann wissen: »Haben Sie diese Kurve angefertigt?«

»Ja, ich habe mir gedacht, dass es sich vielleicht um Temperaturfluktuationen handelt.«

Der Physiker strich sich durchs Haar und erhob sich, um ein Werk zu konsultieren, das er aus einem Regal nahm. Er verglich es mit der Kurve und wandte sich dann zu Sinead um.

»Ich glaube, Sie haben recht. Die Einheit ist Mikrokelvin im Quadrat. Man verwendet sie, um Temperaturfluktuationen zu berechnen.«

»Gibt es Ihrer Meinung nach einen Zusammenhang zwischen diesen Zahlenfolgen und dem Bild von der kosmischen Hintergrundstrahlung?«

Fauconnier stieß ein kurzes, ungläubiges Lachen aus. »Ja, auf diese Art würde man die Temperaturfluktuationen der kosmischen Hintergrundstrahlung messen … Aber das ist nicht realistisch.«

»Wie meinen Sie das?«

»Das, was Sie da andeuten, ist schlichtweg unvorstellbar. Ich meine, die Annahme, dass der Mensch oder die Menschen, die solche Morde begangen haben, wie Sie sie beschreiben, wissenschaftliche Forschungen vorgenommen haben könnten, die diesen Namen verdienten.«

»Ich verstehe Ihre Bedenken«, meinte Raphael, »aber unser Verdächtiger ist ein hoch qualifizierter Wissenschaftler, ein Nuklearspezialist …«

»Hören Sie, Smoot und Mather, die Urheber dieser Bilder, sind Astrophysiker der Spitzenklasse, aber auch sie stehen erst am Anfang der Analyse all dieser Daten. Es ist also äußerst unwahrscheinlich, dass Ihr Mörder, so brillant er auch sein mag, eine Berechnung dieser Größenordnung vornehmen kann, außer er hätte selbst zu dem Team gehört, woran ich mir zu zweifeln erlaube.«

Schweigen.

»Lassen Sie mich meine Frage anders formulieren … Was

könnte ein Mörder, der ein hohes wissenschaftliches Niveau hat, in diesen Bildern suchen?«

»Das ist schwer zu sagen. Sie enthalten Tausende von Informationen, die Wissenschaftler verschiedenster Fachrichtungen interessieren könnten, und wenn man bedenkt, dass die Auswertung der COBE-Beobachtungen noch in den Kinderschuhen steckt – soll heißen, es gibt bis heute so gut wie keine Publikationen –, dann ist Ihr Problem fast nicht zu lösen …«

Raphael unterbrach ihn: »Gut, dann belassen wir es dabei. All diese Theorien führen uns nicht weiter. Wir haben einen Mörder, der frei herumläuft, wir brauchen etwas Konkretes.«

»Aber diese Zahlen haben eine Bedeutung, da bin ich mir ganz sicher«, beharrte Sinead.

Fauconnier erhob sich, hockte sich vor ihr auf die Schreibtischkante und verschränkte die Arme vor der Brust. »Wenn Sie meine Meinung hören wollen, dann hat Kommissar Zeck ganz recht. Es wäre ein Fehler, sich auf diese Zahlenfolgen stützen zu wollen. Selbst wenn sie auf einer richtigen Basis beruhten, lässt doch nichts darauf schließen, dass sie in einem direkten Zusammenhang zum ältesten Licht des Kosmos stehen. Vielleicht hat der Mörder in seinem Delirium verschiedene Kenntnisse zusammengeführt. Ich denke, es wäre interessanter, sich um die Persönlichkeit des Verdächtigen zu kümmern. Es gibt verschiedene Fälle, in denen brillante Geister irgendwann während ihrer Laufbahn vom rechten Weg abgekommen sind und den Bezug zur Realität verloren haben. Der Mythos vom Goldenen Schnitt, der *proportion divina*, der göttlichen DNA … ist sicher eines der eindrucksvollsten Beispiele. Bemerkenswerte Wissenschaftler haben sich in den Wirren des Wahnsinns verloren, weil sie sich von der Idee haben verführen lassen, sie könnten über ihr Fachgebiet das Übernatürliche erreichen. Einige von ihnen haben dieser Suche ihr Leben gewidmet und es überall auszumachen geglaubt – in den ägyptischen Pyramiden, den Gemälden der

Renaissance, in der Nautilus-Muschel oder in der menschlichen DNA. An Ihrer Stelle würde ich eher in diese Richtung suchen.«

»Wenden sich nicht einige große Forscher der Religion zu, wenn sie keine Antworten mehr auf ihre Fragen finden?«, gab Sinead zu bedenken.

»Da begeben Sie sich auf ein gefährliches Terrain.«

»Sind Sie Atheist?«, fragte Sinead.

»Ich glaube nur an das, was wissenschaftlich nachweisbar ist, das trifft auf Gott nicht zu und wird nie zutreffen, also existiert Er nicht. In meinen Augen sind Forscher, die so etwas denken und es auch noch öffentlich kundtun, dumme Anhänger des Kreationismus, für die ich nur Verachtung empfinde.«

»Nun gut«, meinte Raphael und erhob sich, »wir wollen Ihre wertvolle Zeit nicht länger in Anspruch nehmen. Danke für Ihre Erklärungen.«

Fauconnier zeigte wieder sein jungenhaftes Lächeln und sagte: »Ich will Ihnen nicht verhehlen, dass diese Geschichte meine Neugier geweckt hat. Lassen Sie mir die Zahlen hier, ich will doch sehen, was man damit anfangen kann … Wann können wir uns wieder treffen?«

»Wir haben einen Mörder, der frei herumläuft. Gott weiß, was er gerade in diesem Moment ausheckt. Also kann man nur sagen, je schneller, desto besser.«

Fauconnier musterte die Auflistung von Zahlen, um abzuschätzen, wie lange er brauchen würde, um die Daten zu analysieren. Dann sagte er: »Ich fahre in zwei Tagen nach Kanada, die einzige Möglichkeit wäre also morgen Abend. An der Ecke Rue Boulard, Rue Daguerre gibt es ein Lokal, das Le Bouquet. Sagen wir gegen neunzehn Uhr, passt Ihnen das?«

Kapitel 41

Das Erste, was Raphael beim Aufwachen sah, war der übervolle Aschenbecher auf dem Tisch in Sérors Wohnzimmer. Instinktiv blickte er sich nach Sinead um, bis ihm einfiel, dass er sie am Vorabend, als sie das Astrophysische Institut verlassen hatten, in der Rue de Froidevaux abgesetzt hatte. Er zündete sich eine neue Zigarette an und sah auf die Uhr – es war sieben –, dann stand er auf und weckte den Serben, der auf dem gegenüberliegenden Sofa vor sich hin schnarchte. Die wenigen Stunden Schlaf waren erholsam gewesen, aber es blieb ihnen nicht einmal eine Dreiviertelstunde, um für den Besuch des Untersuchungsrichters halbwegs präsentabel auszusehen.

Am Vorabend hatten sie alle belastenden Beweise gegen Séror zusammengetragen, über die sie verfügten, eine Chronologie der Ereignisse erstellt und mögliche Tatmotive formuliert. Die Sache sah gut für sie aus, schon allein deshalb, weil der Forscher für nukleare Sicherheit ein Mörder war und der Richter der Argumentation von Dumas und der DST nicht mehr folgen konnte, wenn er sich nicht selbst in ernsthafte Schwierigkeiten bringen wollte. Sollte irgendetwas davon an die Presse durchsickern, könnte das die beiden den Kopf kosten.

Drago öffnete die Augen.

»Gleich neben der RER-Station gibt es eine Kneipe. Wollen wir uns noch einen Kaffee genehmigen?«, fragte Raphael.

Ohne zu antworten, erhob sich der Serbe, der in seiner Lederjacke geschlafen hatte, fuhr sich mit den Fingern durch das lange strähnige Haar und ging in die Küche, um sich Wasser ins Gesicht zu spritzen. Erst dann meinte er: »Ich wünschte, dass dieser Hurensohn Dumas mitkommen würde, damit ich ihm ins Gesicht spucken könnte.«

Raphael zog seine Jacke an, dann verließen die beiden Ermittler das Haus. Vor der Tür grüßten sie den wachhabenden Polizisten.

Sie saßen an der Heizung zwischen Flipper und Fenster, und Raphael sah zu, wie Drago sein Croissant in den Milchkaffee tunkte und verschlang.

»Heute Morgen steht uns also die große Prüfung bevor, und die Anweisung Nummer eins, mein lieber Drago, lautet: Überlass das Reden besser mir.«

»Meinst du nicht, dass du schon genug Unsinn erzählt hast?«

»Das ist kein Scherz, wir haben den Fall mit Mühe und Not zurückbekommen. Ab jetzt halten wir uns an die Fakten, keine Ausfälle, versprochen?«

»Keine Sorge, ich sage nichts. Du weißt ja, dass es mir um die Ermittlungen und um sonst nichts geht.«

Raphael biss in sein Baguette und fuhr fort: »Wir lassen die Dinge auf uns zukommen. Der Kerl hängt sein Fähnchen nach dem Wind, meiner Meinung nach wird er sich uns ohne großes Tamtam anschließen. Erste Möglichkeit: Alles läuft glatt, und ich sage nichts. Zweite Möglichkeit: Er spielt den Schlaufuchs und vertritt die Sache der DST, dann mache ich ihn an.«

»Und wie?«

»Aubert weiß, dass es etwas Neues gibt, aber er weiß nichts von dem Ausmaß unserer Entdeckung … Also wirklich, Drago, wisch dir den Mund ab, du isst wie ein Schwein!«

Der Serbe fuhr sich über das unrasierte Kinn und fragte kauend: »Hast du übrigens mit dem Rechtsmediziner gesprochen?«

»Er hat versprochen, dass wir seinen Bericht als Erste

bekommen. Er müsste im Laufe des Vormittags eintreffen, aber ich weiß schon jetzt, dass sie Spuren von Salpetersäure gefunden haben, genau wie bei Muhls Leiche. Wenn die anderen Probleme erst einmal geregelt sind, können wir in Ruhe daran arbeiten.«

»Sehr gut.«

Raphael sah auf die Uhr über der Bar. »Es ist Viertel vor, wir sollten los.«

Sie bezahlten. Als sie zum »Dahlias« kamen, erwartete der Untersuchungsrichter sie bereits vor der Tür.

Aubert begrüßte sie und trat hinter dem Serben ein. Drinnen legte er seinen Kamelhaarmantel ab, unter dem der ewige graugrüne Anzug zum Vorschein kam. Raphael versuchte, etwas in den dunklen Augen hinter der Metallbrille zu lesen. Der Richter schien entspannt.

»Gut, anscheinend haben Sie Neuigkeiten?«

»Ja«, bestätigte Raphael.

»In der Richtung, die Sie sich erhofft haben?«

»Ganz genau.«

»Das trifft sich gut, denn Dumas ist stinksauer. Sie müssen mir wirklich überzeugende Argumente liefern, ansonsten sind Sie den Fall los.«

Der Richter hatte ganz offensichtlich seine Meinung geändert, da er verstanden hatte, wo sein Vorteil lag. Raphael war sich jetzt sicher, dass er – wenn er sich auf das Spiel einlassen würde – den nötigen Aufschub bekäme, um die Ermittlungen fortzusetzen.

»Wo sind Sie fündig geworden?«

»Im Garten. Wir haben im Rasen den Zugang zu einem alten Stollen gefunden, der aus der Zeit der Lozère-Steinbrüche stammt. Während des Zweiten Weltkriegs dienten sie der Résistance als Unterschlupf. In einem Becken haben wir drei Leichen gefunden, die schon lange dort liegen müssen.«

»Wissen Sie etwas über die Identität?«

»Im Moment noch nicht. Das Rechtsmedizinische Institut arbeitet daran. In den nächsten Stunden sollten wir die ersten Ergebnisse bekommen.«

»Gut«, meinte der Richter. »Ihre Theorie bezüglich Séror präzisiert sich also?«

»Ja, ganz eindeutig. Setzen Sie sich doch bitte«, meinte Raphael und deutete auf einen Stuhl.

Der Richter nahm den beiden Ermittlern gegenüber am Wohnzimmertisch Platz und schlug sein Notizbuch auf.

Raphael bemerkte, dass er keinen Ehering trug. Dieser Typ hatte alles von einem eingefleischten Junggesellen. Sein Gesicht und sein Anzug passten perfekt zu dieser altmodischen Umgebung und dem modrigen Geruch, der in der Luft hing. »Wir glauben, ein recht klares Profil des Mörders entworfen zu haben«, begann Raphael, »und die letzten Ereignisse bestätigen unsere Vermutungen über den Forscher des Collège de France. Laut der Aussage des Tschetschenen Islamow, die er bei dem Verhör durch Sie wiederholt hat, war Séror derjenige, der mit den Verstrahlten aus dem Bois de Vincennes verhandelt hat, und er war es auch, der ihnen die Waffen verkauft hat. Er war es, den die Tschetschenen vor unseren Augen aus der Bar Olympic am Boulevard Barbès geschleift haben – bevor eine meiner Kolleginnen bei der Gegenbeschattung zu Tode kam. Die Kaliber, die wir in dem Zelt im Bois de Vincennes gefunden haben, ebenso wie einer der Schaltkreise, den wir als MST-9 identifiziert haben und der von Dieter Muhls Firma Dobrzyn hergestellt wurde, bestätigen die Vermutung, dass die von Séror verkauften Waffen aus einem Depot der antikommunistischen Organisation ›Rose des Vents‹ stammten, die später von der SAC abgelöst wurde. Aller Wahrscheinlichkeit nach ist Séror kein Kommunist, er hat sich seine persönliche Geschichte und die seines Vaters, einem überzeugten Roten, nur zunutze gemacht, um sich eine Tarnung zu schaffen und die Sowjets hinters Licht zu führen.

Letztlich war er ein Agent des französischen Geheimdienstes, der während seiner wiederholten Aufenthalte in der UdSSR strategische Informationen gesammelt hat. Wir glauben, dass dieser Mann, der, wie dieses Haus beweist, nach außen hin nicht wohlhabend schien, für seine Missionen gewöhnlich gut bezahlt wurde. Dieses Geld benutzte er, um ein persönliches Projekt zu entwickeln, auf das ich später zu sprechen kommen werde. Nach dem Fall der Berliner Mauer und dem Ende des Kalten Krieges hatte Séror sicher Schwierigkeiten, eine neue Richtung einzuschlagen. Wir nehmen an, dass es ihm seit einigen Jahren an Geld fehlte und dass er darum begonnen hat, die alten Waffenbestände der ›Rose des Vents‹ zu verkaufen. Zu diesem Zeitpunkt betritt der Waffenhersteller Dieter Muhl die Szene. Trotz seines Alters hatte dieser gerissene, ehemalige SS-Mann noch immer die Kontrolle über die Waffendepots der ›Rose des Vents‹. Er kommt Séror, den er gut kennt, auf die Schliche und droht ihm, ihn zu enttarnen oder gar von den Männern des SAC eliminieren zu lassen. Aber auch Séror hat seine Leute, er kommt Muhl zuvor und lässt diesen unter den Ihnen bekannten Umständen ermorden. Seine Leute haben auch versucht, Verhoeven zu töten.«

Während sich der Richter Notizen machte, beobachtete er Raphael nebenbei immer wieder. Er rückte seine Brille zurecht und fragte: »Sehr gut, Zeck, das ergibt Sinn. Jetzt erzählen Sie mir mehr über Sérors persönliche Motivation, das ist neu.«

Raphael räusperte sich und begann: »Ein Punkt hat von Anfang an nicht gepasst. Wir haben nicht begriffen, warum die Tschetschenen aus dem Bois de Vincennes mit radioaktiven Gebetsketten getötet wurden. Auch wenn wir sein Motiv noch nicht ganz verstehen, haben uns die gestrigen Entdeckungen doch viel über Séror selbst erzählt. Außer den Leichen haben wir das hier an den Wänden der Tunnel entdeckt.« Raphael zog einen Stapel Schwarz-Weiß-Fotos aus einem Umschlag und reichte sie dem Richter. »Diese Folge von Zahlen, die mit dem Blut der Opfer geschrieben wurde, ist Ausdruck einer krankhaften psychischen Störung.«

Dann legte Raphael ihm die Aufnahmen des Gemetzels vor: aufgedunsene Leiber, die in der schwarzen Brühe trieben. Der mit solchen Szenarien vertraute Richter sah sie sich eine nach der anderen an, ohne die geringste Emotion zu zeigen.

»Diese Bilder lassen wenig Zweifel an der Motivation des Wissenschaftlers.«

»Und was haben die Zahlen zu bedeuten?«

»Einem Astrophysiker zufolge, den ich gestern befragt habe, scheinen sie mit einem Bild, einer Fotografie des Universums in Verbindung zu stehen, die wir ebenfalls in der Nähe der Opfer in dem Tunnel gefunden haben. Nach seiner Meinung sind sie das Ergebnis wissenschaftlicher Berechnungen, können aber nicht zwingend in Zusammenhang mit dem Bild des Universums gebracht werden, das die Spezialisten der NASA noch immer auswerten. Auf den ersten Blick ist Séror ein brillanter Forscher, aber diese Zahlenfolge belegt seinen Wahnsinn.«

Es herrschte ein kurzes Schweigen, während der Richter erneut die Bilder studierte.

»Schützt Dumas Ihrer Meinung nach die Organisation oder Séror selbst?«, fragte Raphael schließlich.

Aubert sah ihn an. »Sie wollen wissen, ob ich glaube, dass Dumas über die Morde von Séror informiert war … Nein, das glaube ich nicht … Ich nehme sogar an, dass er sehr überrascht sein wird über Ihr Elaborat des Falls.«

Drago, der bisher den Mund nicht aufgemacht hatte, stieß hervor: »Unser Elaborat, aber was ist denn in Sie gefahren?«

»Was in mich gefahren ist, wollen Sie wissen, meine Herren? Ich war heute Morgen im Leichenschauhaus, und der Leiter der Rechtsmedizin Schrameck hat mir den Autopsiebericht der Leichen aus Ihrem verdammten Gemetzel ausgehändigt. Eine von ihnen ist ohne jeden Zweifel als die von Pierre Séror identifiziert worden. Sein Tod liegt mehrere Wochen zurück, er kann also die Tschetschenen aus dem Bois de Vincennes nicht umgebracht haben und noch weniger Dieter Muhl, wie Sie behaupten. Das Rechtshilfeersuchen wird hiermit zurückgezogen. Sie sind nicht mehr für die Ermittlungen zuständig. Mit anderen Worten, Sie sind erledigt.«

Kapitel 42

Es war kurz vor sechzehn Uhr, als Sinead an der Metrostation Saint-Sulpice ausstieg. Strömender Regen ging auf Paris nieder. Der Himmel und die Fassaden waren so tiefgrau, dass sie den Eindruck hatte, die Nacht würde sich schon über die Stadt legen. Es sei denn, ihre Seele hätte sich definitiv verfinstert.

In ihren Schal gehüllt, kämpfte sie sich mit gesenktem Kopf durch die windgepeitschte Rue du Vieux-Colombier und bog dann rechts in die Rue Madame ein. In wenigen Minuten würde sie Mia wiedersehen, und sie hoffte so inständig, dass ihre Freundin ihr Informationen liefern würde, mit deren Hilfe sie eine Verbindung zwischen Garis Tod und dem Fall Séror herstellen könnte.

Nachdem Raphael sie am Vorabend vor dem Haus in der Rue Froidevaux abgesetzt hatte, hatte sie sich auf dem Sofa niedergelassen und ihre Verräterarbeit getan: Laut und deutlich hatte sie einen detaillierten Bericht von den letzten Entdeckungen in Lozère bis hin zu ihrem Treffen mit Fauconnier abgeliefert. Die Mikros, welche die DSG installiert hatte, würden die Informationen an Joffre weiterleiten.

Treffen durfte man sich nicht.

Das war Regel Nummer eins, die der Geheimagent aufgestellt hatte. Er hatte in der Nähe der Wohnung einen getarnten Wagen geparkt, der alles aufnahm, was in Raphaels Wohnung vor sich ging. Die beiden Techniker, die darin arbeiteten, übermittelten das Material dann weiter an ihre Vorgesetzten.

Sinead kam als Erste im Café Fleurus an. Sie zog ihren Mantel aus, um den Geruch nach nasser Wolle loszuwerden, schüttelte die Wassertropfen aus ihrem Haar und ging ganz nach hinten durch.

Es war ein typisches Pariser Café aus den Fünfzigerjahren, nur wenige Schritte von der Wohnung entfernt, in der Gertrude Stein einst Picasso, Hemingway, Picabia und die junge Pariser Avantgarde empfangen hatte. Sie hatte diesen Ort ausgewählt, weil sie wusste, dass er ihrer Freundin gefallen und sie sich hier wohlfühlen würde.

Sinead bestellte einen Tee und ließ den Blick durch das Café schweifen.

Zwei Gäste hockten an der Theke und tranken Bier, eine Frau saß allein auf einer Bank und beobachtete die Regentropfen, die gegen die Scheibe prasselten.

Als Mia durch die Glastür trat, spürte Sinead ihr Herz schneller schlagen. Sie trug einen Tweedmantel, Jeans und Converse-Turnschuhe. Sie nahm die Mütze ab, sodass man ihren Louise-Brooks-Haarschnitt sah, und kniff die kurzsichtigen Augen zusammen, um ihre Freundin auszumachen. Sinead winkte ihr zu. Mia stellte die Handtasche auf dem Tisch ab, umarmte Sinead zärtlich, küsste sie auf beide Wangen, nahm dann ihrer Freundin gegenüber Platz und ergriff ihre Hände.

»Meine Güte, wie ich mich freue, dich zu sehen! Ich habe es wirklich mit der Angst zu tun bekommen, als ich nichts mehr von dir gehört habe. Was ist passiert?«

Sinead betrachtete das fein geschnittene Gesicht mit den leuchtend blauen Augen. Mias Anwesenheit schien ihr so irreal, dass sie kaum zu sprechen vermochte. Nach dieser Woche der Flucht fühlte sie sich wie ein Tier, das von einer Feuersbrunst eingeschlossen war und dessen Überleben von der Macht des Windes und dem Willen der Elemente abhing.

»He, Liebes, ich bin hier, rede mit mir!«

»Es ist so viel passiert …«, murmelte sie.

»Fühl dich nicht verpflichtet, es mir zu erzählen …«

»Doch, ich brauche das …«

Mia hörte Sinead zu, ohne sie zu unterbrechen. Als diese fertig war, schwieg sie eine Weile, sichtlich erschüttert von den Enthüllungen. Dann fragte sie: »Hast du Vertrauen zu diesen Bullen?«

»Diese Frage müssten eher sie sich stellen, ich darf dich daran erinnern, dass ich sie an den Geheimdienst verraten habe …«

»Glaubst du nicht, dass sie dir auf die Schliche kommen?«

»Joffre ist vorsichtig.«

Als die Bedienung kam, um Mias Bestellung aufzunehmen, schwiegen die beiden Frauen.

»Aber was geschieht mit dir, wenn die Ermittlungen abgeschlossen sind und sie den Mörder geschnappt haben?«

»Ich weiß es nicht, zunächst versuche ich erst mal, all das zu begreifen. Damit ich noch etwas anderes sagen kann, als ›ich bin unschuldig‹, wenn ich in Irland vor dem Richter stehe.«

»Ich werde dann bei dir sein, keine Sorge. Lewis, der Vater meiner Kinder, ist ein hervorragender Anwalt.«

Mia machte eine Pause und öffnete ihre Tasche, um einen Hefter mit dem Emblem des Trinity College herauszuholen. Sie entnahm ihm mehrere Blätter, reichte sie Sinead und stellte das Metallkästchen mit den Augenlidern vor sie hin.

Auf dem ersten Blatt war eine Schwarz-Weiß-Zeichnung zu sehen, die ein schwer erkennbares Motiv zeigte.

Die Augenlider.

»Weiß man, ob es sich um Tätowierungen handelt?«, fragte Sinead.

»Ja, es sind Tätowierungen, lass mich erklären … Ich habe die Proben Matthew Osborne anvertraut, ein hervorragender Techniker aus meinem Labor. Er arbeitet auch für das sehr bekannte Labor für molekulare Archäoanthropologie im italienischen Camerino. Und was er mir erzählt hat, ist völlig verrückt.«

»Nun sag schon.«

»Osborne ist einer der Ersten, die an Ötzis Körper gearbeitet haben – du weißt schon, dem prähistorischen Leichnam, den man 1991 perfekt erhalten im Gletschereis der Alpen gefunden hat. Für Osborne handelt es sich bei den Hautfragmenten, die ich ihm überlassen habe, eindeutig um Augenlider. Nach einer Radiokarbonbestimmung sind sie sehr alt, das heißt, sie stammen aus einer Periode etwa vier- bis fünftausend Jahre vor unserer Zeit … Ungefähr so alt wie Ötzi. Doch im Unterschied zu ihm gehörten sie offenbar zu einem einbalsamierten Körper, denn er hat Spuren von Nähten gefunden, die sicher dazu gedient haben, sie zu verschließen. Es könnte sich um eine Art Mumie handeln, die mehrere Jahrtausende überdauert hat.«

Sinead fröstelte. »Fünftausend Jahre, sagst du? Hat er eine Ahnung, woher sie kommen könnten?«

»Nein, nicht die geringste. Aber er hat einige andere Elemente herausgefunden. Zunächst die Tätowierungen. Sie wurden recht primitiv mit Kohle vorgenommen. Die einfache Form ebenso wie die Stelle, die Augenlider, sprechen gegen eine ästhetische Praktik und eher für eine magische oder therapeutische.«

»Die Menschen haben sich also schon zu jener Zeit tätowiert?«

Mia suchte in der Akte und zeigte Sinead ein anderes Dokument. »Ja, sieh dir das hier an. Das sind Fotos von Ötzis Körper. Auch er wies verschiedene Tätowierungen auf, Darstellungen, die nichts mit dem zu tun haben, was uns interessiert, aber die primitive Technik scheint ähnlich.«

»Hat man eine Vorstellung, was die Darstellung bedeutet?«

»Nein, selbst bei Ötzi, der weiß Gott genug untersucht worden ist, haben die Fachleute nur Hypothesen aufstellen können. Einige glauben, dass es sich um Akupunkturpunkte handelt, aber Osborne meint, bei den Lidern gehe es um etwas anderes. Er hat weitere Tätowierungen entdeckt, die mit bloßem Auge nicht zu erkennen sind. Schau her.«

Sinead betrachtete die Motive: Außer den Punkten gab es eine Art Halbmond und fein geschwungene Linien auf der getrockneten Haut. »Und er weiß wirklich nichts über die Bedeutung? Hat er nie etwas Ähnliches gesehen?«

»Nein … tut mir leid«, sagte Mia und setzte ihre Erklärungen fort: »Hingegen hat er die Oberfläche der Haut und der Wimpern einer chemischen Analyse unterzogen.«

Sinead blätterte die Ergebnisse durch. »Nitrate?«, fragte sie.

»Ja, Chlorid und auch Natrium und Salz in zehnfach höherer Konzentration als normal.«

»Und über was gibt uns das Aufschluss? Über die Herkunft der Mumie?«

»Zweifellos. Osborne kann darüber noch nicht mehr sagen, aber er forscht weiter.«

»Jetzt müssen wir einen Zusammenhang zu dem Fall Séror finden.«

»Hast du eine Idee?«

»Nicht wirklich …« Sinead trank einen Schluck Tee und fuhr fort: »Vielleicht sollte man Sérors mystische Seite etwas genauer unter die Lupe nehmen.«

»Meinst du die Zahlenfolgen?«

»Ja, aber auch das Bild der kosmischen Hintergrundstrahlung, selbst wenn ich nicht wirklich weiß, was das mit dieser Mumie zu tun haben könnte …«

Wie ein Kind löffelte Mia die Sahne von ihrer heißen Schokolade. Dann sah sie ihre Freundin an. »Hast du den Ermittlern und diesem Joffre von den Lidern erzählt?«

»Nein, nur von dem Kästchen mit den Inschriften. Wir wissen noch immer nicht, was die zu bedeuten haben. Die Augenlider sind eine Art Lebensversicherung für mich, denn solange ich die habe, werden sie mich brauchen. Aber ich glaube, jetzt kann ich das nicht mehr länger für mich behalten …«

»Ich denke, du solltest es den Ermittlern erzählen, nicht aber der DGSE. Wer ist dieser Joffre deiner Meinung nach? Und was will er?«

Sinead lehnte sich zurück. »Ein komischer Kerl, aber ich habe keine Ahnung, welche Beweggründe er hat. Irgendwie ist er ambivalent, erst benimmt er sich wie ein Schwein, dann versucht er, mir entgegenzukommen. Er würde auch nicht zögern, mich anzugraben, wenn er Gelegenheit dazu hätte. Aber ich habe sowieso keine Wahl, er hat mich in der Hand.«

»Solltest du nicht besser Zeck alles erzählen?«

»Wenn ich das tue, liefert mich Joffre der irischen Polizei aus, und dazu bin ich noch nicht bereit, nicht nach allem, was ich durchgemacht habe.«

»Du hast recht, bleib vorsichtig.«

»Ich habe ihn auch gebeten, Informationen über meinen Mann zu finden. Die Entdeckung der Augenlider beweist, dass Gari mir etwas verheimlicht hat. Er hatte Beziehungen nach Ostberlin, es ist also durchaus möglich, dass sich der Nachrichtendienst für ihn interessiert hat.«

»Ich finde diese ganze Geschichte erschreckend, Liebes. Es tut mir leid, dass ich dir nicht mehr helfen kann.«

»Du hast schon viel für mich getan, Mia, das muss dir klar sein. Wenn ich heute noch auf freiem Fuß bin, dann habe ich das auch dir zu verdanken.«

Mia konnte ein Lächeln nicht unterdrücken und sagte: »Diese Idioten von der Garda haben wir ganz schön hinters Licht geführt!«

»Ich hätte nicht gedacht, dass unsere geheime Erkundung der unterirdischen Gänge des College mir eines Tages so viel nutzen würde«, sagte Sinead, die nun ebenfalls lachte.

Sie legte ihre kalten Finger auf Mias warme Hände, und so verharrten sie eine Weile in stiller Verbundenheit. Es war schon lange her, dass Sinead einem anderen Menschen ohne Misstrauen begegnet war, und sie wischte sich heimlich über ihre Augen, die feucht wurden.

Die Stunde der Trennung war gekommen.

»Diesmal bleiben wir in Kontakt«, sagte Mia und streichelte ihre Wange. »Ruf mich regelmäßig an, damit ich dir sagen kann, was Osborne Neues herausgefunden hat.«

Kapitel 43

Sinead öffnete leise die Tür und trat in die dunkle Wohnung. Ehe sie das Licht einschaltete, ging sie ins Badezimmer und steckte den braunen Umschlag in eine Plastiktüte, die sie unter dem Deckel des Wasserkastens verbarg.

Als sie sich aufrichtete, nahm sie zuerst den Tabakgeruch, dann Atemgeräusche wahr.

Sie war nicht allein.

Auf Zehenspitzen schlich sie ins Wohnzimmer, wo sie auf dem Sofa unter einer dicken Rauchwolke eine ausgestreckte Gestalt liegen sah.

»Bist du das … Raphael? Verdammt, hast du mir einen Schrecken eingejagt!«

Schweigen.

»Wer sollte es sonst sein?«, sagte der Ermittler dann mit knurrendem Ton.

Sinead dachte an Joffre. Hatte Raphael die Mikros entdeckt? Sie beschloss, seine Frage zu ignorieren.

»Was ist los?«, erkundigte sie sich und trat auf das Sofa zu.

»Es ist vorbei«, meinte Raphael lakonisch.

»Was ist vorbei?«

»Unsere Ermittlungen. Das Rechtshilfeersuchen wird zurückgezogen. Séror ist unschuldig, und ich werde wahrscheinlich vom Dienst suspendiert.«

Sinead glaubte, ihr Herz würde stehen bleiben.

»Was?«

Raphael nahm einen tiefen Zug aus seiner Zigarette. »Eine

der drei Leichen in dem Becken war die des Wissenschaftlers. Wir haben uns geirrt, und Dumas wird uns den Todesstoß versetzen.«

Sinead ließ sich in einen Sessel plumpsen. »Das ist doch nicht möglich«, sagte sie, »das ist ein Albtraum.«

»Es ist die Realität. Tut mir leid, dass ich dich da mit reingezogen habe.«

»Und was soll jetzt aus mir werden?«

»Du bist frei, du kannst hingehen, wo du willst.«

»Und wohin?«

»Nach Irland. Stell dich den Behörden, erzähl ihnen alles, was von Beginn deiner Flucht an passiert ist. Ich hab einen Ermittlungsbericht geschrieben, den du gern benutzen kannst. Darin ist alles festgehalten.«

»Glaubst du etwa, ein Richter würde die Zusammenfassung gescheiterter Ermittlungen, die von einem gefeuerten Bullen kommen, ernst nehmen?«

»Es ist besser als nichts.«

Sinead beugte sich zu Raphael vor. »Was wird geschehen, wenn deine Vorgesetzten herausfinden, dass du mich hier versteckt hast?«

Raphael richtete sich auf und zündete sich eine neue Zigarette an.

»Ich habe sowieso nicht mehr viel zu verlieren. Willst du was trinken? Einen Scotch?«

»Du hast ja schon eine unglaubliche Fahne.« Sinead nahm die Whiskyflasche, die auf dem Tisch stand, und sah, dass der Ermittler sie bereits zu einem Drittel geleert hatte. »Hast du nichts Besseres zu tun, als dich zu besaufen! Du könntest mir zum Beispiel helfen, eine Lösung zu finden!«

»Es gibt keine Lösung. Endstation!« Raphael schenkte sich noch ein Glas ein und trank es in kleinen Schlucken.

Sinead sprang auf. »Was ist das nur für eine beschissene Klein-Bullen-Mentalität!«

»Die schöne Miss McKeown, sie redet wie Dumas, Dumas von der DST natürlich«, höhnte er.

»Wo ist Drago?«

»Er ist sich allein betrinken gegangen. Wenn wir einen Täter gefasst haben, besaufen wir uns zusammen.«

»Ihr seid erbärmlich. Ich kann nicht fassen, dass ich all das überlebt habe, um jetzt einem Trunkenbold gegenüberzusitzen, der sich nicht in den Griff bekommt. Du kannst mich nicht einfach so fallenlassen, Zeck. Ich habe dir geholfen, du bist mir etwas schuldig.«

Raphael erhob sich, antwortete aber nicht.

Sinead beobachtete ihn. Der Alkohol hatte seine Bewegungen verlangsamt, aber er torkelte nicht. Noch zwei Gläser, und er wäre hinüber. Sie musste ihn wach halten, ihn provozieren.

»Ist deine Frau deshalb abgehauen? Weil du getrunken hast?«

Raphael drehte sich um und musterte Sinead kurz. Dann tat er so, als hätte er nichts gehört, und öffnete das Fenster.

»Stört dich das, was ich gesagt habe?«

Raphael stützte sich auf das Geländer, atmete tief die Nachtluft ein und betrachtete den Friedhof Montparnasse mit seinen Hunderten von Gräbern, die vor seinen Augen lagen.

Sinead hakte nach: »Oder vielleicht weil du sie betrogen hast … mit der Kleinen vom Erkennungsdienst. Was die für ein Gesicht gezogen hat, als du mit mir bei Séror aufgetaucht bist! Manon heißt sie, ja?«

Raphael rührte sich nicht und gab keine Antwort. Aber selbst aus dieser Entfernung nahm sie wahr, wie sich sein Körper verkrampfte und seine Hände das Gitter umklammerten.

»Sie ist gegangen, und das hast du nie verwunden, darum hast du auch die traurige Nachricht aufbewahrt, die ich auf deinem Anrufbeantworter gehört habe, und all diese Fotos, diese Souvenirs … So hast du den Eindruck, sie wäre noch immer da. Dabei ist ihre Nachricht eindeutig: Sie wird nicht zurückkommen! Aber du hoffst weiter, ganz so wie du hoffst, dass man den Mörder deiner Kollegin Agathe finden wird …«

Raphael wandte sich ruhig zu Sinead um. »Ja, ich habe sie betrogen, und das hat sie wahnsinnig gemacht. Die letzte Nachricht habe ich behalten, um ihre Stimme hören zu können, und das tue ich sehr oft.«

Schweigen.

»Sie ist an jenem Abend zurückgekommen, um ihre Sachen zu holen. Ich habe sie gebeten zu bleiben, aber sie hat abgelehnt. Ich bin ihr die Treppe hinunter bis auf die Straße nachgelaufen, wo sie vor meinen Augen von einem Lastwagen erfasst und fünfzig Meter mitgeschleift wurde. Ihre Beine waren völlig zerquetscht, der Schädel war zertrümmert, der Unterkiefer halb weggerissen. Als ich sie in die Arme genommen habe, wurden ihre zarten, ausgerenkten Glieder von einem heftigen Zittern erfasst. Ich dachte zunächst, es wäre eine bloße Nervenreaktion, aber nein, sie lebte noch. Sie ist kurz darauf in meinen Armen gestorben. Sie hat versucht, mir etwas zu sagen, aber aus ihrem Mund kam nur Blut. Ich weiß, du wirst mir jetzt vorhalten, daran hätte ich früher denken müssen, und du hast sicher recht, ich bin ein erbärmlicher Kerl mit meinem, wie du sagst, ungesunden Altar. Aber so ist es nun einmal, und das ist meine eigene Realität. Ich verändere nichts in dieser Wohnung, und ich gebe sie auch nicht auf, denn ihre sterblichen Überreste ruhen unter Tausenden von anderen auf diesem Friedhof, und jedes Mal, wenn ich ans Fenster trete, denke ich an sie. Jedes Mal, wenn ich mit einer Frau schlafe, habe ich das Gefühl, sie wäre es. Das ist meine Art, sie zu lieben.«

Sinead sank auf das Sofa und verbarg das Gesicht in den Händen. Sie hatte die rote Linie überschritten, sie war zu weit gegangen, und jetzt hatte der Ermittler sie mit der gnadenlosen Härte, die sie verdiente, an ihren Platz verwiesen. Sie dachte an Joffres Mikros, die das Gespräch in allen Einzelheiten aufnahmen … Die Vorstellung war ihr widerwärtig, und sie wäre am liebsten im Erdboden versunken. Sie würde zurück nach Irland gehen, sich der Justiz stellen, sie hatte nicht die Kraft, allein weiterzukämpfen …

Raphael trat an den Tisch, nahm die Flasche und brachte sie in die Küche. Dann setzte er sich neben die Irin.

»Versteck dich nicht. Ich bin verantwortlich für das, was Jeanne zugestoßen ist, dafür darf ich dich nicht bezahlen lassen. Das wäre zu einfach. Als ich dir begegnet bin, dachte ich, wir wären aus demselben Holz geschnitzt, zwei Verdammte, aber ich habe mich geirrt. Ich bin schwach und fürchte das Nichts, sicher aus Angst, dort meinen Phantomen zu begegnen. Du bist eine Königin, du hast das Leid dem Frieden des Todes vorgezogen. Verzeih mir diese Worte.«

Sinead hob den Kopf. »Ich …«

»Vergiss es.«

Sinead sank in sich zusammen und fragte:. »Was sollen wir jetzt tun?«

»Wir müssen nachdenken. Aber dir muss klar sein, dass mein Schutz, der bis jetzt ein Glück für dich war, nun zum Handicap wird. Ich bin eine Persona non grata, Sinead. Ich darf nicht mehr ermitteln, und sehr wahrscheinlich werde ich vom Polizeidienst suspendiert. Alles, was ich dir noch bringen kann, ist eine Verhaftung.«

»Ich habe Angst, Raphael, nicht vor dem Tod, sondern vor all dem, was man mir erneut antun könnte. Ich habe zu viel gelitten, und mehr und mehr habe ich den Eindruck, verrückt zu werden. Ich weiß nicht einmal mehr, wonach ich suche. Ich habe alles verloren, ich lebe wie ein gejagtes Tier. Und selbst wenn ich es schaffen sollte, was käme dann?«

Raphael fasste sie bei den Schultern. »Du wirst herausfinden, wer Gari getötet hat, und deine Unschuld beweisen, dann hast du die Chance, dir ein neues Leben aufzubauen.«

»Hör auf mit deinem Populär-Psycho-Geschwafel.«

Raphael lächelte. »Dein Gehirn verfügt über ein eigenes Immunsystem, das Traumata, wie jene, die du durchlebt hast, korrigiert. Du wolltest dich umbringen, weil dein Gehirn den Schock von Garis Tod und den Verlust deines Kindes nicht verwunden hat. Es wird dauern, aber du kannst noch einmal neu anfangen, erstehen, wie Phönix aus der Asche. Und du hast es schon getan.«

»Du verstehst mich nicht. Ich habe dir erzählt, unter welchen Umständen ich meine Eltern verloren habe. Ich habe alle Verbindungen zu Belfast, meinem Bruder und diesem verdammten Krieg abgebrochen, doch es geht alles wieder von vorn los, wie ein Fluch. Was auch immer ich tue, wohin ich auch gehe, es wird sich wiederholen. Als hätte man mich mit einem glühenden Eisen gebrandmarkt, Raphael!«

Der Ermittler zögerte, dann strich er ihr langsam, sehr langsam übers Haar, und sie legte den Kopf an seine Schulter.

So verharrten sie eine Weile, ohne sich zu rühren. Raphael spürte ihren Atem auf seiner Haut, die Wärme ihres Körpers an seinem. Er hätte gerne ihr Gesicht in seine Hände genommen und einen Kuss des Lebens auf ihre himbeerfarbenen Lippen gedrückt, aber er wusste, dass eine Barriere, eine unsichtbare Mauer zwischen ihnen stand, die jegliche Beziehung verbot, außer jener, die sie in diesem Moment lebten und die er nicht hätte definieren können.

»Weißt du, als Kind war ich verloren und schüchtern …«, begann er. »Ich hatte ein normales Leben, Freunde, nicht besonders viele Freundinnen … Ich war immer ein wenig verträumt und hatte den Eindruck, Zuschauer in meinem eigenen Leben zu sein. Wenn ich heute mit Abstand daran denke, scheint mir das albern, aber ich habe manchmal das Gefühl, meine Kindheit verpasst zu haben. Ich weiß gar nicht, warum ich dir das erzähle …«

»Bitte sprich weiter …«, flüsterte Sinead, die sich noch immer an ihn schmiegte.

»Ich erinnere mich an den Sommer … als ich siebzehn wurde, ich bin meinen Eltern in die Ferien gefolgt. Sie hatten ein Haus in der Forêt de Brocéliande in der Bretagne gemietet. Mein Bruder und ich verbrachten unsere Tage mit Fischen und damit, Steine über die Wipfel der hundertjährigen Bäume zu werfen. Nachts liefen wir kilometerweit ohne Lampe oder Kompass durch den Wald, und wenn wir dann zurückkamen, legte ich mich in das frische Gras, betrachtete die Sterne und dachte an all die anderen Menschen, die genau wie ich dagelegen und dasselbe Schauspiel bewundert hatten und jetzt tot waren. Dann verwandelte sich meine Faszination in Angst, eine erstickende Angst vor dem Nichts, in das der Tod auch mich befördern würde. Und ich habe beschlossen, als Erwachsener nicht am Leben vorbeizuleben. Zurück in Paris, habe ich eine Liste von dem geschrieben, was ich mochte: die Nacht, das Meer, Wettkämpfe. Einen Monat später habe ich mich bei der Armee verpflichtet, um in das Marinekommando aufgenommen zu werden. Sie haben einen Wolf aus mir gemacht, und ich wurde rasch zu der Basis des Marinekommandos Hubert auf der Halbinsel Saint-Mandrier versetzt.«

Sinead richtete sich auf, um seine Augen zu sehen. »Und da hat dein Leben angefangen?«, fragte sie.

»Ja, die erste Operation war etwas eigenartig. Es handelte sich um einen Vergeltungsschlag gegen ein Lager der iranischen Revolutionsgarde und der Hisbollah in der Bekaa-Ebene. Diese Typen, die sich im Krieg gegen die Falangisten befanden, hatten in Drakkar einen Terroranschlag auf die Multinationalen Streitkräfte verübt, bei dem mehr als fünfzig französische Soldaten ums Leben gekommen waren. Wir sind nachts in der Scheich-Abdullah-Kaserne aufgekreuzt und haben Gestalten exekutiert, ohne uns ihrer Schuld sicher zu sein, denn niemand hatte sich zu dem Attentat bekannt. In dieser Nacht habe ich zum ersten Mal getötet. Als ich in die Basis zurückkehrte, traf ich Jeanne, die als Analytikerin für den

Militärnachrichtendienst arbeitete. Nach diesem ersten Einsatz war ich fix und fertig. Ich hatte einem Wächter die Kehle durchgeschnitten und andere Männer im Schlaf umgebracht. Ohne dass ich etwas hätte sagen müssen, verstand sie meine Verzweiflung. Wenige Wochen später sahen wir uns in Frankreich wieder, und ich begriff, dass ich nicht mehr ohne sie sein wollte. Sie war so anders als die wenigen Mädchen, denen ich zuvor begegnet war. Jeanne war sehr schön, sprach wenig und liebte mich auf ihre besondere Art, die ich nicht wirklich verstand. Ich war sechsundzwanzig und sagte mir, dass dies eine Amour fou, die schwindelerregende, ganz große Liebe war. Wir lebten nicht zusammen, ich verbrachte die meiste Zeit im Süden oder bei Einsätzen und besuchte sie von Zeit zu Zeit in Paris. Jedes Mal, wenn wir uns liebten, war das eine unglaubliche, ja mystische Erfahrung, und ich konnte jenes Nichts, das mir so viel Angst machte, quasi berühren. Ich nahm weiterhin an Militäreinsätzen teil, die oft Monate dauerten, und jedes Mal war sie da und wartete mit ihrer unerschütterlichen Liebe auf mich. Ich wurde langsam erwachsen und vermochte die Zeichen zu deuten … in ihren Augen, an ihrem Körper, die sozusagen vertrockneten in unserer Sexualität, die intensiver und gewalttätiger wurde … Und eines Abends habe ich es verstanden … Ich *begriff*, dass Jeanne eine tote Seele war, dass sie mich an jenem Abend bei unserer Rückkehr aus der Bekaa-Ebene unter all den anderen auserwählt hatte, weil sie wusste, dass sie sich an meiner unschuldigen, naiven Art und meiner inneren Zerrissenheit würde stärken, sich jedes Mal, wenn ich aus dem Krieg zurückkam, förmlich an meinem Leid würde aufrichten können. Und ab diesem Tag habe ich mich verändert.«

Sinead lauschte Raphael, ohne ihn aus den Augen zu lassen … Diese seltsame Liebe erweckte ihre eigene Geschichte wieder zum Leben, die sie mit Gari und Saoirse im Torfboden des Friedhofs von Fahan begraben zu haben glaubte. Ohne dass sie es hätte erklären können, spürte sie in diesem Augenblick, dass alles noch möglich war.

»Ich wusste, wenn ich sie verlassen würde, würde das bisschen Leben, das noch in ihr steckte, verdorren, bis sie gänzlich zerstört wäre. Und sie hat gespürt, dass ich ihr Geheimnis gelüftet hatte. Doch wir haben nie darüber gesprochen. Ich liebte sie, wir haben geheiratet, aber ich vertraute mich ihr immer weniger an. Ich sprach nicht mehr über meine Phantome und Ängste. Sie verhärtete sich, so als könne sie ohne diese Gewalt nicht überleben. Ich fing an, sie zu betrügen, doch sie hat es nicht bemerkt. Das war die einzige Art durchzuhalten. Anfang 1991, nach einem Geheimdiensteinsatz in Bosnien, ist sie mir dann auf die Schliche gekommen. Sie hat es mir unendlich übel genommen. Ich hatte unseren Pakt gebrochen, und sie beschloss, mich zu verlassen. In diesem Moment passierte der Unfall. Es war der Anfang des Balkankriegs. Ich musste die Armee verlassen, denn dieses Leben war zu sehr mit Jeanne verbunden. Ich bin danach zur Polizei gegangen. Ende der Geschichte.«

»Nein, das ist nicht das Ende der Geschichte, Raphael. Du schleppst sie mit dir herum wie eine alte, brandige Wunde. Du hast gesagt, ich könnte wieder zum Leben erwachen, während du schon fast tot bist.«

Raphael zündete sich eine weitere Zigarette an und lächelte. »Du warst sehr gut bei diesen Ermittlungen, McKeown. Aber jetzt irrst du dich.«

»Wie kannst du so leben, mit ihrem Phantom an deiner Seite?«

»Meine Beziehung mit Jeanne war ein besiegelter Pakt. Ich habe ihn einmal gebrochen, aber ich werde es nie wieder tun.«

»Denkst du auch mal an die, die unter deinen verrückten Fantasien leiden?«

»So wenig wie möglich.«

»Du bist wirklich krank, aber das ist deine Sache. Pass nur auf, dass du das Leben nicht verpasst.«

Sie schwiegen.

Raphael trat wieder ans Fenster und betrachtete erneut den Friedhof. Von dieser Stelle aus konnte er selbst nachts Jeannes Grab sehen.

Niemand, nicht einmal Drago, wusste von seinem Geheimnis. Raphael fragte sich kurz, warum er der Irin alles enthüllt hatte. Er wollte es lieber nicht wissen, aber zum ersten Mal wurde ihm bewusst, dass diese Treue, die er als Stärke gesehen hatte, im Grunde ein tiefer Riss in seinem Panzer war.

Sinead erhob sich und ging ins Badezimmer.

Die Zeit war gekommen, Raphael von den Augenlidern zu erzählen. Aber Joffre durfte die Informationen, die sie ihm geben würde, nicht hören.

Sie drehte die Wasserhähne am Waschbecken und an der Wanne auf. Jetzt musste sie ihn ins Bad lotsen, ohne dass er misstrauisch würde oder die Mikrofone vermutete.

»Raphael?«

Sineads Stimme riss ihn aus seinen Gedanken. Er wandte sich um und trat auf den dämmrigen Flur. Nach einigen Schritten sah er das Licht im Badezimmer. Er öffnete die angelehnte Tür. Sie saß auf dem Rand der Badewanne, in die dampfendes, heißes Wasser lief.

»Was ist los?«

»Ich muss über etwas mit dir reden.«

»Hier?«

»Ja … hier habe ich mein Geheimnis versteckt.« Sie öffnete den Deckel der Wasserspülung und zog eine tropfnasse Plastiktüte heraus. »Es gibt da etwas, was ich dir verschwiegen habe.«

Raphael betrachtete den braunen Umschlag, den Sinead in den Händen hielt.

»Was?«

»Das Kästchen, von dem ich dir erzählt habe … das mit den kyrillischen Schriftzeichen, erinnerst du dich?«

»Natürlich.«

»Der Inhalt ist bei der Explosion des Cottage nicht verbrannt. Eine Freundin, die mir hilft, hat ihn analysieren lassen und mir heute die Ergebnisse übergeben.«

»Was ist es?«

»Etwas Eigenartiges … Augenlider … die tätowierten Augenlider einer fünftausend Jahre alten Mumie.«

Sineads Enthüllung hallte wie ein Gong im Kopf des Ermittlers wider. Er begriff sofort, dass sie diese Information zurückgehalten hatte, um ihn im geeigneten Moment manipulieren zu können. Und ihre Strategie funktionierte. Er wusste, dass sie die Partie gewonnen hatte. Er würde, auch wenn er dazu in die völlige Illegalität abtauchen müsste, die Ermittlungen bis zum Ende weiterführen.

Kapitel 44

Formal blieben Raphael zwei Stunden, bis die Aufhebung des Rechtshilfeersuchens in Kraft treten würde. Danach hätte er keinen Zugriff mehr auf den Fall.

Einhundertzwanzig Minuten, die er dafür nutzen musste, die letzten offiziellen Recherchen einzuleiten, die es ihm ermöglichen würden, seine Arbeit heimlich fortzusetzen.

Im Morgengrauen hatte er Sinead zurückgelassen und war in die ausgestorbenen Büros der Kripo gegangen. Er trank einen Schluck Kaffee und schlug die erste Seite der Akte Séror auf. Die Ergebnisse, die sein Team erarbeitet hatte, waren durch die Entdeckung von Sérors Leiche in dem Becken unter seinem Haus hinfällig geworden. Der Ermittler verstand nicht, wie er sich so sehr hatte irren können. Er musste ganz von vorn anfangen, jeder Spur des Falls nachgehen, um herauszufinden, welche Details ihm entgangen waren.

Das Einzige, wovon er mit Sicherheit ausgehen konnte, war, dass Saiph der Hauptverdächtige war, so wie es Verhoeven bei der Vernehmung ausgesagt hatte. Mithilfe eventueller Komplizen hatte Saiph den Nuklearphysiker umgebracht, um seine Identität anzunehmen und auf diese Weise ungestraft morden zu können. Damit hörten die Erkenntnisse auf. Raphael hatte nicht den geringsten Ansatz einer Spur, die zu ihm führen könnte, und trotz der Entdeckung einer möglichen Verbindung zu der kosmischen Hintergrundstrahlung war das Motiv völlig unklar.

Während er überlegte, überflog er den Aktenstapel. Er hielt bei dem Verhörprotokoll von Sultan Islamow und der vom

Geheimdienst über Séror verfassten Notiz inne, ohne irgendetwas Interessantes zu entdecken. Der Tschetschene hatte sich reinlegen lassen, und Sérors Biografie war zu allgemein, um etwas Verdächtiges darin erkennen zu können. Die Nachbarschaftsbefragung in Lozère und die Überprüfung von Sérors detaillierter Telefonrechnung hatten ebenfalls nichts ergeben. Dann dachte Raphael an die Analyseresultate der Augenlider und an die Zahlenfolgen im Tunnel. Er war wütend, dass ihm der Richter bei dem Autopsiebericht der Leichen von Lozère zuvorgekommen war. Er ließ seinen Blick über die Berge von Papier schweifen, die auf seinem Schreibtisch lagen, und bemerkte einen ungeöffneten Brief. Er griff danach und sah sich den Absender an. Das Rechtsmedizinische Institut von Nancy. Wie lange mochte der schon da liegen? Er hatte keine Ahnung. Er öffnete den Umschlag und zog ein Blatt heraus. Es war der Autopsiebericht von Dieter Muhl. Es war sehr wahrscheinlich, dass sich der Inhalt dieses Dokuments von dem unterschied, das er von dem Richter bekommen hatte. Er begann zu lesen, diesmal durfte ihm nichts entgehen.

AUTOPSIE
Fall Nr. 1876576
Name: Dieter Muhl
Alter: 79 / Rasse: weiß
Leiche identifiziert von: Séverine Michel

Am 17. November 1994 gegen 16.30 Uhr wurde die Leiche von Dieter Muhl, geboren am 28. Dezember 1914 in Dresden, von seiner Hausangestellten im Keller seines Wohnsitzes in Sarreguemines aufgefunden. Sie war vollständig entkleidet und wies am Rücken verschiedene Ekchymosen auf. Die Blutspuren, die im Wohnzimmer und auf der Kellertreppe gefunden wurden, zeigen, dass der Körper über den Boden geschleift wurde. Die Kleidungsstücke des Opfers wurden im Keller entdeckt, während Jackenknöpfe und der rechte Schuh, Geldstücke, Schlüssel und die Verpackung eines sterilen Katheters neben den Blutspuren lagen.

Äußere Besichtigung

Die Autopsie begann am 18. November 1994 um 8 Uhr. Anwesend: Jean-Paul Gignac, Assistent des Rechtsmedizinischen Instituts; Christian Lécuyer, Beamter der Kriminalpolizei von Nancy. Die Leiche ist männlichen Geschlechts und normal entwickelt, Größe 1,75 Meter, Gewicht 65 Kilo. Der Körper ist nach dem Aufenthalt im Kühlhaus kalt. Die Totenflecken sind am Rücken spärlicher ausgebildet. Das graue Haupthaar hat eine Maximallänge von 2 Zentimetern und ist an den Spitzen vereist. Das Gesicht ist hippokratisch. Die Augen sind geöffnet, teilweise verätzt und milchig. Es gibt auf beiden Seiten eine mittelstarke violette Verfärbung. Hand- und Fußknöchel weisen tiefe, durch die Fesseln hervorgerufene Furchen auf. Die rektale Abtastung ergibt Kot in der Afteröffnung. Es werden zahlreiche Fotos gemacht, die Bestandteil des Berichts sind.

Äußere Wunden

Die Rechtsmediziner bemerken zahlreiche blutunterlaufene Verletzungen und Kratzer, die sowohl durch das Schleifen als auch durch Kampfhandlungen entstanden sein können. Des Weiteren Verletzungen an beiden Kniescheiben. Angesichts der Statur des Toten ist davon auszugehen, dass ein einziger Mann ihn vom Wohnzimmer in den Keller schleifen konnte. Die Mundhöhle war teilweise mit einem benzingetränkten Tuch ausgestopft.

Kopf/Extremitäten/Torso

Es werden trockene Schürfwunden an der Nasenspitze und verschorfte im Halsbereich und an den Lippen festgestellt.

Außerdem eine helmförmige Kongestion auf der linken Gesichtshälfte.

Die Augäpfel weisen Gewebereste von Iris und Hornhaut auf. Sie sind bis in die Tiefe durch Salpetersäure verätzt.

Zahlreiche intravenöse Einstiche sind in der Fossa cubitalis des rechten Arms zu sehen. In der Arteria femoralis steckt ein Katheter, der Ursache der zum Tode führenden Hämorrhagie ist.

Gesicht, Torso und Extremitäten weisen auf der gesamten Oberfläche gleichmäßige Hautverätzungen auf, die durch das Auftragen von Salpetersäure hervorgerufen wurden.

Auf der rechten Hüfte, der Innenseite des linken Beins und dem rechten Darmbeinkamm Hämatome von 6 bis 62 Millimeter Durchmesser.

Raphael unterbrach seine Lektüre, um über die ersten Elemente der Autopsie nachzudenken.

Nachdem er in seinem Wohnzimmer geschlagen worden war, war Muhl von einem oder mehreren Folterknechten in den Keller geschleift und dort – noch lebendig – gefesselt worden. Dann hatte man seine Augen mit Salpetersäure verätzt, seinen ganzen Körper damit eingestrichen und ihm schließlich dieselbe ätzende Substanz in die Vene gespritzt. Danach hatte man einen Katheter in die Oberschenkelarterie gelegt, durch den er mit jeder Injektion mehr verblutet war. Dieter Muhl hatte diese Welt also unter unglaublichen Qualen verlassen.

Es gab keine Rückstände am Tatort, wie zum Beispiel Haare oder Hautpartikel unter den Fingernägeln, die zur Identifizierung des Mörders hätten beitragen können.

Raphael las weiter und vertiefte sich in die ersten Absätze über die Untersuchung des zentralen Nervensystems, des Blasen- und Genitalbereichs und des Magen-Darm-Trakts. Dann hielt er bei der Überschrift »Kardiovaskuläres System« inne.

Er erfuhr, dass das Herz des ehemaligen Nazis zweihundertfünfundvierzig Gramm wog und verschiedene Nekrosen aufwies. In der Folge wurde der Zustand der Arterien beschrieben: Die Mischung von Blut und Salpetersäure im Rippenfell und in der Lunge bestätigte, dass sich die Säure in einem großen Teil des Blutkreislaufs ausgebreitet hatte. Der Rechtsmediziner von Nancy führte an, Muhl sei während dieser »Behandlung« gestorben und man habe ihn einer Herzmassage unterzogen, damit sich die Säure in allen Venen und Blutgefäßen des Körpers ausbreitete.

Auf ähnliche Weise wie der Mörder die Zahlenfolgen mit dem Blut seiner Opfer an die Wand des Stollens in Lozère geschrieben hatte, hatte er auch hier nach einem bestimmten Ritual und mit einem bestimmten Ziel gehandelt. Zwischen beiden Fällen gab es eine Verbindung. Er musste »nur« herausfinden, welche.

Diese Fassung des Autopsieberichts unterschied sich deutlich von der bereinigten Version, die ihm der Richter hatte zukommen lassen. Jetzt verfügte Raphael über präzise Informationen, die er auswerten konnte.

Er schloss die Akte und schrieb einen Eilantrag an den Hauptsitz von Interpol in Lyon mit der Bitte, nach vergleichbaren Fällen zu suchen.

Sicher hatten die Dienststellen ungelöste Mordfälle archiviert, bei denen die Autopsie eine Verwendung von Säuren ergeben hatte. Er wusste zwar, dass eine solche Anfrage ihm Berge von Akten einbringen würde, doch wenn er sie zu sehr eingrenzte, würden die Vorarbeiten bei Interpol Zeit kosten, die er nicht hatte. Er würde sie selbst aussortieren. Als er fertig war, schob Raphael seinen Brief in das Faxgerät und schickte ihn an die entsprechende Dienststelle. Dann nahm er wieder an seinem Schreibtisch Platz.

Als Erstes musste er sich nun die Autopsieberichte der drei

Leichen beschaffen, die man in dem Becken in Lozère gefunden hatte.

Viertel nach neun.

Er wählte die Durchwahlnummer von Thierry Beauchène von der Abteilung analytische Chemie des Rechtsmedizinischen Instituts. Nach dreimaligem Klingeln meldete sich eine vertraute Stimme.

»Hallo?«

»Thierry, bist du es?«

»Ja.«

»Hier ist Zeck von der SAT. Alles in Ordnung bei dir?«

»Wir haben im Moment viel zu tun. Im Labor drängt sich alles, und ich bin echt k. o. Und bei dir?«

»Angespannt. Ich brauche deine Hilfe.«

»Inwiefern?«

»Ich möchte, dass du in einer Akte etwas für mich nachsiehst.«

»Bist du für die Sache zuständig oder …«

Raphael zögerte kurz und entschied sich dann, die Wahrheit zu sagen. »Wenn ich zuständig wäre, müsste ich dich nicht anrufen … der Fall ist mir vor einer Viertelstunde … entzogen worden. Es gibt einen Zusammenhang mit den Verstrahlten aus dem Bois de Vincennes und dem Tod meiner Mitarbeiterin Agathe Perriand. Dein Boss Schrameck leitet die Untersuchungen.«

»Du meinst nicht zufällig die verwesten Fleischberge, die vor zwei Tagen hier eingetroffen sind?«

»Doch, genau die. Schrameck hatte mir versprochen, mir den Bericht sofort zu übermitteln, aber er hat alles durcheinandergebracht und ihn direkt an den Untersuchungsrichter geschickt. Das kommt mich jetzt teuer zu stehen.«

Beauchène überlegte einen Augenblick und meinte dann: »Ich kümmere mich um die Sache. Ich habe den Bericht vor mir liegen, was willst du wissen?«

»Bist du fertig mit der Arbeit?«

»Ja.«

»Ist etwas Interessantes herausgekommen?«

»Ja, kann man so sagen.«

Raphael spürte sein Herz schneller schlagen und fragte: »Du hast nicht zufällig an den Leichen Spuren von Säure entdeckt?«

Raphael hörte, wie Beauchène die Seiten umblätterte.

»Lass mich nachsehen … Nicht Säure im eigentlichen Sinn …«, meinte der Chemiker dann.

»Sondern?«

»Bei den Gastests wurde in der Luft eine anormale Konzentration an Stickstoffmonoxid festgestellt und im Wasser sowie an den Leichen Spuren von Nitraten und Chlorid …«

Der Ermittler schloss die Augen. Das passte nicht zu dem Mord an Muhl. Außer das Rechtsmedizinische Institut von Nancy hätte sich geirrt, was wenig wahrscheinlich war.

»Bist du dir ganz sicher?«

»Ja, mein Lieber, hast du dir etwas Besonderes erhofft?«

»Salpetersäure.«

»Warte mal, da sind wir gar nicht so weit entfernt, das interessiert mich. Das Stickstoffmonoxid und die Nitrate sind das Ergebnis der Dismutation des Nitrosylchlorids, einer salpetrigen Säure, die äußerst instabil ist. Bist du sicher, dass du Salpetersäure suchst? Hast du die Formel?«

»HNO_3.«

»Ja, das ist tatsächlich Salpetersäure.«

Vor seiner nächsten Frage überlegte Raphael kurz, ob er sie tatsächlich stellen sollte, entschied sich dann aber dafür. »Kannst du dir vorstellen, warum man diese Art Säure auf einem Körper benutzt?«

»Sicher nicht, um ihn aufzulösen. Die Mischung wurde wohl in schwacher Konzentration verwendet …«

»Stark genug, um Augen, Haut und Venen zu verätzen.«

»Also, wenn du meine Meinung hören willst, das ist die Tat eines Irren.«

»Könntest du etwas für mich recherchieren? Ich suche nach einem Motiv und trete auf der Stelle.«

»Na gut, ich seh's mir an.«

»Wann?«

»Bald. Komm heute am späten Nachmittag vorbei. Ich werde schauen, was ich herausfinde.«

Raphael bedankte sich bei Beauchène und legte auf.

Er schloss die Augen und ließ seine Gedanken schweifen, bis er Sineads prüfenden Blick vor sich sah, Agathes entstelltes Gesicht und die verwesten Leichen von Lozère …

Der Wecker seiner Armbanduhr klingelte.

Der Ermittler warf einen Blick darauf: halb zehn.

Er war soeben in die Illegalität abgeglitten.

Kapitel 45

»Ach, ihr abendlicher kleiner Plausch war wirklich rührend … Ich habe schon gedacht, wir hätten Anrecht auf eine zweite Halbzeit.«

»Seien Sie still, Joffre! Sie sind ein Schwein.«

Ohne dass sein Gesicht eine Regung verraten hätte, trank der Agent einen Schluck Kaffee und schlug seine mageren Beine übereinander.

Sie saßen im menschenleeren Hinterraum eines Cafés an der Metrostation Alésia. Sinead musterte den Sechzigjährigen, der sich in seinem nachtblauen, gut geschnittenen Anzug und den Maßschuhen wohlzufühlen schien. Sie fragte sich, ob seine Seele ebenso schwarz war, wie es den Anschein hatte, oder ob das eine Rolle war, in die er aus gegebenem Anlass schlüpfte.

Um halb acht Uhr morgens hatte Raphael die Wohnung verlassen, und zehn Minuten später war ein Geheimagent hinaufgekommen, um ihr mitzuteilen, dass Joffre sie auf der Stelle sehen wollte. Offensichtlich hatte ihm das Ende des Abends im Badezimmer, wo das Abhören des Gesprächs unmöglich war, ganz und gar nicht gefallen.

Joffre sagte mit schneidender Stimme: »Ist Ihnen eigentlich klar, was Sie riskieren, wenn Sie versuchen, mich auszutricksen?«

Sinead tat, als würde sie nicht verstehen. »Wovon sprechen Sie?«

»Jetzt fangen Sie nicht wieder an. Sie wissen ganz genau, worum es geht. Das ist wirklich schade, denn ich habe etwas über Ihren Mann Gari Weiss herausgefunden. So hieß er doch oder?«

Sinead spürte, wie ihr das Blut in den Adern stockte. »Was haben Sie herausgefunden?«, fragte sie.

»Strafe muss sein.«

»Hören Sie auf, Joffre, ich habe mich genau an unsere Abmachung gehalten, und das sollten Sie auch!«

Der Agent mit den tausend Gesichtern wurde blass. Er packte sie beim Handgelenk und drehte ihr den Arm um. »Hör mal zu, du kleine Schlampe … so redet keiner mit mir!«

»Lassen Sie mich los«, schrie Sinead fast und versuchte, sich freizumachen, doch der Agent lockerte seinen Griff nicht.

»Hier gebe ich die Befehle. Du bist mit Zeck ins Badezimmer gegangen, damit ich den Rest des Gesprächs nicht höre – meinetwegen, denn es stimmt, du hast uns interessante Informationen geliefert. Aber du scheinst eine Kleinigkeit zu vergessen: nämlich deine Tour von gestern, bei der du meine Männer in der Metro abgehängt hast. Ich will wissen, was du getan und *wen* du getroffen hast.«

Schließlich ließ er die Irin los.

Sinead rieb sich das Handgelenk und wandte den Blick ab. Dieser Typ war verrückt und zu allem bereit, um an die Informationen zu kommen, die ihn interessierten. Die Wahrheit konnte sie ihm nicht enthüllen, also musste sie versuchen, ihn zu besänftigen.

»Das war rein instinktiv. Ich darf Sie daran erinnern, dass ich von der Polizei gesucht werde und dass mich diese Geschichte zweimal fast das Leben gekostet hätte.«

»Wen hast du getroffen?«

»Eine Freundin aus Dublin. Sie hat mir geholfen, als die irische Polizei mich festnehmen wollte. Sie hat mir Geld gebracht. Zeck ist von den Ermittlungen ausgeschlossen, ich muss jetzt alleine klarkommen.«

Joffre musterte Sinead, und sein Blick war so kalt, dass sie fröstelte. Nach einer kleinen Ewigkeit fragte er: »Machst du alleine weiter?«

Seine Frage überraschte sie. Aber im Grunde wusste sie, dass er sich nicht in die Irre führen ließe und später versuchen würde, sie festzunageln.

»Ich habe keine andere Wahl«, gab sie zurück.

»Ich denke, Zeck hat recht, du solltest dich den irischen Behörden stellen.«

»Ich verfüge über keinerlei Beweise.«

»Das ist deine Sache ... Wie auch immer, du wirst mir fehlen«, schloss er mit einem Lächeln, bei dem ihr erneut ein kalter Schauer über den Rücken lief.

»Und die Informationen über Gari, die Sie mir versprochen haben?«

»Die Informationen über Gari?«

»Sie haben gesagt, Sie hätten etwas über ihn herausgefunden.«

»Worüber habt ihr im Badezimmer gesprochen?«

»Über nichts, was Sie etwas anginge. Ich konnte den Thermostat nicht einstellen. Sie haben doch alles gehört. Also wissen Sie auch, dass wir nur noch über Privates geredet haben.«

»Oder wolltest du, dass er dich vögelt?«

Sinead stützte den Kopf in die Hand und betrachtete ihre Tasse mit dem kalten Tee.

»Was hast du gestern Nachmittag gemacht?«

»Das habe ich Ihnen schon gesagt ...«

»Antworte!«

»Ich habe mir Geld besorgt. Ich habe nichts, keinen Cent.«

»Wie heißt deine Freundin?«

Bei der Vorstellung, dieser Dreckskerl könnte sich für Mia interessieren, geriet Sinead in Panik. »Das sage ich Ihnen nicht.«

»Und warum nicht?«

»Weil ich diese Person nicht gefährden möchte. Mal spielen

Sie den Charmeur, und gleich darauf brechen Sie mir fast den Arm. Wissen Sie, dass Sie krank sind, Joffre?«

»Sie scheinen mir das übel zu nehmen. Tut mir leid, ich bin im Moment etwas nervös.«

Sinead ging nicht darauf ein. »Und jetzt geben Sie mir die Unterlagen über Gari«, beharrte sie.

»Ich habe keine Unterlagen in dem Sinne, aber ich kann Ihnen etwas erzählen.«

»Ich höre …«

»Woher kam Ihr Mann noch … aus Polen?«

»Ja, er ist mit seiner Familie nach Israel ausgewandert.«

»Das fängt nicht gut an.«

»Was soll das heißen?«

»Ich habe Informationen aus zwei Quellen. Die erste liegt bei uns … Der Gari Weiss, Investigativjournalist, den wir gefunden haben, ist weder Pole noch Israeli, sondern Ukrainer. Sein richtiger Name ist Taras Schewtschenko, so zumindest hat er sich vorgestellt, denn in der Notiz heißt es auch, dass Schewtschenko ein bekannter ukrainischer Dichter der Romantik war. Er hat 1976 einen DGSE-Agenten getroffen, der in Bukarest stationiert war. Er hoffte, dass dieser ihn in den Westen schleusen würde. Zuvor wurde er offenbar als Journalist von der Presseagentur TASS regelmäßig ins Ausland geschickt. Zwischen den Zeilen bedeutet das, dass er für den KGB gearbeitet hat. Die TASS war, ebenso wie Novosti, ein Organ der Kommunistischen Partei und versorgte die ausländischen Medien geschickt mit Desinformationen. Verschiedene Begegnungen mit westlichen Intellektuellen haben seine Ansichten nach und nach verändert, und er hat sehr starke Vorbehalte gegen jene Mächte entwickelt, die Moskau-kritische Wissenschaftler, Journalisten und Schriftsteller unterdrückten. Allem Anschein nach hat er seine Überzeugungen etwas zu lautstark kundgetan, vor allem gegen die Internierung von Dissidenten in psychiatrischen Gefängnissen. Daraufhin soll er nach Bukarest versetzt worden sein. Dort hat er durch eine Menschenrechtsorganisation einen unserer Agenten kennengelernt. Er hatte einen hundertseitigen Bericht über Dissidenten verfasst, die, obgleich sie im Vollbesitz ihrer geistigen Kräfte waren, in psychiatrischen Anstalten saßen, und bot sich an, noch mehr Informationen zu liefern, wenn man ihm bei der Flucht in den Westen helfen würde, doch Frankreich hat abgelehnt.«

»Sie meinen, Frankreich wollte ihn nicht als Überläufer haben?«

»Ja, die Verantwortlichen waren offenbar der Meinung, dass die Informationen nicht lohnend genug waren. Kurz darauf hat er versucht, seinen Text in den Westen zu schmuggeln, und ist erwischt worden. Er wurde verhaftet und – Ironie des Schicksals – in der psychiatrischen Abteilung des Lagers Perm-36 interniert, jenem bekannten Gulag im Ural, in dem politische Gefangene einsaßen. Dort hat er zwei Jahre verbracht.«

Ohne ein Wort herauszubringen, lauschte Sinead, wie Joffre das Leben von Gari Weiss – Taras Schewtschenko – darlegte, ganz so, als handele es sich um einen völlig Fremden. Ihr Mann hatte sie über seine Vergangenheit belogen … Eine furchtbare Übelkeit, die sie kaum zu verbergen vermochte, überkam sie.

Joffre fuhr fort, als würde er nichts bemerken.

»Dank eines Kollegen vom britischen Geheimdienst MI6 habe ich seine Spur wieder ausfindig gemacht. Die Engländer waren offensichtlich milder, denn sie waren bereit, ihn durch die Vermittlung besagter Menschenrechtsorganisation aufzunehmen, die seinen Text über die politische Internierung in den Westen geschleust hatte. Er soll das Land letztlich im Frühjahr 1985 im Laderaum eines Fischereischiffs verlassen haben, das von Murmansk nach Finnland fuhr. So, nun habe ich Ihnen alles gesagt.«

Sinead umklammerte ihre Teetasse, die sie nicht angerührt hatte. Sie hatte Joffres Anwesenheit gleichsam vergessen und versuchte, die einzelnen Bruchstücke zusammenzusetzen, bestimmte Daten von Garis Legende mit denen im Leben von Taras zu vergleichen. Taras' Flucht in den Westen stimmte mit Garis angeblicher Ankunft aus Israel in England überein … Das Sujet und die Herangehensweise besagten Textes passten ebenfalls zu den Themen, die er in seinen Artikeln behandelt hatte. Sie dachte an den Gulag Perm-36 im Ural und an den Code C.A. Sektion 4, der auf dem Metallkästchen mit den Augenlidern eingraviert war … Fast hätte sie Joffre gefragt, ob ihm eine solche Inschrift etwas sagte. Doch sie hielt sich gerade noch zurück, sie durfte ihm auf keinen Fall vertrauen.

»Waren Sie nicht auf dem Laufenden … hat er Ihnen nichts davon erzählt?«, fragte der Agent mit einer sanften Stimme, die so gar nicht zu ihm passte.

Ein kurzer Augenblick des Mitgefühls bei einem Schweinehund, dachte Sinead. Und statt zu antworten, zuckte sie nur die Schultern.

»Ich verstehe Ihre Verzweiflung, aber …«

»Vergessen Sie's, ich brauche Ihr Mitleid nicht.«

Wenn Gari ihr nichts erzählt hatte, dann sicher, um sie zu schützen. Er war ein Überläufer, und die Engländer hatten ihm eine neue Identität verschafft, da er in Lebensgefahr schwebte. Sie, Sinead, ins Vertrauen zu ziehen, hätte die Gefahr erhöht, dass die Killer aus dem Osten ihm auf die Spur kämen, was offenbar dennoch eingetreten war. Aber welches Geheimnis hatte er gehütet, um so gejagt zu werden?

Sie wäre jetzt gerne bei Raphael gewesen, doch ihr war klar, dass sie durch die Enthüllung dieser neuen Hinweise sein Misstrauen wecken würde. Immer tiefer versank sie in einem grenzenlosen Albtraum. Sie hatte nicht die geringste Ahnung, welche Verbindung zwischen den Verbrechen und dem Kosmos oder zwischen Gari und den tätowierten Augenlidern bestehen könnte, aber sie war der wachsenden Überzeugung, dass sich all diese Puzzleteile bald zu einem Ganzen zusammenfügen und ihr die Wahrheit enthüllen würden.

Noch nie hatte sie sich so einsam gefühlt.

Kapitel 46

Es war siebzehn Uhr, als Raphael auf dem Parkplatz des Rechtsmedizinischen Instituts an der Place Mazas hielt. Er schloss sein Motorrad ab und steuerte den Backsteinbau an, der auf den Quai Râpée und die Seine blickte. Als er den Parkplatz überquerte, vergewisserte er sich, dass ihm niemand folgte. Auch auf dem Weg vom Quai des Orfèvres hierher hatte er darauf geachtet und alle Regeln der Gegenobservierung angewandt. Die Situation hatte sich verändert, und es hätte ihn nicht gewundert, wenn Dumas einen Überwachungstrupp auf ihn angesetzt hätte, um sicherzugehen, dass er seine Nase nicht länger in seine Angelegenheiten steckte.

Der Ermittler hatte einen guten Teil des Tages auf die Antwort von Interpol gewartet. Vor eineinhalb Stunden hatte er sie dann endlich erhalten. Zweiunddreißig Seiten, auf denen dreiundvierzig Mordversuche aufgeführt waren. Trotz seines furchtbaren Katers war Drago erschienen, und sie hatten sich gemeinsam an die Auswertung der Daten gemacht. Seine Vermutung bestätigte sich, denn in den meisten Fällen – von Frankreich über die Niederlande bis England – ging es um Säureangriffe, bei denen Frauen, zumeist aus der pakistanischen Muslimgemeinde, nach einem Familiendrama von ihrem Ehemann, Vater oder Bruder entstellt worden waren. Die anderen hatten mit Prostitution zu tun. Dann hatten sie sich verschiedene Morde angesehen, bei denen Säure im Spiel gewesen war. In der Schweiz war ein Mann, den man nie hatte identifizieren können, in einem Bad aus Fluorwasserstoffsäure förmlich »aufgelöst« worden. In Ungarn hatte ein

Landarzt versucht, seine Frau und seine zwei Kinder mithilfe von Rohrfrei auf Ätznatronbasis für immer verschwinden zu lassen, der Mann war noch immer flüchtig. Und schließlich hatte man die von Schwefelsäure verätzten Überreste eines Aussteigers der kalabrischen Mafia in der Badewanne einer Familienpension in Catanzaro, Italien, gefunden.

Ein einziger Fall erregte tatsächlich die Aufmerksamkeit der beiden Ermittler: Ein Opfer männlichen Geschlechts, das aus der ehemaligen DDR stammte, war 1988 nackt im Königsforst östlich von Köln aufgefunden worden. Der Mann hieß Werner Stangl, war Anthropologe und hatte 1986 versucht, über die Mauer in den Westen zu gelangen. Die Ermittler des westdeutschen BKA, die den Fall nie gelöst hatten, waren letztlich zu dem Schluss gekommen, dass er als Repressalie für seine Flucht von der Stasi eliminiert worden war. Drago hatte sofort aufgehorcht, als er von Spuren derselben chemischen Substanz an der Leiche des Anthropologen gelesen hatte, wie man sie auch in Lozère gefunden hatte.

Natürlich hatten die beiden Ermittler keinen Beweis für eine Beteiligung von Saiph, doch die verwendeten Chemikalien, die Verbindung zur ehemaligen DDR und der wissenschaftliche Background erregten ihren Verdacht. Wenn man davon ausging, dass Stangl vom selben Mörder umgebracht worden war wie Séror, mussten sie nur noch verstehen, warum an den sterblichen Überresten von Muhl Salpetersäure gefunden worden war.

Sobald er das Rechtsmedizinische Institut betreten hatte, folgte Raphael dem Äthergeruch, der ihn in die medizinische Abteilung führte, und erklomm dann die Treppe zum vierten Stock, wo sich die Dienststelle für kriminologische Mikroanalyse und Beauchènes Labor befanden.

Der Chemiker war knapp vierzig. Er hatte ein fein geschnittenes Allerweltsgesicht, kurzes dunkles Haar und trug eine eckige Brille mit getönten Gläsern. In seinem weißen Kittel sah er aus wie ein verklemmter angepasster Musterknabe. Raphael hatte mehrmals mit ihm zu tun gehabt und schnell begriffen, dass dieser Mann ganz das Gegenteil seiner äußeren Erscheinung war, die er sich wohl zugelegt hatte, um seine Neigung zu Betäubungsmitteln zu verbergen. Beauchène war seit langer Zeit drogenabhängig und trotz seines Berufs außerstande oder nicht willens, clean zu werden.

Sicher hatte er es seiner Fähigkeit, je nach Situation die Persönlichkeit zu wechseln, sowie seinem beruflichen Können zu verdanken, dass er von seinen Vorgesetzten geschätzt und respektiert wurde.

Raphael ergriff die feuchte Hand, die sich ihm entgegenstreckte.

»Deine Augen sind blutunterlaufen … rauchst du jetzt auch während der Arbeit?«

Beauchène verzog das Gesicht. »Das sind harte Zeiten im Moment, also gönne ich mir gegen Ende einen kleinen Joint, damit ich abends länger durchhalte.«

»Mach, was du willst, aber pass auf, dass sie dich nicht erwischen …« Raphael betrat das perfekt aufgeräumte Büro des Chemikers und fragte: »Also, hast du was für mich?«

»Wie ich dir schon sagte, die Kühlkammern sind voll, und einige Analysen, die Toten von Lozère betreffend, sind noch immer nicht abgeschlossen … Nach unserem Gespräch von heute Morgen habe ich endlich die Akte ausführlich studiert. Kurz, ich habe eine Idee, die dir vielleicht absonderlich erscheint, aber ich will sie dir trotzdem unterbreiten …«

»Alles interessiert mich, Beauchène, vor allem, wenn es von dir kommt.«

Der Chemiker lächelte angesichts dieses Kompliments, griff nach einem Buch, das geöffnet auf seinem Schreibtisch lag, und trat zu Raphael. »Also, ich habe mich mit dem anormal erhöhten Stickstoffmonoxidgehalt beschäftigt, der in dem

Stollen festgestellt wurde, und mit den Nitraten an den Leichen und im Wasser, die, wie schon gesagt, vermutlich aus der Dismutation einer salpetrigen Säure resultieren. Ich habe mir die Analysen noch einmal vorgenommen und dabei interessanterweise auch erhebliche Spuren von Chlor festgestellt … Verstehst du?«

»Nicht wirklich.«

»Aber gleich. Das Phänomen der Dismutation tritt ein, wenn ein chemisches Produkt instabil ist, also unfähig, seine chemische Integrität zu wahren – das trifft häufig auf Verbindungen zu, die in Laboren hergestellt werden. Wie schon erklärt, verwandelt sich die salpetrige Säure bei Zimmertemperatur sehr schnell in Stickstoffmonoxid und Nitrate, aber die starke Präsenz von Chlor hat mich stutzig gemacht, denn wenn man es mit Stickstoffmonoxid und Nitraten in Verbindung bringt, kann man sich auch vorstellen, dass die Ausgangssubstanz keine salpetrige Säure war, sondern Königswasser, das heißt ein Gemisch aus konzentrierter Salzsäure und konzentrierter Salpetersäure.«

Raphael atmete tief durch. Beauchène war genial, aber all das passte noch immer nicht zur Autopsie von Muhl. Er fragte: »Was genau ist ›Königswasser‹?«

»Eine Lösung, die im achten Jahrhundert von dem arabisch-jemenitischen Alchemisten Dschābir ibn Ḥayyān erfunden wurde, der im Irak lebte. Lange Zeit war diese Mischung die einzige, die Edelmetalle wie Platin, Tantal und Gold aufzulösen vermochte. Wenn du sie auf gelbes Metall gießt, dann bleibt nur Gold(III)-Chlorid zurück, ein Goldsalz.«

»Königswasser, sagst du …«

»Ja. Es wurde lange zur Reinigung von Gold verwendet. Es gibt sogar eine ganz unglaubliche Anekdote. Als während des Zweiten Weltkriegs im April 1940 deutsche Truppen Dänemark besetzten, hat der ungarische Chemiker George de Hevesy die goldenen Nobelpreis-Auszeichnungen in Königswasser aufgelöst, um so den Zugriff der Nazis auf die massiven Medaillen zu verhindern, die 1914 für Physik verliehen worden waren. In dieser Form hatte er das Gold in einem Behälter aufbewahrt. Nach Kriegsende extrahierte de Hevesy das im Königswasser ›versteckte‹ Gold und übergab es der Königlichen Schwedischen Akademie der Wissenschaften, die daraus neue Medaillen goss … Ich habe einen Blick in die Akte geworfen. Ich weiß nicht, welches Motiv der Mörder hatte, aber alle Inschriften, die man an den Wänden gefunden hat, deuten darauf hin, dass er seine Opfer nach einem exakten Ritual tötet. Man müsste das natürlich genauer untersuchen, aber eine Verbindung zum Königswasser und seiner mystischen Dimension wäre durchaus denkbar.«

»Aber warum hat der Mörder deiner Meinung nach eine solche Substanz verwendet?«

»Ich weiß es nicht … Die Leichen waren in sehr schlechtem Zustand, als sie hier eintrafen, sie lagen seit Wochen, wenn nicht gar Monaten im Wasser, da ist uns sicherlich einiges entgangen. Was ist bei der Autopsie deines Opfers außer der Präsenz von Salpetersäure noch herausgekommen?«

»Die Leiche wies am ganzen Körper und im Gesicht gleichmäßige Verätzungen auf. Nach Aussage des Rechtsmediziners ist Muhl daran gestorben, dass man ihm intravenös Salpetersäure injiziert hat.«

»Wow, ein richtiger Trash-Film …«

»Ja, erinnert an eine Mumifizierungstechnik, ausgeführt von einem Irren.«

Beauchène dachte kurz nach und erklärte dann: »Wir wollen gleich mal etwas überprüfen, komm mit.«

Raphael folgte dem Chemiker über einen langen Gang, von dem mehrere Türen abgingen. Vor einer von ihnen, auf der in weißen Buchstaben auf einem schwarzen Schild REM stand, blieben sie stehen.

»Hier steht das Rasterelektronenmikroskop.«

Beauchêne drückte einen Zugangscode, und die beiden traten ein. Er streifte ein Paar Latexhandschuhe über und öffnete eine Schachtel, in der sich kleine, nummerierte Röhrchen befanden. Dann sah er auf ein gedrucktes Dokument und fragte: »Du sagst, die Leiche aus dem Osten hätte eine Injektion bekommen … Kannst du dich erinnern, an welcher Stelle?«

»Ja … in den rechten Arm.«

»Okay, das sind verschiedene Proben, die von Sérors Leiche genommen wurden. Einen Teil davon haben wir analysiert, aber es bleiben noch mehr als vierundachtzig, die noch nicht untersucht wurden.«

Er griff nach einer Probe.

»Wir werden uns eine Blutentnahme aus dem Arm ansehen. Dadurch können wir herausfinden, ob die Opfer von Lozère dieselbe Behandlung bekommen haben wie deine Leiche.«

Beauchêne schaltete das Rasterelektronenmikroskop ein – ein starkes Gebläse war zu vernehmen – und schob die Probe in die dafür vorgesehene Kammer.

Raphael sah, wie auf dem Monitor ein Schwarz-Weiß-Bild erschien, dann tippte der Chemiker etwas in die Tastatur des Computers und schaltete einen zweiten Bildschirm ein, auf dem digitale Daten angezeigt wurden – böhmische Dörfer für den Ermittler.

»Dieses Gerät ist an ein anderes für energiedispersive Röntgenspektroskopie gekoppelt, mit dessen Hilfe wir die elementare chemische Zusammensetzung der untersuchten Proben analysieren können. Das wird uns zeigen, ob Säure, in diesem Fall Königswasser, in das Gefäßsystem gespritzt wurde.«

Sie warteten eine Weile, dann flimmerten Kolonnen von Daten über den Bildschirm.

»Und?«

»Wir müssen uns noch etwas gedulden, die Maschine gleicht die Resultate mit der Datenbank ab.«

Schweigend warteten sie auf das Ergebnis.

Schließlich wurde es in grünen Buchstaben auf dem Monitor angezeigt.

Beauchène rollte mit seinem Hocker hin und studierte es ein paar Minuten lang, dann drehte er sich zu dem Ermittler um. »Also, ich denke, ich kann bestätigen, dass Pierre Séror eine erhebliche Menge Königswasser injiziert wurde. Aber das Verrückteste ist, dass die Blutprobe, die wir analysiert haben, auch Gold(III)-Chlorid enthält. Mensch, das bedeutet, dass dein Mörder wirklich ein Verrückter ist: Er spritzt seinen Opfern flüssiges Gold.«

Kapitel 47

Sinead verließ das Haus und ging rasch zur Rue Lalande. An der ersten Kreuzung bog sie links in die Rue Daguerre. Es war dunkel geworden, die schillernden Lichter des Marktes spiegelten sich auf dem nassen Asphalt, und ein frischer Wind kam auf. Sie mochte die Atmosphäre in diesem Viertel, die engen Straßen, die gepflasterten Innenhöfe, in denen man alte Häuser mit ihren efeubewachsenen Fassaden sah. Nach einer Weile blieb sie kurz stehen: Ein Familienvater, der mit Einkäufen beladen nach Hause ging, eine Jugendliche mit ihrer Geige … Diese einfachen Bilder des Lebens, wie eine Momentaufnahme, verstärkten ihr Gefühl der Einsamkeit, das jeden Tag etwas mehr die Konturen ihres Lebens verwischte.

Le Bouquet.

Das war der Name des Cafés, das Fauconnier vom Astrophysischen Institut als Treffpunkt ausgewählt hatte. Sinead trat ein und entdeckte Raphael in einer Ecke, bleich und mit eingefallenen Wangen. Sie hatte ihn seit dem Morgen nicht mehr gesehen und fragte sich, was wohl geschehen sein mochte, dass er so mitgenommen aussah.

Der Wissenschaftler kam gleich nach ihr herein.

»Guten Abend, möchten Sie etwas trinken?«, fragte der Ermittler, der sich erhoben hatte, um sie zu begrüßen.

Fauconnier schien aufgeregt, er bestellte Bier, während Sinead dankend ablehnte.

Sie setzten sich, und der Physiker kam gleich zur Sache: »Also, ich bin gestern Abend lange im Institut geblieben, um über Ihre Ermittlungen nachzudenken, und habe mich auch einen guten Teil des heutigen Tages damit beschäftigt. Ich habe Kontakt mit David Mathis aufgenommen, einem Mathematiker an der amerikanischen Universität Princeton. Er ist ein guter Freund und hat mit dem Smoot-Team zusammengearbeitet, das für das COBE-Projekt zuständig war. Ich habe ihm die Zahlenfolge übermittelt, die Sie am Tatort gefunden haben.«

»Und wie hat er reagiert?«, wollte Raphael wissen.

»Überrascht. Für Mathis sind diese Zahlen kohärent. Sie geben die Temperaturschwankungen wieder, die, ausgehend von den in der kosmischen Hintergrundstrahlung enthaltenen Daten, berechnet wurden. Natürlich kann er nichts über die Richtigkeit dieser Schwankungen sagen, aber er ist sicher, dass diese Zahlen das Ergebnis komplexer Berechnungen sind, die mit einem leistungsstarken Computer vorgenommen wurden. Nach diesem Gespräch habe ich weiter überlegt, und ich glaube, ein interessantes Denkmodell gefunden zu haben, mit dessen Hilfe Sie vielleicht nachvollziehen können, was im Kopf des Mannes vorgeht, den Sie suchen.«

»Warten Sie, wollen Sie damit sagen, dass der Mörder in der Lage war, die Informationen zu entziffern, die in der kosmischen Hintergrundstrahlung enthalten sind?«, fragte Sinead ungläubig.

Fauconnier rieb sich die kräftigen Alpinistenhände, so als schicke er sich zu einer Kletterpartie an. »So einfach ist das nicht«, erwiderte er. »Wie in der Philosophie gibt es auch in der Physik und Kosmologie verschiedene Ansätze. Es gibt Hunderte von Theorien, die von ebenso vielen Wissenschaftlern entwickelt wurden und oft äußerst gegensätzlich sind, wenn es um die Form des Universums, seine Größe, seine Zukunft oder das dimensionale Modell geht, aber das könnte ich Ihnen stundenlang erklären, ohne dass es zu etwas führen würde. Um Ihren Mörder zu verstehen, müssen wir bei den Fakten bleiben, die Sie vorgefunden haben. Doch ehe wir uns mit Einzelheiten beschäftigen, will ich Ihnen die Gesetze erklären, denen unser Universum unterliegt.«

»Nur zu, Stéphane, wir sind ganz Ohr«, scherzte Raphael.

Fauconnier lächelte und erklärte: »Kurz gesagt, die Interaktionen der Materie resultieren aus vier Grundprinzipien, die Ursprung aller physikalischen Phänomene unseres Universums sind: Erstens die Gravitation, auch Schwerkraft, die die gegenseitige Anziehung von Massen bewirkt. Sie kommt in der Erdanziehung zum Ausdruck, die uns am Boden und in der Umlaufbahn der Planeten um die Sonne hält. Die zweite Kraft ist die elektromagnetische Wechselwirkung, die dazu führt, dass die Materie, aus der zum Beispiel dieser Tisch oder dieses Glas besteht, fest bleibt. Sie ist die stärkste Kraft von allen und ist auch für Licht, Elektrizität oder Magnetismus verantwortlich. Es folgen die starke und die schwache Wechselwirkung, die jeweils für den Zusammenhalt der Atome und die Radioaktivität sorgen. Heute kann man jede dieser Kräfte dank verschiedener Theorien gesondert erklären – Einsteins Relativitätstheorie für die Gravitation und die Quantentheorie für die anderen, das heißt die Elementarteilchen und die Infinitesimalzahl.«

»Aber diese Theorien passen nicht zusammen«, unterbrach ihn Sinead.

»Ganz genau. Zum jetzigen Zeitpunkt sind wir außerstande, diese Theorien zu einer einzigen zusammenzuführen, mit der wir das Geheimnis des Universums lüften könnten. Und darum ist die kosmische Hintergrundstrahlung von so großem Interesse, denn sie kann uns vielleicht zum Verständnis dessen verhelfen, was uns heute noch entgeht. Das Bild vom kosmischen Wellenhintergrund hat bereits die Richtigkeit der Urknall-Theorie bestätigt, aber es wird weiterhin von den Forschern ausgewertet, um das genaue Alter des Universums und seine Zusammensetzung festlegen zu können, das heißt den Prozentsatz an Materie – wenn, wie wir annehmen, das

Dunkel, das wir beobachten, dunkle Materie ist – und welche Energieform für die beschleunigte Expansion des Universums verantwortlich ist. All diese Elemente sind grundlegend, um die Entstehung des Universums und seine Zukunft zu verstehen.«

Raphael konnte Fauconnier zwar folgen, begriff aber nicht, worauf er hinauswollte. Er trank einen Schluck Kaffee.

»Aber was sucht der Killer?«, fragte Sinead.

»Ich denke, dass Ihr Mörder, so brillant er auch sein mag, eine Form der immateriellen Suche betreibt, ich habe keine Ahnung, mit welcher Motivation, aber es sieht ganz so aus, als wäre er Anomalien bei der Temperatur der kosmischen Hintergrundstrahlung auf der Spur. Anfangs haben Mathis und ich gedacht, diese Zahlen wären vielleicht eine homogene Analyse der gesamten Strahlung. Aber wenn man eine Kurve erstellt, bemerkt man, dass die zahlreichen Ausschläge nicht dem Bild von COBE entsprechen. Es scheint sich eher um eine Studie sehr lokalisierter Zonen zu handeln, in denen es zu Phänomenen von Hochspannung gekommen sein könnte. Extrem vereinfacht gesagt, könnten bestimmte Zahlen Explosionen entsprechen, die sich an vielen verschiedenen Orten des Bildes der kosmischen Hintergrundstrahlung ereignet hätten, das heißt an verschiedenen Orten in Zeit und Raum.«

Der Physiker schien entflammt. Seine Informationen waren wertvoll, doch für Raphael war all das zu abstrakt. Er war ein Jäger, und er brauchte Blut, einen Geruch, der ihm eine Fährte verhieß. Er räusperte sich.

»Jetzt mal konkret gefragt, wie kann ich als Ermittler das, was Sie mir erzählen, benutzen, um diesen Dreckskerl dingfest zu machen?«

Fauconnier lächelte. »Ich weiß, all das ist schwer zu begreifen … wir leben in einer rationalen Welt, und das, was ich Ihnen hier erzähle, kommt dem menschlichen Geist fast übernatürlich vor. Dennoch befinden wir uns in einer physischen

Realität. Ich denke, die Informationen, die ich Ihnen gebe, sollten Sie auf dieselbe Weise verwenden wie ein ›Profiler‹ die Verhaltensanalyse eines Psychopaten, um sein Vorgehen vorauszusehen und ihn in die Enge zu treiben. Es ist der Schlüssel zum Bewusstsein Ihres Mörders, der es Ihnen ermöglicht, sich in seinen Wahnsinn hineinzuversetzen, um zu begreifen, woher er kommt und was er vorhat. Lassen Sie mich zu Ende erklären …« Fauconnier trank einen Schluck Bier und fuhr fort: »Ich habe also Mathis heute Nachmittag noch einmal angerufen, und wir sind darauf gekommen, dass die Modelle, die der Mörder für seine Berechnungen benutzt, von dem abgeleitet sind, was man als Stringtheorie bezeichnet, ein besonderer Zweig der theoretischen Physik.«

»Jener bekannten Theorie, die, sollte sie sich bewahrheiten, es ermöglichen würde, die Relativitätslehre und die Quantentheorie zusammenzuführen. Das unendlich Große und das unendlich Kleine«, steuerte Sinead bei.

»Ja, aber ihr Ehrgeiz beschränkt sich nicht auf diese Zusammenführung, die Stringtheorie erhebt auch den Anspruch, die vier universellen Kräfte zu vereinen. Es ist die berühmte Theorie des *Ganzen*, die es uns ermöglichen würde, vieles zu verstehen. Doch so weit ist es im Moment leider noch nicht. Dieser Denkansatz steckt noch in den Kinderschuhen, und niemand kann sagen, ob er sich eines Tages bewahrheiten wird. Auch innerhalb dieser Hypothesen gibt es verschiedene gegensätzliche Strömungen … nicht eben überzeugend für etwas, das alles vereinheitlichen will … Sicher ist auf alle Fälle, dass Ihr Mörder daran glaubt. Das beweisen seine Berechnungen, und so verrückt es auch scheinen mag, ich glaube, verstanden zu haben, was er in der kosmischen Hintergrundstrahlung sucht.«

Raphael und Sinead wechselten einen schnellen Blick.

»Wie schon gesagt«, fuhr Fauconnier fort, »ist es heute noch unmöglich, Relativitätstheorie und die Quantenmechanik zu vereinen. Da jede der beiden Theorien zu beeindruckenden experimentellen Erfolgen geführt hat, hat ein guter Teil der wissenschaftlichen Welt beschlossen, pragmatisch vorzugehen und jedes Instrument in seinem Gültigkeitsbereich anzuwenden. Für einige Phänomene jedoch, die schwarzen Löcher zum Beispiel, benötigt man beide Theorien – die generelle Relativität, um die Schwerkraft zu untersuchen, die alles in ihrem Aktionsradius anzieht, und die Quantenmechanik, um die Materie zu bestimmen. Der Urknall stellt ein ähnliches Problem dar. Würde sich also die Stringtheorie als richtig erweisen, könnte man mit ihrer Hilfe diese Phänomene präzise beschreiben. Gleichzeitig würde sie aber etliche Gewissheiten über das Universum, so wie wir es heute sehen, infrage stellen, und genau das interessiert Ihren Mörder. Eine der Lösungen, die die Stringtheorie anbietet, versucht zu beweisen, dass unser Universum letztlich eine ›Bran‹ ist, das heißt eine Raumzeit, die wie ein Blatt Papier in einem Superuniversum schwimmt, das aus großen oder winzigen zusätzlichen Dimensionen besteht. Das würde bedeuten, dass wir Teil eines viel größeren Gesamtsystems sind, welches wir nicht wahrnehmen können. Die Galaxien, die wir im Kosmos beobachten, würden neben unserer Bran bestehen. Eine Bran kann man sich als eine Art Membrane vorstellen, die schwingt und sich in einem winzigen Abstand zur nächsten befindet. Ein äußerst umstrittenes Modell, genannt das ›ekpyrotische Universum‹, schlägt ein anderes Szenario für den Urknall vor. Ihm zufolge wäre der Urknall letztlich ein monumentaler Energieaustausch, der entsteht, wenn zwei Branen sich berühren, und der sich regelmäßig wiederholt. Andere, äußerst komplexe Hypothesen sagen voraus, dass diese Branenkollisionen das schaffen könnten, was man ein ›Wurmloch‹ nennt, das heißt einen Durchlass zwischen zwei Universen, aber das ist pure Science-Fiction, denn theoretisch kann kein Körper von einem Universum ins andere wechseln. Nur die Gravitationswellen, auch ›Gravitons‹ genannt, wären in der Lage, diese Grenze zu überschreiten. Bitte vergessen Sie nicht, dass all das rein theoretisch und noch dazu sehr fragwürdig ist, auch wenn sich so brillante Köpfe wie Einstein oder Hawking damit beschäftigt haben. Diese Wurmlöcher bezeichnet man im Übrigen auch als Einstein-Rosen-Brücke.«

Raphael verzog das Gesicht.

Und Sinead zog den Schluss: »Sie sagen also, unser Mörder sei auf der Suche nach Durchgängen von einem Universum in ein anderes. Das ist total verrückt …«

»Ja, ziemlich … Nach seiner Ansicht könnten eventuelle Anomalien in der kosmischen Hintergrundstrahlung auf die Existenz besagter Wurmlöcher hindeuten. Durch die Berechnung der regelmäßigen Wiederkehr hofft er, vorhersagen zu können, wo und wann sich die nächste Einstein-Rosen-Brücke bildet. Kurz gesagt, ich glaube, Sie haben es mit einem außergewöhnlich intelligenten Menschen zu tun, mit einem herausragenden Physiker, der auf der Suche nach der Wahrheit seinen Weg verloren hat und dem Wahnsinn verfallen ist.«

»Ein tödlicher Wahnsinn, dem wir ein Ende setzen müssen«, sagte Raphael. »Deshalb möchte ich Sie bitten, wieder auf den Boden der Tatsachen zurückzukommen und einen Bezug zwischen unseren materiellen Beweisen und Ihrer Theorie herzustellen.«

Raphael fasste sein Gespräch mit dem Rechtsmediziner zusammen und erzählte von dem nachgewiesenen Gold(III)-Chlorid auf den Leichen und in den Venen der Opfer. Anschließend war Sinead an der Reihe, die von der Analyse der tätowierten Augenlider berichtete.

Fauconnier lauschte ihnen aufmerksam. Bei jeder neuen Enthüllung zuckten seine Mundwinkel, als hätte er einen Tick. Schließlich rief er: »Das alles ergibt Sinn. Das Gold steht für den Traum von Ewigkeit der alten Zivilisationen, die sich mit dem gelben Metall schmückten, um den Gestirnen zu gleichen. Einige von ihnen hatten sogar auf empirische Weise die Existenz der Lichtteilchen, der Photonen also, begriffen und auf Flachreliefs dargestellt. Über das Klischee der Alchemie und der Umwandlung der Metalle hinaus spielen Königswasser und Gold(III)-Chlorid auf die Suche nach Unsterblichkeit, den Traum der Gottwerdung, die Verschmelzung mit dem Kosmos und dem Göttlichen an. Die Augenlider, von denen Sie sprechen, sind seltene archäologische Fundstücke, in technischer Hinsicht handelt es sich um Deckel, die die Augen vor dem Licht schützen. Ihre Herkunft und die Bedeutung der Tätowierung würden mich sehr interessieren.«

Sinead fasste die Ausführungen des Astrophysikers zusammen: »Man könnte sich also vorstellen, dass der Mörder seinen Opfern, wenn er sie in Gold einhüllt und ihnen Königswasser mit Gold(III)-Chlorid injiziert, eine Art der Unsterblichkeit verleihen will … Dieser Kerl ist wirklich in der Symbolik des Lichts verhaftet …«

»Ganz genau«, fuhr Fauconnier fort, »und wenn man diese Überlegung weiterführen will, kann man annehmen, dass der Einsatz radioaktiver Substanzen, mit denen er die Tschetschenen im Bois de Vincennes getötet hat, eine Anspielung auf die schwache Wechselwirkung ist, welche die Radioaktivität auszeichnet – also eine der vier Grundkräfte, die das Universum bestimmen …«

Die Irin dachte an die Ursache für Garis Tod: eine Explosion, Thermit, Feuer … Auch das passte in das Schema von Saiphs Wahnsinn.

»All das ist ja sehr poetisch«, unterbrach der Ermittler, »aber das sagt uns nicht, *warum* er tötet. Und genau das müssen wir herausfinden, denn diese Information wird uns zu ihm führen.«

»Das stimmt so nicht, Raphael!«, rief Sinead. »Wir müssen alle Facetten seiner Persönlichkeit erfassen, es darf nicht mehr die geringste Unbekannte bleiben. Wir wissen ja nicht einmal etwas über seine Identität.«

»Sie hat recht, Zeck. Sie sind sicher ein hervorragender Ermittler, aber kein guter Physiker. Sie sind zu realitätsverbunden. Man muss auch träumen können, und diese Poesie, über die Sie sich lustig machen, könnte Sie schneller zu Ihrem Mörder führen, als Sie glauben. Wissen Sie, ich habe diesen Beruf nicht gewählt, weil ich ein Mathe-Ass war, sondern weil ich von Wissensdurst und Forschungsdrang angetrieben wurde. Von klein auf wollte ich begreifen, was da oben passiert, und dieser Frage habe ich mein Leben gewidmet, obwohl ich genau weiß, dass ich es sicher nie herausfinden werde – und dennoch glaube ich daran, und das treibt mich an. Wenn ich Ihnen das sage, dann nicht, weil ich Ihnen mein Leben erzählen will, sondern damit Sie begreifen, dass jenes Monster, das Sie jagen, sicher einmal ein Kind war wie ich. Ein Junge, der mit Tränen in den Augen den dunklen Himmel und die Sterne beobachtete und dieselben Träume hatte wie ich, bis er eines Tages aus der Bahn geworfen und aus irgendeinem Grund zum Mörder wurde … Sie sollten auf Sinead hören, ihre Sensibilität für die Fragen des Kosmos ist Ihr größter Trumpf.«

Raphael wusste ganz genau, dass der Physiker recht hatte, aber er war zu gereizt, um es zuzugeben. Er begnügte sich mit einem Nicken.

Dann beendete Fauconnier das Gespräch: »Gut, ich muss gehen, ich fliege morgen früh nach Vancouver. Ich nehme an einem Kolloquium teil und muss meinen Vortrag noch fertig machen. Es tut mir leid, wenn ich etwas brüsk bin, aber das ist meine Art. Wenn es Ihnen möglich ist, halten Sie mich auf dem Laufenden, und wenn Sie bei Gelegenheit Lust zu einer Kletterpartie haben, dann bin ich gerne dabei.«

Raphael und Sinead schüttelten ihm herzlich die Hand und sahen ihm hinterher, als er sich Richtung Avenue du Général-Leclerc entfernte. Raphael bezahlte, und sie machten sich auch auf den Heimweg.

Seite an Seite liefen sie durch die Rue Daguerre. Es war wärmer geworden, und der Wind streifte die Haut wie eine Liebkosung. Der Ermittler wandte den Blick zu Sinead und sah ihr Profil im Gegenlicht. Ihre gerade Nase, die geschwungenen Lippen, die Grübchen und den Pagenkopf. Selbst hier, auf dieser Straße, war das Licht im Zentrum des Lebens und enthüllte ihm in diesem Augenblick das Gesicht der Irin, wie er es noch nie gesehen hatte.

Sie drehte sich zu ihm und meinte: »Ich mag diesen Typen.«

»Ja, das habe ich gemerkt, und es beruht übrigens auf Gegenseitigkeit.«

Raphael bedauerte sofort diesen Anflug von Eifersucht, den er während des ganzen Gesprächs nur mit Mühe hatte unterdrücken können.

Sinead ging nicht weiter darauf ein.

Er atmete tief durch und wechselte das Thema. »Auf alle Fälle habt ihr beide recht, was das psychologische Profil von Saiph angeht. Es ist wirklich sehr wichtig, aber eins passt trotzdem nicht.«

»Und zwar?«

»Die Leiche von Muhl. Der Autopsiebericht erwähnt die Präsenz von Salpetersäure. Das passt nicht zu den anderen Morden. Saiph ist äußerst präzise, seine Verbrechen tragen eine eindeutige Handschrift, so als wollte er seinen Opfern symbolisch ein ewiges Leben bescheren. Die Salpetersäure passt zu keinem von Fauconniers beschriebenen Modellen.«

»Glaubst du nicht, dass Saiph auch einmal ein Irrtum hätte unterlaufen können, oder dass er nicht genug Zeit hatte?«

»Nein, dieser Kerl ist verrückt, aber logisch und pedantisch, das hast du selbst gesagt. Denk an die Zahlen, die er überall in dem Stollen von Lozère an die Wände geschrieben hat. Er hält sich genau an sein Ritual … Nein, an einen Irrtum glaube ich nicht.«

»Ich sehe keine andere Erklärung …«, meinte die Irin.

Raphael legte die Hände zusammen und führte sie an den Mund, als ihm plötzlich ein Licht aufging. »Verdammt noch mal, das ist doch ganz klar!«

Sineads Herz schlug schneller. »Was?«

»Weil Saiph nicht der Mörder ist.«

»Was soll das heißen?«

»Wenn Muhl Salpetersäure statt Königswasser gespritzt bekommen hat, dann weil Saiph nicht der Mörder ist.«

»Wie meinst du das?«

»Muhl wusste zu viel … Jemand hat ihn umgebracht und dabei versucht, Saiphs Handschrift zu kopieren. Jemand, der ihm nahesteht oder gut genug informiert ist, um über Saiphs Morde Bescheid zu wissen, ohne jedoch die Details des Rituals zu kennen. Der Gebrauch von Salpetersäure anstelle von Königswasser ist ein grober Schnitzer … Ich wette mit dir, dass der alte SS-Mann keine Spur von Gold am Körper oder im Blut hatte.«

»Das bedeutet, dass der Täter Saiph kannte und über seine Verbindung zu Muhl und den Waffenhandel Bescheid wusste … und das bedeutet auch …«

»Dass der Dreckskerl sich im Umfeld der Ermittlungen befindet. Auf der einen oder anderen Seite, aber ganz in unserer Nähe …«

Kapitel 48

»Wir haben ein Problem …«

Sinead, die als Erste den Aufzug verließ, bemerkte sofort die angelehnte Wohnungstür.

»Ich bin mir ganz sicher, dass ich abgesperrt habe.«

Der Ermittler legte den Finger auf den Mund und bedeutete ihr zu schweigen.

Mit geübtem Griff zog er seine Pistole aus dem Halfter und näherte sich der Tür. Er stieß sie vorsichtig auf und betrat den dunklen Flur.

Die Waffe vorgestreckt, sah er sich um.

Er drehte sich nach rechts, dann nach links. Niemand …

Der Inhalt des Bücherregals war auf den Boden geleert worden.

Er stieg über die Berge von Papier hinweg und ging vorsichtig zum Schlafzimmer.

Nichts.

Er wandte sich um und steuerte auf das Wohnzimmer zu. Dort brannte Licht, der Raum war vollständig verwüstet. Sofa und Sessel waren aufgeschlitzt, die Regale leer gefegt, die große Holztruhe unter dem Fenster umgekippt.

Dann nahm er das zweite Schlafzimmer in Augenschein – auch dort niemand.

Er steckte die Waffe weg und ließ Sinead eintreten.

Die Irin eilte sofort ins Badezimmer, stieg auf die Toilette und hob den Deckel des Wasserkastens ab. Sie inspizierte ihn eingehend, tauchte die Hand ins kalte Wasser.

Leer.

Sie lief auf den Flur zurück, sank auf die Knie und verbarg das Gesicht in den Händen.

»Sie haben sie mitgenommen.«

»Was?«

»Die Augenlider. Sie haben die Augenlider gestohlen …«

Raphael schwieg eine Weile und sagte dann: »Mit wem hast du darüber gesprochen?«

»Nur mit Mia, sonst niemandem.«

»Ist dir jemand gefolgt? Hat euch vielleicht jemand im Café belauscht?«

»Nein, nein … ganz sicher nicht. Und wem hast du davon erzählt?«

Raphael ging im Geist rasch durch, wer etwas von den Relikten wusste.

»Fauconnier, Beauchène, der Chemiker des Rechtsmedizinischen Instituts und Drago. Das sind die Einzigen.«

»Und glaubst du, dass …«

»Ich glaube gar nichts, aber das scheint mir unmöglich … Sie waren es bestimmt nicht.« Raphael trat ein paar Schritte vor und sah sich um. »Vielleicht gibt es eine andere Erklärung …« Der Ermittler zog seine Jacke aus und begann, die Wohnung genau unter die Lupe zu nehmen. Zuerst das Telefon, dann drehte er die Bilderrahmen um, untersuchte die Wände, Böden und Fußleisten … »Niemand wusste, dass die Augenlider hier waren. Das beweist, dass dieser Hurensohn Dumas nicht aufgegeben hat. Er war in meiner Abwesenheit hier und hat Mikros angebracht. Wir werden sicher abgehört.«

Sinead, die noch immer auf dem Flur hockte, krümmte sich zusammen. Ihr Herz schlug langsamer, so als wolle es jeden Moment stehen bleiben.

Raphael suchte schneller, bis er merkte, dass er so nicht weiterkam. Die Mikros waren vermutlich in den Wänden versteckt. Oder vielleicht sogar in einer benachbarten Wohnung.

»Ich rufe den Serben an, er ist bestimmt noch im Dienst. Mit einem Frequenzdetektor ist die Sache in fünf Minuten geregelt. Danach lassen wir Deluca kommen, um Bilanz zu ziehen.«

Raphael griff nach dem Telefon und wählte Dragos Nummer. Sinead rappelte sich mühsam auf, sie fühlte sich so schwach, dass sie sich an der Wand abstützen musste, um zu Raphael zu gelangen. Sie näherte sich langsam hinter seinem Rücken und drückte auf die Gabel, um die Verbindung zu unterbrechen.

Raphael sah sie verblüfft an. »Was soll das denn?«

Sinead begann zu zittern; jene Falle, die ihr seit der Explosion des Cottage drohte, war zugeschnappt.

»Nicht du, Sinead … nicht du …«

Sie wandte den Blick ab, ließ sich an der Wand hinuntergleiten und kauerte sich am Boden zusammen. Vor ihrem Gesicht sah sie Raphaels Hand. Wütend umklammerte er den Hörer, dann schleuderte er den Apparat gegen die Wand, wo er zerschellte.

»Wo sind die verdammten Mikros?!«, schrie er.

Schweigen.

»Antworte!«

»Es gibt vier.« Sie deutete auf die Wohnzimmertür. »Dort in der Klinke auf der Innenseite. Das andere ist zwischen den Ritzen im Parkett deines Schlafzimmers. Die beiden letzten befinden sich in der Küche und in dem Zimmer am Ende des Gangs.«

Der Ermittler montierte die Porzellanklinke ab. In das Holz war ein Loch gebohrt, in dem das streichholzkopfgroße Mikro steckte, das mit einem winzigen Sender verbunden war. Er entfernte auch die drei anderen aus ihren Verstecken und durchtrennte die Verbindung zum Sender.

»So, und jetzt rede, und zwar schnell … denn ich habe nicht übel Lust, dich vor die Tür zu setzen.«

Sinead murmelte: »Er hatte Fotos von dir, von uns. Er wusste, wo ich mich versteckt hielt. Ich hatte keine andere Wahl …«

»Du widerst mich an.«

»Hätte ich nicht mit ihm zusammengearbeitet, hätte er mich der Justiz ausgeliefert und dich gleich mit …«

»Dein Bruder wäre sicher stolz, wenn er wüsste, dass seine kleine Schwester ein Spitzel ist!«

Sinead spürte ihr Herz schneller schlagen, und dieses Mal gab sie zurück: »Was redest du da? Hast du etwa vergessen, dass du auch ein mieser Bulle bist? Das sind doch deine eigenen Methoden, oder? Verhältst du dich deinen Spitzeln gegenüber nicht genauso? Hast du mir nicht denselben Deal vorgeschlagen wie er? Du hast mich genauso benutzt.«

Raphael atmete tief durch, um seinen Zorn zu beherrschen, und analysierte die Situation: Einerseits hatte Sinead sein Vertrauen enttäuscht, andererseits hatte sie einen neuen Weg geöffnet. Er musste die Nerven bewahren und versuchen, ein Maximum an Informationen aus ihr herauszubekommen. Erst dann würde er über sein weiteres Vorgehen entscheiden.

»Wer ist der Erpresser? Dumas und seine Leute?«, fragte er schließlich.

»Das ist nicht der Name, den er mir genannt hat.«

»Wer ist es dann?«

»Er heißt Joffre und arbeitet für die DGSE.«

»Die DGSE?! Aber was haben die denn damit zu tun? Was wollte er?«

»Dass ich ihn über den Fortgang der Ermittlungen informiere, im Gegenzug hat er mich über Garis Vergangenheit unterrichtet … Dafür musste ich ihm die Möglichkeit geben, die Mikros bei dir zu installieren.«

»Warum hast du mir nichts gesagt?«

»Weil ich nicht wusste, wie du reagieren würdest. Ich hatte Angst, dass du unser Abkommen aufkündigen würdest. Aber ich brauchte die Informationen, die er mir über meinen Mann gegeben hat.«

»Hast du mich deshalb neulich ins Badezimmer gelotst, damit er unser Gespräch nicht mithört?«

Sinead nickte.

»Hast du ihm die Sache mit den Relikten verschwiegen?«

»Ja, aber er hat gespürt, dass ich etwas vor ihm verberge. Darum haben sie hier alles verwüstet. Er hat sich mir gegenüber wie ein Schwein verhalten. Das erlaubt er sich, weil er weiß, dass er mich in der Hand hat. Beim geringsten Fehltritt lässt er mich hochgehen. Manchmal habe ich sogar gedacht, dass er mich gleich schlagen wird.«

Raphael überlegte kurz und erklärte dann: »Gut, wir sind ohnehin aufgeflogen. Jetzt gibt es zwei Möglichkeiten. Entweder wir setzen uns ab – aber wenn er uns verpfeift, würde das unsere Ermittlungen erheblich erschweren –, oder der Typ kommt hierher, und wir versuchen zu verstehen, was er eigentlich will.«

»Die zweite Lösung scheint mir vernünftiger.«

Der Ermittler und die Irin fuhren herum und starrten die hagere Gestalt an, die in der Eingangstür stand.

Kapitel 49

»Ich bin Joffre. Der miese Dreckskerl, von dem Ihnen McKeown erzählt hat. Darf ich hereinkommen?«

Mit gerunzelter Stirn musterte Raphael den Mann mit dem militärisch strengen Gesicht und der eleganten Kleidung – dunkler Anzug und marineblauer Kaschmirmantel.

»Bitte sehr … Sie sind hier ja quasi zu Hause.«

»Wie ich sehe, bewahren Sie sich Ihren Humor in jeder Lebenslage.«

»Nennen Sie das, wie es Ihnen beliebt. Was wollen Sie, Joffre?«

»Nichts anderes als das, was Ihnen Miss McKeown sicher schon erklärt hat.«

»Wenn ich mir ansehe, wie Sie in meiner Wohnung gewütet haben, dann drängt sich mir der Verdacht auf, dass Ihnen irgendetwas nicht gefallen hat.«

Der Agent zog seinen Mantel aus, legte ihn über den Arm und trat ins Wohnzimmer.

»Auch wenn ich Sie damit enttäusche, doch für dieses Chaos bin ich nicht verantwortlich.«

»Wer außer Ihnen sollte hier gewesen sein?«

»Die DST vielleicht? Oder der mysteriöse Saiph …? Dank der beiden zusätzlichen Mikros, von denen die charmante Sinead nichts wusste, habe ich erfahren, dass Sie etwas vor mir geheim gehalten haben. Aber das wird sich jetzt sicher aufklären. Was ist das für eine Geschichte mit den Augenlidern?«

Es herrschte kurzes Schweigen, dann antwortete Sinead: »Ich habe keine Ahnung, wovon Sie sprechen.«

»Ich bitte Sie, Sie wissen ganz genau, dass Sie nicht in der Position sind zu verhandeln. Nachdem Sie den Verrat schon so weit getrieben haben, wollen Sie doch jetzt wohl nicht aufgeben … Verderben Sie nicht alles, helfen Sie mir lieber, die Verbindung zwischen den Pariser Ermittlungen und dem Tod von Gari Weiss zu verstehen.«

Der Agent versuchte es ganz eindeutig auf die psychologische Tour bei ihr. Raphael beschloss, sich einzumischen.

»Hören Sie auf mit diesem Spielchen, Joffre. Wenn Sie Informationen wollen, müssen Sie uns erklären, welches Interesse Sie an der ganzen Sache haben.«

Der Agent legte seinen Mantel sorgfältig auf den Tisch und nahm in einem der aufgeschlitzten Sessel Platz. Die Ellbogen auf die Knie gestützt, den Zeigefinger an die zusammengepressten Lippen gelegt, schien er angestrengt nachzudenken.

»Was hat die DGSE mit diesem Verhau zu tun?«

Joffre wandte den Kopf langsam zu Raphael. »Haben Sie sich nie gefragt, warum Sie so leicht an die Aktennotiz über den Tschetschenen Islamow gekommen sind? Oder warum meine Mitarbeiterin Naima Sednaoui Sie über die Anwesenheit dieses Individuums auf unserem Territorium informiert hat?«

Raphael starrte Joffre an und wartete.

»Ich habe sie darum gebeten, Ihnen die nötigen Informationen zukommen zu lassen, um diese Ermittlungen voranzubringen. Ohne die DGSE würden Sie noch heute den Bois de Vincennes auf der Suche nach den ersten Indizien umgraben. Wenn Sie vorangekommen sind, dann nur deshalb, weil *ich* von Anfang an im Hintergrund die Fäden ziehe.«

Raphael baute sich drohend vor dem Agenten auf und sagte: »Am Abend von Islamows Verhaftung ist eine junge Polizistin ums Leben gekommen. Waren das Ihre Leute, die ihr in dem getarnten Peugeot gefolgt sind?«

»Es war mein Team, aber sie sind nicht schuld.«

Bevor der Agent irgendetwas unternehmen konnte, zog Raphael seine Pistole, hielt ihm den Lauf an die Kehle und entsicherte sie.

»Ich knall dich ab.«

Joffre blieb ungerührt. »Die Tschetschenen hatten Sie entdeckt. Ihre Überwachung war miserabel.«

»Unsinn.«

»Sie haben das Polizeiaufgebot bemerkt und darum die Richtung Aubervilliers eingeschlagen.«

»Falsch, sie wollten Saiph zu den Zuggleisen bringen, um sich seiner zu entledigen.«

»Ich bedaure, Zeck … wir haben ihren Wagen abgehört. Ich kann Ihnen die Aufnahmen vorspielen. Es tut mir wirklich leid, aber Sie tragen die alleinige Verantwortung für den Tod Ihrer Kollegin.«

Die Schuldgefühle vertrieben Raphaels Wut. Er senkte die Waffe und fuhr sich mit der Hand übers Gesicht.

»Na also, jetzt sind Sie ja wieder vernünftig. Vielleicht können wir uns nun unterhalten.«

»Was wollen Sie von uns?«

»Wir interessieren uns sehr für das ehemalige antikommunistische Netzwerk in Europa. Im Laufe Ihrer Ermittlungen haben Sie sicher festgestellt, dass diese verzweigte Geheimorganisation noch immer existiert, auch wenn ihre Auflösung bereits vor Jahren angeordnet wurde. Lange Zeit hat sich die SAC, die ehemalige Leibgarde de Gaulles, die inzwischen durch die MIL ersetzt wurde, ebenso wie das italienische ›Gladio‹ ungestraft schlimmer Verbrechen schuldig gemacht, vom Drogenhandel bis hin zu Terroranschlägen. In Frankreich ist dieses Netzwerk zwar offiziell nicht mehr existent, doch einige umtriebige Geister des Kalten Krieges, die nicht auf ihre Privilegien verzichten wollten, machen dank der Unterstützung von hoher Stelle weiter. Unser Problem ist, dass ein großer Teil von ihnen Polizisten und Angehörige der DST sind …«

»Und was hat die DGSE damit zu tun?«, unterbrach ihn Raphael.

»Historisch gesehen, stand dieser ›Pool‹ immer den hart gesottenen Antikommunisten nahe, dem Netzwerk ›Rose des Vents‹ von François de Grossouvre und der OAS, aber es stimmt, einige unserer Mitarbeiter waren an verwerflichen Aktionen beteiligt. Wir haben inzwischen aufgeräumt … Wie dem auch sei, diese Männer verfügen über erhebliche Mittel, über Waffen, und wir glauben, dass sie eine Gefahr für Frankreich darstellen. Durch ihre Zugehörigkeit zu den Ordnungskräften sind sie schwer zu belangen. Im Ausland haben wir es leichter, weil wir dort im Untergrund agieren. Aber auf französischem Staatsgebiet, wo die DGSE offiziell nicht eingreifen darf, haben wir ein Problem. Darum habe ich mich in Ihre Ermittlungen eingeschaltet, und ich würde gerne mit Ihnen weiterarbeiten, denn Sie sind am besten geeignet, die Fäden dieses Falls zu entwirren.«

»Ist Dumas an diesem Netzwerk beteiligt?«

»Das weiß ich nicht, doch er handelt auf Anweisung. Darum macht er Ihnen auch das Leben so schwer. Er hat den Auftrag zu verhindern, dass Sie die Wahrheit aufdecken, die einige hohe Beamte in eine missliche Lage bringen würde.«

»Dumas und Sie arbeiten für denselben Brotherrn, warum unterscheidet sich Ihre Position so sehr von der seinen?«

Joffre deutete ein Lächeln an. »Wir arbeiten nicht, wie Sie sagen, für denselben Brotherrn, ich gehöre dem Verteidigungsministerium an, und wir haben eine völlig andere Einschätzung dieses Netzwerks. Meine Vorgesetzten wollen den Aktivitäten jener Männer, die wir als Staatsfeinde ansehen, dringend ein Ende setzen.«

»Welch edles Anliegen …«, höhnte der Ermittler. »Was haben McKeown und ich damit zu tun?«

Joffre schlug die Beine übereinander und rieb sich die Fingerspitzen, so als könne er eine gewisse Erregung nicht unterdrücken. »Heute hat das französische Netzwerk keinen Namen mehr und ist auf einen harten Kern von einem Dutzend Männern reduziert, der noch vor Kurzem von dem verstorbenen Dieter Muhl geleitet wurde. Séror hat Sie irregeführt, aber er war sehr wohl Mitglied der Gruppe. Wir haben versucht, innerhalb der Organisation Unfrieden zu stiften, das hat den alten Knacker Muhl das Leben gekostet. Die Gründe für Sérors Tod sind hingegen unklar.«

Raphael musterte Joffre, der durch seine Hagerkeit und seine nervösen Ticks selbst etwas von einem alten Knacker hatte. »Also haben Sie Muhl umbringen lassen?«, fragte er.

»Nein, wir haben ihn nicht getötet, haben es nur so eingerichtet, dass andere das übernommen haben.«

»Wie haben Sie das angestellt?«

»Fragen Sie mich nicht zu viel«, gab der Agent zurück. »Allerdings glaube ich, Ihnen sagen zu können, dass Saiph abtrünnig geworden ist. Wenn wir die Informationen, die uns Sinead gegeben hat, mit unseren eigenen zusammenführen, ergibt sich daraus, dass dieser Mann Geld braucht und zu allem bereit ist, um die Kontrolle über die Waffenverstecke zu bekommen. Sobald wir ihn von der Liste gestrichen haben, wird es einfacher sein, den Fall abzuschließen.«

Eine Weile sahen sich die drei schweigend an, bis schließlich Sinead das Wort ergriff: »Und was genau erwarten Sie von uns?«

»Jetzt, da Zeck von sämtlichen Pflichten in diesen Ermittlungen entbunden ist, würde ich gerne ein Abkommen mit Ihnen beiden schließen, das Ihnen hilft, Saiph zu finden, und mir die Möglichkeit gibt, den illegalen Aktivitäten des harten Kerns der ehemaligen SAC ein Ende zu bereiten. Sie hätten sozusagen den Status von ›Undercover-Agenten‹, das heißt, Sie würden inoffiziell für uns arbeiten. Wir unterstützen Sie bei Ihren Ermittlungen mit weiteren Informationen, über die wir verfügen. Sollte die Sache aber scheitern, sind wir uns niemals begegnet.«

»Wie sollen wir Ihnen vertrauen, Joffre? Ihre Methoden sind derart halbseiden.«

Der Agent grinste höhnisch. »Glauben Sie etwa, Ihre wären sauberer? Entschuldigen Sie, Zeck, aber wir sind vom selben Schlag, ob Sie das nun wahrhaben wollen oder nicht!«

»Das denke ich nicht. Die Legalität hat den Vorteil, einen daran zu hindern, gewisse Grenzen zu überschreiten.«

Joffre stieß ein zynisches Lachen aus. »Sie müssen gerade von Legalität reden! Immerhin sitzen wir hier und diskutieren mit McKeown, einer mit internationalem Haftbefehl gesuchten Terroristin.«

»Sie wissen ebenso gut wie ich, dass sie unschuldig ist.«

Ohne weiter darauf einzugehen, fuhr Joffre fort: »Zwingen Sie mich nicht, Ihre Vergangenheit offenzulegen … Sie waren früher beim Marinekommando, Zeck. Wie viele Unschuldige haben Sie auf dem Gewissen? Zum Beispiel dieses Kind, auf das Sie 1991 im Wald von Mala Dubrava in Kroatien während der Schlacht um Vukovar getroffen sind. Sie waren im Aufklärungseinsatz … Sie wussten, es mitzunehmen, würde Verspätung bedeuten. Es laufen zu lassen, hieße, es würde sie gegen eine Belohnung verraten, um seine Familie durchzubringen. Wer hat ihm die Kugel in den Kopf gejagt? Sie? Oder haben Sie diese Drecksarbeit einem Ihrer Männer überlassen? Ich wollte Sie besser kennenlernen. Und, stellen Sie sich vor, ich hatte Zugang zu den Berichten über Ihre Einsätze. Sie wissen so gut wie ich, dass nur das Überleben und der Erfolg der Mission zählen, also verschonen Sie mich mit Ihrem moralischen Getue.«

Raphael spürte Sineads Blick. Er brauchte sie gar nicht anzusehen, um die Verachtung darin zu lesen. Dieselbe Abscheu, die er sich selbst gegenüber empfand und die ihn dazu bewogen hatte, den Dienst zu quittieren. Aber das war kein Thema, das er vor Joffre ausbreiten wollte.

Sie saßen in der Klemme.

Entweder sie kooperierten, oder Joffre würde sie ausliefern.

Raphael seufzte. »Okay … Wo fangen wir an?«

Joffre erhob sich und lehnte sich ans Fenster. »Ich werde Ihnen einige Informationen geben, die es Ihnen ermöglichen, die Ermittlungen wieder aufzunehmen. Aber zunächst möchte ich, dass Sie mir von diesen Augenlidern erzählen, die Sie gefunden haben.

Kapitel 50

14. Dezember, Ville-d'Avray
Neun Uhr morgens

Raphael öffnete das Vorhängeschloss und entfernte die rostige Kette, die die beiden Flügel des schmiedeeisernen Tors zusammenhielt. Er wechselte einen Blick mit Drago, dann betraten die beiden Ermittler das Grundstück.

Es war ein gutbürgerliches Anwesen direkt neben dem Park von Saint-Cloud. Am Ende der von hundertjährigen Eichen gesäumten Allee, über der Nebelschwaden hingen, zeichnete sich vor dem grauen Himmel ein weißes Haus aus dem neunzehnten Jahrhundert mit abgeblättertem Putz ab.

»Was ist denn das hier für ein Refugium?«, fragte der Serbe.

»Das ist sozusagen ein ›steriles‹ Haus. Joffre benutzt es von Zeit zu Zeit und hat mir den Schlüssel überlassen. Hier können wir unseren bulgarischen Kontaktmann ungestört treffen.«

Drago nahm seinen Motorradhelm unter den Arm. »Vertraust du diesem Typen wirklich?«, fragte er.

»Ehrlich gesagt, nein, aber ich habe keine andere Wahl.« Raphael blieb stehen und brummte, den Blick auf seine taubenetzten Lederstiefel gerichtet:. »Du musst mir nicht in diese ganze Scheiße folgen, Drago. Du kannst noch umkehren und wieder in unserer Abteilung anfangen. Es bringt nichts, wenn wir beide mit dieser Geschichte auffliegen.«

»Kommt nicht infrage! Im Übrigen ist das ganze Team auf unserer Seite. Aber jetzt erzähl mal, wer ist der Kerl, den wir ausquetschen wollen?«

»Rumen Katinscharow, der Konservator des Kosmicheskiy Musei, das ist das Kosmos-Museum von Warna, eine Stadt in Bulgarien, die am Schwarzen Meer liegt.«

»Und was hat der mit der Sache zu tun?«

»Ich erkläre es dir. Was Séror betrifft, haben wir uns nicht vollständig geirrt, er gehörte sehr wohl zu dem Netzwerk. Laut Joffre hat die DGSE den Wissenschaftler schon seit Jahren überwacht, und über jede seiner Auslandsreisen wurde ein detaillierter Bericht verfasst. Ihm zufolge war Séror eine Art Doppelagent. Er lieferte der DST Informationen, arbeitete aber zugleich auch für die Sowjets. Er hatte zahlreiche Kontakte zur anderen Seite der Mauer – zur Akademie der Wissenschaften, zum Institut für experimentelle Kernphysik in Sarow, zum Kurtschatow-Institut für Atomenergie und, nicht zu vergessen, zur Abteilung Wissenschaft und Technik des KGB. Aber all diese Facetten seines Lebens betreffen uns nur am Rande. Nach dem Zusammenbruch der Sowjetunion vor drei Jahren schien Séror etwas orientierungslos und reiste weniger … Kurz, er war unauffälliger, schien sesshaft geworden zu sein, bis er sich letztes Jahr nach Bulgarien begeben hat. Der Ostblock befindet sich noch immer im Wandel, und der Leiter des Geheimdienstes von Sofia konnte problemlos ehemalige Mitglieder der bulgarischen Geheimpolizei dingen, um Séror beschatten zu lassen, der während seines geheimnisvollen Aufenthalts in Warna im besagten Kosmos-Museum wohnte. Dort hat er auch Katinscharow getroffen, aber wir wissen nicht, worüber sie sich ausgetauscht haben.«

Der Serbe schlug den Kragen seiner Jacke hoch und ging auf das Haus zu. »Und Joffre meint, zwischen diesem Treffen und unserem Fall könnte ein Zusammenhang bestehen? Das ist doch wohl etwas weit hergeholt, oder?«

»Ich weiß«, räumte Raphael ein und zündete sich eine Zigarette an. »Aber wir dürfen keine Spur vernachlässigen. Wenn uns Joffre auf die Sache angesetzt hat, dann ist bestimmt auch etwas dran. Er gehört nicht zu der Sorte Mensch, die ihre Zeit vergeudet.«

»Er droht, Sinead und dich zu verpfeifen … Was passiert, wenn die Ermittlungen abgeschlossen sind?«

Raphael nahm einen tiefen Zug aus seiner Zigarette und blies den Rauch in den morgendlichen Nebel.

»Ich denke, er wird den Mund halten. Er hat auch gar keine andere Wahl, er kann sich keine undichten Stellen erlauben. Eine Aussage, die Aktivitäten der DGSE im eigenen Land betreffend, wäre kompromittierend, und er wird auch nicht wagen, Polizeibeamte abzuknallen.«

»Das wollen wir hoffen!«

Sie hatten das Haus erreicht. Raphael suchte den passenden Schlüssel an dem Bund, den ihm der Agent übergeben hatte, und schloss die Tür auf.

Das kalte, feuchte Erdgeschoss bestand aus einem langen Flur, von dem vier große, vollständig leere Empfangsräume mit staubigem Parkett abgingen. Der Lack der Holzornamente an den weißen Wänden war abgeblättert. Im letzten Zimmer, das eine Glastür zum Garten hatte, entdeckten sie einen großen Marmorkamin und zwei mit weißen Laken abgedeckte Sofas.

Im ersten Stock gab es acht weitere Zimmer, von denen einige mit einem Bett ausgestattet waren. In einem Schrank fanden sie Bettwäsche und Decken. Alles, was nötig war, um einige Tage in diesem Versteck zu kampieren.

Die folgende Stunde verbrachten sie mit der erfolglosen Suche nach eventuellen Wanzen, die sie mithilfe eines Frequenzdetektors ausfindig zu machen versuchten.

Die in ihrem Park verborgene Villa schien ideal für ihre Zwecke.

Sie gingen zurück in den Wohnraum.

»Wem gehört dieses Haus überhaupt?«, fragte der Serbe.

»Keine Ahnung. Vielleicht dem Staat oder einem ›ehrenwerten Partner‹, der es zur Verfügung stellt.«

»Und was hältst du von der Sache?«, wollte Drago weiter wissen.

»Ein Kontaktmann von Joffre hat Katinscharow in Sofia angesprochen. Er ist mit einem Treffen einverstanden. Die Visaformalitäten sind geregelt, in zwei Tagen landet er in Roissy. Damit endet die Unterstützung der DGSE. Wir müssen ihn beim Verlassen des Flugzeugs in Empfang nehmen und direkt in dieses Haus bringen, um ihn zu befragen, und dann wieder in sein Land zurückbefördern.«

»Wird Joffre bei dem Verhör anwesend sein?«

»Nein, wir sind allein, ohne Netz und doppelten Boden. Wir brauchen ein Sechs-Mann-Team, um die Sicherheit des Bulgaren während der Fahrt und der Befragung zu gewährleisten. Alex, Nico und alle anderen von unserer Dienststelle lassen wir besser außen vor. Niemand außer uns darf von der Sache erfahren. Wir haben nicht viel Zeit, um die Operation vorzubereiten. Ich habe zwei ehemalige Mitglieder meines Marinekommandos angeheuert, aber wir brauchen noch zwei Männer. Hast du eine Idee?«

Drago überlegte kurz, dann fragte er: »Bist du sicher, dass ein solches Aufgebot nötig ist?«

»Hundertprozentig. Es interessieren sich viel zu viele Leute für uns, und darum traue ich keinem. Wir müssen uns absichern, und er ist der Letzte, der uns vielleicht etwas über Saiph sagen kann. Ich habe keine Lust, dass er vor unseren Augen abgeknallt wird.«

»Haben wir ein Budget?«

»Joffre hat mir einen Umschlag gegeben. Denkst du an jemand Bestimmtes?«

»Ich kenne zwei Typen, die das interessieren könnte, zwei Ehemalige vom Kommando Scorpion, einer der Eliteeinheiten der serbischen Armee. Sie sind letztes Jahr nach den Auseinandersetzungen um Mostar desertiert, weil sie sich nicht an den von Karadžić und Milošević angeordneten ethnischen Säuberungen beteiligen wollten. Sie brauchen Kohle.«

»Sind sie vertrauenswürdig?«

»Sie sind keine Unschuldslämmer, aber sie sind verlässlich.«

»Das reicht. Wir brauchen auch Waffen.«

»Ich denke, darum können sie sich ebenfalls kümmern.«

»Nimm Kontakt mit ihnen auf. Wir brauchen sie für achtundvierzig Stunden. Später sollten wir beide uns wieder treffen, um die Operation vorzubereiten.«

Die beiden Männer standen schweigend in dem leeren Zimmer, einer wie der andere noch immer tief getroffen von der Tatsache, dass man ihnen den Fall abgenommen hatte.

»Wohin wird uns diese ganze Sache führen, Raphael?«, fragte Drago schließlich. »Manchmal glaube ich, wir verlieren den Kontakt zur Realität. Ich habe eine ungute Vorahnung.«

Der Ermittler schloss die Augen, so als wolle er den Serben um Verzeihung dafür bitten, dass er ihn in die Geschichte mit hineingezogen hatte. »Ich habe keine Ahnung, wohin es führen wird …«, murmelte er. »Ich weiß nur eins, ich werde bis zum Ende weitermachen. Ich will die Wahrheit herausfinden, und wenn es mich das Leben kostet.«

Kapitel 51

Airport Roissy-Charles-de-Gaulle
Halb vier Uhr nachmittags

Raphael hatte in zweiter Reihe vor dem Terminal 1 geparkt und wartete bei laufendem Motor in seinem Wagen. Milos und Goran, die beiden ehemaligen Soldaten vom Kommando Scorpion, saßen auf der Rückbank.

Fünfzig Meter entfernt hatte sich Drago mit seiner Kawasaki Tomcat 1000 positioniert. Marius, ehemaliges Marinekommandomitglied, saß am Steuer des zweiten Wagens und überwachte den Ausgang des Flughafens.

Im Rückspiegel beobachtete Raphael die Serben. Gut aussehende Männer, einer mit rasiertem Schädel, der andere mit halblangem Haar und großen schwarzen Augen. Auch wenn sie bestens durchtrainiert waren, sah man ihnen ihren Beruf nicht an. Nie hätte man vermutet, dass sie früher an dem blutigen Konflikt im ehemaligen Jugoslawien beteiligt gewesen waren.

Gegen ein Bündel Scheine hatten sie verschiedene Waffen russischen Fabrikats geliefert: eine Pumpgun RMB-93 mit kurzem Griff, eine kompakte Kalaschnikow, eine Pistole Marke Makarow und ein Präzisionsgewehr Marke Dragunow, wie sie die serbischen Scharfschützen in Sarajewo benutzt hatten. Dazu hatten die beiden bei einem Gebrauchtwagenhändler einen Volvo 740 und einen Saab 900 mit falschen Nummernschildern aufgetrieben, sowie Dragos große Maschine. Am Morgen hatten sie sich auf dem Anwesen von Ville-d'Avray getroffen, um den Ablauf im Detail durchzugehen, und waren dann zum Flughafen Charles-de-Gaulle gefahren, und zwar unter strikter Beachtung der Regeln der Gegenobservierung, um sicherzustellen, dass sie auch ja niemand verfolgte.

Zwanzig Minuten vor vier.

Die Malev 831 aus Sofia war soeben gelandet. Auf ein Zeichen von Raphael hin schoben sich die beiden Serben eine Makarow in den Gürtel und stiegen aus, um sich in die Ankunftshalle zu begeben.

Raphael hätte den Bulgaren gerne selbst in Empfang genommen, aber in allen Flughäfen waren zahlreiche Sicherheitskräfte unterwegs, und er zog es vor, möglichen Problemen aus dem Weg zu gehen.

Nach weniger als zwanzig Minuten sah er, wie Rumen Katinscharow, ein Hüne von etwa sechzig Jahren mit grau meliertem Haar, das Gebäude verließ. Kantiges Gesicht, ausgeprägte Wangenknochen und dunkle, mandelförmige Augen, deren Sanftheit im Kontrast zu seiner robusten Statur stand. Doch das Erstaunlichste war seine Kleidung. Raphael hatte einen spleenigen Wissenschaftler erwartet, aber nun hatte er einen eleganten Mann im dunklen Anzug mit Krawatte und seidenem Einstecktuch vor sich – eine Art bulgarische Version von Hemingway.

Goran ergriff seine Tasche und stellte sie in den Kofferraum, während Milos ihm die hintere Wagentür aufhielt.

Der Ermittler wandte sich um und begrüßte den Mann, dann schaltete er das Funkgerät ein, um Marius Bescheid zu geben. Er ließ den Volvo in Richtung Autobahn A1 vorausfahren. Drago schloss mit seiner Maschine den Konvoi ab.

Auf dem Weg nach Ville-d'Avray wurde kein Wort gewechselt. Katinscharow war die angespannte Stimmung nicht entgangen, und er öffnete während der ganzen Fahrt nicht einmal den Mund. Dom, der zweite von Raphaels ehemaligen Kameraden, der in der Villa geblieben war, um sicherzustellen, dass sich in ihrer Abwesenheit niemand einschlich, öffnete, die Pumpgun unter dem Arm, das Tor.

Als sie ausstiegen, wurden sie von Sinead auf der Freitreppe erwartet. »Professor Katinscharow, danke, dass Sie unserer Einladung gefolgt sind. Ich hoffe, Sie hatten eine angenehme Reise«, sagte sie.

Der Konservator streckte sich und scherzte in perfektem Französisch: »Hervorragend, zumindest bis zu dem Moment, als mich Ihre Freunde in Empfang genommen haben. Da hatte ich den Eindruck, erneut den Schrecken meiner Jugend ausgesetzt zu sein. Wenn uns die Geheimpolizei mitten in der Vorlesung verhaftete und eine kleine Tour an die Wolga mit uns unternahm, um uns den Hang zum Dissidententum auszutreiben.«

»Tut mir leid«, meinte Raphael, »aber wir mussten unsere Vorsichtsmaßnahmen ergreifen, um unguten Begegnungen vorzubeugen. Es gibt viele Leute, die Sie gerne treffen würden, was wir unbedingt verhindern wollen. Bevor wir mit der Befragung beginnen, will ich Ihnen die Geldsumme aushändigen, die Sie mit unserem Kontaktmann in Sofia ausgemacht haben.«

Katinscharow verzog das Gesicht zu einem breiten Lächeln: »Ich bin nicht wegen des Geldes hier, nein, was mich interessiert, ist, wenigstens ein einziges Mal Paris zu sehen, ehe ich von dieser Welt abtrete. Verstehen Sie, ich spreche von Kind an Französisch und hatte nie Gelegenheit, dieses wunderbare Land zu besuchen.«

Raphael zündete sich eine Zigarette an und erklärte: »Tut mir leid, aber ich glaube nicht, dass ein Paris-Besuch auf dem Programm steht.«

Der Konservator fasste den Ermittler bei der Schulter und klopfte ihm freundschaftlich auf den Rücken.

»Nun, ich bin sicher, wir werden, bevor ich zurückfliege, Gelegenheit zu einem Spaziergang auf der Île Saint-Louis finden, vielleicht bis zum Louvre.«

Raphael lächelte ihn an. Er wusste nichts über seine Vergangenheit, aber er mochte diesen Mann, der den größten Teil seines Lebens hinter dem Eisernen Vorhang verbracht hatte, ohne deshalb seine Träume vergessen zu haben.

Es wurde langsam dunkel.

Als sie das Haus betraten, blickte Raphael sich um und sah die beiden Serben, die mit Maschinengewehren bewaffnet ihre Runde durch den Park antraten, während Marius sich mit der Dragunow und einem Nachtfernglas in der Hand auf dem Weg zu seinem Posten machte. Dom sicherte den Eingang des Hauses. Drago hielt im Inneren Wache.

»Wir haben Ihnen ein Zimmer im ersten Stock hergerichtet. Möchten Sie vor unserem Gespräch etwas essen?«, fragte Sinead. »Es könnte eine Weile dauern.«

»Wir wollen keine Zeit verlieren, denn ich will unter keinen Umständen auf meinen Besuch in der Stadt der Lichter verzichten. Wie ist Ihr Name?«

Raphael mischte sich ein: »Es ist nicht gut, wenn Sie unsere Namen kennen. Hier entlang bitte.«

Katinscharow folgte ihm über den Flur bis in den größten Raum, dessen Wände von mehreren Gaslampen erhellt wurden. Er sah sich um und meinte: »Ein merkwürdiger Ort!«

»Ich teile Ihre Meinung, aber dieses Anwesen hat bestimmte Vorteile, unter anderem den, Ihre Sicherheit zu gewährleisten.«

»Warum sind Sie denn so besorgt?«, fragte der Konservator mit gerunzelter Stirn.

»Setzen Sie sich, wir werden es Ihnen erklären.«

Raphael und Sinead fassten den Fall in groben Zügen zusammen. Sie erzählten von dem Waffenhandel, von Sérors Verbindungen zu dem antikommunistischen Netzwerk bis hin zum Tod des Wissenschaftlers.

Katinscharow saß auf einem der Sofas und lauschte aufmerksam. »Pierre Séror hat diese Welt also unter grauenvollen Umständen verlassen …«, sagte er schließlich.

»Ja, vor einigen Wochen. Ich glaube, Sie haben ihn getroffen, nicht wahr?«, fragte Raphael.

Im Haus herrschte Dämmerlicht. Katinscharow richtete sich auf und näherte sein Gesicht dem Schein der Lampe, so als wolle er, dass seine Gesprächspartner seine Augen sehen konnten.

»Er hat mich im Juni letzten Jahres im Museum von Warna besucht.«

»Das wissen wir bereits. Was uns interessiert, ist, warum er Sie sprechen wollte.«

Katinscharows Miene verfinsterte sich. »Er wollte, dass ich ihm von einem meiner ehemaligen Studenten erzähle, aus der Zeit, als ich noch an der wissenschaftlichen Universität unterrichtet habe. Von Dimitar Markow.«

»Können Sie uns etwas mehr darüber sagen?«

»Dimitar war ein herausragender Geist … Er kam aus einer kleinen Stadt am Schwarzen Meer. Er war der begabteste aller Studenten und hatte eine große Zukunft vor sich. Pierre Séror wollte etwas über seinen Werdegang erfahren, jedes Detail interessierte ihn.«

»Hat er Ihnen gesagt warum?«, fragte Sinead.

»Er hat mir erklärt, er sei Kommunist und schreibe an einer Monografie über verkannte Wissenschaftler aus den Staaten des Warschauer Pakts. Das habe ich ihm nicht geglaubt, denn Dimitar hat in seinem ganzen Leben nichts Großes zustande gebracht. Er ist vorbeigezogen wie eine Sternschnuppe. Ein kurzes Aufleuchten, dann nichts mehr.«

»Haben Sie trotzdem von ihm erzählt?«

»Ja«, bekannte Katinscharow. »Das war eine eher glückliche Zeit in meinem Leben. Und die Tatsache, über Dimitar zu sprechen, ließ diese Vergangenheit wieder auferstehen.«

»Können Sie uns bitte genau wiedergeben, was Sie Séror über Markows Leben berichtet haben?«, bat Raphael.

»Ja … Die Geschichte, die Séror interessierte, begann in den

Siebzigerjahren. Ich war Professor für Physik. Wir haben eine Delegation empfangen, Mitglieder des Wissenschaftsrats der Moskauer Universität Lomonosow. Diese Männer wollten in allen kommunistischen Republiken die zehn besten Studenten der Naturwissenschaften rekrutieren. Bulgarien gehörte legal nicht dazu, aber Todor Schiwkow, unser aller Vater, hatte das Land durch seine unterwürfige Haltung gegenüber dem Kreml zur kleinen Schwester der UdSSR gemacht. Also hatte die Akademie der Wissenschaften, die dieses Programm ins Leben gerufen hatte, beschlossen, auch unsere Republik einzubeziehen. Bei meinem Gespräch mit der Delegation habe ich natürlich von Dimitar gesprochen, der den Kriterien zu entsprechen schien. Sie haben ihn getroffen und anschließend für eine Woche nach Moskau eingeladen, wo er sich zahlreichen körperlichen und intellektuellen Tests unterziehen musste, bevor er nach Sofia zurückgeschickt wurde. Danach haben wir nichts mehr gehört, bis er einige Wochen später die Nachricht erhielt, er sei ausgewählt worden. Es vergingen wieder mehrere Monate, und im September 1974 wurde er schließlich vorgeladen. Er kam, um mir das mitzuteilen, und verschwand dann, ohne das geringste Lebenszeichen zu geben. Im Jahr darauf tauchte er erneut auf. Er besuchte mich im November. Er war eigenartig distanziert und nicht sehr liebenswürdig, so ganz anders als der junge Mann, den ich gekannt hatte. An diesem Abend war er sehr aufgeregt, ich lud ihn zum Essen ein, er hat zwar angenommen, war aber mit seinen Gedanken woanders und hat fast nichts angerührt …«

»Woher rührte dieser seltsame Zustand?«, fragte Raphael.

»Er hat von den ›Tränen des Aral‹ gesprochen, aber er war konfus und redete viel zu schnell. Später am Abend habe ich begriffen, dass es sich um einen Codenamen für eine geheime wissenschaftliche Mission handelte, die von der sowjetischen Akademie der Wissenschaften gestartet wurde. Sobald ich das Wort ›geheim‹ hörte, befahl ich ihm zu schweigen. Ich wollte nichts davon wissen, denn ich wollte keine Schwierigkeiten, aber er bestand darauf und behauptete, ich selbst sei in der engeren Auswahl für dieses Programm …«

Raphael machte sich Notizen.

Sinead fragte: »Welches Ziel hatte diese Mission?«

Katinscharow riss die Augen auf, hob die Schultern und drehte die Handflächen nach oben. »Ich habe nicht die geringste Ahnung, ich habe es nie erfahren.«

»Sollten Sie nicht daran teilnehmen?«

»Das ist eine andere Geschichte, aber ich befürchte, dass sie uns von unserem Thema abbringt.«

»Erzählen Sie sie uns bitte, für uns ist jedes Detail wichtig.«

»Ich spreche nicht gerne darüber, es ist die größte Niederlage meines Lebens. Aber wenn Sie unbedingt wollen … Meine Frau Siana Jeljarowa, eine hervorragende Violinistin und Solistin beim Nationalorchester, war, wie alle Dissidenten im Ostblock, erheblichem Druck seitens der Regierung ausgesetzt. Wir wurden ständig überwacht und bedroht. Ehe sie auf Tournee ging, wurde sie mehrmals verhaftet, und schließlich wurde ihr Pass eingezogen. Dieser Psychoterror führte allmählich zu langen Phasen der Depression, in denen sie ihr Instrument nicht einmal mehr anrührte, vor allem aber wollte sie keine Kinder. Sie hat zweimal abtreiben lassen, weil sie sich die Zukunft der Kleinen in der überwachten kommunistischen Welt nicht vorstellen konnte. Wir hatten beschlossen, in den Westen zu fliehen, fanden aber keinen geeigneten Weg. Und dann bot sich im Jahr 1975, kaum ein Jahr nach Dimitars Besuch, endlich eine Gelegenheit. Siana und ich bereiteten unsere Flucht vor, aber jeden Abend vor dem Einschlafen dachte ich an die ›Tränen des Aral‹. Ich wusste nichts über diese Mission, aber ich ahnte, dass es eine ganz große Sache war, die meinem Leben einen Sinn geben könnte. Trotz meines Hasses auf die Sowjets hatten die wiederholten Abtreibungen meiner Frau etwas in mir zerstört. Ich hatte zwar

Dimitars Angebot abgelehnt, aber der Keim war gelegt. Der Wunsch, mich mit dieser Sache zu beschäftigen, zehrte an mir, ohne dass ich mit meiner Frau darüber gesprochen hätte. Am 31. Dezember fuhren wir mit unserem Jiguli nach Swilengrad, eine Stadt im Süden des Landes. Siana hatte sich bereit erklärt, dort ein Konzert für Parteimitglieder zu geben. Das war ein Glücksfall, denn Swilengrad liegt an der Maritza, die die Grenze zur Türkei und zu Griechenland bildet.

In Bulgarien waren religiöse Zeremonien nicht verboten wie etwa in der UdSSR, also haben wir die Gelegenheit genutzt, uns von einem *Kukeri* abzusetzen, der an diesem Abend stattfand.«

»Ein *Kukeri*?«, fragte Sinead.

»Das ist ein heidnisches Fest, das von unseren Vorfahren, den Thrakern stammt. Die Männer tragen Stiermasken, legen Tierfelle um und befestigen Glocken an ihrem Gürtel … Wenn es dunkel wird, laufen sie durch die Straßen, stoßen Schreie aus und klopfen an die Türen der Häuser, um die Dämonen zu vertreiben. Ein amüsantes und auch Furcht einflößendes Chaos. Der Tumult der Minotauren gab uns Gelegenheit, uns zu ›verlaufen‹. Von einer phosphoreszierenden Kompassnadel geleitet, liefen wir durch den verschneiten Wald bis zum Fluss. Und während der ganzen Zeit musste ich an die ›Tränen des Aral‹ denken. Ich hatte keine Vorstellung, was mich auf der anderen Seite erwartete. Was würde aus uns werden? Siana konnte sicher sein, als Violinistin Karriere zu machen, ich aber war fünfzehn Jahre älter als sie und hatte keine Ahnung, was ich dort machen sollte. Die Maritza war ein strategischer Punkt, der unter starker Überwachung stand. Viele Flüchtlinge hatten schon versucht, den Fluss an dieser Stelle zu überqueren, die meisten jedoch waren tot aufgefunden worden, exekutiert durch einen Kopfschuss. Ich hatte Angst vor dem Nichts, Angst zu sterben, Angst vor allem. Im Wald ergriff ich Sianas Hand und gestand ihr meine Zweifel. Sie sagte nicht viel, aber ich sah die Tränen auf ihrer weißen Haut glitzern. Am Ufer hielten wir an und beobachteten schweigend die Militärpatrouillen. Wir wussten jedoch beide, dass sich unsere Wege hier trennen würden, dass wir zum letzten Mal den Duft der Nacht und die Kälte des Winters gemeinsam wahrnehmen würden, dass ich zum letzten Mal sehen würde, wie der Wind mit ihrem Haar spielte ... Wir haben uns nicht berührt, ja nicht einmal einen Blick gewechselt. Als die Soldaten weit genug entfernt waren, erhob sie sich und ging geradewegs und ohne sich umzudrehen auf den Fluss zu. Mein Herz klopfte zum Zerspringen, als ich sah, wie ihr zierlicher Körper in dem zu dünnen Mantel in das schwarze Wasser tauchte. Die Strömung kräuselte sich um ihre Beine. Manchmal drohte eine stärkere Welle oder eine Bodenunebenheit, sie aus dem Gleichgewicht zu bringen, aber sie hielt sich tapfer. Sie war schöner denn je – und ich ein Feigling. Ich wollte zu ihr laufen, aber ich war erstarrt und kalt wie Marmor. Die Flamme, die mich belebte, war erloschen, und ich schämte mich, noch am Leben zu sein. Das Wasser reichte Siana bis zur Brust, und sie hielt ihre Geige, ihr einziges Gepäck, über dem Kopf, um sie nicht zu beschädigen. Das ist das letzte Bild, das ich von ihr habe, und zweifellos auch das schönste. Ende der Geschichte.«

Katinscharow lehnte sich zurück, um das Gefühl der Niederlage, das ihn nie mehr verlassen hatte, nicht zu zeigen. Es folgte ein langes Schweigen, das er schließlich selbst brach.

»Ich kehrte nach Sofia zurück, und die Hexenjagd begann. Man wollte mich bestrafen, weil ich Siana hatte gehen lassen. Ich wurde entlassen und bekam Berufsverbot als Lehrkraft. Da ich innerhalb der Universität große Unterstützung hatte, konnte man mich nicht vollständig ausschalten. Ich bekam zunächst sechs Monate Hausarrest. Dann beruhigten sich die Gemüter langsam, und um mir zu danken, dass ich an jenem Abend nicht mit meiner Frau geflohen war, bot man mir den Posten als Konservator an. Eine Beförderung aufs Abstellgleis, die es ihnen ermöglichte, das Gesicht zu wahren, und mir, nicht zu verhungern.«

»Und Sie sind nie zu Dimitar nach Moskau berufen worden. Dieser tragische Zwischenfall hat Ihre Teilnahme an der Mission der ›Tränen des Aral‹ verhindert, und diese hat ohne Sie stattgefunden …«, meinte Raphael.

»Ja, ohne mich.«

»Und Dimitar?«

»Ich habe ihn nie wiedergesehen.«

Sinead zog ein Blatt aus der Tasche. Die Kopie der Tätowierungen, die Mia ihr gegeben hatte. Das Einzige, was ihr von den Relikten geblieben war.

»Ich möchte Ihnen etwas zeigen«, sagte sie und reichte ihm das Papier.

Katinscharow zog eine Lesebrille heraus und beugte sich über die Zeichnung. »Was ist das?«, fragte er.

»Den Analysen zufolge handelt es sich um Tätowierungen, die man auf den Augenlidern einer sehr alten Mumie gefunden hat. Haben Sie eine Ahnung, was sie darstellen könnten?«

»Moment mal, nicht so schnell. Etwas mehr müssen Sie mir schon erzählen. Woher kommen diese Augenlider?«

»Sie waren im Besitz meines Mannes, der ermordet worden ist. Ich habe sie in den Ruinen unseres Hauses gefunden, nach der Explosion, die ihn das Leben gekostet hat. Er hatte sie dort versteckt.«

»Wer hat die Analysen vorgenommen, und was haben sie ergeben?«

»Ein Chemiker, der bereits an Mumien gearbeitet hat. Er kennt sich aus. Die Relikte wurden mit der Radiokarbonmethode datiert und sollen etwa fünftausend Jahre alt sein.«

Katinscharow zog die Augenbrauen hoch. »Die Radiokarbonmethode ist sehr präzise, warum also ›etwa‹?«

»Ich kenne mich damit nicht aus, aber soweit ich verstanden habe, könnten die Ergebnisse durch Karbonspuren aus einer früheren Zeit verfälscht sein. Je nachdem, an welchem Ort die Mumien aufbewahrt wurden, in der Nähe eines Wasserspeichers beispielsweise, könnten die Karbonpartikel aus der Auflösung von älteren Mineralien stammen. Darum hat sich der Chemiker sehr vorsichtig geäußert.«

Katinscharow nickte. »Und warum glauben Sie, dass ich Ihnen helfen könnte, den Ursprung dieser Tätowierungen zu verstehen?«

»Das Motiv für die Verbrechen, die wir entdeckt haben, scheint einen Bezug zum Kosmos zu haben. Die Lider schützen die Augen, also gehe ich davon aus, dass die Tätowierungen etwas mit Licht zu tun haben – etwas, das wir nicht klar identifizieren können. Wir hoffen, dass Sie vielleicht dazu beitragen können, den Sinn zu verstehen.«

Ein breites Lächeln glitt über das Gesicht des Konservators. Sinead begriff, dass ihm die Vorstellung gefiel, Entscheidendes bei diesen Ermittlungen zu leisten.

»Wer war Ihr Mann?«

»Ein Journalist ukrainischer Abstammung bei der Agentur TASS. Er ist geflohen, wie Ihre Frau auch, aber seine Vergangenheit hat ihn eingeholt.«

Katinscharow studierte aufmerksam die Zeichnung und nickte dann. »Hmm … diese kleinen Punkte könnten Sterne darstellen. Das wäre eine unglaubliche Entdeckung, denn bislang ging man davon aus, dass die ersten astrologischen Darstellungen aus dem sechsten oder siebten Jahrhundert vor Christus stammten … Man hat sie in einem babylonischen Text auf den *Mul.Apin*-Tafeln gefunden. Aber in diesem Fall sprechen wir von einer viel früheren Zeit.«

»Scheint Ihnen das möglich?«, fragte Sinead.

»Was wissen wir schon über die entfernte Vergangenheit? Nicht viel …In Warna, wo ich lebe, haben 1972 Archäologen eine Totenstadt entdeckt, die nur tausend Jahre jünger war als die Zeit, von der wir sprechen. In den Gräbern hat man Skelette gefunden, die mit dem ältesten Gold der Welt geschmückt waren. Diese Warna-Kultur ist mysteriös geblieben, man weiß nichts über sie, außer dass sie zu einer Zeit, da der Rest Europas gerade die Steinzeit hinter sich ließ, bereits das Geheimnis des Goldes kannten. Wir brauchen sicher mehr Zeit, um all das zu untersuchen.«

»Aber genau die haben wir nicht …«, wandte Sinead ein.

Katinscharow vertiefte sich erneut in die Betrachtung der Tätowierungen.

»Um sicherzugehen, dass es sich um Sterne handelt, müsste man eine Konstellation erkennen.«

»Den Ergebnissen der Analyse zufolge gibt es zweiunddreißig Punkte …«, erklärte die Irin.

»Ich weiß nicht, ob das irgendeine Bedeutung hat, aber wenn man sich die Zeichnung genau ansieht, erkennt man einen größeren Punkt, der die Sonne darstellen, und direkt daneben eine kleine Sichel, die den Mond symbolisieren könnte.«

»An zwei Stellen gibt es auch feine, gekrümmte Linien, die man nicht mit dem bloßen Auge erkennen kann«, erklärte Sinead und deutete auf die beiden Striche, die Osborne herausgearbeitet hatte.

»Das ist sehr interessant … Aber dazu kommen wir lieber später. Sehen Sie sich diese Gruppe von Punkten an, die erinnert mich an etwas Unglaubliches.«

»Warum?«

»Wenn es sich um das handelt, was ich denke, haben wir die erste Himmelskartografie der Menschheitsgeschichte vor uns. Die ältesten bisher bekannten Darstellungen des Firmaments stammten von den Ägyptern. Das würde bedeuten, dass diese Darstellung mehrere Tausend Jahre älter ist als die Karten der Pharaonen.«

Sinead und Raphael wechselten einen raschen Blick, dann fragte Letzterer: »Und was wäre das … eine Konstellation?«

»Ja, die meisten Sterne, die hier dargestellt sind – wenn es sich denn wirklich um solche handelt –, sind recht archaisch verteilt ... Wenn sie sich hingegen das zweite Augenlid ansehen, gibt es oben links von dem, was der Mond sein könnte, einen Haufen kleiner Punkte ... sieben genau gesagt. Die Anordnung ist charakteristisch, es kann sich dabei nur um jene Konstellation handeln, die die Griechen als Plejaden bezeichnet haben. Sie sind seit der Vorgeschichte bekannt, bei den Schamanen und Priestern findet man sie in den Darstellungen aus jener Zeit.«

»Das würde also die Verbindung zwischen den Augenlidern und dem Kosmos belegen?«

»Ja, bestimmt.«

»Warum hat man Ihrer Meinung nach die Plejaden dargestellt?«

»Diese Konstellation hatte immer einen religiösen Hintergrund, und Ihr Auftauchen am Herbsthimmel zeigte den Bauern des Neolithikums auch an, dass es Zeit für die Ernte war.«

»Diese Sterne könnten also ein besonderes Ereignis ankündigen?«

»Ja, sicherlich.«

Sinead studierte erneut die Reproduktion der Tätowierungen. »Und ... was könnte das hier sein?«, fragte sie und deutete auf feine, geschwungene Linien am Ende und auf der Seite des linken Augenlids.

»Dieses Symbol erinnert zweifellos an ein Schiff ... aber nicht an irgendeins. Es handelt sich nicht um Segelschiffe, wie die Seeleute sie steuern, sondern um mystische Boote, ähnlich denen, die sich schon die Ägypter vorstellten. Ihre Funktion war es, der Sonne zu helfen, die Dunkelheit der Nacht zu durchdringen, um am nächsten Morgen erneut aufzugehen. Diese Schiffe fahren nicht auf dem Meer, sondern in einem mystischen und religiösen Universum. Wie die Konstellation der Plejaden sind diese Glaubensrichtungen universell. Sie existieren seit der Vorgeschichte vom Mittleren Osten bis hin zum Norden Europas.«

Katinscharow enthüllte nach und nach das Geheimnis der Augenlider, doch all das war Theorie.

Sinead legte die Hände um die Arme, um ihr Frösteln zu verbergen. Diese Erklärungen brachten sie bei ihren Ermittlungen nicht weiter. Also fragte sie: »Ihrer Meinung nach enthalten diese Lider keine weiteren Informationen? Warum haben sich die Menschen so tätowiert?«

»Dafür gibt es mehrere mögliche Erklärungen. Es könnte ein Übertrittsritual sein … Indem er sich diese Konstellationen tätowieren ließ, konnte der Verstorbene vielleicht sicher sein, in die andere Welt zu gelangen und als Sonne wiedergeboren zu werden. Es kann sich aber auch um ein auserwähltes Wesen gehandelt haben. Um einen Priester oder einen Magier, der ein besonderes Geheimnis hütete.«

Raphael wollte wissen: »Gari Weiss hat diese Augenlider versteckt, und Saiph, der Mörder, hat ihn jahrelang gejagt, um in ihren Besitz zu kommen. Diese Tätowierungen müssen bestimmte Informationen enthalten.«

Katinscharow schien diese Bemerkung als Herausforderung aufzufassen. Er ließ seine Fingergelenke knacken und vertiefte sich erneut in die Skizze. Nach einigen Minuten erklärte er: »Eine Sache irritiert mich trotz allem … So sagt man doch, nicht wahr?«

»Ja, das sagt man.« Sinead lächelte.

»Wenn diese erste Wellenlinie ein Sonnenschiff darstellt, erinnert die zweite, die sich am Rand des Lids befindet, an etwas anderes. Seit jeher frönen die europäischen Völker dem Sonnenkult. Die lebenswichtige und heilige Dimension der Sonnenwende war immer von größter Bedeutung. Das beweisen die monumentalen Aufreihungen, die die beiden Endpunkte des Sonnenlaufs markieren – den der Sommer- und der Wintersonnenwende. Diese geschwungene Linie, die hier dargestellt ist – im Grunde ist es ein Winkel von etwa fünfundsiebzig Grad –, könnte uns einen Hinweis auf die Herkunft der Augenlider geben.«

»Inwiefern?«, fragte Sinead.

»Der Winkel variiert entsprechend dem Breitengrad. Im Norden Europas muss er circa neunzig Grad, im Süden nur siebzig Grad betragen. Wenn wir davon ausgehen, dass dieser etwa dreiundsiebzig Grad hat, dann kann man daraus schließen, dass die Relikte aus der ehemaligen Sowjetunion stammen, die sich über einen sehr schmalen Streifen erstreckt.«

»Aber dieser Streifen ist Tausende von Kilometern lang.«

»Sicher, aber wenn Sie in Geografie aufgepasst hätten, wüssten Sie, dass er nur zu einem geringen Teil die Territorien des alten Reichs durchquert. Er führt durch den Kaukasus, das Kaspische Meer, Kasachstan, Usbekistan und endet nach einem kurzen Schlenker nach China in der Mongolei. Haben Sie keine anderen Hinweise, die auf eine Lokalisierung innerhalb dieser Zone verweisen könnten?«

Es herrschte ein kurzes Schweigen, Sineads Puls beschleunigte sich. Sie blätterte in den Seiten der Analyse: »Die Proben wiesen einen anomal hohen Gehalt an Salz und Nitraten auf«, sagte sie dann.

»Nitrate gibt es natürlich, sie können auf eine zu intensive Landwirtschaft hinweisen. Was das Salz angeht …«

In diesem Moment platzte Drago herein. »Leute, wir haben verdächtige Bewegungen um das Haus herum bemerkt. Ich fürchte, wir sind in einen Hinterhalt geraten.«

Kapitel 52

Beim ersten Schuss platzte Katinscharows Kopf auf wie eine Wassermelone.

Kurze Stille, dann pfiffen zwei weitere Kugeln durch das Fenster und bohrten sich in die Holzverschalung der Wand. Eine dritte ließ den Spiegel über dem Kamin zerbersten. Raphael warf sich über Sinead, um sie zu schützen, während Drago die Lampen löschte, damit die im Raum Anwesenden nicht so leicht auszumachen waren.

»Fenster Nordseite«, rief der Serbe und zog seine Waffe. »Sie zielen aus der Entfernung durch die Vorhänge auf uns. Liegen bleiben!«

Raphael griff nach seinem Mikro und versuchte, Kontakt mit seinen Männern aufzunehmen.

Keine Antwort.

Der Konservator lag bäuchlings auf dem Boden, das große Kaliber hatte sein Gesicht weggerissen, sodass nur ein blutiger Brei aus Knochen und Fleisch übrig geblieben war.

Raphael versuchte, Sinead zu beruhigen, die von einem heftigen Zittern geschüttelt wurde.

Die Stimme von Marius drang aus dem Kopfhörer.

»Raph, hörst du mich?«

»Der Bulgare ist tot! Was zum Teufel treibt ihr?«

»Wir haben Bewegungen auf der Straße bemerkt, gleich darauf fielen Schüsse. Die Serben haben die Verfolgung des Schützen aufgenommen.«

»Ist er allein?«

»Nein. Goran hat einen zweiten Mann im Park erschossen.«

»Keine Verluste auf unserer Seite?«

»Bei uns alles okay. Bin noch auf meinem Posten. Dom sichert das Haus.«

»Was ist draußen los?«

»Es rührt sich nichts mehr.«

»Plan B. Gleich werden die Bullen hier aufkreuzen. Ihr verschwindet mit der Irin und Drago. Ich bleibe. Wir sehen uns am ausgemachten Treffpunkt.«

»Verstanden.«

Drago übernahm Sinead, Raphael griff nach einer Pumpgun, entsicherte sie und lief in den Garten. Er wollte zu den beiden Serben. Er schaltete das Mikro ein und flüsterte: »Goran, deine Position?«

»Rue Jules-Poussin, laufe Richtung Süden.«

»Milos, wo bist du?«

»Er ist mit dem Motorrad unterwegs und versucht, den Schützen in die Enge zu treiben.«

»Macht weiter … Ich komme.«

Den Haupteingang zu benutzen wäre zu riskant, also nahm Raphael den Weg zum hinteren Teil des Parks und kletterte über die Mauer.

Eine einzige Laterne erhellte die verlassene Straße. Der Ermittler begann zu rennen und überlegte, wie sie Katinschaows Mörder am besten erwischen könnten.

Gorans Stimme drang an sein Ohr: »Wo bist du?«

»Rue de Sèvres. Verfolgt ihr ihn noch immer?«

»Milos hätte ihn fast geschnappt. Er ist in einem Garten verschwunden. Wir kesseln ihn ein und treiben ihn auf dich zu.«

»Macht, was ihr wollt, Hauptsache, er kommt in meine Richtung.«

Raphael beschleunigte. Richtung Innenstadt waren die Häuser moderner und von offenen Gärten ohne Mauern umgeben.

Ideal, um den Mörder auszumachen, der jetzt keine Deckung mehr hatte. Man musste um jeden Preis verhindern, dass er zurück zum Park Saint-Cloud lief, denn dort würden sie seine Spur mit Sicherheit verlieren.

Zuerst hörte Raphael den Motor der Kawasaki aufheulen, die eine Nebenstraße entlangfuhr. Dann sah er eine Silhouette über ein Mäuerchen auf den Bürgersteig springen. Gleich darauf tauchte das Motorrad auf und hielt an der Straßenecke.

Raphael flüsterte in sein Mikro: »Ich hab ihn, ich hab ihn. Goran, deckst du mich?«

Der Ermittler bewegte sich in gebückter Haltung, die Waffe vorgestreckt, zwischen der Baumreihe und geparkten Autos vorwärts.

Der Schütze versteckte sich hier irgendwo.

Sie würden ihn erwischen …

Aber irgendetwas stimmte nicht. Seit dem ersten Schusswechsel waren über zehn Minuten vergangen, und noch immer war keine Polizeisirene zu vernehmen. Und er hörte auch nichts mehr von den anderen.

In diesem Augenblick drang Gorans Stimme aus seinem Kopfhörer: »Hinter dir!«

Raphael hatte gerade noch Zeit, sich auf den Boden zu werfen, um dem Schuss aus unmittelbarer Nähe auszuweichen.

Er rollte sich auf den Rücken, zielte und drückte den Abzug seiner Pumpgun. Die Kugel verfehlte ihr Ziel und bohrte sich in den Stamm einer Linde. Der Mörder suchte zwischen den Autos das Weite. Raphael sprang auf und lud erneut die Waffe. Er zielte auf die Beine des Flüchtenden und drückte zweimal hintereinander ab. Der zweite Schuss traf sein Knie.

Der Mann brach zusammen.

Raphael lief mit gezogener Waffe zu ihm und schrie: »Schmeiß die Knarre weg, oder ich knalle dich ab!«

Der Verletzte krümmte sich vor Schmerzen, warf seine Pistole weg und hob die Hände. Die Serben kamen näher.

»Jungs, ihr behaltet die Straße im Auge, während ich mich um den Bastard hier kümmere.«

Er packte den Kerl beim Kragen und zerrte ihn zwischen zwei Autos.

»Wer bist du?«

»Du kannst mich mal!«

Der Ermittler schlug mit dem Kolben seiner Waffe auf das Knie des Verletzten, der einen Schmerzensschrei ausstieß.

»Bist du Saiph?«

»Nein, nein ...«

In diesem Augenblick rief Goran: »Verdammt, sie kommen von allen Seiten!«

Raphael wandte sich um und sah fünf zivile Streifenwagen aus allen Richtungen heranfahren, die mit einer Vollbremsung zum Stehen kamen. Heraus sprangen Polizisten mit schwarzen Kapuzenmützen, die einen Kreis um sie bildeten und ihre Waffen auf sie richteten.

Aus einem Megafon ertönte eine Stimme, die der Ermittler nur allzu gut kannte: »Zeck, hier Dumas. Keine Bewegung, oder Sie sind tot. Ihre Männer sind verhaftet. Werfen Sie die Waffe weg, dann geschieht Ihnen nichts.«

Jetzt wurde ihm alles klar.

Die örtliche Polizei hatte nicht eingegriffen, weil man ihnen mitgeteilt hatte, dass die DST in Ville-d'Avrey einen Einsatz durchführen würde. Dumas hatte von ihrem Treffen mit dem Bulgaren erfahren. Sie mussten sich den Tatsachen beugen, diesmal war die Partie definitiv verloren. Raphael tauschte einen raschen Blick mit den Serben, zog dann die Makarow aus seinem Gürtel und legte sie zusammen mit der Pumpgun gut sichtbar vor sich auf den Asphalt. Goran und Milos taten es ihm gleich und gingen mit erhobenen Händen auf den Oberkommissar zu. Sofort stürzten sich sechs Männer auf sie, warfen sie zu Boden und legten ihnen Handschellen an. Ein anderer Trupp kümmerte sich um den Verletzten.

Dumas trat hinter den Autos hervor. Mit siegessicherem Lächeln kam er auf Raphael zu. »Ich habe Sie gewarnt, dass ich Sie zur Strecke bringen würde, Zeck. Eine illegale Operation, mehrere Leichen ... Sie stecken richtig in der Scheiße.«

Raphael zog es vor, nicht zu antworten.

»Steigen Sie in diesen Wagen ein.«

Einer der Polizisten stieß ihn auf die Rückbank des Ford Mondeo.

Dumas setzte sich neben ihn und schlug die Tür zu. Er kam gleich zur Sache: »Eins möchte ich wirklich wissen: Wer ist die junge Frau?«

Raphael schloss aus dieser Frage, dass die DST ihn von Anfang an hatte beschatten lassen.

»Sind Sie etwa verknallt in sie?«

»Also bitte, machen Sie die Sache nicht noch schlimmer, das Spiel ist aus.«

»Für mich ist das kein Spiel, Dumas. Ich versuche, den Mörder zu stellen, den Sie schützen.«

»Ich schütze niemanden, Zeck. Sie wollten ja nicht auf mich hören. Sie sind ein Versager, und Ihr Unsinn hat einen Mann das Leben gekostet.«

»Sie haben nicht viel dafür getan, ihn davor zu bewahren.«

»Ich bin etwas spät gekommen. Wer ist dieser Mann? Katinscharow?«

»Der Konservator des Kosmos-Museums von Warna in Bulgarien.«

Dumas strich sich über das unrasierte Kinn und fragte: »Was hat er mit der Sache zu tun?«

»Das ist eine lange Geschichte, aber die werde ich Ihnen nicht erzählen, solange ich Handschellen trage. Wo ist der Rest meines Teams?«

»Sie haben sich noch immer im Haus verschanzt.«

»Haben Sie sie nicht festgenommen?«

»Ich wusste ja, dass Sie verrückt sind, aber für so blöd habe ich Sie doch nicht gehalten. Sagen Sie ihnen, sie sollen sich ergeben. Wenn wir das Haus stürmen, gibt es ein Blutbad!«

»Auf beiden Seiten.«

»Das weiß ich auch, und mir ist nicht daran gelegen, dass es in dieser Angelegenheit noch mehr Tote gibt.«

»Ich denke darüber nach ... Woher wissen Sie von Katinscharow, wenn Sie nicht im Haus waren? Haben Sie unseren Funkverkehr abgehört?«

»Ja, und wir haben ihn sogar gestört, darum hatten Sie keinen Kontakt mehr zum Rest Ihres Teams.«

Schweigen.

»Wollen Sie eine Zigarette?«, fragte Dumas.

Raphael nahm an.

Der Oberkommissar zündete zwei Gauloises an und schob dem Ermittler eine zwischen die Lippen.

»Woher wussten Sie von diesem Haus?«, fragte Raphael.

»Bestimmt nicht durch Ihre Hilfe. Ihre Überwachung wird immer schwieriger, seit Sie nicht mehr zu Hause schlafen. Sie sind zu vorsichtig, meine Männer haben vorgestern Ihre Spur verloren. Nein, Joffre hat mich heute Abend hierhergeführt. Ich hatte gesehen, wie er vor einigen Tagen Ihr Haus betrat. Also wusste ich, wenn ich ihm folgte, würde ich auf Sie stoßen.«

»Sie kennen also Joffre?«

»Seit Beginn halten Sie mich für einen Dreckskerl, Zeck, aber ich weiß vieles. Sie haben eine hervorragende Ermittlung durchgeführt, doch in einigen Punkten haben Sie sich geirrt, vor allem, was die Rolle der DST in dieser Angelegenheit betrifft. Das Einzige, was mich interessiert, ist der Waffenhandel des ehemaligen Netzes ›Stay-behind‹ – das war auch Ihr Ausgangspunkt. Ich stand kurz vor dem Ziel, und plötzlich sind Sie aufgekreuzt wie ein verspielter junger Hund und haben alles durcheinandergebracht.«

»Warum haben Sie nichts gesagt?«

»Das ist ein sehr diffiziler Fall, Zeck. Zu viele hohe Beamte, auch aus dem Bereich der Justiz und der Politik, sind in die schmutzigen Geschäfte der SAC verwickelt. Es sind noch sechs Monate bis zu den Präsidentschaftswahlen, und ich habe Anweisung, diesem Waffenhandel ein Ende zu setzen, ohne Aufsehen zu erregen. Um also Ihre Frage zu beantworten: Ja, ich kannte diesen alten Dreckskerl, diesen Joffre, sehr gut.«

»Sie sprechen in der Vergangenheit von ihm?«

»Ja, meine Männer haben ihn keine hundert Meter von hier entfernt mit durchgeschnittener Kehle am Steuer seines Audi gefunden.«

Raphael verdaute die Neuigkeit, die ihn nicht wirklich verwunderte. »Wie sehr ist er in diese Sache verwickelt?«, wollte er wissen.

»Sie stellen viele Fragen für jemanden, der nicht antworten will.«

Der Oberkommissar nahm eine andere Haltung ein als bei ihren früheren Begegnungen. Einerseits versuchte er, Raphael zu demütigen, andererseits signalisierte er Gesprächsbereitschaft. Es war eindeutig, dass sie in demselben Fall ermittelten. Aber der DST fehlten wichtige Hinweise, und offenbar war Dumas zu allem bereit, um die zu bekommen.

Der Oberkommissar stieß den Rauch aus und fragte: »Sagen Sie … Ihre Beziehung zu Joffre ist mir nicht ganz klar. Sie arbeiten mit ihm, Sie knallen seine Leute ab …«

»Wollen Sie damit sagen, dass der Typ, den ich angeschossen habe, zu Joffre gehört?«

»Ja, und wir haben noch einen zweiten festgenommen, der sich bester Gesundheit erfreut.«

»Wer hat Ihrer Ansicht nach diesen ›alten Dreckskerl‹ umgelegt?«

»Derselbe, der auch Ihren Bulgaren auf dem Gewissen hat … Saiph.«

»Wie ist er hierhergekommen?«

»Vermutlich ist er Joffre gefolgt, genau wie wir.«

»Wissen Sie, wer er ist?«

»Noch nicht ... Also, was machen wir jetzt, wollen wir hier Wurzeln schlagen, oder sagen Sie Ihren Kumpeln endlich, dass sie rauskommen sollen?«

»Wenn Sie mir garantieren, dass sie frei sind und nach Hause gehen können, sind sie in einer Minute draußen.«

»Okay, was Dragovic und Ihre Kampfhunde betrifft. Aber das Mädchen kommt mit uns in die Rue Nélaton. Ich verlange auch Ihre vollständige Kooperation bei diesem Fall.«

»Wenn Sie sich bereit erklären, sie freizulassen, nachdem sie ihre Aussage gemacht hat, bin ich einverstanden.«

»Ich denke darüber nach.«

»Dann nehmen Sie mir jetzt diese verdammten Handschellen ab und geben Sie mir mein Funkgerät.«

Kapitel 53

Zentrale der DST
7, Rue Nélaton, Fünfzehntes Arrondissement
Zwei Stunden später

Der Hafttrakt im Untergeschoss der DST-Zentrale stand dem am Quai des Orfèvres in nichts nach.

Schmutzige, mit Graffiti beschmierte Wände, penetranter Uringeruch.

Raphael und Sinead folgten Dumas über den Betongang, vorbei an trostlosen Zellen.

Sie sahen drei Männer, die auf ihr Verhör warteten. In der vierten Zelle saß Joffres Handlanger, der in Ville-d'Avray festgenommen worden war.

Der Beamte, der sie begleitete, klopfte zweimal hart gegen die Tür.

»Verhör!«

Der Mann war um die fünfzig, hatte ein Allerweltsgesicht und einen kahl geschorenen Schädel. Er trug einen Lederblouson, Jeans und Turnschuhe, aus denen man die Schnürsenkel entfernt hatte.

Auf den ersten Blick eher harmlos, legte er, als er sich erhob, einen militärischen Gang und ein Gebaren an den Tag, das keinen Zweifel zuließ. Der Wärter öffnete die Tür, legte ihm Handschellen an und stieß ihn zum Verhörraum an Ende des Gangs.

Auch Raphael und die Irin betraten den Raum, dann schloss sich die Tür hinter ihnen.

»Los, setzen«, befahl Dumas, schaltete ein Aufnahmegerät ein und stellte es auf den Tisch.

Sinead hatte den Mann schon mal gesehen … Er war einer der Geheimagenten, die die Mikros in der Rue Froidevaux angebracht hatten. Wut überkam sie, als sie daran dachte, was Raphael ihr über seine Vergangenheit mit Jeanne erzählt hatte … An ihre eigenen Geständnisse … Dieser Typ wusste alles über sie beide.

Sie blieben in einer Ecke des Raums stehen, dessen kalte Neonbeleuchtung ihre Gesichter fahl wirken ließ. In der Mitte stand ein rechteckiger Metalltisch mit vier Hockern. Die Wände waren in einem scheußlichen Graugrün gestrichen – eine Farbe, die man sicher mit Absicht gewählt hatte.

Dumas bedeutete dem Mann noch einmal, an dem Tisch Platz zu nehmen, und zog ein Blatt aus der Tasche.

»Maxime Rocca, genannt ›Max‹, geschieden, zwei Kinder, ehemaliges Mitglied des 13. Fallschirmspringerregiments ›Dragons‹, Spezialist für Sondereinsätze … Eine hübsche Vergangenheit … Ah, und hier das Ende, du wurdest entlassen, weil du im lothringischen Dieuze drei Algerier auf offener Straße zusammengeschlagen hast, wurdest dann aber doch wieder eingestellt und drei Jahre später von der DGSE rekrutiert. Ich vermute, du arbeitest noch immer für sie …«

Schweigen.

»Sag mal, der Einsatz heute Abend war aber außerhalb der Dienstzeit, oder? Die DGSE hat doch wohl nichts mit der Sache zu tun?«

»Vergiss es«, zischte Rocca.

Dumas machte eine kurze Pause, um sein Gegenüber einzuschätzen. Schließlich sagte er: »Wo haben wir denn zusammen Schweine gehütet, Max? Wenn du nicht einen anderen Ton anschlägst, wird das mit uns beiden nichts.«

»Hör auf mit dem Theater, du Arsch. Wenn ich nicht angekettet wäre …«

»Bist du aber … Daran hättest du früher denken und schön brav bei Mama zu Hause bleiben sollen, statt dich in Ville-d'Avray herumzutreiben.«

Raphael beobachtete, wie Dumas sein Verhör führte. Er versuchte, selbstsicher zu wirken, doch gegen einen Typen wie Max konnte er nichts ausrichten. Trotz seiner langen Polizeierfahrung war der Oberkommissar besser für die Politik geeignet als für die Arbeit im Einsatz. Ein Verhör war ein bisschen wie ein Straßenkampf. Er trat näher. »Nehmen Sie ihm die Handschellen ab«, forderte er in festem Ton. »Dann fällt ihm das Reden leichter, stimmt's Max?«

Dumas zog die Augenbrauen hoch, reichte Raphael aber dennoch den Schlüssel, der damit die Handschellen öffnete.

»Hast du jetzt Lust, uns was zu erzählen?«

»Was mischst du dich da ein, du bist vom Dienst suspendiert!«

Ohne Vorwarnung versetzte Raphael ihm eine so heftige Ohrfeige, dass er rücklings hintenüberfiel.

Augenblicklich schaltete sich Dumas ein: »Ab sofort arbeitet Zeck mit mir an diesem Fall. Bist du nun zufrieden?«

Der Agent lag noch auf dem Rücken und rang nach Luft.

»Also, du bist ja nicht mehr gefesselt, worauf wartest du, um mir die Fresse zu polieren? Das war dafür, dass du meine Operation sabotiert hast!«

Rocca schwieg.

Raphael fuhr fort: »Wenn es nach mir ginge, würde ich dir einen Sack über den Kopf ziehen und ihn dann unter Wasser tauchen, bis du langsam ersäufst. Und weißt du warum? Weil du niemandem etwas bedeutest. Sieh dich doch mal an, du bist erbärmlich. Du lebst allein von deinen üblen Machenschaften – wie eine miese Ratte … Einsatzeinheit, dass ich nicht lache! Los, steh auf!«

Max verzog das Gesicht und rappelte sich hoch.

»Setz dich.«

»Du kannst mich mal!«

»Setz dich, hab ich gesagt!«

Sobald er gehorcht hatte, beugte sich Raphael vor und erklärte in vertraulichem Tonfall: »Die Sache ist ganz einfach: Entweder erzählst du uns brav, was ihr gestern Abend mit Joffre in Ville-d'Avray zu suchen hattet, oder ich zaubere deine Fingerabdrücke auf den Dolch, mit dem dein Boss ermordet, und auf das Gewehr, mit dem mein Zeuge erschossen wurde. Dann setze ich dich in der Natur aus und verständige den Richter und die DGSE. Mal sehen, wer dich als Erster erwischt. Ich hoffe für dich, dass es der Richter ist.« Raphael ließ seine Finger knacken und wandte sich zu Sinead um, die seinem Blick auswich.

»Hör auf mit dem Gequatsche, Zeck. Ihr werdet nie öffentlich machen, was heute Abend passiert ist. Denn du weißt genauso gut wie ich, dass offiziell nichts passiert ist, also war auch nichts, und wenn nichts passiert ist, kann ich auch nichts sagen.«

»Du hast recht, Max, heute Abend ist nichts passiert. Die Leichen von Joffre und Katinscharow verschwinden in der Versenkung. Darum kümmern sich meine beiden serbischen Kumpel, die heute Abend dort waren. Wenn sie fertig sind, werde ich ihnen sagen, sie sollen mal bei deiner Exfrau und deinen Kindern vorbeischauen. Sie rufen uns dann an, um zu erzählen, wie es war.«

Roccas Gesicht wurde bleich. »Du Hurensohn, das wagst du nicht!«, stieß er hervor.

»Wir wissen, woher wir kommen, aber nur selten, wohin wir gehen. Ich habe nicht mehr viel zu verlieren, also zwing mich nicht, fieser zu sein als du. Du hast fünf Minuten, um darüber nachzudenken, und die Zeit läuft ab jetzt!«

»Dumas, sag doch was!«, schrie Rocca.

Schweigen.

»Okay, ich rede. Wie lautet der Deal?«

Raphael wandte ihm den Rücken zu, um seine Verachtung zum Ausdruck zu bringen.

»Wenn du uns etwas Interessantes zu erzählen hast, haben wir dich nie gesehen, dann warst du heute Abend nicht da.«

»Was sagt der Oberkommissar dazu?«, fragte Rocca.

»Er sagt, dass das durchaus möglich ist«, meinte Dumas.

Rocca schien eine Weile die Vor- und Nachteile abzuwägen und erklärte dann: »Okay, einverstanden …«

»Dann erzähl von Anfang an.«

»Ich habe Joffre vor etwa zehn Jahren kennengelernt, da war ich gerade für die DGSE rekrutiert worden. Er war Offizier im Bereich Auslandsoperationen, verantwortlich für die Agenten in den kommunistischen Ländern. Das war 1978. Er war der zuständige Offizier für einen großen Handelsauftrag für eine Thomson-Filiale in der UdSSR, und offiziell war es seine Aufgabe, Verteidigungssysteme zu verkaufen. Unter der Hand aber kümmerte er sich um die Anwerbung von Spitzeln im Osten. Er interessierte sich vor allem für wissenschaftliche und technologische Spionage. Ich arbeitete als Fahrer, war aber im Grunde für seine Sicherheit zuständig. Im selben Jahr hat er in Moskau einen bulgarischen Wissenschaftler getroffen, der ihm Informationen angeboten hat. Joffre bekam Mikrofilme von hochinteressanten Dokumenten. Anfangs ließ sich der Bulgare bezahlen, aber schon bald gab er meinem Chef zu verstehen, wenn er den Rest sehen wolle, müsse er ihn in den Westen schleusen. Joffre war mit diesem Handel nicht einverstanden, er wollte seinen Informanten lieber vor Ort lassen, um ihn maximal nutzen zu können. Doch der Bulgare behauptete, im Besitz etlicher Dokumente zu sein, die er bereits nach Westberlin geschafft hätte. Die wollte er ihm aushändigen, sobald er in Frankreich wäre. Angesichts des Werts der ersten Unterlagen, hatte Joffre eigentlich keine Wahl. Also hat er ihm über die Grenze geholfen.«

Dumas trommelte mit den Fingerspitzen auf die Tischplatte

und erzeugte ein nervtötendes Geräusch. Sinead fuhr sich mit der Hand über den verspannten Nacken. Raphael war auf der Hut und fragte sich, ob Rocca bluffte oder ob das, was er da erzählte, der Wahrheit entsprach.

»Werd gefälligst ein bisschen konkreter. Der Name des Mannes, seine Funktion?«

»Ich kenne nur seinen Decknamen, den, den der Geheimdienst ihm gegeben hat. Und den kennt ihr auch.«

Raphael nickte. »Saiph?«

»Ja. Ich weiß nicht, welchen Job er genau hatte, aber er war ein wichtiger Kopf, ein Wissenschaftler. Joffre und ich wurden zurückberufen, nachdem Saiph sich in Frankreich niedergelassen hatte. Und dann begann der Ärger.«

Sinead und Raphael wechselten einen Blick.

»Im Herbst 1978 war Saiph plötzlich für zehn Tage aus seiner Pariser Wohnung verschwunden. Dann wurde er schließlich von der örtlichen Polizei in der Bretagne aufgegriffen, wo er blutverschmiert auf einer Straße umherirrte. Dank seiner Beziehungen gelang es Joffre ohne allzu große Schwierigkeiten, ihn aus der Sache rauszupauken. Saiph stand unter Schock und hat nie erklärt, was geschehen war. Drei Tage später wurde in der Nähe eines Hauses in Dinan die Leiche eines Landstreichers gefunden. Die Autopsie ergab, dass man ihn ausgeblutet und mit Säure verätzt hatte. Als die Polizei Saiph festnehmen wollte, haben Joffre, ich selbst und ein DGSE-Offizier ihm ein falsches Alibi verschafft und behauptet, er habe mit uns an einer Versammlung in der Zentrale teilgenommen.«

»Und Polizei und Staatsanwalt haben das ohne Weiteres geschluckt?«, hakte Raphael nach.

»Was hätten sie gegen den allmächtigen Geheimdienst ausrichten können? Damit war Saiph aus der Sache raus, aber Joffre wusste nun, dass er es mit einem Killer zu tun hatte.«

»Wie hat er reagiert?«

»Saiph ist zwar verrückt, aber auch clever. Er lieferte seine

Informationen, die sich als äußerst wertvoll entpuppten, nur scheibchenweise. Joffre hatte von Anbeginn seiner Karriere an nie einen großen Fisch an der Angel gehabt, und anfangs waren Saiphs Informationen mit denen des Agenten Farewell vergleichbar. Durch ihn erfuhr Joffres Karriere einen steilen Aufstieg. Wäre seine Quelle versiegt, wäre er wieder zu einem Nobody geworden.«

»Er entschloss sich also, die Verbrechen zu decken, um Informationen zu bekommen?«, fragte Raphael.

»Ja, er hat die Akten der Opfer aus den Polizeiarchiven verschwinden lassen und einmal auch einen Tatort bereinigt.«

»Darüber reden wir später noch. Was geschah dann?«

»Bald aber lieferte Saiph nichts mehr. Da haben wir begriffen, dass er uns hinsichtlich der Anzahl der Mikrofilme angelogen hatte, es handelte sich eher um zwei Dutzend als um Hunderte. Als Joffre realisierte, dass Saiph ihn hereingelegt hatte, war es zu spät. Der Mörder hatte ihn in der Hand. Wäre Saiph verhaftet worden, wäre Joffre wegen Mittäterschaft dran gewesen.«

»Und du bei der Gelegenheit auch.«

»Ja, ich wollte ihn liquidieren, aber Joffre befürchtete, er könnte irgendwo für uns kompromittierendes Material versteckt haben. Und dann ist Saiph von heute auf morgen verschwunden, hatte sich förmlich in Luft aufgelöst … Lange haben wir geglaubt, er sei tot oder der KGB hätte ihn geschnappt, und schließlich haben wir ihn vergessen … Die Zeit verging, und dann, vor einem Jahr, tauchte er plötzlich wieder auf.« Rocca machte eine Pause und warf einen ängstlichen Blick auf das rote Lämpchen des Aufnahmegeräts.

»Wie sieht er aus?«

»Schwer zu sagen, er verändert sein Äußeres häufig und wechselt ständig seine Haarfarbe. Ich selbst bin ihm nur zweimal begegnet.«

»Wie hat Joffre den ersten Kontakt mit Saiph hergestellt?«

»Soweit ich mich erinnere, hat Séror die beiden miteinander bekannt gemacht. Als er vor einem Jahr wieder aufgekreuzt ist, hat er sich auch zunächst bei Séror gemeldet. Nachdem er viel herumgereist war, hatte er kein Geld mehr und brauchte dringend Kohle, viel Kohle.«

»Wofür?«

»Ich habe keinen blassen Schimmer.«

»Und wusste Séror von Saiphs dunkler Seite?«

»Natürlich, er war einer der wenigen, die eingeweiht waren. Er hat sofort Joffre von der Rückkehr des Mörders informiert. Also hat Joffre ihn gebeten, ihn bei sich aufzunehmen und in den Waffenhandel der ›Rose des Vents‹ einzuschleusen, bis er eine Lösung gefunden hätte. Sie hatten beide Angst vor dem Bulgaren.«

»Séror war also auch in das Geschäft verwickelt?«

»Ja, sehr sogar, wie übrigens auch Joffre selbst.«

Der DGSE-Offizier hatte sie auf der ganzen Linie reingelegt. Nun brachte Rocca nach und nach Licht ins Dunkel. Doch einige Punkte blieben noch zu klären.

Raphael beschloss, das Verhör etwas voranzutreiben. »Habt ihr Muhl umgebracht?«, fragte er. »Und wenn ja, warum?«

»Wir haben Muhl nicht angerührt.«

»Hör zu, Max. Ich kenne den Autopsiebericht, und der passt nicht. Die Säure, die man auf seiner Leiche gefunden hat, war nicht dieselbe wie bei den anderen Opfern, zum Beispiel bei Séror. Ich glaube, ihr wolltet vortäuschen, Saiph hätte Muhl umgebracht, aber ihr habt euch ungeschickt angestellt. Vielleicht hast sogar du diese Drecksarbeit verrichtet.«

Rocca lächelte. »Warum hätten wir Saiph das Verbrechen in die Schuhe schieben sollen? Glaubst du, wir treffen solche Vorsichtsmaßnahmen, wenn wir aufräumen?«

»Das nehme ich auch nicht an«, fiel Sinead ein und trat einen Schritt auf Rocca zu. »Aber das ist auch nicht der Grund, warum ihr Muhl getötet und dabei versucht habt, Saiph zu imitieren.«

»Warum dann?«, fragte Dumas.

»Joffre hat uns gesagt, er habe die polizeilichen Ermittlungen beeinflusst. Er wollte uns glauben machen, er suche Informationen über Saiph, um den Waffenschmuggel aufzudecken. In Wirklichkeit habt ihr ihn nur aus einem Grund gesucht – um ihn zu eliminieren. Vor Jahren habt ihr die Gelegenheit verpasst, das durfte nicht noch einmal passieren. So war es doch, Max?«

Das Schweigen des Agenten bewies Sinead, dass sie auf der richtigen Fährte war. Ihr wurde schwindelig. Was sie zu begreifen begann, war schlicht unvorstellbar. Sie fuhr fort: »Ihr konntet die Mittel der DGSE nicht ausschöpfen, ohne dass es aufgefallen wäre, also habt ihr Zeck benutzt, um ihn zu finden. Ihr habt vorgetäuscht, Saiph hätte Muhl ermordet, und zwar nur, um uns auf seine Spur zu bringen. Und darum habt ihr auch Rumen Katinscharow nach Paris geholt. An dem Abend, als bei Zeck eingebrochen wurde, habt ihr begriffen, dass Saiph uns und auch die Ermittlungen verfolgte, weil er etwas haben wollte, was sich in meinem Besitz befand und was er mir dann auch gestohlen hat. Trotz eurer Überwachung ist er euch an diesem Abend entwischt. Ihr kanntet Einzelheiten seiner Vergangenheit, vor allem seine Verbindung zu Katinscharow, und ihr habt seinen ehemaligen Lehrer als Köder benutzt. Euch war klar, dass Saiph versuchen würde, ihn umzubringen, damit er nicht seine Vergangenheit enthüllt. Denn das hätte uns zu ihm führen und sein Geheimnis lüften können. Ihr wusstet Bescheid über Saiph. Ihr … ihr seid Mörder …« Sinead verstummte. Der Raum begann, sich um sie herum zu drehen, die Gesichter kamen ihr wie Wachsmasken vor, aber sie durfte nicht aufhören, nicht jetzt, da sie kurz davor war zu begreifen, warum sie hatte aus Irland fliehen müssen und was sie bis in diesen Verhörraum geführt hatte.

Rocca hatte zwangsläufig etwas mit dieser Sache zu tun. Joffre und er waren der gemeinsame Nenner der ganzen Geschichte. Mühsam erhob sie sich und zeigte auf Rocca. »Und jetzt, du Dreckskerl, wirst du mir sagen, wer Gari Weiss getötet und mein Haus in die Luft gejagt hat.«

Rocca hielt Sineads Blick teilnahmslos stand.

Raphael zögerte kurz, ob er eingreifen und ihn zu einem Geständnis zwingen sollte, doch er wusste, dass es allein der Irin zustand, ihm die Wahrheit zu entreißen.

»Wer hat mein Leben versaut, und warum?«

Als Max den Blick senkte, wusste der Ermittler, dass er reden würde.

»Joffre hatte eine enge Verbindung zu Saiph. Sie haben viel Zeit zusammen verbracht. Der Bulgare hatte wiederholt schizophrene Anfälle, während derer er ins Delirium fiel und wirres Zeug redete. Joffre hat peinlich genau aufgeschrieben, was er sagte. Ich hatte nie Zugang zu diesen Informationen, ich weiß nur einen Namen, der Saiph zu verfolgen schien: Taras Schewtschenko. Saiph las gerne, und so hatte Joffre vermutet, es handele sich um den Schriftsteller. Dann hat er Recherchen bei befreundeten Geheimdiensten eingeleitet, und wir haben die Vergangenheit Ihres Mannes und seinen neuen Namen entdeckt. Es war meine Aufgabe, Gari Weiss zu überwachen, um herauszufinden, warum Saiph so besessen von ihm war. Der Name Schewtschenko kam in seinen Delirien so oft vor, dass Joffre zu der Überzeugung gelangte, er sei nur in den Westen gekommen, um ihn zu finden. Aber wir wussten nicht, warum er ihn verfolgte, und Joffre hat mich beauftragt, es herauszufinden. Wir haben Ihr Cottage in Irland überwacht … Ich habe den Einsatz selbst geleitet. Wir sind Ihnen gefolgt, um Ihre Gewohnheiten auszuspionieren, dann sind wir in Ihr Haus eingedrungen und haben Ihre persönlichen Sachen durchsucht, Fotos gemacht und Mikros angebracht, um jedes Detail Ihres Privatlebens zu kennen. Als wir kurz darauf nach

Frankreich zurückkehrten, haben wir von dem Bombenattentat, dem Tod von Weiss und den Anschuldigungen gegen Sie erfahren. Ich schwöre Ihnen, dass ich die Gründe für dieses Attentat nicht kenne, aber wir sind fast sicher, dass es Saiphs Werk war, als er Schewtschenko endlich wiedergefunden hatte. Manche Fragen bleiben ohne Antwort, zum Beispiel, warum er das Haus zerstört hat und ob er auf der Suche nach dem war, was er Ihnen später gestohlen hat … Kurz, als Joffre gehört hat, dass Sie überlebt hatten und der Garda entkommen waren, war ihm klar, dass Sie versuchen würden, den Mörder zu finden. Da hat er beschlossen, Sie zu benutzen. Sowohl als Ermittlerin, aber auch als Köder, um Saiph anzulocken. Ihnen auf der Flucht zu folgen erwies sich als unmöglich, also musste man Sie in den Gewahrsam der SAT oder der DST bringen. Wie die irische Polizei haben auch wir Ihre Spur in Dublin verloren, also haben wir alles unternommen, um Sie wiederzufinden …« Rocca machte eine Pause.

Das Gesicht halb hinter der Hand verborgen, fragte Sinead mit schneidender Stimme: »Sie haben mich also nach Amsterdam gelockt?«

»Wir haben uns überlegt, welchen Weg Sie logischerweise einschlagen würden, um den Mörder Ihres Mannes zu finden. Durch die Abhörung wussten wir, dass Gari Weiss oft Kontakt mit Nigel Bardsley hatte, dem Chefredakteur des *Independent*, und dass Sie gute Freunde waren. Also haben wir vermutet, dass Sie Kontakt mit ihm aufnehmen würden. Wir brauchten nur in den Server der Zeitung einzudringen und das Treffen mit Finkel in Amsterdam notieren. Dort erwartete Sie einer unserer Leute. Den Rest kennen Sie ja.«

Bleich wies Sinead Raphaels Hand zurück, die sie stützen wollte, und wich in eine Ecke des Verhörraums aus. Sie musste hier raus, sonst würde sie ersticken … Wie eine Stoffpuppe glitt sie an der Wand entlang und kauerte sich auf den Boden, die Arme um den Körper geschlungen, so als versuche sie vergeblich, sich vor der grauenvollen Wahrheit zu schützen, die über sie hereingebrochen war. Raphael löste sie augenblicklich ab. Er würde sich später um sie kümmern. Jetzt galt es, so viel wie möglich aus Joffres Handlanger herauszubekommen.

»Ihr habt sie also entführt und in Sérors Villa versteckt, weil ihr wusstet, dass wir sie dort finden würden … Und wenn ich sie der Justiz übergeben hätte?«

»Manchmal muss man auf seinen guten Stern hoffen, aber unter uns, welcher Ermittler hätte auf eine so wichtige Zeugin verzichtet?«

»Ihr seid arme Irre«, schrie Raphael, völlig verblüfft ob dieser Enthüllung, und schlug mit der Faust auf den Tisch. Die Vorstellung, von Anfang an von diesem verdammten Geheimagenten manipuliert worden zu sein, versetzte ihn in rasende Wut, auch wenn er anerkennen musste, dass Joffres Strategie perfekt gewesen war: Er hatte zu keinem Zeitpunkt etwas bemerkt.

Rocca fragte: »Kann ich jetzt gehen?«

»Noch nicht«, entgegnete der Oberkommissar, »wir werden zunächst bei Joffre vorbeischauen, und du kommst mit.«

Kapitel 54

Es war vier Uhr morgens, als der Dienstwagen der DST vor der Hausnummer 6 an der Avenue du Docteur Brouardel hielt.

Philippe Joffre lebte allein in diesem gutbürgerlichen Wohnhaus an der Ecke Avenue de Suffren und Avenue du Champs-de-Mars, seine Frau war vier Jahre zuvor an Krebs gestorben.

Sie hatten also freie Bahn.

Rocca, noch immer in Handschellen, nannte Raphael den Zugangscode, den dieser eingab und dann die schwere Eingangstür aufdrückte.

Der Oberkommissar und Sinead folgten ihnen in die Halle, in der es nach Bohnerwachs roch. Sie gingen an der Loge der Concierge und an dem alten hölzernen Aufzug vorbei und liefen über die Treppe in den zweiten Stock.

Dumas öffnete die Tür mit einem Schlüssel, den er in den Taschen des toten Agenten gefunden hatte. Raphael verteilte Latexhandschuhe, dann traten sie ein.

Es war eine weitläufige Wohnung mit weißen Wänden, Stuckdecken und Fischgrätparkett. Jedes der sechs Zimmer war mit kostbaren Möbeln eingerichtet. Rocca erzählte, Joffre habe die Tochter eines Zuckerdynastiemagnaten geheiratet und nie wirklich Geld verdienen müssen. Der Familientradition folgend, habe er sich für die militärische Laufbahn entschieden.

Und die hat ihn geradewegs in die Hölle geführt, dachte Raphael.

»Der Safe ist im Arbeitszimmer …«, erklärte Rocca.

»Glaubst du, wir finden dort die Aufzeichnungen über Saiph?«, fragte Dumas.

»Das ist sehr wahrscheinlich. Kommt mit.«

Am Ende des Gangs betraten sie einen runden, mit Eichenholz vertäfelten Raum, an dessen Wänden sich mit Büchern gefüllte Regale entlangzogen. Sie enthielten sowohl alte als auch moderne Werke. Sinead bemerkte diverse Shakespeare-Ausgaben, *Über den Staat* von Cicero sowie Abhandlungen über mittelalterliche Kriegskunst.

Eine neue Seite an Joffre, die sie nie vermutet hätte, ein Beweis dafür, dass man gebildet und doch pervers sein konnte.

Rocca deutete auf ein schwarzes Lackmöbel im chinesischen Stil, in dem sich der Safe befand. »Nehmt ihr mir jetzt endlich die Handschellen ab?«, fragte er.

»Halt die Klappe und setz dich auf den Boden. Und dann spuck die Zahlenkombination aus.«

»Du hast mir dein Wort gegeben, Dumas.«

»Geduld, Max, Geduld. Und jetzt los, wir wollen schließlich nicht die Nacht hier verbringen.«

»Vier-zwo-fünf-drei-sieben-sieben-sechs.«

»Er hat dich wirklich ins Vertrauen gezogen«, meinte Dumas. »Mit etwas Glück hat Papa dich auch in seinem Testament bedacht …«

Er drehte das Rad, die Tür sprang auf, und der Oberkommissar beugte sich vor, um das Innere in Augenschein zu nehmen.

Raphael behielt Rocca im Blick, denn selbst mit Handschellen traute er ihm nicht über den Weg.

Dumas legte den Inhalt des Safes auf den Schreibtisch: zwei Handfeuerwaffen Kaliber 9 mm der Marken Beretta und Glock, mehrere dicke Geldbündel in Francs-, Dollar- und Pfundnoten sowie drei Blankopässe. Es gab auch einen Stapel mit Akten.

Den untersuchte Sinead, die wortlos näher getreten war, jetzt zusammen mit Dumas.

»Nicht sehr vorsichtig, das alles zu Hause aufzubewahren«, meinte Letzterer.

»Joffre war von der alten Schule, er ging davon aus, dass ihm seine Funktion eine gewisse Straffreiheit garantierte«, sagte Rocca.

»Dennoch hat er sich alle nur erdenkliche Mühe gegeben, um Saiphs Verbrechen zu vertuschen, findest du nicht?«, fragte Raphael.

»Eigentlich hat er nur ein Minimum unternommen, denn er war von seiner Überlegenheit ebenso überzeugt wie davon, nie erwischt zu werden. Darum bewahrt er auch all die Dokumente hier bei sich auf.«

»Bewahrte«, korrigierte Raphael. »Darf ich dich daran erinnern, dass er tot ist?«

Die Irin blätterte in einem kleinen Notizbuch mit abgegriffenem Ledereinband. Dann zeigte sie es Dumas. »Ich denke, wir haben gefunden, was wir suchen.«

»Lesen Sie, das sagt Ihnen sicher mehr als mir.«

Raphael schaltete die Schreibtischlampe ein, während Sinead das Büchlein auf die intarsienverzierte Holzplatte legte.

Sie inspizierte es auf der Suche nach einem für sie interessanten Eintrag und begann dann, einen der handgeschriebenen Texte laut vorzulesen: »13. Januar 1978. Erster Anfall. S. scheint unter einer starken geistigen Verwirrung zu leiden. Abendessen im Lipp. Angenehme Stimmung mit Gesprächen über Literatur. S. hat gerade das *Zweite Pariser Tagebuch* von Ernst Jünger gelesen und erwähnt, dass Sacha Guitry in meiner unmittelbaren Nachbarschaft auf der anderen Seite des Champ-de-Mars wohnte. Ich begleite ihn zu seiner Wohnung im elften Arrondissement. Auf dem Weg zum Auto ändert sich plötzlich sein Verhalten. Er scheint mich nicht mehr zu erkennen, ist aber trotzdem bereit, sich von mir nach Hause fahren zu lassen. Am Boulevard Saint-Michel angekommen, wird er mit einem Mal totenbleich. Er hat nicht übermäßig viel getrunken, scheint aber völlig abwesend. Ich frage, ob alles in Ordnung sei, er antwortet: ›Ich habe nicht getan, was ich tun musste, jetzt fängt es wieder an.‹ Ich frage ihn, wovon er spricht. Er antwortet mir nun auf Russisch oder Bulgarisch. Ich verstehe das Wort ›*Sles*‹, weiß aber nicht, was es bedeutet. Er beginnt, auf Russisch eine Reihe von Zahlen und Buchstaben aufzuzählen, die er auf Französisch wiederholt. Dann macht er eine lange Pause, doch ich habe nicht genug Zeit, alles zu notieren. Ich erkundige mich noch einmal, wovon er spricht, er antwortet, er habe ihn nicht gefunden. Wen? ›Schewtschenko‹, sagt er. Ich will wissen, ob er den ukrainischen Schriftsteller meint, doch er schweigt. Er reibt sich die linke Schläfe mit dem Handballen. Ich schlage vor, ihn ins Krankenhaus zu bringen. Er gerät in Panik und steigt aus. Plötzlich ist er wieder ganz normal und lächelt mich an. Ich beschreibe ihm, was da gerade passiert ist, doch er macht sich über mich lustig und sagt, es sei nichts, scheint aber nicht wirklich überzeugt. Ich denke, in diesem Moment lügt er mich an.«

Sinead durchblätterte die folgenden Seiten. Der Geheimagent schien gewissenhaft und detailliert jedes Treffen mit seinem Schützling notiert zu haben. Auf etwa fünfzig Seiten beschrieb er ihre Zusammenkünfte und die Dokumente, die Saiph ihm lieferte. Sie waren mit Nummern versehen, die vermutlich den Dienststellen entsprachen, der Inhalt war hingegen nicht wiedergegeben. Auf den letzten Seiten ging es um Saiphs Verrat, doch sie enthüllten nicht mehr als das, was Rocca ihnen gesagt hatte.

»Was uns interessiert, sind seine Aussetzer.«

Die Irin erklärte: »Joffre spricht von zwei Anfällen, die er miterlebt hat. Nachdem man Saiph auf einer Straße in der Bretagne aufgegriffen hat, scheint sich die Sache zu beruhigen. Joffre hat detailliert aufgeschrieben, was sein Schützling während dieses Blackouts gesagt hat, und immer wieder kommen dieselben Worte vor: ›Schewtschenko‹ und die Silbe ›*Sles*‹, die er schon beim ersten Mal notiert hat. Es ist in der Tat Russisch, *Slesy Arala* bedeutet ›Tränen des Aral‹. Der Name der wissenschaftlichen Mission, von der Katinscharow uns erzählt hat. Und die Folge von Zahlen und Buchstaben ist UYa 64/71. Zu diesem Zeitpunkt versteht Joffre ihre Bedeutung noch nicht. Man müsste das ganze Notizbuch auswerten, um zu sehen, ob er es später herausgefunden hat.«

»Sagt dir das etwas, Max?«, fragte Raphael.

»Nein, nichts.«

Sinead legte das Büchlein beiseite und hockte sich auf die Schreibtischkante. Sie schloss die Augen und strich sich über die nackten Arme. Sie spürte die Fremdkörper, die ihre Haut einen nach dem anderen abstieß. Sofort tauchte der Gedanke an Gari auf. Taras Schewtschenko. Sie verleugnete ihre Liebe nicht, doch seit sie seine wahre Identität erfahren hatte, vermischte sie sich mit dem bitteren Geschmack der Lüge. Und ohne dass sie etwas dagegen hätte tun können, verschwand sein Bild, das schon mit der Beerdigung verblasst war, allmählich fast ganz aus ihrer Erinnerung. Zurück blieb nur eine erschreckend leere Maske, ohne Konturen und Züge.

In diesem Augenblick wusste sie nicht, ob sie leben oder sterben wollte, aber eins war sicher: Sie musste es herausfinden … Herausfinden, wer Saiph war und warum er Gari Weiss – Taras Schewtschenko ermordet hatte. Dann würde sie sich entscheiden. Sie fragte Rocca: »*Slesy Arala* … wir wissen, dass das der Name einer wissenschaftlichen Mission ist … Aber ist Ihnen bekannt, ob Joffre auch wusste, was sich hinter den ›Tränen des Aral‹ verbirgt?«

Der Mann sah sie an. In seinem Blick las sie, dass er sie nicht mehr nur als zwei Bullen betrachtete. Er hatte sie verletzt und in den Schmutz gezogen, indem er in ihre Privatsphäre eingedrungen war und sie manipuliert hatte. Doch seit sie die Wahrheit herausgefunden hatte, spürte sie, dass er ihr so etwas wie Respekt entgegenbrachte. Vielleicht war das seine Art, sein Bedauern zu äußern, wenngleich sie Zweifel daran hegte, dass er zu so etwas fähig war.

»Joffre dachte, es könne etwas mit dem Aralsee zu tun haben«, erklärte er.

»Mit dem verschwundenen Binnensee?«, erkundigte sich Sinead.

»Ja, er liegt zwischen den ehemaligen Sowjetrepubliken Kasachstan und Usbekistan. Aber mehr hat er nicht herausgefunden.«

Sinead wandte sich an Raphael: »Usbekistan, das entspricht dem Breitengrad, von dem Katinscharow gesprochen hat … Was hältst du davon?«

»Ich denke, dass wir Hilfe brauchen und dass ich weiß, an wen wir uns wenden müssen.«

Kapitel 55

Als Raphael die Tür der Wohnung am Champ-de-Mars öffnete, stand ihm Naima Sednaoui gegenüber, die ihn mit eisiger Miene musterte.

»Es ist fünf Uhr morgens, ich hoffe, du hast einen wirklich guten Grund, mich mitten in der Nacht hierherzubestellen. Das passt mir ganz und gar nicht«, erklärte die Geheimagentin der DGSE. »Meine Vorgesetzten sind nicht einmal darüber informiert.«

»Das kannst du morgen nachholen, aber bei dem, was ich dir gleich erzählen werde, bezweifele ich, dass du es tun wirst«, gab Raphael ruhig zurück und schüttelte Ruslan Bajamarow, dem ehemaligen turkmenischen Gefängniswärter, heute Spezialist für die russische Mafia, die Hand, die sich anfühlte wie Pergament.

»Tut mir leid, Ruslan, aber dies ist ein Notfall.«

»Hörst du jetzt endlich mit der Geheimniskrämerei auf und sagst uns, was los ist? Wo sind wir hier überhaupt?«, erregte sich Sednaoui.

»Bei Joffre. Er ist gestern Abend ermordet worden.«

»Was?«

»Ich bin nicht alleine hier. Kommt herein, wir erklären es euch.«

Sednaoui zögerte kurz, trat dann aber ein. Raphael führte sie über den Flur zum Arbeitszimmer. Bajamarow trug einen abgewetzten braunen Anzug, ein hellblaues Hemd und einen schwarzen Filzhut, Sednaoui Jeans, einen dunklen Mantel und Turnschuhe. Die Augen noch geschwollenen vom mangelnden Schlaf, wandte sie sich an den Ermittler: »Was habt ihr hier zu suchen? Was ist passiert? Nun sag schon!«

Ohne zu antworten, öffnete Raphael die Tür zum Arbeitszimmer. »Kommt herein … Oberkommissar Dumas, den du ja, glaube ich, schon kennst. Und Sinead McKeown, Journalistin bei der *Irish Times*, die eine enge Verbindung zu diesem Fall hat.«

Sednaoui begnügte sich mit einem kurzen Nicken und sagte dann: »Die DST, die Kripo, eine Journalistin, was soll das sein – eine Versammlung der *Famous Five*?«

Dann fiel ihr Blick auf die Zimmerecke, wo Rocca, noch immer mit Handschellen, am Boden hockte. Ganz offenbar kannten sich die beiden. Sednaoui wandte sich direkt an ihn: »Was ist denn das hier für ein Chaos, Max?«

Der Agent antwortete nicht.

»Joffre hat Mist gebaut«, erklärte Raphael. »Es sind schlimme Dinge passiert. Setzt euch lieber, es kann eine Weile dauern.«

Und es dauerte in der Tat fast zwei Stunden, bis die beiden Ermittler Sednaoui die ganze Geschichte erzählt hatten, angefangen bei dem Tod von Gari Weiss über Sineads Flucht, die Tschetschenen im Bois de Vincennes, Dieter Muhl, bis zu dem Massaker bei Séror. Verblüfft über den Bericht und das Ausmaß von Joffres Manipulationen, befragte sie zunächst die Irin und dann Max ausführlich, um ihre Version zu hören. Bajamarow saß die ganze Zeit über stumm in einem samtbezogenen Sessel, der zu groß für ihn schien. Raphael sagte sich, dass der Turkmene sicher schon ganz anderes erlebt hatte.

Es folgte ein langes Schweigen, dann ergriff Sednaoui das Wort: »Gut«, erklärte sie in feierlichem Tonfall, so als würde sie damit rechnen, abgehört zu werden. »In geringerem Maß hat Joffre auch mich manipuliert, indem er mich angewiesen hat, dir die Sache mit den Tschetschenen zu erzählen und dir erlaubt hat, Ruslan zu treffen. Wir beide, Bajamarow und ich, sind nicht in diese Geschichte verwickelt, von der wir nichts wussten, bevor wir hierherkamen.«

Sie machte eine Pause und musterte die beiden Ermittler und die Irin. Bajamarows faltiges Gesicht verriet nicht die geringste Emotion, in Sednaouis Blick hingegen las Raphael zunehmende Angst.

»Warum habt ihr uns herbestellt?«, fragte sie schließlich.

Raphael erhob sich. »Entspann dich. Wir wollen euch nichts am Zeug flicken, weder dir noch Ruslan. Uns ist nicht einmal die Idee gekommen, dass ihr etwas damit zu tun haben könntet. Der erste Grund, warum wir euch hergebeten haben, ist, dass wir in Joffres Notizbuch verschiedene Einträge entdeckt haben, die eindeutig auf eine Beziehung zur ehemaligen Sowjetunion hindeuten, aber wir können sie nicht entschlüsseln. Nachdem Ruslan uns eine so brauchbare Erklärung der Tätowierung gegeben hat, habe ich mir gedacht, dass er uns vielleicht auch in diesem Fall behilflich sein könnte.«

»Na klar«, meinte Sednaoui sarkastisch. »Und nachdem du uns in der Hand hast, gehst du davon aus, dass wir nicht Nein sagen können. Das Ganze ist illegal, keiner von uns hat etwas in dieser Wohnung zu suchen, durch euren Blödsinn werden wir alle noch im Knast landen. Ich habe nicht die geringste Lust, mich da mit reinziehen zu lassen.«

Raphael schüttelte den Kopf. Die Zeit war knapp, und sie brauchten die Hilfe von Sednaoui und Bajamarow, ansonsten würde ihnen Saiph endgültig entkommen.

Dumas eröffnete die Schachpartie mit einem ersten Zug: »Unser Beruf bringt es mit sich, dass wir bisweilen mit dem Gesetz in Konflikt kommen, und leider müssen wir uns mit dieser Realität arrangieren. Der Staatsanwalt hat diesen Fall von Anfang an sehr schlecht geführt. Es gab Irrtümer, die heute derart ausgebügelt werden müssen, dass jedem von uns damit geholfen ist. Dabei denke ich zunächst an Zeck und McKeown, die sich in einer äußerst kritischen Situation befinden, aber auch an die DST, an Sie, Sednaoui und an Bajamarow.« Der Oberkommissar machte eine kurze Pause, bevor er fortfuhr. »Während wir auf Sie gewartet haben, haben wir uns ein Szenario ausgedacht, das gegenüber der Justiz standhält, die DST zufriedenstellt und verhindert, dass Unschuldige für Fehler bezahlen müssen, die sie nicht begangen haben. Möchten Sie es hören?«

Sednaoui nickte.

»Gut. Meine Dienststelle ermittelt seit einigen Monaten über den Waffenhandel der ehemaligen Geheimorganisation ›Rose des Vents‹, der Joffre, Dieter Muhl sowie zahlreiche Zwischenhändler angehörten. Ich habe gestern Abend unseren Freund Joffre überwachen lassen, und er hat uns zu einem Anwesen in Ville-d'Avray geführt, wo Zeck gefangen gehalten wurde. Der Grund: Man hatte der Antiterrorbrigade den Fall entzogen. Nach dieser Entscheidung der Staatsanwaltschaft musste Zeck mit schweren Sanktionen rechnen, da meine Dienststelle einen entsprechenden Antrag bei seiner Vorgesetzten gestellt hatte. Aus Rache war Zeck entschlossen, die Presse über diesen Waffenhandel zu informieren, der von der DST gedeckt wurde, um die hohen Beamten aus Justiz und Politik zu schützen, die der Geheimorganisation ›Rose des Vents‹ und der SAC nahestanden. Diese Drohung hat Zeck sogar vor dem Untersuchungsrichter Aubert geäußert. Joffre, der sich dadurch in unmittelbarer Gefahr befand, beschloss also, Zeck gefangen zu nehmen, um mit ihm zu verhandeln oder ihn zu eliminieren. – Als wir das Anwesen erreichten, war eine Schießerei im Gange, bei der ein Scharfschütze erfolglos versucht hat, Zeck umzubringen. Wir wissen nicht, wer es war. Allem Anschein nach hat dieser Mann dann Joffre ermordet, der sich etwa hundert Meter vom Haus entfernt versteckt hielt. Nicht Zeck, sondern unsere Leute haben während des Schusswechsels Joffres Handlanger verletzt, um seinen Fluchtversuch zu vereiteln.«

Sednaoui lauschte aufmerksam. Dann fragte sie: »Das ist ja schön und gut, aber was fangen Sie mit Zecks Anschuldigungen gegen die DST an?«

Jetzt antwortete Raphael ihr: »Die Ermittlungen, die Dumas geführt hat, waren sehr heikel. Wegen der möglichen Verwicklung hoher Beamter von Justiz und Militär in die Sache musste er unbedingt verhindern, dass irgendetwas nach außen drang, sonst wäre die Operation gescheitert. Also konnte der Oberkommissar uns nicht über die Einzelheiten des Falls informieren. Ich werde mich entschuldigen, und die DST wird darauf verzichten, ein Verfahren gegen mich einzuleiten, weil die Ermittlungsergebnisse, die die SAT dem Untersuchungsrichter vorgelegt hat, zur Lösung des Falls geführt haben. Wir haben in Joffres Safe weitere Namen von Personen gefunden, die mit der Sache zu tun hatten.«

»Und was ist mit Katinscharow?«

»Wir haben seine Leiche verschwinden lassen, weil sie den Verdacht auf den Fall Saiph gelenkt hätte.«

»Und welche Rolle kommt Joffre in dieser Posse zu?«

»Die DST hatte ihn schon lange im Visier. Er ist einer der Drahtzieher des Waffenhandels. Hingegen verschweigen wir die Sache mit Saiph, um die DGSE nicht in ein Verbrechen hineinzuziehen.«

»Und wie wollen Sie erklären, dass ein wohlhabender Mann wie er sich auf einen lächerlichen Waffenschmuggel eingelassen hat?«, gab Naima Sednaoui zu bedenken.

»Der ›Umsatz‹ dieses Netzwerks war wesentlich höher, als Sie glauben. Durch dieses Schwarzgeld konnte Joffre geheime Operationen finanzieren, wie zum Beispiel die Überwachung von Sinead McKeown und Gari Weiss durch Max. Außerdem brachte ihm seine führende Position innerhalb der Organisation Ansehen und Macht ein – und das war in seinen Augen sicher das Wichtigste.«

Sednaoui rieb sich die Augen, als wolle sie sich vergewissern, dass sie nicht träumte. »Und was macht ihr mit McKeown?«, fragte sie schließlich. »Wie soll sie ihre Unschuld beweisen, wenn ihr alle Indizien vernichtet?«

»Max hat sich verpflichtet, uns Kopien der Fotos, illegalen Aufzeichnungen und anderer Details zu beschaffen, die beweisen, dass Gari Weiss überwacht wurde. Bei einer der Reportagen, die der Journalist im *Independent* veröffentlicht hat, ging es um das antikommunistische Netzwerk. Dadurch finden wir zwar den Mörder nicht, aber ein guter Anwalt müsste sie ohne große Mühe freibekommen.«

»Und Max? Und der andere Mitarbeiter von Joffre, der verletzt ist?«

»Max hat mit uns zusammengearbeitet und uns präzise Informationen geliefert, er ist in wenigen Stunden frei. Was den anderen betrifft, so werden wir ihn davon überzeugen, dass es besser für ihn ist, seine Beteiligung an dem Waffenhandel zu gestehen. Ich denke, angesichts seiner Beihilfe bei der Vertuschung von Saiphs Verbrechen wird er das akzeptieren. Ihr Name wird bei der ganzen Angelegenheit keine Erwähnung finden.«

»Könnt ihr für die Verschwiegenheit der Männer garantieren, die an der Operation in Ville-d'Avray beteiligt waren?«

»Hundertprozentig.«

»Gut … dann bin ich einverstanden, natürlich unter der Bedingung, dass ich erfahre, was ihr von mir erwartet. Ruslan, was halten Sie davon?«

Der kleine Mann, der sich nicht aus seinem Sessel gerührt hatte, fuhr sich mit der Zunge über die Lippen und erklärte: »Ich schließe mich Ihnen an, Naima. Und jetzt möchte ich besagte Dokumente sehen.«

Sinead nahm dem Turkmenen gegenüber Platz und legte die Papiere, die sie in Joffres Safe gefunden hatten, auf einen kleinen Beistelltisch aus rotem Holz.

Bajamarow nahm seinen Filzhut ab, sodass man sein grau meliertes Haar sah, griff in die Innentasche seiner Jacke und zog eine dicke, eckige Brille mit Plastikgestell heraus, die er sorgfältig mit einem Taschentuch putzte, ehe er sie aufsetzte.

»Wir haben uns die Sachen nicht in allen Einzelheiten angesehen, aber Joffre hatte die Angewohnheit, alles aufzuschreiben. So hat er sorgfältig jedes Wort notiert, das Saiph während seiner Anfälle gesagt hat. Ich habe das Notizbuch ausgewertet, auf diesem Blatt finden Sie eine Zusammenfassung.«

Bajamarow nahm das Papier und studierte es.

Sinead erklärte: »›Tränen des Aral‹ … Wir wissen, dass es sich um den Namen einer geheimen wissenschaftlichen Mission handelt, die vom Institut Lebedew der sowjetischen Akademie der Wissenschaften durchgeführt wurde, aber wir haben keine Ahnung, welche Art Forschungen dort betrieben wurden. Ein weiteres Detail, das von Interesse sein könnte, ist dieser Code: UYa 64/71.«

Dann wiederholte die Irin die Geschichte, die ihnen Katinscharow über Dimitar Markow erzählt hatte, und alles, was sie über Gari Weiss – Taras Schewtschenko – und die tätowierten Augenlider wusste.

Bajamarow hörte zu, ohne sie zu unterbrechen. Seine fast geschlossenen Augen zeigten, dass er angestrengt nachdachte. Von Zeit zu Zeit machte er sich Notizen in kyrillischer Schrift, so als wolle er verhindern, dass die anderen seine Gedanken lesen könnten. Er bat um eine kurze Bedenkzeit, während der er weiter schrieb, dann nahm er die Brille ab und ergriff das Wort: »Kennen Sie die Geschichte des Aralsees?«

»Wir wären Ihnen dankbar, wenn Sie unserer Erinnerung auf die Sprünge helfen könnten, Ruslan«, bat Sednaoui.

»Es handelt sich um einen riesigen See mitten in der Wüste, in der autonomen Republik Karakalpakistan zwischen den beiden ehemaligen Sowjetrepubliken Usbekistan und Kasachstan. Es war eine wundervolle Gegend, die ich in meiner Jugend gekannt habe, das Wasser war voller Fische, und man konnte die Schiffe fahren sehen, die in Konvois aus Russland kamen. Das Licht dort hat einige große Künstler der kommunistischen Periode inspiriert. Dann, in den Sechzigerjahren setzte das ein, was man als die ›moderne Geschichte‹ des Aralsees bezeichnen könnte. Die sowjetische Planung beschloss, den Amudarja und den Syrdarja, die beiden Flüsse, die ihn speisen, zur intensiven Bewässerung der Baumwollkultur zu nutzen. Innerhalb von fünfunddreißig Jahren wurden Millionen von Kubikmetern Wasser abgepumpt, sodass der See nach und nach versiegte und zu einer trostlosen Wüstenregion wurde. Von diesem einst gigantischen See ist nur eine unbedeutende Wasserlache übrig geblieben – ein Beispiel für die Verachtung, mit der die sowjetischen Führungskräfte ihre ehemaligen zentralasiatischen Republiken behandelten. Stalin hatte Jahre zuvor auf der Insel Wosroschdenije geheime Versuchslabors für chemische und biologische Waffen einrichten lassen, die 1992 aufgegeben wurden, ohne den Ort vorher zu dekontaminieren. Diese Katastrophe, die durchaus mit Tschernobyl vergleichbar ist, wurde beim Zerfall des sowjetischen Reichs von der internationalen Gemeinschaft entdeckt. Das war das ›Aus‹ für die lokale Wirtschaft, und die örtliche Bevölkerung war mitten in dieser teuflischen Steppe sich selbst überlassen.«

Bajamarow bestätigte, was ihnen Katinscharow erzählt hatte: Die Zuflüsse zum Aralsee waren für die intensive Baumwollkultur genutzt worden, was die Nitratrückstände auf den Augenlidern erklärte.

Sinead tauschte einen raschen Blick mit Raphael, der ihr zeigte, dass er verstanden hatte. »Und hat Ihrer Meinung nach die Mission ›Tränen des Aral‹ etwas mit diesem See zu tun?«, fragte sie.

»Aral heißt im regionalen Dialekt Insel, also hätte ich Zweifel haben können, hätten Sie mir nicht das Kürzel UYa 64/71 genannt, aber dieses Codewort kenne ich gut, denn es handelt sich um die Bezeichnung für einen alten Gulag, ein sowjetisches Gefängnis in der Nähe eines kleinen Dorfs am ehemaligen Ufer des Sees. Es war ein Totenhaus, einer der schlimmsten Kerker, den die Welt je gesehen hat, unweit der Insel Wosroschdenije. Innerhalb der Gefängniswelt kursierte das Gerücht, die politischen Gefangenen würden als Versuchskaninchen benutzt, um chemische und bakteriologische Waffen an ihnen zu testen. Es gehörte zu jenen Haftanstalten, in die kein Wärter, auch nicht der perverseste, je versetzt werden wollte.« Bajamarow machte eine Pause und rückte seine Brille zurecht. Dann fuhr er fort: »Wie ich Zeck schon vor einiger Zeit erklärt habe, habe ich den größten Teil meines Lebens in sowjetischen Gefängnissen verbracht. Ich kenne diese düstere Welt und die, die sie bevölkern, in- und auswendig. Wenn Saiph während seiner Anfälle von diesem Gulag gesprochen hat, wenn er das Codewort kannte, bedeutet das höchst wahrscheinlich, dass er dort eingesessen hat.«

Zum ersten Mal nahm Saiphs Profil für Raphael klarere Formen an: Ein bemerkenswert intelligenter Mann, der eigentlich der Forschungselite der Sowjetunion hätte angehören müssen, doch dann war irgendein schlimmes Ereignis eingetreten, das ihn in das Gefängnis am Aralsee geführt hatte. Er ließ den Fall in groben Zügen Revue passieren: die Morde, die Augenlider, der Kosmos, die Symbolik des Lichts, der Traum von der Ewigkeit, der Wahnsinn, die Inhaftierung …

Doch ein Punkt blieb unklar: »Tränen des Aral«.

Was hatten die Wissenschaftler in der usbekischen Steppe gesucht, und was war geschehen? Was hatte diese Mission zutage gebracht, um einen Mann in den Wahnsinn zu treiben? Hatte dieser Irrsinn während der Haft eingesetzt, oder hatte er ihn schon vorher in sich getragen?

»Wissen Sie, was aus diesem Gefängnis geworden ist?«, fragte Sinead den Turkmenen, ganz so, als könnte sie Raphaels Gedanken lesen.

»Einige Gulags sind 1992 geschlossen worden, andere werden noch immer benutzt, weil die neuen Behörden die Schwerverbrechner nicht einfach so laufen lassen können. Das trifft auch auf diesen zu. Nach der Unabhängigkeit Usbekistans hat man ihn in ›Jaslyk-Gefängnis‹ umbenannt. Seither sperrt Präsident Karimow dort die Oppositionellen ein. Es gehen Gerüchte um von Folter, manche behaupten sogar, die Häftlinge würden dort in große Bottiche mit kochendem Wasser getaucht …«

Paradoxerweise weckte Ruslans Erklärung trotz ihres furchtbaren Inhalts neue Hoffnungen. Im Laufe der Jahre war Saiph Meister geworden in der Disziplin, seine Spuren zu verwischen. Keine der dürftigen Fährten, die er hinterlassen hatte, erlaubte es, seine Taten und sein Verhalten vorherzusehen oder ihn ausfindig zu machen. Keine, außer der Enthüllung seiner Haftstrafe in einem sowjetischen Gulag, die er ungewollt während seiner Anfälle offenbart hatte.

Jetzt fügte sich alles zusammen, die Mission, der Gulag, die Augenlider, die Konstellation der Plejaden, die ein Ereignis am Herbsthimmel verhieß. Jedes einzelne Element schien, für sich genommen, unfassbar und unsinnig, doch Raphael war sich ganz sicher, dass der Schlüssel zur Wahrheit im Herzen der usbekischen Wüste verborgen lag. Ihre letzte Chance, das Geheimnis der »Tränen des Aral« zu lüften und den Mörder zu entlarven, befand sich an diesem ausgetrockneten See, hinter den Mauern von Jaslyk.

Der Ermittler wandte sich an Sednaoui und Bajamarow und verkündete: »Und jetzt werde ich euch erklären, was wir von euch erwarten.«

Teil III

Kapitel 56

13. November 1994
Achtzehn Uhr

Mit einem ohrenbetäubenden Heulen löste sich die Iljuchin Il-62 von der Startbahn des Airports Charles-de-Gaulle.

Sinead und Raphael sahen Paris im Nebel verschwinden. Knapp eine Stunde früher hatten sie problemlos den Zoll passiert und waren an Bord des Fluges HZ 3003 gegangen mit dem Ziel Taschkent, Hauptstadt der Republik Usbekistan, dem Herzen Zentralasiens. Kaum hatten sie die endgültige Flughöhe erreicht, fielen beide in einen traumlosen Schlaf.

Die Verhandlungen mit Sednaoui waren hitzig gewesen, doch die Geheimagentin hatte sich schließlich – im Austausch gegen das Stillschweigen, was die Beteiligung der DGSE im Fall Joffre-Saiph betraf – zur Genehmigung der Operation bereit erklärt.

Angestrebtes Ziel war, den Ermittler und die Irin in usbekisches Territorium einzuschleusen und sie bis nach Muinak, der einstigen Hafenstadt am Aralsee, reisen zu lassen, ihrer letzten Etappe vor dem Gefängnis von Jaslyk. Doch es war ausgeschlossen, sich frei in der ehemaligen Sowjetrepublik zu bewegen. Selbst wenn Karakalpakistan inzwischen eine No-go-Area war und Korruption auf allen Ebenen der Administration vorherrschte, blieben die Sicherheitsdienste, die noch immer nach sowjetischem Vorbild organisiert waren, in höchstem Maße gefährlich.

Dumas hatte vorgeschlagen, sie mithilfe des Geheimdienstchefs der französischen Botschaft einreisen zu lassen. Sednaoui hatte den Vorschlag abgelehnt, da er für ihren Geschmack viel zu riskant war; alle Mitglieder der Botschaft unterlägen strikter Polizeiüberwachung, die sie leicht auffliegen lassen könnte. Die einzige Möglichkeit, sie hinter die Mauer des ehemaligen Gulags zu bringen, bestand darin, sie als Personal einer humanitären Organisation auszugeben. Die DGSE unterhielt sehr gute Beziehungen zu den Chefetagen des Roten Kreuzes, die – im Austausch gegen Informationen und Unterstützung bei Entführungen ihrer Teams in Konfliktzonen – den Nachrichtendiensten zu Hilfe kamen. Islam Karimow, Staatspräsident der jungen Republik, war ein Tyrann, bemüht, seiner Regierung auf der internationalen Bühne einen demokratischen Anschein zu geben. Er hatte die Intervention gewisser Nichtregierungsorganisationen auf seinem Territorium zugelassen. Das Rote Kreuz war eine davon. Seine Teams hatten ein Hilfsprogramm für Lebensmittel und Medikamente auf die Beine gestellt und die Erlaubnis erhalten, Gefängnisinsassen in Gegenden ohne die geringste Gesundheitsinfrastruktur medizinisch zu versorgen. Die Region Karakalpakistan, die durch das Schwinden des Aralsees und das Gefängnis von Jaslyk stark beeinträchtigt war, gehörte zu den Einsatzbereichen des Roten Kreuzes. Sednaouis Kontakt hatte zunächst Bedenken hinsichtlich des geheimen und illegalen Charakters der Operation geäußert, dann aber eingewilligt. Zwei Karten, die sie als Logistiker des Internationalen Komitees des Roten Kreuzes auswiesen, waren auf ihre Namen ausgestellt worden. Ein Vertreter der Organisation vor Ort hatte sich um die Visa gekümmert und erwartete sie.

Einer der bei Joffre gefundenen Blankopässe lautete auf den Namen Raphael Mercier. Den nahm der Ermittler. Für Sineads Identitätspapiere war erneut der Name Louise Conrad verwendet worden. Die fünfzehntausend Dollar, die sie in Joffres Safe gefunden hatten, sollten die Unkosten vor Ort decken.

Zusammen mit Sednaoui und Ruslan hatten der Ermittler und die Irin die Karte von Karakalpakistan ausgiebig studiert, um die zu meidenden Zonen auszuklammern. Der Turkmene, eine wahre Goldgrube an Informationen, hatte ihnen auch einen präzisen Plan des Gefängnisses zur Verfügung gestellt sowie einen Überblick über die Organisation der Verwaltung und die Verteilung der Insassen. Anschließend hatte er ihnen die Codes erklärt, die das Leben der Gefangenen regelten.

Der letzte Tag in Paris war dem Kauf warmer Kleidung und der Frage gewidmet, welche Waffen man vor Ort benutzen würde. Raphael wollte eine Glock mitnehmen, eine kompakte Handwaffe mit Polymergriffstück, die zerlegbar war und bei der Sicherheitskontrolle unbemerkt bliebe. Sinead hatte strikt abgelehnt. Sie durften auf keinen Fall riskieren, von den usbekischen Behörden enttarnt zu werden. Schließlich hatte Drago sie zum Flughafen gebracht und ihnen das Versprechen abgenommen, wohlbehalten zurückzukommen.

Sinead und Raphael wachten auf, als sie sich schon im Anflug auf den Internationalen Airport von Taschkent befanden. Der Tag brach an, und durch die Wolkenlücken hindurch erkannten sie die schemenhaften Konturen einer grauen Stadt, riesig und verschneit. In der Ferne, unter dem malvenfarbenen Himmel, waren die Spitzen des Bergrings zu erkennen, der die größte Stadt Zentralasiens umgab.

Um sechs Uhr verließen sie die Maschine und liefen zu Fuß zu dem einzigen Terminal, einem bescheidenen, ziemlich heruntergekommenen, gelb gestrichenen Verwaltungsgebäude.

Oktiabr Lezemow, der Verantwortliche der örtlichen Rot-Kreuz-Niederlassung, hatte die Kontrollen des Airports passiert und erwartete sie in der Ankunftshalle. Der untersetzte Mann mit dem Bürstenhaarschnitt und dem dichten Schnauzbart glich einem Afghanen. Er trug eine schwarze Viskosehose, billige Schuhe und eine dicke Lederjacke. Wenig liebenswürdig, begrüßte er sie nur mit knappen Worten und bat sie in mittelmäßigem Englisch um Pässe und Ausweise, bevor er mit dem Uniformierten zu verhandeln begann, dessen Aufgabe es war, die Einreisevisa hinter einem Holzpult zu stempeln.

Zehn Minuten später kam er zurück und sagte: »In Ordnung. Folgen Sie mir.«

Sinead und Raphael passierten die Kontrolle und liefen bis zu einer anderen baufälligen Halle, wo sie von einem Gepäckband, dessen Tage gezählt schienen, ihre Reisetaschen in Empfang nahmen.

Die Zollformalitäten nahmen eine ganze Ewigkeit in Anspruch: Nur zwei Beamte waren zum Dienst abgestellt und durchwühlten peinlich genau jedes Gepäckstück. Mit seiner frisch erworbenen Unabhängigkeit war Usbekistan auf der Suche nach seiner Identität, aber das Räderwerk des Systems blieb in der kommunistischen Ära verankert. Obwohl sie wusste, dass das usbekische Volk unter Diktatur und Armut litt, gefiel Sinead dieser erste, wenn auch etwas spröde Kontakt mit einem Land und seinen Bewohnern, das neu erwachte. Dieser Ort besaß eine raue Seele, die sie an Belfast und ihre Kindheit erinnerte.

Der Ermittler und die Irin folgten Oktiabr auf den Parkplatz, einer riesigen geteerten Freifläche mit kahlen Bäumen. Zwischen Schneeverwehungen parkten veraltete Automodelle, vom Jiguli bis zum Lada, dazwischen aber auch brandneue Vans mit Allradantrieb. Oktiabr ließ sie hinten in einen grauen Kombi VAZ aus den Siebzigerjahren einsteigen, und sie fuhren in Richtung Stadtzentrum.

»Um wie viel Uhr geht unser nächster Flug?«, schrie Sinead fast, um den Motorenlärm zu übertönen.

»Heute Nachmittag. Ich bringe Sie ins Innenministerium. Dort bekommen Sie Ihre Aufenthaltsgenehmigung.«

»Das Visum reicht nicht aus?«

»Nein, das Visum brauchen wir, um diese Ausweiskarten zu bekommen. Die Militärs, die Sie in Karakalpakistan kontrollieren, schauen nicht in die Pässe. Sie brauchen ein Dokument, das sie lesen können. Und genau das werden wir besorgen. Es ist besser, sich an die Regeln zu halten. Hier herrscht Chaos, der Aralsee ist den Journalisten verboten, die Regierung hat auch Angst vor Spionen, dort drüben gibt es noch zu viel von den früheren Schweinereien der Sowjets. Und das ist so Furcht erregend, dass sogar die Usbeken es nicht zeigen wollen. Verstanden?«

»Verstanden«, erwiderte Sinead und nickte.

Der Rest der Fahrt verlief schweigend.

Sie fuhren über breite, mit schmutzigem Schnee bedeckte Straßen, Überreste einer Epoche, in der hier die Panzer defilierten, um Moskaus Macht zu demonstrieren. Die Architektur dieser gigantischen Stadt entwickelte sich steil in die Höhe. Monumente, Türme, Gebäudekomplexe, direkt inspiriert von stalinistischer Monumentalität. Es blieb nichts oder fast nichts vom islamischen architektonischen Erbe in der usbekischen Hauptstadt, die durch ein Erdbeben in den Sechzigerjahren zu großen Teilen zerstört worden war. Auf den Bürgersteigen stemmten sich Passanten mit vor Kälte gerötetem Gesicht gegen den Wind.

Im Ministerium mussten sie sich knapp eine Stunde in einem menschenleeren Wartesaal gedulden, bevor sie von einem Beamten empfangen wurden, der sie mit einer Polaroidkamera fotografierte, bevor er ihnen dieses begehrte Sesam-öffne-dich-Papier ausstellte, mit dem sie sich frei im vergessenen Westen würden bewegen können. Sie wurden anschließend aufgefordert, in einen großen Saal zu treten, dessen ganzes Mobiliar aus einem Schreibtisch bestand und daneben ein winziger Tisch, an dem Sinead und Raphael einander gegenüber Platz nahmen. Um den Sicherheitsbeamten, der sie gnadenlos zu den Gründen ihres Aufenthalts hier ausfragte, hören zu können, mussten sie sich umdrehen. Die Nichtregierungsorganisationen, die bekannt dafür waren, Agenten von Nachrichtendiensten zu verstecken, wurden von den Behörden besonders überwacht, die Leitung des Roten Kreuzes aber hatte das Notwendige unternommen und für beide eine Liste mit all ihren vermeintlichen Aufgaben innerhalb der Organisation ausgestellt. Die DGSE hatte diese Tätigkeiten mit falschen Visastempeln in den Pässen belegt, um ihnen Glaubwürdigkeit zu verleihen. Sinead und Raphael hatten sich sorgfältig auf das Verhör vorbereitet, und so verlief das Gespräch ohne Probleme.

Sobald die Formalitäten erledigt waren, fuhr sie Oktiabr zum Flughafen zurück, wo sie zusammen mit vier weiteren Passagieren in eine kleine, klapprige zweimotorige Maschine stiegen.

Nachdem das Flugzeug mit kochend heißem Seifenwasser enteist worden war, konnten sie ihre Sicherheitsgurte anlegen, und Taschkent war bald nur noch eine Erinnerung. Dunkelheit brach über diesen Teil der Erde herein, und durch die runden Fenster erkannten sie die Lichter der Dörfer, die sich wie Glühwürmchen aneinanderdrängten, als wollten sie sich vor der Kälte schützen.

Während sie ihre Finger nervös über ihre Schenkel gleiten ließ, verspürte Sinead einen kleinen harten Knoten, den sie noch nie bemerkt hatte. Ein neuer Fremdkörper stieg an die Oberfläche ihrer Haut, wie um sie daran zu erinnern, dass sie trotz ihrer Zweifel nicht kapitulieren durfte. Aus den Augenwinkeln sah sie Raphael an, der seit der Abreise aus Paris ihr gegenüber so gut wie keinmal den Mund aufgemacht hatte. Dunkelblaues Licht fiel durch das vereiste Fenster auf das Gesicht des Ermittlers. Die Irin sah Erinnerungen an den Libanon oder an Exjugoslawien in seinen Augen, so als würde

Raphael von den Phantomen seiner Vergangenheit heimgesucht. Trotzdem schienen sein Geist und sein Körper ganz auf das Ziel und die Gefahren dieser Reise zur Wahrheit konzentriert zu sein. Mit einer Geste, die sie nicht unterdrücken konnte, ergriff Sinead seine Hand und hielt sie fest wie einen schützenden Talisman. Denn in diesem Augenblick hatte sie Angst, namenlose Angst.

Kapitel 57

Raphael und Sinead erreichten Muinak nach dreistündigem Flug, verließen die Maschine und liefen über die vereiste Piste, um ihre Reisetaschen direkt aus dem Gepäckraum entgegenzunehmen.

Unter den Wagen, die die Passagiere abholten, konnten sie leicht den schwarzen Wolga erkennen, ihr Taxi, das sie auf der anderen Seite der Landebahn im Schneesturm erwartete. Der Fahrer brachte den Wagen mühsam in Gang und fuhr sie zu dem Hotel, in dem sie die Nacht verbringen würden, bevor sie sich am nächsten Tag auf den Weg zum Gefängnis von Jaslyk machten.

Die Scheinwerfer vermochten den vereisten Teerstreifen, der als Straße diente, kaum zu erleuchten. Eingemummt in ihren Parka, starrte Sinead in die Nacht hinaus. In einem Lichtstrahl sah sie ein Willkommensschild in kyrillischer Schrift, geschmückt mit einem Fisch, der aus den Fluten sprang – Relikt aus einer Zeit, als Muinak noch ein Fischereihafen war.

Kurz darauf fuhr der Wolga in die ausgestorbene Stadt. Zu beiden Seiten der verlassenen Straßen sahen sie im fahlen Licht der Laternen kleine Häuser aus Zement, andere aus Lehm und Stroh, dann wieder Ruinen alter Verwaltungsgebäude aus kommunistischer Zeit. Zwei ausgehungerte Hunde bellten ihnen nach. Das einzige Anzeichen menschlicher Anwesenheit war die Silhouette eines schwankenden Mannes im Schneegestöber.

Der Fahrer wich einem umgekippten Autowrack aus, bog

in eine ungeteerte Gasse und hielt schließlich vor einem rosa gestrichenen Betonklotz.

»Das ist das *Nukus Hotel*«, verkündete er auf Russisch.

Raphael bedankte sich und reichte ihm mehrere So'm – die usbekische Währung –, bevor er an Sineads Seite die Stufen zur Eingangshalle hinaufstieg. Im Innern mussten sie zehn Minuten warten, bis eine junge Frau mit bleichem Teint, geblümtem Kleid und einem Schal um die Haare an der Rezeption erschien. Sie füllten Meldeformulare aus und ließen ihr Gepäck von einem Angestellten auf ihre Zimmer tragen.

Das Restaurant war noch geöffnet, sie hatten Hunger.

Als sie den geräumigen Saal betraten, wurde ihnen klar, dass das *Nukus* auch als Bar und Stundenhotel diente. An drei der etwa zehn Tische saßen Männer in Begleitung von Mädchen in Miniröcken und hohen Stöckelschuhen. Der dumpfe Rhythmus von usbekischem Rap brachte die Wände zum Vibrieren, und bei der roten Beleuchtung waren die Gesichtszüge der Kunden kaum zu erkennen.

Der Ermittler wählte den am weitesten von der Stereoanlage entfernten Tisch aus, und man brachte ihnen auch sogleich das einzige Gericht, *Mati*, eine Art Ravioli, gefüllt mit Hammelfleisch und vor Fett triefend. Raphael entschied sich für ein usbekisches Bier, Sinead für einen heißen Tee, den sie in kleinen Schlucken trank, während sie den Ermittler beim Essen zuschaute.

»Na, schmeckt's? Fühlst du dich an den Armeefraß erinnert?«

»Du solltest besser einen Happen zu dir nehmen, statt herumzusticheln«, erwiderte Raphael und lächelte.

»Tut mir leid, das übersteigt meine Kräfte.« Sie blickte hinüber zum Nachbartisch. Ein großer Typ mit Schlitzaugen, der völlig zugedröhnt schien, hielt ein Mädchen an den Haaren fest und zog ihr Gesicht ganz nahe an seines, um ihr über den

Mund zu lecken. Die anderen Gäste schien die Szene zu amüsieren. »Sagen wir nichts zu diesem Schwein?«, fragte Sinead.

Der Ermittler griff zu einer Papierserviette und wischte sich über den Mund. »Nein, wir sagen nichts. Iss, bevor es kalt wird, du musst zu Kräften kommen.«

»Nein, ich kriege nichts runter …« Sinead nahm das Gesicht zwischen beide Hände und kämpfte gegen die aufsteigenden Tränen an. »Was haben wir hier verloren? Warum sind wir überhaupt hergekommen?«

Raphael legte seine Gabel beiseite, hob ihr Kinn mit einem Finger und zwang sie, ihn anzusehen. »Das ist unsere einzige Spur, Sinead … Saiphs Schwachstelle, und die müssen wir ausnützen, um ihn in die Enge zu treiben und deine … unsere Haut zu retten.«

»Wir sind angeblich für das Rote Kreuz hier … Der Arzt, der uns empfängt, weiß nicht mal, warum wir kommen … Und wie sollen wir weiter vorgehen, wenn wir erst mal in diesem Drecksgulag sind? Falls es uns überhaupt gelingt, da reinzukommen …«

»Wir werden die Zeugen kaufen. Wir verfügen über das nötige Kleingeld dafür.«

»Glaubst du wirklich, mit Geld lässt sich alles regeln?«

»Wenn man bedenkt, in welchem Zustand dieses Land ist, dürfte es durchaus von Nutzen sein … Ich nehme mir als Erstes den Arzt vor.«

»Und wenn es schiefgeht, wenn sie uns verhaften? Ich bin nicht hierhergekommen, um in einem usbekischen Knast zu enden …«

»Mach dir keine Sorgen … Alles wird gut … Das Einzige, was zählt, ist, dass wir diese Informationen erhalten. Danach sehen wir weiter.«

Schweigen.

Raphael sah, wie Sinead mit zitternder Hand in ihren Ravioli herumstocherte.

»Weißt du, ich bin sicher, dass er hier ganz in der Nähe ist …«, murmelte er.

»Saiph?«

»Ja.«

»Wie nah?«

»Das ist noch ganz vage, aber im Flugzeug musste ich daran denken, was Katinscharow uns zu den Augenlidern erklärt hat. Also habe ich erneut die Tätowierungen studiert und kam zu der Erkenntnis, dass alles darin verborgen ist, auf diesen wenigen Quadratzentimetern Haut … Jedes dieser Motive enthält einen Schlüssel, mit dem wir näher an diesen Dreckskerl herankommen.«

»Erklär mir das.«

»Wir sind uns einig, dass die Linie, die die Sonnenwende symbolisiert, uns ermöglicht hat, auf praktisch sichere Weise den geografischen Ort zu bestimmen, woher diese Lider stammen …«

»Ja.«

»Ich denke, dass dies nur eine von vielen Informationen ist. Die Hautreste enthalten weitere Symbole, die aller Wahrscheinlichkeit nach zu neuen Antworten führen. Zur Konstellation der Plejaden zum Beispiel. Wenn sie auf der Tätowierung erscheint, dann kann das kein Zufall sein. Für die Völker der Prähistorie wie für die Babylonier war sie ein wesentlicher zeitlicher Orientierungspunkt … Im vorliegenden Fall wird der Sternenhaufen in der Nähe der Kurve der Sonnenwenden dargestellt … Wenn man eine Verbindung zwischen diesen beiden Symbolen herstellt, ist es durchaus denkbar, dass sie die Sonnenwende darstellen, die auf das Erscheinen der Plejaden folgt. Das heißt die Wintersonnenwende …«

»Die am 21. Dezember stattfindet, das heißt in zwei Tagen«, schloss Sinead. »Jetzt muss noch das Symbol des Sonnenschiffs entschlüsselt werden …«

»Katinscharow hat es uns ja gesagt … Dieses mystische

Schiff symbolisiert die Wiederauferstehung der Sonne, somit die Unsterblichkeit. Das passt perfekt zu dem alchemistischen Ritual bei den Morden und seinen Recherchen über das Licht, diese Lider sind der Eckpfeiler von Saiphs Wahnsinn, sie stellen für ihn eine Art Gral dar. Er ist besessen von ihnen seit dem Tag, da er das Gefängnis von Jaslyk verlassen hat, weil sie Informationen enthalten, derer er bedarf, um sein Ziel zu erreichen. Das ist der einzige Grund, warum er unbedingt auf die andere Seite des Eisernen Vorhangs gelangen wollte.«

»Das würde bedeuten, dass die Informationen, die durch die Augenlider offenbart wurden, sich in gewisser Weise mit seinen Recherchen zum Licht decken würden. Fauconnier hatte recht, als er uns erklärt hat, dass der Mörder auf der Suche nach Anomalien in der kosmischen Hintergrundstrahlung war … Saiph denkt wirklich, dass sich etwas am Himmel ereignen wird, ein Energiephänomen, das sich bereits vor fünftausend Jahren abgespielt hat. Die Augenlider wären der Beweis, die einzige Spur. Er ist sicher, in der Vergangenheit ein Wurmloch entdeckt zu haben, und glaubt, das Datum des nächsten zu kennen, und bis hin zu diesen letzten Wochen fehlte ihm nur der genaue Ort – der Aralsee – und ein Datum: die Wintersonnenwende am 21. Dezember.«

»Er hält sich für einen Auserwählten. Die Leichen, die er auf seinem Weg zurückgelassen hat, waren anfangs ein Mittel, um an Informationen zu kommen, aber peu à peu hat er Gefallen am Töten und an den verrückten Ritualen gefunden. Sein Wahn hat sich im Laufe seiner Recherchen verschlimmert. Das Töten hat es ihm erlaubt, gelassener auf den großen Tag zu warten …«

»Das ist der pure Wahnsinn … Bitte gib mir eine Zigarette.«

Raphael reichte ihr sein Päckchen. Die Irin zündete sich eine an und inhalierte tief, so als würde sie an einem Joint ziehen. Die Wirkung des Nikotins würde ihr helfen, sich für einige Augenblicke gedanklich abzusetzen. Ringsumher amüsierten sich die Gäste der Bar weiter mit ihren Mädchen. Ein Paar erhob sich, um auf eines der Hotelzimmer zu gehen, während ein Mann zurückkam, um weiterzutrinken. Sie setzten ihr Gespräch inmitten dieses seltsamen Kommens und Gehens fort.

»Irgendetwas passt da nicht: Laut Katinscharow war Saiph-Markow Teil der Mission gegen Ende der Siebzigerjahre. Er kannte diese Augenlider, er hätte also in der Lage sein müssen, den Ort herauszufinden und das Datum zu bestimmen …«

»Wer sagt, dass die Sowjets den Wissenschaftlern den Ort der Forschungen genannt haben? Vielleicht hat er sein Labor nie verlassen. Wir müssen um jeden Preis verstehen, was das Ziel dieser Mission war …«

»Ich habe nicht die geringste Vorstellung … Nach den Informationen, über die wir heute verfügen, sage ich mir, dass die Sowjets wahrscheinlich eine Nekropole entdeckt haben, wo sie den einbalsamierten Leib des Besitzers dieser Augenlider exhumiert haben.«

»Aber was sollte die Rolle eines Astrophysikers in einer solchen Mission gewesen sein?«

»Katinscharow hat uns erklärt, dass es sich um eine der wichtigsten Missionen handelte, die die sowjetische Akademie der Wissenschaften jemals durchgeführt hat. Vielleicht gingen diese Recherchen in dieselbe Richtung wie die, die Saiph heute durchführt, und vielleicht wurde das Eliteforscherteam, in das er rekrutiert wurde, speziell für diesen Anlass geschaffen.«

»Vielleicht … Aber was hat sich am Ende dieser Mission ereignet? Warum wurde Saiph inhaftiert? Und was hat Gari damit zu tun? Wie kam er in den Besitz dieser Lider?«

»Ich habe keine Ahnung, das alles ist völlig verrückt … es gibt noch zu viele Grauzonen. Wir nähern uns der Grenze der Wissenschaft und des Irrsinns. Dieser Typ ist mir zuwider und fasziniert mich gleichzeitig … Was hältst du von der ganzen Sache?«

»Nicht viel. Diese Geschichten vom Universum, vom Licht und vom Nichts erschrecken mich. Wenn Saiph ein klassischer Wissenschaftler wäre, könnte ich fast daran glauben, aber die Leichen und das Blut, die er auf seinem Weg zurücklässt, diskreditieren ihn in meinen Augen. Er mag ein brillanter Forscher sein, aber für mich ist er vor allem ein Mörder, und er muss für seine Verbrechen bezahlen.«

Kapitel 58

Der Arzt erwartete sie in einem alten sandfarbenen Mercedes-Geländewagen, der mit laufendem Motor vor dem *Nukus Hotel* stand. Es war acht Uhr, und die Sonne war eben erst aufgegangen. Der malvenfarbene Himmel dehnte sich endlos über einer Stadt aus, die so ausgestorben schien wie am Vorabend. Raphael klopfte auf das kleine Thermometer, das an der Hauswand befestigt war. Minus sieben Grad. Er zog den Reißverschluss seines Parkas hoch und folgte Sinead die vereisten Stufen hinunter.

Die Wagentür öffnete sich auf einen stattlichen Mann mit riesigen Pranken. Raphael musterte sein Gesicht. Grüne, mandelförmige Augen, vorspringende Wangenknochen, schiefe Nase und gegerbte Haut wie altes Leder. Der Koloss, der in einem fleckenübersäten Lammfellmantel steckte und eine Schapka aus Fuchsfell trug, ähnelte mehr einem Trapper, der direkt aus der Taiga kam, als einem usbekischen Allgemeinarzt. Er schüttelte ihnen kräftig die Hand und stellte sich im besten Oxford-Englisch vor.

»Arkadi Klimow. Welcome to Karakalpakistan.«

Sinead stellte sich unter dem Namen Louise Conrad vor und Raphael – wie mit Naima Sednaoui abgesprochen – unter dem Familiennamen Mercier.

Klimow öffnete den Kofferraum des Geländewagens und stellte ihre Reisetaschen zwischen die Medikamentenkisten.

»Sind Ihre Papiere in Ordnung?«, fragte er.

»Wir waren im Innenministerium.«

»Mit diesem Dreckskerl Oktiabr?«

»Ja, mit ihm«, erwiderte Sinead.

»Der drückt sich vor der Arbeit und macht nur das Allernötigste«, sagte er mit verächtlicher Miene. »Haben Sie Proviant mitgebracht?«

»Wir haben ein paar Snacks aus Frankreich dabei, aber nicht genug für einen längeren Belagerungszustand«, erklärte Raphael.

»Dann müssen wir in einem Lebensmittelgeschäft anhalten, denn wenn wir erst mal unterwegs sind, finden wir nichts, es sei denn, Sie mögen Kamelfett, was ich zu bezweifeln wage.«

Nachdem sie knapp einen Kilometer gefahren waren, hielten sie vor einem Plattenbau, gekrönt von einem Neonschild, auf dem in kyrillischen Lettern »BAD BOY« stand.

Klimow ging voraus und stieß die Schwingtür auf. Im Inneren standen zwei Frauen und ein Mann asiatischen Typs vor einer halb leeren, mit einer Girlande geschmückten Ladentheke, in der ein paar Haushaltsprodukte und rosafarbene Seifenstückchen lagen. Raphael entdeckte auch eine mit Erdbeercreme gefüllte Biskuitrolle und einen mysteriösen Parfümflakon mit dem Namen »Paris«.

»Willkommen im Reich der Konserven«, scherzte der Arzt. »Es gibt keine große Auswahl, aber ich empfehle Ihnen die mit Fisch. Die sind ohne Vergiftungsrisiko, denn er kommt nicht aus dem Aralsee.«

Der Ermittler und die Irin lächelten ob des zynischen Humors von Klimow und begannen, eine Pappschachtel zu füllen, die ihnen als Einkaufswagen diente.

»Sie finden auch Rüben und *Malossol*, das sind süße Gurken. Meiden Sie Würste, die sind höchstens gut für die Hunde. Das Schwarzbrot ist nicht schlecht. Und kaufen Sie unbedingt Wodka. Wir reisen nach Jaslyk, dort dient er als Passierschein.«

An der Kasse sammelte ein fettleibiger Mann, dessen Lächeln eine Reihe von Goldzähnen freilegte, das Geld ein.

Zweifellos der berühmte »Bad Boy«, dachte Raphael, beglich die geforderte Summe und ließ die Quittung auf der Theke zurück.

Sobald sie wieder draußen waren, verstauten sie ihre Einkäufe auf der Rückbank ihres Wagens und durchquerten Muinak in Richtung Steppe. Je später es wurde, umso mehr füllten sich die Straßen der vergessenen Stadt. Hier, weit von Taschkent entfernt, waren die Gesichter vorwiegend asiatisch geprägt. Obwohl Religion vom allmächtigen Präsidenten Karimow untersagt war, spürte man den Einfluss des Islam allein schon an den Kopftüchern, mit denen die Frauen ihr Haar bedeckten. Die jungen Männer waren westlich gekleidet, während die älteren den *Khalat* trugen, eine Art traditionellen Mantel mit gestepptem Futter, und den Kopf mit einer Kappe oder einem dreieckigen bestickten Hut bedeckten. Die Bevölkerung hatte Muinak nicht völlig verlassen, das heruntergekommene Äußere der Stadt aber erweckte den Eindruck eines Orts, in dem die Zeit stehen geblieben war.

Um zum Ausgang der Stadt zu gelangen, wählte der Arzt eine Straße, die am alten Hafen vorbeiführte. Die Kais waren Dünen gewichen, und die Kräne der Docks, gewaltige Metallkonstruktionen, mit denen früher die Schiffe von und nach Kasachstan be- und entladen wurden, glichen Skeletten von riesigen, für immer erstarrten Stelzvögeln.

Je weiter sie sich vom Zentrum entfernten, desto mehr wurden die festen Behausungen durch Jurten ersetzt. Möwen flogen wie Schneeflocken am eisigen Himmel, so als hätten sie noch nicht begriffen, dass der See nicht zurückkehren würde.

Klimow verließ die feste Straße und fuhr auf einer Piste, die gen Norden führte. Nach zwanzig Minuten erblickten sie massive finstere Silhouetten inmitten der eisigen Steppe.

Schiffe … Gewaltige Schiffe mit aufgeschlitzten Bäuchen lagen gestrandet am Boden, wie in der Stille schlummernde Leviathane. – Ein irrealer Meeresfriedhof, verloren im einstigen Bett des Aralsees. Ein kräftiger Wind verfing sich in den rostigen Gängen, wirbelte um die enthaupteten Kommandobrücken und ließ die Gerippe dieser postapokalyptischen Phantome aufheulen. An den vom Salz zerfressenen Bugs waren noch die verblassten Namen der alten Frachtschiffe zu erkennen, und an den Rümpfen hatten sich Schneeverwehungen angehäuft.

Diese Bilder des Todes waren durch die Presse bekannt, doch das Glanzpapier der Magazine besaß die Macht, sie auf Distanz zu halten. Tatsächlich mit ihnen konfrontiert zu sein, war etwas ganz anderes. Keiner der drei Wageninsassen sagte ein Wort, so als hätte die Sprache vor einem solchen Endzeitspektakel keinen Wert mehr.

Sie waren schon über eine Stunde unterwegs, als Raphael das Schweigen brach und fragte: »Sind Sie Usbeke?«

»Ja … und nein.«

»Was wollen Sie damit sagen?«

»Ich bin von hier und doch nicht von hier. Wie ein großer Teil dieser Bevölkerung. Dieses Land ist eine reine Erfindung der Sowjets. Es existiert, ohne zu existieren. Ganz gleich ob nomadisch oder sesshaft, die Völker Zentralasiens kennen keine Grenzen, ihre Identität war schon immer auf den Klan, auf die Familie konzentriert.«

Der Ermittler warf einen Blick in den Rückspiegel. Sinead hatte die Hände in ihre Jackentaschen gesteckt, um sie gegen die Kälte zu schützen, die sich im Wageninneren ausbreitete. Den Blick auf das Schneegestöber gerichtet, lauschte sie dem Gespräch der beiden Männer.

»Sie wollen in einem Land arbeiten, dessen Geschichte Sie nicht kennen? Das ist außergewöhnlich«, meinte Klimow.

»Zweifellos … Die letzten Wochen waren ziemlich ausgefüllt, und ich hatte nicht wirklich die Zeit, mich dem Thema zu widmen. Aber ich bemühe mich darum.«

»Stimmt … Sie scheinen guten Willens zu sein«, erwiderte der Arzt mit einem Lächeln. »Die Kategorie von Usbeken, der ich angehöre, nennt sich ›die Vertriebenen‹. Wir sind viele, die hier rein zufällig geboren sind. Eine Horde von Entwurzelten, bestehend aus fast sechzig Nationalitäten. Da sind die Griechen, die sich im Jahr 1949, am Ende des Bürgerkriegs, hierhergeflüchtet haben, die Weißrussen, die Ukrainer, die hergeschickt wurden, um in der Industrie zu arbeiten, dann die Ostdeutschen, die Juden, die Polen, die Tschetschenen, die Inguschen … und die von Stalin Deportierten, zu denen ich gehöre. Heute sind wir immer noch da, aber Karimow betrachtet uns als Entrechtete, wir haben nicht die geringste Zukunft in dieser Gesellschaft, von der wir ausgeschlossen sind. Ich habe diesen Job beim Roten Kreuz, aber der Druck der Behörden ist so stark, dass ich nur hier praktizieren darf, in dieser Region, die sich selbst ausgeliefert ist, hier, wo niemand sonst arbeiten will.«

Raphael deutete ein Lächeln an und fragte: »Woher genau kommen Sie also?«

»Mein Vater war Russe, Nachkomme der Pomoren, einem Volk von Fischern und Jägern, meine Mutter war Tatarin. Sie sind von Stalin ins Zentrum des Landes deportiert worden, nach Bukhara, wegen der Herkunft meiner Mutter. Die Krimtataren wurden bezichtigt, mit den Nazis kollaboriert zu haben. Ich fühle mich mehr russisch als usbekisch und würde gern dorthin zurückkehren.«

»Und warum tun Sie es nicht?«

»Ich bin 1991 nach Moskau aufgebrochen. Ich habe eine Weile als Chirurg in einer onkologischen Abteilung praktiziert, bevor ich entlassen wurde … wegen angeblicher Budgetkürzungen. Ich habe anderswo keine Stelle gefunden.« Der Blick des Arztes verlor sich in der Ferne. »Selbst in unserem Ursprungsland sind wir stigmatisiert. Wir tragen das Exil unserer Eltern wie ein Brandmal mit uns herum.«

»Sie sind also zurückgekommen?«

»Ja, und seither treibe ich mich in dieser verfluchten, vom Tod zerfressenen Region herum. Wir sprechen vom ›Gespenst der Wosroschdenije‹, das ist eine Insel im Aralsee, ironischerweise ›Insel der Wiedergeburt‹ genannt, wo Versuche mit chemischen und bakteriologischen Waffen durchgeführt wurden. Die Sowjets haben die Örtlichkeiten verlassen, ohne sie zu sichern. Dort wurden Milzbranderreger an Affen getestet und, wie es heißt, auch an Deportierten. Eine andere Verseuchungsquelle rührt von der Verlandung des Sees her. Die Kolchosen haben für den Intensivanbau von Baumwolle Dünger mit hohem Nitratgehalt benutzt. Als wäre es nicht schon genug, dass sie das ganze Wasser abgepumpt haben, ist das Schwemmland jetzt auch noch voll von diesem Dreckszeug, das nach und nach mit dem Salz an die Oberfläche kommt. Der Wind trägt es vor sich her, und die Bevölkerung atmet es ein. Die Folgen sind katastrophal. Alljährlich erkranken Hunderte von Menschen an Krebs. Aber das Schlimmste sind die Kinder. Viele werden mit Deformationen oder geistigen Behinderungen geboren.« Er legte eine Pause ein und riss mit einer unerwarteten Bewegung seine Schapka vom Kopf, sodass sein schweißnasses Haar, rot wie Fuchsfell, zum Vorschein kam. »Hier ist ein Arzt dringend nötig. Ich tue wirklich, was ich kann, fühle mich aber machtlos angesichts dieses Elends. Der Aralsee reichte bis hierher, heute ist sein Ufer über hundert Kilometer entfernt. Das Leben ist so schwer geworden, dass die Region praktisch zu einem echten rechtsfreien Raum verkommen ist. Wir befinden uns in einem Grenzgebiet, viele leben vom Waffen- und Drogenhandel, einige wenige Männer säen Hass und Gewalt und terrorisieren die Bewohner, die oft einfache Kamel- und Schafzüchter sind. Hier lebt man in ständiger Angst. Je mehr der See austrocknet, desto größer wird die Not.« Der Arzt hielt kurz inne und wandte sich dann an Raphael: »Warum wurden Sie hierhergeschickt? Warum gerade nach Jaslyk?«

Der Ermittler sah in den Rückspiegel und wechselte einen Blick mit Sinead. Die Irin schien plötzlich beunruhigt. Er musterte Klimow von der Seite und fragte sich, ob er ihm vertrauen konnte oder sich besser vor ihm in Acht nehmen sollte. In Anbetracht von dessen Vita entschied er sich jedoch für die erste Option.

»Ich habe eine glaubhafte Geschichte parat, die die Gründe unseres Kommens einleuchtend erklären würde. Doch wir fahren jetzt seit bald zwei Stunden Seite an Seite durch diese Gegend, und ich respektiere Sie zu sehr, um Sie zu belügen, Arkadi.«

Klimow warf ihm einen belustigten Blick zu. »Ich schätze Ihre Offenheit … Ich wusste von Anfang an, dass Sie nicht für das Rote Kreuz arbeiten.«

»Und wie sind Sie darauf gekommen?«

»Sie haben einen dummen Fehler begangen … Bei ›Bad Boy‹ haben Sie cash bezahlt und die Rechnung auf der Theke zurückgelassen. Bei uns macht jeder, wenn möglich, Spesenabrechnungen, vor allem Logistiker. Es war also nicht besonders schwer, dahinterzukommen. Warum sind Sie nun wirklich hier?«

»Das sagen wir Ihnen zur gegebenen Zeit, das heißt sobald wir angekommen sind.«

»Wir sind angekommen! Sehen Sie die Festung dort? Das ist Jaslyk!«

Während sich der Geländewagen über die verschneite Piste näherte, sah Sinead ein gewaltiges Betongebäude auftauchen, umgeben von hohen, mit Stacheldraht bewehrten Mauern, die sich gegen den Himmel abhoben.

Keine Straße, kein Weg führte zu dem ehemaligen Gulag, nur ein Schienenstrang verband das Gefängnis mit dem Rest der Welt. Ringsherum nichts als Wind und Kälte. Hier aber hielt nicht das raue Klima die Gefangenen von einem Fluchtversuch ab, sondern die allgegenwärtige totale Leere ohne die geringste Erhebung, ohne Baum oder Strauch, hinter dem man sich hätte verbergen können. Innerhalb dieser Wüste wäre ein Flüchtender kilometerweit zu sehen und schnell gefasst.

Inmitten dieses Nichts schienen Gitter, Schlösser und Stacheldraht fast wie Dekor, als Mittel, um sich vor der Außenwelt zu schützen. Das eigentliche Gefängnis war die Steppe selbst.

»Erzählen Sie uns von Jaslyk«, bat Raphael.

»Es ist ein sonderbarer Ort«, begann Klimow. »Man ist hier weder in der Welt der Lebenden noch in der der Toten. Jaslyk war die Hölle, heute entspricht es ungefähr dem Bild, das ich mir von der Vorhölle mache. Ähnlich insofern, als sich die Menschen auch hier im Zustand ständiger Unsicherheit befinden und Qualen erleiden, sozusagen am Rande des Wahnsinns stehen. Ich würde sagen, dass die Wärter das Schicksal der Gefangenen teilen, sieht man einmal davon ab, dass sie nicht die Folter durchgemacht haben, mit der Unschuldigen Geständnisse abgepresst wurden.«

»Wer ist denn hier eingesperrt?«

»Es sind nur etwa dreißig Insassen. Vorwiegend politische Häftlinge, Mitglieder von Menschenrechtsorganisationen, Journalisten und Kirchenvertreter, die Karimow nicht einfach eliminieren kann, wenn er seinen Ruf auf internationaler Ebene nicht aufs Spiel setzen will. Niemand kommt sie besuchen, und so vergisst man sie nach und nach. Und das Klima hier sorgt sozusagen für eine Verschiebung des Todesurteils, dem sie im Prozess entgangen sind.«

»Wie viel Personal ist vor Ort?«

»Acht Aufseher und ein Direktor, die meisten Alkoholiker.«

»Arbeiten Sie schon lange hier?«

»Jetzt ist es aber genug! Wenn Sie wollen, dass ich Ihnen helfe, müssen Sie mir schon sagen, weshalb Sie gekommen sind«, wetterte Klimow und riss das Lenkrad herum, um einem Hindernis auf der Piste auszuweichen. »Sind Sie Spione?«

Der vom Arzt verwendete Begriff irritierte Raphael. Auch wenn die Geheimdienste ihre Arbeit seit dem Fall der Mauer nicht wirklich eingestellt hatten, bezog sich dieses Wort auf ein überholtes, fast nostalgisches Bild einer alten Weltordnung.

»Wir arbeiten für keine Regierung, wir sind privat hier«, erklärte er.

Sinead meldete sich aus dem Fond des Wagens und ergriff quasi zum ersten Mal, seit sie auf den Arzt getroffen waren, das Wort: »Wir ermitteln in einer Mordserie in Frankreich und glauben, dass der Täter nach einer wissenschaftlichen Mission, die sich in der Nähe des Aralsees abgespielt hat, hier eingesperrt war.«

»Zur Zeit der Sowjets?«

»Ja.«

»Wir müssen ein Mittel finden, das Personal zu befragen, das hier vor den Achtzigerjahren gearbeitet hat«, präzisierte Raphael. »Wir müssen jemanden finden, der uns zu diesem ehemaligen Gefangenen Auskunft geben kann.«

Arkadi Klimow brachte den Geländewagen zum Stehen und bedachte den Ermittler und die Irin mit einem finsteren Blick. »Jaslyk ist ein politisches Gefängnis. Wir sind hier, um Kranke zu behandeln, nicht um sie zu verhören. Ich denke gar nicht daran, bei so etwas mitzumachen!«

»Wir sind dank Ihrer Stellung hier …«

»Ich pfeife auf meine Stellung, ich habe nicht die geringste Lust, mein Leben hinter Gittern zu beenden.«

»Wir verfügen über ausreichende finanzielle Mittel, um Sie zu bezahlen, und auch all die anderen, die uns helfen können.«

»Es geht hier nicht um Geld, ich spreche von den Folgen. Über mein persönliches Risiko hinaus brauchen die Gefangenen ärztliche Hilfe und Medikamente. Wenn da etwas schiefgeht, wird dem Roten Kreuz definitiv der Zugang zu Jaslyk versperrt. Ich bin nicht sicher, dass ich diese Verantwortung auf mich nehmen will. Nein, es ist ausgeschlossen, ich kann Ihnen nicht helfen. Sie werden den Fuß nicht in dieses Gefängnis setzen.«

Damit hatte Raphael nicht gerechnet. Er versuchte es mit einem Kunstgriff. »Arkadi, wir müssen da rein, koste es, was es wolle. Sie glauben, wir könnten verhaftet werden, ich bin vom Gegenteil überzeugt. Die Präsenz des Roten Kreuzes in diesem Gefängnis ist eine Schwachstelle im System, und wir müssen sie nutzen. Sie haben selbst gesagt, die Wärter würden weit von der Zivilisation entfernt leben, sie schlafen in dreckigen Betten und essen denselben Fraß wie die Häftlinge. Ich bin sicher, dass das Geld uns helfen kann. Wir jagen einen Mörder!«

Schweigen.

»Die Angelegenheit, die uns interessiert, liegt weit zurück«, fuhr der Ermittler fort. »Die Jungs kriegen ein paar Geldscheine, und es wird keine Folgen geben … Wir kommen von weit her, und der Einsatz ist groß. Jaslyk ist unsere letzte Chance. Wir können jetzt nicht mehr zurück. Sie müssen uns helfen.«

Klimows Tonfall änderte sich. »Und warum? Nennen Sie mir einen guten Grund, weshalb ich Ihnen glauben sollte, einen einzigen Grund, warum ich ein Risiko für Sie eingehen sollte. Sie müssen wissen, dass die Männer, die hinter diesen Mauern leben, gefährlich sind. Sie haben sich durch Jahrzehnte des Kommunismus gequält, sie leben seither in einer gesetzlosen Zone, sie entscheiden über Leben und Tod der Gefangenen – und auch über uns.«

In diesem Punkt hatte Klimow recht, dieser Besuch war eine Falle, die jeden Moment zuschnappen konnte.

Raphael musterte Sinead, ihre müden Augen hatten sich verfinstert, und ihre Haut war so blass, dass auf Hals und Wangen feine blaue Adern hindurchschimmerten.

Sie begriff, dass die Reihe jetzt an ihr war.

»Derjenige, den wir suchen, hat meinen Mann umgebracht«, erklärte sie mit ruhiger Stimme. »Er mordet nicht nur, er foltert auch. Wir sind uns nicht mal sicher, dass diese Informationen es uns ermöglichen, ihn festzunehmen, aber es ist unsere letzte Chance, ihn überhaupt zu fassen zu kriegen.« Sie schob die Ärmel bis zu den Ellbogen hoch. »Sehen Sie sich meine Arme, meine Hände an … Diese Splitter haben sich in mein Fleisch gebohrt, als die Bombe explodiert ist, die meinen Mann getötet hat. Dass ich überlebt habe, grenzt an ein Wunder. Wir belügen Sie nicht. Sie können uns wegschicken … Dann wird den Mörder nichts und niemand mehr aufhalten, es wird weitere Opfer geben, so unschuldig wie die, die hinter diesen Mauern sitzen.«

Arkadi Klimow wechselte einen langen Blick mit Sinead und musterte dann Raphael. »Gut, ich gehe das Risiko ein, Ihnen zu vertrauen«, sagte er schließlich. »Doch sobald wir da drinnen sind, rede und entscheide ich. Sie lassen mich sehen, wie die Stimmung ist. Wenn ich merke, dass es nicht geht, vergessen wir die Sache, und Sie unternehmen nichts, was Sie in Gefahr bringen könnte. Wenn Sie versuchen, mich reinzulegen, lasse ich Sie hochgehen. Verstanden?«

»Verstanden«, murmelte Sinead.

Raphael nickte stumm.

»Na, dann wollen wir mal.«

Der Arzt legte den ersten Gang ein und fuhr weiter.

Kapitel 59

Auf dem letzten Kilometer fuhren sie an den Gleisen entlang, die unter einem gepanzerten Portal verschwanden und im Inneren des Lagers endeten – eine Vorrichtung, die an die furchtbaren Todeskonvois von Auschwitz erinnerte.

Vom Lagerkomplex Jaslyk waren praktisch nur Ruinen geblieben. Auf einem gigantischen Areal waren Metallkonstruktionen, Blechfragmente und Schuttberge, durchbohrt von verrosteten Eisenstangen, zu sehen … Die Usbeken hatten einen Großteil der Einrichtungen zerstört und nur das Hauptgebäude des ehemaligen Gulag erhalten.

Klimow hielt vor dem Tor, das sich kurz darauf mit einem metallischen Klagelaut öffnete. Ein Wärter mit asiatischen Gesichtszügen, weißem fleckigem Hemd und hellblauem Käppi winkte ihn mit einem Handzeichen herein.

Sie fuhren in einen Betontunnel, der an einen Bunker erinnerte. Sobald der Wagen stand, luden sie zwei Metallkisten mit Medikamenten und medizinischem Gerät aus und trugen sie zu einem schweren Gittertor, wo sie ein zweiter Wärter erwartete.

Klimow begrüßte ihn und fragte auf Russisch: »Wie geht es mit Norow, ist er wieder auf den Beinen?«

»Ja, zehn Tage nach deinem letzten Besuch haben wir ihn in seine Zelle zurückverlegt.«

»Gut, dann schauen wir später bei ihm vorbei. Gibt es andere Kranke?«

»Ja, einen …«

»Habt ihr ihn isoliert?«

»Er ist in der Krankenabteilung. Wir haben dich schon vor einer Woche erwartet.«

»Ich wurde aufgehalten. Ich musste die beiden in Muinak abholen.«

»Wer ist das?«

»Sie arbeiten mit mir.«

»Haben sie eine Erlaubnis hierherzukommen?«

Der Arzt wandte sich zu Sinead um. »Ihre Papiere vom Ministerium. Er will sie sehen.«

Die Irin reichte ihm die beiden Passierscheine, woraufhin sie beide nach allen Regeln der Kunst abgetastet wurden. Anschließend durchwühlte der Aufseher die Metallkisten, aus denen er sich die vier bei »Bad Boy« gekauften Wodkaflaschen angelte, und schloss das Gittertor auf.

Klimow trug die erste Kiste allein, Raphael und der Wärter nahmen die zweite. So beladen, liefen sie über einen schmalen, vom Schnee befreiten Gang, der zu den nächsten Ebenen führte.

Der etwa fünfzig Meter lange und breite Hof war von vier fünfstöckigen Gebäudeteilen umgeben, die mit winzigen vergitterten Zellenfenstern versehen waren. Die Wände waren mit weißlichen Spuren von Vogelexkrementen bedeckt, die fast kristallisiert zu sein schienen und dem Ensemble eine beinahe barocke Note verliehen.

Unterwegs scheuchten sie eine Gruppe von großen Raben auf, die sich mit schwerem Flügelschlag in die Lüfte erhoben.

»Es gibt fünfhundert Zellen. In seiner ›Hochzeit‹, wenn man so sagen kann, beherbergte Jaslyk über dreitausend Gefangene«, erklärte Klimow auf Englisch. »Die Türen sind einfache, mit Pappe abgedichtete Gitter, und es gibt keine Heizungsanlage …«

»Was erzählst du da?«, fiel ihm der Aufseher auf Russisch ins Wort.

»Ich erkläre ihnen, wie das Gefängnis organisiert ist.«

»Hmm.«

Der Arzt wandte sich wieder an Sinead und fuhr fort: »Die Gefangenen haben einen Ofen, der funktioniert, allerdings nur solange es Holz gibt. Ich behandle hauptsächlich Lungenentzündungen und Lebensmittelvergiftungen, doch letztes Jahr ist es mir gelungen, einen Insassen, der an Krebs erkrankt war, nach Taschkent in eine Klinik zu verlegen. Ich liefere auch Medikamente, die nur sehr sparsam verteilt werden. Ich war schon zwei Monate nicht mehr hier und bin immer auf das Schlimmste gefasst.«

Sie erklommen die Stufen zum ersten Stock. Kein Geräusch, kein Lebenszeichen drang bis zu ihnen. Nur ihre Schritte auf dem Beton hallten gedämpft wider. Am Ende eines dunklen Korridors, durch den ein eiskalter Wind fegte, schloss der Wärter eine Stahltür auf und bat sie einzutreten.

Der Krankensaal, ein Raum mit unverputzten Betonwänden, beherbergte zwanzig Eisenbetten, die zu beiden Seiten von einem Gang aufgereiht waren. Der Kranke lag auf dem ersten, in der Nähe eines fast erloschenen Ofens.

»Das ist Kamenew. Du hast ihn letztes Jahr gesehen«, blaffte der Wärter.

Klimow trat ans Bett seines schlafenden Patienten. Der Mann, ein Mischling mit eingefallenen Wangen, lag unter einer Schicht von dicken Decken. Der Arzt beugte sich über ihn, hob die schmutzigen Laken leicht an und legte seine Hand auf das fleckige Gesicht. Keine Reaktion. Er schnellte herum und starrte den Aufseher an. »Aber … er ist tot!«, stieß er hervor.

»Ich sagte doch schon: Wir warten seit einer Woche auf dich. Das ist vor drei Tagen passiert.«

Klimow schloss die Augen. Sinead und Raphael sahen, wie sich sein mächtiger Körper verkrampfte, als schickte er sich an, alles zu zertrümmern. Dann atmete er tief durch und fragte: »Welche Behandlung hast du ihm verordnet?«

»Keine, ich wusste gar nicht genau, was er hatte …«

»Oder es war dir scheißegal. Du bist eine Null … Ich habe dich nicht ausgebildet, um die Gefangenen einfach krepieren zu lassen!«

Der Arzt steuerte auf den Medizinschrank zu und versuchte, ihn zu öffnen. Abgeschlossen.

»Mach auf. Aber schnell.«

Ohne besondere Eile zog der Wärter einen Schlüsselbund aus der Tasche und tat wie geheißen.

Als er sah, dass die Fächer leer waren, brüllte Klimow los: »Wo sind die Medikamente? Was habt ihr damit gemacht? Ihr habt sie verscherbelt, um euch dafür Fusel zu kaufen … Ihr besauft euch lieber, als die Kranken zu versorgen.« Er verstummte für einen kurzen Augenblick. »Ich will den Chef sehen. Hol mir Usubow. Auf der Stelle.«

Der Aufseher machte kehrt und entfernte sich unbeeindruckt.

Klimow fürchtete sich vor dieser Vorhölle, wie er sie nannte, nicht aber vor den erbärmlichen Phantomen, die sie bewachten. Er zog eine der Decken über Kamenews Gesicht und setzte sich auf die Bettkante. Er wirkte angespannt, doch man hätte nicht sagen können, ob Wut oder Verzweiflung die Ursache dafür waren.

»Diese Typen gehören zu der schlimmsten Sorte … Das Elend erklärt nicht, warum man beschließt, Kerkermeister zu werden, und wie man an einem solchen Todeskommando teilnehmen kann. Das ist ihrer aller Schicksal, alle Gefangenen, die hier sind, werden eines Tages aufgrund der Haftbedingungen krepieren. Das akzeptiere ich nicht und werde es niemals akzeptieren. Dieses Land widert mich an.«

Die drei warteten schweigend vor dem Bett des Toten.

Hunderte von Menschen hatten in diesem Gulag, inmitten der eisigen Steppe, ihr Leben gelassen. Im Windhauch, der im Raum zirkulierte, war fast noch ihre Existenz zu spüren.

Inzwischen hatte Raphael den Eindruck, dass Klimow alles daransetzen würde, ihnen zu helfen.

Zehn Minuten später öffnete sich die Tür erneut, und der Wärter ließ einen älteren Mann herein. Zeck hatte sich den Gefängnisdirektor feist und grobschlächtig vorgestellt, war jetzt aber mit einer schmächtigen Gestalt konfrontiert, die an einen Folterknecht der Roten Khmer erinnerte. Der Mann trug eine schwarze gesteppte Jacke und eine Schapka aus Fell – Wolfsfell, wie Raphael registrierte, was perfekt zum Blick des Direktors von Jaslyk passte. Yuri Usubow pflanzte sich wortlos in der Mitte der Krankenstation auf und musterte ausgiebig jede der anwesenden Personen. Sein Gesicht, so faltig wie eine ausgetrocknete Frucht, wurde von einem kaum wahrnehmbaren Tick durchzuckt, der seine innere Haltung erahnen ließ – die eines eiskalten und berechnenden Chefs, der den Gulag zu einer Zeit geleitet hatte, als dieser noch bevölkert war wie eine Stadt. Die ersten Worte, die er von sich gab, zeugten von einem bereits erhöhten Alkoholpegel. Er sprach langsam, leicht zögernd, war aber noch geistesgegenwärtig genug, um die Gefahr zu erahnen, die von der Anwesenheit der beiden Besucher ausging.

»Sie sind nicht berechtigt, Ausländer mit in dieses Areal zu nehmen«, sagte er auf Englisch zu dem Arzt, damit die unerwünschten Gäste es verstehen konnten.

»Sie haben die Erlaubnis von Ihrer Verwaltung«, erwiderte Klimow auf Russisch.

»Die Passierscheine?«

»Ihr Aufseher hat sie bei unserer Ankunft kontrolliert.«

»Der ist ein Nichtsnutz. Ich will sie selbst sehen.«

Klimow reichte ihm die Dokumente.

Der Direktor prüfte sie eingehend, bevor er fragte: »Was haben Logistiker in meinem Gefängnis zu suchen? Das Rote Kreuz wird mir nicht erklären, wie ich diese Einrichtung zu verwalten habe.«

»Ihre Einrichtung, wie Sie es nennen, ist eine Sterbeanstalt.

Sie haben die Medikamente verkauft und diesen Mann ohne die geringsten Gewissensbisse krepieren lassen.«

»Spielen Sie nicht den Unschuldigen«, erwiderte Usubow eiskalt. »Genau mit der Absicht, sie zu töten, schickt die Regierung ihre Gefangenen doch her.«

»Ach, und deshalb sind Sie wohl auch nach der Unabhängigkeit hiergeblieben, was? Es turnt Sie an, diese Männer langsam krepieren zu sehen. Ich hoffe für Sie, dass die Kommunisten recht haben, wenn sie behaupten, dass Gott nicht existiert. Ansonsten ist die Hölle, in der Sie heute leben, nichts, verglichen mit der, die Sie erwartet.«

»Ich war dem Teufel viel zu lang nahe, um ihn noch zu fürchten«, erwiderte Usubow in sarkastischem Tonfall. »Und jetzt versuchen Sie doch mal, statt sich mir gegenüber respektlos zu verhalten, sich den Grund vorzustellen, weshalb ich die Medikamente verkauft habe. Es gibt kein Holz mehr, und das einzige Nahrungsmittel, das uns bleibt, ist ein Vorrat an abgelaufenem Dosenrindfleisch und Konserven mit Hundefutter. Ich habe einen Mann geopfert, das ist wahr, doch es geschah mit der Absicht, die anderen zu retten. Wir haben seit einem Jahr keinen Sold erhalten. Zwei Aufseher sind schon fort. Wir sind hier alle Überlebende.«

Sinead und Raphael lauschten dem Streitgespräch zwischen Klimow und Usubow, ohne sich einzumischen. Geschickt lenkte der Arzt sein Gegenüber auf das Terrain der Verhandlung. Er warf ihnen einen Blick zu, um ihnen zu bedeuten, dass sie jetzt an der Reihe waren.

Sinead näherte sich dem schmächtigen Mann und stellte ihm in ruhigem Tonfall die zunächst wichtigsten Fragen: »Seit wann leiten Sie Jaslyk?«

»Seit 1989.«

»Und vorher?«

»Vorher war ich stellvertretender Gefängnisdirektor. Ich bin hier seit 1976.«

»Der ehemalige Direktor … hat seinen Posten also aufgegeben?«

»Ja, der Dreckskerl hat mit seinen Gaunereien genug Geld gescheffelt.«

»Warum sind Sie geblieben?«

Usubows Gesicht verfinsterte sich plötzlich. »Was haben diese Fragen zu bedeuten?«

Sinead warf einen kurzen Blick auf die Waffen am Gürtel des Direktors. Sollte er falsch auf ihr Angebot reagieren, würden sie in einen Albtraum abgleiten. Sie nahm allen Mut zusammen und holte tief Luft. »Wir glauben, verstanden zu haben, dass Sie von Ihren Behörden im Stich gelassen wurden … Wir möchten Sie unterstützen, damit Sie unter würdigeren Bedingungen leben können.«

Jetzt meldete sich Raphael zu Wort: »Wir haben Geld, das Ihnen helfen könnte, Ihren Alltag zu verbessern.«

»Fahren Sie fort«, sagte der Direktor.

»Für den Fall, dass Sie unser Angebot annehmen, müssten wir Ihnen Fragen zu einem bestimmten Insassen stellen, der hier interniert war.«

Es folgte ein kurzes Schweigen, das Usubow nutzte, um seine Gesprächspartner neugierig zu mustern. Sein Gesichtsausdruck war immer noch eiskalt und hart, doch das Angebot der Fremden schien ihn überrascht zu haben.

»Sie arbeiten also gar nicht für das Rote Kreuz?«

Raphael trat einen Schritt näher. »Wir sind hier, um etwas über die Vergangenheit eines Mannes herauszufinden, der in Frankreich schwere Verbrechen begangen hat.«

»Um welchen Gefangenen handelt es sich?«

»Um einen Bulgaren. Wir wissen, dass er an einer wissenschaftlichen Mission im Aralsee teilgenommen hat. Sein Name ist Markow … Er nennt sich auch Saiph.«

»Markow … Sie bieten mir Geld gegen Informationen an? Ist es das?«

»Ja, genau.«

Raphael beobachtete Sinead, die sich dem Direktor genähert hatte. Zu nahe, dachte der Ermittler.

Und noch ehe er sich versah, hatte Usubow seine Waffe gezogen, die Irin bei den Haaren gepackt und den Pistolenlauf an ihren Hals gedrückt.

»Sie versuchen, mich zu bestechen? Wissen Sie, welches Schicksal einem Miststück Ihrer Sorte in unserem Land vorbehalten ist?«

»Usubow, hören Sie auf, und lassen Sie die Frau los!«, schrie der Arzt.

»Beruhigen Sie sich …«, murmelte der Ermittler.

»Hier gebe ich die Befehle, Doktor. Und ich hätte nicht übel Lust, Sie abzuknallen und mich mit meinen Männern mit dieser kleinen Nutte hier zu vergnügen.«

Jetzt hatte auch der Wärter seinen Revolver gezogen und hielt ihn auf die beiden Männer gerichtet. Sinead schloss die Augen und presste die Zähne zusammen, darauf gefasst, jeden Moment den Gnadenschuss zu erhalten. Raphael schätzte die Situation ein. Jeder Versuch, sich zur Wehr zu setzen, würde in einem Blutbad enden. Nur der Dialog könnte sie aus dieser scheinbar ausweglosen Situation retten.

Jetzt griff Klimow ein. »Wenn Sie uns töten, unterschreiben Sie damit Ihr eigenes Todesurteil. Ihre Verwaltung interessiert sich nicht mehr für Sie und Ihre Gefangenen. Sie würden gefoltert und eingelocht.«

Der Direktor lächelte zum ersten Mal, ohne freilich den Griff zu lockern. »Ich sehe darin, ganz im Gegenteil, die langersehnte Chance, Jaslyk zu verlassen.«

»Sie sind auf dem Holzweg. Einen solchen Affront würde das Rote Kreuz nie hinnehmen. Es würde die nötigen Schritte einleiten, damit Sie dasselbe Schicksal erleiden wie die, die Sie ermordet haben.«

»Das stimmt nicht!«, brüllte Usubow.

»Wägen Sie die Risiken ab«, beharrte Raphael mit fester Stimme. »Wenn Sie das Geld annehmen, sichern Sie das Überleben Ihrer Männer und eventuell auch das der Gefangenen. Die Informationen beeinträchtigen in keiner Weise die Staatssicherheit. Niemand wird von unserem Gespräch erfahren.«

Usubow musterte Raphael mit zusammengekniffenen Augen. Die nervösen Ticks auf seinem Gesicht nahmen immer mehr zu, und im gleichen Maße schwand die Hoffnung, Jaslyk je wieder zu verlassen.

»Gut, lassen Sie uns reden!«, stieß Usubow schließlich hervor und ließ Sinead los, die zu Raphael taumelte. Dann machte er dem Aufseher ein Zeichen, seine Waffe wegzustecken. »Wie viel?«, fragte er anschließend.

»Fünftausend Dollar. Aber kommen Sie nicht wieder auf die Idee, mit Ihrer Waffe rumzuspielen.«

»Zehntausend«, erwiderte der Direktor, ohne auf Raphaels Drohung einzugehen.

»Sechs, mehr habe ich nicht.«

»Her damit«, befahl Usubow und streckte die Hand aus.

Raphael zog einen Umschlag aus seinem Parka und zählte dreißig Scheine ab, die er ihm reichte.

»Den Rest bekommen Sie, wenn wir fertig sind.«

Der Direktor zählte das Geld sorgfältig nach und steckte es in den Aufschlag seiner Schapka. »Es geht hier also um Markow«, sagte er endlich. »Ich erinnere mich an ihn. Sie sagen, er hat in Frankreich Verbrechen begangen?«

»Ja. Allem Anschein nach haben die Vorzüge des Gulag nicht die erwünschten Auswirkungen auf seine kriminelle Energie gehabt.«

Usubow trat an das vergitterte Fenster und riss ein Stück Pappe ab, um etwas Licht eindringen zu lassen.

»Er wurde Ende der Siebzigerjahre gleichzeitig mit einer Gruppe von Wissenschaftlern inhaftiert. Einige von ihnen – alle Ausländer – wurden rasch nach Moskau überstellt und freigelassen. Markow und mehrere andere mussten hierbleiben.«

»Hatten Sie Dienst, als er eingeliefert wurde?«, wollte Raphael wissen.

Usubow antwortete, ohne sich umzudrehen, als könnte allein der Blick auf die Steppe ihn in die Vergangenheit zurückversetzen. »Ich war damals noch recht jung. Ich habe meine Laufbahn in den ›Kolonien zur Umerziehung durch Arbeit‹ begonnen, wie man die alten stalinistischen Gefängnisse umgetauft hatte. Ich erinnere mich sehr, sehr gut an diesen Mann und die anderen, die ihn begleiteten. Sie waren alle höchst sonderbar, und es hieß, sie wären außerordentlich intelligent und gleichzeitig wahnsinnig.«

»Warum ›es hieß‹?«, wollte Raphael wissen.

»Sie waren isoliert, und wir hatten keinen Kontakt zu ihnen. Diese Häftlingsgruppe verfügte über ihre eigenen Aufseher und über einen Arzt. Nur Lobodew, mein Vorgänger, war befugt, sich ihnen zu nähern. Diese Männer litten. Sie waren im Block 21 untergebracht. Manchmal hörten wir sie brüllen, so als würden sie von Raubtieren angegriffen. Sie betreffend zirkulierten die verrücktesten Gerüchte.«

»Worum ging es bei diesen Gerüchten?«, fragte Sinead mit heiserer Stimme und rieb sich den Hals an der Stelle, auf die Usubow den Revolverlauf gedrückt hatte.

»Dass man ihnen chemische Substanzen, Drogen injizierte, dass sie Versuchskaninchen für wissenschaftliche Experimente waren. Das war leicht vorstellbar bei allem, was hier passierte, vor allem auf der Wosroschdenije.«

»Denken Sie, das könnte einen Bezug zu den Versuchen mit chemischen und biologischen Waffen auf dieser Insel haben?«

»Nein, das glaube ich nicht. Im Allgemeinen haben sie sich hier bedient, wenn sie Männer brauchten.«

Raphael wandte sich an Klimow. Der Arzt hatte sich von der Gruppe entfernt. Er hatte die Decken über dem Toten mit der fast blauen Haut zurückgeschlagen und, zusammen mit dem Aufseher, mit der Totenwäsche begonnen.

»Warum waren sie hier eingesperrt? Was ist passiert?«, wollte Sinead noch wissen.

»Wir haben nie versucht, es in Erfahrung zu bringen. Doch es musste einen guten Grund gegeben haben, denn Moskau hat lange bezahlt, damit diese Gefangenen totgeschwiegen wurden. Jaslyk erhielt Geld, um sie zu zerstören.«

»Wer bezahlte?«, fragte Raphael.

»Keine Ahnung.«

»Was ist aus diesen Männern geworden?«

»Es waren sechs, die Ausländer nicht mitgerechnet. Die meisten waren total verrückt und sind gestorben. Ihre Leichen wurden verbrannt. Markow hatte mehr als Glück. Er war widerstandsfähiger als die anderen und wurde deshalb in eine Zwangspsychiatrie verlegt. Nach einem Besuch in Moskau hat mir Lobodew erzählt, er sei geflohen. Mehr zu seiner Person weiß ich nicht.«

»Und diese Ausländer, wer waren die?«, beharrte Raphael.

»Das weiß ich auch nicht. Ich sagte doch schon, dass wir uns ihnen gar nicht nähern durften.«

Sinead machte einen Schritt auf ihn zu.

»Vorhin haben Sie gesagt, die meisten sind tot … Bedeutet das, dass nicht nur Markow überlebt hat?«

»Ja, ein weiterer Mann hat überlebt.«

»Kennen Sie seinen Namen?«

»Er heißt Grigoriew.«

»Wo ist er heute?«

Usubow fixierte die Irin mit seinem eiskalten Blick und erklärte: »Hier in Jaslyk. Er hat den Block 21 nie verlassen.«

Kapitel 60

Mit seiner rechten Hand, an der zwei Finger fehlten, wickelte Usubow ein benzingetränktes Stoffstück um den Stiel einer Fackel und zündete sie mit seinem Sturmfeuerzeug an. Als der Lumpen mit einem Knistern zu brennen begann, machte er Sinead und Raphael ein Zeichen, ihm die Treppe hinab ins Kellergeschoss des Gefängnisses zu folgen. Block 21 war in den Tiefen von Jaslyk untergebracht.

Klimow und der Aufseher waren oben geblieben, um die Zellen der restlichen Insassen aufzusuchen. Der Ermittler und die Irin liefen dicht hinter dem Direktor her im Licht der einzigen Fackel, das gespenstische, tanzende Silhouetten an die Wände warf.

Ähnlich konzipiert wie ein Bunker, verfügte das Untergeschoss nur über wenige Belüftungsschächte, sodass der Wind nicht in die Zellen drang und die Temperaturen nicht unter null Grad fielen. Sie stiegen über einen Haufen Schutt, der von der Decke gerieselt war, und erreichten eine ehemalige Sicherheitsschleuse. Nachdem sie das Gitter passiert hatten, gelangten sie in einen großen Raum, der durch eine einzige Fensterluke erhellt wurde. Mehrere Tische standen herum, die mit Sand bedeckt waren, daneben zerbrochene oder umgekippte Stühle, es schien sich um einen ehemaligen Speisesaal zu handeln. Der Direktor wies ihnen den Weg zu einem weiteren Gang, der zu den Zellen von Block 21 führte.

»Ursprünglich war hier eine Disziplinareinheit untergebracht«, erklärte er. »Sie wurde dann später für die Sonderinsassen beschlagnahmt. Grigoriew lebt hier allein und das seit fast fünfzehn Jahren.«

»Hat er denn seine Zelle nie verlassen wollen?«, fragte Sinead.

»Nein, er will hierbleiben. Er bekommt von uns zu essen, zu trinken und Brennholz. Ich warne Sie, er ist ein armer Irrer, um nicht zu sagen ein Tier. Ich weiß nicht mal, ob er sich an meinen Namen erinnert. Hier ist es«, sagte er und blieb vor einer Tür stehen, die von den Wärtern nicht einmal abgeschlossen wurde.

Usubow klopfte zweimal energisch an den rostigen Stahl.

»Grigoriew, du bekommst Besuch!«

Kein Geräusch drang aus der Zelle, und doch erahnten Sinead und Raphael eine Präsenz, wie ein Herz, das auf der anderen Seite der Mauer schlug. Sie wussten nicht, ob sie den Anblick dieses Mannes oder die Wahrheit, die er ihnen vielleicht enthüllen würde, fürchteten, aber keiner von beiden konnte sich entschließen, den Fuß über die Schwelle zu setzen. Schließlich fasste sich Sinead ein Herz und stieß die Tür auf. Raphael und Usubow traten hinter ihr ein.

Die Fackel des Direktors spendete etwas Licht in diesem finsteren, stinkenden Loch von zwei auf drei Meter. Auf der linken Seite ein Bett ähnlich denen in der Krankenstation, darauf dreckige zusammengerollte Decken. Etwas weiter am Boden bemerkten sie einen Löffel, der mit einer Kette an einem Blechnapf befestigt war. Der Sanitärbereich, eine einfache Vertiefung im Boden, erklärte den beißenden Gestank von Urin und Exkrementen, der zuvor durch die Kälte gedämpft gewesen war. Mit einer Hand hielt sich der Ermittler die Nase zu, dann sah er sich um und entdeckte Grigoriew in einer Ecke, zusammengekauert und in ein Tierfell gehüllt.

Der Ermittler nahm Usubow die Fackel ab und näherte sich dem Gefangenen, leuchtete auf seine graue verfilzte Mähne und auf einen nackten, knotigen Arm mit einer Tätowierung, die einen Totenkopf mit einer Königskrone darauf darstellte. Die Ausdünstungen, die von dem fast nackten Körper ausgingen, bereiteten ihm Übelkeit.

Sinead trat zu ihm und murmelte: »Grigoriew?«

Schweigen.

Usubow sprach ihn auf Russisch an, ohne eine Reaktion zu erhalten.

Raphael streckte die Hand aus und berührte den nackten Arm, womit er einen spitzen Schrei, gefolgt von einer Reihe von Muskelzuckungen auslöste. Doch der Mann hielt sein Gesicht weiter unter seinen Lumpen verborgen.

»Ich sagte Ihnen doch, dass er verrückt ist«, höhnte Usubow, so ganz ohne Gespür für die Situation. »Aus dem Kerl werden Sie nichts herauskriegen!«

»Was machen wir jetzt?«, fragte Raphael.

»Seit fünfzehn Jahren ist er in diesem Dreck eingeschlossen, ohne Licht, ohne den geringsten menschlichen Kontakt.«

»Was nun?«

»Wir warten, dass er sich an unsere Gegenwart gewöhnt hat.«

Raphael seufzte. »Du hast gehört, was Usubow gesagt hat.«

»Sprich mir nicht mehr von diesem Typen. Er ist grauenhaft«, flüsterte Sinead auf Französisch.

Grigoriews Körper schien plötzlich zum Leben zu erwachen. Er richtete sich langsam auf und zeigte ein Gesicht, das gezeichnet war von den Jahren und der Einsamkeit. Seine extrem blasse Haut wurde von tiefen grauen Rissen durchzogen. Eine Hand mit langen schwarzen gekrümmten Nägeln schob ein paar verfilzte Strähnen aus seiner Stirn. Sinead und Raphael konnten jetzt seine Augen sehen, die kaum aus ihren Höhlen traten und von einem weißlichen Schleier bedeckt waren.

»Er ist blind«, murmelte Raphael.

Jetzt öffnete der Mann den Mund und stieß einen rauen Klagelaut aus.

»Man könnte meinen, er reagiert auf das, was wir sagen.«

Sinead trat noch einen Schritt näher und fragte: »Verstehen Sie uns, Grigoriew?«

Der Häftling gab ein erneutes Röcheln von sich. Er schien etwas sagen zu wollen, doch die Worte wollten nicht über seine Lippen kommen.

Sinead wandte sich mit besänftigender Stimme an ihn: »Wir wollen Ihnen nichts Böses … Wir sind nur hier, um mit Ihnen zu sprechen.«

Ein automatisches Lächeln erschien auf seinem Gesicht, so als würde ein unsichtbarer Puppenspieler in seinem Rücken an den Fäden ziehen.

»Ich … spreche.«

»Sie sprechen Französisch?«

»Ja … Ja, vor … langer Zeit.«

Usubow kicherte hinter ihnen, sichtlich belustigt über die Szene.

Grigoriew räusperte sich und spuckte in Richtung des Direktors, ohne ihn zu treffen.

»Beachten Sie ihn gar nicht. Wir glauben nicht, dass Sie verrückt sind«, sagte die Irin.

»Er … hat recht. Mein Geist ist krank, aber das ist ihre Schuld.«

»Wessen Schuld ist es?«

»Die drei K, das wird er Ihnen antworten, das sagt er manchmal zu den Aufsehern«, griff Usubow erneut ein.

Raphael drehte sich zu dem Direktor um. »Es ist gut, Usubow, Sie können jetzt gehen. Lassen Sie uns allein.«

»Die drei K, haben die etwas mit den ›Tränen des Aral‹ zu tun?«

»*Slesy Arale* … Ja … ›Tränen des Aral‹.«

»Deshalb sind Sie hier eingesperrt, nicht wahr?«

»Sie … Sie sind … eine Frau?«, fragte Grigoriew.

»Ja.«

»Welche Farbe ... haben Ihre Haare? Darf ich sie berühren?«

Nach einem kurzen Zögern ergriff Sinead die schmutzige, zerkratzte Hand und führte sie auf ihren Kopf. Sie ließ sie durch ihr Haar wandern.

»Normalerweise sind sie blond und lang, aber ich habe sie geschnitten und braun gefärbt«, murmelte sie.

Er ließ die Finger über ihr Gesicht gleiten.

»Ihre Haut ist weich ... Und Augen, welche Farbe haben sie?«

»Blau, sehr hell.«

»Sie sind sanft.«

»Sanft? So würde ich mich eigentlich nicht sehen ...«, meinte die Irin in scherzhaftem Ton. Sie ließ seine Hand noch einen Moment auf ihrer Wange, dann versuchte sie es mit einer Frage. »Wie ist Ihr Vorname?«

»Man nannte mich Wolodia.«

Sinead versuchte, sich den Mann in seinem Leben vor dem Gefängnis vorzustellen, doch es wollte ihr nicht gelingen. Grigoriew spielte jetzt mit seinem eigenen Haar und wickelte seine grauen Strähnen immer wieder um den Zeigefinger, wohl seine Art, sich die Zeit zu vertreiben.

»Wolodia ...«

»Sie müssen wissen, ich bin nicht verrückt. Ich tue nur so, damit mich die Wärter in Ruhe hier leben lassen. Sie müssen mir glauben.«

»Ich glaube Ihnen, Wolodia. Erinnern Sie sich, warum Sie hierhergekommen sind?«

Er wiegte eine Weile den Kopf hin und her, bevor er antwortete.

Sinead und Raphael hielten den Atem an.

»Die ›Tränen des Aral‹ ... Das ist eine sehr alte Geschichte ...«, sagte er schließlich. »Ich wusste nicht, dass man eines Tages Wolodia aufsuchen würde, verstehen Sie?«

»Wir verstehen«, murmelte Raphael. »Wir sind aus Frankreich gekommen, um uns Ihre Geschichte anzuhören.«

»Aus Frankreich … Meine Großmutter war Französin … Ich kann erzählen … Der Anfang, das ist 1975. Lange her. Es gibt das Projekt der Akademie der Wissenschaften in Moskau … um eine neue kommunistische Elite von Forschern auszubilden … Ich wusste gleich, das würde ein ganz besonderes Programm, im Auftrag von Politbüro und Volkskommissariat. Es war Bestandteil einer Kampagne zur Verschärfung des Kalten Krieges.« Grigoriew legte eine kurze Atempause ein und fuhr dann fort: »Breschnew war damals alt und krank, verstehen Sie? Das Volk verspottete ihn, das Reich verfiel. Das war keine gute Situation. Um die Macht wieder zu stärken, gab es keine finanziellen Grenzen, alles war denkbar. Im Ostblock war die Forschung immer viel freier als im Westen. Ihre Wissenschaftler müssen die Denkweise verfolgen, die ihre Vorgänger vorgegeben haben, die Russen forschen in alle Richtungen, selbst in die mystischen. Die Akademie der Wissenschaften hat sich sehr mit paranormalen Phänomenen beschäftigt, wussten Sie das?«

Sinead und Raphael lauschten Grigoriew, ohne ihn zu unterbrechen. Dieser Mann, der direkt aus der Hölle aufgetaucht zu sein schien und ein fast perfektes Französisch sprach, war bemerkenswert.

»Das fantastischste Programm war das, an dem ich teilgenommen habe. Es wurde von drei Mitgliedern der Akademie der Wissenschaften ins Leben gerufen, die sich nach der Stalin-Ära zurücksehnten. Sie hießen Krasnow, Kniasew und Kusntow …«

»Die drei K«, fiel ihm Sinead ins Wort. »Und was war Ihre Rolle dabei?«

Ohne auf die Frage der Irin einzugehen, fuhr Grigoriew fort: »Sie haben das Programm ›Sektion 4‹ lanciert, das die Vormachtstellung der Sowjetunion stärken sollte. Die Eroberung des Weltalls war seit Langem verloren, verstehen Sie? Deshalb wollten die drei K ein Team von Physikgenies zusammenstellen, um die revolutionäre ›Stringtheorie‹ aufzustellen, eine Theorie von *Allem*, damals noch eine vage Vorstellung der brillantesten Forscher. Den Beweis erbringen, dass Paralleluniversen existieren, das war das Ziel der Sowjets, um symbolisch die Herren des Kosmos zu werden, das heißt diejenigen, die die Geheimnisse der Schöpfung lüften würden. Die drei K schufen eine Kommission, um junge hochbegabte Wissenschaftler in allen Republiken der Sowjetunion zu rekrutieren. Sie haben zehn ›intellektuell Unberührte‹ ausgewählt, verstehen Sie? Sie haben sie aus den Universitäten geholt und in das sehr moderne Forschungszentrum unweit von Leningrad gesteckt. Die jungen Leute … sie haben monatelang völlig abgeschieden gelebt. Aber die drei K wussten, dass diese Forschungsarbeit … Jahrzehnte, Jahrhunderte in Anspruch nehmen könnte, bis sie zum Ziel führte, oder vielleicht auch nie zum Ziel führen würde.«

»Was ist dann passiert?«, fragte Sinead.

»Die Idee der drei K war, den Prozess zu beschleunigen, um schneller zu Ergebnissen zu kommen. Das medizinische Team, das ich zusammen mit dem Genossen Felix Neumann geleitet habe – das war ein ostdeutscher Psychiater, der für die Stasi gearbeitet hatte –, war beauftragt, die Leistungsfähigkeit der Forscher zu erhöhen, indem Versuche an ihnen durchgeführt wurden. Da gab es die Phase I, sie bestand aus Sitzungen mit Lösungssuggestionen durch Projektionen und auch durch sensorische Deprivation, die Halluzinationen hervorruft. Das kann zum Wahnsinn führen, manchmal auch zum Tod. So haben wir den Mathematiker im Laufe der ersten Periode getötet, die vier Monate gedauert hat. Wir haben vor dieser Gefahr gewarnt, aber die drei K wollten rasch zur Phase II übergehen. Dafür haben sie Jossiw Dzerjinski kommen lassen, Spezialist für Psychopharmaka im Labor 12 des KGB; er entwickelte auch die Gifte, um Dissidenten auszuschalten. Dzerjinski hat für die Sektion chemische Substanzen hergestellt, die auf die Persönlichkeit und das Nervensystem einwirkten. Das Team der jungen Leute hat viele Injektionen mit Derivaten von Amphetaminen bekommen, auch mit LSD, importiert aus der Tschechoslowakei; so sollten Theorien suggeriert werden, indem man sie permanent im Wachzustand hielt. Die Nebenwirkungen waren schrecklich, die jungen Männer brüllten, litten immer wieder unter Krämpfen, mussten sich übergeben. Sie konnten nicht wissen, was mit ihnen geschah, weil ihnen die Drogen heimlich verabreicht wurden. Die Phase II hat die Leistung gesteigert, und man verabreichte ihnen täglich kleine Dosen an harten Drogen. Diese Forscher wurden zu Versuchskaninchen der schlimmsten wissenschaftlichen Experimente. Die Zeit für die Phase III war gekommen. Ich erinnere mich genau an den Tag, als Krasnow, Kniasew und Kusntow uns persönlich in der Sektion aufsuchten, um uns eine für die Forschung vielversprechende Entdeckung anzukündigen. Mehrere Monate zuvor war eine Militärpatrouille, die die Basis von Wosroschdenije bewachte, im ausgetrockneten Bett des Aralsees zufällig auf Ruinen gestoßen. Gewisse Ausgrabungen, wie sagt man noch mal …«

»Archäologische?«, schlug Sinead vor.

»Ja, genau. Man hat archäologische Ausgrabungen durchgeführt und eine unbekannte Zivilisation entdeckt, die vor sehr langer Zeit vom Meer verschlungen worden war. Die Archäologen haben Gräber, Lehmsarkophage zutage gefördert, die Mumien mit tätowierten Augenlidern und feinen Goldmasken enthielten. Mithilfe der Radiokarbonmethode konnte bewiesen werden, dass die Ruinen älter als fünftausend Jahre waren. Der Rückzug des Aralsees hat eine jahrtausendealte Zivilisation von Goldschmieden freigelegt, verstehen Sie? Aber das war nicht das Interessanteste. Die drei K haben uns erklärt, dass die Mumien Spuren von Verbrennungen am Körper hatten, und einige Ruinen schienen von einer intensiven Hitzequelle verbrannt zu sein. Für die drei K konnte dieses Phänomen nur durch einen kosmischen Kataklysmus ausgelöst worden sein, wie man ihn bis zu diesem Tag noch nie beobachtet hatte, ein berühmtes Wurmloch, das entsteht, wenn zwei Dimensionen, zwei Paralleluniversen kollidieren. Das ist ein Phänomen, das ganze Regionen, ganze Galaxien verwüsten kann. Die These der drei K lautet, dass diese Mumien zu einer Menschengruppe gehörten, die das Wurmloch überlebt hat. Die Goldmasken dienten zugleich der Verhüllung ihrer Verbrennungen und der Huldigung des Lichtkults selbst.«

Sinead unterbrach Grigoriew und fragte: »Halten Sie diese Entdeckung für real?«

»Die archäologische Entdeckung ist wirklich real, ja. Aber was die ›Stringtheorie‹ angeht, ist es eine reine Farce. Die Wissenschaftler der Sektion 4 waren brillant, aber mit Drogen vollgepumpt, es war also klar, dass sie ein positives Publikum wären. Alle waren begeistert, als sie von der Entdeckung hörten. Und die Todesmaschinerie kam in Gang.«

Grigoriew verstummte. Die Geschichte, die er erzählte, passte bisher perfekt zu allen Indizien, die Sinead und Raphael seit dem Anfang der Ermittlungen gesammelt hatten.

»Was ist dann passiert?«, wollte Sinead wissen. »Von welcher Todesmaschinerie sprechen Sie?«

Grigoriew lächelte diabolisch. »Von der, die mich hierhergebracht hat … Das einzige Ziel der drei K war, das Gerücht von einer gewaltigen Entdeckung auf der anderen Seite des Eisernen Vorhangs zu verbreiten. Und so haben sie einen riskanten, aber schlauen Plan ausgeheckt. Sie haben eine Geheimmission organisiert mit dem Namen: ›Tränen des Aral‹. Die Hälfte des Teams waren die jungen Forscher und Versuchskaninchen der Sektion 4. Der Rest waren sechs ausländische Wissenschaftler, Archäologen, Mathematiker, Astrophysiker … sorgfältig ausgesucht und alle kommunistische Genossen. Am 7. Mai 1977 wurde die Mission gestartet. Die Sektion 4, das medizinische

Team, das ich leitete, und die ausländischen Wissenschaftler sind mit dem Forschungsmaterial an Bord einer Antonow der Roten Armee nach Muinak geflogen, wo uns ein Konvoi von Lkws und Geländewagen erwartete. Wir sind in Richtung Norden gefahren zu einem geheimen Ort auf der sogenannten Insel der Wiedergeburt. Dort haben wir die alte Stätte entdeckt, wo wir mehrere Wochen verbringen sollten. Erst vor Ort angekommen, wurden die Einzelheiten der Mission bekannt gegeben, von denen die Ausländer bisher nichts wussten. Nach nur wenigen Tagen begriffen die Physiker, in welche Falle sie geraten waren. Sie protestierten, um wieder nach Hause zu kommen. Damit war die Mission beendet, obwohl sie gerade erst begonnen hatte.«

»Aber was ist passiert? Warum wurden Sie in den Gulag gebracht?«, fragte Raphael.

»Es gab zwei wichtige Zwischenfälle. Der erste bestand im Diebstahl der tätowierten Augenlider von zwei Mumien durch die ausländischen Wissenschaftler, zwei Physiker und ein Anthropologe, die die Gefahr kommen sahen. Sie bereiteten ihre Flucht vor, denn sie hatten begriffen, dass die Tätowierungen dieser Relikte Geheimnisse bargen. Sie würden es ermöglichen, die geografischen Koordinaten unseres Aufenthaltsorts aufzuspüren – die einzige Chance zu fliehen. Die Lider waren auch der Beweis für die Existenz dieser Mission. Das war wie eine Lebensversicherung für sie im Fall einer Bedrohung durch die sowjetischen Geheimdienste. Doch ihnen blieb nicht die Zeit zur Flucht. Sie wurden festgenommen und zusammen mit den Forschern der Sektion 4 verhaftet und in diesen Gulag gebracht. Die drei K zeigten mit dem Finger auf mich und erklärten mich zum allein Verantwortlichen für die monströsen Experimente an den jungen Rekruten aus Leningrad, und somit wurde ich hier eingekerkert. Sicher wurden die Ausländer durch den Druck der Botschaften freigelassen, aber die Kommunisten haben sie vorher hier in den

Mauern von Jaslyk bedroht, dass die Repressalien gegen ihre Nächsten schrecklich sein würden, sollten sie Informationen zu der geheimen Mission ausplaudern. Die anderen, die von der Sektion 4, sind in Jaslyk geblieben, und einer nach dem anderen dem Wahnsinn verfallen und gestorben.«

Was dann folgte, wussten Sinead und Raphael. Dimitar Markow alias Saiph hatte überlebt. Durch die monströse medizinische Behandlung schizophren geworden, hatte er weiter an die angebliche Theorie der drei K geglaubt, allerdings nicht, um die Wissenschaft voranzutreiben, sondern zu persönlichen Zwecken. Er hatte die Aufnahme der kosmischen Hintergrundstrahlung benutzt, um Anomalien darin auszumachen, die die Spuren der Wurmlöcher und gewiss auch ihre regelmäßige Wiederkehr aufdeckten. Er glaubte fest an einen möglichen Durchlass zwischen zwei Universen, einer Energieentladung, die ihn vernichten würde, und dass sein Körper dabei nicht zu Staub zerfallen, sondern sich in Licht verwandeln würde. Saiph war ein Alchemist, der an die Möglichkeit einer Umwandlung glaubte, die es ihm erlauben würde, in alle Ewigkeit durch den Kosmos zu reisen wie die Photonen der kosmischen Hintergrundstrahlung. Wie verrückt das auch erscheinen mochte – Saiph, der Mörder, und Markow, der brillante Physiker, lebten in einer irrealen Welt, er eilte seinem Tod, seiner eigenen Auferstehung entgegen … Doch einige Punkte blieben noch unklar.

Raphael wandte sich erneut an Grigoriew. »Wissen Sie, wo sich die archäologische Ausgrabungsstätte befindet?«

»Nein, die drei K wollten den Ort geheim halten. Wir wurden in geschlossenen Lastwagen dorthin gefahren, verstehen Sie? Wir haben nicht mal die Straße gesehen.«

»Können Sie uns den Ort beschreiben, so wie Sie ihn wahrgenommen haben?«

»Es handelt sich um eine Art Höhlendorf, die Gräber sind

in Grotten versteckt. Ich erinnere mich an hohe Felsen, von Schluchten durchzogen. Sie waren ockerfarben.«

»Wie haben Sie vom Raub der Augenlider erfahren?«

»Weil ich dank einem der Ärzte meiner Gruppe – Paul Gehlen, ein Ostdeutscher, der zusammen mit Neumann von der Stasi befreit wurde – dafür gesorgt habe, dass diese Relikte in den Westen gelangten. Wir hatten große Probleme damit, den Rekruten der Sektion Drogen zu verabreichen. Was wir ihnen angetan haben, war sehr grausam und pure Gewalt … Auch wir selbst verloren den Verstand. Wir wollten helfen … Ich habe nie erfahren, ob Gehlen heimgekehrt ist und ob diese Augenlider die Mauer von Berlin passiert haben.«

»Das haben sie. Ich habe zwei dieser Lider in Irland, in den Ruinen eines Hauses – meines Hauses – gefunden«, murmelte Sinead.

»Doch es hat mir nichts genützt, ich bin noch immer nicht frei.«

Raphael betrachtete diesen Mann, ein politischer Gefangener, der sich in seinen Augen zu einem Monster entwickelt hatte. Er hatte den Wissenschaftlern nur in der Hoffnung auf seinen eigenen Vorteil geholfen.

»Verdienen Sie denn wirklich die Freiheit?«, fragte er schließlich.

»Nein, sicher nicht, Sie haben recht. Aber ich mache mir nichts aus Ihrem Urteil. Allein Gott hat diese Macht.«

Raphael zeigte auf den Totenkopf mit der Königskrone auf dem Arm des Mannes und fragte: »Und diese Tätowierung auf Ihrer Haut, was hat sie zu bedeuten?«

»Alle, die im Sektor 21 eingesperrt waren, trugen sie … Aber jetzt gehen Sie, und lassen Sie mich in Ruhe.«

»Wir werden tatsächlich bald gehen«, sagte Sinead, deren Miene sich plötzlich verfinstert hatte. »Aber bevor ich gehe, möchte ich Ihnen eine letzte Frage stellen. Sie haben von ausländischen Wissenschaftlern gesprochen. Kennen Sie ihre Identität.«

»*Niet*. Uns war verboten, unsere wirkliche Identität preiszugeben. Die Ärzte hatten Nummern, die Forscher Sternennamen. Ich erinnere mich an Orion, Mintaka, Mon, Ankaa, Sirius …«

»Saiph.«

»Ja, Saiph, die anderen habe ich vergessen.«

»Und Sie haben nicht die geringste Idee, woher sie kamen?«

»Doch, da war ein Deutscher, ein Anthropologe. Außerdem ein Grieche und auch ein Ire, ich weiß seinen Namen nicht, aber es war ein Mann, der aus Belfast kam, ein Republikaner, daran erinnere ich mich …«

Kapitel 61

Klimows Geländewagen kämpfte sich erneut über die vereiste Piste, und Jaslyk war bald nur noch ein dunkler Fleck in der eintönig weißen Steppe. Wolken türmten sich am Horizont auf wie eine Gebirgskette.

Sie hatten dem gespenstischen Gulag die letzten Geheimnisse der »Tränen des Aral« entlockt, und ihr Verdacht hatte sich bestätigt. Dank der Augenlider war Saiph nun in der Lage, den archäologischen Fundort zu lokalisieren. Wenn man zudem berücksichtigte, was der Bulgare Katinscharow über die Tätowierungen auf den Augenlidern und die Wintersonnenwende erzählt hatte, wurde klar, dass der Killer seinem Ziel nahe war. Wie verrückt es auch erscheinen mochte, Sinead und Raphael spürten seinen mörderischen Wahnsinn wie einen Aasgeier über dieser verfluchten Gegend kreisen.

Sie hingegen waren außerstande, diesen Ort zu lokalisieren. Und ihnen blieben weniger als vierundzwanzig Stunden bis zur Sonnenwende, doch ohne die konkreten geografischen Koordinaten hatten sie keine Möglichkeit, den Mörder unschädlich zu machen.

Seit sie das Gefängnis verlassen hatten, hüllte sich die Irin in tiefes Schweigen. Das passte so gar nicht zu ihr. Die letzte Information Grigoriews, dass auch ein Ire Teilnehmer der Mission gewesen sein sollte, schien sie niedergeschmettert zu haben. Raphael würde sie später darauf ansprechen, zunächst einmal überließ er sie ihren Gedanken.

»Wohin fahren Sie uns?«, fragte er den Arzt.

»Es ist spät, wir haben unsere Lebensmittelvorräte für die

Gefangenen zurückgelassen. Wir werden die Nacht in einem Dorf verbringen, das rund dreißig Kilometer von hier entfernt liegt. Dort finden wir etwas zu essen und ein Feuer, um uns aufzuwärmen.«

Klimow verstummte, wie um Raphael zu bedeuten, dass er nicht mehr über ihre Angelegenheit erfahren wollte. Er hatte sich ohnehin schon genug Ärger eingehandelt.

Die Nacht glitt bald über die Ufer des versiegten Sees. Der Schnee reflektierte den Schimmer des Mondes und vermittelte den Eindruck, im Herzen eines weißen Traums zu sein, aus dem man niemals zu erwachen wünschte. Eine Stunde später sahen sie im Scheinwerferlicht die ersten Gebäude von Baranbay auftauchen. Das Dorf, eine ehemalige Fischereikolchose, bestand aus nur einer Straße, an der sich zu beiden Seiten Häuser, zumeist Ruinen, aneinanderreihten. Morsche Holzmasten, verziert mit Knäuel ausgerissener Kabel, deuteten darauf hin, dass Baranbay einst eine Verbindung zum Rest des Sowjetreichs gehabt hatte, was längst der Vergangenheit angehörte.

»Die meisten Dorfbewohner sind weggezogen«, erklärte der Arzt. »Die zurückgebliebenen Familien überleben, indem sie in den letzten Wasserreservoirs vor der Insel Wosroschdenije fischen. Im Winter reiten sie auf Kamelen zu dem zugefrorenen See. Sie legen ihre Netze unter dem Eis aus, um Schollen zu fangen, die letzten Fische, die dem Salz und der Verschmutzung trotzen.«

Klimow bremste und hielt vor einem Haus mit einer weiß gekalkten Fassade. Sie stiegen aus dem Wagen, und der Arzt klopfte an das Metalltor. Kurz darauf öffnete ihnen ein Mann. Klimow gab ihm die Hand, sie wechselten ein paar Worte auf Usbekisch, und der Mann winkte sie herein.

»Das ist Jalrazbai Ibragiew. Er ist bereit, uns aufzunehmen.«

Der Asiate, der etwa so groß war wie der Arzt, schien jung trotz seiner ergrauten Haare und den vielen geplatzten

Äderchen im Gesicht. Er schüttelte ihnen die Hand, ohne ein Wort zu sagen oder auch nur die geringste Neugier zu zeigen. Sinead und Raphael bemerkten, dass ein guter Teil seiner Zähne durch Goldkronen ersetzt worden war. Er trug einen alten fleckigen Anorak und einen Gummioverall mit integrierten Stiefeln – ein Schutzanzug gegen chemische und biologische Waffen, den er vermutlich nach Abzug der Sowjets auf einer Militärbasis gefunden hatte.

Er führte sie durch einen Hof, wo sie an einem alten Ural-Motorrad mit Seitenwagen vorbeikamen, dann erklärte ihnen Jalrazbai mit Klimows Hilfe, dass es eng werden würde. Im Winter verließ die Familie das Haupthaus, das zu schwer zu beheizen war, und richtete sich im Stall ein, der dank der Tiere und ihrer Exkremente, die als Heizmaterial dienten, warm genug war.

Als sie den Stall betraten, standen sie unverhofft vor zwei riesigen Kamelen, die sich auf Strohballen niedergelassen hatten. Jalrazbai führte sie an ihnen vorbei hin zu einer kleinen Tür. Als sie über die Schwelle traten, schlug ihnen ein starker Geruch nach Moschus und ranziger Butter entgegen.

Der Raum wurde von einer Petroleumlampe erleuchtet und war nur mit einem niedrigen Tisch möbliert. Der Boden war mit einem beigefarbenen Wollteppich bedeckt, der von roten Arabesken verziert war. Weitere Teppiche an den Wänden hinderten die Kälte daran, durch die Fenster einzudringen.

Ein Junge sprang Jalrazbai auf den Rücken, der ihn mit seinen Bärenpranken in die Luft warf und damit drei andere Knirpse, die in einer Ecke mit kleinen Knochen spielten, zum Lachen brachte. Sinead begrüßte zuerst eine kleine Frau mit blauem Kittel und einem weißen Kopftuch, getüpfelt mit rosafarbenen Blumen. Sie hatte feine Züge und zeigte beim Lächeln ebenso viele Goldzähne wie ihr Mann.

Klimow machte sie miteinander bekannt. »Sie heißt Aynur. Das bedeutet ›Mondstrahl‹.«

Die Frau wandte sich jetzt an den Arzt, der dolmetschte.

»Sie heißt Sie herzlich willkommen. Sie werden uns ihr Schlafzimmer für die Nacht überlassen.«

Aynur griff daraufhin in die Tasche ihres Kittels und zog ein vergilbtes Passfoto hervor, das sie auf ihren Handteller legte, um es den Gästen zu zeigen. Darauf war ein junger Mann mit großen mandelförmigen Augen und kantigem Gesicht zu sehen.

»Das ist Alischer, ihr Sohn«, erklärte Klimow. »Er ist letztes Jahr an Leukämie gestorben, und aus diesem traurigen Anlass habe ich die Familie kennengelernt. Es ist das einzige Foto, die einzige Spur, die sie von ihm haben. Sie zeigt es Ihnen, um die Erinnerung an ihn wachzuhalten. Nicken Sie einfach nur, als wollten Sie ihn persönlich begrüßen.«

Jalrazbai holte unterdessen eine Wodkaflasche und mehrere kleine Gläser herbei.

»Heute ist der Geburtstag meiner Tochter. Wir wollen trinken!«

Sinead und Raphael warfen dem Arzt einen fragenden Blick zu, der nur lächelnd nickte.

»Tut mir leid, aber Sie haben keine andere Wahl. Das ist hier so Sitte und wird Sie entspannen.«

Der Fischer stellte die Gläser auf den Tisch und füllte sie bis zum Rand, während Aynur Schalen mit bunt eingewickelten Bonbons und einen Teller mit gelben Würfeln, deutlich sichtbar in zwei Häufchen aufgeteilt, dazustellte.

Jalrazbai hob sein Glas, leerte es in einem Zug, verschlang einen der Würfel und schenkte sich erneut ein.

»Genauso machen wir es auch!«, sagte Klimow, hob sein Glas und deutete auf den Teller. »Das linke Häufchen ist aus Kamelhöcker, das rechte vom Fett der Stute bereitet. Beides ist in Mehl konserviert.«

Sinead und Raphael spürten, wie das teuflische selbst gebraute Gesöff ihren Körper durchströmte, gleich darauf aber gewann der wohltuende Effekt die Oberhand über das Brennen. Jalrazbai wartete, bis sie ein Stück von dem Fett verzehrt hatten, bevor er ihre Gläser erneut füllte.

Er brachte einen weiteren Toast aus und erging sich in einer langen Ansprache, die der Arzt übersetzte.

»Kurz gesagt, stößt er auf Ihren Besuch an. Er sagt, er sei glücklich, Sie um diesen Tisch versammelt zu sehen. Er will vor allem wissen, weshalb Sie hier sind.«

Sinead war tief gerührt ob der Gastfreundschaft dieses Mannes.

»Sagen Sie ihm, dass wir uns geehrt fühlen … Wir sind hier, weil wir auf der Suche nach sehr alten Ruinen sind, die sich in der Umgebung von Wosroschdenije befinden sollen. Sie wurden Mitte der Siebzigerjahre entdeckt. Ist Jalrazbai bei seinen Expeditionen zum Fischfang auf einen solchen Ort gestoßen?«

Klimow stellte dem Fischer die Frage und übersetzte auch gleich die Antwort.

»Ich bin vierzig Jahre alt und arbeite seit dreißig Jahren. Ich habe mit neun angefangen – als Schiffsjunge auf einem Trawler. Damals war die Gegend von Wosroschdenije noch Sperrgebiet, das heißt eine militärische Zone, in der die Sowjets ihre verfluchten chemischen und biologischen Waffen getestet haben. Wir fischen dort erst seit letztem Jahr. Bislang habe ich nichts Derartiges gesehen. Allerdings haben wir auch kein Boot mehr und fischen deshalb nur im Winter unter dem Eis. Wir nehmen immer denselben Weg, und die Steppe ist schneebedeckt. Unter diesen Bedingungen ist es schwer, irgendetwas auszumachen, egal was …«

»Arkadi, seien Sie so gut und bitten Sie ihn, noch einmal genau nachzudenken. Kennt er vielleicht Reliefzonen … ehemalige Unterwasserriffs? Gibt es keine Karten vom Aralsee?«

Noch bevor Klimow die Frage zu Ende übersetzt hatte, erhob sich Jalrazbai und verließ den Stall. Wenig später kam er mit einer alten grauen Holztruhe zurück, die er am Boden abstellte, und hob den Deckel an.

Raphael und Sinead beugten sich vor. Der Koffer enthielt eine sorgfältig gefaltete Uniform der sowjetischen Marine, eine Gürtelschnalle aus Messing und mehrere aufeinandergestapelte Metalldosen.

Jalrazbai erklärte, er habe diese Ausrüstung für seinen Militärdienst geschickt bekommen. Sie enthalte auch mehrere Navigationsinstrumente. Um seine Ausführungen zu veranschaulichen, öffnete er die erste Dose, in der sich ein Sextant befand, und zeigte ihn stolz herum.

Seitdem er bei der Polizei arbeitete, hatte Raphael selten Gelegenheit gehabt, seine maritimen Kenntnisse an den Mann zu bringen. Diesmal könnten sie sich als nützlich erweisen. Er griff in den Koffer und zog eine erste Rolle heraus. Es war eine Navigationskarte vom Balchaschsee im östlichen Kasachstan, an der Grenze zu China. Die zweite Rolle war die richtige. Der Text war zwar auf Kyrillisch geschrieben, doch er erkannte eindeutig die Konturen des Aralsees. Sinead half ihm, die Karte am Boden auszubreiten. Jalrazbai kniete sich neben sie. Hinter ihnen stand der Arzt und dolmetschte.

»Dieses Dokument stammt aus den Vierzigerjahren«, erklärte er. »Damals war der Wasserstand noch sehr hoch. Das bedeutet, dass die Gräberstadt noch überspült war.«

Raphael deutete auf winzige Inschriften. »Diese Zahlen symbolisieren die Untiefen, von denen es nicht wenige gibt. Man muss auch berücksichtigen, dass die damaligen Messmethoden längst nicht so präzise waren wie die heutigen. Die Kartografen machten sicher keine großen Unterschiede, was die Topografie der verschiedenen Riffe angeht. Deshalb wird es schwer sein, das zu finden, was wir suchen.«

»Laut Grigoriew war die Patrouille, die die Ruinen entdeckt hat, für die Sicherheit der militärischen Installationen von Wosroschdenije verantwortlich«, erinnerte Sinead.

»Du hast recht, das bedeutet, dass wir uns auf einen Radius rund um die Insel konzentrieren. Wir müssen nur noch bestimmen, wie viele Kilometer der betragen soll. Was denkt Jalrazbai?«, fragte Raphael den Arzt.

Klimow stellte dem Fischer die Frage, der ihm antwortete.

»Er erinnert sich an die Patrouillen … Sie wurden mit Schiffen durchgeführt, und als sich das Wasser zurückzog, tauschten die Soldaten diese gegen Geländewagen aus. Zu der Zeit, als Wosroschdenije noch eine Insel war, waren Navigation und Fischen in einem Umkreis von fünf Seemeilen verboten.«

»Das heißt etwas weniger als zehn Kilometer«, murmelte Raphael und betrachtete erneut die Karte.

Er griff nach einem Kompass, zog auf dem vergilbten Papier einen Kreis und nahm die Zone, die bis an das ehemalige Inselufer reichte, genau in Augenschein.

»Hier sind vier Riffe. In Anbetracht der geringen Tiefe unweit des Ufers, würde mich meine Erfahrung eher zu dieser Gruppe von Untiefen führen, doch sie befindet sich außerhalb der Sperrzone. Es gäbe also keinen Grund, weshalb sich die Patrouillen bis dorthin begeben hätten.«

»Diese Patrouillen fanden bis 1990 täglich statt«, erklärte Jalrazbai. »Wenn die Entdeckung Ende der Siebzigerjahre bekannt wurde, bedeutet dies, dass die Ruinen gerade erst dann aus dem Wasser aufgetaucht waren. Zu der Zeit war der See ungefähr hier«, sagte er und deutete mit dem Finger auf eine fiktive Linie außerhalb des Kreises, den Raphael gezogen hatte.

Der Ermittler beugte sich erneut über die Karte. »In der Zone, auf die Sie da deuten, kommt eigentlich nur die Gruppe von Riffen hier im Süden infrage. Die Lotlinien zeigen an, dass die Tiefe zu Zeiten des normalen Wasserstands an dieser Stelle etwa zwanzig Meter betrug. Der höchste Punkt dieser Untiefe ist mit sechs Metern angegeben. Was bedeutet, dass die Ruinen zu einer geologischen Formation gehören müssen, deren

Höhepunkt vierzehn Meter unter der Oberfläche liegt. Das passt zu der Beschreibung, die uns Grigoriew von der Stätte gegeben hat.«

»Ist das weit von hier entfernt?«, wollte Sinead wissen.

Der Ermittler errechnete die Entfernung mit dem Kompass. »Rund fünfzehn Kilometer Richtung Nordost«, sagte er dann.

»Was wollen Sie tun?«, fragte Klimow.

»Uns dorthin begeben, bevor es hell wird. Sind Sie mit von der Partie?«

»Selbstverständlich. Vielleicht brauchen Sie mich ja«, meinte der Arzt, lächelte, hob seine Jacke an und zeigte den Griff einer automatischen Waffe, der aus seinem Gürtel ragte.

Sie verbrachten den restlichen Abend zusammen mit Jalrazbai und seiner Familie. Aynur reichte ihnen frittierte Fischstücke, und auf den Wodka folgte schwarzer Tee, serviert aus einem Samowar. Sinead spürte, dass die Konfrontation mit Saiph unmittelbar bevorstand. Trotzdem schien sie gelassen. Während sie mit den Kleinen spielte, entdeckte Raphael an der jungen Irin eine ganz andere Seite. Ihm wurde klar, dass er sie während der ganzen Zeit, die sie miteinander verbracht hatten, nie hatte lachen hören. Und an diesem Abend drückten ihr Gesicht, ihr ganzer Körper zum ersten Mal eine Lebenslust aus, die er jetzt auch selbst zu verspüren begann. Ein einfaches, ein anderes Leben, weit weg von ihren Phantomen, das er gern mit ihr teilen würde. Gegen zehn Uhr verabschiedeten sie sich von ihren Gastgebern und zogen sich in den Raum zurück, der ihnen zur Verfügung gestellt worden war. Klimow ließ sie allein unter dem Vorwand, dass er etwas an seinem Geländewagen reparieren müsse. Sie legten sich auf die Schaffelllager und schlüpften unter dicke Decken aus Rosshaar und Wolle.

Sobald sie sich ausgestreckt hatte, schloss Sinead die Augen. Raphael wusste, dass sie nicht schlief, aber er ließ sie in Ruhe.

Nur zu gerne hätte er mit ihr gesprochen, sie gefragt, was werden sollte, wenn all dies überstanden wäre, ihr gesagt, was er empfand, wenn er sie betrachtete, ihr beschrieben, wie gerne er sich um sie kümmern, sie lieben würde … Doch er spürte stets diese unsichtbare Barriere, die sie auf Distanz hielt. Schließlich schlief sie ein. Da wagte er, sie zu betrachten, ihr Profil, das sich gegen die flimmernde Glut der Feuerstelle abhob. Mit der Hand streifte er sanft ihr Gesicht, ihr Haar, so als würde er sie liebkosen. Trotz des Abstands spürte er ihre zarte Haut, die Wärme ihres Körpers, ihren Herzschlag.

Er wandte den Blick zum Fenster. Durch die kleinen schmutzigen Scheiben erkannte er den Schein der Sterne, die am schwarzblauen Himmel schimmerten. Er dachte an diesen unergründlichen Kosmos, von dem Saiphs Wahnsinn ausgegangen war, an das Nichts, das in diesem Moment keine Angst mehr in ihm auslöste. Er verspürte jenen inneren Frieden, den er so herbeigesehnt hatte. Und dieses Gefühl innerer Gelassenheit verdankte er allein Sineads Gegenwart. Er ließ seinen Blick erneut über das Gesicht der jungen Frau gleiten.

Später, dachte er, *wenn all dies überstanden ist* … Dann sank er in einen traumlosen Schlaf.

Kapitel 62

Als Raphael die Augen öffnete, war es noch Nacht. Die Glut war inzwischen erloschen, sodass ihm die Kälte allmählich durch Mark und Bein drang. Ein seltsames Gefühl des Unbehagens überkam ihn, ohne dass er gewusst hätte, warum. Als er sich zu Sinead umdrehte, begriff er.

Das Lager der Irin war leer.

Der Ermittler sprang auf und zog sich in aller Eile an. Auf Zehenspitzen durchquerte er den zentralen Raum, wo er auch Klimow entdeckte, der an der Seite von Jalrazbais Familie schlief, und verließ den Stall.

Feine Schneeflocken wirbelten im Mondlicht durch die Luft, Sineads Fußspuren aber waren im Pulverschnee noch zu erkennen. Sie führten zum Ausgang des Hofs. Raphael trat durch die Tür, die im Wind schlug.

Der Geländewagen war verschwunden.

Sinead hatte sich aus dem Staub gemacht.

Er sah sich nach allen Seiten um. Am Boden unter einem Stein entdeckte er ein Stück Papier. Ein Blatt, das aus einem Heft gerissen worden war. Sie hatte ihm eine Nachricht hinterlassen.

Ich schreibe Dir diese Zeilen, weil ich es zutiefst bereue, dass ich Dich in diese Sache verwickelt habe. Während ich dem Morgenrot entgegenfahre, wünsche ich mir, dass sich unsere Wege hier trennen. Ich möchte Dich von dem Albtraum befreien, in den ich Dich mit hineingezogen habe. Ich sehe den Strick am Balken meines Cottage und wünschte, ich hätte an jenem Morgen den Tod gewählt …

Man sollte nie auf Hexen hören.

Niemand kann die absolute Wahrheit über sein eigenes Leben erzählen. Doch ich verspreche Dir, in diesem Brief bei der Ehrlichkeit zu bleiben, die mich stets geleitet hat. Ich schulde Dir die Wahrheit. In dem Augenblick, in dem ich dies niederschreibe, pfeife ich auf die Richter, nur ein einziger Mensch soll mich verstehen, und das bist Du.

Heute Morgen weine ich über das vergossene Blut, den Hass und den Wahnsinn.

Darüber, nichts gesehen, nichts begriffen zu haben – bis zu dem Tag, als wir in die Festung von Jaslyk kamen. Grigoriew, der arme Narr, ist auch verantwortlich für das, was aus Saiph geworden ist, verantwortlich für all diese Toten … Ich habe die Wahrheit in seinen Worten geahnt und auf seiner tätowierten Haut gesehen.

Ich erinnere mich an den Iren, an Padraig McKeown, meinen Vater, Physiklehrer und Wissenschaftler an der Universität von Belfast, der mit den Kommunisten sympathisierte. Er nimmt mich mit, um eine Geige zu kaufen. Ich erinnere mich an sein Lächeln, an dieses Geschenk aus Holz und Saiten, das er mit dem Geld für seine baldige Abreise bezahlt. Er ist trunken vor Glück, weil er weit weg fliegt und Irland hinter sich lässt. Ich erinnere mich an die Worte, die er an diesem Abend meiner Mutter zuflüstert. Wenige Silben: »Tränen des Aral«, die in meinem Gedächtnis widerhallen wie zerbrochenes Glas. Damals erklärte er mir, dass seine Arbeit darin besteht, zu erforschen, zu verstehen … Warum die Sterne funkeln, warum die Sonne brennt, warum das Licht in meinem goldblonden Haar schimmert … Was dann folgt, stelle ich mir so vor: Padraig McKeown schneidet die tätowierten Augenlider aus, weil nichts gut läuft. Als er begreift, dass diese Mission im Herzen des sowjetischen Reichs nur eine Inszenierung ist, dass er in einer Falle steckt. Er verbündet sich mit Grigoriew, um seine Flucht vorzubereiten; dieser glaubt, sich so abzusichern, doch er unterschreibt sein Todesurteil und wandert in den Gulag von Jaslyk. In Belfast macht sich meine Mutter Sorgen, dass er so lange fortbleibt, sie versteckt ihre zitternden Hände.

Wochen, Monate verstreichen. Meine Mutter öffnet Männern vom englischen Geheimdienst die Tür, die ihr von meinem Vater erzählen. Es sind die, die ihn aus seinem Gefängnis holen. Mein Vater kehrt zurück, aber er hat sich verändert. Er ist blass und so mager, dass es zum Fürchten ist. Er gesteht mir, dass er nicht mehr wissen will, warum die Sterne funkeln. Mein Vater ist fortan ein ruhiger Lehrer. Aber die Angst lässt ihn nicht mehr los. Er sucht ein Versteck im Cottage in Donegal, an dem er die Relikte verbergen kann. So gut, dass derjenige, der sie sucht, der, dessen Namen ich kaum aussprechen kann und den zu lieben ich mich schuldig gemacht habe, sie nicht finden kann. Saiph … Markow … Gari … der mich verführt und manipuliert hat und der eine Tätowierung an der Schulter trägt, einen kleinen Totenkopf mit einer Königskrone. Jener kleine Totenkopf, in den ich mich kralle, wenn wir uns umarmen, und der mich nachts beäugt. Ich dachte, es würde sich um einen Talisman handeln, mit dem man das Schicksal beschwört und den Tod abwendet, der im Schatten der Konflikte lauerte, die er durchgemacht hat. Nein, es war das Brandmal der Verdammten von Jaslyk.

Er verlässt die Steppe und flieht. In Moskau begegnet er Séror, dann Joffre, der ihm hilft, auf die andere Seite des Eisernen Vorhangs zu gelangen. Gari … Markow, Saiph ist derjenige, der tötet, derjenige, der Padraig McKeown bis nach Belfast verfolgt, der aus Wut den Körper meines Vaters zerstückelt und meine Mutter mit Säure überschüttet. Er ist jung, aber er foltert bereits, um die Augenlider zu bekommen, und er verbirgt sein Verbrechen hinter den Schrecken des Irlandkriegs … Er tötet weiter, Joffre will ihn umbringen. Um zu überleben, muss Saiph verschwinden. Er kehrt in den Osten zurück, nimmt die falsche Identität Taras Schewtschenko, ukrainischer Journalist, an. Er wird von den britischen Geheimdiensten zurückgeschleust und nennt sich von da an Gari Weiss. Er kann sich von seiner Vergangenheit befreien und sich wie eine Schlange in mein Leben schleichen. Er bleibt an meiner Seite in der Hoffnung, eines Tages die Beute zu finden. Neben seinem Beruf als Reporter studiert er das Universum und sucht nach Wurmlöchern. Als er das Bild von der kosmischen Hintergrundstrahlung entdeckt, braucht er Geld, viel Geld, um ihre Geheimnisse zu entschlüsseln. Er nimmt Kontakt zu Séror auf, der ihn in den Waffenhandel der ehemaligen Geheimorganisation ›Rose des Vents‹ einschleust, und tötet ihn danach.

Joffre weiß jetzt, dass Saiph zurückgekehrt ist. Um ihn zu jagen, will er sich Weiss-Schewtschenkos als Köder bedienen, des Mannes, der Saiph in seinem Delirium quält, er will ihn als Köder benutzen, doch er begreift nicht, dass es sich um ein und denselben Mann handelt. Als Gari die Männer von Joffre unweit des Cottage ausmacht, fühlt er sich in die Enge getrieben und muss erneut fliehen. Das Cottage fliegt in die Luft mit irgendeinem unschuldigen Opfer an seiner Stelle. Ich überlebe, Saoirse, Kind der Lüge, hämmert mit seinen kleinen Fäusten gegen mein Herz.

Ich will an nichts mehr glauben. Dies ist meine Geschichte. Sie ist traurig und sinnlos. Verstehst Du jetzt? Ich muss der Wahrheit allein entgegengehen. Ich hoffe, er wird dort sein.

Raphael mit den grünen Augen und dem Herzen aus Asche und Honig, mit diesem so sanften Namen, Du bist mein Licht gewesen. Ich wusste es bis zu dieser Nacht nicht, ich weiß es jetzt, Deine Hände haben mein Gesicht gestreift, und deshalb hat es sich gelohnt, gelebt zu haben. Mögest Du nach dieser allzu langen Nacht das Licht sehen, ich kann es nicht erwarten und breche vor Dir auf.

S.

Raphael knüllte das Blatt zusammen. Sinead hatte beschlossen, sich Saiph allein zu stellen. Er musste sie einholen, bevor sie die Ausgrabungsstätte erreichte, bevor der Mörder sie umbrachte.

Er rannte zurück zum Stall und schlich in den zentralen Raum. Geräuschlos bückte er sich und durchsuchte die Sachen von Klimow. Sinead hatte bereits die Waffe des Arztes sowie die Schlüssel des Geländewagens an sich genommen. Er zog ein paar Handschuhe an und eine Schapka und wickelte sich seinen Schal vor das Gesicht.

Zurück auf dem Hof, schob er Jalrazbais Motorrad auf die Straße, betätigte mehrmals den Kickstarter und warf den Motor an. Er schaltete in den ersten Gang und folgte Sineads Reifenspuren in Richtung Nordosten.

Eisige Kälte schlug ihm ins Gesicht, doch der zerknitterte Brief, der nah an seinem Herzen ruhte, verlieh ihm die Kraft, nicht aufzugeben. Er bemühte sich, nicht nachzudenken, und ließ seinen Geist sich nach und nach vom Körper lösen, um frei zu sein von allem Leid. Bald hatte er den Eindruck, dass selbst der Wind seinen Körper durchdrang, als wäre er ein Schatten. Über ihm dehnte sich der Himmel aus, das kalte Licht der Sonne verdrängte nach und nach den Schein der Milchstraße. Er fuhr durch die Steppe, immer der Spur nach, die Sinead hinterlassen hatte, den Blick in die Ferne gerichtet, in der Hoffnung, Klimows Wagen auszumachen – vergebens. Bald setzte heftiger Schneefall ein, die Flocken brannten ihm in den Augen, er hatte kein Gefühl mehr in den Fingern, und bald waren die Reifenspuren der Irin unter einem weißen Mantel verschwunden. Er setzte den Weg fort, den Blick auf die verschwommene Sonnenkugel geheftet, die ihm die Richtung wies. Und plötzlich türmten sie sich vor ihm auf – die Erhebungen in der Mitte der Wüste, die Felsspitzen, die sich wie Kathedralen aus Raureif dem Himmel entgegenreckten.

Er hatte die Stätte der »Tränen des Aral« gefunden.

Mit gezückter Waffe bewegte sich Sinead durch die enge Schlucht, deren Wände von den sibirischen Winden geschliffen waren.

Ihre Füße versanken knöcheltief im Pulverschnee. Die eisige Luft biss ihr in die Lunge, doch sie spürte die Kälte nicht. Schneedünen mit bewegten Kämmen zu beiden Seiten des Weges schienen sich jeweils vor ihr zu öffnen.

Kein Schatten. Keine Silhouette. Nichts.

Und doch spürte die Irin ganz deutlich Garis Anwesenheit, die sie wie ein Magnet anzog.

Der Mörder lauerte irgendwo zwischen diesen Felsen.

Im Herzen der Stille.

Sie war sich ganz sicher.

Am Vortag, als sie der Geschichte von Grigoriew gelauscht hatte, hatte sich in ihr ganz langsam ein Räderwerk in Gang gesetzt, das die Tore zu ihrer Erinnerung geöffnet und sie noch einmal mit den tragischen Ereignissen ihrer frühen Kindheit konfrontiert hatte. Nun war sie in der Lage, sie aus einem anderen Blickwinkel zu betrachten. Die letzte Befragung hatte die dunkelsten Winkel der Ermittlungen erhellt. Sie hatte es einfach nicht glauben wollen, doch Grigoriews Tätowierung war mit Garis identisch. Das hatte die letzten Zweifel ausgelöscht. Sie hatte der unerträglichen Wahrheit ins Gesicht gesehen. Und nun blieb ihr keine andere Wahl, als sich demjenigen zu stellen, der alles zerstört, der ihr Kind getötet hatte.

Je weiter sie sich voranbewegte, desto breiter wurde der Canyon und bildete jetzt eine schwindelerregende weiße Spalte, deren Wände von Öffnungen durchsetzt waren. Der Aralsee hatte eine alte vorsintflutliche Höhlenfestung verschlungen, diejenige, welche die drei K ausgewählt hatten, um ihre Allmachtsfantasien umzusetzen.

Der Körper mit Drogen vollgepumpt, der Geist durchtränkt von Hass, war Saiph hier dem Wahnsinn verfallen …

Ein Geräusch wie ein Rascheln von Stoff ließ sie zusammenzucken.

Er war da, ganz nah. Hinter ihr.

Sinead schnellte herum und sah ihn auf sich zukommen – wie ein Gespenst, direkt dem Reich der Toten entstiegen.

Sein Gesicht war aschfahl, eingefallen, nicht wiederzuerkennen. Selbst seine schwarzen, so durchdringenden Augen hatten ihren Glanz verloren.

Er schritt weiter auf sie zu.

Ruhig zog Sinead ihre Waffe und hielt sie in seine Richtung. Obwohl sie diesen Moment gefürchtet hatte, zitterten ihre Hände nicht.

Keiner sagte ein Wort. Sinead kämpfte gegen die Bilder ihrer Vergangenheit an, die sie nun förmlich bombardierten: ihre erste Nacht in Bagdad im Getöse der Bomben, seine Lippen auf ihrem Nacken auf den Klippen von Fahan, ihr fröhliches Lachen, seine Hand, die ihren Bauch streichelte, der schon eine leichte Rundung aufwies … Sie hatte ihm alles gegeben, er hatte sie nur benutzt und vernichtet.

»Komm nicht näher, das rate ich dir«, stieß sie hervor.

Gari blieb stehen. Er war jetzt keine fünf Meter mehr von ihr entfernt. »Du hast mich also wiedergefunden«, sagte er.

»Ja, ich glaubte an deinen Tod, ich wollte ihn rächen, heute wirst du zahlen.«

»Ich habe dich immer geliebt, Sinead, ich habe dich nie belogen.«

Seine Worte trafen sie wie ein Schlag ins Gesicht.

»Wie kannst du es wagen, mich noch weiter zu besudeln? Du hast meine Eltern im Blut deines Wahnsinns getötet. Mein Bruder vegetiert seit fünfzehn Jahren hinter den Gittern von Long Kesh, der niemals sein Leben der IRA geopfert hätte, wenn du nicht unsere Eltern getötet und ihn hättest glauben lassen, die Schlächter von Shankill hätten die Tat begangen. Lass da gefälligst die Liebe aus dem Spiel.«

Gari hob die Augen flehentlich zum Himmel. »Dein Vater hatte die Wahl, doch er hat sich geweigert, mir zu geben, was er gestohlen hatte. Was deine Mutter betrifft, sie wusste von meiner Existenz, sie war eine Bedrohung für mich, ich konnte sie also nicht leben lassen.«

»Und wer war der arme Teufel, den du ins Cottage geschleust hast, damit alle glauben mussten, du seiest der Tote?«

»Ein Opfer des Zufalls, der ihn meinen Weg hat kreuzen lassen … ein einsamer Säufer aus Letterkenny, ein armes

Schwein, dessen Leid ich verkürzt habe, das kannst du mir glauben … Ich musste nur unsere Krankenblätter in der Zahnarztpraxis austauschen. Als ich die Männer von Joffre um das Cottage streunen sah, wurde es Zeit für mich zu verschwinden. Ich habe den Saufbold also umgelegt und im Cottage platziert, bevor ich es in die Luft gejagt habe. Das Thermit, das ich im Keller deponiert hatte, hat die Wucht der Explosion verzehnfacht. Ich habe mich dann vergewissert, dass nichts zurückgeblieben war, was zu einer Identifizierung durch eine DNA-Analyse hätte führen können.«

Er verstummte erneut.

Sie fixierte ihn mit eiskalter Miene. »Und Katinscharow und ich … und unser Kind … unser Kind … Was haben wir getan, dass du uns so leiden lässt? Du bist ein Monster, du massakrierst Unschuldige, deine perversen Rituale haben nur Leid gebracht …«

»Ich …«

»*Sei still!* Ich will es nicht hören.«

Gari trat auf sie zu.

Sinead wich zurück. »Noch ein Schritt, und du bist tot«, drohte sie.

»Warum tötest du mich nicht, deshalb bist du doch gekommen, oder?«

»Ich will sicher sein, dass ich nicht träume. Dass du es bist, der mir gegenübersteht. Dass du das Ungeheuer bist, das all das getan hat.«

Gari schloss die Augen, als würde er in seinen Wahn eintauchen.

»Meine Suche ist weit wichtiger als ein paar Leben … Ich habe ihr meine Existenz geopfert. Du weißt nicht, welche Hoffnungen in mir erwacht sind, als ich die Bilder der Hintergrundstrahlung entdeckt habe. Sie ist die Grundlage des Kosmos, eine Luke zu den Ursprüngen des Anfangs. Dieses Bild trägt die Geschichte unseres Universums in sich, sie beweist die Theorie der Dilatation, sie ermöglicht die Erforschung der fundamentalen Strukturen der Materie … Es enthält alle Antworten, man muss es nur entschlüsseln können. Du machst dir keine Vorstellung, was ich entdeckt habe!«

»Du hast nichts entdeckt, Gari. Man hat dich unter Drogen gesetzt, dich konditioniert, um dich an all diesen Blödsinn glauben zu lassen … Dein Geist ist krank.«

Gari hielt die Augen geschlossen – wie ein Schild gegen die Worte Sineads. »Du irrst dich, ich habe unentwegt die Fluktuationen der Hintergrundstrahlung gedeutet, und die Anomalien, die ich darin nachgewiesen habe, bestätigen die Theorien, an denen sich die meisten Wissenschaftler stoßen, weil sie nicht wissen, nach was sie suchen müssen. Lange bin ich umhergeirrt wie du, wie ihr alle … Ich habe mich auf die Spuren dieser Nekropole begeben, auf der Suche nach dem Beweis für die Existenz der Wurmlöcher, der Stringtheorie – vergebens. Schließlich hat dieses Licht der Ursprünge in mir die Hoffnung entfacht. Stell dir, über die wissenschaftliche Entdeckung hinaus, die metaphysische Dimension dieses Schauspiels vor! Der Mensch, gefangen in seinem vergänglichen Dasein, wohnt endlich der Entstehung des Universums bei! Wir sind Zuschauer des Anfangs! Wir nähern uns der Ewigkeit! Die Wissenschaft hat den Menschen die Religion genommen, heute gibt sie ihnen ihre Ewigkeit zurück, indem sie die Verbindung zur Schöpfung wiederherstellt! Wir nähern uns dem Absoluten. Wir überwinden die Grenzen des Alls und der Zeit …«

Gari versuchte erneut, sich ihr zu nähern. Sie zielte und traf ihn an der Kniescheibe.

Gari brach zusammen, das karmesinrote Blut verteilte sich in kürzester Zeit im Schnee, der plötzlich noch weißer wirkte.

Dieser Dreckskerl schien nicht einmal zu leiden.

»Ich war nicht so, wie du denkst, Sinead, es stecken zwei Wesen in mir … Dimitar Markow, derjenige, der ich war, der ich immer noch bin, ein Kind voller Träume, und dann Saiph, derjenige, den das Programm der ›Sektion 4‹ geschaffen hat. Saiph, der sechste Stern, der mit der größten Leuchtkraft im Orion. Saif al-dschabbar, das Schwert des Riesen auf Arabisch. Ich kann nichts dafür. Ich habe getötet, weil es notwendig war. Ich habe meine Opfer stets respektiert, ich habe ihnen diese Reise in die Ewigkeit geschenkt.«

»Glaubst du wirklich an das, was du da sagst? Das ist ein Albtraum … Ein verdammter Albtraum …«

»Du zweifelst an mir?«

Bei dieser letzten Frage verschlug es Sinead die Sprache.

»Du weißt aber schon, dass ich recht habe«, fuhr er fort. »Ich habe mein Leben für diesen Tag geopfert.«

»Was wird geschehen?«

»Du weißt es, nicht wahr? Sonst hättest du mich niemals hier gefunden.«

»Was wird geschehen? *Ich will es aus deinem Mund hören, aus dem Mund eines Irren!*«

»Ich bin kein einfacher Irrer, wie du sagst … aber auch das weißt du, Sinead.«

»Untersteh dich, meinen Namen auszusprechen.«

»Ich werde dir sagen, was du wissen willst, du hast es verdient … Ich habe das Bild der kosmischen Hintergrundstrahlung analysiert. Ich habe es erforscht, als würde ich selbst durch das Universum reisen, um seine Grenzen zu überwinden – durch Raum und Zeit. Ich habe es vom Schatten der Milchstraße und seinen finsteren Gasen gesäubert, ich bin hinter die Galaxien geschlüpft, ich habe die Quasare durchquert, um die reinste Strahlung, das Ursprungslicht zu finden. Ich konnte den Kosmos in seinem Urzustand, im Moment seiner Entstehung betrachten, und was ich gesehen habe, war ergreifend, Sinead, wirklich ergreifend.«

»Was hast du gesehen?«

»Kreise, eine Vielzahl von unendlich kleinen Kreisen. Sie

sind das Ergebnis früherer Kollisionen zwischen unserem Universum und anderen Paralleluniversen. Sie beweisen, dass unser Kosmos nur eine Blase inmitten eines Meta-Universums ist, das selbst wiederum aus einer Vielzahl von Universen besteht, die, jedes für sich, eigenen physikalischen Gesetzen unterliegen. Da wusste ich, dass ich auf dem richtigen Weg war, dass das, was die drei K uns hatten erleiden lassen, nicht umsonst gewesen war. Dass diese Männer, die die Mission ›Tränen des Aral‹ gestartet hatten, Visionäre waren: Sie haben begriffen, dass der menschliche Geist, eingesperrt in die Zwangsjacke seiner eigenen Begrenztheit, solche Hypothesen gar nicht in Betracht ziehen kann. Sie hatten begriffen, dass sich in dieser Steppe etwas zugetragen hatte, ein Phänomen, welches wir durch eine für uns unbegreifliche Entität haben betrachten können und welches sich hier während der bevorstehenden Sonnenwende wiederholen wird. Auf diesen Augenblick habe ich mein ganzes Leben gewartet. Jene Kollision, die vor fünftausend Jahren an diesem Ort stattgefunden hat, wird sich jetzt wiederholen. Eine Energieentfesselung, die mich in die Ewigkeit transportieren wird. Begleite mich, Sinead, zusammen werden wir Licht und reisen durch Raum und Zeit!«

»Du bist vollkommen verrückt … Das sind nur Bilder, nur Zahlen, all das ist blanke Theorie. Wir sind Zuschauer eines Universums, das wir nicht deuten können, wir werden verschwinden, wie wir gekommen sind, wir sind eine Anomalie.« Sinead holte tief Luft und fuhr fort: »Rein gar nichts wird geschehen … all dies ist nur in deinem Kopf, Gari, Saiph, Markow … oder wer immer du bist … du bist krank. Ich werde dich abknallen wie einen räudigen Köter und hier in der Kälte verwesen lassen. Du hast es nicht besser verdient.«

Gari lächelte bei diesem letzten Satz. »Tu, was du willst, aber du musst wissen, dass es schon zu spät ist. Du wirst mit mir kommen, ob du willst oder nicht …«

Sinead verspürte ein heftiges Unwohlsein. »Mit dir … Was soll das heißen?«

»Siehst du es denn nicht? Spürst du nicht, was passiert?«

Der Schuss hallte von den Wänden des Canyons wider. Raphael fühlte sein Herz schneller schlagen. Er beschleunigte den Schritt und erreichte die Mitte der Höhlenfestung.

Sinead stand über dem Mörder. Sie hatte ihm ins Knie geschossen und hielt die Waffe jetzt auf seinen Kopf gerichtet.

Der Ermittler hielt kurz inne, bevor er seinen Weg fortsetzte.

Etwas Sonderbares spielte sich dort ab. Rund um den Mörder verfärbte sich der Boden und wurde immer dunkler. Raphael näherte sich, um zu verstehen … Es war kein Blut, vielmehr schien der Schnee zu schmelzen.

Als er begriff, bekam er weiche Knie. Er brüllte aus voller Kehle: *»Sinead … Verschwinde! Ich flehe dich an, lauf weg!«*

Die Irin drückte zweimal ab, sodass der Schädel des Mörders zerbarst.

»Sinead …«, schrie der Ermittler noch einmal.

Er sah, wie die Irin herumschnellte und die Waffe jetzt auf ihn richtete.

Sie gab einen ersten Warnschuss ab, um ihn fernzuhalten.

Sie hatte verstanden.

Der Schnee rund um die Leiche schmolz zusehends. Sinead hielt die Pistole weiter in Raphaels Richtung – um ihn zu schützen.

In der sterblichen Hülle, die am Boden lag, wohnten zwei Seelen. Die von Markow, Genie der Astrophysik, und die von Saiph, Psychopath und Mörder. Markow hatte kapituliert. Er wusste jedoch, dass er den Massakern ein Ende bereiten musste. Saiph hatte zu viel getötet, der Aralsee war das Ende seiner Suche. Er hatte den Mörder gezwungen, sich mit einer radioaktiven Substanz aufzuladen, ähnlich der, mit der die Tschetschenen im Bois de Vincennes umgebracht worden waren.

Saiph verbrannte innerlich unter der Strahlung eines nuklearen Feuers. Indem er Sinead so nahe gekommen war, hatte er sie in seinen Wahnsinn mitgerissen. Er hatte sie verdammt.

Raphael blieb etwa zehn Meter von der jungen Frau entfernt stehen, die noch immer auf ihn zielte.

Er war jetzt nahe genug, um die Reinheit ihrer Züge deutlich zu erkennen. Winzige glitzernde Flocken bedeckten nach und nach ihre blasse, fast transparente Haut und verliehen ihr etwas Übernatürliches.

Raphael machte einen weiteren Schritt auf sie zu und flehte sie an: »Wirf die Waffe weg … Komm mit mir, ich hole dich hier raus …«

Sinead wollte etwas sagen, doch kein Laut kam über ihre Lippen. Aus ihren Augen, so blau wie Opale, rannen zwei Tränen, die der eisige Wind auf ihren Wangen gefrieren ließ. Langsam führte sie den Arm an die Brust. Sie hob den schwarzen Lauf der Pistole unter ihr Kinn und drückte ab.

Dann war alles vorbei.

Glossar

Apprentice Boys: Apprentice Boys of Derry; heute protestantische Bruderschaft, die dem Oranier-Orden verbunden ist. Die Vereinigung geht zurück auf dreizehn protestantische Lehrjungen, die am 7. Dezember 1689 katholischen Soldaten die Stadttore von Derry vor der Nase zuknallten.

BAC: Brigade Anti-Criminalité; die »Antikriminalitätsbrigade« ist eine nationale französische Polizeieinheit, die vor allem der öffentlichen Sicherheit dient.

BCRA: Bureau Central de Renseignement et d'Action; das »Zentralbüro für Aufklärung und Aktion« war von 1940 bis 1943 der Auslandsnachrichtendienst des Freien Frankreich in London.

BKA: Bundeskriminalamt; das BKA untersteht dem deutschen Innenministerium und ist eine der drei Polizeieinheiten des Bundes. Seine Aufgabe besteht darin, die nationale Verbrechensbekämpfung in Deutschland in Zusammenarbeit mit den Landeskriminalämtern zu koordinieren und Ermittlungen über schwerwiegende Kriminalitätsfälle mit Auslandsbezug zu führen. Zudem schützt das BKA unter anderem die Mitglieder der Verfassungsorgane des Bundes.

CNRS: Centre National de la Recherche Scientifique; das »Nationale Zentrum für wissenschaftliche Forschung« ist als nationale französische Forschungsorganisation dem Forschungsministerium unterstellt und widmet sich der Grundlagenforschung. Das CNRS bildet die größte Forschungsorganisation Europas und ist am ehesten noch mit der deutschen Max-Planck-Gesellschaft vergleichbar.

DGSE: Direction Générale de la Sécurité Extérieure; der Auslandsgeheimdienst ist zuständig für Nachrichtenbeschaffung im Ausland. Dabei sind alle Bereiche von Interesse: militärische Daten ebenso wie strategische und sicherheitspolitische Informationen oder jene zu Industrie und Wirtschaft.

DNAT: Division Nationale Anti-Terroriste; die »Abteilung zur nationalen Antiterrorabwehr« verfasste Berichte zur Observation möglicher Verdächtiger.

DST: Direction de la Surveillance de Territoire; die »Direktion der territorialen Überwachung« war von 1944 bis 2008 der zivile Inlandsnachrichtendienst Frankreichs. Sie unterstand dem Innenminister und ähnelte dem deutschen Verfassungsschutz.

FLN: Front de Libération Nationale; die »Nationale Befreiungsfront« ist eine algerische Partei, die aus der früheren Befreiungsbewegung FLN entstanden ist. Diese wurde 1954 gegründet, um die Unabhängigkeit Algeriens von Frankreich zu erreichen.

GER: Groupe d'Études Révolutionnaires; revolutionäre Studentenorganisation.

GIA: Groupes Islamiques Armés; »Bewaffnete Islamische Gruppen«, die zusammengefasst als sunnitisch-islamistische Terrorgruppe für den Mord an Hunderten von Ausländern, Journalisten, Geistlichen, Frauen und Kindern verantwortlich gemacht wird. Die GIA entstand 1991/1992 als radikale Abspaltung der »Front Islamique du Salut (FIS)« – »Islamische Heilsfront« und der »Armé Islamique du Salut (AIS)« – »Islamische Heilsarmee«. Ziele der GIA sind der Sturz der algerischen Regierung und die Errichtung eines islamischen Staates auf Grundlage der Scharia; Fernziel ist die Errichtung eines weltweiten Gottesstaates.

GRU: Glawnoje Raswedywatelnoje Uprawlenije; Zentralorgan des russischen Militärnachrichtendienstes, dessen Aufgabe die nachrichtendienstliche Beschaffung aller militärisch relevanten Informationen sowie die Spionageabwehr innerhalb der russischen Streitkräfte ist. Zudem unterhält die GRU die Kommandoeinheit Speznas.

MIL: Le Mouvement Initiative et Liberté; gilt als Nachfolgeorganisation der SAC.

OAS: Organisation de l'Armée Secrète; im Winter 1960/1961 gegründet, war die »Organisation der geheimen Armee« eine französische Untergrundbewegung während der Endphase des Algerienkriegs. Sie bekämpfte sowohl muslimische Algerier, welche die Unabhängigkeit ihres Landes anstrebten, wie auch den französischen Staat. Ihr Ziel war es, den Status Algeriens als französische Kolonie zu erhalten.

Panimai: mit Fragezeichen; Kapiert? – auf Russisch.

RG: Kurzform für DCRG, Direction Centrale des Renseignements Généraux; Zentraler Nachrichtendienst, eine Abteilung der französischen Polizei, die von 1907 bis 2008 dem Innenministerium unterstellt war.

RUC: Royal Ulster Constabulary; von 1922 bis 2001 die britische Polizei in Nordirland.

SAC: Service d'Action Civique; von 1960 bis 1981 offiziell ein gemeinnütziger Verein in Frankreich. Inoffiziell kann er als eine Art Sicherheitsdienst betrachtet werden, der sich de Gaulle – und seinen gaullistischen Nachfolgern – nach der Rückkehr des Generals ins Amt im Jahr 1958 als Leibgarde zur Treue verpflichtet hat.

SAT: Section Anti-Terroriste; diese »Antiterrorbrigade« ist Teil der Kriminalitätsbrigade der Präfektur von Paris, sie widmet sich dem Kampf gegen den Terrorismus.

SDECE: Service de Documentation Extérieure et de Contre-Espionnage; der »auswärtige Nachrichten- und Spionageabwehrdienst« war bis zu seiner Umbenennung in DGSE von 1945 bis 1982 der französische Auslandsgeheimdienst.

SID: Servizio Informazioni Difesa; dieser italienische Nachrichtendienst bestand von 1965 bis 1977 und war dem Verteidigungsministerium unterstellt. Neben den üblichen Aufgaben als Auslandsnachrichtendienst diente er vor allem Staatssicherheitsaufgaben im Inneren gegenüber den Roten Brigaden und einer möglichen Machtübernahme der starken kommunistischen Partei in Italien.

Speznas: oder SpezNas, Spezialnoje Naznatschenje; Spezialeinheit des russischen militärischen Nachrichtendienstes GRU mit den Einsatzschwerpunkten Aufklärung, unkonventionelle Kriegsführung und Terrorismusbekämpfung. Die Speznas kann etwa verdeckt und auf sich allein gestellt hinter feindlichen Linien operieren.